國家清史編纂委員會·文獻叢刊

呂留良全集

④

俞國林 編

中華書局

何求老人殘稿卷三

夢覺集 八十七首

此卷編年始自康熙五年丙午，終於康熙八年己酉。原編次韻答陳子執先生見贈置即事後，今據内容移至其前。至佩蕙隱居次韻、同佩蕙過半邏次韻二首原編於卷末，據張考夫與張佩蕙書，是知作於宿何商隱萬蒼山樓同張考夫王寅旭二首與同考夫商隱寅旭登雲岫之前，遂爲調整次序。

康熙五年丙午，晚村棄去諸生，心情爲之闊朗，蓋「從頭萬事非」，而今「方容老子狂」矣，喜形於色。既去諸生，則復思耦耕，嚴鴻逵釋略曰：「終以無真耦而歸去，所謂知之明而行之决也。」然終是無耦而獨歸。翌年太沖即轉徙山陰設館，兩人漸至疏遠，晚村發問燕、燕答諸詩，且賦管裏指示近作有夢伯夷求太公書薦子仕周詩戲和之，不幸而成讖，求晚村與太沖絶交之原繇，此是關鍵。康熙七年戊申、八年己酉兩年，晚村四游蠡山，尋買山之地，而終未結茅於彼，爲考夫已於八年正月坐席東莊故也。「肩來老子擔頭重」者爲哪般，「萬壑千岩夢紫陽」之謂也。

是集原編詩五十五題八十六首，今據夢覺集删輯得喜張佩蕙過留廓如樓次韻同題一首，共計八十七首。

喜祝生濳過

兩年愧子意何誠，百里泥塗足繭生〔一〕。宿火陷灰楳閣雨，去春冒雨獨來，余以葬事入鄉，不值。一宿楳閣去。暗泉鼓浪硯堂鐺。無論小道皆師古，不貴多言顧力行〔二〕。此是寒門真淡薄，可堪消得瓣香情〔三〕。

【箋　釋】

此詩作於康熙五年丙午春。

按，嚴鴻逵後耦耕詩之九釋略曰：「祝濳，字兼山，善篆刻，尤工朱文。」德清人。吴孟舉有過仙潭題祝兼山齋壁（一首）、再過仙潭兼山復以瘍疾堅卧不得共飲酒快談次前韻紀事（一首）、三次原韻答兼山（四首）、次韻答祝兼山（十首）等詩，是知兼山爲仙潭人，據嵇曾筠浙江通志卷一二山川四湖州府：「仙潭：弘治湖州府志：『在縣東南新市鎮。』」又李賢明一統志卷四〇湖州府：「仙潭：在德清縣東南四十里。晉道士陸修靜嘗自此潭没數月乃出，後人紀其異，遂以名潭。」曰「生」，則是晚村之學生。孟舉三次原韻答兼山之第三首曰：「辱贈新詩句子清，園花溪鳥最關情。擡頭大好秋山在，莫負香岩第一燈。」自注曰：「兼山受業於□□，故及之。」（黄葉村莊詩集卷四）

【資料】

吴之振次韻答祝兼山之二：多君篆學益精工，笑我衰遲道轉窮。把酒浮君須痛飲，百年容易又春風。

之七：艇子還尋舊雨來，銅鐺水熟共茶杯。梅花百樹竹千个，黑板橋邊首重回。（黄葉村莊詩集卷六）

【注釋】

〔一〕足蘚生：蘇軾題盧鴻學士堂圖：「直上登封壇，一夜蘚生足。」

〔二〕「不貴」句：班固漢書卷八八儒林傳：「上問治亂之事，申公時已八十餘，老，對曰：『爲治者不在多言，顧力行何如耳。』」

〔三〕瓣香：劉克莊興化軍城山三先生祠堂記：「余惟在三之義，師居其一。故侯芭白首太玄，後山瓣香曾氏，所以敬接承、嚴付授也。」陳師道觀兖文忠公家六一堂圖書：「向來一瓣香，敬爲曾南豐。」

次韻答陳子執先生見贈

翻洗麻鞋上舊磯〔一〕，傳經誰使此心違〔二〕。簷頭雨點聽今異，籬角花開見昨非。甚荷周旋成解脱〔三〕，不教慚憾剩幾微。古來好事何當比，馱得紅顔大漠歸〔四〕。

【箋釋】

此詩作於康熙五年丙午春。

按,是年春,學使以課按禾,執齋爲石門教諭,亦至禾佐學使以課諸生,嚴鴻逵釋略曰:「陳子執是時學博也。」晚村欲去青衿,乃於其夕謁執齋先生於寓,示前時所爲耦耕詩,執齋閱後即次其韻,作嘉禾寓中吕恥齋以舊作耦耕詩見貽因即韻賦答詩答之。

後至弘文館(康熙嘉興府志:「弘文館,即布政分司。明崇禎中知府鄭瑄建,爲督學校士之所。相傳爲宋監倉。東廳中爲大堂,後爲川堂、爲寢室,後有亭,東爲書房,西爲庖室堂,東西爲號廠,前爲儀門,東爲賓館,西爲土地祠,大門外東西爲府縣官候廳,外有坊二:曰文章司命,曰風教提衡」)。弘文館爲課諸生之所,其間亦必有隱情,故執齋復作坐弘文館再次前韻二首以贈。

晚村得詩後,即爲次韻答陳子執先生見贈呈之,執齋又作恥齋有答予詩再坐弘文館復次韻答次韻詩二首,有「問君此往成何事,手把千年名教歸」兩句,是已允其除名矣。

據公忠行略:「至丙午歲,學使者以課按禾。且就試矣,其夕造廣文陳執齋先生寓,出前詩示之。告以將棄諸生,且囑其爲我善全,無令牘幾微遺憾。執齋始愕眙不得應,既而聞其衷曲本末,乃起揖曰:『此真古人所難,但恨向日知君未識君耳。』於是詰旦傳唱,先君不復入,遂以學法除名。」又執齋祭吕晚村先生文:「歲癸卯,學使者來。君先一日,盛服整容,再拜而告曰:『予從此不復爲諸生矣,敢辭!』予愕然。隨出示耦耕詩。予讀竟,曰:『謹如命。』此又叙君出處之大致云爾。自是而君果非僅文章自命之士矣！」（古處齋文集卷五）其自快之狀，全然見諸以下數詩。「古來」二句，以蔡文姬歸漢事喻己之棄清廷諸生事，極具華夷之辨。

【資　料】

陳祖法嘉禾寓中吕恥齋以舊作耦耕詩見貽因即韻賦答：拂袖歸來理釣磯，初心從此得無違。師生原識從前假，盟誓初慚此日非。兹事古人曾獨得，不教末俗歎衰微。可憐頑懦誰如我，蕪盡田園未賦歸。（古處齋詩集卷七）

陳祖法坐弘文館再次前韻：一旦行蹤問釣磯，驟聞驚處失從違。欲言不可乖名義，敢道空然畏是非。寸管已知腕力絶（云「即入館，不能一字」），尺箠不使血痕微（云「即受責不惜」）。手持靈素往來駛，月下長吟倚棹歸。

雨簑煙笠伴漁磯，不向人間問信違。欲起九原明不負，方知千古有真非。餓犬隊裏胸難借，高士傳中名亦微。從此間然無一事，空拳角勝寂然歸。（同上）

陳祖法恥齋有答予詩再坐弘文館復次韻答：壁立高牆似碧磯，光輪（係應時之名，今已削去）字畫筆無違。疑爲幕府遴才誤，認作仇家召匿非。退避不因羽翮短，斥除還恨姓名微（退避、斥除，俱行檄中語）。問君此往成何事，手把千年名教歸。

立志皎然下舊磯，曲成總不力難違。悠悠自覺行歌壯，落落已遲請謚非。讀史常懷稱士烈，撫

心難負念臣微。蛾眉自贖君須俟，我豈草青魂不歸。（同上）

【注釋】

〔一〕舊磯：許渾重哭楊攀處士：「讀書新樹老，垂釣舊磯平。」

〔二〕「傳經」句：杜甫秋興八首其三：「匡衡抗疏功名薄，劉向傳經心事違。」

〔三〕周旋：陳壽三國志卷七臧洪傳：「每登城勒兵，望主人之旗鼓，感故友之周旋。」馮夢龍古今小説裴晉公義還原配：「當朝裴晉公每懷惻隱，極肯周旋落難之人。」

〔四〕「馱得」句：范曄後漢書卷八四列女傳：「陳留董祀妻者，同郡蔡邕之女也。名琰，字文姬，博學有才辯，又妙於音律。適河東衛仲道，夫亡無子，歸寧於家。興平中，天下喪亂，文姬爲胡騎所獲，没於南匈奴左賢王，在胡中十二年，生二子。曹操素與邕善，痛其無嗣，乃遣使者以金璧贖之，而重嫁於祀。」晚村於順治十年癸巳應清廷試爲邑諸生，至此，亦十二年矣。

即事

僮無人色婢倉皇，底事懸愁到孟光〔一〕。甑要不全行莫顧〔二〕，簀如當易死何妨〔三〕。十年多爲汝曹誤，今日方容老子狂〔四〕。便荷長鑱出東郭，荳花新紫菜花黄。

【箋　釋】

此詩作於康熙五年丙午春。

按，公忠行略：「嘗作詩曰：『誰教失腳下魚磯，心跡年年處處違。雅集圖中衣帽改，黨人碑裏姓名非。苟全始知談何易，餓死今知事最微。醒便行吟埋亦可，不慚尺布裹頭歸。』人莫測其所謂。至丙午歲，學使者以課按禾。……先君不復入，遂以學法除名。一郡大駭，親知無不奔問旁皇，爲之短氣。而先君方怡然自快，復作詩有『甑要不全行莫顧，簣如當易死何妨』之句，但曰：『自此，老子肩頭更重矣。』於是歸卧南陽村，向時詩文友皆散去。」

所謂「事」，指「棄諸生」，致使「一郡大駭」，童僕失色，婢女倉皇，妻亦懸愁，而晚村卻荷鑱出郭，煞是疏狂。所謂「詩文友」者，指太沖、晦木、旦中諸人，其實最終違離者，只太沖一人而已；晦木、旦中與晚村往還依舊，情分益篤。

【資　料】

柯崇樸呂晚村先生行狀：至丙午歲，學使者以課士按禾，試朝傳唱，竟不復入，遂以學法除名。一郡大駭，親知爲之短氣。而先生方怡然自快，歸卧南陽村，摒擋一切，與桐鄉張考夫、鹽官何商隱、吴江張佩蔥諸先生共力發明洛閩之學，絶意進取。……蓋於出處之際，審計之決矣。（振雅堂稿）

吕留良答某書：弟本庸人，未嘗學問。丙午所爲，亦一時偶然，無關輕重。相知者喜其有片長足録，未免稱許過當。聞者因而疑之議之，亦其情也。足下又從而洗刷勸勉之，益令人愧死耳。然故人善善之長，同郡觀察之慎，於此具見君子愛人成人之意，周詳篤摯，又非尋常期贈比也。（吕晚村先生文集卷一）

【注釋】

〔一〕孟光：范曄後漢書卷八三逸民列傳：「梁鴻，字伯鸞，扶風平陵人也。……同縣孟氏有女，狀肥醜而黑，力舉石臼，擇對不嫁，至年三十，父母問其故，女曰：『欲得賢如梁伯鸞者。』鴻聞而聘之。……鴻曰：『吾欲裘褐之人，可與俱隱深山者，爾今乃衣綺縞，傅粉墨，豈鴻所願哉？』妻曰：『以觀夫子之志耳。妾自有隱居之服。』乃更爲椎髻，著布衣操作而前，鴻大喜曰：『此真梁鴻妻也，能奉我矣。』字之曰德曜，名孟光。」

〔二〕甑要不全：范曄後漢書卷六八郭太列傳：「孟敏，字叔達，鉅鹿楊氏人也。客居太原，荷甑墮地，不顧而去，林宗見而問其意，對曰：『甑已破矣，視之何益。』林宗以此異之。」

〔三〕簀如當易：禮記檀弓上：「曾子寢疾，病，樂正子春坐於床下，曾元、曾申坐於足，童子隅坐而執燭。童子曰：『華而睆，大夫之簀與？』子春曰：『止。』曾子聞之，瞿然曰：『呼。』曰：『華而睆，大夫之簀與？』曾子曰：『然。斯季孫之賜也，我未之能易也。元起易簀。』曾元曰：『夫子之病革矣，不可以變。幸而至於旦，請敬易之。』曾子曰：『爾之愛我也不如彼。君子之愛人也以德，細人之愛人也以姑息，吾何求哉？吾得正而斃焉，斯已矣。』舉扶而易之，反席未安而没。」朱熹答連嵩卿：「易簀結纓，未須論優劣，但看古人謹於禮法，不以死生之變易其所守，如此便使人有行一不義、殺一不辜而得天下不爲之心，此是緊要處。」

〔四〕老子狂：陸游飲酒：「乃知老子狂，非自麴糵出。」

次韻答孟舉見寄

莫怪旁人笑欲狂，而今儘更有商量。肩來老子擔頭重，惹起詩人韻腳香。便得生還毛已落〔一〕，從教餓死被須方。到家痛定才思痛〔二〕，苦辣酸甜逐樣嘗。

【箋釋】

此詩作於康熙五年丙午春。

按，所謂「餓死」者，即程子所言「餓死事極小，失節事極大」者也。肩頭擔子，當爲更重，亦執齋先生所謂「非僅文章自命之士矣」。

詩次孟舉韻，而孟舉集中此年詩始自丙午八月八日甥沈氏率其妻子歸部村舊業余以入省赴試不及送行口占絶句二首贈别，其先之詩未見，蓋已佚之矣。

【注釋】

〔一〕「便得」句：班固漢書卷五四蘇武列傳：「單于愈益欲降之，乃幽武置大窖中，絶不飲食。天雨雪，武卧齧雪，與旃毛並咽之，數日不死，匈奴以爲神。乃徙武北海上無人處，使牧羝，羝乳乃得歸；别其官屬常惠等各置他所。武既至海上，廩食不至，掘野鼠去草實而食之。杖漢節牧羊，卧起操持，節旄盡落。……武留匈奴凡十九歲，始以彊壯出，及還，鬚髮盡白。」

〔二〕痛定才思痛：韓愈與李翱書：「僕在京城八九年，無所取資，日求於人以度時月，當時行之，不覺也。今而思之，如痛定之人，思當痛之時，不知何能自處也。」

次韻答從壻鍾靜遠

身是春江亂石磯，風波砥盡勢相違。縱横妙手千年誤，檢點從頭萬事非。記得名園燈照失，重來古路草痕微。余意定於耕瑶亭中。可憐杜宇殷勤意〔一〕，曾喚游魂幾個歸。

【箋釋】

此詩作於康熙五年丙午春。

按，嚴鴻逵釋略曰：「重來古路草痕微：古路重來，草痕已起，惟重來，故有草痕，亦惟重來，故痕尚微耳。一句中，含二意。」

【資料】

陸嘉淑又送鍾靜遠：急裝初卸又南歸，幾斛征塵未浣衣。應笑天涯浪游客，白頭慚負釣魚磯。田田蓮葉散回塘，高樹摶雲覆草堂。昨夜夢中曾共汝，踏堤攜手過南陽。高黄吴吕當年事，劇得新鈔趙宋詩。别遣偏師爭勝地，江南重見賀郎詞。東鄉御史名猶在，洛水銓曹事孰傳？辛苦遺編留禹績，奔濤濁浪幾經年。（辛齋遺稿卷一九）

【注釋】

〔一〕杜宇：即杜鵑，又名子規。李昉太平御覽卷一六六州郡部引揚雄蜀王本紀：「杜宇……乃自立爲蜀王，號稱望帝。」又十三州志：「當七國稱王，獨杜宇稱帝於蜀……望帝使鼈泠鑿巫山治水有功，望帝自以爲德薄，乃委國禪鼈泠，號曰開明，遂自亡去，化爲子規。」

登臨平山同晦木

露脊眠牛肋旋窊〔一〕，東南斜對海門沙〔二〕。此中得架三間屋，何處難安八口家。一路多情烏咽水，滿山無賴鬧揚花。許時正怕思量著，望遠登高便有加。

【箋　釋】

此詩作於康熙五年丙午夏。

按，詩意或有感歎晦木者，所謂八口之家，即晚村賣藝文中所指「鷓鴣貧十倍東莊，而又有一母、五子、二新婦、一妾，居剡中化安山，有屋三間，深一丈，闊才二十許步」（吕晚村先生文集卷六），故若得於臨平之山，架起三間房屋，其情狀又何如焉！

嚴鴻逵釋略曰：「起句，狀臨平山形；落句，與第二句應。」

【注　釋】

〔一〕「眠牛」：房玄齡晉書卷五八周光傳：「初，陶侃微時，丁艱，將葬，家中忽失牛而不知所在。遇一老父，謂曰：『前崗見一牛眠山污中，其地若葬，位極人臣矣。』又指一山云：『此亦其次，當世出二千石。』言訖不見。侃尋牛得之，因葬其處。」後以「眠牛地」喻風水寶地，臨平山爲北宋權貴蔡京葬父之地，見入蜀記、臨安志等，故晚村云云。

〔二〕海門：嵇曾筠浙江通志卷九山川：「海門：咸淳臨安志：在縣東北六十五里，有山曰赭山，與龕山（隸紹興府）對峙，潮水出其間。」

得山陰祁氏澹生堂藏書三千餘本示大火 二首

阿翁銘識墨猶新，大擔論觔換直銀〔一〕。説與癡兒休笑倒，難尋幾世好書人。

宣綾包角藏經箋〔二〕，不抵當時裝釘錢。豈是父書渠不惜〔三〕，只緣參透達磨禪〔四〕。祁氏參曹洞宗①。

【校　記】

① 曹洞　諸本同，晚村手稿（見卷首書影）作「臨濟」，録此備考。黄宗羲蘇州三峰漢月藏禪師塔銘：「釋氏之學，南嶽以下幾十幾世，青原以下幾十幾世，臨濟、雲門、潙仰、法眼、曹洞五宗，皆系經語緯，奔蜂而化藿蠋，越雞而伏鵠卵，以大道爲私門。」

【箋　釋】

此詩作於康熙五年丙午夏。

按，祁氏澹生堂藏書散出，晚村借值於吴孟舉，且託黄太沖代爲購買，蓋太沖曾每借觀祁氏之藏書，而太沖亦以束脩之入參焉。此次交易，又因衛湜禮記集説、王偁東都事略兩書，致使黄、吕齟齬。而黄、吕最終之搆難，後世論者亦以此爲起因。其實，此或僅是藉口而已。

【資　料】

黄宗羲天一閣藏書記：祁氏曠園之書，初庋家中，不甚發視。余每借觀，惟德公知其首尾，按目録而取之，俄頃即得。亂後遷至化鹿寺，往往散見市肆。丙午，余與書賈入山翻閲三晝夜，余載十捆而出，經學近百種，稗官百十册，而宋元文集已無存者。途中又爲書賈竊去衛湜禮記集説、（王偁）東都事略。山中所存，唯舉業講章，各省志書，尚二大櫥也。（南雷文案卷二）

朱彝尊靜志居詩話：祁承㸁……字爾光，紹興山陰人。萬曆甲辰進士，授寧陽知縣，調長洲，遷南刑部主事，轉兵部，歷員外、郎中，出知吉安府，京察謫沂州同知，稍遷宿州知州，入爲兵部員外，歷河南按察僉事副使，江西右參政。有澹生堂集。參政富於藏書。將亂，其家悉載至雲門山寺，惟遺元明來傳奇多至八百餘部，而葉兒樂府不與焉。予猶及見之。其手録群書目八册，今存古林曹氏。寺中所儲，已盡流轉於姚江、禦兒鄉矣。（明詩綜卷五九）

黄虞稷、周在浚徵刻唐宋秘本書目：宋衛湜禮記集説一百六十卷：衛湜，字正叔，號櫟齋，崑山人。集諸家説，自注疏而下凡一百四十五家，小戴之學，莫備於是。此書近從□□□□得之。……宋王偁東都事略一百三十卷。（葉德輝觀古堂書目叢刻）

陸隴其三魚堂日記卷十：己巳正月初六，往府，會晉州陳名祖法，言：「黄梨洲……嘗爲東莊買舊書於紹興，多以善本自與。」

沈冰壺黄梨洲小傳：石門吕留良與先生素善，延課其子，既而以事隙。相傳晚村以金託先生買祁氏藏書，先生擇其奇秘難得者自買，而以其餘致晚村，晚村怒。（李慈銘越縵堂日記「同治八年十月十三日」條）

全祖望小山堂藏書記：曠園之書，其精華歸於南雷，其奇零歸於石門。（鮚埼亭集外編卷一七）

全祖望小山堂祁氏遺書記：嗚呼！　吾聞澹生堂書初出也，其啟爭端多矣。初南雷黄公講學石門，其時用晦父子，俱北面執經。已而以三千金求購澹生堂書，南雷亦以束脩之入參焉。交易既畢，用晦之使者，中途竊南雷所取衛湜禮記集説、王偁東都事略以去，則用晦所授意也。南雷大怒，絶其通門之籍。用晦亦遂反而操戈，而妄自託於建安之徒，力攻新建。……豈知其濫觴之始，特因澹生堂數種而起，是可爲一笑者也。然用晦所藉以購書之金，又不出自己，而出之同里吴君孟舉。及購至，取其精者，以其餘歸之孟舉，於是孟舉亦與之絶。是用晦一舉而既廢師弟之經，又傷朋友之好，適成其爲市道之薄，亦何有於講學也。（鮚埼亭集外編卷一七）

全祖望禮記輯注序：禮記之學，莫如櫟齋衛氏之書爲大備。……吾鄉萬先生充宗，湛於經學……方崑山通志堂經解之未刻也，櫟齋之本，世間流傳頗少，先生求之不可得。會姚江黄徵君自山陰祁氏書閣見之，遽售以歸，踔急足告先生，而中途爲書賈竊去。（鮚埼亭集外編卷二三）

卞僧慧先生曰：禮記集説、東都事略二書，據宗羲天一閣藏書記、祖望小山堂祁氏遺書記、禮記輯注序，實爲宗羲所欲取而爲人中途竊去者。葉德輝翻刻黄虞稷、周在浚徵刻唐宋秘本書目謂禮記集説「近從□□□□得之」，四字空白，或指祁氏，因祁班孫以魏耕事遣戍而諱之，然魏耕案在永曆十七年（按，即康熙二年）。虞稷等編目去之未久，果須諱忌，必不敢言及，不應明著闕文。況宗羲、彝尊之文，皆明言無隱，則闕文非指祁氏明矣。德輝觀古堂書目叢刻，此目前有張芳徵刻唐宋秘本書論略，中有云：「□□□□□有朱子遺書行世。……然則二子以是告海内刻其藏書，詎好奇嗜異云爾哉？是亦□□之所樂聞也。」芳字菊人，晚村文集卷一有答張菊人書。世所行寶誥堂本朱子遺書即留良所刻。此處闕文，當即指留良也。因疑書目中闕文，亦指留良。皆呂案以後所刊去者也（葉氏據楊復吉本翻刻，楊本未見）。祖望禮記輯注序謂「方崑山通志堂經解之未刻也，櫟齋之本，世間流傳頗少」，而宗羲既見之於祁氏書閣，虞稷、在浚又得見於呂氏。兩處所言當即一本也。黄、呂合購祁氏藏書，陳祖法謂宗羲「多以善本自與」，沈冰壺謂宗羲「擇其奇秘難得者自買，而以其餘致晚村」，全祖望謂「精華歸於南雷，其奇零歸於石門」。祖法不喜宗羲而與留良交厚，冰壺雖不契宗羲，而於留良則斥爲「石門狂子」（李慈銘越縵堂日記「同治八年十月十三日」條），祖望更右宗羲，而三人所云均相合。宗羲取其精多，蓋可信也。故即買一事而言，宗羲取其精華，留良得其奇零。禮記集説，或本爲宗羲所欲，而終歸留良。（呂留良年譜長編卷七）

按，卞僧慧先生所論極是。關於澹生堂散書之事，復列次如左。

全祖望祁六公子墓碣銘：祁六公子者，諱班孫，字奕喜，小字季郎，忠敏第二子也。其兄曰理孫，字奕慶。以大功兄弟次其行，故世皆呼曰祁五、祁六兩公子。……祁氏自夷度先生以來，藏書甲於大江以南，其諸子尤豪，喜結客，講求食經。四方簪履望以爲膏粱之極選，不脛而集。及公子兄弟自任以故國之喬木，而屠沽市販之流，亦兼收並蓄。家居山陰之梅墅，其園亭在寓山。柳車踵至，登其堂，複壁大隧，莫能詰也。慈溪布衣魏耕者，狂走四方，思得一當，以爲亳社之桑榆。公子兄弟獨以忠義之誓天稱莫逆。魏耕之談兵也有奇癖，非酒不甘，非妓不飲，禮法之士，莫許也。公子兄弟則與故，曲奉之。時其至，則盛陳越酒，呼若耶溪娃以薦之。又發澹生堂壬遁劍術之書以示之，又遍約同里諸遺民如朱士稚、張宗道輩以疏附之。壬寅，或告變於浙之幕府，刊章四道捕魏耕。有首者曰：「苕上乃其婦家，而山陰之梅墅，乃其死友所嘯聚。」大帥亟發兵，果得之，縛公子兄弟去。既讞，兄弟爭承。祁氏之客謀曰：「二人並命，不更慘歟？」乃納賂而宥其兄。公子遣戍遼左。其後理孫竟以痛弟鬱鬱而死，而祁氏爲之衰破。然君子則曰：「是固忠敏之子也。」當是時，禁網尚疏，寧古塔將軍得賂，則弛約束。丁巳，公子脱身遁歸。已而里社中漸物色之，乃祝髮於吴之堯峰。尋主毗陵馬鞍山寺，所稱咒林明大師者也。薦紳先生皆相傳曰：「是何浮圖，但喜議論古今，不談佛法。每及先朝，則掩面哭。」然終莫有知之者。……癸丑十一月十一日……卒，發其篋……得其遺教，欲歸祔，乃知爲山陰祁公子，自關外來者。於是得歸葬。（鮚埼亭集内編卷一三）

全祖望曠亭記：山陰祁忠敏之尊人少參夷度先生，治曠園於梅里。有澹生堂，其藏書之庫也。

有曠亭，則游息之所也。有東書堂，其讀書之所也。夷度先生精於汲古。其所鈔書，多世人所未見，校勘精核，紙墨俱潔。忠敏亦喜聚書，嘗以硃紅小榻數十張頓放，縹碧諸函，牙籤如玉，風過有聲鏗然。顧其所聚，則不若夷度先生之精。忠敏諸弟，俱以詩詞書畫瀟灑一時，日與賓從徜徉亭中。忠敏之夫人，世所稱大商夫人者，工詩，其女郎湘君並工詩，亦時過此園。忠敏殉難，江南塵起幾二十年。吾鄉雪竇山人，與公子班孫兄弟善，時時居此園。顧其所商榷者，鮫宮虎鬬之事；其所過從者，西臺野哭之徒。不暇留連光景，究心於儒苑中矣。公子以雪竇事戍遼左，良不媿世臣之後。而曠園之盛，自此衰歇。今且陵夷殆盡，書卷無一存者。並池榭皆爲灌莽，其可感也。（鮚埼亭集外編卷二〇）

【注釋】

〔一〕觔：劉安淮南子天文訓：「天有四時，以成一歲，因而四之，四四十六，故十六兩而爲一觔。」

〔二〕宣綾包角：周嘉胄裝潢志：「綾絹料：宣德綾佳者勝於宣和，糊窗綾其次也。嘉興近出一種綾，闊二尺，花樣絲料皆精絶，乃從錦機改織者，固書畫之華衮也。」

〔三〕父書：司馬遷史記卷八一廉頗藺相如列傳：「趙王因以括爲將，代廉頗。藺相如曰：『王以名使括，若膠柱而鼓瑟耳，括徒能讀其父書傳，不知合變也。』趙王不聽，遂將之。」

〔四〕達磨：李昉太平御覽卷六五八釋部八：「菩提達摩者，天竺人也。梁普通中，泛海至於廣州，後過江，上嵩山少林寺。達摩傳惠可，惠可傳僧璨，隱於晥山，璨傳道信，道信傳弘忍，弘忍傳惠能，惠能住韶州曹溪，是爲六祖。」

後耦耕詩 十首

不費黄金與白銀，沿街拾得耦耕身①。箭瘢入骨陰還痛〔一〕，舌血濺衣洗更新。到處有情殘藥裹，别來無恙舊頭巾。梅花繞屋籬抽筍，只此其家也不貧。

雨没犁尖草更深，無人共荷土花侵。吾生鑄錯幾州鐵，世上銷柔百煉金〔二〕。曉白天河星盡墮，秋黄籬落果難尋。憑簷囀死誰憐汝，辜負提壺布穀心〔三〕。

殳山舊院落天荒，路入梧桐尚有鄉〔四〕。坐破膝痕看踐履，考夫。瀾翻舌本見靈光。聲始。深衣社裏行家禮，村學堂中祀紫陽。黄菊白蓮秋意好，怕教攙入木犀香〔五〕。

枳笆繩縛澀生苔，曾許洲錢二妙來。洗我瘦腸傾汝酒，帶君飽眼看吾梅。故交疏索尤相惜，舊學孤危轉自哀。白石肯從修竹老〔六〕，玉山終傍鐵崖開〔七〕。

剡溪字説甬東醫〔八〕，横發前人未發枝。腹貯好書無處寫，老多奇計只輸飢。煙蒸村屋支缸竈，雨送吴船濕布旗。若肯隨緣小休歇，钁頭鑱柄亦吾師。

未曾識面好同群，楚尾吴頭落夢殷〔九〕。凍瀑禪燈挑杜律〔一〇〕，忍辱②。茅齋麩餅嗤歐文〔一一〕。靈昭法。游魂終恐埋荒嶂，餓氣猶能吐怪雲。欲寄蘇臺窮長老〔一二〕，閒肩鉼錫報知聞③〔一三〕。嵓僧供養昭法，近行脚楚中。

雙瀑堂中老住持，三峰位下早疑渠。得來妙法無多子〔一四〕，看盡人間總不如。青火竹窗謄副本，白頭蘭幕出新書。何如分據枯桑坐，掃地攤經帶月鉏。

土擊塒雞樹圈豬〔一五〕，莊家偷學好規模。稺兒笑掛伊謳軸，病婦愁提困蠹壺。已榜數行辭燕友〔一六〕，忽思兩事走獠奴。一求户部雕肝句，九煙。一乞杼山没骨圖。麗農。

田忙時節伴工勤，近地招呼遠地聞。徑約懸鶉窮處士〔一七〕，辛齋④。轉邀射虎故將軍。維正。

車頭歇午評吟社，棚下乘涼策酒勳。主管農工須印記，兼山趣與刻朱文。

瀟灑風光瀉瓦盆，崢嶸事業拆秧門〔一八〕。古人誰放一頭地〔一九〕，老子自牢雙脚跟。月港吴歌相贈答，風簾燕語與温存。便無真耦也歸去，頂笠腰鐮占晚村。

【校記】

① 沿街　嚴鈔本、萬卷樓鈔本作「沿村」。

② 釋略本於此下按曰：「曹射侯家舊本第三句下有注云：『閻忍辱，字古古，江北人。』今删去，其意可

見。『徐昭發（法），名枋，號俟齋，前孝廉，隱居澗上，不見一人，時賣畫以自食，吴人重其節義，多重價購之。』又，本注『靈喦僧』之下，曹本有『繼起』二字，蓋僧名也。今亦删去。」

③ 閒肩　萬卷樓鈔本作「肩擔」，校曰：「閒看。」

④ 辛齋　原闕，據嚴鈔本、釋略本、怡古齋鈔本補。釋略本於此下按曰：「曹本第三句下有注云：『陸辛齋。』今亦删去。丘維正，後有贈詩。門人祝濬，字兼山，善篆刻，尤工朱文。」

【箋　釋】

此詩作於康熙五年丙午夏。

按，第一首，「箭瘢入骨陰還痛」下嚴鴻逵釋略曰：「子自言左股曾中箭，遇天雨輒痛。」所謂「舌血」者，蓋指諒功死時事也，公忠行略記曰：「幼素有咯血疾，方亮功之亡，一嘔數升，幾絶。」

第三首，嚴鴻逵釋略曰：「殳山，在硤石東南，貝清江瓊所隱居處，舊有書院，今廢。天荒，即茅塘，俱與桐鄉路接。桐鄉，舊名梧桐鄉，宣德間析崇德縣，置此縣。張考夫、朱聲始二先生，俱桐鄉人，按賣藝文稱『桐鄉殳山朱聲始』語。言黄菊白蓮，秋意雖好，但惡其攙入木犀香耳。自古隱流，必與釋子往來，予則正須絶。」朱聲始，名彝，晚村姊夫，吴永芳嘉興府志卷六一桐鄉列傳：「朱彝，字聲始，順治辛丑進士。授靈璧縣知縣，以廉幹聞。不事生産，蕭然環堵，讀書不輟。著白衣山人集。」又賣藝文：「吾姊丈朱聲始淵源程朱，所作文不減歐九。」

第四首，嚴鴻逵釋略曰：「故交疏索，時太沖輩已疏。白石，林景熙。修竹，王英孫。玉山，顧阿瑛。鐵崖，楊維楨。孟舉、自牧家富，故以玉山、修竹相比，而以白石、鐵崖自況。然曰『肯從』、曰『終傍』，其意微矣。」

第五首，嚴鴻逵釋略曰：「剡溪，黄晦木。甬東，高旦中。落句，印須之意也。即前所謂頻呼苦唤而首不回者，猶冀其或回也。」全謝山鷗鴣先生神道表：「先生雖好奇字，然其論小學，謂揚雄但知識奇字，不知識常字，不知常字乃奇字所自出。三致意於六書會通，乃歎其奇而不詭於法也。」（鮚埼亭集内編卷一三）

第六首，嚴鴻逵釋略曰：「因故交莫肯爲耦耕，而懷及於未曾識面之人，至於夢寐縈殷，既述其所爲，又惜其飢餓，又欲時聞其消息，所以想慕之者至矣。」又眉批曰：「忍辱，字古古，江北人。徐昭法，名枋，號俟齋，前孝廉，隱居澗上，不見一人，時賣畫以自食，吴人重其節義，多重價購之。靈嵒僧，名繼起。」趙宏恩江南通志卷一七四方外一：「弘儲，字繼起，通州李氏子也。受法於三峰，稱爲臨濟荷擔真子。徧歷諸刹，順治辛丑始居靈嵒，吴偉業輩多皈依門下。徐枋謂其與聖賢道合，注念君親，自來善知識中無有也。」吴梅村壽繼起和尚：「故山東望路微茫，講樹秋風老著霜。不羡紫衣誇妙相，惟憑白足徧諸方。隨雲舒卷身兼杖，與月空明詩一囊。臺頂最高三萬丈，道人心在赤城梁。」（梅村集卷一四）

第七首，嚴鴻逵釋略曰：「此專爲太沖作也。太沖嘗有私印云『雙瀑堂住持』。三峰，天童高僧也。太沖會禪，故茂視禮法，輕傲一世。是年又館於寧波姜希轍家，悉出其所手録書以求媚，故皆爲惋惜之詞。」趙宏恩江南通志卷一七四方外一：「法藏，號三峰，嗣法天童。初住鄧尉，繼主開元，度僧百餘，受戒萬衆，得法者十二弟子，具德、繼起最著。」

第八首，似亦承上一首，晚村榜門謝客，以辭「燕友」；「燕友」者，蓋謂趨時如燕者也。與下問燕、燕答二詩觀之，此「燕友」似指太沖。

第九首，嚴鴻逵釋略曰：「辛齋，陸姓。維正，姓邱。後有贈詩。門人祝潛，字兼山，善篆刻，尤工朱文。」陸辛齋，名嘉淑，字孝可，後更冰修，號射山，晚號辛齋，海昌人。詳參是卷寄陸冰修一詩。邱維正，嵇曾筠浙江通志卷一九四寓賢上：「邱上儀，舊浙江通志：字維正，武進人。武進士。受知川湖總督朱燮元，由江西都司歷海鹽參將，有惠政，陞任不赴，隱居邵灣紫雲山中。賣漿爲生，親知贈遺絲粟不受，年七十餘。子孫家於鹽。」卒於康熙十七年戊午，許楹曰：「邱維正先生，故浙西參將。居官廉勇，有惠政。甲乙以後抗節。商隱何先生營別業以居之，又與先君子集資買産供其膳老。殁後，先生與先君子共營喪事，何先生又獨爲舉葬焉。」（錢聚仁紫雲先生年譜引）祝潛，參見本卷第一首之箋釋。

晚村棄去青衿，欲不與世周旋而求隱矣，然兩人方可謂之耦耕，僅一身之孤往，又何足道哉？前思耦耕時，是「好友一時團汐社」，而「剡曲明州首不回」；後耦耕時，是「腹貯好書無處寫」，而「故交疏索」「舊學危」。前思耦耕時，曾有「赤腳今朝始耦耕」之「孤注」；後耦耕時，終於發出「便無真耦也歸去」之感慨。亦如嚴鴻逵釋略所言：「題曰耦耕，終以無真耦而歸去，所謂知之明而行之決也。益將以千秋之事業自任，是豈高、黄輩之所能識哉？」又曰：「第一首從自家説起，第二首説出尋耦之意，三首以後皆説所欲與耦之人，末首仍説到自身，結出無耦而獨歸之意。」是亦無可奈何者。嗚呼，悲哉也夫！

【資　料】

王錫闡贈石門：自曾賦就耦耕詩，摇膝南陽拂釣絲。闢妄直須鋤五葉，審音漫復辨三犧。文章不露名偏重，堂奥彌深世莫窺。尚論知君仍寡合，祇從白鹿定心期。（曉菴先生詩集卷二）

徐豫貞讀吕晚村前後耦耕詩惜其意猶未足因追和一律：茫茫吾道欲何從，但得躬耕也不窮。莘野終潛仍任聖，南陽老死亦英雄。無書掛角隨犁犢，有笠遮頭在雨風。富貴無忘真鄙語，陳涉與人耕田，語其儕曰：「苟富貴，毋相忘。」管寧差不愧遼東。（逃葊詩草卷一）

【注　釋】

〔一〕箭瘢：蔡琰胡笳十八拍之十七拍：「塞上黄蒿兮枝枯葉乾，沙場白骨兮刀痕箭瘢。」瘢，顧野王玉篇疒部：「瘢，薄官切。瘡痕也。」

〔二〕「吾生」二句：劉琨重贈盧諶：「何意百鍊金，化爲繞指柔。」

〔三〕提壺布穀：彭大翼山堂肆考卷二三七：「提壺鳥，以其聲呼提壺，故名。生山林間，大如雀，身黄緑色。」林和靖山中寒食：「方塘波緑杜蘅青，布穀提壺已足聽。」楊萬里初夏即事：「提壺醒眼看人醉，布穀催農不自耕。」

〔四〕梧桐：今桐鄉市梧桐鎮。

〔五〕木犀香：陳敬陳氏香譜卷一：「向餘異苑圖云：巖桂，一名七里香，生匡廬諸山谷間。八九月開，花如棗花，香滿巖谷，采花陰乾以合香，甚奇。其木堅韌，可作茶品，紋如犀角，故號木犀。」羅大經鶴林玉露卷三：「黄龍寺晦堂老子嘗問山谷以『吾無隱乎爾』之義，山谷詮釋再三，晦堂終不然其説。時暑退涼生，秋香滿院，晦堂因問曰：『聞木犀香乎？』山谷曰：『聞。』晦堂曰：『吾無隱乎爾？』山谷乃服。晦堂此等處誠實脱灑，亦只是曾點見解，卻無顔子工夫，此儒佛所以不同。」

〔六〕白石：吕留良宋詩鈔小傳：「林景熙，字德陽，號霽山，温之平陽人也。咸淳辛未太學釋褐，授泉州教官，歷禮部架閣，轉從政郎。宋亡不仕，客於會稽王修竹英孫之家，會楊璉真伽發宋陵，英孫使客收其棄骨，景熙得高、孝兩函，與唐珏所收者葬於蘭亭，樹冬青以識。庚戌卒於家，年六十九。所居在白石巷。詩六卷，曰白石樵唱。大概悽愴故舊之作，與謝翱相表裏。翱詩奇崛，熙詩幽宛，蛟峰方逢辰曰：『詩家門户，當放一頭。』非虚言也。」修竹：厲鶚宋詩紀事卷七九：「王英孫，字才翁，號修竹，會稽人。少保端明殿學士克謙之子，仕將作監主簿。家饒於貲，宋亡後延致四方名士，賦詠相娱，與山陰徐受之天佑並爲一時人士所宗。」

〔七〕玉山：王鏊姑蘇志卷五四人物一三：「顧阿瑛，字仲英，别名德輝，崑山人。少輕財結客，豪宕自好，年三十，始折節讀書，益購古書名畫彝鼎秘翫，築别業於茜涇西，曰玉山集處。日夜與客置酒賦詩，其中四方文學之士若河東張翥、會稽楊維楨、天台柯九思、永嘉李孝光，方外之士若張伯雨、于彦成、琦元璞，舉凡一時名士，咸主其家。……張士誠入吴，欲强以官，乃去，隱於嘉興之合溪。……閲釋氏書有悟，遂祝髪，稱金粟道人。……所著詩曰玉山璞稿。」鐵崖：朱彝尊楊維楨傳：「楊維楨，字廉夫，會稽人。家鐵崖山下。……維楨著三史統論，謂元之大一統，在平宋，不在平遼與金，統宜接宋，不當接遼。歐陽玄見之曰：『百年公論，定於此矣。』……徙松江，周游山水，獲斷劍，煉爲笛，冠鐵葉冠，衣兔褐，吹之作回波引，遂號鐵笛老人，或自呼老鐵，亦曰抱遺老人，又曰東維子。……洪武二年，編纂禮樂書，别徵儒士修元史，帝遣翰林院侍讀學士詹同奉幣詣其門召之，辭不赴。明年，有詔敦促，賜安車詣闕。廷留四月，禮書條目畢，史統亦定，遂以白衣乞骸骨。帝許之，仍給安車還，抵家而卒。」

〔八〕剡溪：李賢明一統志卷四五紹興府：「剡溪，在嵊縣治南，一名戴溪。即晉王徽之雪夜訪戴逵處。」

〔九〕楚尾吴頭：祝穆方輿勝覽卷一九江西路：「豫章之地爲楚尾吴頭。」朱熹鉛山立春六言：「雪擁山腰洞口，春回楚尾吴頭。」詩中楚尾指忍辱，吴頭指昭法。

〔一〇〕杜律：黄生杜詩説：「看杜詩如看一處大山水，讀杜律如讀一篇長古文，其用意之深，取境之遠，制格之奇，出語之厚，非設身處地若與公周旋於花溪草閣之間，親陪其杖屨，熟聞其謦欬，則作者之精神不出，閲者之心孔亦不開。」黄虞稷千頃堂書目卷三二著録元明著作：「虞集杜律七言注二卷、張伯成杜律衍義二卷、蕭鳴盛杜律選注二卷、張璁杜律解訓二卷、王維貞杜律頗解二卷、顔廷榘杜律意箋二卷、謝杰杜律箋言二卷、張綖杜律本意二卷、馮惟訥杜律删注。」

〔一一〕歐文：蘇軾六一居士集叙：「自歐陽子出，天下爭自濯磨，以通經學古爲高，以救時行道爲賢，以犯顔納說爲忠，長育成就，至嘉祐末號稱多士，歐陽子之功爲多。嗚呼！此豈人力也哉！非天其孰能使之！歐陽子没十有餘年，士始爲新學，以佛老之似亂周孔之實，識者憂之。」朱子語類卷一三九：「道夫因言歐陽公文平淡，曰：雖平淡，其中却自美麗，有好處，有不可及處，却不是闒茸無意思。又曰：歐文如賓主相見，平心定氣，説好話相似。」

〔一二〕蘇臺：指姑蘇臺。樂史太平寰宇記卷九一蘇州：「姑蘇臺，吴王夫差爲西施造，以望越。按吴地志云：闔閭十一年起臺於胥門姑蘇山，山南造九曲路，高三百尺。越絶書云：臺高見三百里。故太史公云：登姑蘇，望五湖。是此。」

〔一三〕知聞：指朋友。白居易黄石巖下作：「教他遠親故，何處覓知聞。」

〔一四〕妙法無多子：釋普濟五燈會元卷一一黄檗運禪師法嗣：「師於言下大悟，乃曰：『元來黄檗，佛法無多子。』」

〔一五〕塒雞：詩王風君子于役：「雞栖于塒，日之夕矣。」爾雅釋宫：「雞栖于弋爲榤，鑿垣而栖爲塒。」劉孝威雞鳴篇：「塒雞識將曙，長鳴高樹巔。」圈豬：戴侗六書故卷二六：「圂：圈豕爲圂。凡畜牲食以米穀曰豢，大豕是也。」

〔一六〕已榜數行：司馬遷史記卷一二〇汲鄭列傳：「下邽翟公有言，始翟公爲廷尉，賓客闐門。及廢，門外可設雀羅。翟公復爲廷尉，賓客欲往，翟公乃大署其門曰：『一死一生，乃知交情。一貧一富，乃知交態。一貴一賤，交情乃見。』」

〔一七〕懸鶉：詩魏風伐檀：「不狩不獵，胡瞻爾庭有懸鶉兮。」羅願爾雅翼卷一五：「鳥之淳者，其居易容，其欲易給，竄伏淺草之間，隨地而安，故言上世之俗曰鶉居而鷇食也。尾特秃，若衣之短結，傳稱子夏貧，衣若懸鶉。」

〔一八〕拆秧門：即開秧門。農業生産風俗。拔秧時，所扎秧把，在兩把秧合處必留缺口，俗稱「秧門」，兆興旺發達。插秧首日稱「開秧門」，結束日稱「關秧門」。行謐二隱謐禪師語録：「四月初三秧正青，老農領衆開秧門。」民諺云：「插好黄秧，看望爺娘。」

〔一九〕一頭地：歐陽修與梅聖俞：「今再令去取讀軾書，不覺汗出，快哉快哉。老夫當避路，放他出一頭地也。」

哭彗兒　六首

幾點五更雨，嬌兒眼失光。神醫門外過，怪鳥屋頭藏〔一〕。灰漆棺身小，油燈榻影長。一呼一返視，此痛更刳腸。

指口未能語，煩啼宛轉驚。不知何苦甚，益覺可憐生。津竭翻求藥，魂離始廢檠。淒凉今夜夢，眉目更分明。

天上長星没，人間奇骨生。因緣大事出〔二〕，授記不祥名〔三〕。帝怒翻追捉，巫招敢拒行〔四〕。不容灑掃役，意豈在攙搶〔五〕。

兒具莊嚴相，衰門望亢宗。無論心孔異，已見手容恭。夭慕顔淵壽〔六〕，殤援汪踦封〔七〕。人言吾欠達，此達大難從。

晬盤還兩月〔八〕，早計爲拏周〔九〕。放樣裁花襖，渾身繡玉虯。三春湯餅米〔一〇〕，短水會親蒭〔一一〕。屏棄休重見，睛枯少淚流。

最是傷心處，荒村小影孤。杯留殘藥汁，帽剩舊桃符。鬼隊誰提抱，妖花孰笑娱①。石橋東畔路，寸寸斷腸塗。

【校記】

① 孰　原作「舊」，嚴鈔本、釋略本、詩稿本、怡古齋鈔本、管庭芬鈔本同。詩文集鈔本作「奪」，校曰：「原本作『舊』。」釋略本曰：「末首第六句『舊』字誤，但不知原作何字。」據張鳴珂鈔本、萬卷樓鈔本改。

【箋釋】

此詩作於康熙五年丙午七月。

按，彗兒，小名阿彗，譜名定忠，生於康熙四年乙巳九月，殤於五年丙午六月。晚村卒後，葬識

村，阿彗祔焉。公忠哭阿彗文跋：「阿彗第五，今同第八弟祔葬識村，歲時亦祔食。」（吕晚村先生家書真蹟卷五）

阿彗之死，晚村責己甚深，所謂「急外務而不飭家人以速聞，使汝失治以死也。吾殺汝，又將誰尤」者是也。此次晚村之杭，其所爲事已不可考，然爲「外務」也必矣。此「外務」殆非泛泛者比，或即爲購買澹生堂藏書事。蓋無佐證，録之存疑，以俟來者。

【資料】

吕留良哭阿彗文：痛哉阿彗！今日汝死三朝矣。阿爺阿娘哥哥皆痛汝不忍舍，二伯伯四伯母賜楮幣哀汝，父執吴五叔叔嬸嬸亦遣人弔汝。今吾令汝乳姆攜菓餌蔬飯祭汝，汝不能飲，令其握出乳汁以飲汝。痛哉阿彗！汝生面方，廣額，豐下，耳長垂珠，隆準脩眉，髮頂黛緑，膚如凍肪，瞳如髹漆，母抱汝前，十步之外，目光及我，啼聲震鄰。項頸肩脊，屹如山立，兩手常對握端拱，不自掉弄，其骨度莊凝如此，無一死法。生未十日即能笑，數月以來，洞解人意，呼之相親，即捧面哺口。吾有不釋，母令爲花鼻，即能蹙山根作皺紋，口輔出纈以悦我，其聰明而孝如此，亦無死法也。阿彗阿彗，汝何以死？汝初病痘，不八日而靨，不十日而痂落梅片，疤白無苔痕，吾即驚憂，謂必有變。已而餘氣怒生，幸部位不犯要害，進參芪託裏之藥，瘍雖未愈，而肌肉神氣未曾減損，謂可不至死也。汝苦藥，每服必强灌，見持茶盞至，即戟手摇頭，牙噤喉拒，捏閉汝鼻，纔進少許，宛轉呼號，其難如此。以故汝母乳姆姑息煦嫗，見汝少安，便勸輟藥，後之間斷致危，遲遲報信，皆坐此也。六月十八日，吾以事須往杭州，念汝病不可離，時高旦中在海昌，遣人來迎黄晦木，將同往蘇州。吾因致書曰：「彗兒病且危，弟欲暫入省，計駕從此至吴便道也，不靳一跋涉，活此細命。晦木亦待於此矣。」吾謂必足以致吾友，遂放心至杭，否則吾雖忍甚，豈能舍汝而去乎？杭州數日不見家報，計已調理平復矣。因更淹數日，寫目市貨，有戲具字，館人笑問，吾答以五兒病新愈，買以娱之也。孰意廿七之酉，而有阿墀之信乎！吾問阿墀，然後知次日海昌竟不至，但遣童迎晦木耳，童謾云廿三日且至，遲則廿六也。不謂汝病劇於廿三日，身熱洞瀉，家人妄冀吴門之約，又望吾之歸，因循五晝夜，變症蠭起，始遣墀報，吾冒暑奔歸，已無及矣。此是吾方術之疏，而期人之過，急外務而不飭家人以速聞，使汝失治以死也。吾殺汝，又將誰尤？汝生於乙巳九月，至今纔十月耳。吾名汝爲彗，汝母曰：「何用此不祥者？」吾曰：「乃其所以爲祥也。」今其果不祥耶？汝瞳子能自會於兩眥，吾又戲名曰烏鬬。此二小名吾每呼汝，汝目諾而口應者，將於晬日命汝正名曰定忠，此汝所未知也。今以語汝，汝其能應否耶？痛哉阿彗，遺衣委床，啼音在耳，汝母乳姆，哭聲一發，刲心鉥骨，吾又何堪。行且權厝汝於識村，囑汝兄輩異日吾没後，舉汝祔於吾家之側，與汝相依，以誌吾痛也。（吕晚村先生文集卷七）

【注釋】

〔一〕怪鳥：班固漢書卷四八賈誼列傳：「誼爲長沙傅三年，有鵩飛入誼舍，止於坐隅。服似鴞，不祥鳥也。

誼既以適居長沙，長沙卑濕，誼自傷悼，以爲壽不得長。」又毛晉陸氏詩疏廣要卷下：「山陰陸氏曰：『鵂鶹，一名祇狐，鴟服、鬼車之類。』爾雅又云『怪鴟』，注即鵂鶹也，見廣雅。今江東通呼此屬爲怪鳥。」

〔二〕「因緣」句：法華經：「諸佛世尊，唯以一大事因緣故出現於世。」

〔三〕授記：釋玄則禪林妙記前集序：「尋蒙授記，得無生忍。」（釋道宣廣弘明集卷二〇引）丁福保佛學大辭典：「授記：佛對發心之衆生授與當來必當作佛之記別也。」

〔四〕「帝怒」二句：宋玉招魂：「帝告巫陽曰：『有人在下，我欲輔之，魂魄離散，汝筮予之。』……乃下招曰云云。」

〔五〕欃搶：即欃槍。班固漢書卷二六天文志：「槍、欃、棓、彗異狀，其殃一也。」爾雅釋天：「彗星爲欃槍。」

〔六〕顔淵：司馬遷史記卷六七仲尼弟子列傳：「顔回者，魯人也，字子淵。少孔子三十歲。顔淵問仁，孔子曰：『克己復禮，天下歸仁焉。』孔子曰：『賢哉，回也。一簞食，一瓢飲，在陋巷，人不堪其憂，回也不改其樂。』……回年二十九，髮盡白，蚤死，孔子哭之慟，曰：『自吾有回，門人益親。』魯哀公問：『弟子孰爲好學。』孔子對曰：『有顔回者好學，不遷怒，不貳過，不幸短命死矣，今也則亡。』」

〔七〕汪踦：禮記檀弓下：「戰於郎，公叔禺人遇負杖入保者息，曰：『使之雖病也，任之雖重也，君子不能爲謀也，士弗能死也，不可。我則既言矣。』與其鄰童汪踦往，皆死焉。魯人欲勿殤童汪踦，問於仲尼。仲尼曰：『能執干戈以衛社稷，雖欲勿殤也，不亦可乎？』」鄭玄注：「童，未冠者之稱。見其死君事，有士行，欲與成人之喪治之。」

〔八〕晬盤：顔之推顔氏家訓風操：「江南風俗，兒生一朞，爲製新衣，盥浴裝飾，男則用弓矢紙筆，女則刀尺鍼縷，並加飲食之物及珍寶服玩，置之兒前，觀其發意所取，以驗貪廉愚智，名之爲試兒。親表聚集，致讌享焉。」王利器集解引盧文弨曰：「子生周年謂之晬。……其試兒之物，今人謂之晬盤。」朱熹孺人鄧氏太孺人黄氏：「公幼有異質，生歲始周，家人示以晬盤，公一無所顧，獨扶服前，取書之論性理者，展玩久之。」孟元老東京夢華録卷五育子：「至來歲生日謂之周晬，羅列盤琖於地，盛菓木、飲食、官誥、筆研、筭秤等經卷、針綫應用之物，觀其所先拈者，以爲徵兆，謂之試晬，此小兒之盛禮也。」

〔九〕拏周：即抓周，意同「晬盤」。崇德俗語，至今猶然。

〔一〇〕湯餅：蘇軾賀陳復古弟章生子：「甚欲去爲湯餅客，惟愁錯寫弄麞書。」

〔一一〕短水：吕留良秋日過孫子度詩嚴鴻逵釋略：「糯酒，白酒也。有長水、中水、短水三様。」吕願良苦寒：「爐灰少種翻仍冷，里酒加長夢易還」自注：「俗以水長短名酒之醲薄。」（天放翁集）篘：濾酒器。顧野王玉篇竹部：「初婁切。酒籠。」

贈巢端明

廿年冰壓巖松老，九日寒催野菊香。天下幾家忘主客〔一〕，此身今日繫存亡〔二〕。荒臺偶語桐烏發〔三〕，小院深更燭跋藏〔四〕。手自斷壺成飲器〔五〕，攜來引滿話南陽。

【箋　釋】

此詩作於康熙五年丙午九月。

按，端明自乙酉後，家居二十餘年，與沈眉生、徐昭法稱「海内三遺民」。時晚村過之，在棄諸生後，故有「天下幾家忘主客，此身今日繫存亡」語。「忘主客」之「主」，明朝也，「客」，清朝也。用深更之「偶語」，蓋以暴秦喻清，其所談之内容可以想見矣。

嚴鴻逵釋略曰：「巢諱鳴盛，前孝廉，居嘉興石佛寺。壺，瓠也。巢先生家瓠種極多，手製爲杯玩等器，甚精，時人重之，號爲巢栝。」巢端明，名鳴盛，私謚正孝先生，嘉興人。生於明萬曆三十九年辛亥，卒於清康熙十九年庚申，終年七十歲。崇禎九年丙子舉人。

【資　料】

盛楓嘉禾徵獻録卷四七：巢鳴盛，字端明，嘉興人。年二十始就塾，師嫌其晚，拒之，力請不已，乃授之舉藝一篇，夜則然膏授經，不歲餘，盡通其義。崇禎丙子舉於鄉，是時，一登賢書，則乘輿張蓋，隨俊僕數人。鳴盛布衣草履，不改平昔，客過之，無應門者。乙酉，郡城失守，覓一蒼頭，偕渡錢塘，寓蕭寺中。見江東拒守兵無紀律，度必不支，乃泛海還家。即墓側搆數椽，屏居其中，隔溪築一小閣，可望先人丘壟，屋外植短籬，還栽橙橘百木。親荷鋤種菜自給，妻錢［氏］，篝燈紡績，一如農婦。友人造之，具雞黍爲樂，口不及人間一字。立家訓，首以勉忠孝、敦廉恥爲教。事兄如父，課子弟，雖成人必嚴。垂老，見僕婦婢子，必面赤，終不呼其名。與人交，初不甚歡，久而使人自不忍舍。年七十卒。閉户不出者凡四十年。著永思草堂集。

徐枋致巢孝廉端明書附：巢孝廉端明，名鳴盛，嘉興人。乙酉世變後，即遁跡荒野，矢以廬墓終身，不毁膚髮。時天下稱遺民之中有同調者三人，則宣城沈徵君眉生、嘉興巢孝廉端明及余不佞也。孝廉平居，足不踰户，親知都不接見。（居易堂集卷三）

萬斯備寄巢端明山居：戎馬遍南國，荆扉獨隱淪。琴書娱白髮，板蕩失青春。世事袁閎老，生涯阮籍貧。向來高蹈志，寂絶更難論。（沈季友檇李詩繫卷四一）

陳苞挽孝廉巢端明：隔歲相逢話苦辛，秀眉緑鬢舊綸巾。每攀柏樹雙垂淚，偶著荷衣一見人。安坐從容知繕性，高翔寥廓得閒身。少微星墮慚難借，翡翠蘭苕空自春。

憶昔追隨游璧沼，同儔今有幾人存。披帷心折編三絶，漬絮神傷酒一尊。弟子籃輿辭白社，故侯瓜隴感青門。不須更作山陽賦，反復遺箴已斷魂。（同上書卷二八）

嵇曾筠浙江通志卷二二八寺觀三：青蓮教寺：弘治嘉興府志：在縣西南二十里，舊名石佛寺。唐咸亨中立，宋治平間改青蓮寺，明洪武初定爲教寺。

【注釋】

〔一〕忘主客：范曄後漢書卷八三逸民列傳：「龐公者，南郡襄陽人也。」李賢注引襄陽記：「諸葛孔明每至德公家，獨拜牀下，德公初不令止。司馬德操嘗詣德公，值其渡沔上先人墓。德操徑入其堂，呼德公妻子，使速作黍，徐元直向云當來就我與德公談。其妻子皆羅拜於堂下，奔走共設。須臾德公還，直入相就，不知何者是客也。」

〔二〕繫存亡：王翰虞城懷古：「霸業千年慚詭譎，忠臣一諫繫存亡。」此殆指巢氏風標，繫乎遺民操守之存亡也。

〔三〕偶語：司馬遷史記卷六秦始皇本紀：「有敢偶語詩書者棄市。」裴駰集解引應劭曰：「禁民聚語，畏其謗己。」張守節正義：「偶，對也。」桐烏：李賀安樂宮：「深井桐烏起，尚復牽清水。」

〔四〕燭跋：禮記曲禮：「燭至起，食至起，上客起。燭不見跋。」鄭玄注：「跋，本也。燭盡則去之，嫌若燼多，有厭倦。」孔穎達疏：「小爾雅云：『跋，本也。』本，把處也。古者未有蠟燭，唯呼火炬爲燭也。火炬照夜易盡，盡則藏所然殘本。所以爾者，若積聚殘本，客見之，則知夜深，慮主人厭倦，或欲辭退也。故不見殘本，恒如然未盡也。」

〔五〕斷壺成飲器：朱彝尊靜志居詩話卷一九：「孝廉肥遁深林，絶跡城市，時群盜四起，鏐鐵銀鏤，隻器無得留者。於是繞屋種瓠，小大凡十餘種，長如鶴頸，纖若蜂腰，杯杓之外，室中所需器皿，莫非瓠者。遠邇爭效之，檇李瓠樽，不脛而走海內。」壺，同瓠。詩豳風七月：「七月食瓜，八月斷壺。」馮復京六家詩名物疏卷三〇：「傳云：『壺，瓠也。』埤雅云：『似匏而圓，曰壺。壺，圜器也，故謂之壺，亦曰壺盧。』古今注曰：『壺盧，瓠之無柄者也。性善浮，要之可以涉水，南人謂之要舟。』又可爲樽，春秋傳曰：『樽以魯壺，司尊彝曰：秋嘗冬蒸，饋獻用兩壺尊。』詩曰：『八月斷壺。』壺性蔓生，披蔓斬之，故曰斷也。今其收法，八月冷露降，輒先斷其根，令其餘蔓飲之，已日乃收，尤堅成可用。」

問燕 丁未①

從來期汝二月天，杏花雨點楊花煙。朝窗夕窗相對語，不與俗物相周旋。哺食啃華同護惜〔一〕，點茵污帽恣狼藉。寒堂無伴老影孤，滿眼春風慰蕭寂。何圖今歲得雕梁，翻然一飽成飛颺。老巢當位占高棟，群雛分户泥生香〔二〕。汝居得所我亦喜，何事不復相過語。呢喃聞汝向雕梁，咒盡窮簷不堪處。寄聲留取當時面，黄姑織女猶相見〔三〕。雕梁住久過窮簷，向有突欒窠一片〔四〕。我聞人苦不知足，天下雕梁難更僕〔五〕。明年莫更繞天飛，又咒華堂當茅屋。

【校記】

① 丁未　原闕，據怡古齋鈔本補。

【箋 釋】

此詩作於康熙六年丁未二月。

按，此晚村問太沖之作也。嚴鴻逵釋略曰：「此以下三詩，皆爲太沖作也。凡浙東之館浙西者，皆必以二月到館，又其輕薄情事有與燕適相類者，故藉以爲喻。蓋自丙午子棄諸生，太沖次年便去，而館於寧波姜定菴家，所以誣詆子者，無所不至，此問燕、燕答之所爲作也。又太沖所至，必詆舊交以示親信於新知，後海寧令請講學，至便詆姜，及往崑山徐氏，又詆海寧人士。此詩結語，甚洞見其狡獪伎倆也。」此事亦曾引起吕裁之之不滿，裁之因作棄婦歎以譏太沖，並謂更欲作聱者説。蓋是時兩人交情雖漸疏，然未曾交惡，直至高旦中墓誌銘事起，方始分道，幾至操戈。然此時太沖之離去，未始無因，晚村謂「不願向世間疏明本末」，是知其必有隱情，今已不可得之矣。

據詩中所言，晚村當非常珍視兩人往還時之情誼，所謂「朝窗夕窗」者，相從密也；「不與俗物」者，品自高也；「哺食啃華」者，情如一也；「點茵污帽」者，性自適也；「汝居得所我亦喜」者，友道善也；「何事不復相過語」者，心生疑也。然而雕梁一住，窮簷何堪？黄姑織女，猶能相見，當時情面，今也安在？

【資 料】

吕留良質亡集小序：有故人誣詆余於顯者之家，蓼園憤甚，作棄婦歎以寄余，煉師余體崖亦不平

之。余答以兩公學道人，尚有火氣耶？ 此固余過也。（吕晚村先生續集卷三）

吕留良復裁之兄書：所示婦去詞，言短味長，刺深旨厚，真風人之遺。……春間無事時，戲作得問燕、燕答二詩，别紙録去，聊發遠噱。 弟已不願向世間疏明本末，因吾兄知之深，屢荷遠念，故縱言及之耳，不足爲他人道也。 近於襄指札頭見一行云欲作瞽者説相寄别，諭雖不詳，可以意會，得兄筆一點染，使妍媸無遁形，使足當辨奸、絶交論一則矣。（吕晚村先生文集卷二）

【注釋】

〔一〕唶：許慎説文解字言部：「諎，大聲也。从言，昔聲，讀若笮。壯革切。唶，諎或从口。」司馬遷史記卷一二五佞幸列傳：「文帝嘗病癰，鄧通常爲帝唶吮之。」

〔二〕「何圖」四句：李中燕：「豪家五色泥香，銜得營巢太忙。喧覺佳人晝夢，雙雙猶在雕梁。」飛颺，范曄後漢書卷七五吕布列傳：「登不爲動容，徐對之曰：『登見曹公，言養將軍譬如養虎，當飽其肉，不飽則將噬人。公曰：「不如卿言，譬如養鷹，飢即爲用，飽則颺去。」其言如此。』布意乃解。」

〔三〕黄姑織女：二星名。宗懍荆楚歲時記：「七月七日爲牽牛織女聚會之夜。……河鼓：黄姑、牽牛也。皆語之轉。」古辭東飛伯勞歌：「東飛伯勞西飛燕，黄姑織女時相見。」

〔四〕突欒：團字之切音。洪邁容齋隨筆卷一六：「世人語音有以切腳而稱者，亦聞見於史書中。如以蓬爲勃籠，槃爲勃闌，鐸爲突落，叵爲不可，團爲突欒。」田汝成西湖游覽志餘卷二五：「杭人有以二字反切一字以成聲者，如以秀爲鯽溜，以團爲突欒，以精爲鯽令……以窠爲窟陀，以圈爲窟欒，以蒲爲鶻盧。」

〔五〕更僕：禮記儒行：「哀公曰：『敢問儒行。』孔子對曰：『遽數之不能終其物，悉數之乃留。更僕未可終也。』」孔穎達疏：「言儒行深遠，非可造次，若急而説則不能盡事也。若委細悉説之，則大久，僕侍疲倦，宜更代之。若不代僕，則事未可盡也。」

燕答

年年草長來江南，年年草死去海門〔一〕。問公此豈孟浪人，亦有門户有子孫。疇昔置我虚齋裏，茶煙香縷清如水。敢道周旋何日忘，顧我所思豈在是。投林擇深木擇榮，安能鬱鬱久居此〔二〕。况君避世益荒寒，庭院無多簾箔單〔三〕。瘦圃無花啣不得，破巢欲補愁泥乾。昨夜侯家歌吹發，先放雙飛入珠幕〔四〕。貴人頭上坐聽看〔五〕，羨殺籠鸚與屏雀。老來愛雛過愛身，常恐失足尋常人。新巢喜得依王謝〔六〕，千門萬户終不貧。自古惡賓勝舊友〔七〕，世情如是君知否。但願故人辦得侯家官與屋，依舊呼雛梁上宿。

【箋釋】

此詩作於康熙六年丁未二月。

按，此晚村擬太沖答作也。詩雖擬作，未必如其實情，然自晚村視之，誠或如是。其間可鈎稽説明者蓋有三事焉：一、兩人情誼未斷，太沖亦不忘當時之「周旋」（即設館邀講學事），然不滿足於「茶煙香縷清如水」之生活；二、晚村棄諸生，則與當道揚鑣，以此避世，益且荒寒，是富貴無所指望矣；三、太沖之離去，蓋爲子孫計也，「老來愛雛過愛身」一語，道破原委。其二與三又互爲因果，故收句謂晚村若能「辦得侯家官與屋」，則太沖仍將「呼雛梁上宿」。此與下首詩中「頓首復頓首，尻高肩壓肘」二語，皆譏刺過甚，「幾於毒口」（鄧文如語），有傷朋友之道。

晚村對於子孫之要求，盡於諭大火帖中，謂「父爲志士，子爲新貴，誰能不嗤鄙？父爲志士，子承其志，其爲榮重，又豈舉人進士之足語議也耶」（吕晚村先生家書真蹟卷二），而太沖則不然，其爲兒子百家事與徐乾學書有「昔聞首陽山二老託孤於尚父，遂得三年食薇，顔色不壞，今吾遣子從公，可以置我矣」諸語（全謝山鮚埼亭集卷一一梨洲先生神道碑文），爲孫子黄蜀事與徐乾學書有「小孫黄蜀，餘姚縣童生，稍有文筆，王顓安公祖歲總科考，求閣下預留一札致之，希名案末」等語（南雷雜著稿），於此可見兩人去就、辭受之不同，似可爲問燕、燕答之注脚。或謂黄、吕之交由學術分歧以至絶裂，是未分本末者也。蓋所謂學術分歧者，藉口而已矣。

【注釋】

〔一〕海門：嵇曾筠浙江通志卷九山川：「海門：咸淳臨安志：在縣東北六十五里，有山曰赭山，與龕山（隸紹興府）對峙，潮水出其間。」

〔二〕「安能」句：司馬遷史記卷九二淮陰侯列傳：「王曰：『吾亦欲東耳，安能鬱鬱久居此乎？』」

〔三〕簾箔：陸佃埤雅卷一六釋草：「葦，即今之蘆，一名葭葭，葦之未秀者也。萑，即今之荻，一名蒹蒹，萑之未秀者也。葭，一名華蒹，一名薕薕，高數尺，今人以爲簾箔，因此爲名也。至秋堅成，謂之萑葦。」

〔四〕雙飛：季本詩説解頤正釋卷三：「燕，鳦鳥。燕燕，重言之，以見其雙飛也。」語出詩邶風燕燕：「燕燕于飛，差池其羽。」

〔五〕貴人頭上：杜牧送隱者：「公道世間惟白髮，貴人頭上不曾饒。」

〔六〕王謝：六朝望族王氏、謝氏之並稱。李延壽南史卷八〇侯景傳：「景請娶於王謝，帝曰：『王謝門高非偶，可於朱張以下訪之。』」劉禹錫烏衣巷：「舊時王謝堂前燕，飛入尋常百姓家。」

〔七〕「自古」句：劉歆西京雜記卷二：「公孫弘起家徒步，爲丞相，故人高賀從之，弘食以脱粟飯，覆以布被，賀怨曰：『何用故人富貴爲？脱粟布被，我自有之。』弘大慚。賀告人曰：『公孫弘内服貂蟬，外衣麻枲，内廚五鼎，外膳一肴，豈可以示天下。』於是朝廷疑其矯焉。弘歎曰：『寧逢惡賓，無逢故人。』」

管襄指示近作有夢伯夷求太公書薦子仕周詩戲和之〔一〕

頓首復頓首〔二〕，尻高肩壓肘〔三〕。俯問此何人，墨胎孤竹後〔四〕。疇昔依周門，盤旋親賓友。飛沉一朝異，禄相固難偶。明夷有綱宗〔五〕，密室別傳羑①〔六〕。公當嗣大法，細子能劄授〔七〕。飢腸枯輪囷〔八〕，雜學飽飣餖〔九〕。韜符及丹書〔一〇〕，不足願續狗〔一一〕。所以致區區，知深語不忸〔一二〕。首陽門户衰，霜飈擘敗柳。非假旄鉞威〔一三〕，生徒難煽誘。舐乳有健犢〔一四〕，卧起跳婁藪〔一五〕。粗能讀父書〔一六〕，經紀尤即瀏〔一七〕。念其毛羽單，不欲令如某。儻儌食周粟，窮附牛馬走〔一八〕。有弟老叔齊〔一九〕，不能和協守。比使謁公旦，四方餬其口〔二〇〕。附書乞關節〔二一〕，未知得報否。公誠發一矢，蛟龍化蝌蚪。近聞微與箕〔二二〕，聯翩起耆舊。因緣備顧問，此生真不朽。何以酬深恩，錦繃小兒手〔二三〕。新製蕨薇歌，纖喉忘老醜。筠籃進一曲，殿下千萬壽。太公笑頷之，引去不甚久。琅琅琢木鷩，西窗紅射酉。此夢真太奇，古無今詎有。且遣筆記之，與君笑下酒〔二四〕。

【校　記】

①　羑　嚴鈔本、釋略本、管庭芬鈔本、萬卷樓鈔本作「受」。

【箋　釋】

此詩作於康熙六年丁未春。

按，嚴鴻逵於前問燕詩下釋略曰：「此以下三詩，皆爲太沖作也。」所謂「以下三詩」，另兩首爲燕答和管襄指示近作有夢伯夷求太公書薦子仕周詩戲和之。復於此首下釋略曰：「太沖求姜希轍書，薦子館於周亮工家也。」太沖求書今不得見，故不知所薦爲何事，至於其子之往與否，亦難究其底；嚴鴻逵之説，或別有所據，詳情待考。

襄指，名諧琴，號嶧桐，餘姚人。生於明萬曆三十六年戊申，卒年不詳，終年六十以上。

【資　料】

呂留良質亡集小序：襄指多逸情，以氣節自命。亂後棄業，隱於教書，又以拘牽爲苦。性嗜酒，每飲必酣。遇人無機事，然不屑流俗，故人亦少近之。喜爲詩文，無家可藏，隨地散軼，嘗有傷師道篇、夢伯夷求太公薦子仕周詩等作，曲盡猥瑣僞妄之情狀，爲時所傳誦。予嘗見其手定十餘本，今皆不可得，不知流落何處也。（呂晚村先生續集卷三）

【注釋】

〔一〕伯夷：司馬遷史記卷六一伯夷列傳：「伯夷、叔齊，孤竹君之二子也。父欲立叔齊，及父卒，叔齊讓伯夷。伯夷曰：『父命也。』遂逃去。叔齊亦不肯立而逃之。國人立其中子。於是伯夷、叔齊聞西伯昌善養老，盍往歸焉。及至，西伯卒，武王載木主，號爲文王，東伐紂。伯夷、叔齊叩馬而諫曰：『父死不葬，爰及干戈，可謂孝乎？以臣弑君，可謂仁乎？』左右欲兵之。太公曰：『此義人也。』扶而去之。武王已平殷亂，天下宗周，而伯夷、叔齊恥之，義不食周粟，隱於首陽山，采薇而食之。及餓且死，作歌。其辭曰：『登彼西山兮，采其薇矣。以暴易暴兮，不知其非矣。神農虞夏忽焉没兮，我安適歸矣。于嗟徂兮，命之衰矣！』遂餓死於首陽山。」太公：司馬遷史記卷三二齊太公世家：「太公望吕尚者，東海上人。……本姓姜氏，從其封姓，故曰吕尚。吕尚蓋嘗窮困，年老矣，以魚釣奸周西伯。西伯將出獵，卜之，曰：『所獲非龍非彲，非虎非羆；所獲霸王之輔。』於是周西伯獵，果遇太公於渭之陽，與語大説，曰：『自吾先君太公曰：「當有聖人適周，周以興。」子真是邪？吾太公望子久矣。』故號之曰『太公望』。載與俱歸，立爲師。」所謂伯夷求太公事，是反其意而言，譏遺民之出仕者。

〔二〕「頓首」句：古人疏表類文體習用「頓首頓首，死罪死罪」語。

〔三〕尻高：班固漢書卷六五東方朔列傳：「朔笑之曰：『咄。口無毛，聲謷謷，尻益高。』舍人恚曰：『朔擅詆欺天子從官，當棄市。』上問朔：『何故詆之？』對曰：『臣非敢詆之，乃與爲隱耳。』上曰：『隱云何？』朔曰：『夫口無毛者，狗竇也；聲謷謷者，鳥哺鷇也；尻益高者，鶴俛啄也。』」

〔四〕「墨胎」句：孔叢子：「夷、齊，墨胎氏之二子也。」王應麟困學紀聞卷七引論語疏：「案春秋少陽篇：伯夷姓墨，名允，字公信。伯，長也。夷，謚。叔齊名智，字公達，伯夷之弟，齊亦謚也。少陽篇，未詳何書。」

〔五〕明夷：此指易之明夷卦，實另有深意。黄宗羲待訪録之題辭有「豈因『夷之初旦，明而未融』，遂滅其言」之語，後世刊刻者即以「明夷」二字冠其首，稱明夷待訪録。晚村字用晦，蓋亦取諸此卦，象曰：「明入地中，明夷，君子以蒞衆，用晦而明。」此處之「綱宗」，乃象中「内難而能正其志，箕子以之」之謂。

〔六〕羑：司馬遷史記卷四周本紀：「西伯蓋即位五十年。其囚羑里，蓋益易之八卦爲六十四卦。」張守節正義：「乾鑿度云：『垂皇策者羲，益卦演德者文，成命者孔也。』易正義云伏羲制卦，文王卦辭，周公爻辭，孔十翼也。按太史公言『蓋』者，乃疑辭也。文王著演易之功，作周紀方贊其美，不敢專定，重易，故稱『蓋』也。」

〔七〕劄授：謂授官。王夫之永曆實録卷一〇曹志建傳：「應募爲楚撫方孔炤材官，稍以功次劄授至參將。」

〔八〕輪囷：鄒陽獄中上書自明：「蟠木根柢，輪囷離奇。」李善注：「張晏曰：輪囷離奇，委曲盤戾也。」

〔九〕飣餖：王鏊震澤長語卷下：「唐人雖爲律詩，猶以韻勝，不以飣餖爲工。」胡應麟詩藪續編國朝上：「第詩文則餖飣多而鎔鍊乏，著述則剽襲勝而考究疏。」王夫之薑齋詩話卷二：「立門庭者必餖飣，非餖飣不可以立門庭。蓋心靈人所自有，而不相貸，無從開方便法門，任陋人支借也。」

〔一〇〕韜符：六韜陰符，傳爲姜太公所著。長孫無忌隋書卷三四經籍志：「太公六韜五卷，太公陰謀一卷，太公陰符鈐録一卷。」丹書：劉勰文心雕龍正緯：「堯造緑圖，昌制丹書，其僞三矣。」

〔一一〕續狗：房玄齡晉書卷五九趙王倫傳：「趙王倫乃僭即帝位，大赦，改元建始。……諸黨皆登卿將，並列大封，其餘同謀者咸超階越次，不可勝紀。至於奴卒厮役，亦加以爵位。每朝會，貂蟬盈坐，時人爲之諺曰：『貂不足，狗尾續。』」

〔一二〕「知深」句：范曄後漢書卷五二崔駰列傳：「會帝崩，竇太后臨朝，憲以重戚出内詔命，駰獻書誡之，曰：『駰聞交淺而言深者，愚也。……』」此處反用其意。

〔一三〕旄鉞：書牧誓：「王左杖黄鉞，右秉白旄以麾。」陳壽三國志卷三五諸葛亮傳：「臣以弱才，叨竊非據，親秉旄鉞以厲三軍。」

〔一四〕健犢：韋絢劉賓客嘉話録：「石季龍少好挾彈，其父怒之，其母曰：『健犢須走車破轅，良馬須逸鞅泛駕，然後負重致遠。』蓋言童稚不奇不慧，即非異器定矣。」

〔一五〕窶藪：又作寠藪、寠數。班固漢書卷六五東方朔列傳：「迺覆樹上寄生，令朔射之，朔曰：『是寠數也。』舍人曰：『果知朔不能中也。』朔曰：『生肉爲膾，乾肉爲脯。著樹爲寄生，盆下爲寠數。』」顔師古注：「蘇林曰：『寠，音貧寠之寠。數，音數錢之數。寠數，鉤灌，四股鉤也。』寠數，戴器也。以盆盛物戴於頭者，則以寠數薦之，今賣白團餅人所用者是也。寄生者，芝菌之類，淋潦之日著樹而生，形有周圜象寠數者，今關中俗亦呼爲寄生，非爲蔦之寄生寓木宛童有枝葉者也，故朔云『著樹爲寄生，盆下爲寠數』，明其常在盆下。今讀書者不曉其意，謂射覆之物，覆在盆下，輒改前『覆守宫盂下』爲『盆』字，失之遠矣。楊惲傳云『鼠不容穴，銜寠數也』，盆下之物有飲食氣，故鼠銜之。四股鐵鉤，非所銜也。」

〔一六〕讀父書：司馬遷史記卷八一廉頗藺相如列傳：「趙王因以括爲將，代廉頗。藺相如曰：『王以名使括，若膠柱而鼓瑟耳，括徒能讀其父書傳，不知合變也。』趙王不聽，遂將之。」

〔一七〕即瀏：田汝成西湖游覽志餘卷二五：「杭人有以二字反切一字以成聲者，如以秀爲鯽溜，以團爲突欒……以窠爲窟陀，以圈爲窟欒，以蒲爲鶻盧。」「即瀏」即「鯽溜」。

〔一八〕牛馬走：司馬遷報任少卿書：「太史公牛馬走。」李善注：「走，猶僕也。言己爲太史公掌牛馬之僕，自謙之辭也。」

〔一九〕叔齊：此處喻黄宗炎。

〔二〇〕「四方」句：左傳隱公十一年：「寡人有弟不能和協，而使餬其口於四方。」

〔二一〕關節：蘇鶚杜陽雜編卷上：「瑶英善爲巧媚，載惑之，怠於塵務，而瑶英之父曰宗本，兄曰從義，與趙娟遞相出入，以構賄賂，號爲關節。」

〔二二〕微與箕：論語微子：「微子去之，箕子爲之奴，比干諫而死，孔子曰：『殷有三仁焉。』」司馬遷史記卷三殷本紀：「紂愈淫亂不止，微子數諫不聽，乃與太師少師謀，遂去。比干曰：『爲人臣者，不得不以死爭。』乃强諫紂，紂怒，曰：『吾聞聖人心有七竅。』剖比干，觀其心。箕子懼，乃詳狂爲奴，紂又囚之。太師少師乃持其祭樂器奔周，周武王於是遂率諸侯伐紂，紂亦發兵距之牧野。甲子日，紂兵敗。紂走，入登鹿臺，衣其寶玉衣，赴火而死。周武王遂斬紂頭，縣之白旗。殺妲己，釋箕子之囚，封比干之墓，表商容之閭。……周武王崩，武庚與管叔、蔡叔作亂，成王命周公誅之，而立微子於宋，以續殷後焉。」

〔二三〕錦綳：李衎竹譜卷三：「生長挺然者名筍，筍稍長謂之牙，漸長名笛，别稱曰籜龍、曰錦綳兒。」胡仔苕溪漁隱叢話前集卷一二：「唐人食筍詩：『稚子脱錦綳，駢頭玉香滑。』則稚子爲筍明矣。」陸游詠筍詩：「列仙閲世獨清臞，雪穀冰溪老不枯。輸與錦綳孩子輩，千金一束入天廚。」

〔二四〕下酒：龔明之中吴紀聞卷二「蘇子美飲酒」：「子美豪放，飲酒無算，在婦翁杜正獻家，每夕讀書以一斗爲率。正獻深以爲疑，使子弟密察之。聞讀漢書張良傳，至『良與客狙擊秦皇帝，誤中副車』，遽撫案曰：『惜乎！擊之不中。』遂滿飲一大杯。又讀至『良曰：始臣起下邳，與上會於留，此天以臣授陛下』，又撫案曰：『君臣相遇，其難如此！』復舉一大杯。正獻公聞之大笑，曰：『有如此下物，一斗誠不爲多也。』」

得黄九煙書並示瀟湘近詩 二首

不見黄公又四年，短書入手淚雙懸〔一〕。近來客路差强不，到處人情大抵然〔二〕。愁思結成湘水夢〔三〕，歌詞散落泖湖船〔四〕。何當倚棹春風便，爛醉桑畦麥壟邊。

世間少見偏多怪，怪我蛩蛩喜駏驉〔五〕。自是汝曹難合耳，何關此老不情與。商安一字常經月，斗飲千鍾只品蔬。兹事流傳成舊話，可知吾已久離居〔六〕。

【箋釋】

此詩作於康熙六年丁未春。

按，康熙二年癸卯春，九煙先生過石門，未幾，之杭州，「爲坊人著稗官書」，迨深秋，又移寓海寧，至今已四年矣。晚村與九煙之往還，詳諸倀倀集寄黄九煙詩之箋釋。而此又言「自是汝曹難合耳，何關此老不情與」者爲何？九煙需爲生計而奔波，亦不得已事。

【注釋】

〔一〕「不見」二句：杜甫因許八奉寄江寧旻上人：「不見旻公三十年，封書寄與淚潺湲。」

〔二〕人情大抵然：張載詩説：「人情大抵患在施之不見報則輟，故恩不能終，不要相學，已施之而已。」

〔三〕湘水：樂史太平寰宇記卷一六二嶺南道：「湘水：今名小湘江。源出臨源縣陽海山。灕水、湘水同源，分爲二水，水在全義嶺上南流爲灕水，北流爲湘水。羅含記云：『湘水出於陽朔州，則觴爲之舟，至洞庭，日月若出没於其中。』」

〔四〕泖湖：趙宏恩江南通志卷六一河渠志：「泖湖：在松江府西三十五里，亦曰三泖，泖有上、中、下三名。圖經：西北抵山涇水形圓者曰圓泖，亦曰上泖；南近泖橋水勢闊者曰大泖，亦曰下泖；自泖橋而上縈繞百餘里曰長泖，一名谷泖，亦曰中泖。泖湖之水上承澱山湖，凡嘉湖以東、太湖以南之水多匯入焉。下流合黄浦入海。」

〔五〕蛩蛩喜駏驉：劉安淮南子道應訓：「北方有獸，其名曰蹷，鼠前而兔後，趨則頓，走則顛，常爲蛩蛩駏驉取甘草以與之，蹷有患害，蛩蛩駏驉必負而走。此以其能託其所不能。」韓愈醉留東野：「韓子稍奸黠，自慚青蒿倚長松。低頭拜東野，願得終始如駏蛩。」

〔六〕「可知」句：禮記檀弓上：「吾離群而索居，亦已久矣。」鄭玄注：「群，謂同門朋友也。索，猶散也。」

游東塔寺〔一〕二首

爲失花期後，衝泥踏屐危。趁教殘雪在，證向老梅知。野塔入池倒，陰鐘出寺遲。僧孫差解事，留得佛瓶枝。

古墓犁爲寺，豐碑疊作壇。僧煨牆角火，鸛立殿心寒。遠樹排窗入，名園繞塔安。誰能分一半，老我壓蒲團〔二〕。

【箋釋】

此詩作於康熙六年丁未初春。

按，此及以下登真如塔、游鶴洲、坐鶴洲梅花下、重過鶴洲、次韻酬古燈等數詩，皆出游嘉興時所作。從游者，不可考。

【注釋】

〔一〕東塔寺：又名真如寺。嵇曾筠浙江通志卷二八〇雜記下：「嘉興縣志：相河，俗名相家蕩，距城外東塔寺十餘里，而塔影現湖中，真如寺塔影，映射殿壁，七層皆具，其影倒垂，他處無有，亦一奇也。」故名。李賢明一統志卷三九嘉興府：「真如寺：在秀水縣南四里。唐至德中建，内有雪峰和尚住菴，及宋司馬光所作真如院法堂記石刻。」東塔，亦名真如塔。

〔二〕蒲團：以蒲草編成之團形墊子，多爲僧人坐禪與跪拜時所用。歐陽詹永安寺照上人房：「草席蒲團不掃塵，松間石上似無人。」文震亨長物志卷七坐團：「蒲團大徑三尺者，席地快甚；棕團亦佳。山中欲遠濕辟蟲，以雄黃熬蠟作蠟布團，亦雅。」

登真如塔

難尋平地蕩胸雲〔一〕，試上岧嶢借夕曛。洞磴盤旋人不見，闌干笑語遠偏聞。春從浦草青邊長，水到湖樓緑處分〔二〕。乍暖僧房梅氣發，四方八面水沉薰。

【箋釋】

此詩作於康熙六年丁未初春。

【注　釋】

〔一〕蕩胸雲：杜甫望嶽：「蕩胸生層雲，決眥入歸鳥。會當凌絕頂，一覽衆山小。」

〔二〕湖樓：指煙雨樓。張堯同嘉禾百詠煙雨樓詩下後人附考：「樓舊在郡城東南滮湖之濱，五代時吴越王錢元璙建；宋嘉定中王希吕重修；元季毁；明嘉靖間知府趙瀛浚内隍淤土移填湖中，構樓五楹，兵憲沈煃復辟，其後爲釣鼇磯，遂爲南湖之勝。又名疑樓八景之一，曰春波煙雨。」

游鶴洲〔一〕二首

繞盡南湖南畔路，柴扉細結槿籬精。插成坡腳樹爭出，簇起礬頭石怒生〔二〕。苔徑曲來深竹勢，板橋壞處淡荷情。傍人怪問何緣入，多少金錢不放行。

主人稀到真成俗，熱客爭游假作狂。經過禽魚知禁忌，偷來風月代平章〔三〕。行穿石谷方知瘦，身出花園始覺香。安得東寮分半榻，隨僧洗鉢弄湖光。

【箋　釋】

此詩作於康熙六年丁未初春。

【注　釋】

〔一〕鶴洲：朱彝尊鴛鴦湖櫂歌一百首之第一首注：「宋朱希真避地嘉禾，放鶴洲其園亭遺址也。余伯貴陽守治别業於上。真如塔峙其西。」

〔二〕坡脚、礬頭：朱謀垔畫史會要卷二：「董源，字北苑。……王思善云：『董源小山石，謂之礬頭。山上有雲氣，坡脚下多碎石，乃金陵山景。皴法要滲軟，下有沙地，用淡墨掃，屈曲爲之，再用淡墨破。』」

〔三〕平章：尚書堯典：「九族既睦，平章百姓。」孔安國傳：「百姓，百官。言化九族，而平和章明。」長孫無忌隋書卷六八何稠傳：「上因攬太子頸謂曰：『何稠用心，我付以後事，動静當共平章。』」

坐鶴洲梅花下

梅花未落香滿頭，梅花落盡香滿足。我游正落五分時，渾身裹向梅花腹。鼻孔撩天心孔開，花香直入肝脾來。中邊沁透皮骨换〔一〕，不知爲我爲老梅。卻愁狼藉成蕭索，足下香濃頭上薄。不如生作鶴洲嶺畔泥，長與梅花葬魂魄。

【箋　釋】

此詩作於康熙六年丁未初春。

【資　料】

成永健讀晚村先生梅花詩跋後：寒山寂歷晚煙村，一代風流在石門。最愛先生幽絶處，梅花香土葬詩魂。晚村詩：安得梅花花下土，留與詩人葬魂魄。（毅齋詩稿卷八）

重過鶴洲　二首

日輪才碾雲頭破，又到朱園掃石苔。今次圓成前次句，十分落過七分梅。漁家艇向窗間出，估客帆從地上來。我懶欲眠休促迫〔一〕，籬門徑鎖不須開〔二〕。

園丁已怪經過數，老子猶嫌坐卧稀。只合汝爲梅擇耦①，何妨我當鶴來歸。是鄉足老林和靖〔三〕，後世難尋丁令威〔四〕。卻恨俗情渾不領，湖煙深閉玉妃圍〔五〕。

【注　釋】

〔一〕中邊：謂内外。蘇軾東坡詩話：「所貴乎枯澹者，謂其外枯而中膏。……若中邊皆枯澹，亦何足道。」

【校　記】

①擇　釋略本、怡古齋鈔本、管庭芬鈔本、張鳴珂鈔本、詩文集鈔本同，嚴鈔本、萬卷樓鈔本作「作」。

【箋釋】

此詩作於康熙六年丁未初春。

【注釋】

〔一〕「我懶」句：沈約宋書卷九三陶潛傳：「潛若先醉，便語客：『我醉欲眠卿可去。』其真率如此。」李白山中與幽人對酌：「我醉欲眠卿且去，明朝有意抱琴來。」

〔二〕「籬門」句：杜甫舍弟占歸草堂檢校聊示此詩：「鵝鴨宜長數，柴荆莫浪開。」

〔三〕林和靖：祝穆方輿勝覽卷一臨安府：「林逋，錢塘人。……仁宗賜謚曰和靖先生。喜爲詩，其語孤峭澄淡。居西湖二十年，未嘗入城市。……有梅詩云：『疏影横斜水清淺，暗香浮動月黄昏。』又云：『雪後園林唯半樹，水邊籬落忽横枝。』……筆談云：『逋隱孤山，蓄兩鶴，縱之則飛入雲霄，久之復入籠中。』」

〔四〕丁令威：陶淵明搜神後記卷一：「丁令威，本遼東人。學道於靈虚山，後化鶴歸遼，集城門華表柱，時有少年舉弓欲射之，鶴乃飛，徘徊空中而言曰：『有鳥有鳥丁令威，去家千年今始歸。城郭如故人民非，何不學仙冢累累。』遂高上沖天。今遼東諸丁云其先世有升仙者，但不知名字耳。」徐碩至元嘉禾志卷二城社：「歸鶴坊名義：舊曰華表，後改是名，蓋取丁令威『去家千年今始歸』之義。」

〔五〕玉妃圍：蓋借用妓圍之典。王仁裕開元天寶遺事妓圍：「申王每至冬月，有風雪苦寒之際，使宫妓密闈於坐側以禦寒氣，自呼爲『妓圍』。」玉妃，此指梅花。皮日休行次野梅：「蔦拂蘿捎一樹梅，玉妃無侶獨裴回。」

次韻酬古燈

粥飯叢林度歲時〔一〕，誰教死認五燈支〔二〕。但存傭保髡鉗意〔三〕，肯作人天鼓笛思〔四〕。句裏絶無蔬筍氣〔五〕，胸中知是雪冰姿。滴殘簷溜研煤和，細撥油檠落灺遲〔六〕。

【箋　釋】

此詩作於康熙六年丁未初春。

【資　料】

彭孫遹送古燈上人還檇李：吾衰才日退，薄宦興蕭然。似鵠還飛宋，爲函亦在燕。人間無樂地，教外有真傳。便欲同公去，雙峰蘭若邊。

閒雲亦何意，去住總翛然。意盡便歸越，興來還到燕。玄機千里秘，秀句萬人傳。若向天台路，留題八桂邊。（松桂堂全集卷一八）

陳維崧送古燈上人還嘉禾：禪師行腳來潭柘，兩見緋桃潑眼紅。亟打腰包返山寺，爲防園筍要成叢。（湖海樓詩集卷七）

沈荃壬子長至日過嘉禾適古燈和尚駐錫龍淵以詩見示依韻酬之：葭管陽回客裏過，幽懷常自繞煙蘿。擬從初地窺金相，未許雙林繫玉珂。塔影曉浮寒樹迥，鐘聲晚逐野雲多。與君漫話無生諦，十載風塵悵逝波。（檇李詩繫卷四一）

【注釋】

〔一〕叢林：指佛教徒聚居處。鳩摩羅什譯大智度論卷三：「僧伽秦言衆，多比丘一處和合，是名僧伽，譬如大樹叢聚是名爲林。」

〔二〕五燈：道原傳燈録、李遵勗廣燈録、白禪師續燈録、明禪師聯燈會要、受禪師普燈録，宋末釋普濟作五燈會元。此處代指佛教。

〔三〕傭保：司馬遷史記卷一〇〇欒布列傳：「欒布者，梁人也。始梁王彭越爲家人時，嘗與布游。窮困，賃傭於齊，爲酒人保。」裴駰集解引漢書音義：「酒家作保傭也。可保信，故謂之保。」范曄後漢書卷四五張酺列傳：「盜徒皆饑寒，傭保何足窮其法乎？」髡鉗：司馬遷史記卷一〇〇季布欒布列傳：「乃髡鉗季布，衣褐衣，置廣柳車中。」張岱夜航船卷一〇兵刑部：「髡，削髮也；鉗，以鐵束頸也。」

〔四〕人天：指十法界中人間界、天上界。佛教天台宗謂地獄、餓鬼、畜生、修羅、人間、天上爲六凡，聲聞、緣覺、菩薩、佛爲四聖，總謂之「十法界」。

〔五〕蔬筍氣：蘇軾贈詩僧道通：「語帶煙霞從古少，氣含蔬筍到公無。」自注：「謂無酸餡氣也。」元好問木庵詩集序：「東坡讀參寥子詩，愛其無蔬筍氣，參寥用是得名。宣政以來，無復異議。予獨謂此特坡一時語，非定論也。詩僧之詩所以自别於詩人者，正以蔬筍氣在耳。」葉夢得石林詩話卷中：「近世僧學詩者極多，皆無超然自得之氣，往往反拾掇摹傚士大夫所殘棄。又自作一種僧體，格律尤凡俗，世謂之酸餡氣。」

〔六〕炧：同㷁。廣韻：「徐野切。燭燼。」桓譚新論祛蔽：「余見其旁有麻燭，而炧垂一尺所。」

壽管襄指六十

雞黍情親過十年〔一〕，一笻今喜拄華顛〔二〕。論心不染姚江學〔三〕，得句如參曹洞禪〔四〕。每以字招好事酒，肯將文乞買山錢〔五〕。南中耆舊如君少，留取霜桐百尺弦。

【箋釋】

此詩作於康熙六年丁未春。

按，襄指之往語溪，在順治十四年丁亥、十五年戊戌間，其古處齋詩集序謂「迨今丁戊間，（湘殷）司鐸語溪，予亦往來一棹」，於是時交晚村。及康熙六年丁未，蓋十年矣，故有「雞黍情親過十年」

之句。

惟其不染姚江之學，故有夢伯夷求太公薦子仕周等詩以譏太沖者。詩文無眼耳鼻舌身受意者，即所謂逃禪是也。蓋甲乙之後，舉義旗、灑熱血、捐頭顱、出檄文、號令天下致大明名號屹立於神州而不滅者，浙東也。然時不及二十載，人物縹緲，風俗日下，花甲之人，記憶歷歷，耆舊雖在，已下首陽。歲月勾連，人情反覆，豈僅爲開門之七事耶？既爲霜桐，勉以留取，獨善其身。然南中得獨善其身者已復尠矣，豈不悲哉！

【注釋】

〔一〕「雞黍」句：杜甫送路六侍御入朝：「童稚情親四十年，中間消息兩茫然。」孟浩然過故人莊：「故人具雞黍，邀我至田家。」

〔二〕華顛：范曄後漢書卷五二崔駰列傳：「唐且華顛以悟秦。」李賢注：「華顛，謂白首也。」

〔三〕姚江學：黄宗羲明儒學案卷一〇姚江學案：「有明學術，白沙開其端，至姚江而始大明，蓋從前習熟先儒之成説，未嘗反身理會，推見至隱，所謂此亦一述朱耳，彼亦一述朱耳。……自姚江指點出『良知』，人人現在一返觀而自得，便人人有個作聖之路，故無姚江，則古來之學脈絶矣。」按：王守仁，字伯安，學者稱陽明先生，餘姚人。姚江學即指陽明之學。李賢明一統志卷四五紹興府：「姚江：在餘姚縣治南，潮上下二百餘里，而水不鹹，一名舜江。」

〔四〕「得句」句：吕留良宋詩鈔小序陳師道後山詩鈔引任淵序：「讀後山詩，似參曹洞禪，不犯正位，切忌死語，非冥搜旁引，莫窺其用意深處。」曹洞禪，禪宗南宗五家（臨濟、雲門、潙仰、法眼、曹洞）之一。

〔五〕買山：劉義慶世説新語排調：「支道林因人就深公買岬山，深公答曰：『未聞巢由買山而隱。』」顧況送李山人還玉溪：「好鳥共鳴臨水樹，幽人獨欠買山錢。」

次韻答黄九煙　二首

洪濤羅漢旋渦佛，太息何能出水中〔一〕。斷句不教餘子和，清尊爲欠故人同。烏頭渴睡三更月，鶴肋虚懸萬里風。吾榻未嘗分上下〔二〕，殘灰冷箸畫英雄〔三〕。塵土交游一洗空〔四〕，腐儒端合老村中。如君正自不多得，此意猶然未盡同。富貴神仙鴟鼠嚇〔五〕，文章任俠馬牛風〔六〕。相期更上高峰看①，俯視茫茫始足雄。時有復書曰：「某少時不知學，今始悔恨，即豪傑功名、詞章技藝之志，皆刊落殆盡，其所願慕者，竊程朱之緒言，守學究之家當而已。讀來書及佳詠，似尚有知某不盡處，故輒自布其狀，謹和第三首韻曰云云。」②

【校　記】

① 看　詩文集鈔本校曰：「看，當作『頂』，原本是『看』。」

②「時有復書」至「謹和第三首韻曰云云」原闕，嚴鈔本、詩稿本、萬卷樓鈔本同，據釋略本、怡古齋鈔本、管庭芬鈔本補。

【箋釋】

此詩作於康熙六年丁未春夏。

按，此詩之所由發，從晚村自注中可見其端倪。晚村摒棄諸生之後，往日交游必有離去者。離去者稱之爲「塵土交游」，此非晚村之意也，離去者之志也。而九煙之志與晚村同，故有「如君正自不多得」之句。

【注釋】

〔一〕「洪濤」二句：陳獻章與崔楫：「來喻不忘在學，幸甚。但恐進退未決，不立背水陣，終難勝敵，希説勉之，歲月不待人也。李子長落水羅漢，吾輩皆旋渦佛耶？何故無一人救之！」又與謝天錫：「先生大事久未襄，造次千人不啟齒。先生老窮旋渦佛，滅頂驚心羅漢水。」

〔二〕「吾榻」句：陳壽三國志卷七陳登傳：「如小人，欲卧百尺樓上，卧君於地，何但上下床之間邪？」

〔三〕「殘灰」句：陸游南唐書卷四宋齊丘列傳：「宋齊丘，字子嵩，世爲廬陵人。……齊丘好學，工屬文，尤喜縱横長短之説。烈祖爲昇州刺史，齊丘因騎將姚克贍得見，暇日陪燕游，賦詩以獻曰：『養花如養賢，去草如去惡。松竹無時衰，蒲柳先秋落。』烈祖奇其志，待以國士，從鎮京口，入定朱瑾之難。常參祕畫，因説烈祖講典禮，明賞罰，禮賢能，寬征賦，多見聽用。烈祖爲築小亭池，中以橋度，至則徹之，獨與齊丘議事，率至夜分。又爲高堂，不設屏障，中置灰爐而不設火，兩人終日擁爐畫灰爲字，旋即平之，人以比劉穆之之佐宋高祖。」

〔四〕「塵土」句：杜甫丹青引：「斯須九重真龍出，一洗萬古凡馬空。」盧仝將歸山招冰僧：「可結塵外交，占此松與月。」

〔五〕鴟鼠嚇：莊子秋水：「惠子相梁，莊子往見之，或謂惠子曰：『莊子來，欲代子相。』於是惠子恐，搜於國中三日三夜。莊子往見之，曰：『南方有鳥，其名鵷鶵，子知之乎？夫鵷鶵，發於南海，而飛於北海，非梧桐不止，非練實不食，非醴泉不飲。於是鴟得腐鼠，鵷鶵過之，仰而視之曰：「嚇！」今子欲以子之梁國而嚇我耶？』」郭象注：「謂所好不同，願各有極。」

〔六〕馬牛風：左傳僖公四年：「春，齊侯以諸侯之師侵蔡，蔡潰。遂伐楚，楚子使與師言曰：『君處北海，寡人處南海，唯是風馬牛不相及也。』」杜預注：「楚界猶未至南海，因齊處北海，遂稱所近；牛馬風逸，蓋末界之微事，故以取喻。」彭大翼山堂肆考卷一二八：「服虔曰：『馬牛風逸，是末界之末事，喻不相干也。』此訓亦未爲得。俞文豹曰：『牛馬見風則走，牛喜順風，馬喜逆風，南風則牛南而馬北，北風則牛北而馬南，相去遂遠，正如楚處南海，齊處北海也，故曰不相及。』」

高旦中從吴門至海寧不見過書來尋予於嘉興　二首

自來成約多虚語，重九中秋豈算遲。卻怪過門翻不入，又從岐路寄相思。幾番竹屋燈青後，一樣篷船雨黑時。好水好花三百里，就中愁殺兩醫師。

土壁新泥粉砑光，乳爐茶竈位相當。俗人煞妬迂翁閣〔一〕，好友生嫌孺子床〔二〕。秋雨釀成禾耳泣，寒霜鍛出菊頭香。欲將閒話偷忙説，馬上酸風笑我狂〔三〕。

【箋　釋】

此詩作於康熙六年丁未九月。

按，據詩意可知，晚村先時在海寧，後至嘉興，而旦中以爲晚村猶在海寧，遂往會之，然聞諸海寧人曰已往嘉興，即修書相尋，故晚村怪其「過門（指過嘉興）翻不入」，卻「又從岐路（轉道海寧再折回）寄相思」也。而晚村在海寧、嘉興所爲何事，待考。

【注　釋】

〔一〕迂翁閣：朱謀垔畫史會要卷三：「倪瓚，字元鎮，無錫人。……素有潔癖，人號曰倪迂。」沈周倣倪迂山水：「迂翁畫爲戲，簡到存清臞。學者豈易得，紛紛墮繁蕪。」錢溥清閟閣集序：「錫山倪雲林先生，諱瓚，字元鎮，雲林其自號也。家故饒於貲，至先生始輕財好學。嘗築清閟閣，蓄古書畫於中，人罕跡其所。」

〔二〕孺子：謝承後漢書：「徐穉，字孺子，豫章人。家貧，常自耕稼，恭儉義讓，所居服其德。屢辟公府不起。時陳蕃爲太守，以禮請署功曹，穉不免之，既謁而退。蕃在郡不接賓客，唯穉來特設一榻，去則懸之。後舉有道，拜太原太守，皆不就。」（太平御覽卷四七四引）

〔三〕馬上酸風：李賀金銅仙人辭漢歌：「茂陵劉郎秋風客，夜聞馬嘶曉無跡。畫欄桂樹懸秋香，三十六宮土花碧。魏官牽車指千里，東關酸風射眸子。」王珪聞琵琶：「夜拍水雲非故鄉，未聞終曲已淒涼。舟中月白寒江闊，馬上酸風紫塞長。」

水村秋泛 四首

村尾相啣廟界開，貫穿一水碧縈洄。船經柳樹根中出，人度蘆花梢上來。　椵靜婦提河蟹去〔一〕，溪喧翁賣蕩菱回。此生輪與煙波老〔二〕，細雨斜風未轉桅。

日落江村萬點明，星星漁火望中生。只招露荻霜楓影，同聽林風岸浪聲。　不識溪花隨地活，無求水鳥一身輕。莊生不作蒙周語〔三〕，河伯休教海若評〔四〕。

田家經濟儘堪豪，天上功名亦苦勞〔五〕。粉板跳魚乘月落，朱絲羅雀趁風高〔六〕。須教磊落人疏雅〔七〕，不許粗狂客讀騷〔八〕。停卻短橈閒把筆，沿溪疑殺小兒曹。

斷續漁歌稍出村，敗籬斜接側開門。蘆梢習慣傳風信，蓼節天生記水痕。露下蟲啼方得意，霜寒花發亦酬恩。曠然秋氣悲何有，喚醒蕭條楚客魂〔九〕。

【箋釋】

此詩作於康熙六年丁未秋。

按，晚村見秋雨泛村，頓起煙波釣徒之心。第二首「莊生不作蒙周語，河伯休教海若評」兩句，意謂予之不信道家之學，何勞海若評我？此處即以河伯自喻，一則與詩題合，再者莊子秋水述河伯「嘗聞少仲尼之聞而輕伯夷之義者，始吾弗信」，則此河伯實是尊信孔氏者，故晚村用以自況。然人生適意，餘皆是虛，故有「須教磊落人疏雅」之語。一介布衣，種田得食，至於不飢，即堪稱豪，此亦「人生須有好園田」之謂也。輒疑天上之功名，或亦多勞苦。其所願慕者，「得意」二字盡之矣。嚴鴻逵釋略曰：「題曰水村秋泛，卻與莊生『秋水』、楚客『悲秋』兩家意思絕異味。第二、第四兩首頷頸四聯，真大易所謂『肥遁』、中庸所謂『素位』者歟？」此弟子之述，亦可參考。然而結語一曰「悲何有」，一曰喚醒「楚客魂」，終不能僅以「肥遁」、「素位」視之也明矣。

【注釋】

〔一〕椵：亦作「簖」，俗稱「蟹簖」。陸龜蒙蟹志：「江東稻初熟，蟹率執一穗，早夜詣江而行，名蟹朝魁，漁人以蕭葦承流取之，名蟹簖。」（楊伯嵒六帖補卷一一引）陸游冬晴閒步東村由故塘還舍：「水落枯萍黏蟹椵，雲開寒日上魚梁。」自注：「鄉人植竹以取蟹，謂之蟹椵。」

〔二〕煙波老：黄震古今紀要卷一一：「張志和，金華人。策干肅宗，見賞重，待詔翰林，貶還，以親既死，不仕。居江湖，稱煙波釣徒。……兄鶴齡恐遁世不還，築室越州東郭，茨以生草，釣不設餌，志不在魚。」

〔三〕莊生：晚村字。黄宗羲宋石門畫輞川圖：「吾友莊生心文孫，出此示吾吾則喟。」蒙周：即莊子。司馬遷史記卷六三莊子列傳：「莊子者，蒙人也，名周。周嘗爲蒙漆園吏。」張守節正義：「郭緣生述征記云：蒙縣，莊周之本邑也。」

〔四〕「河伯」句：莊子秋水：「秋水時至，百川灌河，涇流之大，兩涘渚崖之間，不辨牛馬。於是焉河伯欣然自喜，以天下之美爲盡在己。順流而東行，至於北海，東面而視，不見水端，於是焉河伯始旋其面目，望洋向若而歎曰：『野語有之曰：聞道百，以爲莫己若者，我之謂也。且夫我嘗聞少仲尼之聞而輕伯夷之義者，始吾弗信。今我睹子之難窮也，吾非至於子之門，則殆矣。吾長見笑於大方之家。』北海若曰：『井蛙不可以語於海者，拘於虚也。……吾未嘗以此自多者，自以比形於天地而受氣於陰陽，吾在於天地之間，猶小石小木之在大山也。方存乎見少，又奚以自多。』」

〔五〕「天上」句：陳師道次韻回山人贈沈東老「癡子未知天上樂」任淵注：「神仙傳：彭祖問石生曰：『何不

服藥仙去？』對曰：『天上多有至尊，相奉甚難，更苦人耳。』李商隱作李賀小傳曰：『賀將死，有緋衣人持一板書召賀，曰：『帝成白玉樓，立召爲記，天上差樂，不苦也。』」葉庭珪海録碎事卷一三天上苦人：「彭祖問白石先生曰：『何不服藥仙去？』曰：『天上至尊相奉至難，更苦人間耳。』」

〔六〕「粉板」二句：嚴鴻逵釋略：「第三首『粉板跳魚』一聯，漁者以粉塗板，置船側，則魚自跳入，然必乘月黑爲之；朱絲以豬血染網，則耐久也。雀畏風，則聚群。」

〔七〕「須教」句：韓愈讀皇甫湜公安園池詩書其後：「爾雅注蟲魚，定非磊落人。」

〔八〕「不許」句：劉義慶世説新語任誕：「王孝伯言名士不必須奇才，但使常得無事，痛飲酒，熟讀離騷，便可稱名士。」

〔九〕「曠然」二句：宋玉九辯：「悲哉！秋之爲氣也，蕭瑟兮草木摇落而變衰。」杜甫冬深：「易下楊朱淚，難招楚客魂。」王洙注：「宋玉哀屈原憂愁山澤，魂魄飛散，其命將落，故作招魂，欲以復其精神，延其年壽，外陳四方之惡，内崇楚國之美，以諷於君。」

清池菴看菊晚歸〔一〕

蒼然暮色上人衣，與客尋香及細微〔二〕。籬外讙聲村學散，池邊弄影寺僧歸。好花且待寒霜發，老樹肯隨秋雨飛。莫訝林深容易黑，遥知天外有餘暉。

【箋釋】

此詩作於康熙六年丁未秋。

按，嚴鴻逵釋略曰：「結語與『未須愁日暮，天際是輕雲』同一句法，但曰『際』、曰『外』，用意不同耳。」既然用意不同，則晚村之意安在？楊龜山曰：「詩尚譎諫，唯言之者無罪，聞之者足以戒，乃有補。觀東坡詩，只是譏誚朝廷，殊無温柔敦厚之氣，以此人得而罪之。若程伯淳詩，則聞者自然感動，如和温公諸人禊飲詩云：『未須愁日暮，天際是輕雲。』泛舟詩云：『只恐風花一片飛。』何其温柔敦厚也。」（彭大翼山堂肆考卷一二八「温柔敦厚」條引）意蓋在是。

【注釋】

〔一〕清池菴：嵇曾筠浙江通志卷二二八寺觀：「資福禪院：石門縣志：『在西門外二百步，宋嘉祐四年創建，元至元二年改爲普門菴，明永樂間復今名。』至元嘉禾志：『西廡有軒瞰流，扁曰平緑。』」

〔二〕「與客」句：黄庭堅南鄉子：「黄菊滿東籬，與客攜壺上翠微。」

舟次看武康山溪〔一〕

霸先國破孟郊死〔二〕，寂寞篷船到武康。峰黛未消千載緑，柳絲猶帶六朝黄。英雄不出溪山靜，風雅無歸草樹荒。叫起古人杯酒在〔三〕，夕陽嶺畔話興亡。

【箋　釋】

此詩作於康熙六年丁未秋。

按，晚村之武康，實爲尋求隱居處。所見山水，雖峰黛仍緑，柳絲猶黄，然而英雄不再，風雅無存，此地之山，似不足以買者。爰即有古燈寄詩商募結菴事，見下首。首句「霸先國破孟郊死」，化用杜工部戲韋偃爲雙松圖歌「畢宏已老韋偃少」、韓昌黎石鼓歌「少陵無人謫仙死」、李長吉神絃曲「青狸哭血寒狐死」、晁以道題明皇打毬圖「九齡已老韓休死」，可見晚村之精於詩法。

【注　釋】

〔一〕武康：李吉甫元和郡縣志卷二六江南道：「武康縣：本漢烏程餘不鄉之地。漢末童謡云：『天子當興于東南三餘之間。』故吴大帝改會稽之餘暨爲永興，而分餘不鄉置永安縣，屬吴興。晉平吴，改爲武康。」

〔二〕霸先：姚思廉陳書卷一卷二高祖本紀：「高祖武皇帝諱霸先，字興國，小字法生，吴興長城下若里人。……永定元年冬十月乙亥高祖即皇帝位。……（三年六月）丙午崩。」孟郊：歐陽修新唐書卷一七六孟郊傳：「孟郊者，字東野，湖州武康人。少隱嵩山。性介，少諧合，愈一見爲忘形交。年五十得進士第，調溧陽尉。……鄭餘慶爲東都留守，署水陸轉運判官，餘慶鎮興元，奏爲參謀。卒年六十四。張籍謚曰『貞曜先生』。郊爲詩有理致，最爲愈所稱，然思苦奇澀，李觀亦論其詩曰『高處在古，無上平處，下顧二謝』云。」

〔三〕叫起古人：劉向新序卷四雜事：「晉平公過九原而嘆曰：『嗟乎！此地之蘊吾良臣多矣，若使死者起也，吾將誰與歸乎？』」戴復古都中懷竹隱徐淵子直院：「萬古看從今日別，九原叫起古人難。」

古燈寄詩商募結菴次韻答之

一把乾茅萬古愁，廿年位置下場頭〔一〕。村名好處奇文記，晝境佳時粉本收。和尚難安無事甲〔二〕，秀才慣算未來籌。緣章乞此蕭閒福，要使天知老罷休〔三〕。

【箋釋】

此詩作於康熙六年丁未秋。

按，晚村於順治五年戊子歸里，至此已有二十年塵世生涯，自康熙五年丙午棄諸生後，一意買山結廬，了卻俗緣，故曰「下場頭」。古燈事跡雖不可考，而晚村稱之，曾謂其「句裏絶無蔬筍氣，胸中知是雪冰姿」（次韻酬古燈）。和尚者，古燈也；秀才者，自指也。所謂無事甲，即高雲從與卞子靜書中所言「年來愈覺得身心之事，當汲汲求之，不可丟在無事甲中，一切求閒好靜，總是無事生事，亦成當面蹉過。聖人之學，下學上達，惟是孜孜矻矻，好古敏求。只是一求字，便可做二六時中功課也」之意。晚村詩中所謂「乞此蕭閒福」者，蓋亦託詞也。

【注釋】

〔一〕下場頭：鍾嗣成清江引情：「直恁鐵心腸，不管人憔悴，下場頭送了我都是你。」屠隆彩毫記：「下場頭酒闌人散，好風光片餉間。」

〔二〕無事甲：釋普濟五燈會元卷一七：「潭州南嶽雙峰景齊禪師，上堂，拈拄杖曰：『横拈倒用，諸方虎步龍行。打狗撐門，雙峰掉在無事甲裏。因風吹火，別是一家。』以拄杖靠肩，顧視大衆曰：『唤作無事得麽？』良久曰：『刀尺高懸著眼看，志公不是閑和尚。』卓拄杖一下。」

〔三〕老罷休：杜甫聞斛斯六官未歸：「老罷休無賴，歸來省醉眠。」仇兆鰲注：「老罷，言老則百事皆罷矣。」

與旦中夜話次所示姚江詩韻

滿握鑪鉗老阿師，琅琅幕府進彈詞。弔喪喫菜爲名耳〔一〕，尼女僧坊一證之〔二〕。僞學陰私慚盡掎〔三〕，故人或告敢多疑。自從席散親魚鳥，此意江湖未許知①。

【校記】

① 知 底本與怡古齋鈔本、張鳴珂鈔本注曰：「原韻『幾』字失韻，改『知』字。」按，據下首又同萬公擇夜話次前韻詩，此字即爲「知」字。據改。

【箋釋】

此詩作於康熙六年丁未秋。

按，此詩蓋爲子劉子遺書而發。沈冰壺以爲「晚村欲刻劉蕺山遺書，致（太沖）刻費三百金。先生受金不刻，而嗾姜定菴刻之，坿晚村名於後，晚村慍先生甚」（黄梨洲先生傳，李慈銘桃華聖解盦日記同治八年十月十三日條引），蕺山遺書是否爲「晚村欲刻」，已難考證，然復姜汝高書中說：「去歲委刻念臺先生遺書，其裁訂則太沖任之。……若弟者，因家中有宋詩之刻，與刻工稍習，太沖令計工之良窳，值之多寡已耳。」（吕晚村先生文集卷二）據此，則是姜定菴曾委託晚村刻蕺山遺書，遺書後由姜定菴序而刻之，即所謂子劉子遺書者。書共三册，計子劉子學言三卷、聖學宗要、易經古文鈔義、周易古文鈔三卷，每卷之末，有「學人姜希轍校刻」、「後學吕留良同校」語，其餘同校者署有張履祥、姜垚、高斗魁、黄宗炎、徐轅縉、萬斯選、吴之振、黄百家、吴爾堯，而周易古文鈔繫辭卷末署「後學吕留良同子公忠校」。是亦復姜汝高書中所謂：「至小兒公忠，則並無計工之勞，豈以其受業太沖門下，故亦濫及耶？」

然而晚村所慍蓋不僅爲列名同校一事，實有三「不安」。復姜汝高書曰：「初未嘗讀其書，今每卷之末，必列賤名，於心竊有所未安。」此一不安也。再者曰：「且中述太沖語云：『近日劉氏於廢簏中又得學言若干，比今刻不止十倍。』某雖不知今得之何如，然則所刻之爲人删定而非其全體可知矣，某又何所依託而校之乎？若校爲磨對之名，則萬公擇獨任者，偶一及之；而某未嘗磨對者，反每卷數見，尤所不安也。」此二不安也。又曰：「豈此本爲太沖之私書乎！果其爲太沖之書，則某『後學』之稱，於心又有所未安也。」此三不安也。

其二不安之事，沈冰壺亦曰：「蕺山遺書皆嗣君伯繩所綴輯。於蕺山之言有與洛閩齟齬者，輒加竄改，而其孫子志又甚之。予嘗親見藏稿本三人之手跡畫然，則伯繩父子不得爲無過矣。」（黄梨洲先生傳論，李慈銘桃華聖解盦日記同治八年十一月十四日條引）

三不安之「結果」，私淑太沖之全謝山曰：「南雷大怒，絶其通門之籍，用晦亦遂反而操戈，而妄自託於建安之徒，力攻新建。並削去蕺山學案私淑，爲南雷也。」（鮚埼亭集外編卷一七小山堂祁氏遺書記）

可見黄、吕二人此時矛盾漸深。詩中所言「弔喪喫菜」、「尼女僧坊」、「僞學陰私」者，諷太沖之講學也。其辭蓋取諸姜定菴子劉子遺書序，序有曰：「越中自文成而後，講席初開，聽者雲湧川委。而談禪之徒，乘機煽燄，以陰行吃菜事魔之術於其間。」晚村曾以此相問，而太沖不受，依然進彈詞於幕府，故有「故人或告敢多疑」之句。嚴鴻逵釋略曰：「復姜汝高書云：『平生以朋友爲性命，然以不慎齒舌，又家貧，禮數闊略，計所以得罪於賢豪間者不一，以故不復蓋覆其短。市廛污行，摘發殆盡，良友身質，諒自非誣。』正謂此也。然孔平仲、沈繼祖，豈足以毁傷程、朱哉！」即是此意。然而席已散，我亦慕戀魚鳥之情，江湖恩怨，又何足道哉！

【注　釋】

〔一〕喫菜：古時民間不食葷酒之諸宗教教派，凡一人爲魔頭，結黨事之，皆菜食不茹葷，官書稱之爲「喫菜事魔」。李心傳建炎以來繫年要録卷七六：「伏見兩浙州縣有喫菜事魔之俗，方臘以前，法禁尚寬，而事魔之俗，猶未至於甚熾。」廖剛乞禁妖教劄子：「今之喫菜事魔，傳習妖教，正此之謂。」

〔二〕尼女僧坊：朱熹落秘閣修撰依前官謝表：「爲臣而高不事之心，足明禮闕，以致私故人之財而納其尼女，規學宫之地而改爲僧坊，諒皆考覈以非誣，政使竄投而奚憾。」

〔三〕掎：孔子家語入官：「孔子曰：『己有善勿專，教不能勿怠，已過勿發，失言勿掎。』」王肅注：「有人失言，勿掎角之。」

又同萬公擇夜話次前韻　二首

語無宗旨授無師，孤負良朋責望詞。打鳳擒龍云底事〔一〕，擘拳撐腳獨何之〔二〕。向來意興都成悔，今日游觀始會疑。豈止見遲三十里〔三〕，只饒不動是先知〔四〕。

何論門第與宗師，得見先人要有詞。止矣吾今真止矣，思之君且再思之。不愁魔外誅元晦〔五〕，只恐兒曹笑叔疑〔六〕。無望必同還努力，莫教虚負舊聞知〔七〕。

【箋　釋】

此詩作於康熙六年丁未秋。

按，此詩與上一首當作於同時。因太沖以蕺山門人自居，故開頭便言「語無宗旨授無師」，示不爭也。而公擇「責望」之詞，或即爲與太沖矛盾事，然席已散，吾亦止矣，是爲「孤負」。打鳳擒龍，以傳子淵喻公擇；擎拳撑腳，是以陳龍川自嘲也。

第二首復曰「何論門第與宗師」，則不滿於太沖也深矣，殆是憤言。其難解在「只恐兒曹笑叔疑」一句，嚴鴻逵釋略曰：「晦木諸子，逢人必暴其伯（指太沖）之短，所謂『兒曹笑叔癡』也。」此望文生義之謂，是嚴氏將「疑」字誤認作「癡」字也必矣。此處，晚村實以元晦自喻，而以叔疑喻太沖。公擇乃太沖門下高第，且與晚村交好，不願見兩人從此陌路，故猶爲努力溝通，冀有萬一之得。晚村或亦多感觸，致有「向來意興都成悔」之句。「莫教虚負」四字，於公擇爲搪塞，於己則爲無奈，浩浩江湖，亦各行其道而已矣。

【注　釋】

〔一〕打鳳擒龍：陸九淵象山語録卷二：「先生於門人最屬意者唯傅子淵。初，子淵請教先生，有艮背行庭無我無物之説，後子淵謂某舊登南軒、晦翁之門，爲二説所礙，十年不可先生之説。……子淵書中有兩句云：『是則全掩其非，非則全掩其是。』亦爲抹出。後聞先生臨終前數日，有自衡陽來呈子淵與周益公論道五書，先生手不釋，歎曰：『子淵擒龍打鳳底手段。』」

〔二〕擎拳撑腳：陳亮又甲辰答朱元晦書：「亮非假人以自高者也，擎拳撑腳，獨往獨來於人世間，亦自傷其孤另而已。」

〔三〕見遲三十里：劉義慶世説新語捷悟：「魏武嘗過曹娥碑下，楊修從，碑背上見題作『黄絹幼婦外孫韲臼』八字，魏武謂修曰：『解不？』答曰：『解。』魏武曰：『卿未可言，待我思之。』行三十里，魏武乃曰：『吾已得。』令修别記所知，修曰：『黄絹，色絲也，於字爲絶；幼婦，少女也，於字爲妙；外孫，女子也，於字爲好；韲臼，受辛也，於字爲辭；所謂絶妙好辭也。』魏武亦記之，與修同，乃歎曰：『我才不及卿，乃覺三十里。』」

〔四〕不動：孟子公孫丑上：「公孫丑問曰：『夫子加齊之卿相，得行道焉。雖由此，霸王不異矣。如此，則動心否乎？』孟子曰：『否。我四十不動心。』」先知：孟子萬章上：「天之生此民也，使先知覺後知，使先覺覺後覺也。」

〔五〕元晦：朱熹，字元晦，又字仲晦。劉時舉續宋編年資治通鑑卷一二：「乃教侂胄言，凡相與爲異者皆道學人也。陰疏姓名授之，俾以次斥逐。或又爲言名道學則何罪當名曰僞學，蓋謂貪黷放肆乃人真情，其廉潔好修者皆僞也。於是憸壬險狠猥薄無行之徒，利其説之便，攘臂奮袂以攻僞干進，而學禁之禍酷矣。二月，知貢舉葉翥、倪思、劉德秀奏論文弊上，言僞學之魁以匹夫竊人主之柄，鼓動天下，故文風未能丕變，乞將語録之類盡行除毀。是科取士稍涉義理悉見黜落，六經語孟中庸大學之書，爲世大禁矣。……十一月，監察御史沈繼祖奏：朱熹剽竊張載、程頤之餘論，以喫菜事魔之妖術，以簧鼓後進，張浮駕誕，私立品題，收召四方無行義之徒，以益其黨伍，相與餐粗食淡，衣褒帶博，或會徒於廣信鵝湖之寺，或呈身於長沙敬簡之堂，潛形匿跡，如鬼如魅，及不忠不孝不仁不義不公不廉等，乞褫職罷祠；其徒蔡元定佐熹爲妖，乞送別州編管。」

〔六〕叔疑：孟子公孫丑下：「季孫曰：『異哉子叔疑！使己爲政，不用，則亦已矣，又使其子弟爲卿。人亦孰不欲富貴？而獨於富貴之中，有私龍斷焉。』」朱子集注：「此孟子引季孫之語也。季孫、子叔疑，不知何時人。龍斷，岡壟之斷而高也，義見下文。蓋子叔疑者嘗不用，而使其子弟爲卿。季孫譏其既不得於此，而又欲求得於彼，如下文賤丈夫登龍斷者之所爲也。孟子引此以明道既不行，復受其禄，則無以異此矣。」

〔七〕舊聞知：即舊知聞。陸游舟中作：「湖海飄然避世紛，汀鷗沙鷺舊知聞。」

憎蚊

秋蚊生陰叢，嗜欲聞見少。得人喜且驚，傳呼不即齩。客倦欲小休，奈何終夕炒。瘦頰忽自批，蒙頭被幅絞。我拚升斗血，恣汝萬腹飽。何用苦啁哳〔一〕，惡聲不可了。種類既繁多，變化出奇巧。或託鳥舌噴①，或依木葉裸。一投聲氣中，凶性同天造。烏蚊癢瘁肌〔二〕，蓓蕾費爬爪。花蚊吻嘴毒〔三〕，文彩枉自姣。輕薄推水蚊〔四〕，露筋猶囉皂〔五〕。最是草蚊饞〔六〕，劣肚逼乾薨〔七〕。更有蟲化生〔八〕，傳授轉黠狡。大都慕羶徒〔九〕，即拜蚊妣考。本亦無殊能，但教長喙掉。秋深喙益多，一月添一秒〔一〇〕。添至八九月，叢釭大如纛〔一一〕。幸遲霜風來，汝跡將淨掃。不然冬仲季，膚骨幾不保。蚊云語太過，我來亦有道。早蚊例食城，肉食腥汁膠。使君居清幽，我蚊豈能擾？晚蚊例食鄉，伏莽齧枯槁。使君居高華，我蚊敢搜討？蚊種無處無，君自避欠早。得意爲歌吟，拂意相蒿惱〔一二〕。君詩庸詎殊，何獨蚊不好？赤身謝秋蚊，改轍待天曉。

【校記】

① 託 嚴鈔本、萬卷樓鈔本作「同」。

【箋釋】

此詩作於康熙六年丁未秋。

按，此詩以蚊喻吸百姓膏血之人，其種類繁多，變化奇巧，依附他物，城擾鄉搜，而一入聲氣，凶性畢現。「本亦無殊能」，道出其實質所在，惟有「長喙」鑽營而已。卻又自詡「有道」，而「使君」二語之意，豈是盗蹠之「道」哉！

【資料】

歐陽修憎蚊：擾擾萬類殊，可憎非一族。甚哉蚊之微，豈足污簡牘。乾坤量廣大，善惡皆含育。荒茫三五前，民物交相黷。禹鼎象神姦，蛟龍遠潛伏。周公驅猛獸，人始居川陸。爾來千百年，天地得清肅。大患已云除，細微遺不録。蠅虻蚤虱蟣，蜂蠍虺蛇蝮。惟爾於其間，有形才一粟。雖微無奈衆，雖小難防毒。嘗聞高郵間，猛虎死凌辱。哀哉露筋女，萬古讎不復。水鄉自宜爾，可怪窮邊俗。晨餐下帷幬，盛暑泥駒犢。我來守窮山，地氣尤卑溽。官閒懶所便，惟睡宜偏足。難堪爾類多，枕席厭緣撲。熏簷苦煙埃，燎壁疲照燭。荒城繁草樹，旱氣飛炎熇。羲和驅日車，當午不轉轂。清風得夕涼，如赦脱囚梏。掃庭露青天，坐月蔭嘉木。汝寧無他時，忍此見迫促。翾翾伺昏黑，稍稍出壁屋。填空來若翳，聚隙多可掬。叢身疑陷圍，聒耳如遭哭。猛攘欲張拳，暗中甚飛鏃。手足不自救，其能營背腹。盤餐勞扇拂，立寐僵童僕。端然窮百計，還坐瞑雙目。於吾固不較，在爾誠爲酷。誰能推物理，無乃乖人欲。騶虞鳳皇麟，千載不一矚。思之不可見，惡者無由逐。（歐陽文忠公集卷三）

徐師曾蚊賦萬曆改元，歲在癸酉，余避暑於南溆書莊。是夏蚊獨多，晝夜不得休息，因憶歐陽公云：嘗作憎蠅賦，蠅可憎矣，尤不堪蚊子，自遠喓喝來咬人也，遂作憎蚊詩，余今易之以賦。賦曰：蚊之爲物也，一軀藐小，六趾昂藏。口帶三鍼，翅軒兩張。其來孔捷，其去復揚。飽若櫻桃之重實，饑如柳絮之輕狂。當夫朱明啟候，熏風薦涼。或吐母於鶊口，或羽化於水旁。擇草樹而託處，尤彌滿虖南邦。方其日倚崦嵫，暝色在户。千百爲群，豫集簷宇。聲殷殷其如雷，勢薨薨而若雨。主人且晏息於中房，掩絺帷而交股。不揮箑以爲安，謂斯蟲之莫侮。夫何伺一隙以潛入，漸增加於莫數。展轉不寧，且驅且怒。兩手交拍而濡血，若染腥膻於塵土。彼虻蠍猶可防，詎兹物兮相伍。然此特幽闇之時，吾無怪其爲苦也。至若赫曦上晉，萬室當陽。主人厭永日之難遣，或假息於胡床。展蘄楚之文簟，將夢寐乎羲皇。爾乃奄忽而來，如有告報。窺怠乘疏，肆其虐暴。拂面嚼膚，就睡輒覺。嗟高枕兮徒設，胡黑甜兮足道。憐江南兮美景，惟平望兮尤鬧。似白晝大都之中，劫吏奪金而爲盜也。想夫畝宫環室，甕牖繩樞。明遠日月，淺迫薪芻。欲焚無藥，欲障無幮。因可欺而欺焉，曾何問乎窮民與貧儒。獨有高棟層軒，廣除巨室。敞虚明其莫容，縱至止而難匿。然而來者之稍稀，匪云種類之盡殛。譬則唐虞之世，群賢秩秩，尚有共工、驩兜逞其憸壬，而猶待夫放黜也。尤忌文身，殊爲刺骨。頓成斑疹，頗費搔抑。噫嘻蚊乎！利甚鏃飛，風成市集。有翼而不能戾天，有鍼而不能砭疾。但充己腹，殊無一德。彼蜂虺之含毒，尚醫師之見拾。視營營之蒼蠅，蒙讒名而罔實。徒令人子不驅以爲孝，貞女露筋而野卒。既與鼈而相讎，復類虎而加翼。豈乏孫謙之屏風，難爲趙炳之道術。春暮早出，深秋未藏。爲民生半載之害，使阽危而彷徨。安得焦冥巢其睫而滅目，泰山壓其背而絶吭者耶？嗚呼！天地生人，以安爲説；何物纖微，獨令吞噬。世有肉食爲國謀，顧亦朘民之膏血；吾將叩乎帝閽，冀斯族之

殄滅。（明文海卷三九）

陳繼儒憎蚊賦：山有靜者，高臥匡牀。解衣褫帶，一枕羲皇。何物么麼，號曰蚊虻。體肥而脆，嘴鋭而剛。粗成羽翼，別有肺腸。居心不淨，巧言如簧。乍離乍合，忽低忽昂。無貴無賤，時陰時陽。競刀錐之纖悉，藏牙爪於毫芒。覬左右之狎昵，恣膏血之噉嘗。樂袒裼疾冠裳，性縱横身毀傷。曷不蟻夢而王，曷不蝶夢而莊。曷不蜂釀衆香，曷不螢投夜光。曷不當車拒轍，賈勇螳螂；曷不餐風吸露，羽化蜩螗。爾中則熱，爾德則涼。閃倏似詐，飄蕩似狂。潛伏似怯，煽動似强。細同蠓蠛，毒甚豺狼。量負山之非任，倚入幕爲智囊。逐臭既慚於清白，刺譏又近於雌黄。若夫幃帳稀疏，簾櫳穴竇。隱隱啾啾，轟轟驟驟。去若風飄，來若雷吼。明噪大廷，暗欺屋漏。恃謀夫之孔多，喋邦家之利口。苟有愛於髮膚，遑恤變生於腋肘。使人扼腕欷歔，攢眉抖擻。如困重圍之兵，如失孤城之守。壯士怒而裂眥，美人怨而搔首。隱几失聲於子綦，曲肱變色於魯叟。驅之復來，覺之善走。柔若無骨，不足以安尊拳；實繁有徒，恨不飽孤毒手。於是正身危坐，捍禦惟謹。略經揣摩，忽爲虀粉。好聚亡身，多欲殞命。醢雞大笑於缾罍，蟣蝨遠弔於項領。偶脱蛾火之燈，或逃蛛網之阱。自謂遠舉而高飛，實則行險以徼幸。猶且廣播虚聲，乘間思逞。掃蕩不能□其群，吹嘘不能變其性。我惟束手以待，望赤日之當空；冷眼而觀，付白帝之司令。蚊乃善幻，怙終不悛。滃滃訩訩，緝緝翩翩。號召群小，援借聖賢。曰：仰之彌高，鑽之彌堅。瞻之在前，忽焉在後。此天之未喪斯蚊也，其然豈其然！

【注釋】

〔一〕啁哳：楚辭九辯：「雁廱廱而南游兮，鵾雞啁哳而悲鳴。」洪興祖補注：「啁哳，聲繁細貌。」

〔二〕烏蚊：嵇璜續通志卷一七八昆蟲草木略五：「蟆子，一名烏蚊，形圓，黑色，大如菜子。」

〔三〕花蚊：嵇璜續通志卷一七八昆蟲草木略五：「其大而斑者曰花蚊。」

〔四〕水蚊：嵇璜續通志卷一七八昆蟲草木略五：「有長腳長喙頎然如鳶鸛者曰水蚊，即所謂豹腳也。」

〔五〕露筋：段成式酉陽雜俎續集卷四：「相傳江淮間有驛，俗呼露筋。嘗有人醉止其處，一夕，白鳥蛄嘬，血滴筋露而死。」王象之輿地紀勝卷四三高郵軍：「露筋廟去城三十里。舊傳有女夜過此，天陰蚊盛，有耕夫田舍在焉。其嫂止宿。姑曰：『吾寧處死，不可失節。』遂以蚊死，其筋見焉。」囉皂：即「囉唣」。湯顯祖邯鄲記：「那先生被我們囉唣的去了，我們也去罷。」

〔六〕草蚊：崇德俗語，指草叢間蚊子。

〔七〕乾薧：周禮天官庖人：「凡其死、生、鱻、薧之物，以共王之膳。」鄭玄注：「鮮謂生肉，薧謂乾肉。」薧，廣韻：「苦浩切。」

〔八〕蟲化生：李時珍本草綱目卷四一：「時珍曰：蚊處處有之，冬蟄夏出，晝伏夜飛，細身利喙，咂人膚血，大爲人害。一名白鳥，一名暑蟁，或作恭民，謬矣。化生於木葉及爛灰中，產子於水中，爲孑孓蟲，仍變爲蚊也。」

〔九〕慕羶徒：莊子徐無鬼：「羊肉不慕蟻，蟻慕羊肉。羊肉，羶也。舜有羶行，百姓悅之，故三徙成都。」

〔一〇〕秒：長孫無忌隋書卷一六律曆志引孫子算術：「六粟爲圭，十圭爲秒，十秒爲撮，十撮爲勺，十勺爲合。」

〔一一〕纛：司馬遷史記卷七項羽本紀：「紀信乘黄屋車，傅左纛。」裴駰集解：「李斐曰：『纛，毛羽幢也。在乘輿車衡左方上注之。』蔡邕曰：『以犛牛尾爲之，如斗。或在騑頭，或在衡上也。』」

〔一二〕蒿惱：林希逸學記：「鄉邦俗語，即方言也。今人簡帖或用之。試取朱文公所用者録之，誠齋、東坡以下諸公，並記於此：『……蒿惱。』」自注：「邵康節詩五言：『他人蒿惱人。』」高明琵琶記：「奴家準擬今日鈔化幾文錢鈔，追薦公婆，誰知撞着兩個風子，自來蒿惱人一場。」

送范道願之燕

傳杯會作送行詩〔一〕，舐筆偏驚屬思遲。舊友星稀吾老矣，高堂日暮爾何之。旗燈河曲排幫夜〔二〕，社雨淮南候閘時〔三〕。但記山樓梅下語，明春猶及未開枝。

【箋　釋】

此詩作於康熙七年戊申春。

按，管庭芬鈔本題下注：「戊申作。」張鳴珂鈔本題下注：「戊申詩。」范道願北游，晚村似不大贊成，自「高堂日暮爾何之」一句可知也。次年即康熙八年己酉，范氏父過世，此親老在不遠游之訓，可不慎乎！范霽陽史評卷首列「家學參訂姓氏」百一人，「道」字輩有道南字用甫、道亨字會嘉、道岸字依京、道立字修□、道衷字一受、道焕字文思、道傳字可聞、道煐字藻文、道亮字執夫、道永字方肇、道恒字徽久、道宗字景尼十二人，生平不詳，録此備考。

【資　料】

呂留良與范道願書：歲暮得手札，知罹尊公先生之變，伏想孝思崩摧，何以堪此。……詩集序斷不敢爽約，然此時愁如亂絲，意思收拾不上，實未能落筆，待春中心稍空閒，庶足以傾寫欲言，不至佛頭着屎耳。所示近詩鎚鍊老成，壁壘一變，望而震畏，足見漫游中不廢工夫，勇於爲學如此，何事不登峰造極，既歎羨又自愧悔也。吟詠數過，曾攜以示芥舟，共相欣賞，欲細爲點勘，少出一得之見，以就正於高深，然亦非此時所能，俟一併卻寄可也。（呂晚村先生文集卷二）

【注　釋】

〔一〕傳杯：杜甫九日：「舊日重陽日，傳杯不放杯。」仇兆鼇注引王嗣奭杜臆：「『傳杯不放杯』，見古人只用一杯，諸客傳飲。」

〔二〕河曲：春秋晉地。黄河自北向南流，至此折向東流，成一曲，故名。春秋文公十二年：「晉人、秦人戰於河曲。」杜預注：「河曲在河東蒲陽縣南。」金貞元間置河曲縣，治今山西省永濟市西蒲州到芮城縣西風陵渡一帶。

〔三〕淮南：指淮河以南、長江以北地區。

寄陸冰修

忽憶辛齋千里外，出門容易急歸難〔一〕。生憎腐鼠從鵷嚇〔二〕，不惜明珠向鵲彈〔三〕。杜宇黎花分祭近〔四〕，青燈白髮暮春寒。懸知酒醒聞鐘起，斗柄離離正倚闌〔五〕。

【箋釋】

此詩作於康熙七年戊申春。

按，陸嘉淑時客燕京，因范道願北游，晚村即請捎詩與之。據陸嘉淑燕臺剩稿隨録自序（作於康熙二十年辛酉）記載：「余在燕都，不作詩文已。故人投贈，不能無和答，又或爲故人作詩序，然稿本楂枒，結蚓縈蛇，不復可識。將歸，阮亭祭酒屬序其新詩，且曰君詩總不能盡録，燕中所作，强爲我出之。予謝不能也。」（辛齋遺稿卷首）可惜此詩未能整體保存，故亦未能詳知陸氏此次北游情況。然從晚村詩「生憎腐鼠從鵷嚇，不惜明珠向鵲彈」兩句來看，此行蓋亦關乎出處者。

【注釋】

〔一〕「出門」句：化用李後主浪淘沙「别時容易見時難」句式。

〔二〕腐鼠從鵷嚇：莊子秋水：「惠子相梁，莊子往見之，或謂惠子曰：『莊子來，欲代子相。』於是惠子恐，搜於國中三日三夜。莊子往見之，曰：『南方有鳥，其名鵷鶵，子知之乎？夫鵷鶵，發於南海而飛於北海，非梧桐不止，非練實不食，非醴泉不飲。於是鴟得腐鼠，鵷鶵過之，仰而視之曰：「嚇！」今子欲以子之梁國而嚇我耶？』」

〔三〕明珠向鵲彈：吕氏春秋貴生：「今有人於此，以隨侯之珠彈千仞之雀，世必笑之，是何也？所用重，所要輕也。」高誘注：「重，謂隋侯之珠。要，得也。輕，謂雀也。」潘自牧記纂淵海卷五七論議部：「隋侯之珠，國之寶也，然用之彈鵲，曾不如泥丸。」

〔四〕杜宇：杜宇，本古蜀帝名，化爲杜鵑，又名子規。後人因稱杜鵑爲杜宇。李昉太平御覽卷一六六州郡部引揚雄蜀王本紀：「杜宇……乃自立爲蜀王，號稱望帝。」又十三州志：「當七國稱王，獨杜宇稱帝於蜀……望帝使鼈冷鑿巫山治水有功，望帝自以德薄，乃委國禪鼈冷，號曰開明，遂自亡去，化爲子規。」黎花：司馬光資治通鑑卷二〇五唐紀二十一：「太后出黎花一枝，以示宰相，宰相皆以爲瑞。杜景儉獨曰：『今草木黄落，而此更發榮，陰陽不時，咎在臣等。』因拜謝。太后曰：『卿真宰相也。』」分祭：周禮春官典瑞：「繅藉五采五就，以朝日。」鄭玄注：「天子常春分朝日，秋分夕月。」此之謂「二分之祭」。

〔五〕斗柄離離：陸游春夜讀書：「夜闌撫几愁無奈，起視離離斗柄傾。」

游螽山〔一〕山有石壁、胭脂洞、劍池、陶朱嶺廟。

峰巒平遠水微茫〔二〕，曲折撩人短櫂忙。瓔珞結成山骨瘦，胭脂流出洞泥香。寒潭老鐵啼秋雨，古廟叢鴉哭夕陽。一片閒愁何處著，五湖不盡淚痕長〔三〕。

【箋　釋】

此詩作於康熙七年戊申秋。

按，晚村自與太沖齟齬以來，情狀頗爲失意，遂生遁跡山林之心。去年過武康山溪；今年游螽山、楊山，深秋再游螽山；明年復兩度游螽山，又上烏巾山、西茅山；所過之處，則昇元觀、慈相寺、五石菴，其意在湖州之山水，爲清幽也，爲「德必有鄰」也。兩年中四至螽山，其或有隱此之意。

【資　料】

徐倬螽山記：吾邑無崇山峻嶺，而有清流激湍。城外諸山，極高不過百仞，或爲岡，或爲阜，或介或連，或卧如修蛾，或豎如高髻，離離然錯立於溪之上下。每至雨餘水漲，汪波蕩瀁，群山皆浮動。山水相涵，釀成空青縹碧之色。游者不必坐筍輿、扶筇杖，祗一葉之舟，延緑而往，浮嵐煖翠，撲人衣袂，真如身至蔚藍天也。而諸山之勝，蠡山爲最。山以范蠡得名，相傳泛五湖時取道於此。故友唐聞宣曰：「此謁也。蠡者，羸也，即俗之所爲螺也。水經注云：『睢陽有蠡臺，迴道如羸。』今此地有巨漾山峙其中，猶蠡之浮於水面。」其説良是。然俗傳已久，村人已祀蠡於山，何能易之？但牽入夷光，因有燕支洞、妝臺諸蹟，則謁之又謁者耳。蠡山之勝，以青魚潭、石屋、劍池爲最。青魚潭在山之足，其形修長如虚舟，約有數頃。左有小嶺，翠竹蒼松，鬱鬱深茂；右有峭壁，俯瞰潭中。潭水澄澈，作緑玉色，深不知所底，時見鯈魚出没其間。石屋在山之椒，玲瓏崟岈，如堂如宇，可坐數十人。劍池則涌出於山之巔，仿佛龍湫、雁宕也。水色深靚，幽寒之氣逼人。池上有五色石，丹砂翡翠，森然劍立。三處皆爲奇觀。余每歲必一至，或再至三至。嘗語人曰：「蠡山，吾白首之石友也。」去歲以事，故未及，今歲力疾一往，並挈塾中諸子同行。行至青魚潭，藉草而坐，息心澄觀，神明清滌。友人慫恿至西茅山看石筍，遂不及問石屋、劍池。過門不入，得無移文及之歟？從潭上取徑，而東至采石庵小憩，僧人肯爲前導。路甚軥輈詘曲，又多桑枝礙輿，輿人必曲項折腰而過，怨聲喃喃不置。及至西茅，所爲石筍者，林立池中，然遜蠡山遠矣。即取原道歸，道旁有巨石，狀如屏，横空孱顔，高數十丈。友人曰：「此上可題名。」予笑曰：「無庸也。」夫題名者，欲留其名於此山也，而此山已爲蠡所有矣。吾輩碌碌，即使大書深刻其上，不過風雨剥蝕，苔蘚漫污，爲牛磨羝觸之場耳。舍今日之樂，圖身後之名，其得失何如也？急返舟理歸棹，濁酒一杯，聊舒諸君子登陟之勞。回望煙螺數點，戀戀有情，尚想褰衣濡足於異日，嗚呼！可謂不知老之已至者矣。時維甲申仲春，客陳天柱、唐元龍、程樹、宋嗣方，八十二翁之孫二人志莘、志巖。曾孫一人甫十齡，亦能步趨，至十里不倦，喜其在童齔時即有濟勝之具也，故並記之。（修吉堂文稿卷四）

【注　釋】

〔一〕蠡山：李賢明一統志卷四〇湖州府：「在德清縣東北一十五里。舊傳有范蠡故居，因名。」

〔二〕平遠：韓拙論山：「山有三遠：自山下而仰山顛謂之高遠，自山前而窺山後謂之深遠，自近山而至遠山謂之平遠。」

〔三〕五湖：國語越語下：「范蠡辭於王曰：『君王勉之，臣不復入越國矣。』……遂乘輕舟，以浮於五湖，莫知其所終。」韋昭注：「五湖，今太湖也。」嚴鴻逵釋略：「落句，山下有范蠡湖也。」

至楊山昇元觀訪余體崖不遇〔一〕

許時欲共崖公語，一榻相期嶺上眠。木客解傳山信息〔二〕，至溪口，得村人云：「已出山矣。」野僧不識路因緣〔三〕。時問路於僧，致誤。荒涼虎守當門石，游戲龍行別洞泉。寄報嵩陽同坐友〔四〕，要歸絕頂是何年。

【箋釋】

此詩作於康熙七年戊申秋。

按，余煉師此時在武康昇元觀，晚村訪而不遇。然據下首再游蠡山語徐方虎詩自注「舊與方虎約尋山居，同體崖住静」可知，後來當曾相見。據此又可推測，所謂「嵩陽同坐友」者，即指徐方虎。「荒凉」句，嚴鴻逵釋略曰：「觀前有一虎，時來卧一大石上。體崖死，其虎遂去不來。」「游戲」句，疑指余煉師外出。晚村以龍喻余道士，猶孔子以龍擬老子，事具司馬遷史記卷六三老子列傳，孔子曰：「吾今日見老子，其猶龍邪？」「嵩陽」，余煉師；「同坐友」，徐方虎也。

【注釋】

〔一〕楊山：指楊墳山。王世貞朱孺人墓誌銘：「以己卯之某月日，葬孺人於武康楊墳山之新阡。」周密癸辛雜識續集卷上「壬辰星隕」條：「壬辰二月朔甲子更初，有大星如五斗米栲栳大，徐徐自東而西，紅光照地，有聲殷殷若雷。……又聞是曉亦墜於陽墳之昇元觀，村中皆見火光，後亦無他。」

〔二〕木客：葉適祭劉酉甫文：「邑庭百弓，莽焉空基。命爲木客，隨彼匠師。」楊慎丹鉛續録卷七「舟鮫」：「若伐木之匠，變爲木客也。」

〔三〕因緣：四十二章經卷一三：「沙門問佛，以何因緣，得知宿命，會其至道？」翻譯名義集釋十二支：「前緣相生，因也；現相助成，緣也。」

〔四〕嵩陽：王溥唐會要卷三〇：「永淳元年七月造奉天宫於嵩陽。……文明元年二月改爲嵩陽觀。」

九日舟中作寄高旦中　二首

坐卧篷船事事忘，不知今早是重陽。村醪有味天然淡，野菊無名分外香。大澤深山尋怪物〔一〕，蒼藤古木隱寒光。壁燈不解人間語，安得風帆落汝傍。

闔閭城外鼓連撾〔二〕，餘不溪前月正斜〔三〕。老去新知惟白髮，客中怕見是黄花。書傳亂驛無嘗寓，夢繞孤篷又一家。天氣漸寒君覺否，冰霜修煉鐵根芽。

【箋釋】

此詩作於康熙七年戊申重陽。

按，此時旦中在吴門，爲懸壺事也。而晚村則正尋覓終焉之所，以致「坐卧篷船事事忘」矣。全詩有一難解處，即「大澤深山尋怪物，蒼藤古木隱寒光」所指爲何，據吴之鯨武林梵志卷一「天目山」條曰：「是山也，特秀基墟，跨涉四郡，有上下龍潭，深不可測，怪物往往出於中。」臆晚村是日自天目（或其附近）乘舟東行，當「月正斜」時至餘不溪前，則此兩句或與秦韜玉中秋月詩「寒光入水蛟龍起，静色當天鬼魅驚」意相近，乃寫實也。

【注　釋】

〔一〕「大澤」句：左傳襄公二十一年：「深山大澤，實生龍蛇。」杜預注：「言非常之地多生非常之物。龍蛇，喻奇怪也。」

〔二〕闔閭城：陸廣微吴地記：「闔閭城，周敬王六年伍子胥築。大城周回四十二里三十步，小城八里二百六十步，陸門八以象天之八風，水門八以象地之八卦，吴都賦云『通門二八，水道六衢』是也。西閶、胥二門，南盤、蛇二門，東婁、匠二門，北齊、平二門，不開東門者，爲絶越之故也。」撾：顧野王玉篇手部：「撾，陟瓜切。打鼓也。」

〔三〕餘不溪：嵇曾筠浙江通志卷一二山川四：「餘不溪，弘治湖州府志：『出天目山之陽。』經臨安縣，又經餘杭縣，至安溪奉口，經德清縣折而東北至敢山，過菱湖及湖趺漾，又西北會前溪水至峴山。」樂史太平寰宇記卷九四江南東道六：「霅溪在縣東南一里，凡四水合爲一溪。自浮玉山曰苕溪，自銅峴山曰前溪，自天目山曰餘不溪，自德清縣前北流至州南興國寺前曰霅溪。」

游德清名園

苦竹叢深出壞籬，乾荷衰柳亦相宜。名園半落游僧得，古屋將崩老蠹知。秋壑湖山愁客醉〔一〕，平泉樹石笑人癡〔二〕。一杯且與蠻童語，不讓賓譁伎吹時。

【箋釋】

此詩作於康熙七年戊申九月。

按，名園蓋指新市吴氏園，南宋末丞相吴潛故居。侯元棐康熙德清縣志卷一〇園池：「吴家園：在新市鎮衆安橋之東，狀元橋之南，宋相吴潛所憩游也，今歲久蕪廢。園在桑柘沮洳之中，然遺石蟠奇錯繡，若園之簷星猶歷歷可領略也。」而今名園敗落，爲游僧所得，則「賓嘩伎吹」之舉當不復再也，故苦竹、壞籬、乾荷、衰柳可相宜矣。秋壑事敗，葛嶺何來獻詩者；巢蔡亂後，平泉豈獨有石哉！二三好友，得一歇脚舉樽處，便可稱足。

【注釋】

〔一〕秋壑：厲鶚宋詩紀事卷六五：「賈似道，字師憲，號秋壑，天台人。」吴自牧夢粱録卷一一：「葛嶺在西湖之西，葛仙翁煉丹於此。有初陽臺，高廟即其地創集芳園，理廟以此園賜賈秋壑，建第宅、家廟。」

〔二〕平泉：薛居正舊五代史卷六〇李敬義傳：「李敬義，本名延古，太尉衛公德裕之孫。……無心仕宦，退歸洛南平泉舊業。……初，德裕之爲將相也，大有勳於王室，出藩入輔，綿歷累朝。及留守洛陽，有終焉之志，於平泉置別墅，采天下奇花異竹、珍木怪石，爲園池之玩。自爲家戒序録，志其草木之得處，刊於石云：『移吾片石，折樹一枝，非子孫也。』洎巢蔡之亂，洛都灰燼，全義披榛而創都邑，李氏花木，多爲都下移掘，樵人鬻賣，園亭掃地矣。有醒酒石，德裕醉即踞之，最保惜者。光化初，中使有監全義軍，得此石，置於家園，敬義知之，泣謂全義曰：『平泉別業，吾祖戒約甚嚴，子孫不肖，動違先旨。』因託全義請石於監軍。他日宴會，全義謂監軍曰：『李員外泣告，言内侍得衛公醒酒石，其祖戒堪哀，内侍能回遺否？』監軍忿然厲聲曰：『黄巢敗後，誰家園池完復，豈獨平泉有石哉！』全義始受黄巢僞命，以爲詬己，大怒曰：『吾今爲唐臣，非巢賊也。』即署奏，笞斃之。」

再游蠡山語徐方虎

山靈拍手笑重來，斷壁陰湫特地開。波底神龍終自合〔一〕，塵間凡馬盡教回。馬回〔二〕，嶺名。村名附會憑僧撰，碑記荒唐費客猜。消得英雄歸道院，陶朱遥對計然臺〔三〕。舊與方虎約尋山居，同體崖住靜，未果。計然丹臺，在楊墳山。

【箋釋】

此詩作於康熙七年戊申九月。

按，古人出游爲賞心，資悦目，一性情而已矣。晚村此次湖州之行則不然，意在買山，所謂「英雄歸道院」者，以范蠡、計然功成身退者喻余體崖，亦自况也。爰心有旁騖，既所到如昇元觀、名園等地，亦查其掌故，析其地脈，較其短長，於蠡山似有獨鍾，兩年間，竟至四游，其實四年前似已有終焉之志矣，故謂「舊與方虎約」云云。

徐方虎，名倬，方虎其字，號蘋村，德清人。生於明天啟四年甲子，卒於清康熙五十二年癸巳，終年九十。與晚村交甚早，然出處不同，晚村與吴孟舉書曾曰：「方虎二十餘年之交契，分非不篤，然終是世故中人，方且以留夢炎、程文海自處，於語知己何有哉！」（吕晚村先生文集卷三）可謂注腳。

【資料】

徐倬約用晦同寓：風起荷香斷續聞，漁舠病榻欲平分。眠來對月明於雪，曉起看山薄似雲。勝地能無思好友，花前最苦是離群。五年范蠡峰頭話，網得西施日待君（用晦約予結茅蠡山）。（道貴堂類稿梧下雜鈔卷上）

嵇曾筠浙江通志卷一七九人物六引鄉賢留祀册：（徐倬）十歲就試，冠一軍。十七游會稽，以詩文受知倪文正元璐，遂執經於門；文正復挈之謁劉蕺山宗周，自是以正學爲依歸。崇禎之季，社事朋興，爭欲引重，而倬恥事徵逐，講學於羌山、荷浦之間，從游者日進。康熙癸丑成進士，選入史館，授編修，乞歸養者十年，服闋赴京，轉司業；癸酉主順天鄉試，尋致仕，時年已七十。學老文鉅，靈光巋然，碑版之文，照爛四方，求請者踵相接。乙酉，聖駕南幸，駐蹕西湖，召試在籍諸臣，以倬爲第一。隨進全唐詩録，御製序以冠其端，遂授禮部侍郎。辛卯，倬年八十有九，特灑宸翰，書「壽祺雅正」四大字褒美之。踰年卒。

【注釋】

〔一〕「波底」句：房玄齡晉書卷三六張華傳：「煥許之，華大喜，即補煥爲豐城令。煥到縣，掘獄屋基，入地四丈餘，得一石函，光氣非常，中有雙劍，並刻題，一曰龍泉，一曰太阿。其夕，斗牛間氣不復見焉。煥以南昌西山北巖下土以拭劍，光芒豔發；大盆盛水，置劍其上，視之者精芒炫目。遣使送一劍并土與華，留一自佩，或謂煥曰：『得兩送一，張公豈可欺乎？』煥曰：『本朝將亂，張公當受其禍，此劍當繫徐君墓樹耳。靈異之物，終當化去，不永爲人服也。』華得劍，寶愛之，常置坐側。華以南昌土不如華陰赤土，報煥書曰：『詳觀劍文，乃干將也，莫邪何復不至？雖然，天生神物，終當合耳。』因以華陰土一斤致煥，煥更以拭劍，倍益精明。華誅，失劍所在。煥卒，子華爲州從事，持劍行經延平津，劍忽於腰間躍出墮水。使人没水取之，不見劍，但見兩龍各長數丈，蟠縈有文章，没者懼而反。須臾光彩照水，波浪驚沸，於是失劍。華歎曰：『先君化去之言，張公終合之論，此其驗乎！』」侯元棐康熙德清縣志卷一山水：「蠡山環山左右有八景：曰陶朱古井、西施畫橋、碧山鳳翥、翠嶺馬回、石池劍躍、柳浪珠浮、竹林雲屋、松嶠天梯。」

〔二〕馬回：侯元棐康熙德清縣志卷一山川：「連山，上有馬回嶺，相傳范蠡歸五湖，越騎追之，至是而返，故名。」

〔三〕陶朱：即范蠡，此指蠡山。計然臺：侯元棐康熙德清縣志卷一山川：「計籌山，在縣東南三十五里，越大夫計然常登此山，籌度面勢以營隱居，久之，道成仙去。」

和裁之兄祝襄指六十詩①

蓼傭有新響，嶧桐持證可。其所頌嶧桐，一如言出我。天下兀傲人，眼豈挂綺瑣。清濁各異性，萬古意見左。秋旻横瘦影〔一〕，頓掣絶神鏁。一叫落雙翮，削出芙蓉朵。蠅書十數本〔二〕，視我憂窶裸②〔三〕。南山高隱窟，磊砢狀亦夥。獻技乞老憐，不覺尾帖妥。豈如詩酒狂，冰藏雪包裹。努力事建豎，寒林剩黄果。不信蓼傭詞，加我印一顆。

【校　記】

①　萬卷樓鈔本「詩」前有「壽」字。

②　憂　原作「夏」，嚴鈔本、管庭芬鈔本、張鳴珂鈔本、萬卷樓鈔本、詩文集鈔本同，據釋略本、怡古齋鈔本改。

【箋　釋】

此詩作於康熙七年戊申秋冬間。

按，晚村復裁之兄書：「襄指來，得五月廿八字。……賀襄指『可』字韻詩，亦和得一首，並呈教。」（呂晚村先生文集卷二）惜裁之原詩今已不可尋。蓼傭，裁之號；嶧桐，襄指別號。質亡集小序曰：「襄指多逸情，以氣節自命。……嘗有傷師道篇、蓼伯夷求太公薦子仕周詩等作，曲盡猥瑣僞妄之情狀，爲時所傳誦。」（呂晚村先生續集卷三）此殆詩中意也。

【資　料】

倪繼宗續姚江逸詩卷三：呂章成，字裁之，號蓼園，吾姚前輩，率尚古學，至國初淩夷，章成獨能不廢師傳，足稱中流砥柱。集刻未就。有千文字序。

邵友濂光緒餘姚縣志卷二三列傳：呂章成，字裁之，善詩古文。與陳函輝、張明弼、楊體元交，函輝從事紹興，欲薦爲翰林待詔，章成曰：「左副憲蠟丸新至，江東諸臣流涕，尚思奮發，不數月而墮安如故矣。悍將驕兵日事寇抄，細民則鞭撲以輸資，謂之打糧；巨室則要挾以索賂，謂之送劄。越城中顛躓狼狽，救死不遑，豈復可爲之日邪？」函輝死，章成走哭於台州，意有感觸，則惘惘獨行，欲得異人而友之。訪戴易於鄧尉，遇顧絳於昌平，山中慷慨賦詩。歷吴齊燕粤，卒無所遇，乃歸。名其藏書之室爲蓼園，曰：「予集於蓼，孰謂荼苦者？」病中自毁其著述，曰：「此無用之虛談也。」嘗改輯周興嗣千字文，寄感身世，詞賅而義嚴。

呂章成千字文：城南壹老，生於神宗。萬曆之朝，泰歲在東。冠厥水德，秋月將終。圓魄既過，雞鳴育躬。伏念我呂，實兆皇農。四嶽作相，貽慶淵洪。唐虞夏商，並沛殊庸。入周佐運，及明增榮。祜緜世廟，篤啟上公。承帝曰郁，政府效忠。綏邑鈞稅，黎賴答功。易名文安，存問重封。嗣君最賢，仰惟大父。抗節當官，巾輶遵路。乃若嚴親，英姿逸倫。筆精墨妙，稱王右軍。雲林畫意，達夫詩人。夙耽典籍，積困轉欣。義方淑男，禄養罔聞。滿牀落紙，深罪賤身。伯長坐隱，謙睦寂雅。二叔早晦，奉祀並寡。輕背家慈，侍御令女。廉惠威莊，恬慎約處。孝姑克敦，理務詳矩。鞠愛紛疲，殆極遐舉。恭靜漢甍，奄化藏邛。祗益拱對，貌皆夕陽。良辰奏音，和樂盈堂。散多聚少，致甚悲涼。自傷章成，束髮拜師。孔孟要指，左史訓辭。湯銘武箴，楚語韓碑。傍抽廣布，熟玩新知。頗得因緣，冬暑矢隨。虛工制藝，經論表策。仕使匪宜，設帳食力。退誚獲微，載馳營給。始也持囊，建業是逐。斡駕驅驟，弔彼故國。佳麗騰輝，洞心駭目。列壁垂裳，浮圖映谷。河流躍驤，聖殿逍煌。卑蒙尊岱，□悚步翔。謹陟燕巖，京洛隸焉。百職庶尹，輦轂星連。陛服衡宰，濟美侈宣。禹稷伊傅，旦說庭堅。杜丙魏房，合讚馨懸。衣被郡縣，光燿簡牋。煩收絳綵，五羊更尋。池珠翠羽，珍草赤禽。復適永嘉，華蓋離立。丹宅靈崑，冥翳煒射。羌即雝止，省下皋亭。鉅海納芥，遥岡接青。西子澄眺，孤岫露淩。登善舊居，嘯詠寐興。比晚投閒，改求攸欲。磻釣寸絲，猶引鑑曲。踐宮晃臨，霸猷疑燭。摩碣橫廊，李斯嘗續。門牆幾毀，每矜信宿。志盡俶歸，顛纇霜飄。賓牒染垢，陳薪辨勞。場丁杷釋，幃妾纓彫。蘭根翦甲，桐葉疏條。渠鱗吹雨，石獸驚霄。荒楹傾舍，跡麇慮超。玆幸息機，俯領塞口。鼓無弦琴，飫如糟酒。植不果園，稼非黍畝。笑嚬寵辱，秦號莫母。浴日樓中，孰爲真有。魚鳥性情，土木形骸。聽松面竹，近荷陰槐。忘眠滅火，勸景讓杯。紫菫素筍，甘鹹市催。淡漠去累，肥飽勿佪。慕古願見，劍俠仙才。位分嫡閏，嵇阮亦陪。富貴爵賞，熱想已回。銀璧羅綺，笙瑟優俳。體外物耳，寧用誠哉。結盟環宇，金昆玉友。兄事任顧，階張絜守。高士鬱寓，義績蒸宙。卿等簫切，黄趙菜首。思遠而康，聲伐並茂。雁行者肆，云亡獨後。密邇漆交，仁默聆受。匡晉出群，妍招夜晝。户内習悦，陶懷吉手。律與治平，器利陞阜。從游諸俊，率推會稽。鳳儀振垣，堂歌動地。次則福州，敬識特異。通席貞飭，具謂能弟。婦鍾沈量，戚俗所難。車紡助讀，勉遣飛丸。感軻解慼，豫審飢寒。取稴充膳，察色常歡。賓僚藍造，筵盛暢餐。谿毛薄祭，枇潔可觀。奈牧駒犢，竟竭盤桓。兩兒弱陋，競攝畏途。談豈阿戎，恃惟羔愚。資緼曠闕，委頓枝梧。氣扶且執，莽斬操誅。别號餘民，巧短腸直。磨驢譏弊，□鷗恥逼。扇清紈温，書田貢穡。箱橐墳起，懼發寫刻。涇渭好惡，敢侈規尺。璇弁璣組，潛野必黜。勒兵捕叛，假學巨賊。盜譽唱禍，刑施誰惻。白法調象，立言屬龍。定禪修命，正的木同。烹沙索飯，杳邈寥空。道基禮履，秉據端容。時乎弗再，其往似川。曦昃照虧，八九來年。集此千字，初靡足傳。主臣惶恐，何以謝天。（光緒餘姚縣志卷二三列傳附）

陳祖法贈吕裁之：濯濯風前柳，皎皎鹿柴詩。吾懷晉處士，千載孰與期。何幸節義士，文章昭令姿。吾越得吕子，振古諒在兹。摛藻振京雅，舉筆扶獻羲。昔待金門詔，今賦林下詞。身名亘日月，金石永無移。（續姚江逸詩卷六）

顧炎武呂氏千字文序：呂氏千字文者，待詔餘姚呂君裁之之所作也。蓋小學之書，自古有之。李斯以下，號爲三蒼，而急就篇最行於世。自南北朝以前，初學之童子無不習之。而千字文則起於齊梁之世，今所傳「天地玄黄」者，又梁武帝命其臣周興嗣取王羲之之遺字次韻成之，不獨以文傳，而又以其巧傳。後之讀者苦三蒼之難，而便千文之易，於是至今爲小學家恒用之書。而崇禎之元，有仁和卓人月者，取而更次之，以紀先帝初元之政，一時咸稱其巧。呂君以爲事止於一年，未備也，於是再取而更次之，而明代二百七十年之事乃略具。若夫錯綜古人之文如己出焉，不亦進而愈巧者乎？蓋吾讀史游急就篇，博之於名物制度，浩賾而不可窮，而其末歸於「漢地廣大，萬方來朝，中國安寧，百姓承德」。而呂君此文其首曰：「大明洪武，受命配天。」其末曰：「臣呂章成，頓首敬書。」則猶史游之意也。史游在元帝時爲黄門令，日侍禁中，當漢室之無事；而呂君身爲宰輔之後，丁板蕩之秋，遯跡山林而想一王之盛，匪風之懷，下泉之歎，有類於詩人，而過於齊梁文士之流者也。不然，崔浩之書改漢彊而爲代彊者，今豈無其人乎？而呂君棄之不顧，曰：「吾將退而訓於蒙士焉。」其風節又豈在兩龔下哉？夫小學，固六經之先也，使人讀之而知尊君親上之義，則必自其爲童子始，故余於是書也樂得而序之。（亭林文集卷二）

按，顧氏呂氏千字文序「崇禎之元，有仁和卓人月者，取而更次之，以紀先帝初元之政，一時咸稱其巧。呂君以爲事止於一年，未備也，於是再取而更次之，而明代二百七十年之事乃略具」，以「大明洪武，受命配天」開篇，以「臣呂章成，頓首敬書」結束，則所誦當爲有明一代事，與光緒餘姚縣志卷二三傳末所附之千字文非同一篇。

【注　釋】

〔一〕「秋旻」四句：嚴鴻逵釋略：「廣輿記：江右有某山，云是天上某禽墮翮變成。『秋旻』四句，蓋用此事，以喻其清高也。」秋旻，爾雅釋天：「秋爲旻天。」

〔二〕蠅書：趙宧光金石林緒論：「虞世南破衰叙纖筆無虧，顔真卿麻姑壇蠅書有勢。」

〔三〕寠裸：王令答束孝先：「忽自鑑惡，面復寠裸。」龍樹菩薩福蓋正行所集經卷六：「貧寠饑裸，以乞自濟。」

游慈相寺〔一〕

乾沙細雨不成泥，春水初生試小溪。得得山圍松逕斷，離離人坐石橋低〔二〕。陰碑出火牛磨角〔三〕，壞壁生香麝脱臍〔四〕。最是客游難久住，杜鵑落過杜鵑啼。

【箋　釋】

此詩作於康熙八年己酉三月。

按，是年正月二十日，張考夫至語溪，館晚村東莊。據考夫答張佩葱（三月）：「用晦兄自二十日别後，未嘗返櫂。」（楊園先生全集卷一一）知晚村此次出游，當在三月二十日。考夫答張佩葱又謂「度晦兄不愛此出者」，可爲「客游難久住」之注腳。

【注釋】

〔一〕慈相寺：王直慈相寺記：「慈相寺，在湖州德清縣玉塵山之左。晉初，寺未建，咸和間有梵僧過其地，指山石曰：『其中有泉。』於是曇法師結菴居之，鑿石罅如半月，果得泉，清涼甘香，冬夏若一，而其深不可窮，乃名泉曰靈泉。菴曰石壁，歷隋稍廢；至唐得居簡師而復興，建閣泉上，曰靈泉閣；元和中易菴名曰石壁院。宋康定中邑人沈當爲尚書，建佛殿以薦其母，殿至今尚存；治平二年始改賜額曰慈相寺，因名寺前之山曰奉國，跨澗橋曰野橋；慶元五年靈泉閣毁於火，嘉定間重建。初，寺之堂宇，相比如魚鱗，其方丈名觀心，高宗嘗題其榜，他之有名署者以十數，經久多廢。蘇文忠公守湖時，常與陳師錫、焦千之、秦太虛輩往游焉。南渡以來，諸名公多居於此，東萊吕成公亦嘗讀書其中。舊皆有題詠，今鮮存者，亦以久故也。然其徒相繼，各務樹立，以大其宗門。洪武丁卯，僧會好古鑄鐘三千觔，以警朝夕，崇教事，道寧師尤篤於其道，精勤不懈，修治淨域，樹美章，由是境以人勝。歲辛未，清理釋教，慈相遂蔚爲叢林。明年建法堂，己卯建鐘樓。永樂己亥，僧證中建月泉亭。宣德己酉，僧會智中更作佛殿，山門兩廡，庫堂棲室，焕然一新，土木采章，極其華美。寧師早從天竺印海實法師，具得宗旨，嘗主其邑之仙壇、慧通，皆有所建立。正統初，歸慈相。至是，杭之集慶復禮師爲之主。師嘗往集慶，念慈相之開創千餘年，雖或中微，然今猶不失舊觀，其興復之勞，不可不書以示久遠，乃具始末，因南京國子助教朱瓚屬予子博士（禾資）以書來請記。予謂佛之法盛矣，其意亦欲使人趨於善，故寺宇遍天下，而人多向往焉。雖其説足以動人，而爲之徒者，亦多有博達之才，强忍奮勵之志，故能昌其教而莫之禦，夫安得不久且盛哉！寧師號謚菴，嚴於事佛，謹於齊衆，而又讀儒書，工吟詠，予以是重之，而爲之記，以示後之人，俾善繼之，永勿壞。」（抑菴文集卷三）

〔二〕石橋：即野橋。嵇曾筠浙江通志卷三五關梁三湖州府：「野橋：德清縣志：在縣北慈相寺上，跨古澗，下瞰方沼，群峰環秀，古木覆蔭，爲龜溪八景之一。」

〔三〕牛磨角：韓愈石鼓歌：「牧童敲火牛礪角，誰復著手爲摩挲。」

〔四〕麝脱臍：舒頔復入大鄣：「龍眠溪洞涎流石，鹿過林皋麝脱臍。」許慎説文解字鹿部：「麝，如小麋，臍有香。」

三游蠡山

藤花迎笑鳥寒温，竹稚桐孫莽候門〔一〕。負汝修容今日意，羞余踐約逐年論①。畫橋倒影懸孤艇，絶壁微陽冷一村。山更嬌嬈吾更老〔二〕，煙鬟白髮兩消魂〔三〕。

【校　記】

①踐約　原作「殘約」，釋略本、怡古齋鈔本、管庭芬鈔本、張鳴珂鈔本同，據嚴鈔本、萬卷樓鈔本、詩文集鈔本改。

【箋　釋】

此詩作於康熙八年己酉三月。

按，是年晚村延張考夫至館，後何商隱汝霖、張佩葱嘉玲、王曉菴錫闡、凌渝安克貞、吴汝典曰夔等相繼來會，傳洛閩之學，刻程朱之書，歸隱之事，終於不能，故曰「羞余踐約逐年論」也。據侯元棐康熙德清縣志卷一山川：「蠡山有八景：陶朱古井、西施畫橋、碧山鳳翥、翠嶺馬回、石池劍躍、柳浪浮珠、竹林雲屋、松嶠天梯。」詩中「竹稚」、「桐孫」、「畫橋」、「絶壁」殆皆實指。

【注　釋】

〔一〕竹稚桐孫：馬祖常都門一百韻用韓文公會合聯句詩韻：「桐孫迸空枝，竹稚穿石籜。」庾信詠樹：「楓子留爲式，桐孫待作琴。」

〔二〕「山更」句：辛棄疾賀新郎：「我見青山多嫵媚，料青山、見我應如是。情與貌，略相似。」晚村此處反用其意。

〔三〕煙鬟：釋覺範湘西飛來湖：「武林散煙鬟，一峰螺髻孤。」

雨夜同大辛方虎允一素絲飲①

次公中酒玉川茶〔一〕，狂態如初但有加〔二〕。鬱塞老懷難了事，稀疏春盡未開花。山城一夜同聽雨，竹榻三人各夢家。蹴起不知何淚落，荒雞野嘯鼓摻撾〔三〕。

【校記】

① 允一素絲　原無此四字，諸本同，兹據管庭芬鈔本補。

【箋釋】

此詩作於康熙八年己酉三月。

按，人之立身也容易，而處世也極難。方虎隱蠡山之志，多年前已生，約用晦同寓中「五年范蠡峰頭話，網得西施日待君」云者，即是此意。然方虎終於四年後出就試，成進士，入史館，授編修。晚村雖非如是，然「鬱塞老懷難了事」爲哪般？一一「夢家」而已，即所謂「坐戀四松樹」者也。此後三月，方虎有待用晦不至詩。

大辛，姓許，名𠐿，號鐵函，海寧人。朱寶瑨海寧州志稿卷三二人物志：許𠐿，字大辛，令瑜子，諸生。自蕺山之教，遠被海昌，𠐿共一二有志之士，遵人譜爲省過之會，競相砥礪。生平落拓高寄，不問家人生産，屢空晏如。古文峭折如柳州，詩有江潭澤畔之意。慕宋所南翁，自號鐵函子。

允一，沈宗元字，號慕塘，居新市。廩生（侯元棐康熙德清縣志卷九藝文志）。「侍父病至十年，寒暑未嘗解衣寢」（吳翯皋民國德清縣新志卷八人物）。徐方虎道貴堂類稿有喜允一次匪家弟蔡甥並至、同允一斐成孟綸過舊寓即事、正兒侍其婦翁允一寓苕連日不得消息愨焉念之（以上梧下雜鈔卷上）諸詩，所謂「正兒侍其婦翁允一」，則允一爲方虎親家；另據方虎亡室宜人嵇氏行狀「兒正已有室，爲老友沈慕塘公女」，亦可證。

素絲，徐尚綸字，晚號蔗菴，方虎同母弟。方虎了閒詩集序：「了閒集者，予弟素絲之詩草也。弟止小余一歲，故同時就塾，亦同時學詩，今皆耄矣。」（修吉堂文稿卷一）又素絲弟八十壽序：「家季素絲爲予同懷弟。先太史公舉四子，予與季則范太安人所出也，少長止差一歲。……稍長，共知有山水之樂，雖足跡不越數百里，而南則相羊於湖山，北則往來於苕霅間，游屐所經，輕舠所至，無不共也。至於交游之道，尤同其好惡。予所爲金石者，季亦以爲芝蘭也；季所爲塗炭者，予亦以爲枳棘也。自同學及緇衣羽士之流，若呂子晚村、章子雲李、韋子六象、釋氏愚山、鍊師體崖輩，其爲臭味，鮮有差池者。」（修吉堂文稿卷二）又皇清敕封太安人顯妣范太君行述：「太安人姓范氏……嘗遘疾，求治於語溪呂子晚村，晚村時方屏謝醫事，雖至戚好友，絶不往應，獨翩然而來，爲之胗息，定方而去。晚村常語不孝倬曰：『若雖與我厚，若母猶我母。然吾之來，亦爲母之高年盛德，欲爲天地間留此人瑞也。』自後，非晚村方不肯服，服亦輒驗。嗚呼痛哉！孰意晚村物故，而先母竟不得享期頤之壽哉！」（修吉堂文稿卷七）後方虎與晚村出處雖不同，晚村甚有輕之者（參見前再游蠡山語徐方虎詩之箋釋），然友情關係相始終。晚村卒後，方虎與晚村子葆中（又名公忠，字無黨，號冰蓮）過從甚密。

【資料】

張履祥言行見聞録：許大辛（翕，海寧人）曰：「古今人自聖賢以下，苟有成立，得之母教者恒多。」因自述幼年在先生前讀書儘訛得，在安人前讀書，即一字訛不得。（楊園先生全集卷三三）

又：徐堅石（名介，仁和），志行過人。世業故不薄，棄生産，寓居三吴。非同志，足不及其門。見許大辛爲人所訟，久不解，感憤弗已，前後貸數金以贈之。時堅石窶困亦甚，竭力經營，救善人於戹難，不易及也。（楊園先生全集卷三四）

陸嘉淑與許大辛（翕）：繁花如雪掩重關，别館山椒竟日閑。欲雨片雲生海外，輕寒涼吹滿林間。歌殘白石時難旦，老去朱顔鬢略斑。似爾家聲原不薄，幾朝封事不容删。（辛齋遺稿卷一〇）

吴曰夔寄許翁鐵函兼懷悔齋子：朔風長烈烈，慘淡無時輟。霜雪摧芳華，春榮渺難折。吁嗟許翁一何貧，原生榮叟乃其人。帶索逍遥倚蓬户，歌聲不問夕與晨。仲冬曾過茅齋宿，一别屈指已四旬。即今歲暮衣裳單，令我常念范叔寒。黄山别墅應如故，修行踈松蔭谿路。翁家仲容住山麓，兩

阮同心慰幽獨。願翁爲我道相憶，朝來頻望西山色。（物表亭詩集）

沈鑣高祖慕塘公傳：高祖慕塘公，字允一，諱宗元，以歲貢生授桐廬縣訓導，不赴。按公爲伴葭公子，伴葭公諱秋水，詳郡乘人物志。公年未冠，即有聲庠序，讀書於鎮之碧潭菴。菴去家不數武，惟節序日一歸，否則，門以外無公足跡焉。三年學成，遠近耳公名者咸願通縞紵。同邑金介山、徐蘋村、章雲李、戚睿玉諸先生，皆與公交歡相倡和，而蘋村先生尤愛公，因締姻焉。既而學益富，家益貧，年益老，益肆力於古文辭，所作益不合有司尺度，故其遇益窮。生平精勤力學，著書等身，將歿前一月，盡舉而焚之，曰：「無以致窮之具貽子孫。」家人救之弗及，惟所撰東皋紀略一書，於數十年後得之含山舊戚家，他無有也。方公壯時，詩文並推宗匠，就正者得其緒餘，輒掇科第去，而公卒困於場屋，以冷官頭銜終，數亦可謂奇矣。今所存者，又僅有爐餘一卷，與半片氈作傳家舊物，尤可悲也。鑣嘗尋公讀書處，所稱碧潭菴者，已成廢址，僅古松數株，因風作怒濤響。嗚呼！此公當日讀書聲乎？爲俯仰噓欷，不能去云。五世孫鑣謹述。（沈赤然新市鎮續志卷六藝文）

沈宗元野橋：濠上鯈魚樂，石梁瀑布新。何如野橋雪，恍見武陵春。曲澗虹朝飲，危闌虎夜蹲。上方雖咫尺，到此坐逡巡。（侯元棐康熙德清縣志卷九藝文志）

吴翯皋民國德清縣新志卷八人物：徐尚綸，字素絲，號蔗菴，紹濱之六世孫，工部尚書宜之之第三子也。昆季四人，長又黄，次蘋村，四竹美，蘋村與尚綸俱宜之繼配范氏所出。尚綸五齡受句讀，輒成誦。稍長，目數行下。弱冠，補弟子員。於經史，靡不講貫，而曲臺一書，尤爲專門之學。遭宜之喪，盡哀盡禮。未幾，蘋村通籍，入翰林，尚綸謂：「事君事親，其理一也。」絶意功名，居家侍范氏，奉旨甘，舞萊綵者，數十年如一日。旋丁母艱，哀毁躃踊。擇地安窀穸後，蘋村予告歸，風雨聯床，時多唱和。所著北游偶吟，嚴沆序之云：「歌詠本諸性情，和平歸於孝友。」蓋紀實也。事兄敬愛，蘋村疾，湯藥手調，事又黄亦如之。德邑學宫基隘，皆士紳闢地而新之，後兩經修葺，身任其事。邑志久不修，請於馮、侯兩邑侯，躬與編纂，考獻徵文，搜載無遺。他如拯孤寡，卹鄉鄰，遇邑中水旱於施濟等事，無不盡心力爲之。好善尚文，其天性也。

徐倬素絲弟八十壽序：予讀小雅至棠棣之篇，未嘗不爲之喟然歎興也。昔周公糾合宗族於成周，賦棠棣詩，訓詁家以爲棠棣一柎二萼，兩兩相麗，有如兄弟，而又鄂以覆不，不以承鄂，如兄弟之相順而顯榮，其光韡韡焉。然則如吾兄弟，豈非天地間之真棠棣也哉！家季素絲，爲予同懷弟。先太史公舉四子，予與季則范太安人所出也，少長止差一歲。太安人常言：「兩兒甫離繦褓時，面貌相似，長短無異，我於總角衿纓及觿韘容臭之製，其物采常一。人見之，疑曰：『此孿生子也。』」居恒時舉斯語以爲笑樂。予六歲就外塾，季才五歲。兩大人欲遲之，季號咷不肯後，必欲同就塾。自習句讀及離經課文，無不相同。後延前溪韋先生爲經師，教學徒習古文辭，授予史記，授季左傳。兩人私相更讀，期兼通而後已。舞勺時即喜爲詩歌，無所師承，潛自倡和，以赫蹏細書之，藏懷袠中。歲除解塾，群從兄弟爭爲童子戲，獨我兩人神氣不屬，若有所思。家人怪之，搜懷袠，果得所作詩，相與大噱。稍長，共知有山水之樂，雖足跡不越數百里，而南則相羊於湖山，北則往來於苕霅間，游屐所經，輕舠所至，無不共也。至於交游之道，尤同其好惡。予所爲金石者，季亦以爲芝蘭也；季所爲塗炭者，予亦以爲枳棘也。自同學及緇衣羽士之流，若吕子晚村、章子雲李、韋子六象、釋氏愚山、鍊師體崖輩，其爲臭味，鮮有差池者。兵燹之後，祖居蕩析，謀數椽於邑城，擇其地之鄰並者，棟宇接連，不離咫尺。有書則借讀，有花則並嗅，有清風明月，則共相與往來。總之性情嗜好，無不合同，蓋閱四百有八十甲子而猶如一日也。弟以老諸生，數踏省門不遇；予雖晚遇，宦情淡蕩，究爲隱居處約中人。竊自感慨，以爲吾兩人忝爲兄弟哉？然而才華不如二陸，科名不如二宋，理學不如二程，文章風節不如二蘇，何今之爲兄弟者有愧於曩之爲兄弟者也！既又自念，使我兄弟才華有如二陸，科名有如二宋，理學有如二程，文章風節有如二蘇，安知無宦轍之分塗乎？安知無升沉之異數乎？安知無兵戎之相及、鉤黨之相連而身爲風波之民乎？彼西堂之夢草，對床之聽雨，亦必契闊隔閡，而後興思及此爾。又安得相親相附，如影之於形，風之於聲，無頃刻之或離如吾兄弟者乎？年來婆娑於雞豚近局、枌榆社樹之下，炊扊扅，烹伏雌，召二三宗人，相與談桑海之微塵，太平之法曲，銜杯鼓掌，以爲娱樂。其興致猶如向者總角衿纓，出就外塾時也，而不知白髮鬖鬖，已各稱八十老翁矣。嘉平之月，爲弟誕辰。介酒盈庭，賓履滿户。予獨歷舉自幼至少，自少至壯，自壯至老，瑣屑微細之事以相告語，亦欲使聽者咸油然生其愛敬之心，而歎息以爲老年兄弟之不易得也。即棠棣可無詠矣。吾弟晚字曰蔗菴，以二子能文，克振其家聲，又得四孫，自知爲漸入佳境也。若夫過此以往，爲伏生，爲轅固，爲絳縣之老人，爲商室之籛鏗，弟自當馴而至之，優游以俟之，正無煩予爲巫祝之辭以相告

矣。（修吉堂文稿卷二）

按，方虎父文炅，字宜之，號宜園，郡庠生，誥贈通奉大夫、禮部侍郎，晉贈資政大夫、工部尚書，榮祀鄉賢祠。子四，長尚寧（號又黄）、次倬、次尚綸、次朝秀（號竹美）。娶沈氏，生尚寧、朝秀；繼范氏，生倬、尚綸。

徐倬待用晦不至：紅藕莊西約並居，憶君前月自裁書。何當坐戀四松樹（用晦齋前新栽松樹），空有無憑雙鯉魚。小院微風梧落夜，碧天如水雁來初。相思不得長相見，月黑雲停好怨余。（道貴堂類稿梧下雜鈔）

【注釋】

〔一〕次公：班固漢書卷七七蓋寬饒列傳：「蓋寬饒，字次公，魏郡人也。……平恩侯許伯入第，丞相、御史、將軍、中二千石皆賀，寬饒不行，許伯請之，乃往從西階上，東鄉特坐。許伯自酌，曰：『蓋君後至。』寬饒曰：『無多酌我，我乃酒狂。』丞相魏侯笑曰：『次公醒而狂，何必酒也。』坐者皆屬目卑下之。」玉川：歐陽修新唐書卷一七六韓愈傳：「盧仝居東都，愈爲河南令，愛其詩，厚禮之。仝自號玉川子，嘗爲月蝕詩，以譏切元和逆黨，愈稱其工。」盧仝走筆謝孟諫議寄新茶：「一椀喉吻潤，兩椀破孤悶。三椀搜枯腸，唯有文字五千卷。四椀發輕汗，平生不平事，盡向毛孔散。五椀肌骨清，六椀通仙靈。七椀喫不得也，唯覺兩腋習習清風生。蓬萊山在何處，玉川子乘此清風欲歸去。」嚴鴻逵釋略：「大辛喜酒，方虎喜茶。」故以次公、玉川爲喻。

〔二〕狂態：范曄後漢書卷八三逸民列傳：「帝笑曰：『狂奴故態也。』車駕即日幸其館，光卧不起，帝即其卧所，撫光腹曰：『咄咄子陵，不可相助爲理邪？』」

〔三〕「蹴起」二句：房玄齡晉書卷六二祖逖傳：「祖逖，字士稚，范陽遒人也。……與司空劉琨俱爲司州主簿，情好綢繆，共被同寢，中夜聞荒雞鳴，蹴琨覺曰：『此非惡聲也。』因起舞。逖、琨並有英氣，每語世事，或中宵起坐，相謂曰：『若四海鼎沸，豪傑並起，吾與足下當相避於中原耳。』」范曄後漢書卷八〇下文苑列傳下：「聞（禰）衡善擊鼓，乃召爲鼓史。因大會賓客，閱試音節。諸史過者，皆令脱其故衣，更着岑牟單絞之服。次至衡，衡方爲漁陽參撾，蹀躞而前，容態有異，聲節悲壯，聽者莫不慷慨。」

游五石菴〔一〕時有甬上游客寓居，游況甚困。　二首

可是詩材在北城，尋詩爭向此間行。四圍山壓龕身小，一點泉穿籬腳明。筍怪人過當路出，苔欺僧少滿甎生。蕭然半嶺聞清響，莫有蘇門第二聲〔二〕。

菴居意旨近如何，木佛燒殘落旋渦。魚鼓無聲齋粥少，禪燈失照怪風多。一慚依舊終身忍〔三〕，要熟須從這裏過〔四〕。珍重題詩滿新竹，長梢留取掃煙蘿。

【箋釋】

此詩作於康熙八年己酉三月。

按，晚村自注謂「時有甬上游客寓居」，而下復有送甬上友人寄高旦中詩，嚴鴻逵釋略曰：「此甬上友人，即前寓居五石菴者。」嚴氏已不知其人爲誰，蓋亦不用隱晦者也。按此人即萬斯備允誠。其歲除雜感次董子韻十首之小序曰：「丁未冬與巽子偕游武林，旅食經月，已而巽子羈跡西水，余則渡江東歸，至今年春中，巽子始從西水旋里，出歲除一編，覺一時窮愁落寞焉。思親懷友之情，宛然心目。余旋欲和之，粗粗未遑也。至末秋，余有琅邪之役，而巽子則間渡淮陰，復聯舸而出，往來苕、霅間。歲□之暮，遂不果行，乃寄跡於苕之菁山里。日月既逝，觸緒增懷，撫今遇昔，不無哀愁。」據此，是知萬氏已於康熙七年戊申旅居烏程之菁山，未幾徙居德清之五石菴。

第一首，嚴鴻逵釋略曰：「龕爲山壓而小，泉惟一點而明，語雖含蓄，意極警露。半嶺清響，紀實事也。子自言是日至山半，聞有聲甚清越，似人長嘯，索之不得。」據方虎大雪天襄至因索其詩：「曾記昔友言，詩材北門具。」自注：「天襄居北門，吕晚村有詩云：『豈是詩材在北門。』」其時晚村或往訪天襄，或與天襄同游。天襄，沈方平族孫，與方虎唱和尤多。

第二首，嚴鴻逵釋略曰：「次首專爲甬上游客言，先寫菴之荒涼，則游況之困可知矣。『一慚依舊終身忍』，警其已往也；『要熟須從這裏過』，勉其將來也。末句似嘲似諷，一寫其無聊之態，一諷其速歸，詩人之忠厚也。」此釋疑有誤，嚴鴻逵於下爲送甬上友人寄高旦中所作之釋略曰：「旦中諸人，始而共相倡和，似可擬於皮、陸松陵之集，今則終於馳逐，甘自外於次山退谷之杯，然其意蓋曰：『且忍一慚耳。』不知柴門一開，不能復閉，即前所云『一慚依舊終身忍』者也。」是爲正解。晚村之意，蓋自道也，非就萬氏而言，「一慚依舊終身忍」之「一慚」，即晚村詩文中之「慚」也。

【資　料】

全祖望續甬上耆舊詩卷七七萬布衣斯備傳：字允誠，一字又菴，户部郎泰第七子也。亂後隱居不試，婿於李氏。婦翁杲堂先生愛之，相依二十餘年，如左右手。昕夕互相唱和，杲堂尤稱其五律，搜索意匠，疏理血脈，一字一句，無不雕磨，且自以爲不如。嘗有詩云：「偶然題得驚人句，爲喚吾家萬楚商。」及輯甬上耆舊詩，先生搜訪之功最多，如金白雲、李中林詩，葉鄭朗晚年詩，吴鼓和、胡百藥詩，皆先生所得。每得一卷，杲堂爲之驚喜下拜，先生亦拜。先生書法極工，兼精篆刻。其爲人和平長厚，篤於兄弟之誼。先世都督甲第爲帥府所據，西皋丙舍亦圮，先生晚年束脩之入，粗制數椽，均之於長兄之子管村。所著有深省堂集。今先生之後人甚微，而管村有孀居孫婦傅氏，能傳先生之集，以得登此選，亦足以報先生矣。

萬斯備清溪客舍酬别吕用晦二首次來韻：飄颻旅舍接山城，久客深慚出市行。嶺半夕陽重□□，窗前初月當燈明。春風夢逐家書到，夜雨愁隨澗水生。何幸蕭條空谷裏，忽聞户外嘯歌聲。

相逢無奈别情何，攜手臨溪水一渦。四處煙雲入遠望，經旬笑語逐君多。游蹤頗喜山山到，良會殊傷草草過。浪跡江湖非我事，好歸茅屋伴青蘿。（己酉游草）

萬斯備沈方平先生攜素饌過五石菴：日抱琴書寄一村，忽傳車騎到開門。行廚味道逍遥炙，藏酒香□百米尊。□殿春□巢燕子，青山雨後長蘭孫。風流自愧非摩詰，素饌何煩遠過存（慕容承有攜素饌過王維詩）。（同上）

徐倬至五石庵故友章雲李唐聞宣曾下帷於此愴然有感：野薺條桑曲徑成，僧雛籬下解逢迎。茗柯旗展分場出，竹筍綳開傍母生。斷蘚渾疑燒石處（壁上有紀云，庵有五仙煮石於此，故名），流泉猶咽讀書聲。淒涼笛弄斜陽裏，北郭從今懶去行。（道貴堂類稿蘋蓼間集卷下）

徐倬大雪天襄至因索其詩：乘興即掉舟，興盡翻回去。倏然自往來，非於雪有故。侵晨深雪中，户外有二屨。豈是尋詩翁，路爲灞橋誤。開門逢之子，笠屐來相顧。得朋兼得詩，如種瓜得芋。曾記昔友言，詩材北門具。（天襄居北門，吕晚村有詩云：「豈是詩材在北門。」）今吾維摩室，天花落香雨。願子唱陽春，一星懸晴曙（唐詩有「曙後一星孤」之句）。（道貴堂類稿黄髮集卷中）

嵇曾筠浙江通志卷一二山川四：菁山，黄溍菁山普明寺記：「由湖郡城南渡溪，舟行四十五里登陸，又二里許是爲菁山。泉清水深，峰巒峭拔，巖壑鬱紆，最爲勝處。」名勝志：其上生黄菁，故名。

羅愫乾隆烏程縣志卷二山川：「菁山在城南四十七里，與葛仙山相連。」

【注　釋】

〔一〕五石菴：周紹濂嘉慶德清縣續志卷二寺觀：「五石菴：在東主山下，菴後有泉，亦名東主，皆以梁右將軍沈恪曾爲東土山主得名。菴名五石者，鄭如幾清徽堂記所謂『弄五子之石』者是也。建於明萬曆間，壁有碑記，額曰『梅林勝蹟』，爲署縣周忠毅宗建題。康熙年間，僧澄源曾建仙蹟堂。」

〔二〕「蕭然」二句：劉義慶世説新語棲逸：「阮步兵嘯，聞數百步，蘇門山中忽有真人，樵伐者咸共傳説。阮籍往觀……因對之長嘯。良久，乃笑曰：『可更作。』籍復嘯。意盡，退，還半嶺許，聞上唒然有聲，如數部鼓吹，林谷傳響。」

〔三〕「一慚」句：左傳昭公二十九年：「夏四月，季孫從知伯如乾侯。子家子曰：『君與之歸。一慚之不忍，而終身慚乎？』」王維與魏居士書：「近有陶潛，不肯把板屈腰見督郵，解印綬，棄官去。後貧，乞食詩云『叩門拙言辭』，是屢乞而多慚也。嘗一見督郵，安食公田數頃。一慚之不忍，而終身慚乎？此亦人我攻中忘大守小、不恤其後之累也。」

〔四〕「要熟」句：二程遺書卷三：「自『舜發於畎畝之中』至『孫叔敖舉於海』，若要熟，也須從這裏過。」朱熹曰：「人須從貧困艱苦中做來方堅牢，曰『若不從這裏過』也不識所以堅牢者，正緣不曾親歷，了不識似一條路，須每日從上面往來，行得熟了，方認得許多險阻去處。若素不曾行，忽然一旦撞行將去，少間定墮坑落塹去也。」（朱子語類卷五九）

四游蠡山

一抹浮煙看不遺，天教幻作幾番奇。故留絶頂第三石，撩取狂夫其四詩。是日又得石屋，頂上石壁有深湫，甚奇。靈瀑小參康樂後〔一〕，愚潭初配柳州時〔二〕。蠡山老大逢知己，比似前人已較遲。

【箋　釋】

此詩作於康熙八年己酉三月。

按，蠡山風景，或多奇特，前三首詩描繪可謂盡矣，不意天使幻化，又增幾許游興。石壁深湫，未曾見也，故寫此第四詩，以記其勝。較康樂之於「瀑」，柳州之於「潭」，雖遲千八百年，然終遇知己，可以無憾矣。

【注　釋】

〔一〕「靈瀑」句：沈約宋書卷六七謝靈運傳：「謝靈運，陳郡陽夏人也。……少好學，博覽群書，文章之美，江左莫逮。從叔混特知愛之，襲封康樂公，食邑三千户，以國公例除員外散騎侍郎，不就，爲琅邪王大司馬行參軍。性奢豪，車服鮮麗，衣裳器物多改舊制，世共宗之，咸稱謝康樂也。……廬陵王義真少好文籍，與靈運情款異常。少帝即位，權在大臣，靈運構扇，異同非毁，執政司徒徐羨之等患之，出爲永嘉太守。郡有名山水，靈運素所愛好，出守既不得志，遂肆意游遨，遍歷諸縣，動踰旬朔，民間聽訟，不復關懷。所至輒爲詩詠，以致其意焉。」嵇曾筠浙江通志卷二〇山川：「謝池：嘉靖浙江通志：謝靈運嘗游息於上，池水澄湛，俗呼靈池。」

〔二〕「愚潭」句：歐陽修新唐書卷一六八柳宗元傳：「柳宗元，字子厚，其先蓋河東人。……貞元十九年爲監察御史裏行，善王叔文、韋執誼，二人者奇其才，及得政，引内禁近與計事，擢禮部員外郎，欲大進用。俄而叔文敗，貶邵州刺史，不半道，貶永州司馬，既竄斥，地又荒癘，因自放山澤間。其堙厄感鬱，一寓諸文，倣離騷數十篇，讀者咸悲惻。……元和十年，徙柳州刺史。……世號柳柳州。十四年卒。」柳宗元愚溪詩序：「余以愚觸罪，謫瀟水上，愛是溪，入二三里，得其尤絶者家焉。古有愚公谷，今予家是溪，而名莫能定。土之居者猶齗齗然，不可以不更也，故更之爲愚溪。愚溪之上，買小丘，爲愚丘；自愚丘東北行六十步，得泉焉，又買居之，爲愚泉；愚泉凡六穴，皆出山下平地，蓋上出也；合流屈曲而南，爲愚溝，遂負土累石，塞其隘，爲愚池；愚池之東爲愚堂，其南爲愚亭，池之中爲愚島；嘉木異石錯置，皆山水之奇者，以余故，咸以愚辱焉。」

半月泉〔一〕

玉麈峰西行腳催〔二〕，芒鞵笑爾已三回。青天破鏡愁相照，翠袖探鈎醉裏開。補注圖經憑活火〔三〕，護持題句付頑苔。成公講院坡翁字〔四〕，不爲山泉也合來。

【箋　釋】

此詩作於康熙八年己酉三月。

按，詩末所謂「不爲山泉也合來」者，蓋爲「成公講院」與「坡翁字」也。據河東吕氏族譜（晚村列名「校證」），晚村爲祖仁十六世孫，而祖仁與祖謙同爲大器子，則成公講院乃晚村先人講學處，參拜當是自然，故不只爲風景也。

【注　釋】

〔一〕半月泉：侯元棐康熙德清縣志卷一山川：「半月泉：慈相寺石壁山之下，晉咸和間有梵僧過其地曰：『是中有泉。』於是僧曇卓鑿石罅如半月，泉味迥異，名曰靈泉。宋元祐間蘇東坡偕鮑朝懋、蘇固七人刻石紀游。明正德間，知縣衡准作石檻護之；萬曆間，知縣陳效易亭而閣，名曰泠然。」

〔二〕玉麈峰：侯元棐康熙德清縣志卷一山川：「玉麈山，山有白石洞。」

〔三〕活火：陸廷燦續茶經卷下：「李約云：『茶須活火煎。』蓋謂炭火之有焰者。東坡詩云『活水仍將活火烹』是也。」

〔四〕成公講院：指東萊讀書堂。成公，即呂祖謙，謚曰成，故稱成公。嵇曾筠浙江通志卷四二古跡四湖州府：「韓元吉宅：德清縣志：縣北石壁山慈相寺西有修竹林，宋韓元吉兄弟居焉。……弘治湖州府志：宋呂祖謙嘗於此讀書，呂蓋韓壻也。嘉熙間縣令章鑑建東萊讀書堂。」坡翁字：即蘇東坡半月泉（蘇軾、曹輔、劉季孫、鮑朝懋、鄭嘉會、蘇固同游，元祐六年三月十一日）詩，詩曰：「請得一日假，來游半月泉。何人施大手，擘破水中天。」侯元棐康熙德清縣志卷一〇佚墨：「蘇東坡紀游石刻。」查慎行蘇詩補注卷四八曰：「慎按，右一首諸刻不載，見談鑰吴興志：『先生游德清縣，題半月泉作也。』石刻真跡在慈相寺中，余家有搨本。」

同大辛主一從烏巾山至西茅山〔一〕二首

崖石新崩側理黄，土祠低嶺餞斜陽。風和時有異花墮，山暖不知何物香。懷古正須嚴考核，好奇寧過信荒唐。群峰並入蠡山志，絶勝盧家舊草堂。

連山西壁茅山北〔二〕，羅帶鈎聯結比鄰。松長髯疑蘇學士〔三〕，連山一帶石壁名小赤壁。竹輕身學管夫人〔四〕。茅山北爲管山〔五〕，管夫人生處。陰晴淺絳褾青染〔六〕，向背蔴皮劈斧皴〔七〕。擬寫一圖歸把翫，神光離合總非真。

【箋釋】

此詩作於康熙八年己酉三月。

按，此次出游，另有主一其人，徐方虎道貴堂類稿有己未冬至冒徵君巢民招飲得全堂同沈允一徐主一佘羽尊許山濤薛倚遠冒元譽青若以少陵至日詩中人字爲韻各賦一章（汗漫集卷上）、除夕毘陵道中同主一守歲、主一送至邗江予感其意臨別贈之以言（以上甲乙友抄）諸詩，生平不詳，録此備考。

【注釋】

〔一〕烏巾山：侯元棐康熙德清縣志卷一山川：「德清山：一名烏山。昔有烏巾善釀，居此山麓，因之得名。」吴翯皋民國德清縣新志卷一山水：「烏山：在三里塘，本名烏巾，又名德清，俗稱烏牛山。山南有堯皇廟、戴侯祠，山北即九曲里。」西茅山：侯元棐康熙德清縣志卷一山川：「茅山：舊記三茅君所隱。」吴翯皋民國德清縣新志卷一山水：「西茅山：在蠡山東。東茅山：古稱珠山，蓋因西茅山、管家山左右起伏如龍，而東茅山居其中，形圓如珠，故名。」

〔二〕連山：侯元棐康熙德清縣志卷一山川：「連山：上有馬回嶺，相傳范蠡歸五湖，越騎追之，至是而返，因名。」吴翯皋民國德清縣新志卷一山水：「連山：兩山相連，故名。」

〔三〕「松長」句：指蘇軾，以其多髯故。蘇軾客位假寐：「同僚不解事，愠色見髯蘇。」鄭允端東坡赤壁圖：「留得清風明月在，網魚謀酒付髯蘇。」

〔四〕管夫人：董斯張吴興備志卷一三笄褘徵：「魏國夫人管氏，諱道昇，字仲姬，吴興之棲賢山人也。夫人天資開朗，德言容功，靡一不備。翰墨詞章，不學而能。處家事，内外整然。歲時奉祖先祭祀，非有疾，必齋明盛服，躬致其嚴。夫族有失身於人者，必贖出之。遇人有不足，必周給之，無所吝。至於待賓客、應世務，無不中禮合度。心信佛法，手書金剛經至數十卷。」張丑清河書畫舫卷一〇下：「（管夫人）有才略，聰明過人，爲詞章，作墨竹，筆意精絶。」

〔五〕管山：吴翯皋民國德清縣新志卷一山水：「管家山：有宋王孫趙孟頫夫人管仲姬之墓葬此。」

〔六〕襟：顧野王玉篇衣部：「必了切。衣袂也。」

〔七〕劈斧皴：曹昭格古要論卷上：「王維，字摩詰，家居藍田輞川，嘗作輞川圖，山峰盤回，竹樹瀟灑，石小劈斧皴，樹梢雀爪，葉多夾筆。」

沈方平給諫招飲

醉裏言多醒卻忘〔一〕，旁人代舉笑成狂。破除河朔粗豪飲〔二〕，收拾南唐餅炙香〔三〕。白髪檀槽論細事〔四〕，春風蓴菜戀它鄉〔五〕。試西湖蓴菜，殊美。松筠倘許過從慣，難閉城西給事莊。

【箋釋】

此詩作於康熙八年己酉三月。

按，酒後之言，雖藉旁人提及，亦不復記憶矣，其粗狂可知。「破除河朔」、「收拾南唐」等語，於清廷實有違礙，翁山「沙洲定爲真龍長，鋏綆難回燕子飛」（翁山詩集卷五次燕子磯）同其意。「白髮」，則給諫已老，閲世既深，感慨尤多；「論細事」，則相得甚歡，故有「過從慣」之語。「春風」句，嚴鴻逵釋略曰：「季鷹因秋風而思故鄉，此偏值春風而戀它鄉。子嘗言：『作詩熟事須生用。』此可見矣。又嘗言：『蓴菜，春時乃佳，秋則老而不堪食。』蓴鱸二物皆春生，季鷹特因秋風起而思歸，因念及之耳。」

沈方平，吴嵩臯民國德清縣新志卷八人物：「沈應旦，字方平，崇禎十三年進士，授南昌縣知縣，省會煩劇，案牘山積，應旦聽斷如神。無幾獲譴，民感其義，爭先輸納。適左良玉兵撓地界，遣幹役投檄軍門，曉以大義，良玉歎賞，下令斂戢，民藉以安。卓異，升南京户科給事中。母艱歸，父年已耄，絶意仕進，奉養以終。」居德清東衡里，工詩，與徐方虎唱和最多。卒於康熙十九年庚申。子永裕，字仲舒，康熙十五年丙辰進士，後於二十六年丁卯任碭山縣知縣。

【資　料】

萬斯備奉酬沈方平先生次來韻二首：平陵一徑爲誰開，時隱焦桐作碧苔。□樹春深黄鳥過，華臺山近白雲來。窗前草長無書帶，畫裏詩成有□材。晚節自甘泉石老，花間好友是寒梅。

日照□蘭宿露開，聞攜積竹步蒼苔。未從黑蝶傳經去，翻□黄門問字來（時先生屬余作篆）。自奉杯盤增酒户，久依雲壑長詩材。□隨不覺年華改，看過山礬又早梅。（己酉游草）

徐倬同體涯游月泉歸飯沈方平先生宅：高人多會心，幽尋不在遠。出郭門數武，蒼翠忽已展。煙村互盤旋，石路勢紆緬。屐響雜溪聲，暗逐松濤轉。東風吹面來，泠泠有餘善。渡橋尋泉源，一酌俗慮遣。異哉彌天雲，好月藏翠巘。坐久寒陰生，步屧衝泥返。再叩主人門，中廚具清飯。白石與青精，涎口總莫辨。癡童執燭疲，鼾呼伏闌檻。昏黑還空堂，餘暇開素卷。挑燈坐轉清，孤情入閬苑。（道貴堂類稿梧下雜鈔）

按，三人之詩作於同一年，而萬詩在前，徐詩在後。

徐倬寄懷沈方平先生時令子仲舒成進士歸省：故里風流一老存，相逢令子問寒暄。稔知漉酒巾猶濕，且喜看花眼未昏。東觀人還紅藥署，南陔天與白蘋村。溪山留待余歸早，共掬清泉弄月痕。（道貴堂類稿燕臺小草）

章金牧戲答沈方平代柬：泥金册葉紫綾裝，第一留題待沈郎。未許天孫偏愛錦，笑來世上問鴛鴦。

東風幾度鬱金堂，絶調陽春讃壓場。貪學渭城來一唱，當筵誤曲惱周郎。

十二行開選阿嬌，春蘭秋菊自妖嬈。諸宫只有楚人舞，遂恐君王厭細腰。（萊山詩集卷七）

【注釋】

〔一〕「醉裏」句：王安石次韻舍弟賞心亭即事二首之二：「此時江海無窮興，醒客忘言醉客喧。」

〔二〕河朔粗豪飲：李昉太平御覽卷三一時序部一六：「魏典略曰：『大駕都許，使光禄大夫劉松北鎮袁紹軍，與紹子弟日共宴飲。常以三伏之際，晝夜酣飲，極醉至於無知，云以避一時之暑，故河朔有避暑飲。』」

〔三〕南唐餅炙香：陸游南唐書卷一七雜藝方士節義傳：「某御廚者，失其姓名，唐長安舊人也。從中使至江表，未還，聞崔胤誅北司，遂亡命，而某留事吴。及烈祖受禪，御膳宴設賴之，略有中朝承平遺風，其食味有鷺鷥餅、天喜餅、駞蹄餤、春分餤、密雲餅、鐺糟炙、瓏璁餤、紅頭簽、五色餛飩、子母饅頭，舊法具存。」

〔四〕檀槽：李賀感春：「胡琴今日恨，急語向檀槽。」吴正子注：「琵琶本胡樂，故琵琶曰胡琴。談賓録云：『開元中中官白秀真使蜀回，得琵琶以獻，其槽以檀爲之，温潤如玉。』」

〔五〕蓴菜：劉義慶世説新語識鑒：「張季鷹辟齊王東曹掾，在洛見秋風起，因思吴中菰菜、蓴羹、鱸魚膾，曰：『人生貴得適意爾，何能羈宦數千里，以要名爵！』遂命駕便歸。」

送甬上友人寄高旦中　二首

臨溪置酒亂傳杯，莊語無多雜笑諧。醉後聞聲呼舊友，客中送別動歸懷。莫如白髮新相好〔一〕，只有青山熟益佳。寄與鬍公應早出，知余未易到桐齋。

逢君喜作江南語，曾與南人習慣來。社燕分泥溪上散，山礬抱石雨中開。當時爭唱松陵集〔二〕，自古天荒退谷杯〔三〕。今日柴門元不閉，莫將慚色對蒿萊。

【箋　釋】

此詩作於康熙八年己酉三四月間。

按，第一首，嚴鴻逵釋略曰：「此甬上友人，即前寓居五石菴者。首句亂傳杯，便與次句相呼應。醉後，故聞聲而呼舊友；客中，故送別而動歸懷。第三聯又寓諷也。鬍公，高旦中也；桐齋，旦中之所居也。」

第二首，嚴鴻逵釋略曰：「首聯即前章『雜笑諧』意。社燕分泥，喻衆之役役，且時方散去也。山礬抱石，喻己之無求。旦中諸人，始而共相倡和，似可擬於皮、陸松陵之集，今則終於馳逐，甘自外於次山退谷之杯，然其意蓋曰：『且忍一慚耳。』不知柴門一開，不能復閉，即前所云『一慚依舊終身忍』

者也。子嘗有書規切旦中曰：『以老兄今日室無堅坐之具，身有攬取之才，而胸無足畏之友，從此蹋腳，不難入無底之淵。』此詩疑同於一時云。」「柴門元不閉」，則真隱實不能矣，故客中送別，斯動歸心。

甬上友人，即萬斯備允誠，詳見前游五石菴詩之箋釋。

【注釋】

〔一〕「莫如」句：司馬遷史記卷八三魯仲連鄒陽列傳：「諺曰：『有白頭如新，傾蓋如故。』何則？知與不知也。」晚村此處反用其意。

〔二〕松陵集：范成大吴郡志卷五〇雜志：「咸通中，崔璞守吴郡，時皮日休爲部從事，與處士陸龜蒙爲文會之友，風雨晦冥，蓬蒿翳薈，未嘗不作詩。璞間爲詩，亦令兩人屬和，吴中名士亦多與焉。一年間，所作盈積，龜蒙裒爲十通，日休名之曰松陵集。」

〔三〕退谷：元結退谷銘并序：「杯湖西南是退谷，谷中有泉，或激或懸，爲竇爲淵，滿谷生壽木，又多壽藤縈之，始入谷口，令人忘返。時士源以漫叟退修耕釣，愛游此谷，遂命曰退谷，元子作銘，以顯士源之意。」

立夏日卧病方虎齋中

異縣櫻桃顆許匂〔一〕，故園梅子已生仁。此時兒女爭新果，不道山城卧病人。强引茶杯存勝節，監炮藥物賴情親。諸公庭畔私相慶，下筆題詩尚有神。

【箋釋】

此詩作於康熙八年己酉四月初六日。

按，德清稱異縣，則語溪是故園；櫻桃雖勻，不比梅子有仁；兒女情在，思家心急；隱游不能矣。病中賴方虎之照料，及藥物之調理，故下筆猶有力，題詩尚有神，亦見歸心之切。

【注釋】

〔一〕櫻桃顆許勻：杜甫野人送朱櫻：「數回細寫愁仍破，萬顆勻圓訝許同。」

喜張佩葱過留廓如樓次韻 二首

苦恨拋犁走四方，歸來難斲草荒涼。山中不是陶貞白〔一〕，俗下猶傳杜季良〔二〕。大擔子頭看崛强〔三〕，小車兒上試徜徉〔四〕。分燈較罷寒泉本〔五〕，萬壑千岩夢紫陽〔六〕。

圓魄當庭四角方〔七〕，危欄佳處坐清涼。寒生九月花逾好，佩蕙有詠夾竹桃詩。影落三人夜正長。此事有誰曾此論，相看無語更相徉〔八〕。自慚渴死難追逐〔九〕，猶荷琱戈傍魯陽〔一〇〕。

【箋　釋】

此詩作於康熙八年己酉九月。

按，諸本晚村詩集僅録第一首，第二首據集外詩補。柞水後學曰：「按夢覺集中有此題詩一首，韻腳亦相符，惟頷聯『長』字不合意。原詩必以二律見贈，故和篇亦有二首。不在集中者，殆芟定時録彼而棄此耳。或謂即係集中所録之原本，則芟改不應如此太甚，且語意各殊，斷非一律也。」此説未必確鑿，視張張集中次韻答黄晦木二首與餘姚黄晦木見贈詩次韻奉答二首兩題，其中僅「遠抱硯山尋北固，偶隨流水入西鄰」一聯相同，餘皆異，類此。今姑且併入一題，視爲同時所作。

第一首，晚村欲承「天將降大任」之「大擔子」也，所謂「夢紫陽」者，實爲承紫陽學統，自是晚村以編訂、校刻朱子書及傳播洛閩之學爲己任矣。

第二首，楊園先生時館吕家東莊，故曰「影落三人」。而「此事有誰曾此論」之「此事」，當別有所指；之「此論」，亦不能確知。學不可以無朋，是矣。時光荏苒，日已西沉，自不學夸父之追日，然猶依魯陽揮戈而高撝，冀日之反三舍也。其欲振興儒學之雄心，與韓昌黎「障百川而東之，回狂瀾於既倒」相似，壯哉！

張佩蔥，名嘉玲，佩蔥其字，吴江人。生於明崇禎十三年庚辰，卒於清康熙十三年甲寅，終年三十有五。

【資　料】

吕留良質亡集小序：佩蔥躬行刻苦，鋭然以聖賢爲必可至。取師友必真君子，如張考夫、凌渝安、何商隱、沈石長、巢端明、王曉菴，皆正志篤學，待之極盡其誠。處弟姪宗黨以恩義勝，破其貲産，至死無以斂葬，不惜也。居喪毁哀由中，三年不露齒，不入閨房。妻以勞瘵死，里人非笑之，以爲執禮所致，俗之惡薄如此。然即其非笑，可以見佩蔥之賢矣。佩蔥年少負儁才，譽望日起，宗黨交游，皆以富貴期之。忽謝棄一切，問道於吾友張考夫先生，篤志聖賢之學。刻苦敦行，踐履純粹。而讀書極精細，不肯放過絲粟。與考夫問難最多，遠近學者，歎爲不可及。自謂其學無一不得之考夫，請受拜至再四，考夫閉閤不受。余問之，考夫曰：「此吾畏友也，豈敢倨乎！且吾惡夫今之講學者以師爲招，因以爲利也。又何學之有！吾與佩蔥一救正之，不亦善乎？」卒不受。佩蔥執弟子禮益恭。甲寅，年三十五，與考夫相繼病卒。嗚呼！道之興廢命也，佩蔥適當之。顔氏之子，豈以短命無書傳，有歉於孔門首配哉？佩蔥英年稟飆，視榮膴如拾芥。且貧困憂患，萃於其身。一旦志聖賢之學，即敝屣棄之。此非見道分明，安能無動於中耶？一時流俗憎訕之，隱者又挾以爲重。余笑謂憎訕固其宜，若隱者正自不同。必好學能文如佩蔥，斯爲難得，斯爲真隱耳。（吕晚

【注釋】

〔一〕陶貞白：姚思廉梁書卷五一陶弘景傳：「陶弘景，字通明，丹陽秣陵人也。……未弱冠，齊高帝作相，引爲諸王侍讀，除奉朝請。雖在朱門，閉影不交外物，唯以披閱爲務，朝儀故事多取決焉。永明十年，上表辭禄，詔許之。……於是止於句容之句曲山。……永元初，更築三層樓，弘景處其上，弟子居其中，賓客至其下，與物遂絶，唯一家僮得侍其旁。特愛松風，每聞其響，欣然爲樂。有時獨游泉石，望見者以爲仙人。……高祖既早與之游，及即位後，恩禮逾篤，書問不絶，冠蓋相望。……大同二年卒，時年八十五。……謚曰貞白先生。」

〔二〕杜季良：范曄後漢書卷二四馬援列傳：「援前在交阯，還書誡之曰：『……龍伯高敦厚周慎，口無擇言，謙約節儉，廉公有威，吾愛之重之，願汝曹效之。杜季良豪俠好義，憂人之憂，樂人之樂，清濁無所失，父喪致客，數郡畢至，吾愛之重之，不願汝曹效也。效伯高不得，猶爲謹敕之士，所謂刻鵠不成尚類鶩者也；效季良不得，陷爲天下輕薄子，所謂畫虎不成反類狗者也。訖今季良尚未可知，郡將下車輒切齒，州郡以爲言，吾常爲寒心，是以不願子孫效也。』季良名保，京兆人，時爲越騎司馬。保仇人上書，訟保『爲行浮薄，亂群惑衆，伏波將軍萬里還書以誡兄子，而梁松、竇固以之交結，將扇其輕僞，敗亂諸夏』，書奏，帝召責松、固，以訟書及援誡書示之，松、固叩頭流血，而得不罪。詔免保官。伯高名述，亦京兆人，爲山都長，由此擢拜零陵太守。」

肩難放。」

〔三〕大擔子：黄道周榕壇問業卷七：「孟夫子曰：『殀壽不貳，修身以俟之。』著一『修身』，便覺許大擔子上

〔四〕小車兒：邵雍小車吟：「大甃子中消白日，小車兒上看青天。」

〔五〕寒泉：即寒泉精舍。朱熹書近思録後：「淳熙乙未之夏，東萊吕伯恭來自東陽，過予寒泉精舍，留止旬日，相與讀周子、程子、張子之書，歎其廣大閎博，若無津涯，而懼夫初學者不知所入也。因共掇取其關於大體而切於日用者，以爲此編。」此處代指近思録。

〔六〕紫陽：李幼武宋名臣言行録外集卷一二朱熹晦菴先生徽國文公：「初居崇安五夫，榜讀書之室曰紫陽書堂，識鄉關，常在目也。後築室建陽蘆峰之巔，號曰雲谷，其草堂曰晦菴，自號雲谷老人，亦曰晦菴，因自號晦翁。晚居考亭，作精舍曰滄洲，號滄洲病叟，最後號遯翁。」

〔七〕圓魄：梁武帝擬明月照高樓：「圓魄當虛闥，清光流思筵。」

〔八〕相徉：方以智通雅卷六釋詁：「徜徉：一作倘佯、尚羊、常羊、相羊、相徉、儴徉、儴佯、襄羊、倡佯、常翔、相翔，通爲彷徉、仿佯、方佯。」

〔九〕渴死難追逐：山海經海外北經：「夸父與日逐，走入日，渴欲得飲，飲於河渭，河渭不足，北飲大澤，未至，道渴而死。」

〔一〇〕琱戈傍魯陽：劉安淮南子覽冥訓：「魯陽公與韓構難，戰酣日暮，援戈而撝之，日爲之反三舍。」左思吴都賦「魯陽揮戈而高麾」，劉逵注：「追述魯陽回日之意，而將轉西日於中盛之時，以適己之盛觀也。」班固漢書卷二五郊祀志：「賜爾旂鸞，黼黻琱戈。」顏師古注：「琱戈，刻鏤之戈也。琱與凋同。」

陸游書事：「自笑書生無寸效，十年枉是枕琱戈。」

佩蔥閱舊稿見贈次韻

露逼寒聲出敗桐，哀絲急管發秋蟲。古人可作疑誰與，吾子相知好折衷。遠付百年增話柄，細論一字見家風。平生僥倖君休笑，此處稱尊只麽工〔一〕。

【箋　釋】

此詩作於康熙八年己酉九月。

【注　釋】

〔一〕稱尊：趙公豫立春日作：「養性頗知學是貴，涵情尤識道稱尊。」只麽：即「遮莫」。羅大經鶴林玉露卷一：「詩家用『遮莫』字，蓋今俗語所謂儘教者是也。故杜陵詩云：『已判野鶴如雙鬢，遮莫鄰雞下五更。』」朱熹寄籍溪胡丈及劉恭父二首：「浮雲一任閒舒卷，萬古青山只麽青。」

過湖州有感 二首

碧浪湖邊秋眼明〔一〕，十年塵夢繞江城。詩情退去隨衰老，山色重看轉後生。月到蘆花分界限，水經石脚露音聲。釣徒不管風波險〔二〕，分付蒲帆自在行。

櫓背輕摇雪水平，船梢忽轉弁山横〔三〕。太湖陰起一城黑，天目泉來百里清〔四〕。日出煙消塵世事〔五〕，斜風細雨故人情〔六〕。白頭一望真愁絶，何處浮家託此生〔七〕。

【箋釋】

此詩作於康熙八年己酉十月。

按，晚村過湖州，蓋在十月中下旬，據張考夫與張佩葱：「弟十有二日得至語兒城，因致尊意於用兒。大約望後決抵戍上晤面也。又云：『石兒道誼，夙昔所慕，不難放舟一訪。』便風得附訊往否？」（楊園先生全集卷一一）嚴鴻逵釋略曰：「茅赤霅嘗記子記云：『月到蘆花一聯與前社燕分泥一聯，皆寫景寓意也。』今按，二語多少身分。又按，次首二聯寫景逼真，頷聯寫境高闊，合而觀之，寫盡湖州景界矣。後半用玄真子歌事，尤極精切，不可移易。」且不管用典精切與否，只「白頭一望真愁絶，何處浮家託此生」二句，寫出多少無奈。

【注釋】

〔一〕碧浪湖：羅愫乾隆烏程縣志卷二山川：「碧浪湖，一名峴山漾，在城南，群山四布，諸水匯聚，風光林影，掩映上下，雖杭之西湖不能過。」

〔二〕釣徒：黄震古今紀要卷一一：「張志和，金華人。策干肅宗，見賞重，待詔翰林。貶還，以親既死，不仕，居江湖，稱煙波釣徒。」

〔三〕弁山：嵇曾筠浙江通志卷一二山川四湖州府：「弁山：萬曆湖州府志：在縣東南四十里，西北之半隸長興，東南之半隸烏程。山陰，多奇石玲瓏，又産諸藥品。每土中掘得前代殘碑斷石，又有似玉之石。其勝景莫如碧岩。」葉夢得弁山詩：「山勢如冠弁，相看四面同。歸烏縣門近，苕霅水源通。白鶴嶺盤峻，黄龍洞竅空。登臨舒老眼，何用到崆峒。」

〔四〕「天目」句：嵇曾筠浙江通志卷一二山川四湖州府：「苕溪：……弘治湖州府志：在城西。其源有二，一發自天目山之陰金石鄉，東至安吉縣治南之邵渡，又北至邱渡；一發自獨松嶺西聚衆山之水，并浮玉山水，折旋亦至邱渡。二源合而至於郡城之西，一流入清源門内，至江子匯爲霅水；一流從清源門外徑趨釣魚灣，沿濠至臨湖門外，合霅水入於太湖。……霅溪：太平寰宇記：在烏程縣東南一里。凡四水合爲一溪，自浮玉山曰苕溪，自銅峴山曰前溪，自天目山曰餘不溪，自德清縣前北流至州南興國寺前曰霅溪，東北流四十里合太湖。」

〔五〕日出煙消：柳宗元漁翁：「烟消日出不見人，欸乃一聲山水緑。」

〔六〕斜風細雨：張志和漁父歌：「青箬笠，緑簑衣，斜風細雨不須歸。」

〔七〕「白頭」二句：歐陽修新唐書卷一九六張志和傳：「顏真卿爲湖州刺史，志和來謁。真卿以舟敝漏，請更之，志和曰：『願爲浮家泛宅，往來苕霅間。』」

至佩蕙隱居次韻

書載農車菊滿庭，夜分客語壁燈青。疏欞直射非時電，破屋深窺失次星〔一〕。是時十月大雷電，雨雹殺人。垂老童心成結習，良朋苦口勝聞經。低頭長得隨東野，莫惜晨鐘答寸莛〔二〕。

【箋釋】

此詩作於康熙八年己酉十月。

按，考夫贈張佩蕙歸故居序（己酉）：「吾友吴江張子佩蕙，自其幼年從父兄寓於烏戍里。……今年秋仲，將與弟宣城攜其孤弟三人、孤姪四人及其子各一人，去烏戍而返故廬也。」（楊園先生全集卷一六）然此時佩蕙蓋猶居是處，故張考夫與張佩蕙書中仍謂「戍上」也。前時佩蕙過晚村，此時晚村自湖州返家，特紆道訪佩蕙，往還之禮也。「垂老童心成結習，良朋苦口勝聞經」二語，足見佩蕙性情。

【注　釋】

〔一〕失次星：即五星失次，或作五星失行。班固漢書卷八五谷永列傳：「上天震怒，災異婁降，日月薄食，五星失行，山崩川潰，水泉踊出，妖孽並見，茀星耀光。」古人常以爲統治者失道之喻，晚村用以批評清廷，上句「非時雹」意同。

〔二〕「低頭」二句：韓愈醉留東野：「低頭拜東野，願得終始如駏蛩。東野不回頭，有如寸莛撞巨鐘。」魏仲舉五百家注：「按劉向説苑：『子路曰：建天下之鳴鐘而撞之以莛，豈能發其聲乎哉？』説苑作『挺』，而公兩作『莛』。○莛音亭。」

同佩蒽過半邏次韻〔一〕

斜挂疏帆壓槭林，輕舟一點論交心。雁過寒水曾留影〔二〕，葉落空村不起砧。蕎直溪塘生處遠〔三〕，平常門徑到來深。同游易約狂難得，白石青泉漫許尋。

【箋　釋】

此詩作於康熙八年己酉十月。

【注　釋】

〔一〕半邏：徐碩至元嘉禾志卷三海鹽縣：「半邏市：在縣西北三十五里。」

〔二〕「雁過」句：釋普濟五燈會元卷一六：「雁過長空，影沉寒水，雁無遺蹤之意，水無留影之心。」

〔三〕驀直：釋道原景德傳燈録卷二七諸方雜舉徵拈代别語：「僧問：『徑山路何處去？』婆曰：『驀直去。』」朱熹答方賓王：「周南仲書來甚勤，然覺得安排準擬之意多，而無驀直向前之氣，若一向如此遲回擔閣，恐難得入頭處也。」

宿何商隱萬蒼山樓同張考夫王寅旭　二首

萬松羅拜擁孤嵐，疊閣參差俯碧潭。夢裏分明曾海外，醉中奇絶只山南。塵揚水淺群仙記〔一〕，城是人非老鶴談〔二〕。底事横闌輕一涕，素絲垂領頂髟髟。余舊年夢泛舟過絶島，上有虬松，樓閣巍峨，疑非人世。今登此樓，儼然所見，但山不孤懸、松尚未古耳。

一段因緣到處生，廿年結構望中成。月離窮島山魈舞〔三〕，人語空樓野鸛驚。湖海當前真氣象，天星會次是昇平。重期吾友休輕擲，破壁殘經萬古情〔四〕。

【箋　釋】

此詩作於康熙八年己酉十一月初。

按，晚村此去海鹽，爲商隱之病也。商隱啟張念芝曰：「用老湖濱之約，定復何如？此間雜遝不了，鄙意亦欲借川巖之靈以了之。今西上之舟，遂邀寅旭，竟去彼中就坐。……尊處倘有語中之便，萬乞寄言相候。沉疴宜料理，禮必固請用老來山，因前者面約已成，亦恐歲時家各有事，故不欲强爾。」（紫雲先生遺稿）考夫與何商隱（十月）書則曰：「本擬二十三日，同寅旭兄東上，因□□兄來甑山留宿，勢竟不能。而使乎適承命以至，其事雖微，亦見氣志之應也。晦兄欲早至湖樓，諸務牽之，然日內努力行矣。日夕相對，則云：『以商兄之盛德，非遐齡，非多男，何以明天道，何以勸爲善，若其久疾，則吾以一月之聚，竭所能，爲得其端緒，應不難也。』」（楊園先生全集卷五）然十月之內，未能往也。則其事在十一月也必矣。

晚村敘澉湖之景，竟與二十年前夢中所見相似，然而「城是人非」，不禁感慨繫之。不過，四人相會，其情何似！晚村以「湖海當前真氣象，天星會次是昇平」概括之，實乃壯語。結處「重期吾友」，即答商隱「因前者面約已成，亦恐歲時家各有事，故不欲强爾」一語。而所謂「破壁殘經」者，爲四人皆主程朱之學也，此即萬古之情。萬蒼山樓，在澉湖之濱，何氏祖宅，詳參錢厚菴重修山樓記、許大辛萬蒼山樓記。嚴鴻逵釋略曰：「子與更名湖天海月樓。」

王寅旭，名錫闡，字寅旭，號曉菴，又號天同一生，吳江人。生於明崇禎元年戊辰，卒於清康熙二十一年壬戌，終年五十有五。性耿介，不與俗諧，常獨來獨往。明亡，以志節自勵，忍辱杜門二十餘年，與顧亭林、張楊園、吕晚村、何商隱交最厚，「晚客語溪，與張考夫、錢雲士、吕用晦講濂洛之學」（潘次耕遂初堂文集卷六）。並曾爲亭林、晚村兩邊聯絡，期二人會晤，亭林答李子德書稱晚村爲「一代豪傑之胤」，晚村復王山史書亦謂「寧人兄南中之士」、「心甚企羡而從未得見」，可惜二人終未謀面。丁子復謂寅旭「中年得末疾，兩手幾廢，後愈」（王先生錫闡傳），據寅旭感懷商隱二首自注：「春間，余病幾殆，商隱貽書石門，石門來視，始知藥誤。」（曉菴先生詩集卷二）石門即晚村，可見二人關係深厚。

【資　料】

吴曰夔過萬蒼山樓與商隱曉菴晚村夜話：雙湖浩蕩水天平，携手登臨起勝情。千載幾聞高士會，一時重結歲寒盟。青山不改雲霞色，滄海空傳日夜聲。舊友新知交聚首，挑燈莫惜坐深更。（物表亭詩集）

錢福徵重修山樓記：先大父孝廉府君，初以禩事往來永安湖也，每念漱中諸田，率仰給湖水，而兩湖之水與茭蕪相消長。日久滋繁，則開濬爲急。萬曆戊子己丑歲大祲，田不治矣。爰請之縣大夫，召諸田者治湖而給之食，分程授度，畚鍤並舉。府君躬勞苦之，莫不踊躍。福徵少時來此，猶有能言之者。是役也，府君出廩粟以百計，於是甃塘培岸，固牐建梁，倍築中央之坻。利既舉，景逾勝，府君顧而樂之，曰：「吾將老焉。」乃作重屋于萬蒼山麓，門堂兩廡，凡十有八楹，庖湢咸具，東偏復拓十有四楹，攜僕郁某，爲居守計。已而卜兆樓西，題曰順寧，列其景之勝者有八。甬東沈先生嘉則詠而序之。辛卯春，窆兩大母；又二年，改葬今穴，下舊穴十餘武。庚子，府君即世，諸父咸以遺緒屬先民部，民部薄游來歸，旋以病廢登陟。丁巳戊午間，季父孝廉起而議修，議工費于傍山之材，議木石于荆山之祠，蓋荆山爲邑人尸祝先太常之所，至是有司已改創，特祠於邑中也。府君有友曰沈君青田，忠幹士也。經畫盡出其手，而樓於是一新。崇禎己巳，先民部先宜人合祔。後侍御伯兄婁議重葺，未果。喪亂以來，樓且垂廢，福徵不勉圖之，如先緒何？甲午夏，偕仲子汝霖、伯兄孫檟初庀材鳩工，經時方畢。樓如故軒，其前者盈丈，廣庭中涵以月臺，闢堂址也。堂則移之右偏，而增小樓四楹于後，其餘改作不一，各因其勢。三人共展心力，期于有成，多寡勞逸之數，無遺議焉。時武林邵君君衡以世好，與監視功，亦不在沈君下。夫人事物力，較祖父盛時，難易奚啻什伯？獨得賓朋之助，先後若一，此差足紀耳。甫竣事，雲陽眭先生來游，忻然爲題『潮天海月』四字于上，志勝概也。家庭堂曰求仁，則福徵所擬。府君早失怙恃，篤念天顯，載在屠、范兩先生誌傳，及故老之所傳誦。家庭之所睹記者，洵能求仁，亦既得仁矣。我後之人，思先人之所以得，當思先人之所以求，因進而思古賢心事，當亦不遠。是在我家之志於仁者，福徵自顧闕如，敢侈言乎？甲午中秋，值萬蒼山墓祭，諸孫福徵百拜謹記。（錢聚仁紫雲先生年譜引）

許奮萬蒼山樓記：永安湖界海上，在澉浦城西，屬海鹽縣，一名澉湖。湖之大，爲畮者凡三千六百有奇，循湖隄周行十二里。環山，闕其南，大海當之。每潮至，與湖正平，山之得名者無慮百數焉。

凡近而墓于山者，不一姓，而其以世家顯聞者，則有萬蒼山錢氏、雞籠山吴氏及先五世祖杜曲岡墓。吴去湖稍遠，而萬蒼、杜曲前後相望。錢之先本何氏，國初全家徙黔中，幼男獨見脱，抱于錢氏。及壯大，遂蒙錢姓，語在錢氏族譜。其後有太常卿者，世宗時名給諫，殁而俎豆，稱鄉先生，有司祭焉。太常卿伯子曰造士，魯南公仲子曰太學，秦南公、造士公嘗捐粟募民濬湖之田，至今賴之。樓創自萬曆十九年，爲造士公手闢，而又于樓之西豫爲容棺之墟，今葬焉，是爲造士公墓。又西爲造士公子員外户部公墓。樓五間，堂稱之，負山面湖，稱勝地焉。先是，堂正直樓前，遠望湖若辟，其去今凡六十有四年，樓大圮。于是員外公中子君除先生，及其從子商隱議葺，易良增堅，頗復舊觀，顏曰萬蒼山樓，仍山名也。樓之後，高松可十尋，凡若干百株，復移堂于樓之西南偏，樓前闢堂址爲方臺，廣縱並若干步。于是湖盡出樓下，登樓俯視，則颺、几二山，若列巨門當其中，海水縈帶，每晴初月夕，越山如繡，其峰可數。堂曰求仁，則先生與商隱所自爲志，而並以告其群子姓之有志先生之爲志者，斯先業賴焉。又拓堂後爲小樓，凡數楹，其餘門廡庖湢，鮮不畢具。其經費銀約七千二百銖，又倍捷者三十焉。其出於墓下公田者半，又半則先生與商隱捐己槖實共成之。吾因之重有感矣，自予之先曾王父爲太常館甥，亦以直諫爲御史，顯神宗朝。而先御史後，奮幸得以支庶奉先人祭祀，奇數厄會，壹不眠家生産，大懼粢盛不備，矧曰「其紹顯休聞皇祖之遺烈」，以視先生與商隱今日于造士公，相去何如也。商隱名汝霖，自其尊君君仲先生已出爲秦南公後，而不忘所由生，以光昭令緒，仔艱任鉅，亦可以徵仁矣。于是役既竣，兩郡志學之士從而集于斯樓者十有五人，奮與焉，樂爲之記。時壬寅四

月既望。（同前）

王濟王曉菴先生墓誌：先生姓王氏，名錫闡，字寅旭，號曉菴，宋臞菴先生份後也。份孫栗，自雪灘遷麻溪。元時有三處士者，自以先世宋臣，隱不仕。鄭所南貽以詩，有云：「惟此王氏居，世爲大宋土。」即先生九世祖也。六傳至曾祖憲臣，贅於蔣，始爲震澤人。祖圖。父培真，母莊氏。其從父培恒，即世所稱靖逸先生也，無子，以先生嗣。先生生而穎異。甲申之變，發憤欲死者再，投河，會有救者，不死，絶粒七日，又不死。父母强持之，不得已，乃復食。遂棄制舉業，專力於學，排異端，斥良知，直以濂洛洙泗爲己任，尤嗜天文曆數家言。自西人利瑪竇立法，自謂密於中曆，人莫能窺，先生獨抉其籬而披其郤。所著有曉菴曆法、大統曆啟蒙、曆説、漢初日食辨、圜解、三辰儀晷等書；詩古文不多作，門人姚汝鼐編次之，得若干首；續唐書則修而未竟，明史十表稿佚其半，音學則有訂定字母原始若干言。先生瘦面露齒，衣敝衣，履决踵，性落落無所合。叩以學，滔滔如决江河。與人交，利害無所避。足不入城市，而嘗衣僧衣，走武林，叩濟於獄，時守衛甚嚴，先生不顧也。享年五十有五。生於崇禎戊辰六月二十三日，卒於康熙壬戌九月十八日。無子。癸亥，從嗣母吴太君葬於鎮西圩。門人有欲爲先生私謚者，濟曰：「私謚非古也，先生亦不以謚爲重輕。」因憶顧亭林先生贈詩有云：「白雲滿江天，高士今何處？」遂題曰：「高士王曉菴先生之墓。」更書以納諸幽，俾後之人知爲先生墓，禁樵采焉。（凌淦松陵文録卷一六）

王錫闡天同一生傳：天同一生者，帝休氏之民也。治詩、易、春秋，明律曆象數。學無師授，自通大義。與人相見，終日緘默。若與論古今，則縱横不窮。家貧，不能多得書，得亦不盡讀，讀亦不盡憶。間有會意，即大喜雀躍，往往爾汝古人。所爲詩文，不必求工，率意而出，意盡而止。或疑其有所諷刺，然生置身物外，與人無忤，吾亦何容深求。帝休氏衰，乃隱處海曲。冬絺夏褐，日中未爨，意泊如也。惟好適野，悵然南望，輒至悲欷，人咸目爲狂生。生曰：「我所病者，未能狂耳。」因自命希狂，號天同一生。「天同一」云者，不知其所指，或曰即莊周齊物之意，或曰非也，世莫知其然否。太史公曰：「予讀荒史，見帝休之德，軼於唐虞。及其衰也，多隱君子，無不操行詭祕如天同一生。語云：山高澤深，風嘯雲吟。非帝休之爲山澤，則風雲何從生乎？」（曉菴先生文集卷一）

潘耒曉菴遺書序：吾邑有耿介特立之士曰王寅旭，生而穎敏絶倫。不屑爲干禄之學，枕經藉史，綜貫百家，心思鋭入，凡象數聲律之學，他人苦其艱深紛賾，望崖而返者，君獨殫精研窮，必得其肯綮而後已。尤邃於曆學，兼通中西之術，非徒習其法而心知其意，非徒知其長而能抉摘其短，自立新法，用以測日月食，不爽鈔忽，神解默悟，不由師傳，蓋古洛下閎、張平子、僧一行之儔也。性狷介，不與俗諧。著古衣冠，獨來獨往，用篆體作楷書，人多不能識。有譏其詭僻者，然實坦夷粹白，内行潔修，砥節固窮，有古人之操。與亡兄力田最善。館余家者數年，晚客語溪，與張考夫、錢雲士、吕用晦講濂洛之學，德望益尊，門人日進，而疾病纏綿，以中壽没，曆學竟無傳人。吁！可悼也！余少時，君以爲才而弟畜之，講論常窮日夜，勸余學曆，粗有端倪，以事散去，不能竟學。余遠游，及入仕，君數遺書，以古誼相規，深感其意。比余歸里，而君已逝，且無子，爲拜其墓而哭之。從其家求遺書，大半亡佚，得詩文二帙，著書數種。有曰大統曆、西曆啟蒙者，櫽括中西曆數，簡而不遺。曰丁未曆稾者，君每歲推大統曆，此則挈余布算者也。曰推步交朔、曰測日小記者，辛酉八月朔，當日食，君以中西法及己法，預定時刻分秒，至期與徐圃臣輩，以五家法同測，而己法最密，故志之也。曰三辰晷志者，君創造一晷，可兼測日月星，自爲之説，自爲之解，其文仿考工，絶古雅。曰圜解者，解勾股割圜之法，繪圖立説，詳言其所以然，乃治曆之本源也。而曆法六卷最爲完書，會同中西，定著一法，法數備具，可用造曆。序中言西曆之於中曆，有不知法意者五事，當辨者十事，非甚深於曆莫能曉也。其詩沉鬱刻滚，文簡質以理勝，而曆説、曆策、左右旋問答、答萬充宗徐圃臣諸書，言曆事者尤精核可傳。憶亡兄修史書，君分任十表，索其稾，無有矣。嗚呼！天之生才，將以濟世也。曆術之不明，遂使曆官失其職，而以殊方異域之人充之，中國何無人甚哉！幸有聰穎絶世、學貫天人、能製器立法如王君者，而生世不逢，埋光晦迹，其學不見用於時，而亦無有能傳之者。天之生君，果何爲耶？幸其書猶存，其理至當，烏知異日不有表章推重見諸施行者？是君亡而不亡也。謹録而藏之，稍有餘力，則當鏤板以廣其傳。宣城梅定九亦精曆術，最服膺君著述，亟訪求之，不待千載而有知子雲之人，君亦可以無憾矣。（遂初堂文集卷六）

張履祥與張貞巖别楮（辛亥）：曉菴先生學問人品，弟聞見不？據耳目所及，要亦不能數人。不知者以爲憤時疾俗之士，其知者以爲天文名節之英，未有深知其學，服膺其德者。前承諭及，欲得所致潘東木兄書，今以奉覽，足以見其一鱗矣。其餘與友朋往復筆札甚多，恨不能多録耳。弟垂暮疾

厄中，幸得相與周旋一二載，始粗知之。（楊園先生全集卷八）

張履祥言行見聞録：王寅旭曰：「陽明『良知』二字，不過借名，其重只在不學不慮，所以推尊象山，深嫉朱子。」（楊園先生全集卷三四）

又：王寅旭曰：「高遠隱怪之害道，視鄙夫俗學爲尤甚。」又曰：「程子謂：未有中而不正。中正本無二義，但中校正爲尤精，故當求中於正之内，不可離正於中之外。」（同上）

顧炎武廣師：學究天人，確乎不拔，吾不如王寅旭。（亭林文集卷六）

【注釋】

〔一〕「塵揚」句：葛洪神仙傳卷三：「麻姑自説接待以來，已見東海三爲桑田，向到蓬萊，水又淺於往昔時略半也，豈將復還爲陵陸乎？方平笑曰：『聖人皆言海中行復揚塵也。』」按「滄海桑田」、「海中揚塵」代指政權更替、世事變幻。

〔二〕「城是」句：陶淵明搜神後記卷一：「丁令威，本遼東人。學道於靈虚山，後化鶴歸遼，集城門華表柱，時有少年舉弓欲射之，鶴乃飛，徘徊空中而言曰：『有鳥有鳥丁令威，去家千年今始歸。城郭如故人民非，何不學仙冢累累。』遂高上沖天。今遼東諸丁云其先世有升仙者，但不知名字耳。」

〔三〕魈：葛洪抱朴子登涉：「山精形如小兒，獨步向後，夜喜犯人，名曰魈。」廣韻：「相邀切。」

〔四〕破壁殘經：班固漢書卷三六楚元王列傳：「及魯恭王壞孔子宅，欲以爲宫，而得古文於壞壁之中，逸禮有三十九篇，書十六篇。天漢之後，孔安國獻之。」

同考夫商隱寅旭登雲岫〔一〕

翠列青攢盡處尊〔二〕，怒濤噴薄插孤根。年年合璧無消息〔三〕，夜夜寒潮入夢魂。相傳十月朔於此看合璧，然未有得見者。鷹上秋風爭雁路，龍隨冷雨伏蛟門。山僧不識人間恨，猶記圓沙舊漲痕〔四〕。

【箋釋】

此詩作於康熙八年己酉十一月初。

按，此登雲岫山作也。其景象雖離奇，而合璧之事卻終未之見，鷹爭雁路，龍伏蛟門，潛藏之謂也。惟山上孤僧，不知有漢，放身世外，看取潮漲潮落。

詩意或另有所指，嚴鴻逵釋略曰：「落句，疑指己亥事言。」所謂「己亥事」者，即指張蒼水與鄭成功舉兵北伐，沿海溯長江，抵金陵，聞者來歸，連下二三十縣，然由於鄭氏大意，未克金陵而敗。事具全謝山明故權兵部尚書兼翰林院侍講學士鄞張公神道碑銘（鮚埼亭集內編卷九。見前偎偎集九日書感資料）。或以日月之合璧喻「明」字，而以「未有得見」喻復明無望，亦可參。

【注釋】

〔一〕雲岫：嚴鴻逵釋略曰：「雲岫，一名鷹窠頂，在澉湖之南，孤懸海上。」黄宗羲海鹽鷹窠頂觀日月並升記：「鷹窠頂，濱海之山也，名雲岫。每當十月之朔，五更候之，日與月同升，相傳以爲故事。」查慎行欲游雲岫不果戲示德尹：「吾鄉鷹窠頂，陡起東海邊。飛鳥到山止，東南水浮天。常聞十月交，登臨得奇觀。天文直角氐，日月行同躔。」

〔二〕青攢：吕毖明宫史卷二鐘鼓司：「鼓凡聖駕朝聖母回，及萬壽聖節，冬至年節，升殿回宫，皆穿有補紅貼裹，頭戴青攢，頂綴五色羢，在聖駕前作樂迎導。」

〔三〕合璧：班固漢書卷二一律曆志：「宦者淳于陵渠復覆太初曆，晦朔弦望皆最密，日月如合璧，五星如連珠。」

〔四〕圓沙：杜甫草堂即事：「寒魚依密藻，宿鷺起圓沙。」趙彦材注：「圓沙者，禽鳥宿於沙上，其有隱沙之跡必圓，如魚没痕圓之義。」

何求老人殘稿卷四

真臘凝寒集 四十四首

此卷編年自康熙八年己酉十二月晚村至海鹽何商隱萬蒼山始，中歷閏十二月，至九年庚戌正月出山離别商隱止；本卷詩總名之曰真臘凝寒集者，爲閏月故也。嚴鴻逵釋略曰：「是年置閏，新舊二曆不同，一在己酉之終，一在庚戌之始。子因偕諸老入山，自行歲事，故以是名其集云。」據陳援菴二十史朔閏表是年注曰：「初頒時憲曆，閏本年十二月，後欽天監監正楊光先自行檢舉，依新法，改閏明年二月。」而晚村遵舊曆，是與清廷相違，故其詩多譏諷之詞、故國之思，如「待我春光三十日，膠牙藍尾敢論錢」、「雞狗豬羊今日異，丙丁甲乙幾人來」、「乾坤未洗今何日，莫誤題詩報草堂」、「誰教鑿斷青山壁，金鼇牡蠣無消息。瑶宫一閉琪草長，星主南來歸不得」云云，皆是也；至若錢墓松歌一首，直是摒棄元朝而不論，蓋以元朝比清朝者也，後曾靜曰：「吕留良錢墓松歌……語雖爲元朝而發，而引例未嘗不通於本朝。」（大義覺迷録卷二）即此。

是集原編詩二十七題三十四首，今據真臘凝寒集删輯得五題九首（集外詩所録同，編次依管庭芬鈔本），又從嚴鈔本輯得一首（釋略本處出山留别商隱之天眉），共計三十三題四十四首。

同商隱寅旭自邵彎步至萬蒼山樓次韻①〔一〕

西嶺雲生東嶺濃，吾游更在最深中。燈明古屋歲云暮，星轉周天度未窮。湖氣昏時開霧海，潮聲過後接松風。倚闌獨憶楊園老〔二〕，心事多同興不同。楊園，考夫隱居處。

【校　記】

①邵彎　釋略本、怡古齋鈔本、詩文集鈔本同，嚴鈔本、管庭芬鈔本、張鳴珂鈔本、萬卷樓鈔本作「邵灣」，次韻詩亦作「邵灣」。按，常棠海鹽澉水志卷二山門：「邵灣，在六里堰下。」下「唐彎」史志亦作「塘灣」，同此例，今皆不改。

【箋　釋】

此詩作於康熙八年己酉十二月底。

按，自晚村得考夫設館東莊，遂與商隱、寅旭往還甚密。四人者，辨閩洛之淵，述程朱之學。所謂「星轉周天度未窮」者，則歲不曾全終，猶須一月，方可盡其刻度，故十二月必置閏，是爲「真臘」。「獨憶」一辭，亦有深意焉，讀者察之。

【資料】王錫闡同商隱石門自邵灣步至萬倉書樓：登陟休嫌煙霧濃，寒威不入嘯歌中。山成水墨圖難就，徑任崎嶇興莫窮。豈藉短笻扶足力，已因快友卻頭風。故鄉昔日能豪客，此夕山樓未肯同。（曉菴先生詩集卷二）

【注釋】

〔一〕萬蒼山樓：夢覺集中宿何商隱萬蒼山樓同張考夫王寅旭詩，嚴鴻逵釋略曰：「萬蒼山樓在澉湖之濱，子與更名湖天海月樓。」詳參該詩所附之資料。

〔二〕楊園老：即張履祥。蘇惇元張楊園先生年譜：「先生姓張氏，諱履祥，字考夫，别號念芝，浙江嘉興府桐鄉縣人。世居清風鄉爐鎮楊園村，故學者稱楊園先生。」

晦日次韻

湖上高峰近帝床，攜詩奏御赦臣狂〔一〕。莫教輦駕蒼龍早，且放繩懸白日長〔二〕。浮蟻敢通春氣味〔三〕，寒花猶笑鐵心腸〔四〕。四聽笳鼓何多也〔五〕，只有山樓是故鄉。

【箋釋】

此詩作於康熙八年己酉十二月晦。

按，全詩意在末兩句，所謂「笳鼓」者，非指軍樂而言也；蓋笳乃胡地之樂器，以代滿族之入主。「只有山樓是故鄉」中之「故鄉」，亦並不僅作家鄉解；所謂「故鄉」者，故國也。讀遺民詩，當察其所發所感之緣由，及所用語詞之借意，如此方可盡其義之所在，識其情之所持。晚村詩亦然。

【資料】

王錫闡十二月小盡日宿萬倉書樓：百尺樓頭上下牀，君能雄辯我能狂。遥思異地更籌促，愈覺深山歲月長。詩酒儘堪强瘦骨，妻孥已免累愁腸。挑燈聽雨成佳話，莫笑來游寂寞鄉。（曉菴先生詩集卷二）

【注釋】

〔一〕「湖上」二句：范曄後漢書卷八三逸民列傳：「因共偃卧，光以足加帝腹上。明日，太史奏：『客星犯御座甚急。』帝笑曰：『朕故人嚴子陵共卧耳。』」

〔二〕「莫教」二句：屈原離騷：「欲少留此靈瑣兮，日忽忽其將暮。吾令羲和弭節兮，望崦嵫而未迫。」

〔三〕浮蟻：張協七命：「浮蟻星沸，飛華蓱接。」張銑注：「酒上有浮者如蟻。」吴曾能改齋漫録卷六浮蟻：「周庾信謝賜酒詩云『浮蟻對春開』，蓋用曹子建七啟『盛以翠尊，酌以雕觴；浮蟻鼎沸，酷烈馨香』，故杜子美贈汝陽王詩曰『仙醴來浮蟻』，江樓夜宴詩『尊蟻添相續』，簡院内諸公詩云『蟻浮仍臘味，鷗泛已春聲』。」

〔四〕「寒花」句：皮日休桃花賦序：「余常慕宋廣平之爲相，貞姿勁質，剛態毅狀，疑其鐵腸石心，不解吐婉媚辭。然睹其文而有梅花賦，清便富艷，得南朝徐庾體，殊不類其爲人也。」劉因梅杖：「鐵石心腸冰玉姿，掌中潛得歲寒枝。」

〔五〕笳鼓：笳聲與鼓聲，此處意在笳。笳者，胡笳也。既實指晦日景象，又寓夷夏之辨。李延壽南史卷五五曹景宗傳：「時韻已盡，惟餘競、病二字。景宗便操筆，斯須而成，其辭曰：『去時兒女悲，歸來笳鼓競。借問行路人，何如霍去病。』帝歎不已。」

朔日次韻

山岔徹曉爆交連，閉户先生獨不然。千里雲興龍在野〔一〕，一聲竹裂犬之年①。勒回柏葉寒無力〔二〕，約住梅花雨有權②。待我春光三十日，膠牙藍尾敢論錢〔三〕。

【校記】

① 犬 原闕，據嚴鈔本、釋略本、詩稿本、張鳴珂鈔本、萬卷樓鈔本補。

② 雨　嚴鈔本、張鳴珂鈔本作「雪」，萬卷樓鈔本校曰：「雪。」

【箋　釋】

此詩作於康熙八年己酉閏十二月初一。

按，江南風俗，有除夕夜燃爆竹至次日侵晨者，依新法閏明年二月，則此朔日即爲九年庚戌正月初一，舉世歡慶，故曰「山岔徹曉爆交連」也。然而晚村四人以舊曆度歲，是爲「真臘」矣，故有「閉户先生獨不然」云。「龍在野」，則位不得正也；「犬之年」（庚戌，生肖屬犬），譏清朝之新曆也。「勒回柏葉」、「約住梅花」、「待我春光」，無事不忘復其舊曆（即明朔）。若當年文字獄審查細微，此亦大罪狀也。

【注　釋】

〔一〕「千里」句：范曄後漢書附司馬彪祭祀志：「河圖赤伏符曰：『劉秀發兵捕不道，四夷雲集龍鬭野，四七之際火爲主。』」周易坤卦：「上六，龍戰於野，其血玄黄。」象：「龍戰於野，其道窮也。」

〔二〕柏葉：余麗元光緒石門縣志卷一一風俗：「（除夕入夜）爆竹聲不絶，中庭插柏枝、冬青枝爲棚。」此風至今猶存。

〔三〕膠牙：李昉太平御覽卷二九時序部引荆楚歲時記：「元日服桃湯。桃者，五行之精，厭伏邪氣，制百鬼。今人進屠蘇酒、膠牙餳，蓋其遺事也。」注：「膠牙者，蓋以使其牢固不動，今北人亦如之，熬麻子、大豆，兼糖散之。」藍尾：洪邁容齋四筆卷九藍尾酒：「白樂天元日對酒詩云：『三杯藍尾酒，一楪膠牙糖。』又云：『老過占他藍尾酒，病餘收得到頭身。』『歲盞後推藍尾酒，春盤先勸膠牙糖。』荆楚歲時記云：『膠牙者，取其堅固如膠也。』而藍尾之義殊不可曉。河東記載，申屠澄與路傍茅舍中老父嫗及處女環火而坐，嫗自外挈酒壺至，曰：『以君冒寒，且進一杯。』澄因揖遜曰：『始自主人翁。』即巡，澄當婪尾。蓋以藍爲婪，當婪尾者，謂最在後飲也。」葉少藴石林燕語云：『唐人言藍尾多不同，藍字多作啉，出於侯白酒律。謂酒巡匝，末坐者連飲三杯，爲藍尾。蓋末坐遠，酒行到常遲，故連飲以慰之。以啉爲貪婪之意，或謂啉爲燣，如鐵入火，貴其出色，此尤無稽，則唐人自不能曉此義。』葉之説如此。予謂不然，白公三杯之句，只爲酒之巡數耳，安有連飲者哉？侯白滑稽之語，見於啟顔録。唐藝文志，白有啟顔録十卷、雜語五卷，不聞有酒律之書也。蘇鶚演義亦引其説。」論錢：羅隱送竈：「玉皇若問人間事，爲道文章不值錢。」

仰天塢觀瀑次韻〔一〕

雨後喧豗枕上聞〔二〕，驚尋潮信看非真。瀑聲故作江聲壯，惹出龍興寺裏人〔三〕。

【箋　釋】

此詩作於康熙八年己酉閏十二月。

按，仰天塢在鷹窠山下，觀其瀑布，登山俯瞰，或亦别種情調。當時情景，蓋晚村不欲上，而寅旭促之，更以退之事激之（參見下首）。「惹出」句，似别有深意。

【資　料】

王錫闡觀仰天塢瀑布攀援而上石門欲止口占促之：與君共探泉源處，歷盡嶔嶇始見真。絶巘秖須談笑坐，料無狂哭訣家人。（曉菴先生詩集卷二）

【注　釋】

〔一〕仰天塢：張廷玉駢字類編卷二〇九：「鷹窠：……海鹽縣志：『鷹窠頂山，在縣南三十里。』澉水志：『仰天塢，在鷹窠山下。』」常棠海鹽澉水志卷五：「望夫石，在永安湖仰天塢之右。」同書卷三：「永安湖，在鎮西南五里，周圍一十二里。……四圍皆山，中間小堤，春時游人競渡行樂，號爲小西湖。」

〔二〕喧豗：李白蜀道難：「飛湍瀑流爭喧豗，砯崖轉石萬壑雷。」

〔三〕「惹出」句：李賢明一統志卷七鳳陽府：「大龍興寺，在盛家山南，本朝洪武初敕建，有御製碑及御書『第一山』三大字刻於碑。」趙宏恩江南通志卷四八輿地志：「龍興寺，在府東三里盛家山南，初名皇覺寺。明太祖微時潛蹤之地，洪武初改今名，有太祖御書『第一山』三字碑，陰有御製文。」

寅旭攀危石上山頂因話退之登華山事次韻〔一〕

已登絶頂不須留，四顧何妨一滞流。多卻投書些子意〔二〕，潮州謝表大顛裘〔三〕。

【箋釋】

此詩作於康熙八年己酉閏十二月。

按，諸本晚村詩集皆不載此詩，據真臘凝寒集删補。集外詩亦録，下有柞水後學注曰：「按自此至湖上偶成數首，皆己酉冬度歲時所作，與前真臘凝寒集蓋出於一時云。」所謂「按自此至湖上偶成數首」者，指此首與至茶磨寄大辛書次商隱韻、和大辛韻及湖上偶成次韻四首等四題七首，與真臘凝寒集删同。

詩詠韓昌黎華山投書、潮州謝表、贈大顛禪師衣三事。其中「四顧」句或別有所指，可細琢磨。

【資料】

王錫闡因話昌黎舊事有感而作：怪登絶頂便難留，卻是人間第一流。就使臨危不退步，何妨即

此作菟裘。（曉菴先生詩集卷二）

按，菟裘，隱居之所。左傳隱公十一年：「羽父請殺桓公，以求大宰。公曰：『爲其少故也，吾將授之矣。』使營菟裘，吾將老焉。」

【注釋】

〔一〕退之登華山：李肇唐國史補卷中：「韓愈好奇，與客登華山絶峰，度不可返，乃作遺書，發狂慟哭，華陰令百計取之，乃下。」後人因書「韓退之投書所」五字於此。

〔二〕些子：少許。李白清平樂：「花貌些子時光，抛人遠泛瀟湘。」吕思誠戲作：「不敢妄爲些子事，只因曾讀數行書。」

〔三〕潮州謝表：指韓愈潮州刺史謝上表。歐陽修新唐書卷一七六韓愈傳：「憲宗遣使者往鳳翔迎佛骨，入禁中三日，乃送佛祠……愈聞，惡之，乃上表……表入，帝大怒……乃貶潮州刺史。既至潮，以表哀謝……帝得表，頗感悔，欲復用之。持示宰相，曰：『愈前所論，是大愛朕，然不當言天子事佛乃年促耳。』皇甫鎛素忌愈直，即奏言愈終狂疏，可且内移，乃改袁州刺史。」大顛裘：韩愈與孟簡尚書書：「有人傳愈近少信奉釋氏者，此傳者之妄也。潮州時，有一老僧號大顛，頗聰明，識道理。遠地無可與語者，故自山召至州郭，留十數日。實能外形骸，以理自勝，不爲事物侵亂。與之語，雖不盡解，要且自胸中無滯礙。以爲難得，因與來往。及祭神至海上，遂造其廬。及來袁州，留衣服爲别。乃人之情，非崇信其法，求福田利益也。」郝玉麟廣東通志卷五六仙釋志：「大顛姓楊，生而神異，元和間得法，遷羅浮，旋歸潮陽，立禪院於雲山。韓愈貶潮時，召至州，留十數日，及去，留衣服與別。長慶中趺坐而逝。至道中有發其緘，了無一物，惟明鏡而已。」

遲許大辛不至次韻招之

寄報西鄰許大辛，歲時風土記須真。龍山遍地笳吹急〔一〕，豈有新豐獨酌人〔二〕。

【箋釋】

此詩作於康熙八年己酉閏十二月。

按，考夫、商隱、寅旭三人外，大辛爲交好之第四人也。詩中「歲時風土」之「真」，即指「真臘」。友朋聚會，亦多難得，而大辛豈可爲新豐獨酌之人焉！

【資料】

王錫闡同商隱石門游紫雲山簡許大辛二首：仄徑緣篠葛，攀躋處處宜。山腰危石倚，松腹老鱗比。村覺雲中遠，書嫌雨後遲。遥知山外客，亦有夢魂馳。

不須愁徑滑，游息亦隨宜。祠廢空牆在，村深古陌比。莫嫌違俗甚，已恨買山遲。踏雪應乘興，

何難著屐馳。（曉菴先生詩集卷二）

【注　釋】

〔一〕龍山：許三禮康熙海寧縣志卷二山川：「龍尾山：妙果山之尾，因鑿斷，名龍尾。」習稱龍山，在今海寧市袁花鎮。

〔三〕新豐：歐陽修新唐書卷九八馬周傳：「趙仁本高其才，厚以裝，使入關。留客汴，爲浚儀令崔賢所辱，遂感激而西，舍新豐，逆旅主人不之顧，周命酒一斗八升，悠然獨酌，衆異之。」

再招許大辛

雨深門徑爲君開〔一〕，不道新晴未果來。石髓飲殘留斷壁〔二〕，芋魁煨熟撥寒灰〔三〕。樓中日月寬相待，檻外風煙到卻回。壓得滿槽真一酒，好從鼻觀聽春雷〔四〕。

【箋　釋】

此詩作於康熙八年己酉閏十二月。

按，所謂「樓中日月寬相待」者，是必待許氏之來也。「聽春雷」者，所待之時限也。

【資料】

王錫闡再招許大辛次石門韻：簷際梅花靳不開，爲留春色遲君來。方書已受延年訣，茶竈猶然未死灰。後至幸逢春信緩，惜陰寧待晚潮回。重期西澗觀飛瀑，倒聽層巖臘月雷。（曉菴先生詩集卷二）

【注釋】

〔一〕「雨深」句：杜甫客至：「花徑不曾緣客掃，蓬門今始爲君開。」郭知達注：「言尋常惟爲鷗鳥往來，未常有客至，今也方除翦蓬蒿，以待君子也。」

〔二〕石髓：房玄齡晉書卷四九嵇康傳：「康又遇王烈，共入山。烈嘗得石髓如飴，即自服半，餘半與康，皆凝而爲石。」李時珍本草綱目卷九引藏器：「石髓生臨海華蓋山石窟，土人采取，澄淘如泥，作丸如彈子，有白有黄彌佳。」李時珍曰：「按列仙傳，言卬疏煮石髓服，即鐘乳也。」

〔三〕芋魁：李昉太平廣記卷三八李泌：「候中夜，潛往謁之，嬾殘命坐，撥火出芋以啗之。」班固漢書卷八四翟方進傳：「童謡曰：壞陂誰？翟子威。飯我豆食，羹芋魁。」顔師古注：「豆食者，豆爲飯也。羹芋魁者，以芋根爲羹也。」羅願爾雅翼卷六釋草：「説文曰：『大葉實根駭人，故謂之芋。』……又芋之大者，前漢謂之芋魁，後漢書謂之芋渠。渠、魁，皆言大也。」

〔四〕鼻觀：蘇軾題楊次公蕙：「云何起微馥，鼻觀已先通。」王十朋注：「佛家言觀鼻端白，謂之鼻觀。」

至茶磨寄大辛書次商隱韻〔一〕

遣信愁難達，詩郵茶磨宜。磴門頭髩接，鮮印齒痕比①〔二〕。涷瀑雲移出，疏花雪壓遲②。懸知警晝睡，讀訖定東馳。

【校　記】

① 印　真臘凝寒集删作「泥」，於律不協，據集外詩、管庭芬鈔本改。

② 花　集外詩作「蒼」。

【箋　釋】

此詩作於康熙八年己酉閏十二月。

按，諸本晚村詩集多不載此詩，據真臘凝寒集删補。集外詩、管庭芬鈔本亦録。編次據管庭芬鈔本。是再招許大辛者也，以書信促之，蓋晚村知其得書後必來，故有「懸知警晝睡，讀訖定東馳」兩句。

【資料】

王錫闡同商隱石門游紫雲山簡許大辛二首：仄徑緣籐葛，攀躋處處宜。山腰危石倚，松腹老鱗比。村覺雲中遠，書嫌雨後遲。遥知山外客，亦有夢魂馳。

不須愁徑滑，游息亦隨宜。祠廢空牆在，村深古陌比。莫嫌違俗甚，已恨買山遲。踏雪應乘興，何難著屐馳。（曉菴先生詩集卷二）

【注釋】

〔一〕茶磨：嵇曾筠浙江通志卷一一山川三嘉興府：「茶磨山：海鹽縣圖經：在縣西南三十七里。山在黄巢衕側，山下周回有港，港外周回有塹，昔人避兵結砦處。」

〔二〕齒：屐齒，登山之具。李延壽南史卷一九謝靈運傳：「登躡常著木屐，上山則去其前齒，下山去其後齒。」

過紫雲山廢址山下尚有小菴〔一〕

幾垛寮垣剗未平，草根猶隱粥魚聲〔二〕。儘容殿角天魔舞〔三〕，不許山頭彌勒生〔四〕。九鼎興亡誰挂齒〔五〕，一瓢成敗獨關情〔六〕。癡僧比似人間事〔七〕，他日氈廬想舊京①〔八〕。

【校　記】

①　氈廬　原闕，據嚴鈔本、釋略本、管庭芬鈔本、張鳴珂鈔本補。

【箋　釋】

此詩作於康熙八年己酉閏十二月。

按，所謂「幾垛寮垣剗未平，草根猶隱粥魚聲」者，即紫雲山廢址之劫餘也。嚴鴻逵釋略曰：「向因禁海，於此作小普陀，當事怒，寘首事者於法，而毁其基。」晚村與董方白書亦曰：「數年前，海濱特立小普陀，致三吴愚氓，燒香雲集，男女填塞，千艘驟擁，穢跡彰聞，包藏叵測，當事震怒，擒其渠魁，置之法，禍乃得解。」（呂晚村先生文集卷三）寺廟雖毁，是「不許山頭彌勒生」之意。惜哉，一瓢之成敗，猶時刻關心，而華夏之淪喪，竟無人問及耶？　蓋「逃禪」之僧，超乎物外，天下之興亡不與焉。一「舊」字，思念故國之情懷，躍然紙上。

晚村詩，多鬱勃之氣，感憤之情，然大勢已矣，一切發爲之聲，僅成遺民哀恨，悲夫！

【資　料】

王錫闡過紫雲山廢址次石門韻（山下有小菴）：峰頂淫祠始削平，下方仍度午鐘聲。當時誰假一枝息，此日公然兩葉生。石勢摧殘山有恨，潮音寂寞海無情。爭投幽谷真癡絶，誤認蝸居作帝京。

【注釋】

〔一〕紫雲山：嵇曾筠浙江通志卷一一山川三嘉興府：「紫雲山：弘治嘉興府志：『在（海鹽）縣西南三十六里。唐德宗時有村女出耕，紫雲覆其上，朝廷聞之，詔入宮，因名。』檇李詩繫：『山在澉浦，有天咫峰、星晶石、弄月臺、枕流岩諸勝。』」

〔二〕粥魚：即木魚。刳木爲魚形，其中鑿空，扣之作聲，懸於廊下。僧寺於粥飯或集聚僧衆時用之。蘇軾奉敕祭西太一和韓川韻：「夢蝶猶飛旅枕，粥魚已響枯桐。」

〔三〕天魔：即他化自在天子魔，梵語Devaputramara音譯，第六天之魔王。玄應一切經音義卷五〇：「梵云魔羅，此譯云障，能爲修道作障礙也。亦名殺者，常行放逸而自害身故，即第六天主也。名曰波旬，此云惡愛，即釋迦佛出世魔王名也。」

〔四〕彌勒：梵語Maitreya音譯，爲未來佛。彌勒下生經：「將來久遠，彌勒出現，至真等正覺。」

〔五〕九鼎：孔穎達左傳正義：「據宣三年傳，知九鼎是殷家所受夏九鼎也。戰國策稱齊救周，求九鼎，顔率謂齊王曰：『昔周伐殷而取九鼎，一鼎九萬人挽之，九鼎八十一萬人挽之。』挽鼎人數或是虛言，要知其鼎有九，故稱九鼎也。知武王遷九鼎於洛邑，欲以爲都者。鼎者，帝王所重，相傳以爲寶器，戎衣大定之日，自可遷置。」

〔六〕一瓢：論語雍也：「子曰：賢哉回也！一簞食，一瓢飲，在陋巷，人不堪其憂，回也不改其樂。賢哉回也！」

〔七〕比似：黄簡玉樓春：「妝成挼鏡問春風，比似庭花誰解語。」

〔八〕氊廬：歐陽修新唐書卷二一九北狄傳：「奚，亦東胡種，爲匈奴所破，保烏丸山。……奚居鮮卑故地，直京師東北四千里，其地東北接契丹，西突厥，南白狼河，北霫。與突厥同俗，逐水草畜牧，居氊廬，環車爲營。」

喜考夫至山 初四日 二首

喧傳洞口客誰何，知是先生掃薜蘿〔一〕。茶果空山消息大，車茵高閣打乖過〔二〕。消磨碧海天邊老，簡點青峰雨後多。無事放船歸太遽，留看日出卧鷹窠。

凝寒倡和遶高臺，出手呈君笑舉杯〔三〕。雞狗豬羊今日異〔四〕，丙丁甲乙幾人來〔五〕。門風淡薄窮相守，歲月閒過老更催。寄與南陽小兒女〔六〕，籬關好待晚梅開。

【箋 釋】 此詩作於康熙八年己酉閏十二月初四日。

按，考夫因阻雪，故遲至初四日始達紫雲山。第一首，所謂「消息大」者，足見友朋等待之久，更見考夫名望之高。登山看海，其情何限！然考夫有急歸之意，王寅旭喜考夫至山及贈二理詩中互見。嚴鴻逵釋略曰：「第三句緊接首聯，轉出次首『雞犬豬羊』。注見前。」第二首，感慨「今日異」，是所用曆朔之不同也；隱語「幾人來」，歎相聚之不易也。門風淡薄，歲月閒過，老冉冉其將至矣。

【資 料】

張履祥同趙二阻雪宿邵家灣邱老家：攜琴擬向萬蒼中，流水高山四座同。豈爲丈人將止宿，故施冰霰夾西風。

斗酒難將壯志酬，談兵説劍不能休。漁樵莫及興亡事，故李將軍竟白頭。（楊園先生全集卷一）

張履祥同趙二入山訪何商隱王寅旭吕□□：乾坤寥廓有吾徒，猶幸於今道未孤。風撼萬松濤並海，雨傾衆壑瀑奔湖。躋登心急衰如健，拄僾行徐顛得扶。爲問三餘功幾許，星回庶物常新圖。（同上）

王錫闡喜考夫至山：歲寒期約各蹉跎，秖有先生帶雨過。駒子已能閒禮數，龍川亦自喜弦歌。考翁同趙二理及令郎來。縱談經濟農書好，細勘精微小學多。幾許客懷消未盡，朝來不待酒杯和。（曉菴先生詩集卷二）

王錫闡贈二理：山閣欣逢霽色開，先生何事賦歸哉。卻因爽氣臨書幌，翻使離情入酒杯。谷口懸知行悵望，河干且立共徘徊。還祈指點東莊路，問字頻頻破緑苔。（同上）

【注釋】

〔一〕「喧傳」二句：杜甫覽物：「舟中得病移衾枕，洞口經春長薜蘿。」

〔二〕打乖：羅大經鶴林玉露卷四：「張子房……得老氏『不敢爲天下先』之術，不代大匠斫，故不傷手，善於打乖。」朱熹答吕伯恭：「康節恐是打乖法門，非辭受之正。」

〔三〕「凝寒」二句：蘇軾李頎秀才善畫山以兩軸見寄仍有詩次韻答之：「詩句對君難出手，雲泉勸我早抽身。」

〔四〕「雞狗」句：東方朔占書：「歲正月一日占雞，二日占狗，三日占豬，四日占羊，五日占牛，六日占馬，七日占人，八日占穀。」是以「雞狗豬羊」代正月。

〔五〕丙丁甲乙：魏收魏書卷八八宋世景傳：「嘗有一吏，休滿還郡，食人雞豚；又有一幹，受人一帽，又食二雞。世景叱之曰：『汝何敢食甲乙雞豚，取丙丁之帽？』吏、幹叩頭伏罪。」嚴鴻逵釋略：「丙丁甲乙，見謝翺西臺慟哭記。」謝翺登西臺慟哭記：「一日，與友人甲乙若丙約，越宿而集，午雨未止，買榜江涘，登岸謁子陵祠，憩祠傍僧舍，毁垣枯甃，如入墟墓。」

〔六〕小兒女：杜甫月夜：「遥憐小兒女，未解憶長安。」

悟空寺觀梅〔一〕

海門瘦日遠天斜，潮退靈聲吼白沙。短袖閒叉無事手〔二〕，荆山野寺看梅花〔三〕。

【箋釋】

此詩作於康熙八年己酉閏十二月。

按，嚴鴻逵釋略曰：「曰瘦日，曰遠天，皆寓意也。潮退虚聲，殆暗影己亥事與？」所謂「己亥事」，殆指順治十六年己亥鄭成功、張蒼水聯合北伐南京之舉。

【資料】

何汝霖同曉菴晚村悟空寺觀梅次韻：遠望荆岑石路斜，攜笻指點度晴沙。老梅知有閒中客，故放春前一樹花。（紫雲先生遺稿）

王錫闡悟空寺觀梅次石門韻二首：踏凍行吟日未斜，僧居偏喜絶風沙。勸君莫惜閒無事，到此還應且看花。

步入荒菴徑轉斜，怕教游屐污泥沙。野梅信是僧家種，不待春風已著花。（曉菴先生詩集卷二）

吴曰夔和晚村荆山悟空寺訪梅：松竹參差繞寺斜，湖濱霽日淨雲沙。最憐幽境人稀到，寂寞空山獨樹花。晚村謂此詩有韋蘇州風致。（物表亭詩集）

【注釋】

〔一〕悟空寺：常棠海鹽澉水志卷五：「悟空寺：在鎮西南荆山。建隆二年，僧德升開山爲永安寺；治平元年，賜額。」

〔二〕「短袖」句：陸游書憤：「關河自古無窮事，誰料如今袖手看。」

〔三〕荆山：常棠海鹽澉水志卷二：「荆山：在鎮西南五里，占永安湖之勝。山有悟空寺，寺有五顯靈官廟，其感應通靈。」

湖塘　初七日

浪蝕長堤碎石黄，乘風疑過亂礁洋。可憐玉女雲車遠〔一〕，不管仙人鐵篴涼〔二〕。野鴨消寒蒲荻暖，天鵝歸老荸薺香。乾坤未洗今何日〔三〕，莫誤題詩報草堂。

【箋釋】

此詩作於康熙八年己酉閏十二月初七日。

按，嚴鴻逵釋略曰：「子嘗言湖中最多野鴨，又有天鵝食葧薺。高適詩『人日題詩報草堂』，是日初七，在新曆則人日也。」蓋今日非正月之初七日也，故莫題詩以致誤。

【資料】

王錫闡湖堤次石門韻：堤横石仄淺沙黄，吞吐雙湖帶巨洋。絶島入天雲靉靆，荒墩繫馬草凄涼。潮來久斷魚龍信，人去還留翰墨香。深愧遠游當歲晚，畏譏未敢覯高堂。（曉菴先生詩集卷二）

【注釋】

〔一〕玉女雲車：曾慥類説卷二一漢武帝故事：「七月七日，承華殿齋有青鳥從西來，東方朔曰：『西王母降，以化陛下。』乃施帷帳，燒具末香，香乃兜國所獻，塗宫門，香聞百里。有頃，王母至，乘紫雲車，玉女馭，母戴七勝，青氣如雲。上拜請不死之藥，母曰：『帝滯情不盡，欲心尚多，不死之藥，未可致也。』」

〔二〕仙人鐵篴：文天祥山中即事：「千年帝子朱簾夢，一曲仙人鐵篴腔。」馬廖和楊廉夫新居韻：「何當共把淩風袂，醉和仙人鐵篴歌。」

〔三〕「乾坤」句：杜甫客居：「安能覆八溟，爲君洗乾坤。」王洙注：「時厭亂久矣，故甫前有『洗兵馬』，此有

『洗乾坤』之説也。」

許大辛吴汝典至

嶺嘯林彈得五君，風清月白勝三人。詩情哭世癡無敵，大辛新作五悲詩。經學論醫妙入神。汝典近事醫。舉國皆狂遼左蜡①〔一〕，一家别作海南春。雖然誤醉屠蘇早〔二〕，好是杯湖痛飲倫〔三〕。

【校　記】

①遼左　原闕，據嚴鈔本、釋略本、管庭芬鈔本、張鳴珂鈔本、萬卷樓鈔本、詩文集鈔本補。

【箋　釋】

此詩作於康熙八年己酉閏十二月。

按，嚴鴻逵釋略曰：「先惟何、王二先生與俱，繼得張先生，兹又得許、吴，恰成五君也。」首句「五君」二字，亦暗合顔延年五君詠故事，亦頗貼切。三人者，晚村與何、王也。

「舉國皆狂遼左蜡」之事，何必痛心；「二家別作海南春」，如此而已，是又可入文字獄中罪狀也。所謂「雖然誤醉」云者，似可鈎稽出大辛遲遲不來之緣由，蓋家中舉「正月」事，以致不能初七日前出也。吳氏唱和有「傷心笳鼓報江春」句，七字圈讀，眉批曰：「晚村最賞此句。」意可知矣。吳汝典，名夔，又名曰夔，號采山，僉都御史吳麟瑞（明萬曆四十七年己未進士）孫，吳晉晝（明崇禎九年丙子科舉人）字接侯子，吳謙牧字裒仲姪。

【資料】

王彬光緒海鹽縣志卷一七人物傳：吳曰夔，字汝典，晉晝子，幼從張履祥學。工書，能詩，有物表亭集，兼精岐黄術。

王錫闡喜許大辛吳汝典至：何事頻煩抱膝吟，雨中湖色夢中人。一書欲寄愁難達，二妙齊來覺有神。共酌山家千日酒，重回井底百年春。故園老伴誰堪擬，獨許庭梅是等倫。（曉菴先生詩集卷二）

吳曰夔次晚村韻奉答：歗詠依然三隱君，衣冠雅稱號山人。一編奇字紛難識，寅旭詩稿悉從古字。四韻新詩妙有神。悵望風煙迷海日，傷心笳鼓報江春。提携深荷殷勤誼，虛薄何堪作等倫。（物表亭詩集）

【注釋】

〔一〕舉國皆狂：沈約宋書卷八九袁粲傳：「昔有一國，國中一水號曰狂泉，國人飲此水，無不狂。」阿桂滿洲源流考卷一四：「太祖高皇帝一舉薩爾滸，而遼左之業成。太宗文皇帝再舉吕翁山，而關西之勢定。」此喻清朝。蜡：禮記效特牲：「天子大蜡八。伊耆氏始爲蜡。蜡也者，索也，歲十二月，合聚萬物而索饗之也。」鄭玄注：「歲十二月，周之正數，謂建亥之月也。」

〔二〕屠蘇：酒名，即藍尾酒。洪邁容齋四筆卷九藍尾酒：「白樂天元日對酒詩云：『三杯藍尾酒，一楪膠牙餳。』又云：『老過占他藍尾酒，病餘收得到頭身。』『歲盞後推藍尾酒，春盤先勸膠牙餳。』荆楚歲時記云：『膠牙者，取其堅固如膠也。』而藍尾之義殊不可曉。河東記載，申屠澄與路傍茅舍中老父嫗及處女環火而坐，嫗自外挈酒壺至，曰：『以君冒寒，且進一杯。』澄因揖遜曰：『始自主人翁。』即巡，澄當婪尾。蓋以藍爲婪，當婪尾者，謂最在後飲也。葉少藴石林燕語云：『唐人言藍尾多不同，藍字多作啉，出於侯白酒律。謂酒巡匝，末坐者連飲三杯，爲藍尾。蓋末坐遠，酒行到常遲，故連飲以慰之。以啉爲貪婪之意，或謂啉爲燷，如鐵入火，貴其出色，此尤無稽，則唐人自不能曉此義。』葉之説如此。予謂不然，白公三杯之句，只爲酒之巡數耳，安有連飲者哉？侯白滑稽之語，見於啟顔録。唐藝文志，白有啟顔録十卷、雜語五卷，不聞有酒律之書也。蘇鶚演義亦引其説。」

〔三〕杯湖：李賢明一統志卷五九湖廣布政司：「杯湖：在樊山郎亭下，方廣一二里。唐孟仕源居退谷杯樽之下，命曰杯湖。元結有銘。」元結退谷銘并序：「杯湖西南是退谷，谷中有泉，或激或懸，爲竇爲淵，滿谷生壽木，又多壽藤縈之，始入谷口，令人忘返。時士源以漫叟退修耕釣，愛游此谷，遂命曰退谷，元子作銘，以顯士源之意。」

澉湖夜泛[一]二首

萬蒼樓下小舟横，與客乘風破太清[二]。俯檻明湖收碧落[三]，舉杯孤月伴長庚[四]。欲傾東海消幽恨，先挽天河洗俗情[五]。忽發狂歌驚竹裂[六]，四山怪鳥一時鳴。

陽明弟子傳豪舉[七]，董蘿石[八]、許雲村[九]與孫太白[一〇]會集於此，更名高士湖[一一]。皆新建門人。至正遺民有舊盟[一二]。楊廉夫[一三]、顧仲瑛[一四]皆有游詠。自古虛懸高士傳，誰人消受好湖名。山圍海眼南龍出[一五]，星暗旄頭老月明[一六]。痛飲諸君休放手[一七]，長牆一綫早霞生[一八]。長牆山，在東南。

【箋釋】

此詩作於康熙八年己酉閏十二月。

按，第一首，所謂「消幽恨」、「洗俗情」，勢必不與世間爲伍。第二首，蓋「陽明弟子」，徒虛有高士之名；而「至正遺民」，亦晚村所謂「怙終無過楊維楨」（題如此江山圖）之意也。嚴鴻逵釋略曰：「昔見何先生言犁眉公有記云：『南龍一枝在長牆、秦駐之間。』落句用西湖望氣事。」所謂「西湖望氣事」，或即指徽宗鑿虎頷事。田汝成西湖游覽志餘卷二一：「武林本曰虎林，唐避帝諱故也。山自天目而來，爲靈隱後山，頓伏至儀王墓後，若龍昂首，頷下石隱隱有斧鑿痕。故老相傳以爲宋太祖，又以爲徽宗用望氣者言，鑿去虎頷，又謂高宗嘗夢虎驚，因鑿焉。未知孰是。」

此二詩，實具濃烈之反清思想。「乘風破太清」、「明湖收碧落」，似寓「破清收明」意。「山圍」句，意謂海鹽一帶地有王氣，可作爲反清之據點。「星暗」句，意謂胡星已暗，舊朝將明，以喻黄龍，迎接早霞。

【資　料】

王錫闡澉湖夜泛二首：亭午湖干别恨生，夜游何意酒同傾（大辛别去，至晚復來）。虚舟不繫機全息，牧笛無聲月倍明。自與湖山成晤對，每從泉石想經營。莫教浪向繁華地，隨意留題高士名（湖稱高士，以許雲林、孫太初得名）。

煙光無限接滄溟，横帶重堤勢若扃。未轉星河仍舊次，易驚鳧雁徙寒汀。滿湖霜色微吟度，一夜濤聲倚醉聽。更有一端疑信處，峰巒指點異圖經（湖山位置與鹽邑圖經不合，故云）。（曉菴先生詩集卷二）

吴曰夔澉湖夜泛：何事飄飖水上行，汪汪千頃暢悠情。扁舟長嘯悠然遠，野浦寒雲莫漫生。雨後石橋收澗急，酒深人面受風輕。休嫌月色尋常在，會見澄輝萬里明。（物表亭詩集）

【注釋】

〔一〕澉湖：即永安湖。大清一統志卷二二〇嘉興府：「永安湖：在海鹽縣澉浦鎮西六里。一名澉湖。」

〔二〕太清：楚辭遠游：「譬若王僑之乘雲兮，載赤霄而凌太清。」王逸注：「言己志意高大，上切於天，譬若仙人王僑乘浮雲、載赤霄，上凌太清，游天庭也。」

〔三〕碧落：彭大翼山堂肆考卷一「碧落」條：「唐詩『碧落三乾外』，碧落、紫落，皆天也。」白居易長恨歌：「上窮碧落下黄泉，兩處茫茫皆不見。」

〔四〕長庚：即金星。詩小雅大東：「東有啟明，西有長庚。」毛亨傳：「日旦出，謂明星爲啟明；日既入，謂明星爲長庚。庚，續也。」

〔五〕「欲傾」二句：杜甫客居：「安得覆八溟，爲君洗乾坤。」洗兵馬：「安得壯士挽天河，淨洗甲兵長不用。」

〔六〕竹裂：張邦基墨莊漫録卷一：「杜子美玄都壇歌云：『子規夜啼山竹裂，王母晝下雲旗翻。』説者多不曉王母，或以爲瑶池之金母也。中官陳彦和言，頃在宣和間掌禽苑，四方所貢珍禽不可殫舉，蜀中貢一種鳥，狀如燕，色紺翠，尾甚多而長，飛則尾開，嫋嫋如兩旗，名曰王母。則子美所言乃此禽也。蓋遐方異種，人罕識者。『子規夜啼山竹裂』，言其聲清越如竹裂也。」

〔七〕陽明：王守仁，字伯安，人稱陽明先生，餘姚人。明隆慶元年丁卯五月，詔贈新建侯。

〔八〕董蘿石：黄宗羲明儒學案卷一四布衣董蘿石先生澐：「董澐，字復宗，號蘿石，晚號從吾道人，海鹽人。以能詩聞江湖間。嘉靖甲申年六十八，游會稽，聞陽明講學山中，往聽之，陽明與之話連日夜，先生喟然歎曰：『吾見世之儒者，支離瑣屑，修飾邊幅，爲偶人之狀，其下者貪饕爭奪於富貴利欲之場，以爲此豈真有所謂聖賢之學乎？今聞夫子良知之説，若大夢之得醒，吾非至於夫子之門則虛此生已。』因何秦以求北面。」

〔九〕許雲村：沈季友檇李詩繫卷一一：「許相卿，字台仲，號九杞，海寧人。正德丁丑進士，嘉靖初授兵科給事中。……未幾乞歸，以鹽邑紫雲村山水佳勝，移居村南茶磨山，剔石引泉，疏畦藝茗，時跨黄犢，短蓑高笠，二鶴自隨，往來山谷間。嘗大雪上雲岫絶頂，賦詩，人望之以爲神仙。自號雲村老人。又於永安湖買山，置杜曲岡、雲濤莊，後人因名其山曰九杞。其後名益高，薦者十數，皆不赴。居四十年，未嘗一入城市。」

〔一〇〕孫太白：田汝成西湖游覽志餘卷一一：「孫太初，字一元，號太白山人。正德中流寓西湖，或曰安化王裔，避亂詭姓名。修髯晳面，豐儀瀟灑，望之宛然神仙也。詩思清逸，有煙霞氣。」雪江和尚明秀中秋泛瀲灔湖董蘿石許東山朱西村陳勾溪許九杞孫太白沈紫峽同賦：「人物百年滄海上，釣竿裊裊拂珊瑚。前峰吹笛月在水，中流放歌秋滿湖。夜静魚龍回浦溆，天低星斗動菰蒲。山川勝概自今昔，天柱洞庭還有無。」（檇李詩繫卷三二）

〔一一〕高士湖：田汝成西湖游覽志餘卷一一：「西湖之改名高士湖也，孫太白自序云：『正德乙亥孟春十四日，予與石川子泛舟西湖，時石川子著方山冠，予戴華陽巾，被高士服，把酒四望。予顧謂石川子曰：昔青蓮居士李白與尚書郎張謂泛沔州南湖，因改爲郎官湖，今日予與子游頗追跡前事，西湖因可爲高士湖矣。石川子大笑，酹酒於湖，命予詩紀之。予時已爛醉，即信口長短成篇，不竄易一字，云：我聞唐家李白一世賢，郎官之湖至今傳。我今與子繼其跡，勝事豈許昔人專。方冠野服興不減，駕船載酒凌蒼煙。千山萬山，兩岸如群龍蜿蜒，盡在几席前。青天落杯底，白日行舟邊。黿鼉突兀波面出，大魚小魚爭避船。君把斗酒，我歌扣舷。天風下來，雲葉翩翩。爛醉騎鯨，游昆侖巔。』」如此，晚村所謂「更名高士湖」者，顯爲誤記。

〔一二〕至正：元順帝年號。

〔一三〕楊廉夫：朱彝尊楊維楨傳：「楊維楨，字廉夫，會稽人。家鐵崖山下。父宏，築層樓，俾讀書其上，里人謂曰書樓楊。泰定四年，以春秋登進士第，除天台縣尹。元進士授縣尹，蓋自維楨始。改錢清場鹽司令，久不調，偕道士張雨縱游西湖。至正初，修遼、金、宋三史，史成，正統迄無定論。維楨著三史統論，謂元之大一統，在平宋，不在平遼與金，統宜接宋，不當接遼。歐陽玄見之，曰：『百年公論，定於此矣。』……洪武二年，編纂禮樂書，别徵儒士修元史，帝遣翰林院侍讀學士詹同奉幣詣其門召之，辭不赴。明年，有詔敦促，賜安車詣闕，廷留四月，禮書條目畢，史統亦定，遂以白衣乞骸骨，帝許之，仍給安車還，抵家而卒。」故晚村以「遺民」視之。

〔一四〕顧仲瑛：顧嗣立玉山主人顧瑛：「瑛，一名阿瑛，别名德輝，字仲瑛，崑山人。世居界溪之上，輕財結客，年三十始折節讀書。……年四十，以家産付其子元臣，卜築玉山草堂，園池亭榭，餼館聲伎之盛，甲於天下。四方名士若張仲舉、楊廉夫、柯九思、李孝光、鄭明德、倪元鎮，方外若張伯雨、于彦成、琦元璞輩常主其家，日夜置酒賦詩。有二妓曰小橘花、南枝秀者，每遇宴會，輒命侑觴，一時風流文雅，著稱東南焉。……自稱金粟道人。至正末，元臣爲水軍副都萬户，恩封武略將軍、水軍千户、飛騎

尉、錢唐縣男。洪武元年以元臣爲元故官，例徙臨濠。二年三月卒，年六十。」（元詩選初集卷六四）

〔一五〕南龍：姚桐壽樂郊私語：「（劉伯温）謂余曰：『中國地脉，具從崑崙來，北龍、中龍，人皆知之，惟南龍一支，從峨嵋並江而東，竟不知其結局處。頃從通州泛海至此，乃知海鹽諸山是南龍盡處。』余問：『何以知之？』劉曰：『天目雖爲浙右鎮山，然勢猶未止，蜿蜒而來，右束黟浙，左帶苕霅，直至此長牆、秦駐之間而止。……諸水率皆朝拱於此州，而後乘潮東出，前復以日本、朝鮮爲案，此南龍一最大地也。』」

〔一六〕旄頭：班固漢書卷二六天文志：「昴曰旄頭，胡星也。」

〔一七〕痛飲：脱脱宋史卷三六五岳飛傳：「飛大喜，語其下曰：『直抵黄龍府，與諸君痛飲爾。』」

〔一八〕長牆：常棠海鹽澉水志卷二：「長牆山：在鎮東三里。高八十丈，周圍十九里，山之阿有黄道祠，山之下有造船場，山之巔立烽燧，山之外捍大海，秦始皇東游，登山望海，以其孤聳遥望如堵牆，因名。」

游青山石壁〔一〕

湖中氣候殊，北陸疑朱夏〔二〕。未許吹律回〔三〕，先遣凝陰謝〔四〕。幽尋歷窅冥，及此翰墨暇。振衣杉柏香，拄杖冰雪跨。期我采藥徒，青山斷壁下。盪胸横大海①，吞吐發狂詫。詎聞陽侯怒〔五〕，但令河伯嚇〔六〕。浪噛嶼腳懸，雨溜崖腹罅。巨石黿鼉游，細石龍子化。

稜角舊磨圜，皴理新拆亞〔七〕。潮退汐未來，沙日光相射。仙人何逍遥，金銀作精舍。戀彼孤島春，不知天地夜。我欲翻海水，東向方壺瀉〔八〕。爾居何足安，閒此好樓榭。日暮指虚無，松風起悲吒。

【校　記】

① 海　原作「梅」，據嚴鈔本、釋略本、管庭芬鈔本、張鳴珂鈔本、萬卷樓鈔本、詩文集鈔本改。

【箋　釋】

此詩作於康熙八年己酉閏十二月。

按，是詩寫得沉鬱，言語中時時不忘故國。所謂「北陸疑朱夏」句下一「疑」字，不定之詞也；「朱夏」者，夏之别稱（夏隱華夏之意），蓋夏氣赤而光明，故亦名「朱明」。即此「北陸疑朱夏」五字，便可入文字之獄矣。

【資　料】

王錫闡游青山石壁：我來游青山，山徑互糾繆。倏忽臨巨洋，宕胸闢宇宙。尺寸異陰晴，頃刻變昏晝。石壁高十尋，奇詭理難究。潮去獅虎蹲，潮來蛟龍鬭。斷石閣流澌，陰洞滴寒溜。巉險不可攀，疑是神靈甃。一覽萬象寬，始知懷抱陋。境轉興未闌，攜笻繞巖岫。回望最高峰，凴虚列烽堠。借問何爲爾，云自喪亂後。昔者全盛時，海王利頗富。一從置戍來，漁采珠無宥。登陟亦非宜，適意詎可久。聞此吾心酸，欲語不敢驟。魚鱉暨人民，與爾何薄厚。奪其衣食原，凍餒望誰救。安得百尺濤，一洗廿年垢。（曉菴先生詩集卷二）

吴曰夔游青山石壁：招要出郭門，杖策尋遠眺。青山聳巍峰，突兀臨海徼。洪荒崩拆餘，絶壁成孤峭。峻削斷躋攀，横亘出奇妙。苔蘚雜青黄，藤蘿競窈窕。縹緲雲氣中，益訝造物巧。其下多砥石，列坐供譚笑。縱目攬大荒，波濤方浩浩。未果仲尼浮，空企魯連蹈。陵谷幾變遷，千古獨憑吊。歎息風塵昏，乾坤入長嘯。（物表亭詩集）

【注釋】

〔一〕青山：常棠海鹽澉水志卷二：「青山：在鎮東三里。爲鎮市之主山。」嵇曾筠浙江通志卷一一山川三嘉興府：「青山：弘治嘉興府志：在縣西南三十五里。宋志：澉浦鎮之主山也。山上置烽堠。」

〔二〕北陸：左傳昭公四年：「古者日在北陸西藏冰。」杜預注：「陸，道也。謂夏十二月，日在虚危，冰堅而藏之。」朱夏：李昉太平御覽卷二二時序部七：「梁元帝纂要曰：夏曰朱明（夏氣赤而光明），亦曰長嬴、朱夏、炎夏、三夏、九夏，天曰昊天。」

〔三〕吹律：左思魏都賦：「且夫寒谷豐黍，吹律以暖之也。」張銑注：「鄒衍居燕，地美而谷寒，不生五穀，鄒衍吹律，暖氣至，遂生黍而豐也。」

〔四〕凝陰：周易坤卦：「初六，履霜堅冰至。」象：「履霜堅冰，陰始凝也。」庾信象戲賦：「法凝陰於厚德，仰沖氣於清虚。」

〔五〕陽侯：李昉太平御覽卷六一地部：「淮南子曰：武王伐紂，至孟津，陽侯之波逆流而擊，疾風晦暝，人馬不相見。於是武王左操黄鉞，右執白旄，瞋目而麾曰：『余在，天下誰敢害余意者！』於是風濟波罷。」

〔六〕河伯：莊子秋水：「秋水時至，百川灌河。……河伯欣然自喜，以天下之美爲盡在己，順流而東，行至於北海，東面而視，不見水端，於是焉河伯始旋其面目，望洋向若而歎。」

〔七〕皴理：梅堯臣歐陽永叔寄琅邪山李陽冰篆十八字並永叔詩一首欲予繼作因成十四韻奉答：「點畫雖然未苦訛，霜侵風剥多皴理。」

〔八〕方壺：列子湯問：「其中有五山焉，一曰岱輿，二曰員嶠，三曰方壺，四曰瀛洲，五曰蓬萊。」張湛注：「一曰方丈。」

潡浦青山放歌

萬古青山只麼老〔一〕，雨洗雲生青更好。走上峰顛禱孟婆〔二〕，我欲乘之鞭泰媪①。三十六沙十八灘〔三〕，直接扶桑青未了〔四〕。誰教鑿斷青山壁，金鼇牡蠣無消息〔五〕。瑶宫一閉琪草長，星主南來歸不得〔六〕。柱崩雖絶欲何之〔七〕，手撫青山淚沾臆〔八〕。

【校　記】

① 泰媪　嚴鈔本、釋略本作「秦媪」，誤。説詳注釋〔二〕。

【箋　釋】

此詩作於康熙八年己酉閏十二月。

按，諸本晚村詩集皆不載此詩，據嚴鈔本補。釋略本鈔於出山留别商隱之天眉上，文字與嚴鈔本稍異。嚴鈔本將此詩置於卷末，題下小字署一「增」字，意謂此詩晚村原編所無，乃嚴鴻逵增補者。此詩之作時，據寅旭、汝典集中亦有詩曰青山放歌，與晚村詩皆爲古風，而寅旭詩編次於錢墓松詩前，汝典詩編次於游青山石壁之後，殆同時作者。姑繫於此。

詩鋪模青山之雄壯，至「直接扶桑青未了」云。然而石壁一斷，致使「金鼇牡蠣無消息」，蓋「金鼇牡蠣」者，以喻南明抗清勢力也；「無消息」者，未見有何動静也；「瑶宫」者，大明故宫也，而今荒煙蔓草矣；「星主」者，泛指福王、魯王、唐王、永明王等，皆已敗亡，復明無望矣，是之謂「歸不得」。朱明之正統已蕩然不存，遺民惟剩淚千行而已。

【資　料】

王錫闡青山放歌：吾聞洞庭之勝甲三吳，杯水拳石何區區。青山之高亦咫尺，群峰環之差不孤。其下石壁臨巨壑，吐納雲漢窮寥廓。赤縣忽沉地軸翻，十洲三島俱漂泊。我來欲將海若訶，爾年蜃樓蛟室何嵯峨。曷不疾驅萬靈掃煙霧，白日杲杲扶桑柯。此時對爾青山石壁，把酒方長歌。（曉菴先生詩集卷二）

吳曰夔青山放歌：青山東臨大海涯，日晏正值潮退時。沙平灘淺石根露，令我直欲褰裳渡。同游諸公扼腕呼，風恬水靜胡爲乎，天吳海若誠虛無。吁嗟公等莫漫猜，潮水既去旋復來。群靈萬怪猛簸蕩，鯨波鼉浪高崔巍。聲撼百里泰華隤，地維欲裂天柱摧。時乎時乎將及期，少須慎勿嫌太遲。君不見大魚離水虎立變，蛟龍白日生雷電。（物表亭詩集）

【注　釋】

〔一〕「萬古」句：朱熹寄籍溪胡丈及劉恭父二首：「浮雲一任閒舒卷，萬古青山只麼青。」

〔二〕孟婆：楊慎譚苑醍醐卷五：「孟婆，俗謂風曰孟婆。蔣捷詞云：『春雨如絲，繡出花枝紅嫋，怎禁他孟婆合皂。』宋徽宗詞云：『孟婆好做些方便，吹個船兒倒轉。』江南七月間有大風甚於舶䑸，野人相傳以爲孟婆發怒，按北齊李騊駼聘陳，問陸士秀：『江南有孟婆，是何神也。』士秀曰：『山海經：帝之女游於江中，出入必以風雨自隨。以帝女，故曰孟婆。猶郊祀志以地神爲泰媼。此言雖鄙俚，亦有自來矣。』」班固漢書卷二二禮樂志：「惟泰元尊，媪神蕃釐。」李奇注：「元尊，天也。媪神，地也。祭天燔燎，祭地瘞埋也。」

〔三〕「三十」句：常棠海鹽澉水志卷五：「秦王石橋柱，在秦駐山背。舊傳沿海有三十六條沙岸，九塗十八灘，至黄盤山上岸，去紹興三十六里，風清月白，叫賣聲相聞。」

〔四〕扶桑：劉安淮南子天文訓：「日出於暘谷，浴於咸池，拂於扶桑，是謂晨明。登於扶桑，爰始將行，是謂朏明。」青未了：杜甫望嶽：「岱宗夫如何，齊魯青未了。」

〔五〕金鼇牡蠣：指金鼇山、牡蠣灘。陶宗儀輟耕録卷七「金鼇山」條：「初，宋高宗在潛邸日，泰州人徐神翁云：『能知前來事。』群閹言於高宗，召至，以賓禮接之。一日，獻詩於帝曰：『牡蠣灘頭一艇横，夕陽西去待潮生。與君不負登臨約，同上金鼇背上行。』及兩宫北狩，匹馬南渡，建炎庚戌正月三日，帝航海次章安鎮，灘淺閣舟，落帆於鎮之福濟寺前，以候潮。顧問左右曰：『此何山？』曰：『金鼇山。』又問：『此何所？』曰：『牡蠣灘。』因默思神翁之詩，乃屏去警蹕，易衣徒步登岸，見此詩在寺壁間，題墨若新，方信其爲異人也。」

〔六〕星主：朱翌猗覺寮雜記卷上：「凡物之生乎下者，皆有星主乎上。」後謂品德行爲異於常人之人乃係上界重要星宿轉世，稱之爲星主。

〔七〕「柱崩」句：劉安淮南子天文訓：「昔者共工與顓頊爭爲帝，怒而觸不周之山，天柱折，地維絶，天傾西北，故日月星辰移焉。」

〔八〕淚沾臆：李白君子有所思：「無作牛山悲，惻愴淚沾臆。」王琦注引説文：「臆，胸骨也。」

巢端明至山樓次韻

避世欣逢怪石林，寒泉有句待清吟〔一〕。幅巾兼領南湖事〔二〕，釣艇長留東海心。山水不移人聚散，端明舊年書云：「山水無日而改移，友朋有時而聚散。」雲煙無礙境高深。他年同傍茅塘住〔三〕，倚櫂巖花仔細尋。

【箋釋】

此詩作於康熙八年己酉閏十二月。

按，乙酉後巢端明即隱嘉興石佛寺，不與外往還，只與遺民輩常作數日之游焉。「南湖事」，蓋指端明曾參與魯王反清活動；「東海心」，猶挂念海上之抗清事業。二句既是道人，又是道己。「山水不移人聚散」者，物是人非之謂也。晚村素敬重端明，故約來南陽同住，泛舟徜徉。

【注釋】

〔一〕「寒泉」句：朱熹和人游西巖：「平生壯志浩無窮，老寄寒泉亂石中。」

〔二〕南湖：嵇曾筠浙江通志卷一圖説：「南湖：一名鴛鴦湖，以湖多鴛鴦稱，或曰兩湖相並若鴛鴦然。稍東爲滮湖。……爲嘉郡城南之勝，故曰南湖。」

〔三〕茅塘：呂留良留别社中諸子詩嚴鴻逵釋略：「茅洲，即茅塘。在南陽村莊東北。」

紫雲山古松相傳南宋時物

直放霜銅倚碧天〔一〕，海門曾記宋亡年〔二〕。江潮不至聲猶吼，石髪皆髡頂獨圓。翠蓋飽經雷楔裂〔三〕，紫雲長伴蟄龍眠〔四〕。與君同洗冬青恨〔五〕，再見妖狐出殿前①〔六〕。

【校記】

①妖狐、殿　三字原闕，據嚴鈔本、釋略本、管庭芬鈔本、張鳴珂鈔本、萬卷樓鈔本補。

【箋釋】

此詩作於康熙八年己酉閏十二月。

按，詠松柏而直入於史，是詠史也。所謂「海門」者，本指錢塘江口言，此處喻指海上抗清隊伍，「海門」一詞，晚村詩中屢用。「江潮不至」，寫實；「聲猶吼」，擬虚。「石髪」者，長於石上之藻苔也，此喻人之髮，已爲清廷薙髮令所髡，而此南宋古松之頂卻依然「獨圓」；圓者，非圓形之意，乃圓滿之謂也。「翠蓋」句，實寫；「紫雲」句，虛擬，亦含隱意；紫雲山與長牆山鄰近，據載長牆山「後叢祠中有白龍母冢」（吴永芳康熙嘉興府志卷三山川）。「冬青恨」，非特亡國之恨也，更是宋朝亡於蒙古之恨也，此恨非同一般，實乃亡天下之謂也。妖狐再見，託乎怪異，其心可比日月，其時終非長贏。虛虛實實，可奈何哉！

【資　料】

王錫闡紫雲山古松次石門韻相傳南宋時物：高標特出影參天，聞道曾經德祐年。鐵幹久同山骨瘦，霜皮盡帶蘚痕圓。凄涼每下遺民淚，謦欬唯容老鶴眠。直待臣還羊肆日，移根種汝六陵前。（曉菴先生詩集卷二）

【注　釋】

〔一〕霜銅：任昉述異記卷上：「盧氏縣有盧君古冢，冢旁柏二株，枝條蔭茂二百餘步，樹文隱起，皆如龜甲，根勁如銅石。」杜甫古柏行：「孔明廟前有老柏，柯如青銅根如石。霜皮溜兩四十圍，黛色參天二千尺。」王世貞森檜堂歌：「堂前何所植，老檜參天三百尺。根出太古垂青銅，霜皮剥蠽金芙蓉。」

〔二〕海門：嵇曾筠浙江通志卷九山川：「海門：咸淳臨安志：在縣東北六十五里，有山曰赭山，與龕山（隸紹興府）對峙，潮水出其間。」

〔三〕雷楔：封演封氏聞見記卷八：「人間往往見細石，赤色形如小斧，謂之霹靂斧云。被霹靂處皆得此物。予曾於小朱山僧海德房中見一石，與前後所見者皆相類，問將此何用，曰：『房中大石往年被霹靂爲兩段，於霹靂處得此，俗謂之霹靂楔，偶然收之，無所用也。』」沈括夢溪筆談卷二〇神奇：「世人有得雷斧雷楔者，云雷神所墜多於震雷之下得之，而未嘗親見。元豐中，予居隨州，夏月大雷震一木，折其下，乃得其一楔，信如所傳。凡雷斧多以銅鐵爲之，楔乃石耳，似斧而無孔，世傳雷州多雷祠在焉，其間多雷斧雷楔。」

〔四〕蟄龍：朱國禎湧幢小品卷二七松柏聖跡：「高皇帝自將兵十萬，取婺州。過蘭溪縣，見古柏甚奇，駐師其下。有方姓老人拜伏曰：『此聖天子也。』喜之，贈以詩箋，令得游天下。柏後創亭繞之，而空其中。夜半，人望之，輒有蒼龍繞伏其上。王世懋詩云：『何年古柏尚青青，曾是高皇玉輦停。不信聖恩偏雨露，枝枝都作老龍形。』」

〔五〕冬青恨：田汝成西湖游覽志餘卷六：「唐玨，字玉潛，會稽山陰人。家貧，聚徒授經，營滫瀡以養母。至元十五年戊寅，總江南浮屠嘉木揚喇勒智怙寵，横行窮驕，酷欲淫毒，莫可名狀。十二月十二日，率其黨頓蕭山，發宋家諸陵寢，斷殘肢體，攫珠襦玉匣，焚其胔，棄骨草莽間。玨時年三十二歲，聞之痛憤，亟貨家具，得白金百星許，執券行貸，得白金又百星許。乃具酒醪，市羊豕，邀里中少年若干輩，狎坐轟飲，酒且酣，少年起請曰：『君儒者，若是將何爲焉？』玨慘然具以告，願收遺骸共瘞之，衆謝曰：『諾。』……越七日，總浮屠下令裒陵骨，雜牛馬枯骼築一白塔壓之，名曰鎮南。杭民悲戚，不忍仰視，了不知陵骨之猶存也。……瘞葬骨後，又於宋常朝殿掘冬青樹，植所函土堆上，作冬青樹行二首云云。」

〔六〕妖狐出殿前：脱脱宋史卷六六五行志：「宣和七年秋，有狐由艮嶽直入禁中，據御榻而坐，詔毁狐王廟。」佚名宋史筆斷論靖康災異：「封蔡京而爲魯公……天知其終不悔禍，故不復告戒，遂生亡國妖孽以詔之也。自是火星如月，徐徐南行，天裂有聲，格格且久。妖狐升於御榻，黑眚遍於京畿，敗亡之徵，其可遏乎？」

酬吴郊叟次韻

青鞵破霧贈詩來，矮紙斜行拜手開〔一〕。一夜譏彈餘石鼎〔二〕，幾生修煉到江梅〔三〕。南鄰便許移床席，北壁先教刈草萊〔四〕。莫訝先生游未返，鐵仙曾醉辟疆杯〔五〕。

【箋釋】

此詩作於康熙八年己酉閏十二月。

按，晚村於海鹽度歲，遇何商隱家塾師吴郊叟，互爲唱答。郊叟，號候菴，生平不詳。何商隱與吴郊叟書末署「郊叟吴先生門下教下晚弟何汝霖頓首再拜」，則郊叟先生較商隱爲年長。

【資　料】

何汝霖與吴郊叟：授業良勤，而便便經笥，不以爲疲，知大旨已於門牆外進一籌，諸子何幸得此於先生也。蹔返之意，猶妙在專力前往，但杖頭空空，寒且無氈，先生賢於陰鳳耶？敝親來童之便，附致一意於座前。物鮮禮疏，不至相臯爲荷。（紫雲先生遺稿）

彭孫遹枕上雪詩次郊叟韻：忽驚霜氣逼房櫳，已覺飛霙亂灑空。夜色似明旁死魄，寒威初凛不周風。夢爲蝴蝶宜同舞，燈作饞魚故不紅。百感二毛應盡白，吾衰無復黑頭公。（松桂堂全集卷一三）

彭孫遹看雪次郊叟韻：紛薄山河極望中，相看冰雪世情空。霜林數點寒鴉色，雲木孤吟落葉風。綺思欲銷湖草碧，頳顔難借酒杯紅。杖笻歸去成堅卧，未許騶徒惱邵公。（同上）

彭孫貽次韻郊叟贈日永重來海上作：故人一諾久星霜，生死知交矢不忘。望帝歸魂聞謝豹，西州餘恨感袁羊。風波道遠公無渡，箕尾身騎夜有光。回首家山隔彭蠡，溢城九派彙南康。

重來東海訪雲將，執手汍瀾感未忘。夙約黍雞心照灼，悲歌荆漸色飛揚。雀羅門冷難爲客，橘柚天寒易望鄉。落日伍胥潮正上，赭山風雨下長檣。（茗齋詩七言律）

彭孫貽吴郊叟像：人不識候菴，何以爲候菴。而徒指樹爲老聃，即候菴亦不知何者似候菴，而欲質顛於子瞻。吾笑子顛毛之種種，添之者固不待三。爾願學異於是，之無不可，可而何有於薄周、孔者之七不堪。庶幾甘落魄之頭責，而忘勝敗於手談。頳顔蹙頞，豈慕彼美兮城北；守迂抱拙，鄙夫弄巧之市南。然則已失夫子「固已，吾喪吾時」，似恒似，誰謂似菴真俟菴。（茗齋雜著）

【注釋】

〔一〕矮紙斜行：陸游臨安春雨初霽：「矮紙斜行閒作草，晴窗細乳戲分茶。」

〔二〕譏彈：曹植與楊德祖書：「僕嘗好人譏彈其文，有不善者，應時改定。」石鼎：韓愈與劉師服、侯喜、軒轅彌明有石鼎聯句詩。

〔三〕江梅：杜甫江梅：「梅蘂臘前破，梅花年後多。絶知春意好，最奈客愁何。」

〔四〕草萊：王融三月三日曲水詩序：「草萊樂業，守屏稱事。」張銑注：「草萊，謂山野采樵之人也。」

〔五〕鐵仙：龔詡王氏玉立亭詩：「並當恭敬三槐樹（王氏有三槐堂），獨任文章老鐵仙（元楊廉夫先生有玉立亭詩）。」（野古集卷下）辟彊：房玄齡晉書卷八〇王獻之傳：「獻之，字子敬，少有盛名，而高邁不羈，雖閒居終日，容止不怠，風流爲一時之冠。……嘗經吴郡，聞顧辟彊有名園，先不相識，乘平肩輿徑入。時辟彊方集賓友，而獻之游歷既畢，傍若無人。辟彊勃然數之曰：『傲主人，非禮也；以貴驕士，非道也。失是二者，不足齒之，傖耳。』便驅出門。獻之傲如也，不以屑意。」

錢墓松歌〔一〕

湖南湖北好松樹，紫海回風在錢墓〔二〕。錢墓之松何最奇，西硐童童當古路。雲車團蓋頂已平，重樓突起青嵐驚。九天咳唾緑珠墮〔三〕，金莖仙掌雲中擎〔四〕。東方瘦蛟潛出壑，半截粗鱗雙鐵角。便旋斜向澗西來〔五〕，爪牙未接氣先攫。蒼鼯晝舞黄狸號，蠻童放犢啼且逃。寒肌粟粒毛髪勁〔六〕，我亦拖杖求其曹。牆陰又見雙松立，一倚樓西一樓北。巖囚穴械積雪埋，誰放怪松如許直〔七〕。周遭流亞數百本〔八〕，感激昂頭盡修飭。微飈細語天宇空，回顧前坡戰塵失。正氣長爭日月光，奇材飽得冰霜力。群松羅侍老松尊，大松爲友小兒孫。陰蘙毒瘴不敢入①，窮崖自閉蒼琅根〔九〕。松乎松乎莫浪語，明堂太室重建豎〔一〇〕。棟梁柄桷簷楹柱，大匠眈眈横睨汝。紫雲宋松圍一丈，萬蒼明松八尺餘。所爭二尺頗不足，主人疑彼年歲虚。我謂主人勿復疑，今古豈爭尺寸殊〔一一〕。紫雲未必五百壽，固當繫之在德祐〔一二〕。萬蒼不止三百多，只合題名洪武後〔一三〕。其中雖有數十年，天荒地塌非人間。君不見三代不復千餘載，漢高唐太猶虚懸〔一四〕。不妨架漏如許日〔一五〕，何況短景穹廬天②〔一六〕。除卻戊年與未月〔一七〕，宋松明松正相接。寄語新松莫癡絶〔一八〕，偷得春光總無涉。

【校記】

① 陰蘙　諸本作「陰霾」，意同。陸游出游：「九日陰蘙一日晴，此行處處是丹青。」

② 穹廬　原闕，據嚴鈔本、釋略本、管庭芬鈔本、張鳴珂鈔本、萬卷樓鈔本補。

【箋 釋】

此詩作於康熙八年己酉閏十二月。

按，錢墓松歌者，實痛哭流涕四百年之興亡史也。松樹數百，而所詠者僅兩株，一爲紫雲山之宋松，一爲萬蒼山之明松。然「宋松」之壽，必不在德祐之後；而「明松」之年，亦不能處洪武之前，此種深意，非人所能共得者。所謂「其中雖有數十年」者，穹廬短景，天荒地塌，已非人間，故不妨架漏，可使宋、明相接，更得與日月爭光。

此詩與題如此江山圖二詩，實爲後來曾靜案之起因。案發後，曾靜口供云：「因呂留良錢墓松歌上有云：『其中雖有數十年，天荒地塌非人間。』彼時聞得此説，如墜深谷。語雖爲元朝而發，而引例未嘗不通於本朝。」（大義覺迷録卷二）晚村第九子呂毅中在供詞裏亦説道：「呂子文集就是父親呂晚村的文集，外人尊敬，故此稱爲呂子也。有已刻的，也有鈔的。這錢墓松歌、如此江山圖歌是在詩集内，皆父親當年所作。同張楊園的近古録，前日已經交出與搜查的官封來了。我家兄弟子姪都在本朝做官進學，並没有一點異心的。總是張熙來問我家書籍時，不合將父親的詩稿、日記與他看，這是我該死處了。」（雍正六年十一月初三日李衛奏摺。參見呂留良年譜長編卷一四「雍正五年丁未」條）

蓋爲錢墓松歌與題如此江山圖二詩，致發生曾靜命弟子張熙投書陝西總督岳鍾琪並勸其起兵案，禍及晚村。雍正十年壬子十二月諭内閣：「呂留良治罪之案，前經法司廷臣翰詹科道及督撫學政藩臬提鎮等合詞陳奏，請照大逆之例，以昭國憲。……今據各省學臣奏稱，所屬讀書生監各具結狀，咸謂吕留良父子之罪，罄竹難書，律以大逆不道，實爲至當。並無一人有異詞者。普天率土之公論如此，則國法豈容寬貸。吕留良、吕葆中俱著戮屍梟示。吕毅中著改斬立决。其孫輩俱應即正典刑，朕以人數衆多，心有不忍，著從寬免死，發遣寧古塔，給與披甲人爲奴。儻有頂替隱匿等弊，一經發覺，將浙省辦理此案之官員與該犯，一體治罪。」（王先謙東華録卷二一）

自此，天下幾無敢言及晚村其人其事者，而其人與其事遂亦可有可無矣。開其棺，鞭其屍，斬其子，流其裔，没其産，焚其書，禁天下之耳目，爲泯滅其一切之存在，致無所不用其極。然而事隔三百年，晚村之書籍猶庋藏於神州大地，晚村之子孫更屹立於龍江兩岸，則晚村之思想亦原原在矣，是雍乾二帝所始料未及者也。

【資　料】

王錫闡錢墓松：長風掠海群龍吼，四嶺波聲環户牖。振衣直上萬倉嶺，佇看松濤倚杖久。黛色霜皮千百行，大圍十餘小如斗。其中二松質更奇，雙幹重臺列左右。東山復有十尋柯，翠蓋重重兩相偶。河岳逼仄靈秀藏，千秋間氣鍾巖阜。撑持日月薄陰陽，雪壓霜侵復何有。武侯廟柏孔林檜，世人動色稱奇壽。錢墓古松亦絶倫，不知幾度經陽九。苔蘚重護疊風沙，況有幽人稱世守。古今何處無良材，慎爾託根方不朽。（曉菴先生詩集卷一）

【注釋】

〔一〕錢墓：商隱曾祖錢與映之墓。王彬光緒海鹽縣志卷七冢墓：「舉人錢與映墓：續圖經：在澉浦北萬蒼山。」李允升譜諱：「先生諱汝霖，字雲士，號商隱，先世本何氏。始祖貴四公於洪武中以事戍都勻衛，次子如淵公諱裕，幼留育於姻鄰怡老錢翁，遂承錢姓，至先生已九世，復姓何氏。如淵公四傳爲先生高祖海石公，諱薇，嘉靖壬辰進士，禮科右給事中。……曾祖魯南公，諱與映。」（紫雲先生年譜卷首）沈季友檇李詩繫卷一三：「與映字淵甫，號魯南，薇之子，嘉靖甲子舉人。有詩一卷，屠隆序之。」

〔二〕紫海：錢墓傍紫雲山，山對大海，故稱紫海。

〔三〕「九天」句：李白妾薄命：「咳唾落九天，隨風生珠玉。」

〔四〕「金莖」句：班固兩都賦：「抗仙掌以承露，擢雙立之金莖。」

〔五〕便旋：左傳宣公十二年：「少進，馬還。」杜預注：「還：便旋不進。」

〔六〕寒肌粟粒：徐堅初學記卷二八果木部引廣志：「千歲老松，子色黄白，味似粟可食。」

〔七〕「巖囚」二句：陸龜蒙怪松圖贊：「松生陰隘，巖嶽穴械。病乎不快，卒以爲怪。擁腫支離，神羞鬼疑。道人嗟咨，援筆傳奇。或怪其形，或奇於辭。目爲怪魁，是以贊之。」

〔八〕周遭：劉禹錫石頭城：「山圍故國周遭在，潮打空城寂寞回。」流亞：陳壽三國志卷三九董允吕乂傳：「吕乂臨郡則垂稱，處朝則被損，亦黄、薛之流亞矣。」

〔九〕蒼琅：葉夢得玉澗雜書：「陶隱居好聽松聲，所居庭院皆種松，每聞其響，欣然爲樂。吾玉澗道傍古松皆合抱，每微風驟至，清聲琅然，萬壑皆應，若中音節。」（陶宗儀説郛卷二〇引）

〔一〇〕明堂：左傳文公二年：「勇則害上，不登於明堂。」杜預注：「明堂，祖廟也。」太室：禮記月令：「天子居明堂太廟。」鄭玄注：「明堂太廟，南堂當太室也。」

〔一一〕「今古」句：王偁東都事略卷三二張齊賢傳：「臣聞家六合者以天下爲心，豈止乎爭尺寸之事，角强弱之勢而已。是故聖人先本而後末，安内以養外。人民，本也；邊徼，末也。中夏，内也；敵國，外也。」

〔一二〕德祐：宋恭帝趙㬎年號。脱脱宋史卷四七瀛國公本紀：「（德祐二年二月）辛丑，率百官拜表祥曦殿，詔諭郡縣使降，大元使者入臨安府，封府庫，收史館禮寺圖書及百司符印。」宋亡。

〔一三〕洪武：明太祖朱元璋年號。

〔一四〕漢高：漢高祖劉邦。唐太：唐太宗李世民。

〔一五〕架漏：陳亮又甲辰答書：「千五百年之間，天地亦是架漏過時，而人心亦是牽補度日。」朱熹答陳同甫：「千五百年之間，正坐如此，所以只是架漏牽補過了時日，其間雖或不無小康，而堯、舜、三王、周公、孔子所傳之道，未嘗一日得行於天地之間也。」

〔一六〕穹廬：班固漢書卷九四匈奴傳：「匈奴父子同穹廬卧。」顔師古注：「穹廬，旃帳也。其形穹隆，故曰穹廬。」

〔一七〕戊年與未月：唐玨冬青行：「冬青花，不可折，南風吹涼積香雪。遥遥翠蓋萬年枝，上有鳳巢下龍穴。

君不見犬之年、羊之月，霹靂一聲天地裂。」

〔一八〕「寄語」句：陸游夢至洛中觀牡丹繁麗溢目覺而有賦：「寄語邊人莫癡絶，祈連還汝舊風沙。」

自老砦山步至黄沙塢觀潮〔一〕

磴道縈迂峭壁開，狂濤毒霧鬬喧豗。人間路向雲根盡，天外聲從日本來。縹緲金鼇春信遠〔二〕，淒涼白馬午潮回〔三〕。半生心火疑消歇〔四〕，到此方知死不灰〔五〕。

【箋　釋】

此詩作於康熙八年己酉閏十二月。

按，晚村來海鹽度歲，登山觀海，無事不發感慨，無物不作故國之思，然又往往以宋喻明，以託孤憤。讀晚村詩，此等處必須看透。五六句，以「金鼇」喻臺灣，以「白馬」喻蒼水。所謂「死不灰」者，至死猶不忘恢復之意也。

【資　料】

王錫闡自老砦山至黄沙塢觀濤次石門韻：際海黄埃鬱不開，危崖縮足怪喧豗。乾坤豈合終虧

蔽，牛馬何妨任去來。颶母歐山將北走，龍孫應月卻西回。沃焦曾未消流恨，誰道昆明有劫灰。（曉菴先生詩集卷二）

【注釋】

〔一〕老砦山：地名不詳，待考。黄沙塢：位於海寧、海鹽兩縣交界處，三面環山，一面臨海。陳阿寶同友人游鷹窠頂下黄沙塢：「一入深山中，峰巒更回互。遥遥望海島，莽莽迷歸路。誰知轉深塢，復有數家住。鳴聲隔修竹，犬吠出楓樹。居人頗古樸，經營惟田圃。對此何限情，停策不能去。誰云桃花源，千載不復遇。」

〔二〕金鼇：嘉慶重修一統志台州府：「金鼇山：在臨海縣東南一百二十里。宋建炎四年，金兵至，高宗泛海泊此，四十日始還紹興，後文天祥隨少主航海，亦駐泊於此。其並峙者曰海門山，對立如闕。」

〔三〕白馬：李昉太平廣記卷二九一伍子胥：「伍子胥累諫吴王，賜屬鏤劍而死，臨終，戒其子曰：『懸吾首於南門，以觀越兵來；以鮧魚皮裹吾屍，投於江中，吾當朝暮乘潮，以觀吴之敗。』自是，自海門山潮頭洶高數百尺，越錢塘漁浦，方漸低小，朝暮再來，其聲震怒，雷奔電走百餘里。時有見子胥乘素車白馬在潮頭之中，因立廟以祠焉。」（出錢塘志）

〔四〕「半生」句：耿湋許州書情寄韓張二舍人：「乍燃乍滅心中火，漸鑷漸多鬢上絲。」蘇轍冬至日：「猶有髻珠常照物，坐看心火冷成灰。」

〔五〕死不灰：莊子齊物論：「南郭子綦隱几而坐，仰天而噓，嗒焉似喪其耦。顔成子游立侍乎前，曰：『何居乎？形固可使如槁木，而心固可使如死灰乎？今之隱几者，非昔之隱几者也。』」班固漢書卷五二韓安國傳：「獄吏田甲辱安國，安國曰：『死灰獨不復然乎？』甲曰：『然，即溺之。』」

湖天海月樓賦呈商隱　二首

怪底神仙戀此樓〔一〕，南來好景一家收。楝雲未作人間雨〔二〕，巖桂長先天下秋。隱几越山圍硯額，夢闌海浪打床頭。眼前奇絶游難到，欸乃聲中舊日愁。

半榻梅花巧耐寒，一湖鷗鳥要人看。乾坤盡處春長在，日月生時夜正闌。窗紙舊糊封事裂〔三〕，漏泥新堊籀文乾〔四〕。把茆許靠牆東蓋，早拂珊瑚弄釣竿。

【箋　釋】

此詩作於康熙八年己酉閏十二月。

按，湖天海月樓原名萬蒼山樓，晚村爲改之。

第一首，謂一路走來之好風景爲商隱一人得之矣，故商隱眷戀之，則知其風景宜人，致數年後每一誦及此詩，猶在眼前。嚴鴻逵釋略曰：「子嘗自言，湖樓正臨兩湖，兩湖之南則海，海之南則寧、紹諸山。隱几對坐，越山圍繞，宛如硯山。不親至其地，則不知其工。又海潮逼近，如在床頭，每諷此聯，令人不忘昔游也。」「眼前」句上對「隱几」句，蓋寧、紹之奇絶亦難以到也；「欸乃」句，上承「夢闌」句，固海浪之聲必可勾人愁思者也。

第二首，所謂「乾坤盡處」者，指陸地盡處也，海中島嶼不與焉，故曰「春長在」；「日月生時」，則天地「明」矣，是隱藏於晚村心中之「明」也，故曰「夜正闌」。「窗紙」兩句，嚴鴻逵釋略曰：「時樓上糊窗紙，乃萬曆間封事云。」末「把茆」句，重過山樓注曰：「商隱許以唐彎地置佘，且欲買孟姥瀑爲精舍。」可相與對看。

嚴鴻逵釋略曰：「按朱子詩句云：『欸乃聲中萬古心。』又云：『一川風月要人看。』二詩句法多本之。」

【注　釋】

〔一〕怪底：杜甫奉先劉少府新畫山水障歌：「堂上不合生楓樹，怪底江山起煙霧。」

〔二〕「棟雲」句：王勃滕王閣詩：「畫棟朝飛南浦雲，朱簾暮卷西山雨。」

〔三〕封事：班固漢書卷八宣帝紀：「五月光禄大夫平丘侯王遷有罪，下獄死，上始親政事。又思報大將軍功德，乃復使樂平侯山領尚書事，而令群臣得奏封事，以知下情。五日一聽事，自丞相以下各奉職奏事，以傅奏其言。」范曄後漢書卷二明帝紀：「於是在位者皆上封事，各言得失。帝覽章，深自引咎。」

李賢注：「宣帝始令群臣得奏封事，以知下情。封有正有副，領尚書者先發副封，所言不善，屏而不奏。後魏相奏去副封，以防壅蔽。」劉勰文心雕龍奏啟：「自漢制八儀，密奏陰陽，皂囊封板，故曰封事。」

〔四〕堊：爾雅釋宫：「地謂之黝，牆謂之堊。」郭璞注：「黝：黑飾地也。堊：白飾牆也。」陸德明音義：「黝，於糾反。堊，於故反。」籀文：虞世南書旨述：「洎周宣王史史籀循科斗之書，采蒼頡古文，綜其遺美，別署新意，號曰籀文，或謂大篆。秦丞相李斯改省籀文，適時簡要，號曰小篆，善而行之。」

次韻酬寅旭

亮節傳經大十空，太玄奇字笑揚雄〔一〕。牙籌入手星還聚〔二〕，銅表隨身日再中〔三〕。兩月湖山青眼客〔四〕，廿年兵革白頭翁。登臺論易吾何敢〔五〕，避席聽君説大風〔六〕。

【箋釋】

此詩作於康熙八年己酉閏十二月。

按，嚴鴻逵釋略曰：「寅旭苦節，似鄭所南。心史中有『大十空無工』之語，『宋』字隱括也。傳經師，其志也。又好作奇字，尋常書尺往還，必爲蟲鳥形，故有『奇字笑揚雄』之句。又精曆算，故三、四句及之。末二句，見推尊之意。論易，伊川、横渠事；説大風，濂溪、王拱辰事。原詩必有用説易事相推者，故答之如此。」然寅旭之原詩，實未有説易事，蓋嚴氏未見，故推測若此。

合觀晚村、寅旭唱和，曰「星還聚」、「日再中」，則天子窮之徵兆；曰「撑扶日月」、「檢點君臣」，則一日不忘復明之意。

【資料】

王錫闡贈石門：報國傷心往事空，騷壇豈肯復爭雄。撑扶日月詩篇裏，檢點君臣藥案中。我性本疏仍帶癖，兄年差小已成翁。南陽一脈來伊洛，可許菅茅在下風。（曉菴先生詩集卷二）

【注釋】

〔一〕太玄：班固漢書卷八七揚雄列傳：「（揚雄）以爲經莫大於易，故作太玄；傳莫大於論語，作法言。……時有好事者載酒肴從游學，而鉅鹿侯芭常從雄居，受其太玄、法言焉。劉歆亦嘗觀之，謂雄曰：『空自苦。今學者有禄利，然尚不能明易。又如玄何？吾恐後人用覆醬瓿也。』雄笑而不應。」

〔二〕牙籌：王惲擬古：「牙籌與鞭算，役役夜繼日。」袁士元和松石舍人秋夜不寐：「牙籌歷歷隨更轉，磷鬼啾啾隔水啼。」星還聚：瞿曇悉達唐開元占經卷一九五星相犯：「春秋緯曰：帝有過失，既已命絶，於天則五星聚，攝提反衡，亂不禁。五星聚，天子窮。」

〔三〕銅表隨身：長孫無忌隋書卷一九天文上：「梁天監中，祖暅造八尺銅表，其下與圭相連，圭上爲溝，置水以取平正，揆測日晷，求其盈縮。」梅文鼎勿庵曆算書記璇璣尺解：「渾蓋通憲爲行測占天之巧製，然作之不易。歲己未，與山陰友人何奕美言測算之理，爲作渾蓋地盤，而苦乏銅工，爰作此尺，以代天盤。尺有二，皆同樞，樞即北極，尺以堅楮爲之，銅亦可。」日再中：瞿曇悉達唐開元占經卷六日再出再中：「石氏曰：日再出爲滲光，其國君死，有兵起。春秋漢含孳曰：日復中，支庶起。京氏曰：日再中，帝王窮。」

〔四〕青眼：劉孝標世説新語注引晉百官名：「嵇喜，字公穆，歷揚州刺史，康兄也。阮籍遭喪，往弔之。籍能爲青白眼，見凡俗之士，以白眼對之。及喜往，籍不哭，見其白眼，喜不懌而退。康聞之，乃齎酒挾琴而造之，遂相與善。」

〔五〕論易：二程外書卷一二傳聞雜記：「横渠昔在京師，坐虎皮，説周易，聽從甚衆。一夕，二程先生至論易，次日横渠撤去虎皮，曰：『吾平日爲諸公説者，皆亂道。有二程近到，深明易道，吾所弗及，汝輩可師之。』横渠乃歸陝西。」吾何敢：論語述而：「子曰：『若聖與仁，則吾豈敢。』」

〔六〕避席：孝經：「子曰：『先王有至德要道，以順天下，民用和睦，上下無怨，汝知之乎？』曾子避席，曰：『參不敏，何足以知之。』」説大風：二程遺書卷二二上伊川語録：「先生語子良曰：納拜之禮，不可容易。……昔有數人同坐，説一人短，其間有二人不説，問其故，其一曰：『某曾拜他。』其一曰：『某曾受他拜。』王拱辰君貺初見周茂叔，爲與茂叔世契，便受拜。及坐上，大風起，説大畜卦，君貺乃起曰：『某適來，不知受卻公拜，今某卻當納拜。』茂叔走避君貺，此一事亦過。」

湖上偶成次韻 四首

赤伏符移漢臘寒〔一〕，景初曆已改支干〔二〕。縱然不正炎興統①〔三〕，寧使兹湖號永安〔四〕。舊名永安湖，蓋孫吴時所開也。寅旭原倡云：「六朝勝跡多遺恨，不記炎興記永安。」

路入天涯海角中，醉鄉開國祖無功〔五〕。巫陽若肯招人醒②〔六〕，只用東南十日風。

繞盡横塘翠袖寒，故園諸友憶闌干。何當兩翅攜公等，一百峰頭處處安。

連陰坐卧小樓中，斷句成章積有功。始信莫愁無事做，半生錯怨雨和風。

【校記】

① 炎興 原作「大興」，據管庭芬鈔本、王寅旭原作改。

② 肯 原作「有」，管庭芬鈔本同，據集外詩本改。

【箋釋】

此詩作於康熙八年己酉閏十二月。

按，諸本晚村詩集多不載此四詩，據真臘凝寒集删補。集外詩、管庭芬鈔本亦録。第一、二首爲次韻二首，第三、四首爲復次韻二首，而尤以前二首意爲激，所謂「赤伏符移」、「景初曆改」諸語，儼然亡國之聲。言「不正炎興統」者，亦具有深意。讀晚村詩，於此等處，不可不察。

後二首忽道「故園」，忽言「樓中」，友朋歡聚之樂也。所謂「斷句成章」者，蓋不僅爲吟詩之謂也，當更有整理朱子遺書之意在。時天下已「定」，夫復何爲？鳌洛閩之語類，救人心於利欲；講春秋之旨義，明夷夏之大防；此將來之頭等正事，故曰「始信莫愁無事做，半生錯怨雨和風」，其意蓋在是。

【資　料】

王錫闡湖上偶成二首：高卧危樓度歲寒，起來覓句繞湖干。六朝勝跡多遺恨，不記炎興記永安。長堤横貫兩湖中，千載猶存灌溉功。堤石漸攲湖漸壅，幾回吟嘯倚松風。（曉菴先生詩集卷二）

【注　釋】

〔一〕赤伏符：范曄後漢書卷一光武帝紀：「光武先在長安時，同舍生彊華自關中奉赤伏符曰：『劉秀發兵捕不道，四夷雲集龍鬬野，四七之際火爲主。』群臣因復奏曰：『受命之符，人應爲大，萬里合信，不議同情。周之白魚，曷足比焉。今上無天子，海内淆亂，符瑞之應，昭然著聞，宜答天神，以塞群望。』光武於是命有司設壇場於鄗南千秋亭五成陌。六月己未即皇帝位。」

〔二〕景初曆：魏收魏書卷一〇七律曆三：「魏文帝景初中治曆，即名景初曆。」陳耀文天中記卷六引魏志：

「景初曆：景初元年，山茌縣言黄龍見，有司奏以爲魏得地統，宜以建丑之月爲正。乃定曆年，改大和曆爲景初曆。」此處代指清廷。

〔三〕「縱然」句：春秋公羊傳隱公元年：「何言乎王正月？大一統也。」炎興：三國蜀後主劉禪年號。

〔四〕永安：常棠海鹽澉水志卷三：「永安湖：在鎮西南五里，周圍一十二里。元以民田爲湖，儲水灌溉，均其税於湖側田上，税雖重，而田少旱。四圍皆山，中間小堤，春時游人競渡行樂，號爲小西湖。」

〔五〕「醉鄉」句：歐陽修新唐書卷一九六王績傳：「王績，字無功，絳州龍門人。……績曰：『天不使我酣美酒邪？』棄官去。自是太樂丞爲清職。追述革酒法爲經，又采杜康、儀狄以來善酒者爲譜。李淳風曰：『君，酒家南、董也。』所居東南有盤石，立杜康祠祭之，尊爲師，以革配。著醉鄉記以次劉伶酒德頌。」屠隆重過桃江别業：「伯倫生著酒德頌，無功自署醉鄉侯。」

〔六〕巫陽：楚辭招魂：「上無所考此盛德兮，長離殃而愁苦。帝告巫陽曰：『有人在下，我欲輔之。魂魄離散，汝筮予之。』巫陽對曰：『掌夢。上帝其難從。若必筮予之，恐後之謝，不能復用巫陽焉。』」王逸注：「女曰巫，陽其名也。」

次韻和大辛

四座驚添客屦重，攜之九十九尖峰。遮留赤日東西黨〔一〕，逼窄黄塵上下舂〔二〕。詩伯合圍鏖白戰〔三〕，醉侯實户益新封①〔四〕。掣襌吹帽歡相趁②〔五〕，便是韓雲逐孟龍〔六〕。

【校　記】

① 封　原作「豊」，據集外詩、管庭芬鈔本改。

② 吹　原闕，據集外詩補。管庭芬鈔本作「落」。

【箋　釋】

此詩作於康熙八年己酉閏十二月。

按，諸本晚村詩集多不載此詩，據真臘凝寒集删補。集外詩、管庭芬鈔本亦録。編次據管庭芬鈔本。

【注　釋】

〔一〕東西鬻：徐光啟農政全書卷一一「論虹俗呼曰鬻」條：「諺云：『東鬻晴，西鬻雨。』諺云：『對日鬻，不到晝。』主雨，言西鬻也。若鬻下便雨，還主晴。」楊慎丹鉛總録卷一天文類：「虹霓：……諺云：『東鬻日頭西鬻雨。』信然，大率與霞相映，『朝霞不出市，暮霞走千里』是也。莊子曰：『陽炙陰成虹。』禮疏云：『日照雨滴則虹生，蓋雲心漏日，日腳射雲，則虹特明耀異常。或能吸水，或能吸酒，人家有此，或爲妖，或爲祥。』朱子云：『既能吸水，亦必有形質，詩謂之蝃蝀，其字从虫；俗謂之鱟，其字从魚；俗又謂之旱龍，依其形質而名之也。』」

〔二〕上下春：劉安淮南子天文訓：「日出於暘谷，浴於咸池，拂於扶桑，是謂晨明……至於淵虞，是謂高春，至於連石，是謂下春。」

〔三〕詩伯：葉廷珪海録碎事卷一九「詩伯」條：「杜詩『才大今詩伯』，張植謂機、雲文章藻麗，語友人曰：『二陸，乃今之詩伯也。』」白戰：即禁體詩。蘇軾聚星堂雪引：「元祐六年十一月一日，禱雨張龍公，得小雪，與客會飲聚星堂。忽憶歐陽文忠公作守時，雪中約客賦詩，禁體物語，於艱難中特出奇麗。」詩曰：「當時號令君聽取，白戰不許持寸鐵。」

〔四〕醉侯：彭大翼山堂肆考卷一九二「醉侯」條：「小説李白爲醉聖，杜詩『死贈劉伶作醉侯』，又唐詩『若使劉伶爲酒帝，亦須封我醉鄉侯』。」

〔五〕吹帽：房玄齡晉書卷九八孟嘉傳：「九月九日，温燕龍山，寮佐畢集，時佐吏並著戎服，有風至，吹嘉帽墮落，嘉不之覺。温使左右勿言，欲觀其舉止。嘉良久如廁，温令取還之，命孫盛作文嘲嘉，著嘉坐處，嘉還見，即答之，其文甚美，四坐嗟歎。」後世因以「吹帽」爲九日燕集之典。此處蓋指嘉會。

〔六〕韓雲：陸佃埤雅卷一九釋天：「晉天文志曰：『韓雲如布，趙雲如牛，楚雲如日，宋雲如車，魯雲如馬，衛雲如犬。』雲者，氣也。地氣異矣，故雲之成象亦以不同。……莊子曰：『乘雲氣，御飛龍，而游乎六合之外。』」孟：孟嘉；龍：龍山。具見前注。

次韻和汝典

欲傍高賢買一坪，喜來矮閣話多情。梅妻鶴子同心隱〔一〕，海若山靈割臂盟〔二〕。細酌燈花寒有燄，微吟茶浪静無聲。坡翁佳趣君知否，風雨淒然歲未更〔三〕。

【箋釋】

此詩作於康熙八年己酉閏十二月晦，是日除夕。

按，商隱約晚村同隱海鹽（參見本卷湖天海月樓賦呈商隱、重過山樓兩詩），故有「買一坪」之句，而與汝典亦相近，則可時常往還，誠人生快事也。頷聯設言其儀態之閒，及隱意之堅。「細酌」兩句，嚴鴻逵釋略曰：「細酌而燈花有焰，微吟而茶浪無聲，知己静參，不足爲外人道也。」尾聯用東坡事，亦度歲之諧趣，所謂「歲未更」者，依舊曆也，故次日爲元日。

【資料】

王錫闡除夕集存雅堂：無術能令返日車，異鄉又見一年除。已知清祀終殘漏，漸覺春光逼閏餘。鬢短況看愁裏雪，帶寬尚曳客中裾。樽前苦憶庭幃遠，望斷平安兩月書。（曉菴先生詩集卷二）

【注釋】

〔一〕梅妻鶴子：呂留良林逋和靖詩鈔：「林逋，字君復，杭之錢塘人。少孤力學，刻志不仕，結廬西湖孤山。……時人高其志識。賜謚和靖先生。逋不娶，無子，所居多植梅畜鶴，泛舟湖中，客至則放鶴致之，因謂梅妻鶴子云。」（宋詩鈔卷一三）

〔二〕海若：屈原遠游：「使湘靈鼓瑟兮，令海若舞馮夷。」王逸注：「海若，海神名也。」洪興祖補注：「海若，莊子所稱北海若也。」割臂盟：左傳莊公三十二年：「初，公築臺臨黨氏，見孟任，從之。閟，而以夫人言，許之，割臂盟公。生子般焉。」

〔三〕「坡翁」二句：蘇軾與毛維瞻：「歲行盡矣，風雨淒然，紙窗竹屋，燈火青熒。時於此間，得少佳趣，無由持獻，獨享爲愧，想當一笑也。」

元日存雅堂〔一〕二首

蔚藍圓曜吐虞淵〔二〕，舊國春光到眼前。海上山深方有曆，塵間寒盡豈知年〔三〕。龍占旛尾從風轉〔四〕，鵲報檐牙得氣先〔五〕。賀罷高齋尋勝事，雪消好放十洲船。更約入山。

淑節蕭條感夢華，深村低閣候雲霞。朝正拜表無今日〔六〕，甲子題詩有幾家〔七〕。閉户共傾真歲酒，隔年相見舊梅花。東皇到處無人識〔八〕，欲向春風試小車。

【箋釋】

此詩作於康熙九年庚戌正月初一。

按，此亦爲新舊曆之不同而所發之感慨也。依新曆，則是日已屬二月；依舊曆，則元日耳。元日爲春之始，爲遵舊曆，故眼前之春光亦是舊國之景物。「海上」蓋指臺灣島而言，鄭氏用明朔，所據亦爲舊曆也；「塵間」則指清朝所統治區域，一月前已過除夕，是不知何時乃真年也。嚴鴻逵釋略曰：「第二聯『山中無曆日，寒盡不知年』，如此翻用，巧合天然，真臭腐化神奇歟！」此處當不以語辭勝，當以意勝。「龍占」兩句，亦寓深意，或即「南望王師又一年」之謂歟？末聯欲出游也。

第二首，先言「感夢華」，夢華者，滄桑之謂也；續言「候雲霞」，嚴鴻逵釋略曰：「按集中屢用『雲霞』字，前云『東南還發舊雲霞』，又云『長牆一綫早霞生』，又云『候雲霞』，皆一意也。」則所謂「候雲霞」，是有所待者也。此一聯又爲頷聯張本。「朝正」兩句，與第一首頷聯呼應。「閉户」兩句，與第一首頸聯相對。「東皇」二句，則與第一首尾聯同義。

要言之，二詩兩「舊」字、兩「有」字，反復言之，皆具深意。

【注釋】

〔一〕存雅堂：宋末方鳳堂名。龔璛送方韶卿先生詩自注：「其隱居有存雅堂。」（存悔齋稿）宋濂浦陽人物記卷下：「方鳳，一名景山，字韶父。……宋亡，鳳自是無仕志，益肆爲汗漫游。……性不喜佛老……後辟異教者數十事，以擬高識篇，題之曰正人心書，尚未完。他所著詩三千餘篇，曰存雅堂稿。」商隱亦以名齋。

〔二〕虞淵：劉安淮南子天文訓：「日至於虞淵，是謂黄昏。」

〔三〕「海上」二句：太上隱者答人：「山中無曆日，寒盡不知年。」

〔四〕龍占旛尾：崔豹古今注卷上：「信旛，古之徽號也，所以題表官號以爲符信，故謂爲信旛也。乘輿則畫爲白虎，取其義而有威信之德也。魏朝有青龍旛、朱鳥旛、玄武旛、白虎旛、黄龍旛五，而以詔四方，東方郡國以青龍旛，南方郡國以朱鳥旛，西方郡國以白虎旛，北方郡國以玄武旛，朝廷畿内以黄龍旛，亦以騏驎旛。」

〔五〕鵲報：王仁裕開元天寶遺事卷下：「時人之家聞鵲聲，皆爲喜兆，故謂『靈鵲報喜』。」得氣先：李幼武宋名臣言行録外集卷五邵雍康節先生：「治平間，與客散步天津橋上，聞杜鵑聲慘然不樂，客問其故，則曰：『洛陽舊無杜鵑，今始至有所主。』客曰：『何也？』先生曰：『不二年，上用南士爲相，多引南人，專務變更，天下自此多事矣。』客曰：『聞杜鵑何以知此？』先生曰：『天下將治，地氣自北而南；將亂，自南而北。今南方地氣至矣，禽鳥飛類，得氣之先者也。』」

〔六〕朝正：古者諸侯與臣屬於正月朝見天子，漢以來通常於歲首元旦進行，亦稱大朝會。董仲舒春秋繁露卷七：「是以朝正之義，天子純統色衣，諸侯統衣纏緣紐，大夫士以冠，參近夷以綏，遐方各衣其服而朝，所以明乎天統之義也。其謂統三正者，曰正者，正也。統致其氣，萬物皆應而正，統正，其餘皆正，凡歲之要在正月也。」

〔七〕甲子題詩：沈約宋書卷九三陶潛傳：「所著文章，皆題其年月。義熙以前，則書晉氏年號；自永初以來，唯云甲子而已。」陶淵明辛丑歲七月赴假還江陵夜行塗口作，文選劉良注：「意者耻事二姓，故以異之。」

〔八〕東皇：司春之神。戴叔倫暮春感懷：「東皇去後韶華在，老圃寒香别有秋。」

題梅次韻 二首

遍地繁華不耐看，雨中爭發雨中殘。若非存雅堂前見，天下梅花改歲寒。

家書先寄老梅看，雪後瓊芳次第殘。留得南陽真種子，春風相見不多寒。

【箋　釋】

此詩作於康熙九年庚戌正月。

按，第一首寫存雅堂前之梅，是歲寒已過；第二首寫南陽村裏之梅，是春風來臨。詩意相承。

重過山樓 二首

事有不可料，出山復入山。藥提村女笑〔一〕，雪泛故人還。許大辛、欲爾、吴汝典見訪不遇。賜臘彭城舊〔二〕，彭城即半邏。游仙秦駐慳〔三〕。出山爲游秦駐而阻雨，竟不及登。不逢湖海士〔四〕，幾使百峰閒。朱回津至，始决重游之興。

事有不可料，思歸竟未歸。詎愁山鶴怨〔五〕，直恐友生違①。茆屋唐彎結〔六〕，松窗孟瀑飛〔七〕。此中關氣數，不是戀漁磯。商隱許以唐彎地置余，且欲買孟姥瀑爲精舍。

【校　記】

①直　原作「真」，釋略本、張鳴珂鈔本、詩文集鈔本同，據嚴鈔本、管庭芬鈔本、萬卷樓鈔本改。

【箋　釋】

此詩作於康熙九年庚戌正月。

按，第一首言不可料事之一，乃爲「出山復入山」也。嚴鴻逵釋略曰：「『藥提村女笑』，用韓康事。蓋去而復來，故令村女笑也。」時許大辛、吴汝典輩不曾遇見，出山游秦駐而又阻雨。末言「幾使百峰閒」者，託辭也。

遂引出第二首不可料事之二，則「思歸竟未歸」也。未能歸之原因安在？不愁家中妻小之埋怨，只恐商隱之違約，然則商隱違何約耶？即注中所謂「許以唐彎地置余」者。尾聯言不歸非爲貪戀山水之美，而有「氣數」在！所謂「氣數」者，當爲勘查隱居之處之意也。

欲爾，許大辛姪，生平不詳。朱回津，楊園有「七月戊申，同錢雲士問醫語溪。三日風雨，疾再

作，方苦支離，朱回津投予竹杖，賦以謝之」詩，餘不詳。

【資　料】

王錫闡自半邏重至湖樓三首：莫笑此行誤，此行誤轉奇。雪深人去後，山靜客來時（出山後，許大辛、吳汝典、朱回津至湖樓見訪，不值）。逸興雙湖迴，年華半邏移。欣逢賢地主，爛醉不須辭。

別去無多日，重來又隔年。藥囊尋舊案，茶竈試新煙。詩債還仍欠，歸期擬更遷。明朝天氣好，湖海再周旋。

結茅知未得，作客任蹉跎。吳浦晴雲遠，越山殘雪多。迎潮看石壁，踏凍上鷹窠。書斷家人怪，懸知買卜訛。（曉菴先生詩集卷二）

【注　釋】

〔一〕藥提：范曄後漢書卷八三逸民列傳：「韓康，字伯休，一名恬休，京兆霸陵人。家世著姓。常采藥名山，賣於長安市，口不二價三十餘年。時有女子從康買藥，康守價不移，女子怒曰：『公是韓伯休那，乃不二價乎？』康歎曰：『我本欲避名，今小女子皆知有我，何用藥爲？』乃遁入霸陵山中。」

〔二〕賜臘：司馬遷史記卷六秦始皇本紀：「三十一年十二月，更名臘曰嘉平。」裴駰集解：「太原真人茅盈

内紀曰：始皇三十一年九月庚子，盈曾祖父蒙，乃於華山之中，乘雲駕龍，白日升天。先是，其邑謠歌曰：『神仙得者茅初成，駕龍上升入泰清，時下玄洲戲赤城，繼世而往在我盈，帝若學之臘嘉平。』始皇聞謠歌而問其故，父老具對此仙人之謠歌，勸帝求長生之術。於是始皇欣然，乃有尋仙之志，因改臘曰嘉平。」

〔三〕秦駐：常棠海鹽澉水志卷二：「秦駐山：在鎮東北一十五里，有始皇廟，下有聚落，有荒草蕩，俗爲秦駐塢。始皇東游，曾住此山。」

〔四〕湖海士：陳壽三國志卷七陳登傳：「陳登者，字元龍，在廣陵有威名。又掎角吕布有功，加伏波將軍，年三十九卒。後許汜與劉備並在荆州牧劉表坐，表與備共論天下人，汜曰：『陳元龍湖海之士，豪氣不除。』備謂表曰：『許君論是非？』表曰：『欲言非，此君爲善士，不宜虚言；欲言是，元龍名重天下。』備問汜：『君言豪，寧有事邪？』汜曰：『昔遭亂過下邳，見元龍。元龍無客主之意，久不相與語。自上大牀卧，使客卧下牀。』備曰：『君有國士之名，今天下大亂，帝主失所，望君憂國忘家，有救世之意，而君求田問舍，言無可采，是元龍所諱也。何緣當與君語？如小人，欲卧百尺樓上，卧君於地，何但上下牀之間邪？』表大笑。備因言曰：『若元龍文武膽志，當求之于古耳，造次難得比也。』」

〔五〕山鶴怨：孔稚珪北山移文：「蕙帳空兮夜鶴怨，山人去兮曉猨驚。」

〔六〕唐灣：即塘灣。常棠海鹽澉水志卷二：「塘灣：在鎮東市中捍海岸也。後聚居其上，遂爲市井。」

〔七〕孟瀑：即孟姥瀑。嵇曾筠浙江通志卷一一山川三嘉興府：「孟姥泉：海鹽縣圖經：鹿山之麓，自鷹窠頂來，山厚源深，故有瀑布如疋練。」又許相卿暮春雨後至孟家瀑附考：「孟姥泉：在永安湖傍鹿山之麓，有瀑布如練。」

贈丘將軍維正

精舍相逢鐵笛吹，南山射虎短衣隨〔一〕。神仙儘是英雄老〔二〕，隱逸須看志節奇①。策蹇怕通牙將謁〔三〕，負薪親過好官碑〔四〕。海鹽署門穹碑云：「天下第一好官丘公去思碑。」何當笳鼓歸來競〔五〕，補滿江紅一闋詞。

【校記】

①「隱逸」句　管庭芬鈔本校曰：「一作『勳業須從學問奇』。」

【箋釋】

此詩作於康熙九年庚戌正月。

按，丘維正，名上儀，武進人。明崇禎四年辛未武進士。卒於清康熙十九年庚申。與吴麟瑞、侯峒曾有「三清」之目。「受知川湖總督朱燮元。由江西都司歷海鹽參將，有惠政」（浙江通志卷一九四寓賢上）、「薦擢南贛總兵，見時事不可爲，遂謝病不仕，軍民立去思碑於衙署門外。甲申間變，方病疽不能起，卧門板加縗，舁置邑庭，叩首出血，哭盡哀，邑人莫不感泣。禾中起兵，與冢宰徐石麒同事。鼎革後，不歸故里，隱居邵灣山」（光緒海鹽縣志卷一六人物傳），躬糞桑圃，賣漿爲生，晚入千齡社，年七十餘卒。

晚村詩先述精舍遇見時，即以鐵笛相迎。「鐵笛」者，隱士之樂器也。「南山射虎」，壯士之豪情也。英雄老而出世，狀若神仙日子，然而將軍豈真戀此悠閒哉？王寅旭謂將軍「床頭一劍尚相隨」、「棲遲湖海心逾壯」、「晚節獨懸歸國夢」、「叱金清夜人知少」，是懷大志而未能申者也。然時至今日，夫復何言！「何當笳鼓」句，以霍去病爲喻；「補滿江紅」句，以岳武穆爲期。晚村之心，終是不忘恢復。

【資料】

嵇曾筠浙江通志卷一九四寓賢上：丘上儀，字維正，武進人。武進士，受知川湖總督朱燮元。由江西都司歷海鹽參將，有惠政，升任不赴，隱居邵灣紫雲山中，賣漿爲生。親知贈遺絲粟，不受。年七十餘。子孫家於鹽。

王彬光緒海鹽縣志卷一六人物傳：丘上儀，字維正，常州武進人。崇禎辛未武進士。上儀雖由武科，恂恂若文士，雅歌高會，酒酣間一賦詩，賢士大夫樂與之交。任江西都司，理屯治軍，聲望甚著。與廉訪吴麟瑞、提學侯峒曾並號「三清」。陞海寧衛參將，輯兵安民，剔除營弊，廉能惠愛，甚得民士心。用薦擢南贛總兵，見時事不可爲，遂謝病不仕，軍民立去思碑於衙署門外。甲申間變，方病疽不能起，臥門板加繯，舁置邑庭，叩首出血，哭盡哀，邑人莫不感泣。禾中起兵，與冢宰徐石麒同事。鼎革後，不歸故里，隱居邵灣山，茆屋數椽，僅蔽風雨，率其子躬耕奉母。一日徒步入城，父老識之，共相嗟歎；或負米以行，則相率爲之擔荷。嘗躬糞桑圃，山中人見之，駭曰：「公自灌，得毋臭乎？」答之曰：「不臭，尚有臭於糞者。」山中人不解其意，傳以爲笑。何商隱聞之，歎曰：「明德之馨，先生有之矣！」有盜刦行舟，上儀彀弩射之，百步外中其目，盜乃遁。舟中人造謝，勿見。龍山祝眉老集隱君子十四人，計其齒盈千齡，目曰千齡社，上儀與焉，即席賦詩，援筆立就。歷三十餘年而卒，葬邵灣小山。

王錫闡贈丘將軍維正二首：廿載悲笳遍地吹，床頭一劍尚相隨。宦經珠海囊偏澀，名播羅施績更奇。晚節獨懸歸國夢，遺黎共護去思碑。叱金清夜人知少，佳傳何來溢美辭。

繞膝塤篪次第吹，籃輿兼有好孫隨。棲遲湖海心逾壯，部署林泉法最奇。遠害久依高士廡，逃名不入黨人碑。菜園麟閣尋常看，失得他年總莫辭。（曉菴先生詩集卷二）

丘上儀千齡社集詩：孤村冒雨墊綸巾，一櫂沖寒破水淪。自是素心堪共侶，好將末俗使還淳。藏身曾學姚平仲，招隱誰呼祁孔賓。良會詎應誇競病，舉杯且盡甕頭春。（光緒海鹽縣志卷一九傳附）

吴曰夔丘將軍挽詩（庚申）：慘澹悲凋謝，先朝故虎臣。當年遭破國，即日混遺民。名位隨埋没，生涯就苦辛。褐衣風蔌蔌，茅屋草蓁蓁。塵甑長謀粟，藤崖屢負薪。降心依僻地，違俗惱時人。適遇同心友，旋攄意氣真。煩冤頻扼腕，孤憤欲捐身。壁掛雄鳴劍，家藏舊錫綸。蒼天高莫問，白日晦難晨。荏苒年齡邁，蹉跎歲月新。南陽佳氣杳，靈武捷音湮。兩眼穿猶望，丹衷抱未申。何斯移一夕，便爾閉千春。運厄摧松檜，時衰喪鳳麟。老成離寰宇，後進失因親。幽竁開山麓，飛旐曳水濱。輓章來契友，相杵絶比鄰。片石官階著，穹碑宦績陳。先中丞爲公立碑邑城，今尚在。英靈元不涣，天道豈嘗屯。祛祲馳飈電，興祥協鬼神。一時恢赤縣，四海見青旻。兹語公應聽，重泉目更瞋。歌殘增激烈，收淚向荒榛。（物表亭詩集）

徐豫貞偶讀吕晚村先生贈丘將軍維正詩追和一律：公名上儀，字維正，毘陵人。明崇禎武進士，歷官浙西參將，駐節海鹽。公兼資文武，膂力絶人，有古名將風。在鎮威德備著，用若擢南贛總兵，公見時事不可爲，遂謝病去，軍民共感公恩，立石縣署門外，云：「天下第一好官丘公去思碑。」公之棄官，不歸故里，隱邑之邵灣山，茆屋數椽，僅蔽風雨，率其子躬耕自給。世變後，傺侘無聊，託神仙以老。康熙某年卒，竟葬山中，不返首丘，蓋用公遺命云。英雄頭白事神仙，淚盡龍髯拔墮年。局上總消殘壁壘，壺中别有舊山川。故將軍老人誰識，新史書成事可傳。縣署穹碑今尚在，遺民過此一潸然。（逃菴詩草卷三）

【注釋】

〔一〕南山射虎：司馬遷史記卷一〇九李將軍列傳：「廣家與故潁陰侯孫屏野居藍田南山中射獵。……廣出獵，見草中石，以爲虎而射之，中石没鏃，視之石也。」短衣：沈括夢溪筆談卷一故事：「中國衣冠，自北齊以來，乃全非古制。窄袖，緋緑短衣，長靿靴，有鞢韄帶，皆胡服也。窄袖利於馳射，短衣長靿皆便於涉草。」杜甫送舍弟頻赴齊州：「短衣防戰地，匹馬逐秋風。」仇兆鼇注引國策：「趙武靈王好戎服，士皆短衣。」

〔二〕「神仙」句：黄春伯絶句：「説與時人休問我，英雄回首即神仙。」陳與義貞牟書事：「神仙非異人，由來本英雄。」趙文鶯啼序：「神仙本是英雄做，笑英雄到此多留戀。」

〔三〕策蹇：歐陽詢藝文類聚卷七一引抱朴子：「欲以弊藥必規升騰者，何異策蹇驢而欲尋追風、棹蘭舟而欲濟大川。」牙將：杜佑通典卷二九職官一一「雜號將軍」：「牙門將：冠服與將軍同。魏文帝黄初中置。明帝以胡烈爲之。又王隱晉書云：『陸機少襲父爲牙門將，吴人重武官故也。』晉惠帝特置四部牙門，以汝南王祐爲之。蜀以趙雲爲之。」

〔四〕負薪：禮記曲禮下：「問庶人之子，長曰能負薪矣，幼曰未能負薪也。」謂采樵之事。

〔五〕「何當」句：李延壽南史卷五五曹景宗傳：「時韻已盡，惟餘競、病二字。景宗便操筆，斯須而成，其辭曰：『去時兒女悲，歸來笳鼓競。借問行路人，何如霍去病。』帝歎不已。」

人日〔一〕二首

人間談笑卜平安，天下陰晴一歲看〔二〕。莫倚風雲欺客眼，做天爭比做人難〔三〕。

天地無根笑此身，飄零海内與誰論〔四〕。題詩欲報高常侍，怕説東西南北人〔五〕。

【箋釋】

此詩作於康熙九年庚戌正月初七日。

按，諸本晚村詩集多不載此二首，據真臘凝寒集删補。集外詩、管庭芬鈔本亦録。編次據管庭芬鈔本。

【注釋】

〔一〕人日：李一楫月令采奇：「自元旦至初八日，各一有定名，一雞、二犬、三豬、四羊、五牛、六馬、七人、八穀，凡此八名，於傳有之，至於九豆、十麥，是據所聞者。晉議郎董勳答問禮俗云：一日爲雞，二日爲狗，三日爲羊，四日爲豬，五日爲牛，六日爲馬，七日爲人，八日爲穀。」

〔二〕「天下」句：東方朔占書：「人日晴，所生之物蕃育；若逢陰雨，則有災。」卷二人日同黄九煙飲嚴鴻逵釋略曰：「今俗於是日立竿水次，量日影以驗水旱。」

〔三〕「做天」句：方岳獨立：「從來人説天難做，才怨春陰又怨晴。」尤袤台州四詩：「自來説道天難做，天到台州分外難。」

〔四〕與誰論：杜甫寄高適：「詩名惟我共，世事與誰論。」

〔五〕「題詩」二句：高適人日寄杜二拾遺：「一卧東山三十春，豈知書劍老風塵。龍鍾還忝二千石，愧爾東西南北人。」禮記檀弓上：「孔子既得合葬於防，曰：『吾聞之，古也墓而不墳。今丘也，東西南北之人也，不可以弗識也。』於是封之，崇四尺。」鄭玄注：「東西南北，言居無常處也。」

題黄麗農表兄畫扇

兄自題云：「時浪游江北，思江南春好，寫此以志旅情。」

北苑礬頭土脈肥〔一〕，惠崇平遠點霏微〔二〕。一塘柳絮千門入，滿塢桃花小閣圍。白晝游絲蝴蝶弄，緑陰細雨鷓鴣飛。江南春色年常好，猶自王孫不戀歸〔三〕。

【箋釋】

此詩作於康熙九年庚戌正月。

按，嚴鴻逵釋略曰：「首二句，贊畫也。北苑、惠崇，宋四大家之二。礬頭、平遠，蓋畫中兼擅其妙也。中四句寫『江南春色』四字，柳絮桃花，水鄉山鄉，無處不好也。蝴蝶鷓鴣，晴天雨天，無時不好也。一語似只在眼前，而刻劃精到如此，然後以第七句總接出，而末句『猶自』二字分外躍出矣。」

【注釋】

〔一〕北苑：朱謀垔畫史會要卷二：「董源，字北苑。米海嶽云：『董源平澹天真多，唐無此品，在畢宏上，近世神品，格高無與比也。峰巒出没，雲霧顯晦，不裝巧趣，皆得天真。嵐色鬱蒼，枝幹挺勁，咸有生意；溪橋漁浦，洲渚掩映，一片江南。』」礬頭：朱謀垔畫史會要卷二引王思善曰：「董源小山石謂之礬頭，山上有雲氣，坡腳下多碎石，乃金陵山景，皴法要滲軟，下有沙地，用淡墨掃，屈曲爲之，再用淡墨破。」

〔二〕惠崇：夏文彦圖繪寶鑑卷三：「建陽僧惠崇，工鵝雁鷺鷥，尤工小景，善爲寒汀遠渚，瀟灑虚曠之象，人所難到也。」平遠：郭思林泉高致集：「山有三遠：自山下而仰山顛，謂之高遠；自山前而窺山後，謂之深遠；自近山而至遠山，謂之平遠。高遠之色清明，深遠之色重晦，平遠之色有明有晦。高遠之勢突兀，深遠之意重疊，平遠之意沖融，而縹緲其人物之在三遠也。高遠者明瞭，深遠者細碎，平遠者沖澹；明瞭者不短，細碎者不長，沖澹者不大，此三遠也。」

〔三〕「猶自」句：劉安招隱士：「王孫兮歸來，山中兮不可久留。」

出山留别商隱　二首

兩月春風坐不知，一溪春水動離思。願隨正叔長論易〔一〕，真爲雲翁更學醫。高帽深衣分歲事〔二〕，短檠長枕聽潮時。此情不待歸來憶〔三〕，只在湖樓已醉癡。

汐社風流到海邊〔四〕，月泉句子澉湖圓〔五〕。三間許架眠牛地〔六〕，唐彎即商隱葬其尊人處。廿畝同租養鶴田〔七〕。許雲村以田贈孫太初，名「養鶴田」，有鶴田券，即在湖中。令節獨依吾輩老，名山端賴此游傳。春深不倦登臨興，一曲煙波別一天。

【箋　釋】

此詩作於康熙九年庚戌正月。

按，嚴鴻逵釋略曰：「朱丹溪師許白雲，許有飲癖，丹溪醫之十餘年而後愈。兹何先生亦有宿疾，子爲治療，故有『真爲雲翁更學醫』之句。子又云：『時以人衆，作混同鋪宿。』故又有『短檠』句。『聽潮』，即前所云『夢闌海浪打床頭』是也。第二首，『令節』一聯，直接此一卷詩，而末聯又推開説，更覺煙波不盡，興致無窮，變幻不可名言。」

「論易」，與考夫論易。

「學醫」，爲商隱醫疾。何商隱啟張念芝：「用翁此來，實鍼砭迂陋之至藥，方劑未施，病已去八九。恨積惰不堪鞭策，多負造就至意爾。……用翁留方不一，行當漸服之。」（紫雲先生遺稿）可證。

【資　料】

王錫闡萬倉樓留別商隱二首：征衣堪笑盡懸鶉，猶自淹留客舍身。白鳥效人閒亦聚，青山似友久逾親。窗分寒雨箴規切，杯共殘鐙欵曲真。無奈歸思兼别恨，洞庭隔斷武源春。隱君錢墓將移室，司馬唐灣又卜鄰。便擬平分千嶂月，還思共煮兩湖蓴。秋高巫子濤聲壯，夜半鷹窠海氣新。應爲王生懸一榻，松關剥啄不嫌頻（唐灣即商隱葬其尊人處）。（曉菴先生詩集卷二）

【注釋】

〔一〕正叔：王偁東都事略卷一一四儒學傳：「程頤，字正叔，以經術爲諸儒倡四方，從之游者甚衆。……屏居伊闕山數年，卒年七十五。學者尊之，稱爲伊川先生。其門人游酢、謝良佐、吕大臨、楊時皆著名於世。有易傳六卷、文集二十卷。」洛陽人。與兄顥並稱「二程」。

〔二〕高帽深衣：范曄後漢書附司馬彪輿服志：「服衣，深衣制，有袍，隨五時色。」朱熹伊洛淵源録卷四：「伊川常服蠒袍，高帽，簷劣半寸，繫絛，曰：『此野人之服也。』深衣紳帶，青緣篆文。」

〔三〕「此情」句：李商隱錦瑟：「此情可待成追憶，只是當時已惘然。」

〔四〕汐社：方鳳謝君皋羽行狀：「君諱翺，字皋羽，姓謝氏，福之長溪人。……後避地浙水東，留永嘉、括蒼四年，往來鄞、越。……大率不務爲一世人所好，而獨求故老與同志，以證其所得。會友之所名汐社，期晚而信，蓋取諸潮汐。」

〔五〕月泉：田汝耔月泉吟社詩原序：「月泉吟社者，浦江吴子之所作也。吴子名渭，字清翁，其號潛齋。按重本有邑人黄灝首序，序：渭故宋時嘗爲義烏令，元初退食於吴溪，延致鄉遺老方韶父與閩謝皋羽，括吴思齊主於家，始作月泉吟社，四方吟士從之，三子者乃爲其評較揭賞云。」

〔六〕眠牛地：房玄齡晉書卷五八周光傳：「陶侃微時，丁艱將葬，家中忽失牛，而不知所在。遇一老父，謂曰：『前崗見一牛，眠山汙中，其地若葬，位極人臣矣。』又指一山云：『此亦其次，當世出二千石。』言訖不見。侃尋牛得之，因葬其處。以所指別山與訪，訪父死，葬焉，果爲刺史。」

〔七〕養鶴田：嵇曾筠浙江通志卷二八〇雜記下引閔元衢歐餘漫録：「孫太初寓武林南屏山，常畜一鶴自隨。與許給諫杞泉子（相卿）善，許爲置田三畝，歲輸粟於一元萬峰深處，以充鶴糧，而作券與之，曰：『太白山人鶴田，在九杞山書院之陽，倚山面湖，左林右塗，廣從百步。計歲入粟三石有奇，以其奇爲道里費，而歸其成數於杭之西湖南屏山；歉歲則汰其半，以主人潤筆金取盈焉。佃之者：主人之鄰某；輸之者：主人之僕某；董之者：主人之弟某。主人謂誰？山人之友杞泉子許台仲甫也。』後太初開籠調鶴，飛去，乃用唐人『想伊只在秋江上』之句，首尾作詩六律。兩人風趣，雖林君復亦當欣讓矣。」晚村謂「許雲村以田贈孫太初，名『養鶴田』，有鶴田券，即在湖中」，是誤將西湖作瀲湖矣。

何求老人殘稿卷五

零星稿　一百十六首

此卷詩中前如送孟舉北游、臨行余以背瘡作惡不得執手、九日懷孟舉、孟舉以詩見寄次韻奉還四題之編次似不確，詳參箋釋。因原編如此，姑不作調動位置。

晚村於康熙十二年癸丑四月，爲銷售批點之八股文而至南京開拓市場，拜訪衆藏書家，得借鈔宋人别集之珍本，並與南京文化人士如周雪客、黄俞邰、張菊人、徐州來、徐揚貢、王安節、丁繼之、左仲枚、王元倬、胡曰從、胡靜夫、倪闇公、李子固等相往還，及至是年八月方歸。而於其所新交之諸友，則謂「殊無足道」（與董雨舟書），是未能得知心友於城市者，亦如晚村所言「都會雜遝，誠然無人，誠足壞人」（與董載臣書）。故返家後即謝絶事務，隱居南陽村。後又於十七年戊午正月入德清埭溪，「買得青山潭石壁一帶」（寄董方白柯寓匏書），「名曰妙山，離家百里許，有峭壁深潭，長溪修竹」，「將埋身其中，補輯舊聞，以畢此生，不復知有世事」（復徐孔廬書）。其間情懷，一如新秋觀稼樓成詩中所謂「平生心事消磨盡，肯爲行藏動老懷」之意焉。

是集原編詩五十二題一百零四首，今據集外詩輯得過句容、送人二題四首，據管庭芬鈔本輯得孟舉索予和又成四首、送别令公再次原韻二首、庚申歲暮雪後送午祁歸埭溪一首、辛酉仲春台州王薇苦先生過訪南陽村舍不遇題句留至季春之朔歸自妙山得晤次韻奉答一首（姚虞琴校管庭芬鈔本，亦將之過録於嚴鈔本之中），共計五十七題一百十六首。

送孟舉北游　二首

從來未有經年别，匆遽輕爲去國圖〔一〕。自撿平生非法正〔二〕，直臨岐路説楊朱〔三〕。時無人物成名易〔四〕，古有游觀得力殊。此際只須重下轉〔五〕，可知獅子是神狐〔六〕。

當年豪傑經營處，今日詩人取次尋。千里寄君雙眼去〔七〕，三秋報我一燈深〔八〕。丘園策蹇追時局〔九〕，茅屋魚羹祭舊心〔一〇〕。南斗北辰天外看〔一一〕，肯從酒市碎胡琴〔一二〕。

【箋　釋】

此詩作於康熙七年戊申秋。

按，孟舉此次北游之原因，蓋爲「劉肅楷、余蘭之變」（晚村與沈起廷書）引起。劉肅楷爲康熙四至八年石門縣知縣，余蘭不詳，事或出余蘭之挾私誣告，因孟舉之姪亦抗清而死者。不得已，孟舉只得入京納貲謀職，以求自保，即所謂「以貢，授中書」（石門縣志）者是焉。不過，劉肅楷、余蘭事件，致使晚村與孟舉關係出現危機，後賴沈起廷與諸友綰合，方得恢復如初。孟舉此次北游，至次年春夏間歸，前後幾七八月；今檢黄葉村莊詩集，此段經歷，惟述登臨諸勝及途中所見而已，無一字關乎是行所爲之事，似不欲言而隱者也。此爲孟舉第一次北游，第二次爲康熙十年辛亥八月，在宋詩鈔刻成以後，孟舉攜之入京，分贈名公大家，「幾於家有其書」（宋犖西陂類稿卷二七），轟動京城。孟舉第二次入京之歲暮有抵書升寓即席口占並呈裔三詩（黄葉村莊詩集卷二），詩有「三年不見校書郎，今夕飲同鐙燭光」兩句，可推知孟舉第一次入京之時間爲康熙七年戊申。勞之辨，字書升，號介巖、介菴，生於明崇禎十二年己卯，卒於清康熙五十三年甲午，終年七十六。康熙三年甲辰進士，選庶吉士，授户部主事，遷禮部郎中；出爲山東提學道簽事，報滿，左都御史魏象樞特疏薦之，遷貴州糧驛道參議。勞氏與晚村友善，孫克濟娶晚村長子無黨之女；與孟舉爲姻親姪輩。

晚村自言己非法正，未能勸阻孟舉北游，臨岐路則更不知所之，是隱喻孟舉北行，若稍出差錯，則無人可助也。「時無人物」，則成名容易，一旦成名，風緒必多，是所不堪，故曰「此際只須重下轉」。第二首「丘園策蹇」二句，有譏誚之意，蓋謂孟舉追時局而去，余則固守茅屋，杜甫佳人詩曰：「在山泉水清，出山泉水濁。侍婢賣珠回，牽蘿補茅屋。」在山出山之間，清濁自見。「南斗北辰」兩句，意在言外也。

孟舉北游後，晚村即與之書，交待注意諸項，事無巨細，一一關照，亦可見兩人之情誼，篤矣哉！「千里寄君雙眼去，三秋報我一燈深」聯，卓然名句。

【資　料】

吕留良與吴孟舉書：千里遠别，乃以殤累，不得執手河梁，殊用耿耿。兄體中初和，宜加意保攝。出門與在家不同，飲食起居，分外當慎，雖藥餌勿妄投也。途中雖衣船足恃，然萬勿侈張，以招意外之虞。關津閘口，勿臨險登眺。至燕尤以收歛謹密爲主，最要戒譏評，重然諾，勿爲快意之舉，勿爲炙手之緣；禁絶鬬戲，屏遠聲伎，庶足以保身進德，省費避尤；但以詩文風雅，自重於儒林，以兄之才華，取自然之令譽，天下且將欽慕之不暇，豈假塵坌徵逐以取之哉？知兄明敏，不待弟言之及，然私心惓惓，有不能自已，惟吾兄察之。（吕晚村先生文集卷三）

吕留良與沈起廷書：昔弟與孟舉非尋常悠泛之友也，其才情穎朗，意氣展拓，謂可同切劘於正人君子之塗，冀各有所成就，非世俗徵逐酒食往還體面以爲歡也。其母夫人識弟於稠人之中，命之納交，如其嫡從之屬，孟舉亦竭情盡歡，表裏無間者十有五年。而有劉胤楷、余蘭之變，賴兄與諸友綰合，至今又五六年矣。……弟又有所不可者，思當時交誼，期許之過深，今忽改而之淺，吾不忍爲此態也。又思劉、余變後，孟舉本無悔過服罪之心，徒迫於友朋之牽撦，勉强相通，周旋世故，外合中離，誠意不孚，所以復有今日。（鈔本吕晚村文集）

勞之辨送曹石苓宰寧鄉：家園一水接榆枌，秦駐峰頭望不群。愧我蔦蘿依樾蔭，羡君冰玉占星文（吕無黨孝廉爲君快婿，余孫克濟，無黨婿也）。半通政績河陽試，八斗才名鄴下分。只有離情難遣去，從今常傍楚江雲。（静觀堂詩集卷一六）

勞之辨贈同里董載臣：吾友呂晚村，奇才世無敵。人中百煉金，馬中照夜白。往歲文酒場，把臂稱莫逆。余粗通制舉，章句僅尋摘。又以浮名早，根底鮮滋殖。晚村志倜儻，中年謝羈勒。博極古今文，沉酣聖賢籍。談理黜新奇，紫陽爲準的。至今呂氏書，風行不假翼。東莊諸弟子，董生最超特。晚村如昌黎，生殆過籍湜。吾道本自南，今更行西北。北出居庸關，中外此阸塞。慨然發長歎，天險歸有德。西望雲中山，綿亘無窮極。三面盡臨邊，時平偃金革。丈夫不封侯，擁書當列戟。講席擬河汾，重把宗風闢。余老不知學，荒落無所獲。董生勉乎哉，淇園詠金錫。（同前卷二一）

【注釋】

〔一〕去國：孟子萬章下：「孔子之去齊，接淅而行。去魯，曰：『遲遲吾行也，去父母國之道也。』」此處晚村反用之，實寓勸阻之意。

〔二〕法正：陳壽三國志卷三七法正傳：「法正，字孝直，右扶風郿人也。……十九年，（劉備）進圍成都。璋蜀郡太守許靖將踰城降，事覺，不果。璋以危亡在近，故不誅靖。璋既稽服，先主以此薄靖不用也。正説曰：『天下有獲虚譽而無其實者，許靖是也。然今主公始創大業，天下之人不可户説，靖之浮稱，播流四海，若其不禮，天下之人以是謂主公爲賤賢也。宜加敬重，以眩遠近，追昔燕王之待郭隗。』先主於是乃厚待靖。以正爲蜀郡太守、揚武將軍，外統都畿，内爲謀主。一餐之德，睚眥之怨，無不報復，擅殺毁傷己者數人。或謂諸葛亮曰：『法正於蜀郡太縱横，將軍宜敓主公，抑其威福。』亮答曰：『主公之在公安也，北畏曹公之彊，東憚孫權之逼，近則懼孫夫人生變於肘腋之下，當斯之時，進退狼跋，法孝直爲之輔翼，令翻然翱翔，不可復制，如何禁止法正，使不得行其意邪！』……二十四年，先主自陽平南渡沔水，緣山稍前，於定軍、興勢作營。淵將兵來爭其地。正曰：『可擊矣。』先主命黄忠乘高鼓譟攻之，大破淵軍，淵等授首。曹公西征，聞正之策，曰：『吾故知玄德不辦有此，必爲人所教也。』先主立爲漢中王，以正爲尚書令、護軍將軍。明年卒，時年四十五。先主爲之流涕者累日，謚曰翼侯。……（先主東征）大軍敗績，還住白帝。亮歎曰：『法孝直若在，則能制主上，令不東行；就復東行，必不傾危矣。』」

〔三〕岐路説楊朱：列子説符：「楊子之鄰人亡羊，既率其黨，又請楊子之豎追之。楊子曰：『嘻！亡一羊，何追者之衆？』鄰人曰：『多岐路。』既反，問：『獲羊乎？』曰：『亡之矣。』曰：『奚亡之？』曰：『岐路之中，又有岐焉。吾不知所之，所以反也。』」

〔四〕「時無」句：房玄齡晉書卷四九阮籍傳：「嘗登廣武，觀楚漢戰處，歎曰：『時無英雄，使豎子成名。』」

〔五〕下轉：丁福保佛學大辭典：「下轉：謂元初一念之無明，背真性而緣起生死也，即流轉是。」姚興答安成侯姚嵩：「夫衆生之所以流轉生死者皆著欲故也。若欲止於心，即不復生死。既不生死，潛神玄漠，與空合其體，是名涅槃耳。」（釋道宣廣弘明集卷一八）

〔六〕獅子是神狐：丁福保佛學大辭典：「獅子：身長至七八尺，頭圓而大，尾細長，毛黄褐色。雄者有鬣，雌者似虎。吼聲達數里，群獸聞之，無不懾服，故稱獸中之王。古亦作師子。」又：「狐：昔有一人在山中誦刹利書，有一野狐住其傍，專心聽誦書，有所解。謂我解此書，足爲諸獸中之王矣。於是游行而遇瘦狐，威嚇之使之服從，輾轉伏一切之狐，伏一切之象，伏一切之虎，伏一切之獅子，遂得爲獸中之王。乃作此念我今爲獸中之王，應得王女而婚。乘白象，率群獸，圍迦夷城。城中智臣白王言：王與獸期戰日，且索彼一願，願使獅子先戰後吼，彼必謂我畏獅子，使獅子先吼後戰。野狐果使獅子先吼，野狐聞之心破，由象上墜地死。於是群獸一時散走。見五分律、法苑珠林五十四。」程輝佛教西來玄化應運略録：「狐非獅子類，燈非日月明。池無巨海納，丘無嵩岳榮。法雲垂世界，法雨潤群萌。顯通稀有事，處處化群生。」

〔七〕雙眼去：楊萬里三月十日：「遠草將人雙眼去，飛花引蝶過墻來。」

〔八〕一燈深：雍陶宿大徹禪師故院：「秋磬數聲天欲曉，影堂斜掩一燈深。」

〔九〕「丘園」句：嚴鴻逵釋略：「『丘園策蹇追時局』，笑府載，有人策蹇倉皇於道，人問之，曰：『將赴高蹈丘園科也。』」陸游老學菴筆記卷九：「唐小説載，有人路逢奔馬入都者，問：『何急如此？』其人答曰：『應不求聞達科。』本朝天聖中初置賢良方正等六科，許少卿監以上奏舉，自應者亦聽。俄又置高蹈丘園科，亦許自於所在投狀求試，時以爲笑。」

〔一〇〕「茅屋」句：韓愈題楚昭王廟：「丘墳滿目衣冠盡，城闕連雲草樹荒。猶有國人懷舊德，一間茅屋祭昭王。」

〔一一〕「南斗」句：釋普濟五燈會元卷一一：「五臺山智通禪師，初在歸宗會下，忽一夜連叫曰：『我大悟也。』衆駭之。明日上堂，衆集，宗曰：『昨夜大悟底僧出來。』師出曰：『某甲。』宗曰：『汝見甚麽道理，便言大悟？試説看。』師曰：『師姑元是女人作。』宗異之，師便辭去。宗門送，與提笠子，師接得笠子，戴頭上便行，更不回顧。後居臺山法華寺，臨終有偈曰：『舉手攀南斗，回身倚北辰。出頭天外看，誰是我般人。』」

〔二〕「肯從」句：李昉太平廣記卷一七九貢舉：「陳子昂，蜀射洪人。十年居京師，不爲人知。時東市有賣胡琴者，其價百萬，日有豪貴傳視，無辨者。子昂突出於衆，謂左右：『可輦千緡市之。』衆咸驚問曰：『何用之？』答曰：『余善此樂。』或有好事者曰：『可得一聞乎？』答曰：『余居宣陽里。』指其第處。『並具有酒，明日專候，不唯衆君子榮顧，且各宜邀召聞名者齊赴，乃幸遇也。』來晨，集者凡百餘人，皆當時重譽之士。子昂大張讌席，具珍羞，食畢，起捧胡琴，當前語曰：『蜀人陳子昂有文百軸，馳走京轂，碌碌塵土，不爲人所知。此樂賤工之役，豈愚留心哉？』遂舉而棄之，舁文軸兩案，遍贈會者。會既散，一日之内，聲華溢都。」（出獨異志）

臨行余以背瘡作惡不得執手

欲出北門別，其如疽正高。幾忘肩背失〔一〕，猶倚腳跟牢〔二〕。酒任俗人把，夢從今夜勞。風流隨地得，疾置一詩舠。

【箋釋】

此詩作於康熙七年戊申秋。

按，孟舉北游，晚村「以羸累，不得執手河梁」（與吴孟舉書），故作此詩。晚村與孟舉情誼甚篤，故自此以往，從孟舉所飲之客，皆爲「俗人」，此亦自傷之意。一别後，惟有夢中可以相見，正如孟舉「舟中頻夢用晦（懷用晦）」之謂。結句，寄望孟舉多爲風流韻趣之事，而不爲世故庸腐之業，晚村與吴孟舉書曰：「義理有是非，世故有利害，兩者皆不可也。吾兄於此未免尚有意興，於義理雖明知而不親切，漸且不以爲然，故敢切直言之。」亦即此意。

【注釋】

〔一〕肩背：孟子告子上：「養其一指，而失其肩背，而不知也，則爲狼疾人也。」姚勉癸丑廷對：「氣習一浮，風俗遂薄，内則有燕安廢學之失，外則有挑達在闕之愆，逐利惟競於錐刀，養指遂失其肩背。」

〔二〕腳跟：朱熹答陳膚仲：「有本不欲爲而卒爲之，本欲爲而終不能，是當便立定腳跟，斷不移易。如此，方立得事。」

九日懷孟舉

每逢勝節思佳會〔一〕，獨把清尊起歎嗟。好友風情留白酒，古人臭味在黄花〔二〕。龍山鳳嶺忽千載〔三〕，走馬鳴鞭别一家。寄語題詩臺上客，休將高帽落泥沙。

【箋　釋】

此詩作於康熙七年戊申重陽。

按，詩名爲「懷」，實則箴戒也。以孟嘉事喻兩意：一戒著戎服，一戒嗜酒以致爲人所取笑。蓋天下人物衆多，不可自以爲是；彼此往還，登臺作賦，勢必不可或缺，然人心叵測，初爲游歷，當獨善其身，此即「別一家」之謂也。

是日，孟舉已渡黄河，途次亦作九日詩二首懷晚村。

【資　料】

吴之振九日：天教别作一重陽，故遣詩人寂寞鄉。隔水黄花驚細碎，傍溪土阜踏低昂。村醪官醖參差飲，蘆篷檀槽取次張。堪笑江南好山水，不逢佳節便尋常。

炊煙一縷界斜陽，雲腳垂邊是故鄉。紫栗已開今日皺，黄花可似去年香。眼前風物添詩料，病後情懷減酒狂。遥憶南陽詩酒伴，檀欒應得念吴郎。（黄葉村莊詩集卷一）

【注　釋】

〔一〕「每逢」句：王維九月九日憶山東兄弟：「獨在異鄉爲異客，每逢佳節倍思親。」

〔二〕臭味：元稹與吴端公崔院長五十韻：「吾兄諳性靈，崔子同臭味。投此挂冠詞，一生還自恣。」黄花：

〔三〕李白九日龍山飲：「九日龍山飲，黄花笑逐臣。醉看風落帽，舞愛月留人。」龍山：房玄齡晉書卷九八孟嘉傳：「（孟嘉）後爲征西桓温參軍，温甚重之。九月九日，温燕龍山，寮佐畢集。時佐吏並著戎服，有風至，吹嘉帽墮落，嘉不之覺，温使左右勿言，欲觀其舉止。嘉良久如厠，温令取還之，命孫盛作文嘲嘉，著嘉坐處。嘉還見，即答之，其文甚美，四坐嗟歎。嘉好酣飲，愈多不亂，温問嘉：『酒有何好，而卿嗜之？』嘉曰：『公未得酒中趣耳。』又問：『聽妓絲不如竹，竹不如肉，何謂也？』嘉答曰：『漸近自然。』一坐咨嗟。」鳳嶺：李昉太平御覽卷三二時序部「九月九日」條：「襄陽記曰：望楚山有三名，一名馬鞍山，一名災山。宋元嘉中武陵王駿爲刺史，屢登之，鄙其舊名望郢山，因改爲望楚山，後遂龍飛，是孝武所望之處，時人號爲鳳嶺。高處有三磴，即劉洪、山簡九日宴賞之所也。」

孟舉以詩見寄次韻奉懷 二首

苦憶清癯客遠鄉，況禁風雪勢披猖。横行紫蟹秋當路，人立黄狐晝跳梁〔一〕。直恁聰明何待説，由來妙用得如藏〔二〕。外間有語吾從衆〔三〕，抵鵲無須寶玉當〔四〕。

冰沙陣陣馬嘽嘽，驛信傳來近狀安。關吏乞書船屢駐〔五〕，酒樓脱稿衆爭看①。奇才難得應珍惜，勝友雖多自減歡。那禁管絃留客醉，獨遲觴詠對清湍。

【校　記】

①衆　原闕，據嚴鈔本、釋略本補。管庭芬鈔本作「支」，張鳴珂鈔本、萬卷樓鈔本作「句」。

【箋　釋】

此詩作於康熙七年戊申冬。

按，孟舉行途中，念及晚村多次，所存詩句，似亦未嘗一日忘之者。然晚村每與之詩，數爲譏諷，如送孟舉北游謂之「丘園策蹇追時局」，九日懷孟舉戒其「休將高帽落泥沙」，凡此種種，於孟舉而言，聞後自當有愠色，且此時兩人已受劉胤楷、余蘭事之影響。

晚村詩乃次孟舉韻者。孟舉詩雖名懷用晦，然實則回應晚村之譏評也。此詩較其餘而言，語非激烈，一至平和。然「抵鵲」句，别有深意。晚村評陳際泰論語「有美玉于斯」章云：「友人北游見别云：『夙昔箴規，謂「莫以珠彈鵲」，今自顧不成珠，且是一彈耳。』余謂莫道不是珠，且恐不得鵲，是珠不是珠，但向彈不彈辨耳，既彈之後，豈復有珠哉！有志之士，不可不猛醒也。」（呂子評語卷一二）所謂「彈」者，出仕也；「不彈」者，隱而不仕也。結句「那禁管絃留客醉，獨遲觴詠對清湍」云云，意謂孟舉不歸，孰與對觴，殆亦促之速歸、召喚之聲也。

【資料】

吴之振懷用晦：襆被倉皇走異鄉，深慚教語慰披猖。霜團白練侵衣絮，月放銀盤照屋梁。吾黨自應嚴出處，此心原不滯行藏。個中只有兄知我，藉藉譏評恐未當。兄患瘍疽勢正嘽，夢中語笑報平安。幾回共把書編讀，兩月真同唫囈看。可語兀誰那對酒，埋愁無地況尋歡。耦耕再復踰前約，如此黄河箭激湍。（黄葉村莊詩集卷一）

【注釋】

〔一〕「人立」句：杜甫乾元中寓居同谷縣作：「四山多風溪水急，寒雨颯颯枯樹濕。黄蒿古城雲不開，白狐跳梁黄狐立。我生胡爲在窮谷，中夜起坐萬感集。嗚呼五歌兮歌正長，魂招不來歸故鄉。」

〔二〕「由來」句：論語述而：「子謂顏淵曰：『用之則行，舍之則藏，惟我與爾有是夫。』」

〔三〕「外間」句：嚴鴻逵釋略：「『外間有語吾從衆』，東坡志林云：『元章一日問子瞻曰：外間皆以我爲顛，願質諸子瞻。子瞻曰：吾從衆。』因來詩有云『個中只有君知我，藉藉譏評恐未當』，故答之如此。」按東坡事，見趙德麟侯鯖録卷七。劉義慶世説新語品藻：「謝公問王子敬：『君書何如君家尊？』答曰：『固當不同。』公曰：『外人論殊不爾。』王曰：『外人那得知。』」

〔四〕「抵鵲」句：桓寬鹽鐵論崇禮：「夫犀象兕虎，南夷之所多也；騾驢馲駞，北狄之常畜也。中國所鮮，外國賤之。南越以孔雀珥門户，崑山之旁，以玉璞抵烏鵲。今貴人之所賤，珍人之所饒，非所以厚中國，明盛德也。」呂氏春秋仲春紀：「今有人於此，以隨侯之珠彈千仞之雀，世必笑之。是何也？所用重，所要輕也。夫生，豈特隨侯珠之重也哉！」

〔五〕關吏乞書：司馬遷史記卷六三老子列傳：「至關，關令尹喜曰：『子將隱矣，彊爲我著書。』於是老子乃著書上下篇，言道德之意五千餘言而去，莫知所終。」

僧笻在寄詩次韻答之 二首

笻在，爲宣城沈眉生從子。時欲興造開堂，募緣明州。適余會葬鼓峰，相遇於桐齋。謂余曰：「願先生扶翼名教，不教貧僧倒卻刹竿〔一〕。」余應之曰：「和尚倒卻刹竿，便是扶翼名教。」

送玉埋沙到寶幢〔二〕，拖泥赤腳下寒艭。三生舊夢猶存性〔三〕，一夜愁心不在腔〔四〕。細路酸風歸竹浦〔五〕，半篷乾雪過姚江〔六〕。且來對卧桐齋榻，話破蠅鑽故紙窗〔七〕。

青蛾皓齒未亡人〔八〕，底事金襴問主賓〔九〕。魚服乞奴終有辨〔一〇〕，龍王眷屬本非親〔一一〕。琵琶既識閼氏恨〔一二〕，演揲偏完摩睺姻〔一三〕。倒卻刹竿君會否，瓣香滴乳辨須真〔一四〕。

【箋釋】

此詩作於康熙九年庚戌十一月之後或十年辛亥，依集中編次。

按，竾在，據阮芸臺兩浙輶軒録卷三九：「大瓠，字竾在，一字用無，宣城人。俗姓沈，名麟生，字丹級。出家靈巖，後爲餘姚龍聽菴僧。姚江詩存：『竾在爲副使壽嶽長子，雅藻翩翩，後削髮受戒於靈巖儲公，已而之姚江黄竹浦，依梨洲兄弟以居，築龍聽菴於山中，猶與晦木唱和，相得叢林，稱龍聽大師。』」沈壽嶽之弟眉生，故曰「沈眉生從子」也。

竾在當年，蓋亦翩翩佳公子，國變後，逃禪以終。朱愚菴哭竾在三首有「長留一掬西臺淚」者，亡國之恨，固亦未曾一日忘之。晚村所謂「三生舊夢猶存性」者，亦是此意。然而竾在復孜孜以築菴爲業，「細路酸風」、「半篷乾雪」，其心可謂虔誠矣。晚村則以「蠅鑽故紙窗」笑之，是天下之大，竾在何必汲汲以事爲業耶？ 第二首，以衆多對比喻佛、儒之别，其中「琵琶」、「演揲」兩句，一涉匈奴，一及蒙古，寓意蓋深矣。

竾在逃禪以至於真禪，且稱禪爲「名教」，是有背初衷者。晚村雖敬重「僧侶」，然亦深惡藉此爲名而以築廟燒香爲事者，故有「和尚倒卻剎竿，便是扶翼名教」之語。蓋晚村心中之名教，乃程朱理學一脈，當年棄諸生時，陳湘殷即以「手把千年名教歸」期之矣。

此詩用典艱澀，蘊意深遠，盡顯晚村詩之特色。

【資　料】

全大程遇笻在和尚於姚江：留守危城碧血淋，景山一死痛尤深。豸冠又罹毆刀厄，魚鼓聊傳變雅音。復社幾家猶克世，東江諸老足同岑。寄聲更問耕巖叟，天末荒雲共此心。（笻在諸父留守，死難在甲申前。景山，其尊人之同產也，死難在乙酉。近聞尊人觀察亦死於張蒼水之禍。）（續甬上耆舊詩卷二四）

徐鳳垣酬笻在和尚：昔年曾向宛陵游，荏苒流光三十秋。一自投荒辭故國，幾番寒夢落扁舟。結交海外難求友，卧病山中獨倚樓。歸到翠微深處宿，錫飛驚起毒龍湫。（續甬上耆舊詩卷三四）

朱鶴齡寄笻在：乾坤遘明夷，志士無坦步。艱貞義所激，不皇家門顧。吾子至性人，集蓼甘如素。自歸祇樹林，藜莧不飽茹。清餐柏子香，潤裛松花露。梵唄逃塵緣，空王引覺路。……子今汗漫游，杖錫何方駐。風塵忍辱先，況在落蹭羽。金沙道侶稀，且往靈巖住。靈巖梅花開，逸人文詠聚。（愚菴小集卷二）

朱鶴齡哭笻在三首：陽九唧哀不計年，稱詩長廢蓼莪篇。一身瓢鉢寒山寺，茹蘗吞聲仗佛憐。西礀心交四紀深，春來分手更沉吟。豈知一别俄長夜，騷賦同誰論古今。叢菊香殘桂葉凋，旅魂何處寄飄蕭。長留一掬西臺淚，灑向寒江湧暮潮。（愚菴小集卷六）

黄宗羲徵君沈耕巖先生墓誌銘：耕巖，姓沈氏，諱壽民，字眉生，别號耕巖，世爲宣州人。……耕巖孤峭，不妄言笑，爲文深入理窟，而出之清真。江右艾千子至宛上，評許在盛名之上，人駭其言，而卒莫之能易焉。故其選時文，耕巖之文多入文定，不敢輕置於文待，一時聲名之盛，吴中二張與江上二沈相配，二張謂天如、受先，二沈謂崑銅、耕巖，不以名位相甲乙也。上書報罷，不復厝意經生之業，與周鹿溪掩關茅曲，俱理佐王之學。無何而黨禍作，阮大鋮之在留都也，以新聲高會招來天下之士，利天下有事，行其捭闔，耕巖劾楊疏，尾有「大鋮妄畫條陳，鼓煽豐芑」，於是顧杲、吴應箕推耕巖之意，出南都防亂揭，合天下名士以攻之，大鋮恨甚，以爲主之者鹿溪也。及大鋮得志，曲殺鹿溪，按揭中姓氏次第欲誅之，而以耕巖爲首，余亦與焉。且聞溧陽亡命，投止耕巖，矯詔將下，溧陽返北，耕巖遂變姓名，入金華山中，南都亡而事解。耕巖遂不返故園，東遷西徙，入山惟恐不深。瓶粟既罄，采藜藿以續食，有知而餉之，悉行謝絶，曰：「士不窮無以見義，不奇窮無以明操。」……乙未始返故廬，松菊無存，田園半割，或請直諸，曰：「身既隱矣，焉用直之。」然避人愈深，其名愈著。當事或邀之，半道則望望而去。比之元亮，人以爲隘焉。乙卯五月屬疾，門人吴肅公侍，耕巖命其載筆曰：「以此心還天地，以此身還父母，以此學還孔孟。」語畢而卒，是月之三日也。年六十九。（南雷文案卷八）

【注釋】

〔一〕倒卻刹竿：釋普濟五燈會元卷一：「二祖阿難尊者，王舍城人也。……一日問迦葉曰：『師兄，世尊傳金襴袈裟外，別傳個甚麽？』迦葉召阿難，阿難應諾。迦葉曰：『倒卻門前刹竿著。』後阿闍世王白言：『仁者，如來、迦葉尊勝二師，皆已涅槃，而我多故，悉不能覲。尊者般涅槃時，願垂告別。』尊者許之。」

〔二〕送玉埋沙：劉義慶世説新語賞譽：「世稱庾文康爲豐年玉。」同書傷逝：「庾文康亡，何揚州臨葬云：『埋玉樹著土中，使人情何能已已。』」此處指會葬旦中事。寶幢：觀佛三昧海經：「於階道側竪諸寶幢，無量寶幡懸其幢頭。」

〔三〕「三生」句：袁郊甘澤謡：「圓觀者，大曆末洛陽惠林寺僧。能事田園，富有粟帛，梵學之外，音律大通，時人以富僧爲名，而莫知所自也。李諫議源，公卿之子，當天寶之際，以游宴飲酒爲務。父憕居守，陷於賊中，乃脱粟布衣，止於惠林寺。悉將家業爲寺公財，寺人日給一器食、一杯飲而已。不置僕使，斷其聞知，唯與圓觀爲忘言交，促膝靜話，自旦及昏，時人以清濁不倫，頗生譏誚，如此三十年。二公一旦約游蜀川，抵青城峨眉，同訪道求藥。圓觀欲游長安，出斜谷，李公欲上荆州，出三峽，爭此兩途，半年未決。李公曰：『吾已絶世事，豈取途兩京？』圓觀曰：『行固不繇人，請出從三峽而去。』遂自荆江上峽。行次南浦，維舟山下，見婦人數人，錦襠負甖而汲。圓觀望見泣下，曰：『某不欲至此，恐見其婦人也。』李公驚問曰：『自上峽來，此徒不少，何獨恐此數人？』圓觀曰：『其中孕婦姓王者，是某託身之所，逾三載尚未娩懷，以某未來之故也。今既見矣，即命有所歸，釋氏所謂循環也。』謂公曰：『請假以符咒，遣其速生，少駐行舟，葬某山下，浴兒三日，公當訪臨，若相顧一笑，即某認公也。更後十二年中秋月夜，杭州天竺寺外與公相見之期。』李公遂悔此行，爲之一慟。遂召婦人，告以方書，其婦人喜躍還家。頃之，親族畢至，以枯魚獻於水濱。李公往爲授朱字符，圓觀具湯沐，新其衣裝。是夕，圓觀亡而孕婦産矣。李公三日往觀新兒，襁褓就明，果致一笑。李公泣下，具告於王，王乃多出家財，葬圓觀。明日，李公回棹，言歸惠林。詢問觀家，方知有治命。後十二年秋八月，直指餘杭，赴其所約。時天竺寺山雨初晴，月色滿川，無處尋訪，忽聞葛洪川畔，有牧豎歌竹枝詞者，乘牛叩角，雙髻短衣，俄至寺前，乃觀也。李公就謁曰：『觀公健否？』卻問李公曰：『真信士。與公殊途，慎勿相近，俗緣未盡，但願勤修不墮，即遂相見。』李公以無由叙話，望之潸然。圓觀又唱竹枝，步步前去，山長水遠，尚聞歌聲，詞切韻高，莫知所謂。初到寺前歌曰：『三生石上舊精魂，賞月吟風不要論。慚愧情人遠相訪，此身雖異性常存。』寺前又歌曰：『身前身後事茫茫，欲話因緣恐斷腸。吴越山川游已遍，卻回煙棹上瞿塘。』後三年，李公拜諫議大夫，一年亡。」

〔四〕「一夜」句：朱子語類卷五：「程子言『心要在腔子裏』，謂當在舍之内，而不當在舍之外。」

〔五〕竹浦：即黄竹浦。自柳貫登龍山寺後閣詩「連延黄竹浦，隱見白龍堆」得名。黄宗羲所居地。黄宗羲高旦中墓誌銘：「一日，病蹶不知人，久之而蘇，謂吾魂魄棲遲成山、車厩之間，大約入黄竹浦路也。黄竹浦，余之所居，其疾病瞑眩，猶不置之，旦中之於余如此。」今餘姚明偉鄉。

〔六〕姚江：邵友濂光緒餘姚縣志卷二山川：「餘姚江：在縣南五十步，闊四十丈，入明州，在縣南一十步。源出上虞縣通明堰，東流十餘里，經縣東入於海。」

〔七〕「話破」句：釋普濟五燈會元卷四：「神贊禪師……一日，在窗下看經，蜂子投窗紙求出，師睹之曰：『世界如許廣闊不肯出，鑽他故紙驢年去。』遂有偈曰：『空門不肯出，投窗也大癡。百年鑽故紙，何日出頭時。』」

〔八〕未亡人：左傳成公九年：「穆姜出於房，再拜曰：『大夫勤辱，不忘先君以及嗣君，施及未亡人。』」杜預注：「婦人夫死，自稱『未亡人』。」此指鼓峰遺孀。

〔九〕金襴：釋普濟五燈會元卷一三：「處真禪師，僧問：『如何是和尚家風？』師曰：『有鹽無醋。』……問：『祖祖相傳，傳甚麽物？』師曰：『金襴袈裟。』」

〔一〇〕魚服：劉向説苑卷九正諫：「吴王欲從民飲酒，伍子胥諫曰：『不可。昔白龍下清泠之淵，化爲魚，漁者豫且射中其目，白龍上訴天帝，天帝曰：『當是之時，若安置而形？』白龍對曰：『我下清泠之淵，化爲魚。』天帝曰：『魚，固人之所射也。若是，豫且何罪？』夫白龍，天帝貴畜也。豫且，宋國賤臣也。白龍不化，豫且不射，今棄萬乘之位，而從布衣之士飲酒，臣恐其有豫且之患矣。』王乃止。」乞奴：董斯張廣博物志卷一二：「游三蓬者，秦時閩清人也。少而孤，有田僅足糠核，久之不竟耕。與弟乞奴漁釣溪上，日歌呼相和，寒暑以三莎蔽體，故閩清人謂之『三蓬人』。」

〔一一〕龍王：丁福保佛學大辭典：「龍王：龍屬之王，對其眷屬而稱王也。」梁武帝斷酒肉文：「五方龍王，娑竭龍王、阿耨龍王、難陀龍王、跋難陀龍王、伊那滿龍王，如是一切菩薩龍王，亦應遍滿在此。」（釋道宣廣弘明集卷二六）眷屬：釋道世法苑珠林卷五：「依正法念經云：『第一羅睺阿脩羅王有四玉女從憶念生。……即此四女一一皆有十二部那由他侍女以爲眷屬。』」

〔一二〕「琵琶」句：化用杜甫詠懷古跡詩意。詩曰：「群山萬壑赴荆門，生長明妃尚有村。一去紫臺連朔漠，獨留青冢向黄昏。畫圖省識春風面，環佩空歸月夜魂。千載琵琶作胡語，分明怨恨曲中論。」閼氏，班固漢書卷九元帝紀：「賜單于待詔掖庭王嬙爲閼氏。」顔師古注引應劭曰：「王嬙，王氏女，名嬙，字昭君。」蘇林曰：「閼氏音焉支，如漢皇后也。」

〔一三〕演揲：姚之駰元明事類鈔卷七「戲雙陸」條：「元史：哈瑪爾，寧宗乳母之子，順帝深眷之，官侍御史。

嘗與帝雙陸爲戲，又密進西天僧以運氣術媚帝，帝習爲之，號『演揲兒法』。」摩睺：即摩睺羅伽，人身蛇首之樂神。慧琳一切經音義卷二五：「摩睺羅伽，新云莫呼勒伽。此云胸行神，即大蟒虵也。」法華經序品：「摩睺羅伽，人非人，及諸小王，轉輪聖王等，是諸大衆得未曾有，歡喜合掌，一心觀佛。」

〔一四〕瓣香：徐慥漫笑録：「佛印禪師爲王觀文升座云：『此一瓣香，奉爲掃煙塵博士，護世界大王，殺人不睫眼上將軍，立地成佛大居士。』王公大喜，爲其久帥，多專殺也。」（出陶宗儀説郛卷三四上）滴乳：曇無讖譯涅槃經如來性品：「飲我法乳，長養法身。」雍正揀魔辨異録卷五：「夫達摩西來，直指別傳；曹溪滴乳，流衍震旦。」

題高虞尊畫像三絶句 三首

方君負日牆陰際〔一〕，雅集諸公問謝彬。圖未十年人面改，當時悔不畫斯人。

幕師謁客法堂開〔二〕，眼與眉毛弄一回。君向明山且高坐，等閒莫遣下床來。

小閣攤書木榻枯，春風坐對久忘吾。閉門休歎無良友，只恐開門負此圖。

【箋釋】

此詩作於康熙十年辛亥至十二年癸丑之間，依集中編次。

按，嚴鴻逵釋略曰：「虞尊晚年，自號隱學，畫一像，幅巾寬博，高坐藤床。過子，索子爲題，曰：『凡今幅巾，不耐淡薄。望火日游，其狀磊落。佛門兒孫，侯門翼角。不知其隱，安問其學。巋然此老，冰懸雪壓。雙趺隱然，八字著腳。後未獲知，曩則已確。其圖可傳，斯名不怍。』又爲題詩如此。時虞尊欲游秦、晉間，見詩即毅然自止。」

「雅集諸公問謝彬」云者，即指康熙元年壬寅冬，晚村與黄九煙、黄復仲、黄晦木、高旦中、萬貞一等飲酒西湖，招謝彬畫像事也。當時虞尊繫獄中，不能至，故未得模其形狀，今則人面改矣，豈不恨哉（參見偎偎集之同黄九煙黄復仲黄晦木高旦中萬貞一飲西湖舟中招謝文侯畫像分韻詩之箋釋）。

虞尊欲游秦、晉時間不可考，詩中「圖未十年」亦不能遽斷，蓋不離此數年間者，姑繫乎此。十二年癸丑爲虞尊六十歲。

【資　料】

高宇泰自題小影：皮毛不見散雲煙，底事癡將幻景傳。任使後人相識面，長長短短話生前。半生倔强志難灰，鬼窟翻身幾度來。到得嗒然此静坐，天荒地老一癡呆。人間此老何能久，紙上先生獨坐長。月苦霜淒相見處，生前死後兩茫茫。（續甬上耆舊詩卷四二）

徐鳳垣爲高隱學題小影：誰寫先生太古心，秋懷寂歷懸冰鐵。英雄豈少霹靂手，倒輓黄河輕一擲。罡風吐納元氣奔，龍蛇贔屭魍魎蟄。揮戈曾輓西崦輝，采芝旋隱東山麓。東山七十二芙蓉，上插層霄映茅屋。相傳昔日偃王居，古寺荒涼走麋鹿。千年樹老成精魅，玉匣金函閉幽躅。先生埋首卧松菼，芒鞵藜杖披雲笠。青蘿猶是舊門庭，蒼煙幾飽寒山犢。中丞大節在南天，峴首殘碑人望哭。只今素旐拂斜陽，黃鶴江空秋颯颯。吁嗟乎！先生聊復暫息機，世間萬事未可必。（續甬上耆舊詩卷三四）

陳錫嘏高虞尊先生六十壽序：予髮甫燥，即知吾邑有高虞尊先生。時先生方與南湖諸子爲詩壇文社之政，傳之中原，吴會間都人士皆願望見先生，謂先生非烏衣裙屐中人也。中更喪亂，風流雲散。先生尊人中丞公官鄖襄，撑孤城以捍群盜，遮全楚。先生出入鋒頭血路間，僅乃歸里中。而江上之事起，先生撫劍鳴纓，意氣慨忼。已而天移地轉，逃名戢影，放浪於荒江寂寞之濱，猶不爲世網所釋，風波險阻之患，無歲無之。先生委心任運，久之而危者平，駭者息，始出與一二故人簪冠扶杖，飲酒看花，稱咸淳遺士，而先生亦已老矣。今年九月，先生命予爲六十壽章，予猶想見髫年往來，過先生廣濟橋故宅，讀先生南湖社集時。而先生之遇凡二變，蓋當其少也，金埒玉珂，鐘鳴鼎食，極簪纓裘馬之榮，固人所願望而不可得者；今則晚景康然，諸子侍側，才華熠熠，色養融融，先生顧而樂之，亦何所不徜徉適意。獨是南湖酒飲，鐘石變聲中間，更歷數十年山河家國之悲，天人身世之感，殆已兼嘗而備嚌之矣！夫人情於紛華得意之境，盤礴留連，雖事過情遷，猶必追憶之以爲快；若所閲艱難危苦，無聊不平，方以得釋爲幸，豈樂復置意中哉？而予顧猶覼縷而陳之於先生之前，毋乃非祝者之詞耶？雖然，先生固賢者，迴出常情之外，竊意此數十年者，先生所不能一日忘也。先生試舉首西望，房山巀嶪，漢水迢迢，如見中丞公擐甲登陴，黃沙日暮，而戰不止也。近睇錢塘潮聲洶涌，猶憶蕺山風雨，匹馬章皇，與秦川楚火相應和也。迨夫回眺鄉城，念往日里門景色，茫然世故之江河，不啻滄桑過眼，而先生之感愈深矣。興言及此，吾知先生必有慨然而起，悄然而思，悢悢然悲歌長嘯而不能已已者。先生尚不自忘，而予敢爲先生忘之哉？江皋楓葉，月在牀頭，書此以進先生，先生倘謂陳生知我，當亦歡然引滿，陶然竟醉矣乎？（兼山堂集卷四）

錢光繡高隱學兵部六十：天朝執法故中丞，百二河山藉主盟。公子青衫工獻策，書生白面醉論兵。賢哉豈僅辭周粟，清矣何煩濯楚纓。莫操雉飛同牧犢，單裯獨擁足延庚（隱學中年喪偶）。半生夷險愧周旋，滿甲欣開玳瑁筵。肘柳幾曾乖至樂，足葵端不勝天全。看花尚憶義熙日，對酒難忘德祐年。誰謂此宵明月盡，繩河清映少微前（隱學有臂疾，自號肘柳，誕於夏五晦日）。（續甬上耆舊詩卷五〇）

徐鳳垣和隱學入山別友韻：出山莫遂入山心，與爾相商又到今。非爲避秦滅蹟早，只緣廬墓愛親深。半生坎窞長濡血，一寸桑榆亦借陰。從此孤雲無住著，有誰跨鶴得相尋。

白雲堆户傍牆茨，松竹朝含春露滋。年表甫終遺老傳，由庚誰讀補亡詩。山中高卧惟應曜，林下平肩有獻之。我亦冥鴻將鼓翼，題書未敢謝交知。（續甬上耆舊詩卷三四）

林時躍答高隱學武選：痛哭吾徒盡美新，先生浩氣薄秋旻。論文昔日高同調，抱道今時孰可鄰。處士七朝庚又甲，春王六翮戌逢申。即今萬事同流水，剩得投閑爾我身。（續甬上耆舊詩卷三三）

林時躍哭高兵部隱學先生選二：九死冰霜骨，三年塞庫中。南冠歸故里，束髮見先公。博浪酬韓志，長沙弔楚忠。寸心瘞碧草，千載化流虹。

通德高陽里，先公理學傳。雁行排矯翼，玉樹秀芝田。劉向傳經日，班彪續史年。遺書三萬卷，留待子孫編。（同前）

【注釋】

〔一〕負日：列子楊朱：「昔者，宋國有田夫，常衣緼黂，僅以過冬。暨春東作，自曝於日，不知天下之有廣厦隩室、綿纊狐狢，顧謂其妻曰：『負日之暄，人莫知者，以獻吾君，將有重賞。』」

〔二〕幕師：幕僚之師，即教人習幕僚之業者。王讜唐語林卷四：「李太師光顔女未聘，從事許當及幕僚因從容次，盛譽一鄭秀才詞學門閥，冀其選揀。」謁客：林希逸跋玉融林鏻詩：「今世之詩盛矣，不用之場屋，而用之江湖，至有以爲游謁之具者。少則成卷，多則成集，長而序，短而跋。雖其間諸老亦有密寓箴諷者，而人人不自覺。」方回瀛奎律髓卷二〇「戴復古寄尋梅」評：「慶元、嘉定以來，乃有詩人爲謁客。龍洲劉過改之之徒，不一其人，石屏亦其一也。相率成風，至不務舉子業。干求一二要路之書爲介，謂之『闊匾』，副以詩篇，動獲數千緡以至萬緡。如壺山宋謙父自遜，一謁賈似道，獲楮幣二十萬緡，以造華居是也。錢塘湖山，此曹什佰爲群。」

訪徐州來留飲 二首

朅來欲覓風斤質〔一〕，高柳新桐護孔廬。久坐香生開寶繪〔二〕，閉門潮上賣鰣魚。飽餐家飯搜閒句，强拉時人説古書。僕本嘮噪孤另者〔三〕，對君不覺又粗疏。

短短軒窗靠水邊，秦淮春漲碧油天〔四〕。雨花數點客初過，反舌一聲句正圓〔五〕。蟹眼浪中烹廟岕〔六〕，蝦鬚影裏漾燈船〔七〕。酒酣示我當年得，北固峰頭月更鮮〔八〕。州來於北固讀書有得。

【箋釋】

此詩作於康熙十二年癸丑四月底、五月初。

按，題下原注曰：「以下，癸丑南京游稿。」東皋續選附録：「癸丑夏，余尋宋以後書於金陵。」（吕子評語餘編卷八）又諭大火辟惡帖二（四月二十八日）：「自出門日日順風，三日半已抵鎮江，爲糧船擠塞，兀坐兩日，乃得出江。於廿四日進城，寓楊瑞民家，一路平安適宜。」（吕晚村先生家書真蹟卷三）則晚村之出，當在四月十八日。

晚村此次南京之行，一爲將家印諸書發售，一爲搜尋宋人著作。因搜尋宋人著作，得識徐州來，後復與黄俞邰、周雪客、王安節、王元倬、張菊人、倪闇公、胡静夫、徐揚貢、李子固諸人往還唱和，並得借鈔黄氏千頃齋、周氏遥連堂藏書，自此詩以至别白門諸同志，皆其時之作也。晚村尋書之目的，盡在答張菊人書裏。書末曰：「横術廣廣，吾道無人，其可不疾痛而屈頭肩此大擔耶！」（吕晚村先生文集卷一）所謂「大擔」者，宋儒之學也。宋儒之學謂何？程朱之學也。

徐州來，名不詳，又字田東，號孔廬，生於明萬曆四十二年甲寅，約卒於清康熙二十二年癸亥。其子子貫，亦與晚村往還。施愚山學餘堂詩集有重過徐田東河亭、聞徐州來多失意事、徐田東見遺石溪偃松圖蓋摹東坡墨本、答徐田東先輩送别用韻、吴超玉攜酒就徐田東水亭、寄徐田東秣陵、野興和徐田東金陵見寄諸詩。

【資　料】

吕留良答張菊人書：於時文中見所著，瑰奇窅緲，知非經生家；後於孟舉處得所貽詩，清挺傲俗，又知非時下僞盛唐詩人。今來舊京見諸作，則洵元和、長慶之遺也。有作如此，其不傾注者情乎？顧以蹤跡暌異，不自唐突，乃忽枉詞屈慮，先我以書，又其中推許過當，有非某所可承者，則又怪執事之致於己者甚高，而假於某者何寬也！某荒村腐子，生長喪亂患難之中，顛踣失學，今年四十又五矣。鬢齒敗墮，志業不加進，本末無足觀，挑鐙顧影，輒自悲惋耳，又何云哉！自來喜讀宋人書，爬羅繕買，積有卷帙，又得同志吴孟舉互相收拾，目前略備。因念其爲物難聚而易散，又宋人久爲世所厭薄，即有好事者亦揀廟燒香已耳，再經變故，其澌滅盡絶必自宋人書始，今幸於吾一聚焉，不有以備之流傳之，則古人心血實澌滅自我矣。因與孟舉叔姪購求選刊，以發其端，以破天下宋腐之説之謬，庶幾因此而求宋人之全。蓋宋人之學，自有軼漢唐而直接三代者，固不繫乎詩也。又某喜論四書章句，因從時文中辨其是非離合，友人輒慫恿批點，人遂以某爲宗宋詩嗜時文，其實皆非本意也。近者更欲編次宋以後文字爲一書，此又進乎詩矣。室中所藏，多所未盡，孟浪泛游，實爲斯事。至金陵見黄俞邰、周雪客二兄藏書，欣然借鈔，得未曾有者幾二十家，行吟坐校，遂至忘歸。憶出門時，柳始作綿，今又衰黄矣。前孟舉云，見足下考索詳核而好奇。恨其時外走，不得親叩。又聞許示茶山、紫薇、斜川諸集，夢中時樂道之。今讀手教，更知其詳，如江西詩派一書，某求之十餘年而未得者也，承許秋後盡簡所蓄惠教，某何幸得此於執事哉！謹以所有書目呈記室，外此倘有所遇知，勿惜搜致之力也。某疇昔無境外之交，性又戇頑，不善懷刺掃門，尤畏近貴人。至此間初無所主，旋遇徐州來、黄俞邰、周雪客諸子，不以某爲怪而與近，則又自忘其粗疏也，而狂與諸子言今日之所以無人，以士無志也。志之不立，則歧路多也，而歧路莫甚於禪。禪何始乎？始於晉。今中國士夫方以晉人爲佳，而傚之恐不及，又孰知有痛乎？自嵇、阮出而禮義蕩然，神州之所以陸沉也；王安石、蘇軾繼之，而北宋以陷；陸九淵繼之，而南宋以亡；王守仁、李贄繼之，而乾坤反覆，此歷歷不爽也。吾儕身受其禍，謂宜談虎色變矣，而猶多浸淫游戲於其中，其於治亂之原，殆有所未審耳。或者豪傑之士，不得志於時，則借以抒其無聊者有之。某竊謂今日不得志，未必非天所以成全之也，何用無聊而遽遁於異物耶？某又嘗謂三代以下，學者大都被司馬遷、蘇軾二子教壞，令人靡所不爲。其病中於心術，人必不爲二子所惑，而後可以言學，詩文雖小道，其源流亦出於是。執事高明老宿，其不以某言爲誕悖乎？所示時藝，得莊子史記之神，而文序一首則孫可之筆也，只此已足俯視一切矣。詩文作家，執事固有辭之而不得者，然某之所望於左右又有進於是。横術廣廣，吾道無人，其可不疾痛而屈頭肩此大擔耶？（吕晚村先生文集卷一）

施愚山重過徐田東河亭：河館託幽棲，不遠車塵路。大書曰孔廬，所言非世故。連章述祖德，懷秋訴孺慕。我廢蓼莪篇，觸此淚如雨。時攤一卷書，獨撫中庭樹。庭樹皆古顔，連蜷攫煙霧。清歡收素交，披帷散中屨。命酒膾江鱗，烹葵飯霜芋。白水照疏籬，寒雲自來去。（學餘堂詩集卷一一）

施愚山聞徐州來多失意事：揮手冬春换，閒居亦可憐。稱心惟緑水，無恙是東田。夜月蘿軒映，秋燈竹屋懸。多憂逢儉歲，遮莫減詩篇。（學餘堂詩集卷二九）

程正揆贈徐州來：四面静人境，環廬皆好聲。風隨花氣發，浪逐海潮生。作賦勞平子，逃名謝步兵。何心分仕隱，隔水奏松笙。（青溪遺稿卷六）

【注釋】

〔一〕朅來：陸士衡弔魏武帝文：「詠歸塗以反旆，登崤澠而朅來。」吕延濟注：「朅來，言歸去來也。」

〔二〕寶繪：湯垕畫鑑：「張璪，松石清潤可愛，平生嘗見四本，並佳。後得山堂琴會圖，趙子昂見之，欲得，不與。題云：張璪松，人間最少。此卷幽深平遠，如行山陰道中，誠寶繪也。」

〔三〕嘮噪：陳亮甲辰答朱元晦秘書：「只是口嘮噪，見人説得不切事情，便喊一餉。」

〔四〕秦淮：即秦淮河。趙宏恩江南通志卷六二河渠志：「秦淮河，在府治南，發源黄堰壩，抵句容溧水，來繞府城，經流甚長，城内外交資其利。」

〔五〕反舌：禮記月令：「小暑至，螳蜋生，鵙始鳴，反舌無聲。」孔穎達疏：「反舌鳥，春始鳴，至五月稍止，其聲數轉，故名反舌。」杜甫百舌：「百舌來何處，重重秖報春。」王十朋注：「百舌者，反舌也。能反覆其舌，隨百鳥之音。春囀夏止。」

〔六〕蟹眼：高似孫蟹略卷四「蟹眼茶湯」條：「茶録曰：『煎茶之泉，視之如蟹眼。』皮日休煎茶詩：『時看蟹目濺，乍見魚鱗起。』東坡詩：『蟹眼已過魚眼生，颼颼欲作松風鳴。』」廟岕：茶名，産於長興縣之羅岕山，故名。陸廷燦續茶經卷上之四「洞山茶系」：「羅岕，去宜興而南踰八九十里，浙直分界，只一山岡，岡南即長興山，兩峰相阻介就夷曠者，人呼爲岕云。……所出之茶，厥有四品。第一品，老廟後。廟祀山之土神者，瑞草叢鬱，殆比茶星肸蠁矣。……第二品，新廟後、棋盤頂、紗帽頂。」怡古齋鈔本注：「馮可賓岕茶牋云：環長興境産茶者獨羅嶰最勝。嶰而曰岕，兩山之介也。羅氏居之在小秦王廟後，所以稱廟後羅岕也。詩中『廟岕』，即指此無疑。」施閏章緑雪茶：「眼底何人玉川子，可容廟岕獨佳名。」

〔七〕蝦鬚：陸暢簾：「勞將素手卷蝦鬚，瓊室流光更綴珠。」

〔八〕北固峰：李吉甫元和郡縣志卷二六江南道：「北固山，在縣北一里，下臨長江，其勢險固，因以爲名。」

蔡謨、謝安作鎮，並於山上作府庫，儲軍實。宋高祖云：作『鎮』作『固』，誠有其緒。然北望海口，實爲壯觀，以理而推，『固』宜爲『顧』。江今闊一十八里，春秋朔望有奔濤，魏文帝東征孫氏，臨江歎曰：『固天所以限南北也。』」

訪黄俞邰留飲 二首

十年前識舊春坊〔一〕，黄坤五。喜説無雙江夏黄〔二〕。自是夢魂時照屋〔三〕，豈期醉影畫登床。帖臨定武肥鈎本〔四〕，畫辨宣和小篆章〔五〕。斗室風流看未足，爭教老眼不加狂。

莫嗟難借似荆州〔六〕，生子誰如孫仲謀〔七〕。紅豆獨留千頃記〔八〕，絳雲曾怪六丁收〔九〕。千頃齋，俞邰兩世藏書處，錢虞山有記。絳雲樓，虞山藏書處，盡燼於火。紅豆，虞山莊也。日鈔經學公家事〔一〇〕，零落崇文内府愁〔一一〕。我亦牛腰尋幾束〔一二〕，較讎千里置書郵。

【箋釋】

此詩作於康熙十二年癸丑四月底、五月初。

按，晚村於南京訪書，特拜訪千頃齋主人黄俞邰。黄氏，名虞稷，原籍福建晉江，生於明天啟七年丁卯，卒於清康熙三十年辛未，終年六十有三。清史列傳卷七一文苑傳：「父居中，明季爲南京國子監監丞，甲申聞變，不食死，虞稷遂家上元。……康熙十八年，舉博學鴻儒，遭母喪不與試。既，左都御史徐元文薦修明史，召入史館，食七品俸，分纂列傳及藝文志。」據錢牧齋黄氏千頃齋藏書記「余於是從仲子（指俞邰）借書，得盡閲本朝詩文之未見者」，且俞邰有千頃齋書目三十二卷傳世，足見藏書之富。與倪闇公同撰宋史藝文志補，與周雪客同撰徵刻唐宋秘本書目。

劉獻廷曾曰：「向予見楚辭聽直一書……閩人黄文焕所著也。予意必俞邰族人，詢之果然，即贊玉之父，俞邰之族兄也。」（廣陽雜記卷四）是黄坤五乃俞邰族人，故有「十年」兩句。定武、宣和云者，爲俞邰收藏之富而發。俞邰事，僅據清史列傳，其餘生平之詳細，今左右鈎索而不可多得。所謂「日鈔經學公家事，零落崇文内府愁」兩句，殆指黄氏父子兩世好書。

晚村爲得見黄氏所藏之書，遂起羈留南京鈔書之心，諭大火辟惡帖二（五月十三日）：「黄家有楊鐵崖集，比吾家本子多數倍，吾欲查對鈔全，可簡出寄來刻本二本，又宋景濂鈔本二本，共四本。……宋鈔本有木匣，可將刻本並置其中。……此間書一發完即歸矣，然書籍留人，戀戀難釋，意且在此結夏，大約秋初作歸計耳。」（吕晚村先生家書真蹟卷三）詩中所謂「較讎千里置書郵」云者，正是爲此。

【資料】

錢謙益黄氏千頃齋藏書記：戊子之秋，余頌繫金陵，方有采詩之役，從人借書。林古度曰：「晉江黄明立先生之仲子，守其父書甚富，賢而有文，盍假諸？」余於是從仲子借書，得盡閲本朝詩文之未見者，於是歎仲子之賢，而幸明立之有後也。仲子一日來告我曰：「虞稷之先人，少好讀書，老而彌篤，自爲舉子，以迄學官，修脯所入，衣食所餘，未嘗不以市書也。寢食坐卧，晏居行役，未嘗一息廢書也。喪亂之後，閉關讀易，箋注數改，丹鉛雜然，易簀之前，手未嘗釋卷帙也。藏書千頃齋中，約六萬餘卷。余小子裒聚而附益之，又不下數千卷。惟夫子之於書，有同好也。得一言以記之，庶幾劫灰之後，吾父子之名，與此書猶在人間也。」……今晉江黄氏，顧能父子藏書，及於再世。一畝之宫，環堵之室，充棟宇而溢機杼者，保全於劫火洞然之後，豈不難哉！……然則黄氏之書，積之固難，而藏之亦不易，固未可以苟然而已也。傳不云乎：「君其備禦三鄰，慎守寶矣。」人有千金之産，扃鐍緘縢，汲汲焉惟慢藏是懼，而況於萬卷之書，精英浮塞，三精之所留餘而六丁之所下瞰者乎？（牧齋有學集卷二六）

施閏章古千頃堂藏書歌爲黄俞邰作：藏書共説須名山，黄子草堂廛市間。山中有盜能胠篋，市上何人肯閉關。黄子示我藏書記，使我太息還開顔。天厄斯文意不測，嬴漢宋元幾沾臆。金泥玉册盡飛灰，駝負輦馳歸絶域。人間流落存殘編，注疏補輯勤諸賢。寇壘横攤作甲胄，圍城拉雜供炊煙。馬牛蹂踏裹糞土，頡籀夜號哀九天。自從八股輕六經，後生搦管登彤廷。百家子史太瑣碎，略數書名已倦聽。風俗藐書人賤賣，聞説朝鮮國偏愛。舊家稇載救饔飧，估客收羅换珠琲。此時喪亂漸無書，君家六萬卷有餘。幾度桑田變滄海，帝敕掌書守爾廬。多君先世真卓犖，謂俞邰尊甫明立先生。秘笈奇文靡不學。青箱世守重裒增，排籤插架無參錯。虞山宗伯爲君歎，閲覽高風兩獨難。石倉緗帙

既珍襲，手校家傳還借看。恨我將衰難夜讀，瞑坐有時背燈燭。雄吞萬卷心不死，會向高齋看書目。（學餘堂詩集卷二一）

毛奇齡千頃樓藏書賦：乃詣温陵黄子俞邰於秣陵之故城，登千頃之巍樓，觀其先人海鶴先生所藏之書，六萬餘卷，判爲六部，曠然興懷，惕焉有悟。夫其經史異林，官私殊列，堆垛盈塵，稛載連轍。四類已啟，五庫未閉。緹巾重袥，華匱遍揭。玄錦爲囊，青緗作帙。牙籤直垂，繡帕横結。簾卷入雲，窗映如雪。舊軸新縢，間色以別。……河東之篋真亡，柱下之言難罄；豈況議郎練達，徵君雅量。豫州之辨慧非常，江夏之博聞無恙。去紫帽之高山兮，寄烏衣之深巷。渺千頃之在懷兮，淩百尺而獨上。似馬遷之承談兮，儼子歆之繼向。傳御史之緘箱兮，發中郎之秘帳。慨江陵之多燔燒兮，痛砥柱之又覆溺。經亂離其獨能存兮，過史宬之遺册。嗟生平之好典墳兮，近書淫與書癖。未能入集賢之三館兮，幾曾登侍中之重席。（西河集卷一二八）

沈季友千頃堂藏書歌爲黄徵士虞稷賦：丈夫生不手提一旅師，身爲八州督。會須擁書三萬軸，牙籤錦帕縱横間，老作蠹魚死亦足。晉江黄先生，家藏多秘録。千頃有佳名，香茅蓋書屋。五車不用誇石倉，四庫應須勝芸局。一自兵戈飄泊來，海内書家多散鬻。餅罏漁市每見之，往往殘篇覆瓿緑。縱得存者亂不整，溼蟲篆版鼠噬簏。兼以舉世輕文章，雖有奇書少人讀。君能積卷至甲乙，小字烏絲編作目。豈徒一一堆案前，實使群言載其腹。世人聞此當大笑，何用蒙茸如筍束。終年跼蹐文字中，寧爲漿酒而藿肉。君不見人間富貴苦不常，轉眼朱門走金玉。（學古堂詩集卷六）

穆士熹題黄俞邰千頃堂：羡君終日掩松關，竹簡蒲編手自删。一代精靈歸故紙，千秋事業在名山。快心酒不煩斟酌，抵掌人宜共往還。我亦讀書曾有癖，荆州暫解未應慳。（朱緒曾國朝金陵詩徵卷五）

【注　釋】

〔一〕春坊：魏晉以下稱太子宫爲春坊，後有所演變，明時成爲翰林院編修、檢討開坊升轉之所。張廷玉明史卷七三職官二：「是時東宫官屬，自太子少師、少傅、少保、賓客外，則有……（萬曆）十五年更定左右春坊官……二十五年改院爲府，定詹事秩正三品，春坊大學士正五品。」郝玉麟福建通志卷四三人物一：「黄文焕，字維章，永福人。天啟乙丑進士，爲文淹博無涯涘，歷知海陽、番禺、山陽三縣，皆有聲。崇禎召試，擢翰林院編修。」黄文焕官翰林院編修，故以「春坊」稱之。

〔二〕江夏黄：范曄後漢書卷八〇文苑列傳：「黄香，字文强，江夏安陸人也。年九歲，失母，思慕憔悴，殆不免喪，鄉人稱其至孝。年十二，太守劉護聞而召之，署門下孝子，甚見愛敬。香家貧，内無僕妾，躬執苦勤，盡心奉養，遂博學經典，究精道術，能文章，京師號曰：『天下無雙，江夏黄童。』」

〔三〕「自是」句：杜甫夢李白二首之一：「故人入我夢，明我長相憶。……落月滿屋梁，猶疑照顔色。」

〔四〕定武：指定武蘭亭帖。曾宏父石刻鋪叙卷下：「定武蘭亭刻，唐太宗詔供奉臨蘭亭序，惟率更令歐陽詢所搨本奪真，勒石留之禁中，他本付之於外，一時貴尚爭相打搨，禁中石本，人不可得，石獨完善。

石晉不綱，契丹自中原輦寶貨圖書以北，至殺胡林，德光死，永康立國，乃交兵，遂棄石而歸。慶曆中，李學究者得之，韓忠獻壻也。……李死，其子出石，始售於人，本必千錢，由是好事者稍稍得之。後李氏子負官緡無償，時宋景文公守定武，乃以公帑金代輸，取石匣藏於庫，非貴游交舊不可得也。熙寧間，薛師正出牧，求者遝至，薛惡其摸打有聲，乃刊别本於外，多持此以惠求者，此郡真贋，已有二刻矣。其子紹彭，又模之他石，潛易元刻，暗以自别，遂於古刻『湍流帶左右』五字，各劖損一二筆爲識。或又謂古跡『仰』字如針眼、『殊』字如蟹爪、『列』字如丁形，又『雲』字微帶肉，又唐古刻大觀中詔取此石於薛氏家，其子嗣昌納進御府，徽廟龕置宣和殿。」肥鈎：黄山谷書王右軍蘭亭草後：「王右軍蘭亭草，號爲最得意書。……書家得定武本，蓋仿佛古人筆意耳。褚庭誨所臨極肥，而洛陽張景元劚地得缺石極瘦，定武本則肥不剩肉，瘦不露骨，猶可想其風流。」

〔五〕宣和：指宣和書譜。宋徽宗年號宣和，曾下令編纂宣和畫譜、宣和書譜諸書。

〔六〕「莫嗟」句：陳壽三國志卷三二先主劉備傳：「與曹公戰於赤壁，大破之，焚其舟船，先主與吴軍水陸並進，追到南郡，時又疾疫，北軍多死，曹公引歸。」裴松之注引江表傳：「周瑜爲南郡太守，分南岸地以給備，備别立營於油江口，改名爲公安。劉表吏士見從北軍，多叛來投備。備以瑜所給地少，不足以安民，後從權借荆州數郡。……劉備定蜀。權以備已得益州，令諸葛謹從求荆州諸郡。備不許，曰：『吾方圖涼州，涼州定，乃盡以荆州與吴耳。』」同上卷五四魯肅傳：「國家區區本以土地借卿家者，卿家軍敗遠來，無以爲資故也。今已得益州，既無奉還之意，但求三郡，又不從命。」

〔七〕「生子」句：司馬光資治通鑑卷六六漢紀：「曹操進軍濡須口，號步騎四十萬，攻破孫權江西營。獲其都督公孫陽。權率衆七萬禦之，相守月餘。操見其舟船器仗、軍伍整肅，歎曰：『生子當如孫仲謀，如劉景升兒子豚犬耳。』權爲箋與操，説：『春水方生，公宜速去。』別紙言：『足下不死，孤不得安。』操語諸將曰：『孫權不欺孤。』乃徹軍還。」

〔八〕紅豆：即紅豆山莊。

〔九〕絳雲：即絳雲樓。六丁：范曄後漢書卷五〇孝明八王列傳：「從官卜忌，自言能使六丁，善占夢。」李賢注：「六丁，謂六甲中丁神也。若甲子旬中，則丁卯爲神；甲寅旬中，則丁巳爲神之類也。役使之法，先齋戒，然後其神至，可使致遠方物及知吉凶也。」此指火神。題郭璞玉照神應真經：「癸丁加於乾位，鬼賊心血常行。」徐子平注：「六丁，火也，朱雀之神。」吴承恩西游記十七回：「送在老君爐裏煉，六丁神火慢煎熬。」

〔一〇〕「日鈔」句：化用杜甫宗武生日「詩是吾家事」句法。班固漢書卷七三韋賢列傳：「鄒魯諺曰：『遺子黄金滿籝，不如一經。』」范曄後漢書卷六四吴祐列傳：「父恢，爲南海太守。祐年十二隨從到官，恢欲殺青簡以寫經書。」

〔一一〕崇文：指崇文總目。脱脱宋史卷二〇二藝文志：「仁宗既新作崇文院，命翰林學士張觀等編四庫書，倣開元四部録，爲崇文總目，書凡三萬六百六十九卷。」此處指明朝宫廷藏書。

〔一二〕牛腰：李白醉後贈王歷陽：「書禿千兔毫，詩裁兩牛腰。」王琦注引蘇頌曰：「詩裁兩牛腰，言其卷大如牛腰也。」

訪周雪客留飲 二首

遥連堂下雨苔錢，堂上讀書趺隱磚〔一〕。此世界中寧有幾，但相逢處莫徒然。微凹宋硯輕留墨，軟皺宣爐靜吐煙〔二〕。手録焚餘雙淚落，未教人看小斜川〔三〕。焚餘，櫟園集名。

雲煙過眼歎無餘〔四〕，金石浮江尚幾車〔五〕。王粲得看東觀本〔六〕，穆修自賣柳州書〔七〕。交情雜坐團傾蓋〔八〕，家學深燈炷倚廬〔九〕。可惜輕裝留短劍，平生無分挂南徐〔一〇〕。櫟園喜予文，恨未相見云。

【箋釋】

此詩作於康熙十二年癸丑四月底、五月初。

按，先是，孟舉於京師識周雪客，歸而語諸晚村；今年晚村至金陵，因見之，相得歡甚。此其初次訪問，即挽留飲酒，得觀周氏遥連堂藏書及金石、字畫，後晚村得從周氏借鈔圖書數種。

周雪客，名在浚，周亮工第四子。周亮工，字元亮，號櫟園，河南祥符人，移家金陵。生於明萬曆四十年壬子，卒於清康熙十一年壬子，終年六十有一。崇禎十三年庚辰進士，官御史，入清官至户部右侍郎。著有賴古堂集。雪客爲編年譜附於後，可參。櫟園卒前，將所作詩文一併焚毀，則其未及刊行諸作，已蕩然無存矣。其時，雪客正搜輯櫟園生前友朋處借鈔者，後書成，名曰櫟園焚餘集，囑晚村爲序。

晚村詩中，以東觀喻周氏藏書，以穆修「自賣柳州書」自喻，可見晚村此次南京之行之目的，不在尋書，實則賣所刻之時文也。「櫟園喜予文，恨未相見」云者，平生恨事也。

【資料】

吕留良櫟園焚餘序：吾友吴孟舉歸自燕，亟稱周雪客之賢也。余至金陵因見之，則孟舉之言信，相得歡甚。雪客泫然出其翁櫟園詩文曰：「先子於喪亂顛躓之後，舉平生所作畀之束炬，此其流傳於知交而某收羅得之者也，故名曰焚餘，而吾子試序焉。」余謝不敏，不能序大人先生文也。雪客曰：「固知子。雖然，以某故也，必序之。」余受讀而歎曰：「子知而翁之所以焚乎？知其焚而存之是也，不知則益之焚也，亦如其不存。」坐客咸起曰：「何謂也？」曰：「古之人自焚其書者多矣。有學高屢變，自薄其少作者；有臨殁始悔，不及爲，謂此不足以成名而去之者；有刺促恐遺禍而滅者；有惑於二氏之説，以文字爲障業者；有論古過苛，不敢自留敗闕者；甚則有侮叛聖賢，狂誖無忌，自知不容於名教，故奇其跡以駭俗而自文陋者；其焚同，而所以焚不同也。今櫟園舉前後悉焚之，未始以昔爲非也，焚之後又未始不復作也。其書又不觸忌諱，不墮魔外，屬屬焉以古之作者爲歸。然則櫟園之所以焚，又必有不同於古人者矣。」嗟乎！櫟園以卓犖跌蕩之材，夙負令譽，天閑之上駟，群龍之腹尾也；中州南國，水萎土附，揖元禮於舟中，醉正平於座上，望者以爲神仙，不測其所届也。忽焉天地震盪，劫灰晝飛，猿鶴蟲沙，蒼黄類化，浪平痛定，一時同學僅有存者，宇内屈指，櫟園巋然其一也。雪樓草廬，豈異人任，迺天下方乞膏馥於櫟園，櫟園且取而煨燼之何歟？兔園糞溲，重自珍戀，猶什襲繅藉，況著作如櫟園非有所大不堪於中而然歟？余是以惜其書不如悲其志也，豪士壯年，抱奇抗俗，其氣方極盛，視天下事無不可爲，千里始驟，不受勒於跬步，隱忍遷就，思有所建立，比之腐儒鈍漢，以布給終殮村牖，固夷然不屑也。及日暮塗岐，出狂濤險穴之餘，精銷實落，回顧壯心汔無一展，有不如腐鈍村牖之俯仰自得者。吐之難爲聲，茹之難爲情，極情與聲，放之乎無生。彼方思早焚其身之爲快，而況於詩文乎哉！然則從其焚而焚之乎？又不然。焚者志也，其不可焚者書也，知其焚又知其不可焚，使他日不自焚，以得櫟園之所以焚，是在雪客而已。（吕晚村先生文集卷五）

周在浚秋懷：沙窩門外蔽黄雲，野哭秋來不忍聞。誰向郊園埋戰骨，謾言功業盡將軍。荒村禾黍無人蹟，落日塵沙散馬群。海内銷兵烽火熄，健兒此地學耕耘。（皇清詩選卷二〇）

【注釋】

〔一〕堂上讀書：莊子天道：「桓公讀書於堂上。」趺隱磚：脱脱宋史卷三七四張九成傳：「在南安十四年，每執書就明，倚立庭磚，歲久，雙趺隱然。」

〔二〕宣爐：即宣德爐。宣德，明宣宗年號。項子京宣爐博論：「宣廟官鑄鼎彝，及今所存，真者十一，贋者十九，在當時原屬珍貴，與南金、和璧同價。而今之稱鑑賞家又多耳食者，因未見真龍，徒寶燕石。不論鑄式之雅俗，銅質之美惡，第見略似宣款，下有『大明宣德年製』六字印子，每以炭火迫赤，火體火足，充若蝸涎者，便以爲真，大爲有識者所哂。殊不知宣爐之真者，其款式之大雅，銅質之精粹，如良金之百煉，寶色内涵，珠光外現，淡淡穆穆，而玉毫金粟，隱躍於膚理之間，若以冰消之晨，夜光晶瑩映徹，迥非他物可以比方也。」（吕震宣德鼎彝譜附）

〔三〕小斜川：脱脱宋史卷三三八蘇過傳：「過字叔黨，軾知杭州，過年十九，以詩賦解兩浙路，禮部試下。及軾爲兵部尚書，任右承務郎。軾帥定武，謫知英州，貶惠州，遷儋耳，漸徙廉、永，獨過侍之。……軾卒於常州，過葬軾汝州郟城小峨眉山，遂家潁昌，營湖陰水竹數畝，名曰小斜川，自號斜川居士。……有斜川集二十卷。」按，此本今無明及以前鈔、刻本傳世，其珍貴可知。

〔四〕「雲煙」句：意謂雪客編雲煙過眼録，已將家藏之印章、書畫悉數記録，雖經戰亂，所藏猶富。四庫抽毀書提要：「讀畫録四卷，國朝周亮工撰。……亮工癖嗜印章及畫，嘗裒輯同時能篆刻者爲印人傳，又裒輯畫家名氏爲此書。所記自明以來凡七十六人，各論其品第，亦間附載題詠及其人梗概。大抵皆所目睹，否亦相去不甚遠。……觀其子在浚所輯雲煙過眼録，亮工所收諸畫至二十巨函，可謂巨細不遺，而立傳者僅此，則亦矜慎不苟矣。」

〔五〕「金石」句：李清照金石録後序：「金人犯京師，四顧茫然，盈箱溢篋，且戀戀，且悵悵，知其必不爲己物矣。建炎丁未春三月，奔太夫人喪南來，既長物不能盡載……凡屢減去，尚載書十五車，至東海，連艫渡淮，又渡江至建康。」

〔六〕「王粲」句：陳壽三國志卷二一王粲傳：「王粲，字仲宣，山陽高平人也。……獻帝西遷，粲徙長安，左中郎將蔡邕見而奇之。時邕才學顯著，貴重朝廷，常車騎填巷，賓客盈坐，聞粲在門，倒屣迎之。粲至，年既幼弱，容狀短小，一坐盡驚。邕曰：『此王公孫也。有異才，吾不如也。吾家書籍文章，盡當與之。』」東觀，東漢洛陽南宫内有東觀，明帝詔班固修史於此。此喻雪客遥連堂藏書之富。

〔七〕「穆修」句：王偁東都事略卷一一三：「穆修，字伯長，汶陽人也。師事陳摶，而傳其易學。少豪放，舉進士，調海州理掾。修恃才，嘗忤監郡者，由是捃摭其罪，坐削籍。隸池州，遇赦，叙潁州文學參軍，故當時呼之曰穆參軍。初丁謂與修有布衣舊，修每輕之，謂既顯官，而修尚未仕，相遇於漢上，一揖而去，謂銜之。真宗嘗問侍臣：『穆修有文，公卿何以不薦？』謂對曰：『修行不逮，文乃已。』修老而益貧，家有唐韓、柳集，鏤板鬻於京師，有儒生數輩輒取閲，修謂曰：『先輩能讀得一篇，當以一秩爲贈。』自是經年無售者。明道初，修卒，年五十四。識者哀憐之。」

〔八〕傾蓋：司馬遷史記卷八三鄒陽列傳：「白頭如新，傾蓋如故。」蘇軾送呂行甫司門倅河陽：「結交不在久，傾蓋如平生。識子今幾日，送别亦有情。」

〔八〕倚廬：禮記喪服大記：「父母之喪，居倚廬，不塗，寢苫，枕凷，非喪事不言。」孔穎達疏：「居倚廬者，謂於中門之外，東牆下倚木爲廬，故云居倚廬。」雪客父櫟園先生卒於上年，雪客猶在守喪期間。

〔九〕「可惜」二句：司馬遷史記卷三一吴太伯世家：「季札之初使北，過徐君，徐君好季札劍，口弗敢言，季札心知之，爲使上國，未獻。還至徐，徐君已死，於是乃解其寶劍，繫之徐君冢樹而去。」

飲徐揚貢河亭

秦淮連臂蹋銅鞮〔一〕，倚檻論文飲似泥〔二〕。白髮樽前何恨晚，青峰江上盡情低。古人詞版死猶惜，揚貢述震川子孫欲妄刻震川集〔三〕，忽見夢厲〔四〕，訶之曰：「毋壞吾文，後將有識者爲之。」近世旗亭醉便題。歸理舊經還歷歷，枕邊一夜子規啼。

【箋　釋】

此詩作於康熙十二年癸丑四月底、五月初。

按，徐揚貢，名與喬，崑山人。順治十八年辛丑進士。絶意仕宦，博涉多識。晚村游金陵，相與唱和，「倚檻論文飲似泥」一句，足見論文得趣，故有相逢恨晚之歎。所謂「歸理舊經」者，據江南通志載：「（徐揚貢）分經、史、子、集爲四部，采擇評注，名曰辨體。學者稱之。」（卷一六五人物志）又載：「經史辨體：崑山徐與喬。」（卷一九二藝文志）即指揚貢編纂經史辨體一書言。

晚村詩中所言刻歸震川集，當是揚貢與諸名流校訂刊刻之震川先生文集事。據今傳本，有較訂助刻姓氏，内王崇簡、董正位、曹溶、劉體仁、秦松齡、錢肅潤、吴偉業、金俊明、徐與喬、葉方藹、徐乾學、徐秉義、朱用純、葉方蔚、葉奕苞等八十一人列校勘者，名下有震川玄孫歸玠跋識。晚村亦愛震川之文，後編成歸震川稿，評點行世。

【資　料】

歸玠歸震川集跋識：是集之刻，始於辛亥歲。宛平王宗伯素切表章，而龍門董夫子首捐俸助梓，鄰境邑侯如吴伯成、趙雪崍兩明府共襄其事，於是當代文衡及遠近士大夫分任剞劂。自辛亥春王迄癸丑仲秋，全集已刻十之七，不幸先叔恒軒府君中道捐館，玠室同懸磬，無以卒業。賴董夫子復倡助鳩工而俾克告成，則葉學亭、徐健菴兩先生之力居多，蓋全集之竣，其難如此。今府君之文行將風行海内，要皆諸君子之功，其姓氏不可以不書也。故備列之至。

施閏章答徐揚貢進士（君兩過文成書院並有作又爲先大父允升公作傳誌後序）：聲詩日以競，錯采如春葩。壯夫聳高轡，吐氣成丹霞。儲粟不盈甑，著書常滿家。爵服有屈伸，吾道還龍蛇。前賢講習處，顧望長咨嗟。濡翰耀德潛，隕涕紛如麻。願爲河朔飲，共沉南皮瓜。客子騖前路，畏此西日斜。行行髮將素，令德毋疵瑕。（學餘堂詩集卷一二）

【注　釋】

〔一〕秦淮：樂史太平寰宇記卷九〇江南東道二：「金陵圖經云：昔楚威王見此有王氣，因埋金以鎮之，故曰金陵。秦併天下，望氣者言江東有天子氣，乃鑿地脈，斷連岡，因改金陵爲秣陵，屬丹陽郡。故丹陽記云：始皇鑿金陵方山，其斷處爲瀆，則今淮水，經城中，入大江，是曰秦淮。」連臂蹋：李昉太平御覽卷五七二樂部十引西京雜記：「賈佩蘭説在宫中時，常以弦管歌舞相娱，競爲妖服，以趨良時。十月十五，共入靈女廟，吹笛擊筑，歌上雲之曲，而相連臂踏地爲節，歌赤鳳來也。」銅鞮：曲名。彭大翼山堂肆考卷一六〇「銅鞮曲」條：「襄陽白銅鞮歌，梁武帝所製，一曰白銅蹄。武帝爲雍州刺史時，有童謡云：『襄陽白銅蹄。』及轉揚州，兒謡者言白銅蹄，言金蹄馬也。白，金色也。及興義之師，實以鐵騎，揚州之士，皆面縛，故即位之後，更造新聲。唐李白詩『襄陽行樂處，歌舞白銅鞮』，宋查道詩『白銅鞮側花迷塢，解佩江邊柳拂青』，至今襄陽府有銅鞮坊，人多好唱白銅鞮詞。」

〔二〕飲似泥：李白襄陽歌：「襄陽小兒齊拍手，攔街爭唱白銅鞮。旁人借問笑何事，笑殺山公醉似泥。」杜甫遣田父泥飲美嚴中丞詩，黄鶴補注：「所謂泥飲者，非飲於泥淖之中，乃其醉如泥耳。」韓淲雜興：「道人打疊身心處，泥飲行吟不亂群。」

〔三〕震川：張廷玉明史卷二八七歸有光傳：「歸有光，字熙甫，崑山人。九歲能屬文，弱冠盡通五經、三史諸書，師事同邑魏校。嘉靖十九年舉鄉試，八上春官不第，徙居嘉定安亭江上，讀書談道，學徒常數百人，稱爲震川先生。四十四年始成進士，授長興知縣，用古教化爲治。……隆慶四年，大學士高拱、趙貞吉雅知有光，引爲南京太僕丞，留掌内閣制敕房，修世宗實録，卒官。有光爲古文，原本經術，好太史公書，得其神理。時王世貞主盟文壇，有光力相觝排，目爲妄庸鉅子，世貞大憾，其後亦心折有光，爲之讚曰：『千載有公，繼韓歐陽。余豈異趨，久而自傷。』其推重如此。」

〔四〕夢厲：左傳成公十年：「晉侯夢大厲，被髮及地。」杜預注：「厲，鬼也。」

集飲黄俞邰竹齋次徐州來韻 二首

不遇雲將過①，鴻蒙且自東〔一〕。牽連高士傳，收拾故都風。素壁爭殘照，新篁戀舊叢。話深增逸興，消得老顔紅。

吾巢寒獺似〔二〕，君架蠹魚然〔三〕。此外無多地，其中小有天〔四〕。兩瓻千卷破〔五〕，四座一人眠②。明日將軍報，門前促和篇。

【校記】

①雲將　恰古齋鈔本校曰：「陸德明音義：『雲將，子匠反。李云：雲主帥也。』據此，則『將』字應讀去聲，此作平聲用，蓋偶未檢耳。」

②座　張鳴珂鈔本、詩文集鈔本作「壁」。詩文集鈔本校曰：「壁，原本作座。」

【箋釋】

此詩作於康熙十二年癸丑五月初。

按，此次集飲，除黄俞邰、徐州來外，當復有一人，即所謂「四座一人眠」之眠者，周雪客也。詩敘借書之樂，及還書之趣，「話深增逸興」，則言語投機；「門前促和篇」，則逸興更濃。借書鈔書，還書飲酒，意興盎然。然如「牽連高士傳，收拾故都風」、「此外無多地，其中小有天」四句，似别有所指，可與下首同看。

【注釋】

〔一〕「不遇」二句：莊子在宥：「雲將東游，過扶摇之枝，而適遭鴻蒙。鴻蒙方將拊脾雀躍而游，雲將見之，倘然止，贄然立，曰：『叟何人邪？叟何爲此？』鴻蒙拊脾雀躍不輟，對雲將曰：『游。』雲將曰：『朕願有問也。』鴻蒙仰而視雲將曰：『吁。』雲將曰：『天氣不和，地氣鬱結，六氣不調，四時不節，今我願合六氣之精，以育群生，爲之奈何？』鴻蒙拊脾雀躍掉頭曰：『吾弗知，吾弗知。』雲將不得問。」

〔二〕寒獺：吕氏春秋孟春紀：「東風解凍，蟄蟲始振，魚上冰，獺祭魚。」高誘注：「魚，鯉鮒之屬也，應陽而動，上負冰。獺獱，水禽也，取鯉魚，置水邊，四面陳之，世謂之祭魚，爲時候者。」楊文公談苑：「義山爲文，多簡閲書册，左右鱗次，號獺祭魚。」此喻圖書稀少。

〔三〕蠹魚：李時珍本草綱目卷四一蟲：「衣魚：釋名白魚、蟫魚、蛃魚、壁魚、蠹魚。宗奭曰：『衣魚生久藏衣帛中及書紙中，其形稍似魚，其尾又分二岐，故得魚名。』時珍曰：『白，其色也；壁，其居也；蟫，其狀態也；蛃，其尾形也。』」本謂書蟲，此喻藏書豐富。

〔四〕「此外」二句：王益祥題資福院平緑軒：「丈室無餘地，生涯小有天。」李昉太平御覽卷四〇王屋山引太素真人王君内傳：「王屋山有小天號曰小有天，周回一萬里，三十六洞天之第一焉。」

〔五〕兩瓻：袁文甕牖閒評卷六：「瓻，酒器，古之盛酒以遺借書者也。故古語云：『借一瓻，還一瓻。』然唐韻云：『瓻，大者一石，小者五斗。』如此則以書借人者，得酒甚多。余家貧，常苦無酒，雖不善劇飲，而每欲以飲客，今當廣置書以借人，若時得數瓻以爲用，顧不美耶？但恐今人非古人，雖借書而酒不可得也。」邵博聞見後録卷二七：「俗語：『借與人書爲一癡，還書與人爲一癡。』予每疑此語近薄，借書還書，理也，何癡云？後見王樂道與錢穆四書：『出師頌，書函中最妙絶。古語：借書一瓻，還書一瓻。欲以酒二尊往，知卻例外物不敢。』因檢説文：『瓻，抽遲反，亦音絺。』注云：『酒器。』古以借書，蓋俗誤以爲癡也。」兩瓻者，借書與還書也。

集孔廬次前韻　二首

招攜隨勝友，雅集任西東。硯潤迎梅雨，書翻擘柳風〔一〕。空拳鏖虎穴〔二〕，奇跡鑿蠶叢〔三〕。侑以先朝畫，裝題篆顆紅。

世事漫如此，吾徒殊不然。相逢狂處國〔四〕，借問醉時天。客遣陶潛去〔五〕，人容阮籍眠①〔六〕。歸途恕爭道，得句未成篇。

【校記】

①籍　原作「藉」，據嚴鈔本、釋略本、詩稿本、管庭芬鈔本、張鳴珂鈔本、萬卷樓鈔本、詩文集鈔本及晉書本傳改。

【箋釋】

此詩作於康熙十二年癸丑五月初。

按，晚村詩常作隱晦語，讀之數遍亦難詳其旨之所在。雖言「侑以先朝畫」、「相逢狂處國」似寓故國之思，與上一首「收拾故都風」暗合，然皆不能遽斷者也。

當年嚴鴻逵作何求老人殘稿跋曰：「子詩用意深遠，非嘗隨侍左右、見其行事者，卒難曉解，尤懼後人或妄爲穿鑿，浸失本旨，故又爲釋略一卷，附於目録之後。第取其中有爲而發及寓意深隱者，略爲指陳大意，覽之自當瞭然。其有明白易解及可以諷詠意會而得者，不復悉釋，欲人自得也。間舉一二，則亦不過欲人即此以求其餘，知全詩當作如是體會耳。有不敢臆斷爲必然者，則但爲疑辭，以俟後人參考。」嚴鴻逵者，晚村得意弟子也。曾得侍晚村左右，其時已有「不敢臆斷爲必然者」，何況生三百年後之我輩。余之爲晚村詩編年，所以鈎稽本事多而索隱詩意尠者，蓋爲此也。不則，入「穿鑿」無疑矣。讀者得其本事，自可意會其旨。其中有嚴氏所未詳者，今更爲之發覆，俾讀者知我用心良苦，終不泯余十數年之矻矻於此焉。

【注釋】

〔一〕擘柳風：徐應秋玉芝堂談薈卷一九：「河朔春時，疾風數日，一作三日乃止，曰吹花擘柳風。」擘，顧野王玉篇手部：「擘，裂也。」

〔二〕空拳：班固漢書卷五四李陵列傳：「轉鬬千里，矢盡道窮，士張空拳，冒白刃，北首爭死敵。」顔師古注：「拳字與絭同，音去權反，又音眷。」顧野王玉篇糸部：「絭：攘臂繩。」

〔三〕蠶叢：常璩華陽國志卷三：「周失綱紀，蜀先稱王，有蜀侯蠶叢，其目縱，始稱王。」

〔四〕狂處國：沈約宋書卷八九袁粲傳：「昔有一國，國中一水號曰狂泉，國人飲此水，無不狂。」

〔五〕「客遣」句：沈約宋書卷九三陶潛傳：「貴賤造之者，有酒輒設，潛若先醉，便語客：『我醉欲眠卿可去。』其真率如此。」

〔六〕「人容」句：劉義慶世説新語任誕：「阮公鄰家婦有美色，當壚酤酒，阮與王安豐常從婦飲酒。阮醉，便眠其婦側。夫始殊疑之，伺察終無他意。」房玄齡晉書卷四九阮籍傳：「阮籍，字嗣宗。……聞步兵廚營人善釀，有貯酒三百斛，乃求爲步兵校尉。遺落世事，雖去佐職，恒游府内，朝宴必與焉。會帝讓九錫，公卿將勸進，使籍爲其辭。籍沉醉忘作，臨詣府，使取之，見籍方據案醉眠。使者以告，籍便書案，使寫之，無所改竄。辭甚清壯，爲時所重。」

再集雪客遥連堂次前韻 二首

我來君恨晚，雲散水方東。地下孤琴淚〔一〕，人間一篴風〔二〕。撿書摩印識，灑酒酹花叢。此意難消歇，年年鵑咮紅〔三〕。雪客述其尊公見知，愛予文，有恨不相識之歎。

吾友頻稱歎，兹逢故宛然。竿頭挑碧海，劍外倚青天〔四〕。香穗消微醉，燈花照不眠。爾時真趣至，爲我鬭聯篇。吴孟舉極推雪客，豪邁類陳孟公〔五〕。

【箋　釋】

此詩作於康熙十二年癸丑五月初。

按，第一首，言與雪客父櫟園無緣相識之恨也。蓋櫟園已於十一年壬子六月逝矣，而生前嘗於晚村之文稱讚有加，此即「恨晚」之意。「地下」、「人間」兩句，陰陽已隔，豈不痛哉！「撿書」句，雪客曾於康熙六年丁未將其父之藏印，編成賴古堂印譜四卷，今者僅能睹物思親而已。「灑酒」句，謂祭奠也。「鵑咮紅」者，杜鵑啼血之意，以喻雪客廬墓之情。

第二首，言老友吴孟舉常稱讚雪客，此次得以相識，孟舉之譽非虚也。蓋孟舉於康熙十年辛亥授中書舍人，在京師得交雪客。十一年壬子春，雪客南歸，孟舉贈以詩，有「明年修禊日，此會與誰同」（黄葉村莊詩集卷二）之歎，知交情當深。

此兩首，用語平實，然情意自深。或謂晚村詩似誠齋，蓋即此而言，餘皆不類。

【注釋】

〔一〕孤琴淚：劉義慶世説新語傷逝：「王子猷、子敬俱病篤，而子敬先亡。子猷問左右：『何以都不聞消息？此已喪矣！』語時了不悲。便索輿來奔喪，都不哭。子敬素好琴，便徑入坐靈牀上，取子敬琴彈，弦既不調，擲地云：『子敬！子敬！人琴俱亡。』因慟絶良久，月餘亦卒。」

〔二〕一篷風：杜牧題宣州開元寺水閣：「六朝文物草連空，天淡雲閒今古同。鳥去鳥來山色裏，人歌人哭水聲中。深秋簾幕千家雨，落日樓臺一篷風。惆悵無因見范蠡，參差煙樹五湖東。」

〔三〕鵑味紅：陸佃埤雅卷九釋鳥：「杜鵑，一名子規，苦啼，啼血不止。」咮，詩曹風候人：「維鵜在梁，不濡其咮。」毛亨傳：「咮，喙也。」

〔四〕「劍外」句：張昱學仙曲：「醉來濯髮向銀灣，龍劍直倚青天外。」

〔五〕陳孟公：班固漢書卷九二游俠列傳：「陳遵，字孟公，杜陵人也。……遵少孤，與張竦伯松俱爲京兆史，竦博學通達，以廉儉自守，而遵放縱不拘，操行雖異，然相親友。哀帝之末，俱著名字，爲後進冠。……居長安中，列侯、近臣、貴戚皆貴重之，牧守當之官，及郡國豪桀至京師者，莫不相因到遵門。遵耆酒，每大飲，賓客滿堂。」

次韻和俞邰飲遥連堂詩 四首

無多酌我已狂來〔一〕，小户難禁數舉杯〔二〕。鄴下大兒呼北海〔三〕，江西嫡派問東萊〔四〕。茶鐺火候仙家法，花圃經營王佐才。莫以尋常輕燕集，一生襟抱幾回開〔五〕。

虎視諸君當數州，吾衰抱膝本無求〔六〕。鶯花有恨詩猶壯，天地無情鬢已秋〔七〕。蔓草王風千載闕〔八〕，雲煙金石幾家收①〔九〕。何當醉卧書巢裏，一任乾坤日夜浮〔一〇〕。

節物驚看又斬新〔一一〕，街頭醉舞舊都民。消磨戰氣歸蒲劍〔一二〕，束縛雄心到艾人〔一三〕。自古有情皆寂莫〔一四〕，吾曹得句不湮淪。憑君索我吟聲苦，月墜寒江哭野賓〔一五〕。

圖經點勘露凝丹〔一六〕，好處難忘掩更看。劍術未平金自躍〔一七〕，鼎烹有法玉同餐〔一八〕。支離九節仙人杖〔一九〕，零落千梢帝子冠〔二〇〕。爲我家家懸一榻〔二一〕，循環坐卧縱游觀。

【校記】

①「蔓草」二句　管庭芬鈔本校曰：「一作『山鬼白衣孤客夢，古人碧血兩家收』。」

【箋釋】

此詩作於康熙十二年癸丑五月初。

按，詩中以「北海」、「東萊」贊俞邰之學問，「茶鐺」喻生活之閒適，「花圃」句則稱俞邰之才能也，是爲起。有「王佐才」，故俞邰之氣象可「當數州」，而自己衰老秋鬢，已無所求，飲酒消遣，任日夜沉浮，僅得醉卧而已，是爲承。然而故都街頭之民，已忘卻昔日之戰氣、雄心，憑君索句，我亦戀舊，則無可爲者也，是爲轉。既無可爲，則收集歷代圖籍，點勘校讎，且家家懸榻待晚村，相與游觀，誠盛事也，是爲結。如此釋晚村詩，頗覺牽强，幸非空爲發揮，只是稍作貫穿而已。晚村詩實屬費解，當俟君子之出，啟我未開之竅。

【注釋】

〔一〕「無多」句：班固漢書卷七七蓋寬饒列傳：「許伯自酌，曰：『蓋君後至。』寬饒曰：『無多酌我，我乃酒狂。』丞相魏侯笑曰：『次公醒而狂，何必酒也。』」

〔二〕小户：趙璘因話録：「（譚簡）問崔公：『飲酒多少？』崔公曰：『户雖至小，亦可引滿。』」

〔三〕鄴下：曹丕典論論文：「今之文人，魯國孔融文舉，廣陵陳琳孔璋，山陽王粲仲宣，北海徐幹偉長，陳留阮瑀元瑜，汝南應瑒德璉，東平劉楨公幹。斯七子者，於學無所遺，於辭無所假，咸以自騁驥騄於千里，仰齊足而並馳。」史稱建安七子，因曾同居魏都鄴下，故又號鄴下七子。范曄後漢書卷八〇文苑列傳：「禰衡字正平，平原般人也。少有才辯，而尚氣剛傲，好矯時慢物。興平中，避難荆州。建安初，來游許下。始達潁川，乃陰懷一刺，既而無所之適，至於刺字漫滅。是時許都新建，賢士大夫四方來集。或問衡曰：『盍從陳長文、司馬伯達乎？』對曰：『吾焉能從屠沽兒耶！』又問：『荀文若、趙稚長云何？』衡曰：『文若可借面弔喪，稚長可使監廚請客。』唯善魯國孔融及弘農楊修。常稱曰：『大兒孔文舉，小兒楊德祖。餘子碌碌，莫足數也。』融亦深愛其才。衡始弱冠，而融年四十，遂與爲交友，上疏薦之云云。融既愛衡才，數稱述於曹操。操欲見之，而衡素相輕疾，自稱狂病，不肯往，而數有恣言。操懷忿，而以其才名，不欲殺之。」同上書卷七〇孔融列傳：「孔融字文舉，魯國人，孔子二十世孫也。……後辟司空掾，拜中軍候。在職三日，遷虎賁中郎將。會董卓廢立，融每因對答，輒有匡正之言。以忤卓旨，轉爲議郎。時黄巾寇數州，而北海最爲賊衝，卓乃諷三府同舉融爲北海相。……及退閒職，賓客日盈其門。常歎曰：『坐上客恒滿，尊中酒不空，吾無憂矣。』」

〔四〕「江西」句：陳振孫直齋書録解題卷一五：「江西詩派一百三十七卷續派十三卷：自黄山谷而下二十五家，又曾紘、曾思父子詩。詳見詩集類。詩派之説，本出於吕居仁前輩，多有異論，觀者當自得之。」王應麟小學紺珠卷四：「江西詩社宗派圖二十五人：黄庭堅（宗派之祖）、陳師道、潘大臨、謝逸、洪朋、洪芻、饒節、祖可、徐俯、林敏修、洪炎、汪革、李錞、韓駒、李彭、晁沖之、江端本、楊符、謝邁、夏倪、林敏功、潘大觀、王直、方善權、高荷、吕本中（本中作圖）。」吕本中，字居仁，學者稱東萊先生。

〔五〕「一生」句：杜甫奉待嚴大夫：「身老時危思會面，一生襟抱向誰開。」

〔六〕吾衰：論語述而：「子曰：『甚矣吾衰也！久矣吾不復夢見周公。』」抱膝：白居易把酒思閒事：「月下低眉立，燈前抱膝吟。」

〔七〕「鶯花」二句：陸游黄州：「江聲不盡英雄恨，天意無私草木秋。」

〔八〕蔓草王風：詩王風毛亨傳：「黍離，閔宗周也。周大夫行役，至於宗周，過故宗廟宫室，盡爲禾黍，閔宗周之顛覆，彷徨不忍去。」李白古風之一：「大雅久不作，吾衰竟誰陳。王風委蔓草，戰國多荆榛。」

〔九〕雲煙金石：周雪客曾編雲煙過眼録，將家藏之印章、書畫悉數記録，雖經戰亂，所藏猶富。四庫抽毁書提要：「亮工癖嗜印章及畫，嘗裒輯同時能篆刻者爲印人傳，又裒輯畫家名氏爲此書。……觀其子在浚所輯雲煙過眼録，亮工所收諸畫至二十巨函，可謂巨細不遺，而立傳者僅此，則亦矜慎不苟矣。」李清照金石録後序：「金人犯京師，四顧茫然，盈箱溢篋，且戀戀，且悵悵，知其必不爲己物矣。建炎丁未春三月，奔太夫人喪南來，既長物不能盡載……凡屢減去，尚載書十五車，至東海，連艫渡淮，又渡江至建康。」

〔一〇〕「一任」句：杜甫登岳陽樓：「吴楚東南坼，乾坤日夜浮。」

〔一一〕斬新：杜甫三絶：「楸樹馨香倚釣磯，斬新花蘂未應飛。」

〔一二〕蒲劍：以菖蒲葉所做之劍。舊俗於端午日挂門上，可辟邪。富察敦崇燕京歲時記：「端午日用菖蒲、艾子插於門旁，以禳不祥，亦古者艾虎、蒲劍之遺意。」

〔一三〕艾人：舊俗端午日以艾蒿紮草人懸門上，云可辟邪。宗懔荆楚歲時記：「五月五日……采艾以爲人，懸門户上，以禳毒氣，以菖蒲或鏤或屑以泛酒。」

〔一四〕「自古」句：李白將進酒：「古來聖賢皆寂寞，唯有飲者留其名。」

〔一五〕野賓：釋略本録嚴鴻逵釋略：「野賓，某書載一人家畜一猴，名之曰野賓，豢養甚至。後放之山，一日其人於舟中過，猴從山上望見，跳擲哀鳴，欲赴舟不得，遂自投水死。故以喻己之戀舊云。見十國春秋王仁裕傳。」按，所謂出十國春秋者，蓋嚴鴻逵以爲王仁裕事，致誤記。李昉太平廣記所引，謂出王氏見聞，天中記所載亦同。太平廣記卷四四六畜獸「王仁裕」條：「王仁裕嘗從事於漢中，家於公署，巴山有采捕者，獻猿兒焉，憐其小而慧黠，使人養之，名曰野賓，呼之則聲聲應對。經年則充博壯盛，縻縶稍解，逢人必囓之，頗亦爲患，仁裕叱之，則弭伏而不動，餘人縱鞭棰亦不畏。……於是頸上繫紅綃一縷，題詩送之。……又使人送入孤雲兩角山，且使縶在山家，旬日後方解而縱之，不復再來矣。後罷職入蜀，行次嶓冢廟前，漢江之壖，有群猿自峭巖中連臂而下，飲於清流，有巨猿舍群而前，於道畔古木之間，垂身下顧，紅綃仿佛而在，從者指之曰：『此野賓也。』呼之，聲聲相應。立馬移時，不覺惻然，及聳轡之際，哀叫數聲而去，及陟山路轉壑回溪之際，尚聞嗚咽之音，疑其腸斷矣。」

〔一六〕凝丹：李白感興之六：「高節不可奪，烱心如凝丹。」蕭士贇注：「此篇喻賢者有所抱負，審所去就，不肯輕以身許人，惟恐老之將至，功業未建，於時無聞，思見君子，盡心以事之，與共禄位也。」

〔一七〕劍術：陶淵明詠荆軻：「惜哉劍術疏，奇功遂不成。」金自躍：莊子大宗師：「今大冶鑄金，金自躍曰：『我且必爲鏌鋣！』大冶必以爲不祥之金。今一犯人之形，而曰：『人耳！人耳！』夫造化者必以爲不祥之人。」

〔一八〕「鼎烹」句：司馬遷史記卷一一二主父偃列傳：「丈夫生不五鼎食，死即五鼎烹耳。」杜甫去矣行：「未試囊中餐玉法，明朝且入藍田山。」劉向列仙傳卷上：「赤松子者，神農時雨師也。服水玉以教神農，能入火自燒。」

〔一九〕九節仙人杖：指菖蒲。歐陽詢藝文類聚卷八一草部引山海經：「菖蒲一寸九節。」查慎行洞仙歌：「扶起蒼顏，勝九節菖蒲柱杖。」杜甫望嶽：「安得仙人九節杖，拄到玉女洗頭盆。」周紫芝次韻關子東笻杖：「誰知九節仙人杖，解與先生立茂勳。」

〔二〇〕帝子冠：指荷花。貝瓊白蓮：「金莖側瀉仙人掌，玉葉危擎帝子冠。」

〔二一〕「爲我」句：謝承後漢書曰：「徐穉，字孺子，豫章人。家貧，常自耕稼，恭儉義讓，所居服其德。屢辟公府不起。時陳蕃爲太守，以禮請署功曹，穉不免之，既謁而退。蕃在郡不接賓客，唯穉來特設一榻，去則懸之。後舉有道，拜太原太守，皆不就。」（太平御覽卷四七四引）

遥連堂集飲次雪客韻　四首

春江東下客西來，瀲灩傾君江上杯。杜宇冬青愁贔屭〔一〕，玄猿山竹弔蓬萊〔二〕。夜臺沽酒誰知己〔三〕，驛壁鈔詩我愛才〔四〕。十載口中生石闕〔五〕，無端今日鐵函開〔六〕。

莽莽蒼煙認九州，蕭蕭白髮更何求。靈旗不轉魚龍夜〔七〕，華表空歸鸛鶴秋〔八〕。南渡風流燈下出〔九〕，六朝香豔雨中收。酒行誰執朱虛法〔一〇〕，但話傷心大白浮〔一一〕。

頭銜初試五湖新，卻聘羞稱游惰民〔一二〕。公豈非耶天下士，吾真老矣眼中人〔一三〕。買瓜門外逢勳舊〔一四〕，看竹城南記隱淪〔一五〕。便欲忘形呼具治，龐家賓醉轉留賓〔一六〕。

櫟園鈔本印猶丹，樽酒論交許借看。把卷當時輕一醉，閉門連日廢三餐。卑無高論驚前席〔一七〕，老不中書謝免冠〔一八〕。塗抹狗君君更癖，夢中語亦作佳觀。

【箋　釋】

此詩作於康熙十二年癸丑五月初。

按，此詩頗難解，余求之數月不得。其用典之多且晦，非一一究其底裹而不能豁然者。蓋此四詩者，不僅述雪客及其尊翁櫟園事，更寄晚村私情。酒與詩者，知己事也，外人豈足道哉！晚村詩之晦有如此。

【注　釋】

〔一〕贔屭：徐應秋玉芝堂談薈卷三三「龍生九子」條引陸文量菽園雜記：「古器物異名，屭贔其形似龜，性好負重，故用載石碑。」陳大章詩經名物集覽卷六：「世傳龍生九子，不成龍，各有所好。一贔屭，形似龜，好負重，今石碑趺是也。二螭吻，形似獸，性好望，今屋上獸頭是也。三蒲牢，形似龍而小，今鐘紐是也。四狴犴，形似虎，有威力，故立於獄門。五饕餮，好飲食，故立於鼎蓋。六虮蝮，好水，故立於橋柱。七睚眦，性好殺，故立於刀環。八金猊，形似獅，好煙火，故立於香爐。九椒圖，形似螺蚌，性好門，故立於門鋪首。」

〔二〕玄猿：司馬相如長門賦：「孔雀集而相存兮，玄猿嘯而長吟。」

〔三〕「夜臺」句：李白哭宣城善釀紀叟：「夜臺無曉日，沽酒與何人。」陸機挽歌：「按轡遵長薄，送子長夜臺。」李周翰注：「謂墳墓一閉，無復見明，故云長夜臺。」

〔四〕「驛壁」句：白居易藍橋驛見元九詩：「藍橋春雪君歸日，秦嶺秋風我去時。每到驛亭先下馬，循墻繞柱覓君詩。」

〔五〕口中生石闕：郭茂倩樂府詩集卷四六讀曲歌：「奈何許，石闕生口中，銜碑不得語。」

〔六〕鐵函：潘永因宋稗類鈔卷一二：「鄭所南先生當宋社既墟，無策自奮，著心史六萬餘言，鐵函重匱，外著『大宋鐵函經』五字，内題『大宋孤臣鄭思肖百拜書』十字，沉於吴門承天寺眢井中。崇禎戊寅冬，寺僧達濬井得之，自德祐癸未至崇禎戊寅，實三百五十六年矣。」

〔七〕靈旗：司馬遷史記卷一二孝武本紀：「其秋，爲伐南粤，告祝泰一，以牡荆畫旛日月北斗登龍，以象天一三星，爲泰一鋒，名曰靈旗。爲兵禱，則太史奉以指所伐國。」魚龍夜：杜甫秦州雜詩：「水落魚龍夜，山空鳥鼠秋。」陸佃埤雅卷一釋魚：「酈元水經曰：魚龍以秋日爲夜。按，龍秋分而降，則蟄寢於淵，龍以秋日爲夜。」

〔八〕「華表」句：陶淵明搜神後記卷一：「丁令威，本遼東人。學道於靈虛山，後化鶴歸遼，集城門華表柱。時有少年舉弓欲射之，鶴乃飛，徘徊空中而言曰：『有鳥有鳥丁令威，去家千年今始歸。城郭如故人民非，何不學仙冢累累。』遂高上沖天。今遼東諸丁云其先世有升仙者，但不知名字耳。」

〔九〕南渡：李白金陵：「晉家南渡日，此地舊長安。」楊齊賢注：「晉元帝南渡，即帝位，都於建康。諸葛亮曰：『鐘阜龍盤，石城虎踞。』」

〔一〇〕朱虚法：行酒令之一種。司馬遷史記卷五二齊悼惠王世家：「朱虚侯年二十，有氣力，忿劉氏不得職。嘗入侍高后燕飲，高后令朱虚侯劉章爲酒吏，章自請曰：『臣，將種也，請得以軍法行酒。』高后曰：『可。』酒酣，章進飲歌舞，已而曰：『請爲太后言耕田歌。』高后兒子畜之，笑曰：『顧而父知田耳，若生而爲王子，安知田乎？』章曰：『臣知之。』太后曰：『試爲我言田。』章曰：『深耕穊種，立苗欲疏，非其種者，鉏而去之。』吕后默然。頃之，諸吕有一人醉，亡酒，章追，拔劍斬之而還，報曰：『有亡酒一人，臣謹行法斬之。』太后左右皆大驚，業已許其軍法，無以罪也。」

〔一一〕大白浮：劉向説苑卷一一善説：「魏文侯與大夫飲酒，使公乘不仁爲觴政，曰：『飲不嚼者，浮以大白。』文侯飲而不盡嚼，公乘不仁舉白浮君，君視而不應。侍者曰：『不仁退，君已醉矣。』」蘇軾聚星堂雪：「欲浮大白追餘賞，幸有回飆驚落屑。」

〔一二〕游惰民：商君書墾令：「禄厚而税多，食口衆者，敗農者也。則以其食口之數賤而重使之，則辟淫游惰之民無所於食。民無所於食，則必農；農，則草必墾矣。」

〔一三〕「吾真」句：杜甫短歌行：「青眼高歌望吾子，眼中之人吾老矣。」

〔一四〕「買瓜」句：司馬遷史記卷五三蕭相國世家：「諸君皆賀，召平獨弔。召平者，故秦東陵侯，秦破，爲布衣。貧，種瓜於長安城東，瓜美，故世俗謂之東陵瓜。」

〔一五〕「看竹」句：王維春日與裴迪過新昌里訪吕逸人不遇：「桃源一向絶風塵，柳市南頭訪隱淪。到門不敢題凡鳥，看竹何需問主人。」

〔一六〕龐家：范曄後漢書卷八三逸民列傳：「龐公者，南郡襄陽人也。」李賢注引襄陽記：「諸葛孔明每至德公家，獨拜牀下，德公初不令止。司馬德操嘗詣德公，值其渡沔上先人墓。德操徑入其堂，呼德公妻子，使速作黍，徐元直向云當來就我與德公談。其妻子皆羅拜於堂下，奔走共設。須臾德公還，直入相就，不知何者是客也。」

〔一七〕「卑無」句：司馬遷史記卷一〇二張釋之列傳：「釋之既朝畢，因前言便宜事。文帝曰：『卑之，毋甚高論，令今可施行也。』」班固漢書卷四八賈誼列傳：「後歲餘，文帝思誼，徵之至。入見，上方受釐，坐宣室。上因感鬼神事而問鬼神之本，誼具道所以然之故，至夜半，文帝前席。」

〔一八〕老不中書：韓愈毛穎傳：「中書君老而禿，不任吾用，吾嘗謂君中書，君今不中書邪。」謝免冠：司馬遷史記卷五七絳侯周勃世家：「景帝居禁中，召條侯賜食，獨置大胾，無切肉，又不置櫡。條侯心不平，顧謂尚席取櫡。景帝視而笑曰：『此非不足君所乎？』條侯免冠謝。上起，條侯因趨出。景帝以目送之，曰：『此怏怏者，非少主臣也。』」

王安節惠畫端陽賣花圖次其韻

木榻蕭然晝睡濃，開緘一笑老狂同。不知簫鼓爲端午，但見葵榴是越中〔一〕。物態牢籠石田句〔二〕，花頭點染白陽風〔三〕。故園此際誰收拾，落盡闌干大半紅。

【箋　釋】

此詩作於康熙十二年癸丑五月初五，是日端午。

按，王槩，字安節，江寧人。此詩贊安節之畫，遂思及家中故園景物，蓋已落紅大半矣。

【資　料】

王士禛二王詩畫：金陵王槩，字安節，善畫山水。其兄蓍，字宓草，工花卉翎毛。兄弟皆能詩，往往可誦。蓍本名尸，槩本名丐，後改今名。嘗見槩兩篇云：「虚牕吮筆臨秋水，葭菼蒼蒼冷到天。」爲愛芙蓉江月好，小亭長伴鷺鷥眠。」又：「潯陽江水抱城流，庾亮曾經此夜游。亦是新涼當八月，遂教

高會擅千秋。風騷接席無今古，喬梓凌雲富唱酬。傑閣共傳詩句好，飛揚興不減南樓。」檕，詩人方文爾止壻也。（池北偶談卷一八）

王檕題畫：湖乾路僻無車馬，葭菼蒼蒼涼到天。長日接羅慵不著，草堂閒對鷺鷥眠。（江蘇詩徵卷一八三）

【注釋】

〔一〕葵榴：吴自牧夢粱録卷三「五月」條：「杭都風俗，自初一日、端午日，家家買桃、柳、葵、榴、蒲葉伏道。又，並市茭粽，五色水團，時果，五色瘟紙當門供養，自隔宿及五更，沿門歌賣聲，滿街不絶。……其日正是葵榴鬭豔，梔艾爭香，角黍包金，菖蒲切玉，以酬佳景，不特富家巨室爲然，雖貧賤之人，亦且對時行樂也。」

〔二〕石田：朱謀垔續書史會要：「沈周，字啟南，號石田先生，長洲人。好著書，工詩。與吴原博爲友，而文徵仲尊事之。王文恪稱其風格潔修，眉目娟秀，外標朗潤，内藴精明，書法涪翁，遒勁奇倔，繪事絶精，寫物各極其妙。評者謂石田畫、獻吉詩、希哲書，爲我朝三絶云。」

〔三〕白陽：朱謀垔畫史會要卷四：「陳淳，字道復，後以字爲名，而改字復甫，號白陽山人。天才秀發，下筆超異，山水師古人，而蕭散之趣，宛然在目。尤妙寫生，一花半葉，淡墨欹豪而疏斜歷亂，偏其反而，咄咄逼真。子括，飲酒縱誕，有竹林之習，畫雖放浪，終非俗流。」

午日有懷 二首

象生纏縛綵絲新〔一〕，八角靈符巧稱身〔二〕。乍喜小兒爲造物〔三〕，忽驚老子是陳人〔四〕。鼓聲死帶敗軍氣〔五〕，髻樣高遺亡國塵〔六〕。唱徹邊關爭笑舞，不知其樂是遺民。

故鄉此日尋幽處，小月泉庭倚碧梧。小月泉爲自牧與陳霜威諸子及吾兒讀書處。細抹雄黄分稚子〔七〕，拍浮大白欠狂夫①。日長齋長添書課〔八〕，暑過園官急水符〔九〕。昨夜寒陵聞石語，何如倚櫂逐吾徒。

【校記】

①欠 怡古齋鈔本校曰：「欠，當作『飲』。原本已誤。」

【箋釋】

此詩作於康熙十二年癸丑五月初五，是日端午。

按，第一首，乃金陵所見，前者皆端午習俗，後謂人們陶醉於聲樂之中，亡國之恨已然忘矣，獨

「遺民」不知其樂也。

第二首，由端午風物而憶及家中諸子，致生歸鄉心切之意。「何如」句，正所謂「書籍留人，戀戀難釋，意且在此結夏，大約秋初作歸計」云耳（與大火辟惡帖三）。

【注　釋】

〔一〕象生：舊時端五時婦女飾物之一。董斯張廣博物志卷四：「越巫始制端午綵符、健線、艾人。」顧禄清嘉録卷五：「市人以金銀絲制爲繁纓、鐘、鈴諸狀，騎人於虎，極精細，綴小釵，貫爲串，或有用銅絲金箔者，供婦女插鬢。又互相獻賚，名曰健人。」

〔二〕靈符：吴自牧夢粱録卷三「五月」條：「如市井看經道流，亦以分遺施主家。所謂經筒、符袋者，蓋因抱朴子問辟五兵之道，以五月五日佩赤靈符，挂心前。今以釵符佩帶，即此意也。」經筒、符袋，即後世所謂之香包，有各種形狀，八角其一也。

〔三〕小兒爲造物：歐陽修新唐書卷二〇一文藝列傳：「杜審言病甚，宋之問、武平一等省候何如，答曰：『甚爲造化小兒相苦，尚何言。』」蘇軾贈梁道人：「老人大父識君久，造物小兒如子何。」

〔四〕老子：沈約宋書卷九一孝義列傳：「潘綜，吴興烏程人也。孫恩之亂，妖黨攻破村邑，綜與父驃共走避賊。……綜迎賊叩頭曰：『父年老，乞賜生命。』賊至，驃亦請賊曰：『兒年少，自能走，今爲老子不走去，老子不惜死，乞活此兒。』」按，至今崇德俗語自呼爲老子，晚村蓋以土語入詩。陳人：莊子寓言：「人而無以先人，無人道也。人而無人道，是之謂陳人。」林希逸注：「陳人，謂世間陳久無用之人也。」

〔五〕「鼓聲」句：常建弔王將軍墓：「戰餘落日黄，軍敗鼓聲死。」

〔六〕「髻樣」句：范曄後漢書卷二四馬援列傳：「長安語曰：『城中好高髻，四方高一尺。』」脱脱宋史卷六五五行志：「建隆初，蜀孟昶末年，婦女競治髮，爲高髻，號朝天髻。未幾，昶入朝京師。」

〔七〕「細抹」句：高濂遵生八牋卷四：「五日午時，飲菖蒲、雄黄酒，辟除百疾而禁百蟲。」余麗元光緒石門縣志卷一一風俗：「五月五日爲天中節，各家懸神符，瓶插葵艾，以角黍牲酒祀神享先，午時飲雄黄酒。婦女裂繒爲人形佩之，謂之健人；小兒繫彩索，佩虎符以避邪。」富察敦崇燕京歲時記：「每至端陽，自初一日起，取雄黄和酒曬之，用塗小兒額及鼻耳間，以避毒物。」

〔八〕齋長：陸九淵陸修職墓表：「公諱九皐，字子昭。……長，補郡學子弟員，一試即居上游。郡博士徐君視公文行俱優，擢爲齋長。」吕本中童蒙訓卷上：「滎陽公入大學時，二十一歲矣。胡先生實主學，與黄右丞安中履、邢尚書和叔恕同齋舍，時安中二十六歲，爲齋長，和叔十九歲。」此處指塾師。

〔九〕水符：蘇軾有詩題曰：「愛玉女洞中水，既致兩缾，恐後復取而爲使者見紿，因破竹爲契，使寺僧藏其一，以爲往來之信，戲謂之調水符。」吴景奎同劉伯善賦覺慈寺玉壺冰泉：「水符乞與山僧調，供給茶鐺日與君。」

集飲丁叟水檻〔一〕

繁華易傷心，細事到妖冶。當時佳麗場，老柳嚙病馬。南院剩紅橋①〔二〕，遺鈿出斷瓦。隔水誰家樓，勾欄巧橅寫〔三〕。挹茲好事徒②，水邊傳杯斝。丁翁九十餘，瑣碎醉告我。行在駐建康〔四〕，風流逮老者。平章引學士，共結香火社。秘戲達禁中，新詞鬬妍雅。大事一朝去，急雨棠梨打〔五〕。辱井既出陳〔六〕，魯港亦走賈〔七〕。縷衣落湖湘〔八〕，霓裳張廣野〔九〕。魂歸后土荒〔一〇〕，有花不堪把。止翁弗復言，我已數行下。此淚與君殊，不爲秦淮灑。

【校　記】

①紅橋　疑作「虹橋」，見注釋。

②挹　怡古齋鈔本校曰：「挹，原本如此，恐誤。」

【箋　釋】

此詩作於康熙十二年癸丑五、六月間。

按，丁叟，即丁繼之。據錢牧齋壽丁繼之七十詩（作於順治十一年甲午），知丁叟生於明萬曆十三年乙酉秋冬，今年才八十九歲耳，而謂「九十餘」，是高其歲月也。丁繼之乃崑曲演藝者，與蘇坤生、卞玉京、張燕筑、沈公憲等同臺。

晚村詩中記「秘戲達禁中，新詞闘妍雅」事，丁繼之或曾入南明朝廷演戲，其事雖不可詳，而盛況當屬親歷。數十年間之風華與硝煙，説來如示諸掌，蓋當時過秦淮者，未有不往其水閣飲酒以談故事者也。周雪客秦淮古跡詩曰：「桃根桃葉畫樓多，秋水秋山喚奈何。幾曲小闌明月底，有人曾此别横波。」自注：「桃葉渡頭丁老河亭，錢虞山、龔合肥常主於其家。」（國朝金陵詩徵卷六）王士禛曰：「余客金陵，居秦淮邀笛步上，與主人丁翁談秦淮盛時舊事，作絶句二十首。」（漁洋詩話卷上）則丁翁所談，必爲傷心之事，故晚村止其「弗復言」，蓋丁翁但傷一地之興廢，而晚村所慟者乃是一國之興亡，故曰「此淚與君殊，不爲秦淮灑」也。

【資料】

余懷板橋雜記卷中：顧媚，字眉生。……通文史，善畫蘭，追步馬守真，而姿容勝之，時人推爲南曲第一。家有眉樓。……余嘗戲之曰：「此非眉樓，乃迷樓也。」人遂以「迷樓」稱之。……未幾，歸合肥龔尚書芝麓。……歲丁酉，尚書挈夫人重過金陵，寓市隱園中林堂。值夫人生辰，張燈開宴，請召賓客數十百輩，命老梨園郭長春等演劇，酒客丁繼之、張燕筑及二王郎，串王母瑶池宴。

又：曲中狎客，則有張卯官笛，張魁官簫，管五官管子，吴章甫弦索，錢仲文打十番鼓，丁繼之、張燕筑、沈元甫、王公遠、朱維章串戲，柳敬亭説書。或集於二李家，或集於眉樓，每集必費百金，此亦銷金之窟也。……丁繼之扮張驢兒娘，張燕筑扮賓頭盧，朱維章扮武大郎，皆妙絶一時。丁、張二老並壽九十餘。錢虞山題三老圖詩末句云：「秦淮煙月經游處，華表歸來白鶴知。」不勝黄公酒壚之歎。（板橋雜記卷下）

錢謙益壽丁繼之七十四首：左右風懷七十年，花枝酒海鏡臺前。每憑青鳥傳書信，不欠黄姑下聘錢。無事皺眉常自慰，有人擁髻正相憐。笑他丁令千年後，化鶴歸來勸學仙。

龍漢分明劫外年，燈樓酒舫赤闌前。琴尊自可爲三友，花月何曾費一錢。留客恰宜邀笛步，當歌最愛相夫憐。案頭老蠹休相笑，食字春蠶豈是仙。

曲踴横奔倚少年，金丸玉劍萬人前。淳于正合傾三斗，鄭尉何曾值一錢。望眼刀頭青鏡在，吞聲江曲白頭憐。知君不羨還丹訣，俠骨飛騰即劍仙。

白下藏名七十年，博場酒肆笛床前。傳來建業三臺曲，留得開元半字錢。蔭藉金張那可問，經過趙李總堪憐。繫腰莫笑吾衰甚，雲母餐來共作仙。（牧齋有學集卷五）

錢謙益丙申春就醫秦淮寓丁家水閣浹兩月臨行作絶句三十首留别留題不復論次：苑外楊花待暮潮，隔溪桃葉限紅橋。夕陽凝望春如水，丁字簾前是六朝。（牧齋有學集卷六）

吴綺滿江紅再次韻贈丁翁：汝叟何來，年八十、顔如童色。又幾載，秦淮不見，尚來爲客。樓護鯖分元狩味，何戡曲認龜兹脈。記當時、桃葉小居停，分花石。　瞳子裹，看成碧。顛毛上，全非白。是詩酒都官，燕鶯司直。人化雲煙齊過眼，兒爭花藥才依膝。歎虞山、老句尚籠紗，空留壁。（林蕙堂全集卷二五）

孔尚任桃花扇卷首本末：前有小忽雷傳奇一種，皆顧子天石代予填詞。予雖稍諳宫商，恐不諳於歌者之口。及作桃花扇，時天石已出都矣。適吴人王壽熙者，丁繼之友也，赴紅蘭主人招，留滯京邸，朝夕過從。示予以曲本套數，時優熟解者，遂依譜填之。每一曲成，必按節而歌，稍有拗字，即爲改制。

宋犖何次德見過漫堂感賦：廚俊英游幸拍肩，喉瀛鞭弭共周旋。緇衣需次仍遺老，白首重逢話往年。柳暗隋堤花是雪，月明笛步酒如泉。雲煙過眼嗟三紀，疏雨青燈一惘然。曩次德游梁，所主必舊家，余同雪園諸子賦詩送之。後遇於金陵，與周櫟園、袁籜菴諸公燕集秦淮丁繼之水閣，今屈指三十餘年矣。（西陂類稿卷九）

全祖望午日秦淮燈船：故國百年消爝火，游人連棹賞清時。曲廊高閣還無恙，不見當年丁繼之。（鮚埼亭詩集卷六）

【注釋】

〔一〕水檻：即邀笛步水閣。房玄齡晉書卷八一桓伊傳：「桓伊善音樂，盡一時之妙，爲江左第一。有蔡邕柯亭笛，常自吹之。王徽之赴召京師，泊舟青溪側，素不與徽之相識，伊於岸上過，船中客稱伊小字曰：『此桓野王也。』徽之便令人謂伊曰：『聞君善吹笛，試爲我一奏。』伊是時已貴顯，素聞徽之名，便下車，踞胡床爲作三調，弄畢，便上車去，客主不交一言。」後世遂名其地曰邀笛步。

〔二〕紅橋：周應合景定建康志卷一六「橋梁」：「天津橋，在行宫前，舊名虹橋。政和中蔡公薿建爲石橋，號曰蔡公橋，後改今名。考證：天津本西京大内前橋名，即康節邵雍聞杜鵑處。今移其名於此，不忘京師之思也。」

〔三〕勾欄：楊慎丹鉛餘録卷一〇：「段國沙州記：『吐谷渾於河上作橋，謂之河厲，長一百五十步，勾欄甚嚴飾。』勾欄之名始見乎此。王建宫詞：『風簾水殿壓芙蓉，四面勾欄在水中。』李義山詩：『簾輕幕重金勾欄。』李長吉詩：『蟪蛄弔月鉤闌下。』字又作『鈎』。宋世以來，名教坊曰勾欄。」

〔四〕行在：顔師古漢書注：「天子或在京師，或出巡狩，不可豫定，故言行在所耳。不得亦謂京師爲行在也。」陸游老學菴筆記卷四：「建炎初，大駕駐蹕南京、揚州……已而，大駕幸建康，六宫留臨安，則建康爲行在，臨安爲行宫。」建康：祝穆方輿勝覽卷一四建康府：「建置沿革：禹貢揚州之域。吴地斗分，星紀之次。春秋屬吴，戰國屬越，後屬楚，初置金陵邑。秦改曰秣陵，屬鄣郡。漢改鄣郡爲丹陽郡。吴大帝自京口徙此，因改爲建業。晉武帝改爲秣陵，又分秣陵北爲建業，改『業』爲『鄴』；後避湣帝諱，改爲建康。東晉元帝渡江，復都焉，又爲丹陽郡。宋齊梁陳因之。隋廢郡，更於石頭城置蔣州。唐爲揚州，置江寧爲潤州屬縣，後改爲昇州。僞吴改爲江寧府。國朝克復爲昇州，仁宗以昇王建國，復陞江寧府、建康軍節度。六蜚駐蹕，詔改建康府，建行都。紹興八年，移蹕錢塘，置行宫留守司。」此處代指福王政權。

〔五〕「急雨」句：范成大碧瓦：「無風楊柳漫天絮，不雨棠梨滿地花。」

〔六〕「辱井」句：周應合景定建康志卷一九山川志：「景陽井，一名胭脂井，又名辱井，在臺城内。陳末，後主與張麗華、孔貴嬪投其中，以避隋兵。」

〔七〕「魯港」句：脱脱宋史卷四七四姦臣傳：「賈似道，字師憲，台州人。……時一軍七萬餘人，盡屬孫虎臣，軍丁家洲；似道與夏貴以少軍軍魯港。二月庚申夜，虎臣以失利報，似道倉皇出呼曰：『虎臣敗矣。』命召貴與計事。頃之，虎臣至，撫膺而泣曰：『吾兵無一人用命也。』貴微笑曰：『吾嘗血戰當之矣。』似道曰：『計將安出？』貴曰：『諸軍已膽落，吾何以戰？公惟入揚州，招潰兵迎駕海上，吾特以死守淮西爾。』遂解舟去，似道亦與虎臣以單舸奔揚州。明日敗兵蔽江而下，似道使人登岸，揚旗招之，皆不至。有爲惡語慢罵之者，乃檄列郡如海上迎駕，上書請遷都，列郡守，於是皆遁，遂入揚州。」

〔八〕縷衣：即金縷衣。杜牧杜秋娘詩：「秋持玉斝醉，與唱金縷衣。」

〔九〕霓裳：即霓裳曲。陳暘樂書卷一八五樂圖論：「唐舊制，承平無事三二歲，必於盛春内殿錫宴宰輔及百辟，備韶濩九奏之樂，設魚龍曼延之戲。……有曰霓裳曲者，率皆執幡節，被羽服，態度凝澹，飄飄然，疑有翔雲飛鶴，變見左右。」

〔一〇〕后土：指揚州后土祠。張昱題揚州史左丞畫扇：「后土祠前路，金鞍憶舊游。春風雙燕子，渾似在揚州。」

得孟舉書志懷 三首

夢過橙齋一笑㕓〔一〕，打門驚睡手書開。書中亦説曾相夢，莫是書從夢裏來。

金陵半載坐鈔書，户外峰巒畫不如。怪我登臨何太倦，要留足目到匡廬①〔二〕。孟舉約共游廬山。

自古相知心最難，頭皮斷送肯重還〔三〕。故人誰似程文海〔四〕，便恐催歸謝疊山〔五〕。燕中友人欲購致予，孟舉以書爲我卻之。

【校　記】

① 足目　怡古齋鈔本校曰：「足目二字，原本如此，恐是『足力』之誤。」

【箋　釋】

此詩作於康熙十二年癸丑六月。

按，此三首詩蓋爲得孟舉書而發者也。孟舉書今未見，所言不少於四事，以詩答者三，另一爲「聞比有疾惡之事，不知進止若何」云，是晚村未詳底裏，故無所述。

第一首，互爲夢繞也。橙齋，孟舉書齋名。

第二首，欲游廬山事也。蓋浙東與浙西人士，游廬山皆先至金陵，再自金陵溯江而上，故孟舉若出游廬山，亦必先之金陵轉道。如此，則可與晚村相見，共同前往。孟舉此意，生於上年即康熙十一年壬子，其寄雪客詩曰：「明年擬蠟匡廬屐，便道過從一見君。」晚村復吴孟舉書：「弟此間行止未定，畏暑，欲俟秋歸。若吾兄楚行必果，則弟留此以待爲廬山之游，如其不確，則七月望後束裝南矣，亦候兄教決之耳。」（吕晚村先生文集卷三）

第三首，嚴鴻逵釋略曰：「備忘録云：『方虎、喬三致龔鼎孳意於孟舉，欲我至京選房書，且商迎請之禮當如何。孟舉答云：晚村一至長安，則晚村先失其晚村，合肥又何取於晚村哉。孟舉可謂深知我矣。』末章所以志也。」又復吴孟舉書：「得十九日書，悉近狀，甚慰遠念。讀答方虎語，尤感尤喜，歡老兄知弟之深，愛弟之切，而教弟之至也。方虎二十餘年之交契，分非不篤，然終是世故中人，方且以留夢炎、程文海自處，於語知己何有哉！歸時當叩首謝兄益我耳。」（吕晚村先生文集卷三）所謂「燕中友人」，指徐方虎、朱喬三而言。又答柯寓匏曹彝士書：「前在金陵，有時貴相識者，欲某定其房稿，曾有絶句云：『自古相知心最難，頭皮斷送肯重還。故人誰似程文海，便恐催歸謝疊山。』此心言也。兩兄深知此意。至燕市絶不齒及。若有問者，第云：『衰病，事事頹廢，更無足道者。』則知我愛我之至也。」（吕晚村先生文集卷四）

朱雯，字裔三，號復思，石門人。康熙三年甲辰進士，曾任江寧同知、松江知府，康熙三十年辛未督學山東。蒲松齡聊齋誌異有蚰蜒、何仙兩篇，譏諷之。

【注　釋】

〔一〕豗：李白蜀道難：「飛湍瀑流爭喧豗，砯崖轉石萬壑雷。」王琦注引韻會：「豗，喧聲。」

〔二〕匡廬：范曄後漢書附司馬彪郡國志：「尋陽南有九江，東合爲大江。」劉昭補注引釋慧遠廬山記略：「山在尋陽南，南濱宫亭湖，北對小江山，去小江三十餘里。有匡裕先生者，出自殷、周之際，隱遯潛居其下，受道於仙人，共游此山，故時人謂其所止爲神仙之廬，因以名山焉。」

〔三〕頭皮斷送：蘇軾東坡志林卷六：「昔年過洛，見李公簡言真宗既東封，訪天下隱者，得杞人楊樸能爲詩，召對，自言不能，上問：『臨行有人作詩送卿否？』樸曰：『唯臣妻有一首云：更休落魄躭杯酒，且莫倡狂愛詠詩。今日捉將官裏去，這回斷送老頭皮。』上大笑，放還山。」阮閲詩話總龜卷一二：「楊樸，字契元，鄭州人。善爲詩，少嘗與畢文簡公（士安）同學。」

〔四〕程文海：謝旻江西通志卷八三人物：「程文海，字鉅夫，避武宗御名，以字行，建昌路南城縣人。德祐元年，從叔父西渠官於洪，講學東湖之上。元至元十三年，充質子，挈家入覲，賜見面試文字，署翰林院，除應奉文字，改修撰，升集賢院直學士，領會同館事，擢侍御史，行御史臺事。南人入臺，自鉅夫始。」宋濂元史卷一七三崔斌傳：「二十三年，侍御史程文海奉命搜賢江南。」

〔五〕謝疊山：即謝枋得。脱脱宋史卷四二五謝枋得傳：「謝枋得，字君直，信州弋陽人也。爲人豪爽，每觀書，五行俱下，一覽終身不忘。性好直言，一與人論古今治亂國家事，必掀髯抵几，跳躍自奮，以忠義自任。徐霖稱其『如驚鶴摩霄，不可籠縶』。……至元二十三年，集賢學士程文海薦宋臣二十二人，以枋得爲首，辭不起。……二十五年，福建行省參政管如德將旨如江南求人材，尚書留夢炎以枋得薦，枋得遺書夢炎曰：『江南無人材。……今吾年六十餘矣，所欠一死耳，豈復有它志哉！』終不行。……二十六年四月，至京師，問謝太后欑所及瀛國所在，再拜慟哭。已而病，遷憫忠寺，見壁間曹娥碑，泣曰：『小女子猶爾，吾豈不汝若哉！』留夢炎使醫持藥雜米飲進之，枋得怒曰：『吾欲死，汝乃欲生我邪？』棄之於地，終不食而死。」

哭查漢園　二首

吾道方衰颯，得君殊浩然。廿年疑鹿洞〔一〕，一夕破天泉〔二〕。初於朱、陸有疑，聞予言，乃決然悟「良知」之非。誤處翻成益，回頭突過前。何圖妖夢速〔三〕，大擔壓誰肩。

童子成名早，奇才冠一軍。正馳燕市馬〔四〕，忽揖華山雲〔五〕。省札塵床角，村燈語夜分。壬子秋，家人逼之赴試。給以入省，竟過余東莊兩月，甚樂。漢園爲選貢，有赴省起送文書，至今留余榻間。此懷誰復似，野哭大江聞〔六〕。

【箋釋】

此詩作於康熙十二年癸丑六月。

按，朱寶瑨海寧州志稿：「查雍，字漢園。幼孤好學，弱冠有文名。順治甲午以貢入太學。廷試後，家居無事，取易讀之，忽有所得，於是棄舉子業，慨然有遺世之志，專意著述。暇則登山臨水，賦詩見志。未幾病卒。」（卷二九人物志文苑）張考夫答張佩葱別楮（癸丑六月）：「弟種植既畢，即欲往半邏。……月内意欲從郡城一問敬可兄之疾，因至半邏同商兄往弔漢園，未可知也。」（楊園先生全集卷一一）所謂「遺世之志」，未必即如此，晚村曰：「友朋間徙義進道之勇，未有如漢園者。癸丑，予至秣陵，而漢園與大辛相繼以病卒。予數年來喜爲澂湖、雲岫之游，自二君没，遂痛不欲東，亦吾道之窮也。」（質亡集小序）又曰：「漢園之變，令人悲悼。其人雖粗，然下梢展拓得開，不入鬼窟活計。惜哉，今不可復得矣。」（與董載臣書）兩詩意同此。

先是，張考夫有與呂用晦書，曰：「望日之夕，與兩令子、載臣、霜威宿於東莊，夢書『檢束』二字贈無黨，覺而思之，不爲無義。無黨平日，終是此二字分數少。……查漢園兄竟已古人，海濱氣色，何宜零落至此。先是祝開美、吴仲木、哀仲俱已早世，今復失漢園，可歎可歎。」（楊園先生全集卷七）晚村於六月二十六日諭大火辟惡帖則曰：「張先生字中道及教大火以『檢束』二字，甚中大火之病。」（呂晚村先生家書真蹟卷三）

【注釋】

〔一〕鹿洞：即白鹿洞書院，此喻朱熹之説。脱脱宋史卷四二九朱熹傳：「朱熹，字元晦，一字仲晦，徽州婺源人。……（淳熙）五年，史浩再相，除知南康軍，降旨便道之官，熹再辭，不許，至郡……訪白鹿洞書院遺址，奏復其舊，爲學規，俾守之。」

〔二〕天泉：指天泉證道紀，此喻王陽明「良知」之學。黄宗羲明儒學案卷一二：「王畿，字汝中，號龍溪，浙之山陰人。弱冠鄉舉，嘉靖癸未下第歸，受業於文成。……天泉證道紀謂師門教法，每提四句：無善無惡心之體，有善有惡意之動，知善知惡是良知，爲善去惡是格物。……先生親承陽明末命，其微言往往而在。象山之後，不能無慈湖，文成之後，不能無龍溪，以爲學術之盛衰因之。慈湖決象山之瀾，而先生疏河導源於文成之學，固多所發明也。」

〔三〕妖夢：左傳僖公十五年：「秦伯使辭焉，曰：『二三子何其慼也。寡人之從君而西也，亦晉之妖夢是踐。豈敢以至。』」杜預注：「狐突不寐而與神言，故謂之妖夢。」

〔四〕燕市馬：意爲出仕。燕市，指北京，此喻清廷。顧炎武井中心史歌：「陸公已向厓門死，信國捐軀赴燕市。昔日吟詩弔古人，幽篁落木愁山鬼。」

〔五〕華山：意謂死亡。班固漢書卷二七五行志：「秦始皇帝三十六年，鄭客從關東來，至華陰，望見素車白馬從華山上下，知其非人，道住止而待之。遂至，持璧與客曰：『爲我遺鎬池君。』因言『今年祖龍死』。忽不見。」

〔六〕野哭：禮記檀弓上：「孔子惡野哭者。」韓嬰韓詩外傳卷三：「（子産死）士大夫哭之於朝，商賈哭之於市，農夫哭之於野。」

過州來柳浪

江上弄海月，忽過岸柳根。柳根隱危構，照此窗中人。幽賞淡相喻，肴核見情真。寥寥答清響，四座闃無聞。疏簾隔煙景，遠火生波紋。市近儘夜囂，草閣如江村。因思喧寂理，不在所處尊。舉手各散去，白月還當門。

【箋釋】

此詩作於康熙十二年癸丑六、七月間。

按，晚村此次金陵之行，得交新朋有數位，然可以心相映者，州來一人而已。其與董載臣書曰：「僕在此，只得書集多種爲快。所遇人物，大約世情中汩没多少好才質，最上不過志在記誦詞章而已。都會雜遝，誠然無人，誠足壞人。」（呂晚村先生文集卷四）於此可見一斑。而晚村僅與州來往還爲多，且歸時作詩，一曰別白門諸同志，一曰留别州來，於此亦見一斑。及州來死，州來子子貫訪晚村於妙山，晚村送之以詩，有「愛我驢鳴無處作，喜君驥種又成家」云（金陵徐子貫攜其尊人詩文過妙山見示信宿别歸感賦），又見一斑矣。

再過州來柳浪

火車盤屋角，矮窗如甑炊。床几能炙人，坐卧失所宜。西溪老孺子①，木榻爲我施〔一〕。置我碧梧下，清泉徐濯之。江閣水氣深，曲廊生微颸。乍定煩疴蠲〔二〕，稍安發清思。信手摩卷帖，繙吟宋人詩。宋詩亦何好，頗類此景奇。脱落聲律塵，澡以冰雪姿。風雅理未息，漢唐或在兹。知音古實難，詎免末俗疑〔三〕。相對三歎喟，秋陰來晚陴。

【校　記】

① 西溪　釋略本、管庭芬鈔本、張鳴珂鈔本、萬卷樓鈔本、詩文集鈔本同，嚴鈔本、舊鈔殘本作「溪西」。

【箋　釋】

此詩作於康熙十二年癸丑七月。

按，晚村此詩，與州來探討宋詩特色，蓋時人尊唐黜宋，故晚村、孟舉等選刊宋詩鈔以行世，書前有孟舉序，實出晚村手，而冠名以孟舉者。然則晚村何爲而選宋人書耶？其答張菊人書曰：「自來喜讀宋人書……又宋人久爲世所厭薄，即有好事者，亦揀廟燒香已耳。再經變故，其澌滅盡絶，必自宋人書始。今幸於吾一聚焉，不有以備之流傳之，則古人心血，實澌滅自我矣。……近者，更欲編次宋以後文字爲一書，此又進乎詩矣。室中所藏，多所未盡，孟浪泛游，實爲斯事。至金陵見黄俞邰、周雪客二兄藏書，欣然借鈔，得未曾有者幾二十家。」（呂晚村先生文集卷一）晚村勾留金陵兩月有餘，亦爲此也。宋詩之行，實自宋詩鈔始，其功偉矣。

【資料】

吴孟舉宋詩鈔序：自嘉隆以還，言詩家尊唐黜宋，宋人集，覆瓿糊壁，棄之若不克盡，故今日蒐購最難得。黜宋詩者曰「腐」，此未見宋詩也。宋人之詩，變化於唐，而出其所自得，皮毛落盡，精神獨存，不知者或以爲腐。……此病不在黜宋，而在尊唐，蓋所尊者嘉隆後之所謂唐，而非唐宋人之唐也。唐非其唐，則宋非其宋，以爲「腐」也固宜。宋之去唐也近，而宋人之用力於唐也尤精以專。……今之尊唐者，目未及唐詩之全，守嘉隆間固陋之本，皆宋人已陳之芻狗，踐其首脊，蘇而爨之久矣。顧復取而篋衍文繡之，陳陳相因，千喙一唱，乃所謂「腐」也。……嘉隆之謂唐，唐之臭腐也，宋人化之，斯神奇矣。唐宋人之唐，唐之神奇也，嘉隆後人化之，斯臭腐矣。乃腐者以不腐爲腐，此何異狂國之狂其不狂者歟？萬曆間，李蓘選宋詩，取其離遠於宋而近附乎唐者。曹學佺亦云：「選始萊公，以其近唐調也。」以此義選宋詩，其所謂唐終不可近也，而宋人之詩則已亡矣。余與晚村、自牧所選蓋反是，盡宋人之長，使各極其致，門户甚博，不以一説蔽古人。非尊宋於唐也，欲天下黜宋者，得見宋之爲宋如此。……然則是集也，未必非唐以後詩道之巫陽也夫。（宋詩鈔卷首）

按，吕晚村先生古文題下署一「代」字。此篇實出晚村手。

【注釋】

〔一〕「西溪」二句：范曄後漢書卷五三徐穉列傳：「徐穉，字孺子，豫章南昌人也。……家貧，常自耕稼，非其力不食，恭儉義讓，所居服其德，屢辟公府，不起。時陳蕃爲太守，以禮請署功曹，穉不免之，既謁而退。蕃在郡，不接賓客，唯穉來，特設一榻，去則縣之。」

〔二〕煩疴：陳師道和舅氏公退言懷：「風雨入懷泥滿眼，時須好語滌煩疴。」蠲：爾雅釋言：「蠲，明也。」邢昺疏引樊光曰：「蠲除垢穢，使令清明。」

〔三〕末俗：董仲舒士不遇賦：「生不丁三代之隆盛兮，而丁三代之末俗。」王若虚高思誠詠白堂記：「樂天之詩，坦白平易，直以寫自然之趣，合乎天造，厭乎人意，而不爲奇詭以駭目俗之耳目。」

州來六十初度飲松堂

怪松身壓榻，叢桂童子舞〔一〕。閒庭一俯仰，意象隱高古。讀書六十年，刲穿不知苦〔二〕。

令人望其氣，健如三日虎〔三〕。志士喜危言〔四〕，熱客多忌語〔五〕。上壽同進詞，頤肢各不吐〔六〕。遲回侍清燕，虚堂過秋雨。飲以江陰春〔七〕，青霄開洞府①。醉出一峰畫〔八〕，其半方壺補〔九〕。上有劉李題〔一〇〕，歲月識洪武。豈知尺素縑②，千載留公輔。它年年何年③，重題期予汝。

【校　記】

① 青霄開洞府　詩文集鈔本校曰：「『青霄』句，墨迹作『陶然沁冰府』。」

② 豈　詩文集鈔本校曰：「豈，墨迹本作『誰』。」

③ 它年年何年　張鳴珂鈔本、萬卷樓鈔本同，嚴鈔本、釋略本、管庭芬鈔本、舊鈔殘本作「它年一何年」，詩文集鈔本作「他年抑何年」。按，底本初作「它年一何年」，後將「一」字增筆成「年」字。

【箋　釋】

此詩作於康熙十二年癸丑七月。

按，嚴鴻逵釋略曰：「備忘録云：『七月廿五日，州來午飲，同左仲枚觀所藏黄子久、方方壺合作書，有李善長、劉基題識。』」李善長、劉基題詩今未見，晚村所謂之「重題」亦未審有無，一峰之畫而方壺補者，蓋渺然已不復睹矣。

【注釋】

〔一〕「怪松」二句：庾信枯樹賦：「小山則叢桂留人，扶風則長松繫馬。」櫩，顧野王玉篇木部：「櫩：余瞻切。屋檐也。」

〔二〕厀穿：皇甫謐高士傳卷下：「管寧，字幼安，北海朱虚人也。……常坐一木榻上，積五十五年，未嘗箕踞，榻上當膝皆穿。」釋覺範余還自海外至崇仁見思禹：「道鄉端與人間別，膝穿木榻五十年。」厀，同膝。

〔三〕三日虎：羅願爾雅翼卷一九釋獸：「虎子纔生三日，則有食牛之氣。」魏收魏書卷九九元靖傳：「元瓘曰：虎生三日能食肉，不須人教。」

〔四〕危言：論語憲問：「子曰：『邦有道，危言危行；邦無道，危言行孫。』」朱熹集注：「危，高峻也。」

〔五〕熱客：程曉嘲熱客：「平生三伏時，道里無行車。閉門避暑卧，出入不相過。只今襤襶子，觸熱到人家。主人聞客來，嚬蹙奈此何。謂當起行去，安坐正咨嗟。所説無一急，嘐嘐吟何多。搖扇髀中疾，流汗正滂沱。莫謂爲小事，亦是一疵瑕。傳戒諸高明，熱行宜見呵。」陳師道送張秀才兼簡德麟：「長安千門憎熱客，我獨憐君來解熱。」謂趨炎附勢之人。

〔六〕頤胲：班固漢書卷六五東方朔列傳：「朔對曰：『臣觀其舌齒牙，樹頰胲，吐唇吻，擢項頤，結股腳，連脽尻，遺蛇其迹，行步偊旅，臣朔雖不肖，尚兼此數子者。』」顔師古注：「頰肉曰胲，音改。頤，頷下也，音怡。」

〔七〕江陰春：即黑杜酒、江陰黑酒，傳爲杜康創製，故名；別號徐霞客黑酒、南門二月初八。江陰黑杜酒爲南方糯米製酒中之别品，色如膠墨，香味濃鬱，甜而不膩，補血健脾，品列江南名酒。

〔八〕一峰：朱謀垔畫史會要卷三：「黄公望，字子久，其父九十始得之，曰：『黄公望子久矣。』因而名、字焉，號一峰，又號大癡道人，平江常熟人。幼聰敏，應神童科，經、史、二氏、九流之學，無不通曉，開三教堂於蘇之文德橋，後隱於富春。山水師董源、巨然，晚年變其法，自成一家，山頂多礬石，别有一種風度。」

〔九〕方壺：佩文齋書畫譜卷五四：「道士方從義，字無隅，號方壺，貴溪人（見書家傳）。性好畫，人以禮求之，始爲出其一二，皆蕭散，非世人所能及。嘗言太行、居庸，天下之巖險，其雄傑奇麗，皆古之名畫，余所願見者，今皆見之，而有以慊吾志，充吾操，吾非若世俗者，區區而至也（出余闕青陽集）。方壺畫山水，極瀟灑，峰巒高聳，樹木槎枒，雲横嶺岫，舟泊莎汀，墨氣冉冉，非塵俗筆也。遇興揮豪，故傳世不多耳（出圖繪寶鑑）。」

〔一〇〕劉：劉基。張廷玉明史卷一二八劉基傳：「劉基，字伯温，青田人。……及太祖下金華，定括蒼，聞基及宋濂等名，以幣聘。基未應，總制孫炎再致書固邀之，基始出。既至，陳時務十八策。太祖大喜，築禮賢館以處基等，寵禮甚至。……所爲文章，氣昌而奇，與宋濂並爲一代之宗。」李：李善長。張廷玉明史卷一二七李善長傳：「李善長，字百室，定遠人。……太祖即帝位……以善長充大禮使，置東宫官屬，以善長兼太子少師，授銀青榮禄大夫、上柱國，録軍國重事，餘如故。……洪武三年，大封功臣，帝謂善長雖無汗馬勞，然事朕久，給軍食功甚大，宜進封大國，乃授開國輔運推誠守正文臣、特進光禄大夫、左柱國、太師、中書左丞相，封韓國公。」

訪王元倬留飲同州來子固 二首

行時曾問黄民部，指黄九煙。到日先尋王孝廉。好爲老成留卓茂〔一〕，休將枯槁怨陶潛〔二〕。
洞天聽雨眠精舍〔三〕，海舶占星拜里閭〔四〕。斗酒相逢真樂事，忽提舊話涕重霑。

古屋燈明窗眼紅，深衣拄杖立秋風〔五〕。上書卻聘謝枋得〔六〕，持咒盟神鄭億翁〔七〕。萬事已非吾舌在〔八〕，九原可作此心同。當年曾廣遺民録〔九〕，豈謂牽連附傳中。

【箋釋】

此詩作於康熙十二年癸丑七八月間。

按，嚴鴻逵釋略曰：「王名潢，崇禎丙子孝廉。備忘録云：『同州來候元倬，談甚久，遂留飲，同其坦。』李子固，名汝儉，興化文定之曾孫也。備忘録云：『元倬先見顧，留示南陔詩刻。元倬乙酉以後不赴公車，是矣。而請命於彼，何歟？云有二親故，然則此委曲無聊之痛，刻之何爲哉？元倬誤矣。』『上書卻聘』句，或隱指此事歟？備忘録又云：『元倬襟度蕭散，尚有前輩風流，語及宋遺民，云：李小有有廣遺民録，在陳皇士家，須會金孝章俊民，見皇士之弟尋之。』」卓爾堪遺民詩卷五曰：「王潢，字元倬，上元人。孝廉，後焚車杜門，絶意仕進，賣文養親。著南陔詩集。」

所謂「曾問黄民部」者，蓋九煙先生曾與往還，黄九煙曰：「元倬詩，沉雄渾鬱，頓挫瀏離，大都發源於騷、雅，征材於漢、魏，歸根於杜陵。」（朱彝尊明詩綜卷七三）趙宏恩江南通志卷一五七人物志：「王潢，字元倬，江寧人。孝友，能文章，舉崇禎丙子鄉試，親老不仕。賦南陔詩以見志，一時名人屬而和之，人稱南陔先生。」施愚山、朱愚菴等皆有讀南陔詩之作，顧亭林曰：「先生詩，深以婉，和而摯，不失三百篇温柔敦厚之旨。」方爾止曰：「元倬格律森嚴，用意深至，雖憤時嫉俗，而渾然不覺。」（俱朱彝尊明詩綜卷七三）蓋亦遺民中人物，故晚村有「忽提舊話涕重霑」之謂。

第二首以謝枋得、鄭億翁爲喻，更見元倬之爲人，薛諧孟謂「元倬忠孝之性」（朱彝尊明詩綜卷七三），所謂「孝」者，「親老不仕」之意；所謂「忠」者，「卻聘」之意也。「萬事」兩句，則更是以謝、鄭自期許。「當年」兩句，則元倬入遺民録可矣。

【資料】

王潢吴門訪徐元歎：何處溪山曳短筇，誤從城郭訊高蹤。埋名或恐同梅福，問字曾聞擬顧雍。人卧荒菴依落木，客停孤舫聽疏鐘。相逢莫語興亡事，耕稼惟應學老農。（遺民詩卷五）

施閏章讀王元倬孝廉南陔詩：秣陵賓客地，文酒相驅馳。森然豁雙眼，突見南陔詩。君親結根蔕，毛鄭滋風徽。一唱復累歎，朱弦有餘悲。名德重徵士，賢書舉明時。公車數垂翅，天步中改移。衰白念有母，誓言守茅茨。廿年不復出，長卧鐘山陲。怨誹衷小雅，哀歌讀楚辭。百家恣采擷，真氣浩淋漓。石城耆舊盡，巋然一老遺。扶杖肯出見，古道欣在兹。李郭存楷模，黄綺看鬚眉。自慚出岫雲，仍受長風吹。大道日蕪塞，孤鳴來衆呰。逝將倒我篋，剖質開心脾。臨發申短章，歲晏重相期。（學餘堂詩集卷一〇）

施閏章尋王元倬孝廉是年八十有一：高齋冬霽總如春，倚杖留歡接膝頻。舉世已稀同輩客，百年重見獨醒人。閒收菊枕緑多淚，判棄山莊不厭貧。好補石城耆舊傳，掉頭肯復望蒲輪。（學餘堂詩集卷三八）

朱鶴齡金陵王元倬寄南陔詩有贈：大道日澆散，立名求其真。傷哉秦士賤，素衣蒙垢塵。理色一以辱，奔鶩徒云云。飛蛾赴華燭，蹈死誠所欣。寧知七尺軀，育鞠來苦辛。胡爲慭置之，乃曰榮吾親。南陔序詩雅，色義敦先民。豈必飯脱粟，不齊八物珍。吾欽太原傑，志決無逡巡。懸車十餘載，甘與樵叟鄰。既躬板輿御，亦饌清江鱗。譬彼雲中翮，皎皎儀秋旻。安能學鶩翼，低頭飲洿津。寵辱鐘山色，植此凌霜筠。黄塵縱眯目，亦辨玉與瑉。丈人且安坐，釣瀨終蒲輪。（愚菴小集卷二）

陸嘉淑過王元倬（潢）：北渚幽人宅，南陔孝子扉。幾年廢篇什，猶自戀庭闈。騷賦長招隱，風塵久息機。公車當日事，直是爲斑衣。

高卧名逾重，行吟意每違。山川向時恨，風雨夙懷非。師友淵源異，登臨老大稀。冥冥霄漢外，長與羨鴻飛。（辛齋遺稿卷八）

錢謙益書廣宋遺民録後：本朝程學士克勤，取立夫之意撰宋遺民録，謝皋羽已下凡十有一人，余惜其僅止於斯，欲增而廣之，爲續桑海餘録，亦有序而無書。淮海李小有，更陸沉之禍，自以先世相韓，輯廣遺民録以見志。取清江谷音、桐江月泉吟社，以益克勤所未備。其所采於逸民史，其間録者，殊多謬誤。……小有殁，以其稿屬王于一，于一轉以屬毛子晉，而二子亦奄逝矣。余問之子晉諸郎，止得目録一帙，後有君子，能補亡刊正，釐爲全書，則小有猶不死也。撰序者李叔則氏，謂宋之存亡，爲中國之存亡，深得文中子元經陳亡具五國之義，余爲之泣下沾襟。其文感慨曲折，則立夫桑海録序及黄晉卿陸君實傳後序，可以方駕千古，非時人所能辨也。小有，字長科，故相國李文定公之孫。叔則，名楷，秦之朝邑人。逝者如斯，長夜未旦，尚論遺民者，殆又將以二君爲眉目。

按，晚村備忘録云「李子固，名汝儉，興化文定之曾孫」，牧齋則謂「小有，字長科，故相國李文定公之孫」，則子固乃小有之子。

汪琬金孝章墓誌銘：先生諱俊明，字孝章，吴縣人。少從其父宦寧夏，往來燕、趙間，馳騎游獵，頗任俠自喜，遼左多事，諸邊帥爭欲延入幕府，先生意不屑也。既歸里，始折節讀書，受經於孝介朱先生之門，朱先生數歎異之。……杜門以傭書自給，是時明猶未亡也，踰年流賊陷北京，又踰年王師渡江，吴人始深詫先生知幾云。先生幼以善書著聲吴中，小楷師曹娥碑，行草師聖教序，悉有法度，晚益自名一家，兼工詩古文辭，四方士大夫聞先生名，以書若詩文來請者，相次不絶。……間喜畫樹石，皆蕭疏有致，其墨梅最工，吴人尤傳寶之。……予嘗論之，以爲先生非忘世者也，既已遭逢不偶，積其激昂奇偉之材，與夫輪囷結轖傲兀不平之氣，訖於暮年而剷削未盡，不得已寓諸書畫間，吴中後

生晚進，高談賞鑑者，徒推其書畫之工，且欲求諸筆墨蹊徑之内，俱未爲知先生也。……壽七十有四。（堯峰文鈔卷一五）

朱用純金孝章先生詩序：吴邑金孝章先生，今之靖節、臯羽也。然予聞其少壯善騎射，饒經濟。當崇禎時，英主向明，群才並進。先生應鄉闈試，夢與卜協兆，幾遇矣。有慨於中，輒自裂卷而出，遂挂儒冠。自罹世故，天下之棄儒冠者多矣，而不能不歎先生之勇爲得其時。壯决若斯，不將轢司空圖、申屠蟠而上之，幾與儀封、荷㘭歟？以昔日奮厲有爲之氣而抑鬱俯首，志固傷已。乃其後感時恨别，益不自勝，又晚而多難，雖其强自摧挫，以予所見，蓋已神襟沖漠，興會蕭閒，且多結契於黄冠禪侣，時寫懷於詩古文辭及夫書畫臨摹。要其不言而傷者，蓋亦深矣。故予嘗謂儀封、荷，使其生也而爲靖節、臯羽之世，則必不以身在風塵之表，一無所激愴於其中；使靖節、臯羽而生於儀封、荷之時，則投足幽遐，猶得以山川風物逍遥自遣，不至履運危蹙。若先生之不幸，即欲爲儀封、荷而不可得也。……先生之子上震、侃，業授詩於剞劂，而委予爲序。其詩具有承傳，非漫作者。然詩以先生重，先生不必有藉於詩。故余不復論，特以幸不幸慨先生之遇，以見畢生所爲心，抑不獨爲先生道也。嗚呼！其亦可感也已。（愧訥集卷三）

全祖望故太僕陳皇士木瀆别業：太僕園如昔，於今幾歲寒。抄詩禆國史，選佛挂儒冠（太僕有啟禎詩選，又嘗賦歲寒詩，和者遍海内，今園傍尼菴其香火也）。梧竹留餘蔭，池臺溯古歡。靈巖在何處，清籟出雲端。（鮚埼亭詩集卷五）

按，遺民詩曰：「陳濟生，字皇士，蘇州人。文莊公仁錫長子，著述甚富。」顧亭林姊夫，編有天啟崇禎兩朝遺詩。後人將其中詩人小傳輯出，成忠節録，遂告官。顧亭林赴東詩序曰：「萊人姜元衡訐告其主黄培詩獄，株連二三十人。又以吴郡陳濟生忠節録二帙首官，指爲余所輯，書中有名者三百餘人，余在燕京聞之，亟馳投到，頌繫半年，竟得開釋，因有此作。」其始末詳見王冀民顧亭林詩箋釋卷四及陳乃乾天啟崇禎兩朝遺詩考。

朱緒曾國朝金陵詩徵卷一一：李汝儉，字子固，句容人。康熙辛卯貢生。

李子固謁明道書院：新秋步交衢，院宇屹相望。斂容整衣冠，循牆歷階上。再拜志景行，私淑敢自讓。涼飔亦風人，老樹森森向。言念我夫子，功德不可量。異端正充斥，疾病爲距放。長夜再中天，共睹岩岩相。吾道晦復明，前賢實相仗。潞國標四字，伊川更提唱。斯人獲斯名，斯文真未喪。作吏始兹土，崇報殊難償。院額準墓碣，稱情乃諦當。迄今六百載，瞻仰神益旺。榱桷葺而新，俎豆續不忘。江河雖日下，以兹士氣壯。薪傳不傳學，所貴絶依傍。真儒苟接跡，善治於斯釀。低徊欲頌述，高深胡能狀。緬想主持人，稠雲蹴江浪。（國朝金陵詩徵卷一一）

【注釋】

〔一〕卓茂：范曄後漢書卷二五卓茂列傳：「卓茂，字子康，南陽宛人也。……是時王莽秉政，置大司農六部丞，勸課農桑，遷茂爲京部丞，密人老少皆涕泣隨送。及莽居攝，以病免歸郡，常爲門下掾祭酒，不肯作職吏。更始立，以茂爲侍中祭酒，從至長安，知更始政亂，以年老乞骸骨歸。時光武初即位，先訪求茂，茂詣河陽謁見，乃下詔曰：『前密令卓茂，束身自修，執節淳固，誠能爲人所不能爲。……今以茂爲太傅，封褒德侯，食邑二千户，賜几杖車馬，衣一襲，絮五百斤。』」

〔二〕陶潛：字元亮，又字淵明。此蓋指其飲酒之十一而言，詩曰：「顔生稱爲仁，榮公言有道。屢空不獲年，長饑至於老。雖留身後名，一生亦枯槁。死去何所知，稱心固爲好。客養千金軀，臨化消其寶。裸葬何必惡，人當解意表。」

〔三〕「洞天」句：嚴鴻逵釋略：「『洞天』一聯，未詳所指。」按，所謂「洞天」者，即指名山也。道教有三十六洞天之説。

〔四〕里閭：鄉里。班固西都賦：「内則街衢洞達，閭閻且千九。」吕忱字林：「閭，里門也。閻，里中門也。」袁桷十二韻：「際遇喧朝野，矜誇徹里閭。遺臣思載筆，往恨泣攀髯。」

〔五〕深衣：禮記深衣：「古者深衣，蓋有制度，以應規矩，繩權衡。」鄭玄注：「名曰深衣者，謂連衣裳而純之以采也。有表則謂之中衣，以素純則曰長衣也。」

〔六〕「上書」句：脱脱宋史卷四二五謝枋得傳：「謝枋得，字君直……至元二十三年，集賢學士程文海薦宋臣二十二人，以枋得爲首，辭不起。……二十五年，福建行省參政管如德將旨如江南求人材，尚書留夢炎以枋得薦，枋得遺書夢炎曰：『江南無人材。……今吾年六十餘矣，所欠一死耳。豈復有它志哉。』終不行。」

〔七〕「持咒」句：王鏊姑蘇志卷五五人物：「鄭思肖，字憶翁，號所南，連江人。……初名某，宋亡，乃改今名。『思肖』，即『思趙』，『憶翁』與『所南』，皆寓意也。……遇歲時伏臘，輒野哭，南向拜，人莫測識焉。聞北語，必掩耳亟走，人亦知其孤僻，不以爲異也。坐卧不北向，扁其室曰『本穴世界』，以本字之十置下文，則大宋也。」

〔八〕舌在：司馬遷史記卷七〇張儀列傳：「張儀者，魏人也。始嘗與蘇秦俱事鬼谷先生學術，蘇秦自以不及張儀。張儀已學而游説諸侯，嘗從楚相飲，已而楚相亡璧，門下意張儀，曰：『儀貧無行，必此盜相君之璧。』共執張儀，掠笞數百，不服，醳之。其妻曰：『嘻！子毋讀書游説，安得此辱乎？』張儀謂其妻曰：『視吾舌尚在不？』其妻笑曰：『舌在也。』儀曰：『足矣。』」

〔九〕「當年」句：錢謙益書廣宋遺民録後：「本朝程學士克勤，取立夫之意撰宋遺民録，謝皋羽已下凡十有一人，余惜其僅止於斯，欲增而廣之，爲續桑海餘録，亦有序而無書。淮海李小有，更陸沉之禍，自以先世相韓，輯廣遺民録以見志。取清江谷音、桐江月泉吟社，以益克勤所未備。」

同州來俞郚子貫訪胡靜夫

千里尋殘書，相逢詩酒徒。詩酒足忘歸，最後得靜夫。結室北山麓，遶砌流珍珠。昔時圜橋門〔一〕，今爲旃毳塗〔二〕。幽州老健兒〔三〕，拍手笑腐儒。亦復敬其孝，未敢輕揶揄〔四〕。講説驚馬隊〔五〕，苦吟雜鳴笳〔六〕。握筆不肯下，往往追黄初〔七〕。今日共斟酌，慨然唐與虞〔八〕。不知舊有人，於此論此無。醉指碧琅玕〔九〕，始種僅十株〔一〇〕。君益挺高節，千畝森龍雛①〔一一〕。

【校記】

①「醉指」四句　原闕，釋略本、怡古齋鈔本、張鳴珂鈔本、萬卷樓鈔本、舊鈔殘本同，據嚴鈔本、管庭芬鈔本補。嚴鈔本注曰：「『醉指』四句，從吕本補。」按，吕本即管庭芬鈔本。詩文集鈔本校曰：「静夫家藏本係先生親筆，末後尚有四語，云(略)，想先生後删去。」

【箋釋】

此詩作於康熙十二年癸丑七八月間。

按，胡静夫，名澂，一名其毅，字致果，上元人。曰從之子。有静拙齋詩選、微吟集。與錢牧齋往還甚密，其有虞山櫓歌上大宗伯牧齋夫子詩。晚村所謂「君益挺高節，千畝森龍雛」者，即錢牧齋「閒聽東城説鬬雞」之意(詳見左)。

【資料】

錢謙益丙申春就醫秦淮寓丁家水閣浹兩月臨行作絶句三十首留别留題不復論次：掩户經旬春草齊，盈箱傍架自編題。卞家墳上澆花了，閒聽東城説鬬雞(胡静夫好閉關)。(牧齋有學集卷六)

錢謙益胡致果詩序：余自劫灰之後，不復作詩。見他人詩，不忍竟讀。金陵遇胡子致果，讀其近詩，穆乎其思也，悄乎其詞也，楸乎悠乎，使人爲之欷歔煩酲，屏營彷徨，如聽雍門之琴，聆莊舄之吟，而按蔡女之拍也。致果自定其詩，歸其指於微之一字，思深哉，其有憂患乎？傳曰：春秋有變例，定哀多微詞。史之大義，未嘗不主於微也。二雅之變，至於「赫赫宗周」、「瞻烏爰止」，詩之立言，未嘗不著也。……胡子汲古力學，深衷博聞，其爲詩，翦刻陶洗，刊落凡近。過此以往，深造而自得之，使後世論詩史者，謂有唐天寶而後，復見昭陵、北征之篇，不亦休乎！余雖老而耄矣，尚能磨厲以俟之。（牧齋有學集卷一八）

錢謙益贈別胡靜夫序：往余游金陵，胡子靜夫方奮筆爲歌詩，介茂之以見予。予語茂之：「是夫也，情若有餘於文，而言若不足於志，其學必大，非聊爾人也。」爲序其行卷，期待良厚。別七年，再晤靜夫，其詩卓然名家，爲時賢眉目，余言有徵矣。……靜夫屏居青溪，杜門汲古，不役役於榮利，不汲汲於聲名，翛然退然，循牆顧影。其爲詩情益深，志益足，密邇自娱，望古遥集。視斯世喧豗呰謷，非有意屏之，道有所不謀，神有所不予也。嵇叔夜曰：「非淵靜者不能與之閒止。」劉子曰：「客情既盡，妙氣來宅。」靜夫其將進於道乎？不徒賢於世之君子也。靜夫屬余序其近詩，且不敢自是，乞一言以相長。余聞之，古之學者，莫先於不自是，不自是莫先於多讀書。……蓋聖賢之神理，與吾人之靈心，熏習傳變，所謂如染香人身有香氣，非人之所能與也。多讀書，深窮理，嚴氏之緒言也，請以長子。雖然，兔園村夫子腐談長語，古今神奇靈異，不出於此。非吾靜夫，弗敢以告也。……吾之有望於靜夫者遠矣，它日將重序其詩文，無累書不敢恤也，則請以斯言爲徵。（牧齋有學集卷二二）

按，陳寅恪先生曰：胡詩錢文中「七年」之語，若自順治十三年丙申算起，則爲康熙元年壬寅。此時在鄭延平攻南京失敗之後不久，南京至常熟之間，清廷防禦甚嚴，旅行匪易，觀前引牧齋「丁老行」可證。静夫之至常熟訪牧齋，疑是報告金陵此際之情況。牧齋序文末段，表面上雖是論文評詩之例語，恐亦暗寓清室舊主既殂，幼帝新立，明室中興之希望尚在也。錢序中「静夫屏居清溪，杜門汲古」，與題許有介詩所謂「余時寓清溪水閣，介周臺下祠之間」等，皆可與第一八首自注參證。大約胡氏所居，亦與丁家水閣相近也。……寅恪未得見胡氏詩集，但即就朱氏所選二十題中如詠古爲顧與治徵君賦及林徵君歸隱乳山歌兩題觀之，已足證胡氏與顧與治、林茂之同流，皆有志復明之人也。（柳如是别傳第五章復明運動）

胡静夫虞山檜歌上大宗伯牧齋夫子：七年遥隔杜鵑夢，二月重逢楊柳絲。花霧霏微舊陵闕，白頭喬木兩含悲。（吾炙集）

胡静夫詠古爲顧與治徵君賦：林卧親古今，嘉遯景前喆。非無康濟懷，所保在風節。幼安潛海隅，蹈險志彌潔。介然辭故人，龍德豈徒説。皂帽單布襦，幽貞頤大耋。（國朝金陵詩徵卷一）

胡静夫林徵君歸隱乳山歌：峩峩乳山隸京邑，先生置田山之旁。結廬多年不得住，今日始遂謀耕桑。都中舊宅鄰沐府，海内詞人歸鄭莊。列朝風雅布衣最，謝榛徐渭君抗行。游覽岱岳歷川陜，武夷勝地稱故鄉。盛衰相尋陵谷變，白頭窮餓非所傷。每談大義動顔色，屹立萬夫神智彊。憶昔交歡半卿相，晚節獨數曹石倉。篝燈中夜續心史，悲歌四壁聲琅琅。金馬銅駝在荆棘，何況先生榮木堂。奮然挈子入山去，腰鐮刈穀秋登場。浣花寓叟遷赤甲，鹿門遺老辭襄陽。雙峰有泉味甘烈，瓦鼎日發松火香。短髮垂垂拂皂帽，方瞳炯炯回青光。天留隱君豈無意，百年丘壑誰終藏。願從采藥憩岩下，一勺沃我心脾涼。（國朝金陵詩徵卷一）

陳鑑曰：靜夫詩，斂氣而神行，澄思而態曼。（同上）

陳思泰曰：靜夫以九峰、白沙自期許，詩沉著痛快，比興切而賦頌婉。（同上）

紀映鍾曰：靜夫詩，絶去蹊徑，獨存風旨。白鶴唳空，新桐浥露，殆不足以名之。（同上）

鄧漢儀曰：靜夫詩，雅潔蒼貴，獨立塵表。（同上）

卓爾堪遺民詩曰：平生謙謹自持，至老不變，爲詩亦尚沖淡。（卷一三）

【注釋】

〔一〕圜橋門：范曄後漢書卷七九儒林列傳：「帝正坐自講，諸儒執經問難於前，冠帶縉紳之人，圜橋門而觀，聽者蓋億萬計。」李賢注：「漢官儀曰：辟雍四門，外有水以節觀者，門外皆有橋，觀者水外，故云圜橋門也。」

〔二〕旃毳：田況儒林公議：「（契丹）其主雖遷徙，出入非廬帳不居，然有垣壘宮室矣。其民雖瘃墮寒冽，非旃毳不御，然有衣服染繢矣。」張嵲行建溪上是晚同宿小橋感懷書事：「十年敵騎遍寰海，北客走到天南陬。天高地迥豈不廣，南來北去皆離憂。傳聞敵騎又深入，旃毳欲臨瓜步洲。吁嗟華夏半爲鬼，干戈喋血沖斗牛。」

〔三〕「幽州」二句：杜甫草堂：「天下尚未寧，健兒勝腐儒。」

〔四〕揶揄：吕陶答陳彝仲：「每甘流落爲遷客，豈免揶揄笑癖儒。」

〔五〕「講説」句：陶淵明示周續之祖企謝景夷三郎：「馬隊非講肆，校書亦已勤。」

〔六〕箛：許慎説文解字竹部：「箛：吹鞭也。」徐鍇注：「蓋於鞭上作孔，馬上吹之，呱呱然。古乎反。」戴侗六書故卷二三植物：「笳：古牙、古乎二切。胡歙也。又作箛，説文曰：『箛，吹鞭也。』顧氏曰：『笳，胡人卷葭葉吹之。』」按笳、箛一物，今人亦謂之角，或歙鞭，或卷木皮蘆葉而歙之。笳、箛、角，一聲之轉。凡吹笳者皆爲角聲，且以其卷皮葉如角，故謂之角。」

〔七〕黄初：魏文帝年號。此指建安文學。

〔八〕唐與虞：司馬遷史記卷一五帝本紀：「自黄帝至舜、禹，皆同姓而異其國號，以章明德。……故黄帝爲有熊，帝顓頊爲高陽，帝嚳爲高辛，帝堯爲陶唐，帝舜爲有虞。」司馬貞集解引韋昭曰：「陶唐，皆國名，猶湯稱殷、商矣。」又引皇甫謐曰：「舜嬪於虞，因以爲氏。」

〔九〕琅玕：山海經海内西經：「服常樹，其上有三頭人，伺琅玕樹。」郭璞注：「琅玕，子似珠。爾雅曰：『西北之美者，有昆侖之琅玕焉。』莊周曰：『有人三頭，遞卧遞起，以伺琅玕與玗琪子。』謂此人也。」杜甫鄭駙馬宅宴洞中：「主家陰洞細煙霧，留客夏簟青琅玕。」仇兆鼇注：「青琅玕，比竹簟之蒼翠。」

〔一〇〕僅十株：指種竹衹十株。胡静夫家有十竹齋，其名蓋取諸此。

〔一一〕龍雛：嫩竹也。蘇軾傅堯俞濟源草堂：「鄰里亦知偏愛竹，春來相與護龍雛。」范曄後漢書卷八二方術列傳：「(費)長房辭歸，翁與一竹杖。……長房乘杖，須臾來歸，自謂去家適經旬日，而已十餘年矣。即以杖投陂，顧視則龍也。家人謂其久死，不信之。長房曰：『往日所葬，但竹杖耳。』乃發冢破棺，杖猶存焉。」

靜夫尊人曰從老人留飲今年正九十

盛世恨不見，得見盛世人。如見盛世焉，君有九十親。生逢神廟間〔一〕，貌古性亦淳。海宇忘兵革，冠珮何彬彬。當時不知好，今憶真天神。三十後少年，語之笑且嗔。一家自相傳，别作江南春。爬搔進雞黍〔二〕，揖客同其醇。我聞洪武初，尚遺德祐民。江山既澄霽，景物還鮮新。扶持鶴髮翁，狂笑濕紗巾。

【箋釋】

此詩作於康熙十二年癸丑七八月間。

按，胡正言，字曰從，號十竹主人、默菴老人，原籍休寧，寓居南京雞籠山側。生於明萬曆十二年甲申，卒於清康熙十三年甲寅，終年九十有一。「嘗師法李氏登，精研六書，著有印藪、篆草諸書」（趙宏恩江南通志卷一七〇）。崇禎時授職翰林院，未赴任，清兵入關。福王南逃，國璽遺失，南明建立，經吏部左侍郎吕大器薦，胡曰從爲鐫刻龍文螭紐國璽御寶，授武英殿中書舍人。後辭官隱居。屋前種十餘竿竹，命室曰十竹齋，足不出户，潛究制墨、造紙、篆刻、刊書諸事。所印十竹齋畫譜、十竹齋箋譜，即以餖板、拱花之術，達到中國版畫刻印史上之最高峰。

晚村生於崇禎，是爲明之末世，而萬曆猶及稱盛世，曰從老人見之矣。「生逢」四句，意同工部「憶昔開元全盛日」之語。「三十後少年」者，即指生於甲申後之人也，豈知亡國之恨耶？ 今日過從者，殆皆遺民也。「我聞」兩句，謂元朝之統治，尚不及一人之壽命，隱喻清朝。此詩，亦足可以起文字之獄矣。

【資　料】

顧與治胡曰從中翰七十：朝市谿來多隱情，老思逃世未逃名。不將金馬重尋夢，爲感銅駝只掩荆。海内詩今稱有子（令嗣致果有詩名），閨中友共説無生。重陽過後秋逾好，觸處西山爽氣迎。（顧與治詩集卷六）

李于堅箋譜序：其爲人醇穆幽湛，研綜六書。若蒼籀鼎鐘之文，尤其戰勝者。……時秋清之霽，過其十竹齋中，緑玉沉窗，縹帙散榻。茗香靜對間，特出所鍥箋譜爲玩。一展卷而目豔心賞。信非天孫七襄手，曷克辦此！曰從莊語曰：「兹不敏，代耕具也。家世著書，不肩畚耜，憶昔堂上修髓之供，次日屋下生聚之瞻，於是託焉。何能不私一藝而恥雕蟲耶？」

施閏章石城贈胡曰從：驅車方北首，啟途懷故山。言就幽人居，如游林谷間。佳木引修竹，白日深柴關。丈人年九十，卻杖仍丹顔。古篆破金石，屈彊蛟螭蟠。授我枕中書，大笑雕蟲言。出門即

鐘阜，目送孤雲還。（學餘堂詩集卷一〇）

【注釋】

〔一〕神廟：指明神宗，年號萬曆。胡曰從生於萬曆十二年甲申，故云。

〔二〕雞黍：范曄後漢書卷八一獨行列傳：「范式字巨卿，山陽金鄉人也，一名氾。少游太學，爲諸生，與汝南張劭爲友。劭字元伯，二人並告歸鄉里，式謂元伯曰：『後二年當還，將過拜尊親，見孺子焉。』乃共剋期日。後期方至，元伯具以白母，請設饌以候之，母曰：『二年之别，千里結言，爾何相信之審邪？』對曰：『巨卿信士，必不乖違。』母曰：『若然，當爲爾醞酒。』至其日，巨卿果到，升堂拜飲，盡歡而别。」范彦龍贈張徐州謖：「恨不具雞黍，得與故人揮。」

又得許大辛凶問哭之　二首

今年何運數，兩月哭人豪。一抹龍山小〔一〕，雙埋馬鬣高〔二〕。報書無訃日，爲位向江皋。古路東南盡，誰同看海濤。

貧還留習氣，老不避波瀾。書本偷兒笑〔三〕，衣冠索鹵歎〔四〕。醫庸投藥亂，子幼治喪難。自恨兹游遠，無從送蓋棺。

【箋釋】

此詩作於康熙十二年癸丑七八月間。

按，張楊園與呂無黨書（七月）曰：「月初信後，復得金陵書問否？……前聞漢園訃，固已痛惜，三日來又聞大辛凶問。人生覆載間，真與蜉蝣朝菌不異。」（楊園先生全集卷一四）晚村詩云：「今年何運數，兩月哭人豪。」是大辛之卒，在七月。嚴鴻逵釋略亦曰：「備忘録云：不知今年是何運數，大辛、漢園相繼殞謝，海上志士略盡矣，從此龍山不堪再過耳。」

【資料】

陸嘉淑哭許大辛（裔）：如爾洵奇士，此心寧易窺？窮愁偏自喜，浩蕩竟何之。刻寘無前達，流連有近詩。世人多汨没，長與惜支離。

雖復行胸臆，懸知有所師。先疇留甽畝，良友輯箴規。猶得驕吾賤，何妨爲衆疑。遺文未零落，儻有後人知。（辛齋遺稿卷八）

張履祥言行見聞録：徐堅石（名介，仁和），志行過人。世業故不薄，棄生産，寓居三吳。非同志，足不及其門。見許大辛爲人所訟，久不解，感憤弗已，前後貸數金以贈之。時堅石窶困亦甚，竭力經營，救善人於戹難，不易及也。（楊園先生全集卷三四）

呂留良質亡集小序：錢杵季亦駿（海鹽）：予友商隱先生，明道有盛德，而艱於子，於群從中最喜亦駿。……居家孝友近人，而不涅於俗。龍山許大辛，其外父也，苦節違時，亦駿左右之甚至。大辛死，治喪撫孤盡其力。此豈較量生産者。商隱之言，蓋其慎也。乃忽以暴疾卒。予爲商隱惜，又傷大辛之後無依，蓋三致悼焉。（吕晚村先生續集卷三）

【注釋】

〔一〕龍山：許三禮康熙海寧縣志卷二山川：「龍尾山：妙果山之尾，因鑿斷，名龍尾。」習稱龍山，在今海寧市袁花鎮。

〔二〕馬鬛：禮記檀弓上：「昔者夫子言之曰：『吾見封之若堂者矣，見若坊者矣，見若覆夏屋者矣，見若斧者矣。』從若斧者焉，馬鬛封之謂也。」孔穎達疏：「馬鬛之上，其肉薄，封形似之。」李賀王濬墓下作：「耕勢魚鱗起，墳科馬鬛封。」胡繼宗書言故事：「稱墳曰馬鬛封。」

〔三〕「書本」句：嚴鴻逵釋略：「壬子備忘録云：大辛於清明晚被偷，以大辛之貧而偷兒尚不免云云。第三句指此。」

〔四〕索鹵：即索虜。司馬光資治通鑑卷六九魏紀：「宋魏以降，南北分治，各有國史，互相排黜。南謂北爲索虜，北謂南爲島夷。」胡三省注：「索虜者，以北人辮髮謂之索頭也。島夷者，以東南際海土地卑下謂之島中也。」沈約宋書有索虜傳。此處代指滿清。

題倪闇公畫其子師留小影詩卷 三首

五世韓家記舊恩〔一〕，喔咿聲裏夢劉琨〔二〕。陸湘靈傳云：「慕劉琨爲人，因名越石，字師劉。後又慕張良，更字師留。」可憐舉世人心死，不及師留年少魂。

魂語猶珍舊讀書，没後，闇公夢中猶囑收拾左傳、韓文。若教續命更何如〔三〕。諸公莫歎渠年短，老不讀書短過渠〔四〕。

秋夜看君哭子詩，油燈焰冷藥迷離。乍驚老淚無端至，我亦傷心白彗兒。白彗，余第五子，以痘殤。

【箋釋】

此詩作於康熙十二年癸丑秋。

按，倪闇公，清史列傳卷七〇文苑傳一：「倪燦，字闇公，江蘇上元人。康熙十六年舉人。十八年，召試博學鴻儒，列一等二名，授翰林院檢討，卒於官。著有雁園詩集。……燦爲諸生，以淹雅著名。既爲檢討，與修明史，所爲藝文志序，窮流溯源，與姜宸英刑法志序並稱傑作。」陸湘靈，即錢陸燦，字爾弢，號湘靈、圓沙，江南常熟人。生於明萬曆四十年壬子，卒於清康熙三十七年戊寅，終年八十有七。舉順治十四年丁酉江南第二名舉人，以奏銷案褫職。錢牧齋族孫。客游揚州、南京幾三十年，儼然人師，領袖一方。著有調運齋詩集十二卷、圓沙文集七卷等。與晚村有文字交。

晚村詩所謂「可憐舉世人心死」者，或即爲此而發。又謂「老不讀書短過渠」者，爲所讀之書而發也。左傳者，隱春秋之大義，即喻夷夏大防之意。蓋師留有劉越石收復神州之氣概，惜英年早逝，故有「若教續命更何如」之感慨。末首因闇公哭子詩而憶及自己第五子之夭折，同悲之也。晚村哭彗兒詩見夢覺集。

【資料】

錢謙益丙申春就醫秦淮寓丁家水閣浹兩月臨行作絶句三十首留别留題不復論次：清溪孫子美瑜環，也是朱衣抱送還。盛世公卿猶在眼，方頤四乳坐如山（倪燦闇公，文僖公毅之諸孫，相見每述祖德）。（牧齋有學集卷六）

按，陳寅恪先生曰：此首（指牧齋詩）爲倪燦而作。其事跡見清史列傳柒拾文苑傳倪燦傳等，兹不備引。倪氏爲明室喬木故家，與朱竹垞彝尊同類。闇公早年或亦有志復明，殆後見鄭延平失敗，永曆帝被殺，因而改節耶？俟考。（柳如是别傳第五章復明運動）

陸嘉淑小雨過飲倪闇公（燦）齋頭闇公爲文僖公文毅公諸裔孫：薄雲疏雨晚妝收，冒雨還尋王謝游。長向旂常瞻舊德，一從門第識名流。禁城煙斷三山路，官閣春殘百尺樓。共把新詩編永夕，秦淮

孤客易生愁。（辛齋遺稿卷一一）

周在建七夕哭倪闇公檢討：尚書門第未飄蓬，少小名馳藝苑中。妙楷丰神過北海，新詩疏放駕南豐。人欣續史方簪筆，天借修文忽御風。腸斷故交逢七夕，哭君清淚灑江楓。（近思堂詩）

周在建和家雪客兄秋雨懷人詩十四首倪闇公：父子當年盛，同時並謚文。喜能游上苑，更得掌三墳。交誼終無改，情懷總不群。哭君逢七夕，落葉正紛紛（余有七夕日哭君詩）。（同前）

【注　釋】

〔一〕「五世」句：司馬遷史記卷五五留侯世家：「留侯張良者，其先韓人也。大父開地，相韓昭侯、宣惠王、襄哀王；父平，相釐王、悼惠王，悼惠王二十三年，平卒。卒二十歲，秦滅韓。良年少，未宦事韓。韓破，良家僮三百人，弟死不葬，悉以家財求客刺秦王，爲韓報仇，以大父、父五世相韓故。」

〔二〕劉琨：房玄齡晉書卷六二劉琨傳：「劉琨，字越石，中山魏昌人，漢中山靖王勝之後也。……琨少負志氣，有縱横之才，善交勝己，而頗浮誇。與范陽祖逖爲友，聞逖被用，與親故書曰：『吾枕戈待旦，志梟逆虜，常恐祖生先吾著鞭。』其意氣相期如此。」

〔三〕續命：即續命湯。中醫湯藥名。

〔四〕老不讀書：蘇軾代滕甫論西夏書：「臣素無學術，老不讀書，每欲披竭愚忠，上補聖明萬一，而肝肺枯涸，卒無可言。」

雨中同張鹿床飲黄俞邰小齋庭水驟溢架板乃渡用杜詩伐木爲橋結構同爲韻〔一〕三首

櫚舞青鸞尾乍垂〔二〕，珠跳窪臼旋成池。殘詩未了雨聲得，舊夢還來酒力知。那禁卑之無甚論〔三〕，行將耄矣豈能爲〔四〕。鑁頭且向深山斸，半個難尋斷絶時〔五〕。

打窗不斷雨瀟瀟，影動闌干抵畫橋。南嶽尋僧聽夜瀑〔六〕，西臺約客拜秋潮〔七〕。恍疑身向冰壺墮〔八〕，未覺魂從玉佩招〔九〕。湖海樽前無此會，宫嵐塔霧豈能消〔一〇〕。

典衣購本興還同〔一一〕，鏤板售文事轉窮。客路歲時詩句裏，帝京景物雨窗中。爐消煙穗成蒼狗，硯洗秋泉起白虹。不是故園書問急，蒲帆容易挂西風〔一二〕。

【箋釋】

此詩作於康熙十二年癸丑秋。

按，張鹿床，名芳，「字菊人，一字鹿床，又字澹翁，號補菴、拙叟，句容人。順治辛卯（八年）舉人，壬辰（九年）進士。官宜江知縣，以寬簡爲治，旋引疾歸，閉户不出，著述甚富，無子，多散佚。有燕臺聯句、宜江唱和集」（朱緒曾國朝金陵詩徵卷三）。又邁柱湖廣通志卷四五名宦志：「知常寧縣，蒞政八載，清操始終，催科無額外之徵，課士於桃花洲書院中，親校閱高下，一時人文，彬彬可觀。祀名宦。」

由晚村詩「南嶽尋僧」、「西臺約客」，吴薗茨文「人稱慧遠」、「亦解參禪」、「寄託暫逃於方外」，及朱長孺詩「浮家五嶽游」、「禪心歸梵夾」云云，則鹿床乃歸心禪理、好神仙、喜雲游四海者。

【資料】

吴綺張鹿床畫像記：夫玉樹瑶林，自是風塵外物；高冠奇服，久爲羲皇上人。彼奚爲乎來哉，而不改此度也。審而視之，是爲張子鹿床。憶與張子交，蓋當入洛，即快班荆；迨及過江，頻同藉卉。春笻共把，曾看紫阜之雲；秋被長攜，偕醉青溪之月。桃花潭上，踏歌獨愛汪倫；修竹園中，作賦還邀曹植。奇文欣賞，探錦字於詩囊；密義相參，落麈毛於食案。高吟入市，每駭路人；狂叫攤書，嘗驚妻子。君謂伯喈之似鳳，我呼東野以爲龍。爾乃出則更衣，行惟曳屨。馬卿滌器，只對修眉；季偉供餐，猶存皓首。彼傭馬磨，此困牛衣；然而鶴立雞群，龍鳴自合。樵蘇莫爨，應休璉不廢清談；桑柘頻移，龐德公猶聞雅論。荒雞夜半，起舞何堪；霖雨終朝，彈琴不已。既主賓之莫辨，亦形影而靡違。若將終焉，是亦可矣。豈期塵飛海立，人境都非；澗愧林慚，世途多阻。淵明之求彭澤，徒悔折腰；翁子之入會稽，空傳露綬。鱸魚江畔，幾處秋風；白鶴橋邊，今宵舊雨。對青山而説夢，指白水以論心。爰出是圖，命爲之記。生綃展看，眉目猶存。彩筆臨摹，鬢毛先改。過鑑湖之一曲，客是知章；上廬嶽之三峰，人稱慧遠。蘇家紅袖，亦解參禪；李氏霓裳，會聞乞藥。良有以也，豈徒然哉。嗟乎！張子文擅二京，書綜十乘。少期用世，長慕逢年。而大業弗終，雅懷罔遂。政同即墨，無左右而難封；學似東方，較侏儒而未飽。袍拖鳳尾，姓名空滿於人間；筆倩虎頭，寄託暫逃於方外。子之爲是也，似快而實悲矣。雖然，學仙成佛，歎壯士之何歸；飲酒讀騷，或婦人而可近。頗同斯感，寧可見遺。願著我於圖中，長遇君於卷内。千古之後，庶或知有兩人；六代以還，不復傳爲三笑耳。（林蕙堂全集卷一）

朱鶴齡張鹿床過訪承示佳集兼有贈言賦答二首：寒林向晚昏，有客駐高軒。未怪儒衣古，翻憐素履存。雲霞新句麗，泉石道風敦。語到無生法，瓶花當酒樽。

仙吏三湘夢，浮家五嶽游。禪心歸梵夾，詩興動滄洲。薜蘿欣同對，瓊瑶愧遠投。送君煙浦外，楓葉照行舟。（愚菴小集卷四）

【注釋】

〔一〕「伐木」句：杜甫陪李七司馬皂江上觀造竹橋即日成往來之人免冬寒入水聊題短作簡李公：「伐木爲橋結構同，褰裳不涉往來通。天寒白鶴歸華表，日落青龍見水中。顧我老非題柱客，知君才是濟川功。合歡卻笑千年事，驅石何時到海東。」

〔二〕青鸞：李白鳳凰曲：「嬴女吹玉簫，吟弄天上春。青鸞不獨去，更有攜手人。」羅願爾雅翼卷一三釋鳥：

「鳳有五：多赤色者乃鳳，多黄色者鵷雛，多青色者鸞，多紫色者鸑鷟，多白色者鵠。」

〔三〕卑之無甚論：司馬遷史記卷一〇二張釋之馮唐列傳：「釋之既朝畢，因前言便宜事。文帝曰：『卑之，毋甚高論，令今可施行也。』」

〔四〕「行將」句：左傳僖公三十年：「佚之狐言於鄭伯曰：『國危矣！若使燭之武見秦君，師必退。』公從之。辭曰：『臣之壯也，猶不如人，今老矣，無能爲也已。』公曰：『吾不能早用子，今急而求子，是寡人之過也。』」

〔五〕「钁頭」二句：釋普濟五燈會元卷五：「德誠禪師囑（山）曰：『汝向去直，須藏身處没蹤跡，没蹤跡處莫藏身。吾三十年在藥山，只明斯事，汝今已得，他後莫住城隍聚落，但向深山裏，钁頭邊，覓取一個半個接續，無令斷絶。』」

〔六〕南嶽：尚書舜典：「五月，南巡守，至於南嶽，如岱禮。」孔安國傳：「南嶽，衡山。」

〔七〕西臺：嘉慶重修一統志嚴州府：「釣臺：在桐廬縣西富春山。漢嚴子陵垂釣處，有東西二臺，各高數百丈，下瞰大江，古木叢林，鬱然深杳，臺下爲書院。其西臺即宋謝翺哭文天祥處，南有汐社亭，因翺而名。」

〔八〕冰壺：李白雜題：「夜來月下卧醒，花影零亂，滿人衿袖，疑如濯魄於冰壺也。」

〔九〕魂從玉佩招：宋玉招魂，王逸注：「宋玉憐哀屈原忠而斥棄，愁懣山澤，魂魄放佚，厥命將落，故作招魂。」

〔一〇〕宫嵐塔霧：謝翺和靖墓：「宫嵐塔雨恍如失，飛網繞湖冠聚鷁。」

〔一一〕典衣購本：趙孟頫德清閒居：「貧尚典衣貪購畫，病思棄硯厭求書。」

〔一二〕「蒲帆」句：王銍浮天閣：「我來欲訪鴟夷子，爲掛西風十幅蒲。」蘇軾潁州初別子由：「征帆掛西風，別淚滴清潁。」方回續古今考卷三四：「今人以海上草織鹽席者爲帆，曰蒲帆；爲鞋，曰蒲鞋；爲席，曰蒲席。」

次韻答鹿床

妖彗孛奎壁〔一〕，太白旗失搧〔二〕。半月化蚩尤〔三〕，緊豈人力爲〔四〕。么髍鬼結璘〔五〕，空負萬古悲。帝酲沃未解，便恐鐵網追〔六〕。靈曜逐游戲〔七〕，匿景忽在兹〔八〕。隊伴一相失，煙海萬里岐〔九〕。鮫蜑拾寶玭，零落散涕洟〔一〇〕。但知人間哀，豈惜行腳卑〔一一〕。未遇紅羅人〔一二〕，騎羊困犁眉〔一三〕。句曲老仙才〔一四〕，髮短雙耳垂。火滅晝復燃〔一五〕，勘驗薜荔帷〔一六〕。骨法食煨芋〔一七〕，長鑱安得隨〔一八〕。黑風鎩鸞翮〔一九〕，天鍛度世資〔二〇〕。淡薄不肯留，時時寄伽毘〔二一〕。雲車遠問訊，日暮寒江湄。過從千頃君，絳節持報知〔二二〕。除地焚異香，不識年代誰。左手挽天河，開襟三灑之。秋浪撼竹尾，壁衣生華滋。掀髯鼓秃吻，負牆吐妙辭。玉女爲驪然〔二三〕，成此一段奇。向來載道器，六籍無不宜〔二四〕。葱嶺乍梯接〔二五〕，坐令炎宇衰〔二六〕。經訓既荒落，毒草空畬菑〔二七〕。幸賴兩宋書，三代復有期。何當龍場夢〔二八〕，收管江門詩〔二九〕。大陸竟平沉〔三〇〕，雨霣恒星移。澀縮釣鼇手〔三一〕，歎息窮髪涯〔三二〕。頗聞麻姑言，揚塵行及時〔三三〕。棟材飽巖雪，勿損撓雲姿。

【箋釋】

此詩作於康熙十二年癸丑秋。

按，嚴鴻逵釋略曰：「起四句，蓋指甲申兩變而言。自『么髍鬼結璘』至『騎羊困犂眉』語，意皆本青田二鬼詩，蓋自叙失伴及求書之意。『句曲老仙才』以下，乃及張。『火滅晝復燃』，言其登第事也。『淡薄』，儒門淡薄也，張好禪，故云。『雲車』以下，則叙其至金陵相會時事。『千頃君』，謂俞郃，俞郃家有千頃齋也。『秋浪』二句，寫景，按備忘録：是日大風雨，地發潮征。『玉女矖然』，疑是日或當有雹也。『向來載道器』以下，則正告以禪儒之辨，及己所以喜宋書，辟陳、王之故。末則更勉以大義，曰『飽巖雪』，曰『勿損』，所以進之者至矣。按張君所爲詩文，多聱牙，故此詩詞義亦深奥，蓋猶退之之於孟郊、樊宗師也。」「辟陳、王」者，謂陳白沙、王陽明也，説詳注釋中。

【注釋】

〔一〕「妖彗」句：班固漢書卷二六天文志：「彗孛飛流，日月薄食。……槍、欃、棓、彗異狀，其殃一也。」瞿曇悉達唐開元占經卷二三歲星占：「王者不行……則歲星盈當縮，順而逆，水旱不時，當出不出，變爲妖彗，所見之邦，大兵起，國破，主亡。」奎壁：即奎宿、壁宿，皆主文章。李綱謝親筆詔諭表：「親御翰墨，發爲奎壁之文；光賁臣鄰，增重藩屏之勢。」

〔二〕「太白」句：班固漢書卷二六天文志：「辰星，殺伐之氣，戰鬭之象也。與太白俱出東方，皆赤而角，夷狄敗，中國勝；與太白俱出西方，皆赤而角，中國敗，夷狄勝。……太白主中國，辰星主夷狄。」按，「太白旗失攜」，故中國敗亡。

〔三〕「半月」句：司馬遷史記卷二七天官書：「進而東北，三月生天棓，長四丈，末兑。進而東南，三月生彗星，長二丈，類彗。退而西北，三月生天欃，長四丈，末兑。退而西南，三月生天槍，長數丈，兩頭兑。謹視其所見之國，不可舉事用兵。其出如浮如沈，其國有土功；如沈如浮，其野亡。色赤而有角，其所居國昌。迎角而戰者，不勝。星色赤黄而沈，所居野大穰。色青白而赤灰，所居野有憂。歲星入月，其野有逐相；與太白鬭，其野有破軍。」班固漢書卷二六天文志：「蚩尤之旗，類彗而後曲，象旗。見則王者征伐四方。」

〔四〕繄：左傳隱公元年：「爾有母遺，繄我獨無。」杜預注：「繄：語助。」

〔五〕么䴡：班固漢書卷一〇〇叙傳：「又況么䴡，尚不及數子，而欲闇奸天位者虖。」顏師古注：「鄭氏曰：『䴡，音麽，小也。』」「么、麽皆微小之稱也。么，音一堯反。麽，音莫可反。」結璘：張君房雲笈七籤卷一二三洞經教部：「高奔日月吾上道，鬱儀結璘善相保。」自注：「鬱儀，奔日之仙。結璘，奔月之仙。同聲相應，同氣相求，故二仙來相保持也。」

〔六〕「帝醒」二句：張衡西京賦：「昔者大帝説秦繆公而覲之，饗以鈞天廣樂，帝有醉焉，乃爲金策錫用此土，而翦諸鶉首。」劉基二鬼：「飛天神王得天帝詔，立召五百夜叉帶金繩，將鐵網，尋蹤逐跡，莫放兩鬼走逸入崄巇。」

〔七〕「靈耀」句：劉基二鬼：「内外星官各職職，惟有兩鬼兩眼晝夜長相追。……自可等待天帝息怒解猜惑，依舊天上作伴同游戲。」靈耀：范曄後漢書卷三章帝紀：「曆數既從，靈燿著明。」李賢注：「靈燿著明，謂日月貞明。」

〔八〕「匿景」句：吴質在元城與魏太子牋：「曜靈匿景，繼以華燈。」李周翰注：「謂辭太子時，曜靈日月匿藏也。」景，同影。

〔九〕「隊伴」二句：劉基二鬼：「兩鬼自從天上别，别後道路阻隔，不得相聞知。」

〔一〇〕「鮫蜑」二句：劉基二鬼：「手摘桂樹子，撒入大海中，散與蚌蛤爲珠璣。或落岩谷間，化作珣玗琪。人拾得吃者，胸臆生明暈。」張華博物志卷二：「南海外有鮫人，水居如魚，不廢織績，其眼能泣珠。」鮫，許慎説文解字魚部：「鮫：海魚，皮可飾刀。从魚，交聲。古肴切。」段玉裁注：「今所謂沙魚。」蜑，許慎説文解字虫部：「蜑：南方夷也。从虫，延聲。徒旱切。」涕洟，禮記檀弓上：「將軍文子之喪，既除喪，而後越人來弔。主人深衣練冠，待於廟，垂涕洟。」陸德明音義：「自目曰涕，自鼻曰洟。」

〔一一〕「但知」二句：劉基二鬼：「修理南極北極樞，斡運太陰太陽機。檄召皇地示部署，嶽瀆神受約天皇墀。生鳥必鳳凰，勿生梟與鴟。生獸必麒麟，勿生豺與狸。……雍雍熙熙，不凍不饑，避刑遠罪趨祥祺。謀之不能行，不意天帝錯怪恚，謂此是我所當爲。眇眇末兩鬼，何敢越分生思惟。」行腳：謂僧人爲尋師求法而雲游四方。古尊宿語録卷六：「老僧三十年來行腳，未曾置此一問。」林和靖送文光師游天台：「秦中河朔嘗游覽，莫恨此方行腳遲。」

〔二〕紅羅人：即紅羅真人，指明太祖朱元璋。金德瑛康郎山功臣廟歌：「紅羅真人起滁濠，天弧墮地揚旌旄。龍蟠虎踞定南國，削平僭亂如吹毛。」

〔三〕騎羊：劉向列仙傳葛由：「葛由者，羌人也。周成王時，好刻木羊賣之。一旦騎羊而入西蜀，蜀中王侯貴人追之上綏山。綏山在峨嵋山西南，高無極也。隨之者不復還，皆得仙道。」劉基青羅山房歌寄宋景濂：「有時皇初平清夜，騎羊朝帝君瓊蕤，羽蓋冰玉珮，華月閃爍光成虹。」犁眉：指劉基。李時勉犁眉公集序：「犁眉公集者，開國功臣誠意伯劉先生既老所著之作，故取此以爲號云。」

〔四〕句曲：姚思廉梁書卷五一陶弘景傳：「永明十年……止於句容之句曲山。恒曰：『此山下是第八洞宮，名金壇華陽之天，周回一百五十里。昔漢有咸陽三茅君得道，來掌此山，故謂之茅山。』」此處代指鹿床。鹿床，句容人。

〔五〕「火滅」句：班固漢書卷五二韓安國列傳：「獄吏田甲辱安國，安國曰：『死灰獨不復然乎？』甲曰：『然，即溺之。』」

〔六〕薜荔帷：楚辭湘君：「罔薜荔兮爲帷，擗蕙櫋兮既張。」

〔七〕骨法：司馬遷史記卷九二淮陰侯列傳：「齊人蒯通知天下權在韓信，欲爲奇策而感動之，以相人説韓信曰：『僕嘗受相人之術。』韓信曰：『先生相人何如？』對曰：『貴賤在於骨法，憂喜在於容色，成敗在於決斷，以此參之，萬不失一。』」煨芋：周密齊東野語卷五李泌錢若水事相類：「李泌在衡嶽，有僧明瓚，號嬾殘，泌察其非凡，中夜潛往，謁之。嬾殘命坐，撥火中芋以啗之，曰：『勿多言，領取十年宰相。』」

〔一八〕「長鑱」句：房玄齡晉書卷四九劉伶傳：「常乘鹿車，攜一壺酒，使人荷鍤而隨之，謂曰：『死便埋我。』其遺形骸如此。」

〔一九〕錣鸞翮：王維哭祖六自虚：「何辜錣鸞翮，底事碎龍泉。」

〔二〇〕世資：揚雄解嘲：「鄒衍以頡頏而取世資，孟軻雖連蹇，猶爲萬乘師。」張銑注：「世人取資以爲師學。」

〔二一〕伽毘：釋道世法苑珠林卷一〇受報：「有十六王：一娑竭，二難陀……八伽句羅，九伽毘羅，十阿波羅……十六得義伽。」

〔二二〕絳節：陸游老學菴筆記卷九：「天下神霄，皆賜威儀，設於殿帳座外，面南，東壁，從東第一架六物，曰錦傘，曰絳節，曰寶蓋，曰珠幢，曰五明扇，曰旌。」

〔二三〕玉女：張華博物志卷七：「太公爲灌壇令，武王夢婦人當道夜哭，問之，曰：『吾是東海神女，嫁於西海神童，今灌壇令當道，廢我行，我行必有大風雨，而太公有德，吾不敢以暴風雨過，以毁君德。』武王明日召太公，三日三夜，果有疾風暴雨從太公邑外過。」顧炎武日知録卷二五：「泰山頂碧霞元君，宋真宗所封，世人多以爲泰山之女，後之文人知其説之不經，而撰爲黄帝遣玉女之事以附會之，不知當日所以褒封，固真以爲泰山之女也。」矉然：左思吳都賦：「東吳王孫矉然而咍。」劉淵林注：「矉，大笑貌。莊周云：『齊桓公囅然而笑。』楚人謂相笑爲咍，楚辭曰：『衆兆所咍。』」

〔二四〕六籍：范曄後漢書卷四〇班彪列傳：「蓋六籍所不能談，前聖靡得而言焉。」李賢注：「六籍，六經也。」

〔二五〕「葱嶺」句：蓋指佛教東傳。葱嶺，班固漢書卷九六西域傳：「西域以孝武時始通……東西六千餘里，南北千餘里，東則接漢，阸以玉門、陽關，西則限以葱嶺，其南山東出金城，與漢南山屬焉。」梯接：王惲跋左山公書東坡醉墨堂詩卷：「其風流藴藉有不可梯接者，今已矣。」

〔二六〕炎宇：朱熹齋居感興：「朱光遍炎宇，微陰眇重淵。」謝應芳秋興：「凉飇微起早秋初，炎宇蠅蚊未盡除。」

〔二七〕畬菑：周易无妄：「六二，不耕穫，不菑畬，則利有攸往。」孔穎達疏引馬融注：「菑，田一歲也。畬，田三歲也。」

〔二八〕龍場：貴州驛名。此指王陽明。胡直與唐仁卿：「陽明先生抱命世之才，挺致身之節，亦可以自樹矣。然不肯已，亦其天性向道故也。過嶽麓時，謁紫陽祠，賦詩景仰，豈有意於異同？及至龍場處困，動忍刮磨，已乃豁然悟道。原本不在外物，而在吾心，始與紫陽傳注稍異。」

〔二九〕江門詩：陳獻章江門釣瀨與湛民澤收管三首，有「莫道金針不傳與，江門風月釣臺深」、「問我江門垂釣處，囊裏曾無料理錢」句，自注：「達摩西來，傳衣爲信，江門釣臺，亦病夫之衣鉢也。兹以付民澤，將來有無窮之託。珍重珍重。」江門釣臺，在今廣東新會，陳獻章建。

〔三〇〕「大陸」句：劉義慶世説新語輕詆：「桓公入洛，過淮、泗，踐北境，與諸僚屬登平乘樓，眺矚中原，慨然曰：『遂使神州陸沉，百年丘墟，王夷甫諸人，不得不任其責！』」

〔三一〕釣鼇手：何光遠鑑誡録卷七：「會昌四年，李相公伸節鎮淮南日，所爲尊貴，薄於布衣，若非皇族卿相囑致，無有面者。張祜與崔涯同寄府下，前後廉問嚮祜詩名，悉蒙禮重，獨李到鎮，不得見焉。祜遂修刺謁之，銜題詩釣鼇客，將俟便呈之。相國遂令延入，怒其狂誕，欲以言下挫之。及見祜，不候從容及問曰：『秀才既解釣鼇，以何物爲竿？』祜對曰：『用長虹爲竿。』又問曰：『以何物爲鈎？』曰：『以初月爲鈎。』又問曰：『以何物爲餌？』曰：『用唐朝李相公爲餌。』相公良久思之，曰：『用予爲餌，釣亦不難致。』遂命酒對斟，言笑竟日，憐祜觸物善對，遂爲詩酒之知。議者以祜矯諭異端，相國悦其取媚，故史不稱之，惡其僞也。」

〔三二〕窮髮：莊子逍遥游：「窮髮之北，有冥海者，天池也。」

〔三三〕「頗聞」二句：葛洪神仙傳卷三：「王遠，字方平，東海人也。……後棄官，入山修道。……惟見方平坐耳。須臾引見經父母兄弟，因遣人召麻姑相問，亦莫知麻姑是何神也，言王方平敬報，久不在。麻姑至，蔡經亦舉家見之，是好女子，年十八九許。……麻姑自説，接待以來，已見東海三爲桑田，向到蓬萊，水又淺於往昔會時略半也，豈將復還爲陵陸乎？方平笑曰：『聖人皆言海中行復揚塵也。』麻姑欲見蔡經母及婦姪，時經弟婦新産數十日，麻姑望見，乃知之曰：『噫！且止勿前。』即求少許米至，得米，便以撒地，謂以米祛其穢也，視米，皆成真珠，方平笑曰：『姑故少年也。吾老矣，不喜復作此曹輩狡獪變化也。』」

留别州來

雨罷暑力微，再雨暑氣竭。秋生箄骨中，絺衫告將别〔一〕。歸思燈底來，隨焰不肯滅。但以之子故，翻枕未能决。相見一長歎，知我動離轍。飲我贈我言，泠泠更清絶①。簷柳爾何聞，臨風亦蕭屑②〔二〕。柳情豈有殊，人意换淒悦。去矣但相思，庭心共寒月③。

【校記】

①更 詩文集鈔本校曰：「更，墨迹作『正』。」

②蕭 詩文集鈔本校曰：「蕭，墨迹作『騷』。」

③庭心 詩文集鈔本校曰：「庭心，墨迹作『空庭』。」

【箋釋】

此詩作於康熙十二年癸丑秋。

按，晚村與州來交情甚篤，此次金陵之行所識之人無有可與比者，「相見一長歎，知我動離轍」二句，情誼至深。州來生平，今難詳考，晚村集中，亦不復有與州來相見消息焉，「去矣但相思」，不幸而言中耶？

【注釋】

〔一〕「秋生」二句：張耒自立秋後便涼詩示秬等：「暑别齊紈知有日，秋生簟竹果如期。」

〔二〕蕭屑：淒涼意。温庭筠觱篥歌：「軟縠疏羅共蕭屑，不盡長員疊翠愁。」方以智通雅釋詁：「蕭然即騷然，食貨志：『江淮之間蕭然有煩費矣。』師古曰：『蕭然猶騷然。』故知騷屑之聲本蕭索也。」

别白門諸同志

新知挽我住，親如水中鷗〔一〕。故人呼我歸，遽如雨後鳩〔二〕。新知試初别，離情固難酬。三復故人書，中有千載憂。歲寒天地閉〔三〕，吾駕不可留。願廣故人言，轉爲新知謀。性命易聞達〔四〕，智者慎所求。神龍自淵居，蚖哉安能收〔五〕。志壹足動氣〔六〕，鳳鳴麟在棷〔七〕。意趣苟不殊，豈怨道里修。秋江晚浪多，布帆當中流。上懸兩地心，日夜同孤舟。

【箋釋】

此詩作於康熙十二年癸丑秋。

按，「新知」者，徐州來、黄俞邰、周雪客、胡靜夫、張鹿床諸人也。「故人」者，張考夫也。張考夫答張佩葱别楮曰：「弟種植既畢，即欲往半邏，不意以女病，遲之一月。既聞晚村有初秋方歸之信，深恐初秋亦不果，故亟往語溪，寓書趣其歸旆。」（楊園先生全集卷一一）又與吕無黨曰：「金陵人還，尊公回信云何？歸期的於此月否？」（楊園先生全集卷一四）然則考夫趣晚村之歸何爲如此之急切耶？其與吕用晦書曰：「但游通都之會，已閲三朔，南北人士，往來繁庶，交游必日廣，聲聞必日昭，恐兄雖欲自晦，亦不可得。迂鄙私憂，誠及於此，以兄高明，固已洞察微隱，無俟多言。種種多懷，不敢贅及。」（楊園先生全集卷七）

「三復故人書，中有千載憂」者，今因不見其書，未審確切所指，然就下文所言，或即出處之謂也。「性命」以下八句，即故人言而轉述與新知者，其言謂何？張考夫與吕用晦曰：「韓子云：『有以志乎古，必有以遺乎俗。』近本此意致書友人，略言君子之儒，遯世無悶，究竟爲法天下，可傳後世。小人之儒，同乎流俗，合乎污世，赢得身名俱辱。其界分所爭，要亦無幾，只在辨之於蚤。固知微生之見，宜爲舉世所疾。附此相質，未必不爲知己所可也。……自信人生有命，何必傾心以謍一飽，間以舉似朋友，有議者曰：『此不可效也。吾人若此，則立槁而已！』竊以議者之意，誠爲愛我，然尚是信命不及。論語曰：『不知命，無以爲君子。』然否？」（楊園先生全集卷七）其意蓋在「志壹足動氣」一語，即朱熹集注「所以既持其志，而又必無暴其氣」之謂也。人處亂世，必也守己乎！

【注釋】

〔一〕水中鷗：杜甫江村：「自去自來堂上燕，相親相近水中鷗。」

〔二〕「故人」二句：徐光啟農政全書卷一一「論飛禽」：「諺云：鴉浴風，鵲浴雨，八哥兒洗浴斷風雨。鳩鳴有還聲者，謂之呼婦，主晴；無還聲者，謂之逐婦，主雨。」黄庭堅自巴陵界平江臨湘入通城無日不雨至黄龍奉謁清禪師繼而晚晴邂逅禪客戴道純款語作長句呈道純：「野水自添田水滿，晴鳩卻喚雨鳩歸。」

〔三〕天地閉：周易坤卦：「天地變化，草木蕃，天地閉，賢人隱。易曰：『括囊，无咎无譽。』蓋言謹也。」

〔四〕「性命」句：諸葛亮前出師表：「臣本布衣，躬耕於南陽，苟全性命於亂世，不求聞達於諸侯。」

〔五〕蚖哉：揚雄揚子法言問神篇：「龍蟠於泥，蚖其肆矣。蚖哉蚖哉，惡覩龍之志也歟。」宋咸注：「蚖，蜥蜴也。似龍而無角，如蛇而有足，一云毒蛇也。」吴祕注：「聖人在蒙，與衆人同列，衆人豈知聖人之志歟？」

〔六〕「志壹」句：孟子公孫丑上：「既曰：『志至焉，氣次焉。』又曰：『持其志，無暴其氣者，何也？』」（孟子）曰：『志壹則動氣，氣壹則動志也。今夫蹶者、趨者，是氣也，而反動其心。』」朱熹集注：「公孫丑見孟子，言志至而氣次，故問如此，則專持其志可矣。又言無暴其氣何也。壹，專一也。蹶，顛躓也。趨，走也。孟子言志之所向專一，則氣固從之，然氣之所在專一，則志亦反爲之動，如人顛躓趨走，則氣專在是，而反動其心焉，所以既持其志，而又必無暴其氣也。」

〔七〕「鳳鳴」句：禮記禮運：「鳳皇麒麟，皆在郊棷。」陸德明音義：「棷，澤也。本或作藪。」陳旅次韻許左丞從車駕游承天護聖寺是日由參政升左丞：「方欣麟在棷，復喜鳳鳴陽。聖主需賢急，嘉猷賴弼良。」

過句容〔一〕

孤城斗大壓山根，遠色蒼蒼日已昏。千里温言欣在望〔二〕，半生奇計與誰論〔三〕。荒雞月下聲何小，老樹溪邊皮不存。此去只爲康濟事〔四〕，蓬蒿掩徑石支門〔五〕。

【箋釋】

此詩作於康熙十二年癸丑秋冬間。

按，諸本晚村詩集皆不載此詩，據集外詩補。殆晚村自南京回鄉路過句容時作。所謂「康濟事」，指此次返鄉後即作歸隱計，不與世周旋矣；蓬蒿掩徑、石頭支門，終是隔絶塵囂，只與可上下縱論「半生奇計」者相過從矣。

【注釋】

〔一〕句容：李吉甫元和郡縣志卷二六江南道：「句容縣：漢舊縣也。晉元帝興於江左，爲畿内第一品縣，縣有茅山。本名句曲，以山形似『己』字，句曲有所容，故號句容。」

〔二〕温言：詩秦風小戎：「言念君子，温其如玉。」此處指朋友。

〔三〕奇計：司馬遷史記卷五六陳丞相世家：「陳丞相平者，陽武户牖鄉人也。少時家貧，好讀書。……太史公曰：陳丞相平少時，本好黄帝、老子之術。方其割肉俎上之時，其意固已遠矣。傾側擾攘楚魏之間，卒歸高帝。常出奇計，救紛糾之難，振國家之患。及吕后時，事多故矣，然平竟自脱，定宗廟，以榮名終，稱賢相，豈不善始善終哉！非知謀，孰能當此者乎？」

〔四〕康濟：尚書蔡仲之命：「懋乃攸績，睦乃四鄰，以蕃王室，以和兄弟，康濟小民，率自中，無作聰明亂舊。」黄倫尚書精義卷四一：「康濟小民無他，以我之情自度之足矣。我欲安佚，民豈可使之勞？我欲飽煖，民豈可使之饑寒？如是，則能康濟之矣。」

〔五〕蓬蒿掩徑：吴融風雨吟：「蓬蒿滿徑塵一榻，獨此閔閔何其煩。」石支門：朱謀垔畫史會要卷四：「陸治，字叔平，號包山，爲吴諸生，而饒風雅，築室支硎山下。雲霞四封，流泉回繞，手藝名花幾數百種。歲時佳客過從，即迎至花所，割蜜脾劚竹萌而進之；苟非其人强造者，即一石支門，剥啄如弗聞矣。」

和種菜詩①

自牧出示時輩和種菜詩甚夥，皆不堪置目，不覺失笑，走筆和之。　二首

園官菜把近來尊〔一〕，值得王孫手共捫。妝點村莊何處好，數聲寒豹出籬根〔二〕。

雕欄曲護緑畦斜，土沃肥多易長芽。燕麥兔葵爭一笑〔三〕，此間那有故侯瓜〔四〕。

【校記】

①詩題，種菜詩册頁（以下簡稱册頁）真蹟作「自牧示和種菜詩戲用其韻」，參見卷首書影。

【箋釋】

此詩作於康熙十四年乙卯秋。

按，種菜詩者，孟舉於康熙十四年乙卯七月初五日作也。詩成，即邀天下名流唱和。孟舉並將唱和之作依次編排成册，後刻入黄葉村莊詩集卷首。今原件尚存，紙墨燦然。據光緒四年戊寅楊峴題曰：「種菜詩，見詩集卷三，不録和作。此册，國初諸老徵題殆遍，如讀耆舊傳也。」黄葉村莊詩集卷首題詞所録唱和者依次爲：袁龢、俞南史、汪琬、鄭梁、尤侗、陳騊、吴震方、勞之辨、鄺世培、黄宗炎、范芳、黄宗羲、顧湄、宋實穎、錢德震、錢中諧、徐樹丕、曾燦、袁龢（重）、吴藹、徐樹滋、徐晟、錢中諧

（重）、吴爾堯、吴見思，題詞補遺所録唱和者依次爲：張履祥、吕留良（即本卷六首）。

晚村曰：「自牧出示時輩和種菜詩甚夥，皆不堪置目，不覺失笑，走筆和之。」所謂「不堪置目」者，當有所指，孟舉詩有悠閒歲月之意，而和作者亦從此説，如「但了殘書咬菜根」云。孟舉自和種菜詩謂「論擔街心買大瓜」，故晚村反詰曰「此間那有故侯瓜」云。「故侯瓜」指召平，召平乃秦之遺民，「種瓜」即代指遺民或遺民情結。自吾國文化觀之，「種菜」與「種瓜」實有本質之區别，前者爲「隱士」之生活方式，後者爲「遺民」之精神操守。晚村常於細微處寓感憤，其評杜詩種萵苣有「小料大論，終不自勝」句，亦是此意，不可不察。孟舉首唱謂「閒人休作東陵看，只種菘葵不種瓜」，其態度可知，晚村之「燕麥兔葵爭一笑，此間那有故侯瓜」，反詰一問，可見兩人此時之關係已漸爲疏遠矣。

【資　料】

吴之振種菜二首：買廢圃二畝而贏，園丁雜植菜種。後五六日，連得好雨，菜甲鬱然，生意可喜，因作種菜詩。志道之士，不厭藜藿，請各賦一章，寄託胸臆。菜根滋味，當與宇内共用之。粱肉寧如藜藿尊，將軍負腹手空捫。憲章食物真多事，只合籬邊譜菜根。○苔蔓周遭石逕斜，手編虎落護根芽。閒人休作東陵看，只種菘葵不種瓜。

吴之振自和二首：藜羹一盞自言尊，犢鼻褌中蝨可捫。長鑱短蓑吾事了，生兒那用識金根。○雜植蓬麻正復斜，薰蕕須要辨根芽。年來百事多求益，論擔街心買大瓜。乙卯七月五日，州泉吴之振稿。

宋實穎和孟舉年道兄種菜詩原韻乙卯臘月望日書呈政：采芸獻韭夏時尊，博物難將空腹捫。詩卷牽牛與葵蓼，不如種菜絶名根。○嫵婉東山日欲斜，浮雲富貴莫生芽。閉門自惜英雄老，數畝荒園學種瓜。

宋實穎再和：長安車馬了殘尊，四十歸來把蝨捫。天意不輕藜與藿，春風秋雨足籬根。○抱甲筍蘆當夏緑，竛竮瘦竹吐新芽。挑燈讀盡殘書卷，只喜東陵看蔓瓜。○秋江木葉伴清尊，釣得鱸魚腹飽捫。獨有五湖蓴菜賣，不須老圃斲雲根。○探春楝樹入風斜，買夏臨園半吐芽。帶甲滿天雲水畔，何人能識故侯瓜。

宋實穎三和贈孟老：延陵吾友布衣尊，脱略公卿有舌捫。一擲千金輸意氣，還能高坐講天根。○大蘇書法愛欹斜，喜見春盤得蓼芽。吾亦閒來無一事，青鞋布襪好畦瓜。老易軒主人吴門弟宋實穎拜題於讀書堂之松風。

錢德震丙寅冬過黄葉村次韻：爲園栖隱自言尊，插槿編樊手歷捫。百事秖今應可做，護持滋味在霜根（霜一作堅）。○一帶清波雲影斜，雨餘青隴盡抽芽。蟲魚箋罷無閒事，又向豳風注瓠瓜。武原弟錢德震。

錢中諧奉和孟舉先生種菜詩附録求政：蜀蒻吴菘品自尊，灌畦無夢把天捫。東南玉鱠雖佳味，肯換尋常虀數根。○荷鉏不耐插簪斜，喜見勾萌並長芽。僮約也知吾政在，嚴冬薑芥早春瓜。○羲皇高卧北窗尊，種植方書信手捫。莫擬封君千樹橘，還憂朝室掘莞根。○水葉山條覆逕斜，負霜含露早抽芽。野人檢點生涯了，不獻金盤五色瓜。○攤書何假百城尊，不礙窺園足自捫。籬落青蔥無數種，愛他耐雪只菘根。○畦如方局更鈎斜，次第安排遞茁芽。休道斷壺無用處，天星元自有匏瓜。丙辰元夕，吴趨錢中諧具稿。

錢中諧再和：園蔬爭長孰稱尊，非種宜鋤手共捫。韭薦莫忘今日本，葵傾猶衛自家根。○町畦横連疆埸斜，好知春到栗生芽。但須讀易知名莧，莫漫焚香去觸瓜。○稻稱嘉蔬菜亦尊，薺甘荼苦總宜捫。翻嫌雉尾蓴無味，不向深溪去覓根。○遶畦黄蝶舞風斜，蟲蠹防侵莫害芽。堪笑世人封殖計，康瓠漫寶不成瓜。○艾席葭牆對瓦尊，隔籬呼客把鋤捫。遺金未敢輕回顧，恐放飛蓬易轉根。○花信風催雨腳斜，用心安養在萌芽。年來苦菜愁難秀，且乞閒身學灌瓜。○老圃雖然名未尊，青青盈把可嘗捫。盤餐不用千畦富，金谷何須羨託根。○蓬直天生倒薤斜，分明心性見根芽。若問栗薪誰棄置，從來苦蔕是甘瓜。○匏瓢亦可當罍尊，藴火何庸著意捫。閒卻調梅好身手，掃除三逕欲批根。○小圃東田負郭斜，游僊不羨種黄芽。但知瓠葉堪烹采，寒曝何妨似腐瓜。丙辰夏五，嘉樹堂錢中諧再和。

徐樹丕次韻：百味何如食菜尊，何曾同飽腹常捫（東坡詩：我與何曾同一飽）。荷鋤獨睡松風裏，齒頰流馨淨舌根。○亂山無數夕陽斜，半畝青青始茁芽。種此名根盡忘卻，逢人不道故侯瓜。牆東八十一叟徐樹丕和。

曾燦奉和孟舉先生種菜詩書求教政：鼎食何如拙養尊，藤蘿明月手堪捫。從來造化歸何處，只在空山老蕨根。○西風籬落半畝斜，雀芋龍葵盡發芽。我欲乘舟來訪戴，知君餉客有茶瓜。

曾燦又和：布衣不羨五侯尊，笛可横吹蝨可捫。卻憶當年諸葛菜，南陽預種兩三根。○風正瀟疏日正斜，秦園楚畹見萌芽。讀書萬卷成何事，莫學東陵但種瓜。虔州弟曾燦拜稿。

袁龢丙辰首春過重其伯兄齋頭出示孟舉先生種菜倡和詩册代爲索和漫賦呈政：藥圃花欄對一尊，無心瞻漢把星捫。吞腥啄腐誠何益，高卧松風淨六根。○籬落花開燕子斜，竹萌新發蕨抽芽。主人種植還扃户，不逐車塵問及瓜。雲間弟袁龢拜草。

袁龢又和：空餘夢想憶衢尊，風鶴聲中舌早捫。抱甕若遇富春老，賣魚貰酒卧雲根。○柳巷花深竹徑斜，故侯早斷利名芽。弟兄何物堪持贈，幾段黄虀勝木瓜。重兄先以後册見示，已拈二絶，續付此册又呈巴調，得無夢憎其蛇足乎？書此以博一粲。雲間袁龢具草。

俞南史次和孟舉道兄種菜二絶呈政之：不羨人間南面尊，朝來飽飫腹常捫。夏菘春韭隨時植，客至還供醉竹根。○短籬疏雨帶風斜，種得嘉蔬盡長芽。按圃已盈三十品，陽坡還擬更鋤瓜。松陵俞南史稿。

吴藹和種菜二絶：圃畦何物最稱尊，滋味長時飽欲捫。斂卻持螯把盃手，好攜白柄課霜根。○諸葛元修整復斜，品羅三十遞抽芽。居然千户侯相等，弟視雞頭奴畜瓜。

吴藹疊前韻二首録呈孟舉宗翁先生笑正：舜華堯韭伴清尊，不及菘蒿腹可捫。抱甕莫嫌多寂寞，勝他觸手礙葵根。○鮭鰕久矣難爭長，筍蕨微聞欲鬭芽。一自涪川闌入畫，並無人羨故侯瓜。長洲藹上稿。

徐樹滋丙戌仲春一日雨窗漫和附呈孟舉先生博笑：白眼高歌酒一尊，解衣磅礴腹堪捫。英雄忍向閒中老，漫學鄰翁灌菜根。○柴桑三徑夕陽斜，可愛春蔬漸報芽。耐得清香滋味久，何須安棗大如瓜。蒔溪小弟徐樹滋具草。

汪琬次韻六絶並種菜長句一首似孟舉先生博粲：未必三公果覺尊，膝中傲骨儘堪捫。空山大有娛人處，但了殘書咬菜根。○引泉續續澆青甲，畚土時時擁紺芽。閉户忽聞騶騎至，恰如摩詰適鋤瓜。○知君學圃道彌尊，飽食頻將便腹捫。大笑少陵寒乞相，雪中黄獨覓殘根。○細雨隨風整復斜，茸茸冒土屢生芽。花間蛺蝶曾爲蠹，葉底螺牛別字瓜。○籬角霜莖肥可把，架前寒蔓老堪捫。斜陽行菜若粗了，大好讀書秋樹根。○滿地黄花翠葉斜，肯容蕭艾濫萌芽。蔓菁蘆菔俱堪喫，不要園官屢送瓜。○方畦數畝如棋局，嘉蔬離離繞畦緑。葵韭葱薤蓼蘇薑，以采以湘吾願足。山中雨多土易滋，今年不憂菜饉時。白魚糖蟹雖佳味，恥倩門生共議之。長洲汪琬稿。

鄭梁次韻：擁卷寒村儘自尊，有園不忍把鋤捫。讀君種菜詩歸去，也補籬笆竹幾根。○山色江聲遶石斜，雪堆凝緑正萌芽。得如黄葉村莊老，寧逐拘儒往議瓜。

尤侗奉和孟舉先生種菜詩呈正：老圃强如萬户尊，晚菘早韭舌嘗捫。縱繞骨董羹千盌，不及冰壺虀一根。○青山十畝小樊斜，自把長鑱壅露芽。看盡紅塵車馬客，誰人柳下賣王瓜。長洲弟尤侗。

陳騮呈孟舉先生正：鼓鼙動地從何適，參井横天不可捫。祇合牆東尋老圃，春風種蘋劚雲根。○茆齋曲曲水田斜，雨過青蔯發紫芽。莫道東陵羅雀逕，四時留客有茶瓜。三山陳騮。

吳震方和孟舉叔祖種菜詩：生眼不知軒冕尊，高談周孔舌誰捫。興來黄葉村莊去，助折松枝煮菜根。○種菜町畦不教斜，朝來新雨長萌芽。雖然只是虀鹽味，絶勝安期海上瓜。姪孫震方具稿。

勞之辨奉和孟老姑夫原韻並正：布襪芒鞵道自尊，清風堪嘯月堪捫。世間鼎食重裘客，那似君家咬菜根。○村莊數畝路横斜，親課園丁護嫩芽。知爾連朝好雨後，還應料理及壺瓜。姻眷姪勞之辨具草。

鄺世培吴孟舉年兄以種菜詩見示仰同元韻奉和兼求正：青梅煮酒話前尊，顯晦英雄鉏自捫。因憶灌園招楚聘，於陵半畝是名根。○藥畦花徑互横斜，秋雨新澆長嫩芽。但得芼羹堪屢摘，也應勝似召平瓜。

鄺世培再和：藜藿談經道自尊，天門青瑣不堪捫。淡中嘗盡元來味，荷鍤分明見性根。○黄葉村中晚照斜，呼僮編槿遶檐牙。拔葵本是公休志，且代山陰五色瓜。舜水鄺世培具稿。

黄宗炎和孟舉友兄種菜詩：薙草乘風宜晚溉，除蟲和露在晨捫。芥葵慰我先嘗葉，葑菲隨來可薦根。○籬邊疄埂任畸斜，次第差排盡放芽。青青菘韭垂垂豆，綳有壺蘆架有瓜。

黄宗炎再和：牛肚羊蹄鋤地得，攤書有夢向天捫。長齋何處閒賓客，梗葉咀殘又削根。○鼓腹便便日欲斜，瓦盆注酒剪金芽。園丁須記明年種，菜子灰藏草繫瓜。剡中弟黄宗炎具草。

范芳次孟舉道翁韻求教正：畦蔬薄計本非尊，博得無求自腹捫。曹植作歌真解事，不教放手刈葵根。○繞屋穿籬徑不斜，鋤雲汲雨長新芽。丈夫奏績皆如此，安用無成學繫瓜。西泠同學弟范芳草。

黄宗羲孟舉友兄不得見者十一年矣今年二月至語溪則城西有一園新闢種菜其中示以唱和之作

珠璣滿目余家四明山計此十年間流離遷播嘗作避地賦以自傷田園荒蕪即欲種菜且不可得況能韻之爲詩乎勉附二絶知其情之相遠也：吾友新開黄葉村，钁頭落處句難捫。家僮已報微泉出，稚子無人見竹根。○曉轉轤繩水徑斜，晚看燒底長新芽。秋來風自西南起，索索籬邊掛苦瓜。弟宗羲具草。

顧湄次韻奉題孟舉先生種菜册子並呈教正：閒覺江鄉老圃尊，充腸藜莧腹堪捫。齊廚日日無兼味，盡著殘牙咬菜根。○曲曲方畦趁落斜，碧絲翠甲紺紅芽。年來已分雄心斷，不種蕪菁只種瓜。太倉顧湄。

徐晟戲題種菜詩八絶似政孟舉道翁先生：處世無如用拙尊，閒庭讀易蝨初捫。五更清夢回來穩，汲水朝來咬菜根。○老圃秋容徑欲斜，晚菘新韭長抽芽。經過白雪青霜候，許有西田好種瓜。○百味無如水草尊，貪嗔當下把心捫。由來古德培天厚，雜俎生生養蕨根（有高僧食菜葉舍心者，云培養生意，見語録）。○周顒意思也傾斜，血味如何當草芽。蟹蛤形容全混沌，雪饞何似邵平瓜。○清瑶風範幾人尊，真率齏監有舌捫。一味留唇思借箸，雨餘最美塌顆根（先正陳雨泉方伯鎏有老人真率會，午饌四簋，而主味用菜，今遺跡在吴趨清瑶嶼）。○晚步山椒落日斜，歸家閒摘錦葵芽。燒來恰喜村醪熟，呼得鄰翁更削瓜。○金盤玉鱠最稱尊，好伴蓴絲把腹捫。圃菜有滋薑芥辣，鋤頭削卻老名根。○富貴浮雲白日斜，鳶飛魚躍亦萌芽。英雄有用歸無用，造化生成八月瓜。長洲徐晟。

吴爾堯和孟舉叔種菜詩：宗生馬齒亂卑尊，苣刺如針不可捫。督促畦丁休泛愛，恐防傾奪蕙蘭根。○町畦平整莫陂斜，求討精嚴草不芽。卻怕人嫌太分別，故留野莧伴秋瓜（原倡有不欲爲名高之意)。

吴爾堯再和:園官燮理一何尊,蝗(去聲)要醫治蝨要捫。成就嘉蔬比君子,寒冬拔取好連根。○半樹殘陽笠影斜,長鍬抔土護根芽。老農勳業今何許,黄葉莊成已及瓜。姨爾堯具稿。

吴見思次韻:藿食從來道自尊,且將農器手親捫。高門白玉傳新處,霜露於今在草根。○泉落縱横幔圃斜,嘉蔬甲坼已生芽。世間多少閒名利,獨向山中學種瓜。康熙丙辰新春,宗弟見思和正。

按,以上據册頁編録,較黄葉村莊詩集卷首所録多詩題、作年及落款。又,以上文字曾有道光十八年戊戌石刻拓本傳世,名黄葉村莊種菜唱和詩册,其於徐晟六首末署「同學弟張履祥」,鈐「考夫」印;後於黄葉村莊詩集卷首題詞補遺收入張履祥和橙齋老友種菜詩原韻二首,一曰「處世無如用拙尊」,二曰「老圃秋容徑欲斜」,亦將徐晟和作編入張履祥名下。考張履祥卒於康熙十三年甲寅七月,而孟舉種菜詩原唱作於十四年乙卯七月,是知張氏之不得唱和也必矣,後人不察,偶誤植耳。同治年間,興國萬斛泉重訂楊園先生全集,即未收入所謂和種菜詩原韻者。

李良年和孟舉種菜詩五和得十章:遠游歸識故山尊,甲拆春泥手自捫。解得英雄消遣法,偶然數畝落吴根。

水際沙邊圃勢斜,倩童删葉婢挑芽。就中或有君臣藥,好配青門子母瓜。

共嘆年時荆棘尊,西疇嘉種不堪捫。那能袖手看蕪穢,正要長鑱劚亂根。

草玄亭外緑陰斜,不數蓴絲與蕨芽。擲未定箋名物志,肯將草菰唤爲瓜。

官厨珍膳宰夫尊,炙冷杯殘任客捫。留得田家香味在,從他野衲笑塵根。

耦耕鄰叟閒分種，解事園丁報剪芽。雪白吴鹽薑作糝，也勝沉李與浮瓜。

林泉朝市果誰尊，蔬譜排籤取次捫。偶向東湖粗曉月，持書使者到山根。

數畝平分一陌斜，雨痕纔過子生芽。菘前韭後渾閒卻，更理秋棚絡晚瓜。

摒擋春盤雪夜尊，青絲知有玉纖捫。編籬憶課山中樹，長夏人肩只四根。

春風老屋午煙斜，共煮唯應玉版芽。他日叩門容納屨，主人耡菜不耡瓜。（秋錦山房集卷五）

李良年吴孟舉以宋詩選刻並所作種菜詩見貽走筆奉柬：輕裝入洛五侯知，卻憶家山種菜時。南北東西才有數，江湖丘壑爾兼之。平皋葉靜書連屋，暗水春香墨攪池。咫尺語兒亭畔月，何由繫艇緑楊絲。（秋錦山房集卷五）

【注釋】

〔一〕園官菜把：杜甫園官送菜序：「園官送菜把，本數日闕。矧苦苣、馬齒掩乎嘉蔬，傷小人妬害君子，菜不足道也，比而作詩。」

〔二〕寒豹：王維山中與裴秀才迪書：「深巷寒犬，吠聲如豹。」

〔三〕燕麥兔葵：洪邁容齋三筆卷三：「劉禹錫再游玄都觀詩序云：『唯兔葵燕麥動揺春風耳。』今人多引用之。予讀北史邢邵傳，載邵一書云：『國子雖有學官之名，而無教授之實，何異兔絲燕麥、南箕北斗哉？』然則此語由來久矣。爾雅曰：『莃，兔葵。蘥，雀麥。』郭璞注曰：『頗似葵，而葉小，狀如藜。雀麥，即燕麥，有毛。』廣志曰：『兔葵，爚之可食。』古歌曰：『田中兔絲，何嘗可絡；道邊燕麥，何嘗可穫。』皆見於太平御覽。上林賦『葴析苞荔』，張揖注曰：『析似燕麥，音斯。』葉廷珪海録碎事云：『兔葵，苗如龍芮，花白，莖紫。燕麥，草似麥，亦曰雀麥。』但未詳出於何書。」

〔四〕故侯瓜：司馬遷史記卷五三蕭相國世家：「召平者，故秦東陵侯。秦破，爲布衣，貧，種瓜於長安城東，瓜美，故世俗謂之『東陵瓜』。」王維老將行：「今日垂楊生左肘，路傍時賣故侯瓜。」

送人 三首

清如秋水點秋霜，齒頰初開妙有香。文采傳家餘事耳，上頭儘更有商量。

上頭有事未能知，欲累層臺須作基。座有人師家有學，夜行得燭待何時〔一〕。

王謝風流一縷强〔二〕，茫茫墜緒屬兒郎〔三〕。阿翁這段殷勤意，坐看鵷雛作鳳皇〔四〕。

【箋釋】

此詩作於康熙十四年乙卯十月。

按，諸本晚村詩集皆不載此三首，據集外詩補。集外詩題下柞水後學注曰：「按，此人疑即黄太沖之子。太沖館於先生家，其子名□□者，嘗隨父讀書，故有『文采傳家』等句。黄氏世居剡曲，故第三首有『王謝風流一縷強』等句。阿翁，謂太沖。太沖平生徒知以詩文自娛，其訓子亦不外是此，至絶學傳燈，茫如捕影。先生素精研閩洛之學，而獎進後學之心，尤孜孜不倦。『上頭儘更有商量』、『欲累層臺須作基』，皆此意也。此解曾質諸女陽鍾改翁，改翁深以爲然，伊係靜遠先生之子，此等處必有可據矣。太沖子三人，長百藻（按，藻誤，當是藥字），次正誼，次百家。」嚴鴻逵於黄太沖書來三詩見懷依韻答之下釋略曰：「按備忘録：乙卯十月朔，子在杭城，太沖遣其子主一持書及詩扇三首來索文。」主一，百家字，太沖季子（太沖子三，命名與字時，長百藥，字棄疾；仲百家，字正誼；季百學，字主一。晚村與魏方公書爲景注曰：「太沖託貴人爲二子百家、百學援閩例，貴人偶誤記，納百家、正誼爲二，今改百學名百家，以應之，非昔之百家矣。」即將仲子改名正誼，字直方，而改季子百學名百家）。全詩末句，蓋用李義山「雛鳳清於老鳳聲」意，其詳參見卷三燕答詩之箋釋。

【注釋】

〔一〕夜行得燭：釋贊寧宋高僧傳卷一四唐會稽開元寺曇一傳：「自著發正義記十卷，明兩宗之踳駮，發五部之鈐鍵，後學開悟，夜行得燭，前疑泮釋，陽和解冰。」

〔二〕王謝風流：指六朝王、謝兩大族。杜甫壯游：「王謝風流遠，闔廬丘墓荒。」劉禹錫烏衣巷：「舊時王謝堂前燕，飛入尋常百姓家。」

〔三〕茫茫墜緒：韓愈進學解：「尋墜緒之茫茫，獨旁搜而遠紹。」周必大唐石經贊：「碩學畢詔，茫茫墜緒，旁搜遠紹。詩書禮樂，易象春秋。爰究爰咨，以校以讎。坡陀終南，有盤彼石。是斲是斲，載礱載飭。」

〔四〕「坐看」句：司馬相如子虛賦：「鵷雛孔鸞，騰遠射干。」郭璞注：「鵷雛，鳳屬也。」沈約宋書卷六二王微傳：「巖穴人情所高，吾得當此，則雞鶩變作鳳皇。」李商隱韓冬郎即席爲詩相送一座盡驚他日余方追吟連宵侍坐徘徊久之句有老成之風因成二絶寄酬兼呈畏之員外：「桐花萬里丹山路，雛鳳清於老鳳聲。」

黄太沖書來三詩見懷依韻答之 三首

越山吴樹兩曾勤，何日忘之詩不云〔一〕。倚壁蛛絲名士榻〔二〕，荒碑宿草故人墳〔三〕。相從岐路招楊子〔四〕，誰出蘆舟載伍員〔五〕。慚愧賞音重鼓動，枯桐久已斷聲聞①〔六〕。

村裏獅兒不出村，風吹死菊戀香根。公於此事不得已，吾在斯時何敢言。矮屋扁懸真世界②，隔溪笛弄舊精魂〔七〕。短書持傍斜陽讀，又向人間辨晝昏。

莫道如何與若何〔八〕，老來況味也無過。王通弟子麒麟早〔九〕，韓愈文章琬琰多〔一〇〕。鹿洞舊曾書法語〔一一〕，江門誰復領漁歌〔一二〕。知君自定千秋業，那許餘人妄勘磨。

【校　記】

①「枯桐」句　管庭芬鈔本作「爨頭殘質竟無聞」，校曰：「一作『枯桐久已斷聲聞』。」

②「矮屋」句　管庭芬鈔本校曰：「一作『抱膝門題新景致』。」

【箋　釋】

此詩作於康熙十四年乙卯除夕。

按，此詩與下晦木過村莊用太沖韻見贈依韻答之二題原編次於送周令公後，嚴鴻逵釋略曰：「按備忘録乃子逐日親記，詩次亦係手定，今答二黄六詩置戊午詩後，殆編詩偶倒也。前九日書感一首，編耦耕詩前，疑亦同此。」今移至此。釋略又曰：「按備忘録：乙卯十月朔，子在杭城，太沖遣其子主一持書及詩扇三首來索文，以卒歲夜次韻作詩答之。即此也。」

第一首，嚴鴻逵釋略曰：「方太沖之館子家也，將歸，必親送之杭，歸後必頻寄書附物，其勤如此。今太沖雖與子絶，子固不忍一日忘也。名士榻，斥太沖。故人墳，蓋指鼓峰。太沖之交，實因鼓峰，鼓峰終始誼篤，而太沖後來凶隙，故因太沖之交絶而遂念鼓峰之不可作也。故又言有從岐路而招楊子者，無出蘆舟而載伍員者，二句雙承上意也。結語則正言己不求人之意，而毅然絶之矣。」

第二首，嚴鴻逵釋略曰：「公於此事云云，蓋太沖近方借名講學，干瀆當事，醜狀畢露，故直刺之。其賦詩見懷，亦只是弄精魂耳。欺世盜名，世共知之，何嘗有意向人間辨晝昏耶？所以破其妄也。」

第三首，嚴鴻逵釋略曰：「王通、韓愈，太沖意中所自擬也。太沖弟子多時貴，以比王通之有房、杜、王、魏，而不知其非時也，故下一早字，言惜其太早耳。韓愈文章自矜貴，而太沖應酬穢爛、諂諛假借無不至，故下一多字，言真琬琰豈若是多乎？此一聯解，董子愚得之姚肆夏，肆夏言親聞之於子，亦可謂不賢者識小矣。鹿洞法語，以朱子之待象山者自喻；江門漁歌，不以白沙之待甘泉者許太沖也。」嚴鴻逵釋略總括曰：「按三詩，辭極婉，意極嚴，末復極盡朋友規誨之道，真風人之遺也。」

【注釋】

〔一〕「何日」句：詩小雅隰桑：「心乎愛矣，遐不謂矣。中心藏之，何日忘之。」

〔二〕名士：嚴辰光緒桐鄉縣志卷一三張履祥傳：「時黄太沖方以紹述蕺山，鼓動天下，先生曰：『此名士，非儒者也。』」

〔三〕宿草：禮記檀弓上：「朋友之墓，有宿草而不哭焉。」

〔四〕「相從」句：列子説符：「楊子之鄰人亡羊，既率其黨，又請楊子之豎追之。楊子曰：『嘻，亡一羊，何追者之衆？』鄰人曰：『多岐路。』既反，問：『獲羊乎？』曰：『亡之矣。』曰：『奚亡之？』曰：『岐路之中，又有岐焉。吾不知所之，所以反也。』」

〔五〕「誰出」句：司馬遷史記卷六六伍子胥列傳：「伍子胥者，楚人也，名員。……伍胥遂與勝獨身步走，幾不得脱，追者在後。至江，江上有一漁父乘船，知伍胥之急，乃渡伍胥。伍胥既渡，解其劍曰：『此劍直百金，以與父。』父曰：『楚國之法，得伍胥者，賜粟伍萬石，爵執珪，豈徒百金劍邪？』不受。」

〔六〕枯桐：駱賓王上兗州啟：「聽清音於爨餘，則枯桐發響。」歐陽詢藝文類聚卷四四樂部引搜神記：「吳人有燒桐以爨者，蔡邕聞其爆聲，曰：『此良桐也。』因請之。削以爲琴，而燒不盡，因名燋尾琴，有殊聲焉。」斷聲聞：李延壽北史卷八二劉炫傳：「炫與妻子相去百里，聲聞斷絶，鬱鬱不得志。」查慎行雨中廬山僧書至：「社裏何時著少文，書來猶未斷聲聞。」

〔七〕舊精魂：袁郊甘澤謡：「圓觀者，大曆末，洛陽惠林寺僧。……李諫議源，公卿之子。……唯與圓觀爲忘言交，促膝靜話，自旦及昏，時人以清濁不倫，頗生譏誚，如此三十年。……李公以無由叙話，望之潸然。圓觀又唱竹枝，步步前去，山長水遠，尚聞歌聲，詞切韻高，莫知所謂。初到寺前歌曰：『三生石上舊精魂，賞月吟風不要論。慚愧情人遠相訪，此身雖異性常存。』寺前又歌曰：『身前身後事茫茫，欲話因緣恐斷腸。吳越山川游已遍，卻回煙棹上瞿塘。』」

〔八〕如何與若何：詩秦風晨風：「如何如何，忘我實多。」

〔九〕「王通」句：司馬光文中子補傳：「文中子王通，字仲淹，河東龍門人。……仁壽三年，通始冠，西入長安，獻太平十二策，帝召見，歎美之，然不能用，罷歸，尋復徵之；煬帝即位，又徵之，皆稱疾不至。專以教授爲事，弟子自遠方至者甚衆，乃著禮論二十五篇、樂論二十篇、續書百有五十篇、續詩三百六十篇、元經五十篇、贊易七十篇，謂之王氏六經。……余觀其書，竊疑唐室既興，凝與福畤輩，依並時事，從而附益之也。何則？其所稱朋友門人皆隋唐之際將相名臣，如蘇威、楊素、賀若弼、李德林、李靖、竇威、房玄齡、杜如晦、王珪、魏徵、陳叔達、薛收之徒，考諸舊史，無一人語及通名者。」

〔一〇〕「韓愈」句：劉昫舊唐書卷一六〇韓愈傳：「韓愈，字退之，昌黎人。……常以爲自魏晉已還，爲文者多拘偶對，而經誥之指歸，遷雄之氣格，不復振起矣，故愈所爲文，務反近體，抒意立言，自成一家新語，後學之士，取爲師法，當時作者甚衆，無以過之，故世稱韓文焉。」

〔一一〕「鹿洞」句：朱熹跋陸子靜白鹿洞書堂講義：「淳熙辛丑春二月，陸兄子靜來自金溪，其徒朱克家、陸麟之、周清叟、熊鑑、路謙亨、胥訓實從。十日丁亥，熹率僚友諸生，與俱至於白鹿洞書堂，請得一言以警學者。子靜既不鄙而惠許之，至其所以發明敷暢，則又懇到明白，而皆有以切中學者隱微深痼之病，蓋聽者莫不竦然動心焉。熹猶懼其久而或忘之也，復請子靜筆之於簡，而受藏之。凡我同志，於此反身而深察之，則庶乎其可以不迷於入德之方矣。」

〔一二〕「江門」句：郭棐湛文簡公傳：「湛若水，字元明，增城人。初名露，更名雨，字民澤。生而穎悟，自少知學，從白沙先生游，白沙與其沉潛遠到。」沈佳明儒言行録卷三：「湛若水甘泉先生文簡公，陳白沙弟子，字元明，廣東增城人。弘治乙丑進士，仕至兵部尚書。從白沙先生游，即以隨處體認天理爲宗，白沙曰：『此子參前倚衡之學，自是潛心默會。日有所得。』……乙丑會試，學士張元禎、楊廷和主考，撫其卷曰：『此非白沙之徒不能爲。』」陳獻章江門釣瀨與湛民澤收管：「小坐江門不記年，蒲裀當膝幾回穿。如今老去還分付，不賣區區敝箒錢。」又：「皇王帝伯都歸盡，雪月風花未了吟。莫道金針不傳與，江門風月釣臺深。」又：「江門漁父與誰年，慚愧公來坐榻穿。問我江門垂釣處，囊裏曾無料理錢（達摩西來，傳衣爲信，江門釣臺，亦病夫之衣缽也。兹以付民澤，將來有無窮之託，珍重珍重）。」按，白沙自號江門漁父。

晦木過村莊用太沖韻見贈依韻答之 三首

少不如人壯失勤〔一〕，老思炳燭亦虚云〔二〕。甘蕉修竹分三徑〔三〕，退筆删詩共一墳〔四〕。屠狗儘占麟閣相〔五〕，釣魚且備客星員〔六〕。江南江北今零落〔七〕，正欲從君廣異聞。

雨送梨花雪滿村，故人屐齒印籬根〔八〕。不知老去何奇計，猶記前時有戲言〔九〕。彈指琴聲關殺運，捲簾香氣返生魂。知君意興還强在，細楷微吟眼欲昏。

惟寐忘之柰醒何，殘燈舊夢眼前過。及今曉事已無幾，自古傳人本不多。秘閣驚聞高士唾〔一〇〕，新詩怕遣豔兒歌。還嫌墨繡留端石①，手挽天泉細濯磨〔一一〕。

【校記】

① 繡 嚴鈔本、詩文集鈔本作「鏽」。

【箋釋】

此詩作於康熙十五年丙辰三月。

按，嚴鴻逵釋略曰：「備忘録：丙辰三月廿三，在杭城，作答晦木三詩。當即此也。」

第一首，嚴鴻逵釋略曰：「第三句，君子小人分類也。第四句，曰退，曰删，其義可見。二句不但命意高遠，而使事精切，更出人意表。」太沖離去已十一年，旦中仙逝亦七年矣，友朋之往還，漸至稀疏，即所謂「零落」者是也。是年二月，太沖之海昌，便道語溪，過孟舉之黄葉村莊，而終不往南陽村，是晚村與太沖已同陌路矣。

第二首，嚴鴻逵釋略曰：「六七兩句，皆喚醒提拔語也。蓋晦木因與太沖惡，故欲親此，子則惟故人之是愛，而欲其相勉於爲善耳。」全謝山謂晦木「性極僻，雖伯子時有不滿其意者」（鮚埼亭集内编卷一三鷓鴣先生神道表），嚴元照於此批注曰：「晦木與梨洲志行不同。梨洲晚年頗涉世事，晦木亦貧自守，梨洲絶不過問。昆弟之間，有難言者，此文謂不滿於伯子者是也。要之晦木雖僻，不愧明之遺民。竹垞詩綜録晦木而遺梨洲，去取之旨微矣。」晚村與晦木情誼相始終，蓋有是矣。

第三首，嚴鴻逵釋略曰：「第五句，用倪清秘事，其意若曰高士之唾，亦不願聞，見交游宿習，破除殆盡矣。結句挽天泉，濯墨繡，其習氣之未盡除者，將更欲磨礲入細耳，警戒之意，亦已寓矣。」晦木嗜古玩，故詩云如此。全謝山謂：「先生酷嗜古玩，癸未游於金陵，一日買漢唐銅印數百，市肆爲之一空。亂後散失殆盡，猶餘端石紅雲研一、宣銅乳壚一，其後又得黄玉笛一，然終以貧不守，歎曰：『奪我希世珍，天真扼我。』然入其室，陶尊瓦缶，皆有古色。已而窮益甚，守之益堅。」（鷓鴣先生神道表）

【資　料】

吴之振次韻答晦木：推篷執手慰殷勤，雲雨瀾翻豈足云。笑我支門研帖括，多君注易媲皇墳。共憐白髮宫娥老，未脱青衫弟子員。擡眼看山殊了了，話頭重舉續前聞。木榻銅鐺壓酒尊，詼諧觸手露天根。春陰黯淡遲鶯語，噩夢轟騰記鶴言。早韭晚菘新事業，吟風弄月舊精魂。莫言會合尋常事，細撥銀釭照眼昏。綠水回環好草坡，經旬門巷斷經過。怕聽舊雨深杯少，歷數前塵絮語多。滴歷銅龍催短鬢，玲瓏鐵笛倚清歌。壯心已分銷禪觀，未必當場盡折磨。（黄葉村莊詩集卷三）

【注　釋】

〔一〕「少不」句：左傳僖公三十年：「佚之狐言於鄭伯曰：『國危矣！若使燭之武見秦君，師必退。』公從之。辭曰：『臣之壯也，猶不如人，今老矣，無能爲也已。』公曰：『吾不能早用子，今急而求子，是寡人之過也。』」

〔二〕炳燭：劉向説苑卷三建本：「晉平公問於師曠曰：『吾年七十欲學，恐已暮矣。』師曠曰：『何不炳燭乎？』平公曰：『安有爲人臣而戲其君乎？』師曠曰：『盲臣安敢戲其君乎？臣聞之，少而好學，如日出之陽；壯而好學，如日中之光；老而好學，如炳燭之明，炳燭之明，孰與昧行乎？』平公曰：『善哉。』」

〔三〕甘蕉修竹：李延壽南史卷七六徐伯珍傳：「徐伯珍，字文楚，東陽太末人也。祖、父並郡掾史。伯珍少孤貧，學書無紙，常以竹箭、若葉、甘蕉及地上學書。山水暴出，漂溺宅舍，村鄰皆奔走，伯珍累床而坐，誦書不輟。」三徑：趙岐三輔决録：「蔣詡，字元卿，舍中三徑，唯羊仲、求仲從之游，二仲皆推廉逃名之士。」（太平御覽卷四〇九）

〔四〕退筆：施宿會稽志卷一六翰墨：「僧法極，字智永，會稽人。王右軍七代孫，號永禪師。……常居閣上臨書，凡三十年，所退筆頭置之大竹簏。簏受一石餘，而五簏皆滿，人來覓書如市，户限爲之穿穴，用鐵裹之，人謂之『鐵門限』，後取筆頭瘞之，號『退筆冢』，自製其銘。」

〔五〕「屠狗」句：司馬遷史記卷九五樊酈滕灌列傳：「舞陽侯樊噲者，沛人也，以屠狗爲事。……太史公曰：吾適豐沛，問其遺老，觀故蕭、曹、樊噲、滕公之家，及其素，異哉所聞！方其鼓刀屠狗賣繒之時，豈自知附驥之尾，垂名漢庭，德流子孫哉？余與他廣通，爲言高祖功臣之興時若此云。」班固漢書卷五四蘇武列傳：「甘露三年，單于始入朝，上思股肱之美，乃圖畫其人於麒麟閣，法其形貌，署其官爵姓名。……皆有功德，知名當世，是以表而揚之，明著中興輔佐，列於方叔、召虎、仲山甫焉。凡十一人，皆有傳。」

〔六〕「釣魚」句：范曄後漢書卷八三逸民列傳：「嚴光，字子陵，一名遵，會稽餘姚人也。少有高名，與光武同游學，及光武即位，光乃變名姓，隱身不見。帝思其賢，乃令以物色訪之。……復引光入，論道舊故，相對累日，帝從容問光曰：『朕何如昔時？』對曰：『陛下差增於往。』因共偃卧，光以足加帝腹上。明日太史奏：『客星犯御座，甚急。』帝笑曰：『朕故人嚴子陵共卧耳。』除爲諫議大夫，不屈，乃耕於富春山，後人名其釣處爲嚴陵瀨焉。」

〔七〕江南江北：江，指錢塘江。嚴鴻逵釋略：「江南江北，指越江也，浙西人呼江東曰江南云。」

〔八〕屐齒：房玄齡晉書卷七五王述傳：「雞子圓轉不止，便下牀以屐齒踏之，又不得。」李延壽南史卷一九謝靈運傳：「登躡常著木屐，上山則去其前齒，下山去其後齒。」

〔九〕戲言：論語陽貨：「子曰：『二三子，偃之言是也，前言戲之耳。』」

〔一〇〕秘閣：即清閟閣。張廷玉明史卷二九八倪瓚傳：「倪瓚，字元鎮，無錫人也。家雄於貲，工詩善書畫，四方名士日至其門，所居有閣，曰清閟，幽回絶塵，藏書數千卷，皆手自勘定，古鼎法書，名琴奇畫，陳列左右，四時卉木，縈繞其外，高木修篁，蔚然深秀，故自號雲林居士，時與客觴詠其中。」

〔一一〕天泉：即天泉池。張鉉至大金陵新志卷五下山川志：「天泉池，宋元嘉二十三年鑿，一名天淵池。龔穎運曆圖云：『晉孝武太元十年，大旱，井瀆皆竭，太官供饍，皆資天泉池。』自晉已有此池矣。」

又自和種菜詩二首

婢嬾童驕老僕尊，先生自把钁頭捫。閉門不入英雄隊，且了殘書答菜根。

一陣西風箬笠斜，冰沙堆裏養萌芽。鄰翁怪我懨懨甚〔一〕，颺卻甜瓜下苦瓜。

【箋　釋】

此詩作於康熙十五年丙辰。

按，嚴鈔本、管庭芬鈔本此首詩題下注曰：「丙辰作。」此二首原次和種菜詩之後，題便略作「又自和二首」，今既按年編集，爲補「種菜詩」三字。晚村詩中所謂「英雄隊」者，蓋即指唱和諸人而言，其意亦從諸人處感發，詳和種菜詩所列唱和之作。

【注　釋】

〔一〕懡㦬：釋普濟五燈會元卷一九：「師一日造方丈，未及語，被祖訢罵，懡㦬而退。」朱謀㙔駢雅卷二釋訓：「懡㦬，慚悚也。」

孟舉索予和又成六首

有理方知果蓏尊，無機任取甕槔捫〔一〕。架繩引蔓還枝葉，刈草挑蟲到本根。

芥自當心薤自斜，無根芡菌也抽芽。與君同喫孤兒苦，不向車頭泣啖瓜〔二〕。

千里故人同一尊，提籃赤腳手中捫。幾年菜箸不相入，風味依然在舌根。

溝塍斷處嫩頭斜，倒地生鬚別有芽。未必是中無捷徑〔三〕，梁州試與進胡瓜〔四〕。

蔬果京華品第尊，溪毛只合野人捫〔五〕。浪傳力士新題句〔六〕，鬧煞牆陰老薺根〔七〕。

苦竹椶纏馬眼斜〔八〕，怕教蹴蹋水晶芽。老僧記得曹溪案，不入園人許喫瓜〔九〕。予未及游黃葉村莊，故云。

【箋釋】

此詩作於康熙十五年丙辰。

按，諸本晚村詩集僅録二首，題曰孟舉索予和又成二首，收「有理方知果蓏尊」、「苦竹椶纏馬眼斜」二首，管庭芬鈔本存六首。姚虞琴校嚴鈔本，據吕十千所藏管庭芬鈔本過録中四首，並注曰：「吕本共六首，此四首從吕本録出。」又跋曰：「吕君十千藏有晚村詩稿，傳鈔草率，訛字實多，屬爲校正，中有絶律十二首爲此本所無，亟録而存之。」

第二首，所謂「孤兒苦」者，蓋晚村、孟舉兩人之父皆早死，晚村自謂「吾遺腹孤也，父喪四月而始生，墮地之日即縗衰麻」（戊午一日示諸子）。孟舉九歲，其父卒，顧楷仁作墓誌，謂孟舉「自孤童，執贈君喪，哀毁有聞」（黃葉村莊詩集卷首），故曰「不向車頭泣啖瓜」也。

第六首，所謂「曹溪案」者，蓋孟舉是時多與衲子、羽流相往還，而與晚村所宗程朱之學遠矣，即謂孟舉入禪道也。「不入園人」者，晚村自指。

【注　釋】

〔一〕「無機」句：莊子天地篇：「子貢南游於楚，反於晉，過漢陰，見一丈人方將爲圃畦，鑿隧而入井，抱甕而出灌，搰搰然用力甚多而見功寡。子貢曰：『有械於此，一日浸百畦，用力甚寡而見功多，夫子不欲乎？』爲圃者仰而視之曰：『奈何？』曰：『鑿木爲機，後重前輕，挈水若抽，數如泆湯，其名爲槔。』爲圃者忿然作色而笑曰：『吾聞之吾師，有機械者必有機事，有機事者必有機心，機心存於胸中則純白不備。純白不備則神生不定，神生不定者，道之所不載也。吾非不知，羞而不爲也。』子貢瞞然慚，俯而不對。」

〔二〕車頭泣啖瓜：漢樂府孤兒行：「將是瓜車，來到還家。瓜車反覆。助我者少，啖瓜者多。」

〔三〕捷徑：歐陽修新唐書卷一二三盧藏用傳：「藏用指終南曰：『此中大有嘉處。』承禎徐曰：『以僕視之，仕宦之捷徑耳。』藏用慚。」

〔四〕「梁州」句：楊士奇歷代名臣奏議卷一九七：「德宗興元中，駕幸梁州，詔翰林學士陸贄曰：『朕自發洋州已來，累路百姓進獻菓子，雖甚微細，且有此心。今擬各與散試官卿，宜商量可否？』贄上狀曰：『伏以爵位者，天下之公器，而國之大柄也。惟功勳、才德所宜處之，非此二途，不在賞典，恒宜慎惜。理不可輕，輕用之，則是壞其公器，而失其大柄也。器壞則人將不重，柄失則國無所持，起端雖微，流弊必大。緣路所獻瓜菓，蓋是野人微情，有之不足光聖猷，無之不足虧至化，量以錢帛爲賜，足彰行幸之恩。饋獻酬官，恐非令典。』」

〔五〕溪毛：左傳隱公三年：「苟有明信，澗溪沼沚之毛，蘋蘩薀藻之菜，筐筥錡釜之器，潢污行潦之水，可薦於鬼神，可羞於王公。」杜預注：「谿，亦澗也。沼，池也。沚，小渚也。毛，草也。」

〔六〕「浪傳」句：高力士感巫州薺菜：「兩京作斤賣，五谿無人采。夷夏雖有殊，氣味都不改。」

〔七〕「鬧煞」句：陸游歲暮風雨：「手烹牆陰薺，美若乳下豚。」陸游初冬感懷：「惟有牆陰薺，離離又滿盤。」陸游雨：「賴有墻陰薺，離離已可烹。」

〔八〕馬眼：王禎農書：「簇箔宜以杉木解枋，長六尺闊三尺，以箭竹作馬眼隔，插茅疏密得中。」

〔九〕「老僧」二句：釋普濟五燈會元卷一四郢州興陽清剖禪師：「在大陽作園頭，種瓜次，陽問：『甜瓜何時得熟？』師曰：『即今熟爛了也。』曰：『揀甜底摘來。』師曰：『與甚麼人吃？』曰：『不入園者。』師曰：『未審不入園者還吃也無？』」曹溪案：釋普濟五燈會元卷一：「（六祖慧能）謂衆曰：『吾不願此居，欲歸舊隱。』即印宗與緇白千餘人送祖歸寶林寺，韶州刺史韋據請於大梵寺轉妙法輪，並受無相心地戒，門人紀録，目爲壇經，盛行於世。後返曹溪，雨大法雨，學者不下千數。」

喜張午祁攜胡天木遺詩過訪

風雨村堂話舊杯，十年收拾苦瓢開。都從店壁僧房得，不向名門社板來〔一〕。老嫗移床悲剩藥，天木病廢①，飲食卧起，皆午祁與一老嫗扶持之。山翁攜酒哭新苔。自慚許劍成虛語〔二〕，把卷隨君盡一哀。

【校　記】

① 天木　原作「天目」，據諸本改。

【箋　釋】

此詩作於康熙十六年丁巳秋。

按，嚴鴻逵釋略曰：「胡天木，志士也。惡其姓，改曰夏，字古丹。自言本楚籍，生於燕，長於金陵，其出處履歷，人問之，不肯言。寓埭溪久，終於午祁楊園。」光緒歸安縣志曰：「夏古丹，本姓胡，名涵，字天木，越中望族，生長燕山，繼遷白門，丙戌、丁亥，析姓爲名，遨游溟渤，以豪傑自負，嘗往來埭山（近詩兼）。三吴華胄，無不盡識。然往來最契者，惟語溪吕氏（張弨序）。有張弨者，亦避地埭山，與古丹相得甚，古丹每題詠，見之無不録。山齋懸一長柄葫蘆，凡得古丹片紙隻字，即投其中。古丹没，葫蘆已滿，爰繕寫成帙，繫以挽詩五章，題曰葫蘆藏稿（湖録）。詩如『春風明日作，柳色上吴船』、『晴雲一束山腰白，秋色無多樹杪紅』，非下里音也（静志居詩話）。乙卯冬卒，山中友人胡山眉葬之埭南龍興橋畔（近詩兼）。」（卷四三寓賢）張午祁，名元聲，「不知何許人。國初避地埭山，與夏古丹友善，亦能詩。古丹没，元聲爲之經理，時論重之」（同上）。餘不詳。蓋古丹之没，乃胡山眉與張午祁二人爲之料理，非一人也。

所謂「胡天木遺詩」，即葫蘆藏稿。光緒歸安縣志引湖録曰：「古丹之詩不止此，韓子夏廣爲搜求，録一大册，顔曰古丹詩稿。」（卷二一藝文）葫蘆藏稿當時有傳本，黄俞邰千頃堂書目著録：「夏古丹葫蘆藏稿：不知何許人，或云越人，胡姓，析姓爲名，往來吴興埭山，卒，葬龍興橋畔。」（卷二八）而古丹詩稿未見記録。惜此二書今不得見，聞日本静嘉堂文庫藏有葫蘆藏稿，待訪。

【資　料】

張弨葫蘆藏稿序：庚寅歲，予避跡於苕之西南埭山，日與樵牧伍，偶至仙村亞仙園，忽見一人，葛巾野服，□然兀坐，殊似雞群之鶴，意甚疑之。詢園亭主人高□，知其爲夏先生古丹也。先生長於詩，予雖不知詩，聞之，竊亦忻慕。一日，過西塢蘭若，見壁間詠，於是始知先生之詩，披詠再四，不能舍去，即録以歸。後出正季叔鈯菴公，知先生曾寓棲水，與季叔稱莫逆，更得悉其族系，蓋本姓胡，「古丹」者，析姓爲氏也。先生固越中望族，生長燕山，繼遷白門，三吴華胄，無不盡識先生，然與往來最契者，惟語溪吕氏。即其宗據要津者，指不勝屈，先生曾不一齒及，如□□朔隱姜公，乃中表昆季，歲時省候母姨沈太夫人外，姜公欲留之館閣，先生不屑就也。予寓埭之楊園，辱先生見顧，與語，相得甚懽，因教予學詩，予知詩，實始於此。然先生意致落落，歲不一二見，見不一二語，每有題詠，予見之，無不録，録之無不藏，或一首中闕一二句，或一句中闕一二字，質之先生，茫然不知也。予齋中懸一長頸葫蘆，凡得先生片紙隻字，即投其中。戊申秋，予病中檢視，葫蘆已滿，喟然歎曰：「予庸妄，愧無著述遺世，辱先生見知，輯綴散逸，以俟名山之傳，異時或如老符秀才潘邲老輩，藉坡公以著，未可知也。」雖然先生之詩，不求世知，余亦不能盡知，即還問之先生，或亦不自知，要之世豈無侯芭其人乎？予故備録之，每於碧梧修竹之下，開卷朗吟，翛然如與先生晤對，予固以自怡，亦冀同心收其殘缺，以當安石之碎金云爾。（光緒歸安縣志卷二一藝文）

按，張弨，字力臣，號亟齋，山陽人。顧亭林先生年譜：「先生刻自著音學五書，屬張力臣弨訂訛。」附注吴譜曰：「力臣，山陽諸生，號亟齋，以賣書畫爲生，尤精六書之學，貧而嗜古，多集金石文字，嗣以聾廢，仍不懈於考證，有昭陵六駿圖贊、焦山瘞鶴銘考傳於世。先生音學五書，力臣手寫，梓於淮上。」力臣季叔鉏菴公，晚村曾與往還，今晚村萬感集有看張鉏菴種菊醉歌詩，餘不詳。

張元聲葫蘆藏稿弁語：先生作詩，不自收拾，興到則隨意走筆，旋即棄去，故無全集可訂、篇次可目，而一二知己及後輩之仰先生者，往往於僧寮邸舍郵亭箑尾間，見而珍之。余因遍蒐録，貯奚囊。久之，得如干首，彙寫，詣先生請名。先生曰：「吾詩即不成編，復何名哉？不過如賈人日記登多寡之數已耳，即名之寫詩稿可也。」其己亥以前所作，遇事感懷，多戀本返舊之思，後知厥頤勿諧，則又放情任運，别爲一調。然先生詩本不多，兹已過半，讀者即此推之，亦足以見先生之志，耿耿不没也已。（光緒歸安縣志卷二一藝文）

兹録夏古丹詩如左。

呂園：三徑餘荒僻，方園傍古城。花間親細務，竹杪動秋聲。耳目無塵雜，琴尊慰潔清。高情堪位置，泉石費經營。

立春前一日夜泊横塘同休菴夜話：久矣厭城市，横塘今夜眠。霜風吹敝里，星火照殘年。爲客艱難盡，同僧去往便。春風明日作，柳色上吴船。

除夕：歲歲逢除夜，鄉關各不同。去年語水畔，今夕霅溪東。松火風聲裏，梅花燈影中。烏程無限酒，盡醉與山翁。

吕仲音山居夜雨思歸戲贈：門館沉沉閉，無人問遠行。林深容易暮，寒到寂寥聲。反側懷家室，荒疏怨友生。高眠知不穩，愁對一燈檠。

柳絮八首之四：别處相逢孰與期，隋堤又是落花時。飄零正值清江叟，感慨誰吟白雪詩。我到渾疑天欲老，春歸無奈爾何之。似將亡國千年恨，説與行人一路知。

春歎：燕子歸來門巷差，於今王謝已無家。東城甲第空流水，南國衣冠半落花。白髮亂中春雪老，青山醉後夕陽斜。自騎款段和風裏，不羡長安白鼻騧。

九日同鈯菴登峴山有感：西吴滿地著黄巾，誰把茱萸照眼新。霜葉自酣重九樹，窪樽不醉兩朝人。登臨爾我空高蹈，違避雲山少逸民。風雨蕭條臺榭冷，不因風雨負良辰。

同午祁昆季及吴中立過望月山謁雪波留宿：燒殘榾柮盡餘紅，白話霜深此夜同。略盡俗情隨去住，竟忘年鬢老西東。峰巒不整柴門外，燈火扶疏茆屋中。一榻清虚人定後，尚留寒硯伴詩翁。

酒後口占：昨日新酣下酒樓，翻然竟作五湖游。數千年事不如此，八百國侯誰與留。高下桑田今古岸，縱横野水去來舟。石橋南畔松溪路，多少行人换白頭。

冬日吕園即事：萬竹城西可辟塵，板橋流水自通津。閒居濁世佳公子，寄語前朝老逸民。養鶴莫教傷羽翼，無魚聊且卷絲綸。天寒臘月閒亭子，風雨梅花一幅巾。

春雪偶題：鐵樣衾裯冰樣寒，起驚原野色彌漫。江山如此埋頭易，日月何其見面難。銀海幾時窺故國，芒鞋無路踏長安。王孫芳草沉春夢，寂寞朱門事已闌。

東莊元日：五郎祠畔晝嗚鴉，比户桃符映早霞。春水半橋芳草岸，梅花細雨野人家。到門愛客謀樽酒，過里看僧煮舊茶。淺揖未周衫袖短，一枝春傍鬢沿斜。

峴山即事：放鴨船歸湖墅東，烏程沽酒渡頭風。蒼煙一束山腰白，秋色無多樹杪紅。好景不須愁日暮，前程何用歎途窮。幾間日落閒亭子，猶憶窪樽李相公。（以上吴興詩存四集卷一九）

【注釋】

〔一〕社板：顧炎武日知録卷一六「十八房」：「戒菴漫筆曰：『余少時學舉子業，並無刻本窗稿。……憶荆川中會元，其稿亦是無錫門人蔡瀛與一姻家同刻。方山中會魁，其三試卷，余爲從臾其常熟門人錢夢王以東湖書院活板印行，未聞有坊間板，今滿目皆坊刻矣，亦世風華實之一驗也。』楊子常曰：『十八房之刻，自萬曆壬辰鈎玄録始。旁有批點，自王房仲選程墨始。至乙卯以後而坊刻有四種：曰程墨，則三場主司及士子之文；曰房稿，則十八房進士之作；曰行卷，則舉人之作；曰社稿，則諸生會課之作。』」

〔二〕許劍：劉向新序節士：「延陵季子將西聘晉，帶寶劍以過徐君，徐君觀劍，不言而色欲之，延陵季子爲有上國之使，未獻也，然其心許之矣。致使於晉，顧反，則徐君死於楚，於是脱劍致之嗣君。從者止之曰：『此吴國之寶，非所以贈也。』延陵季子曰：『吾非贈之也。先日吾來，徐君觀吾劍，不言而其色欲之，吾爲有上國之使，未獻也，雖然，吾心許之矣。今死而不進，是欺心也，愛劍僞心，廉者不爲也。』遂脱劍致之嗣君。嗣君曰：『先君無命，孤不敢受劍。』於是季子以劍帶徐君墓樹而去。徐人嘉而歌之曰：『延陵季子兮不忘故，脱千金之劍兮帶丘墓。』」柳貫袁文清墓下作：「十年漬酒綿，不到文清墓。遥遥許劍心，夢寐傷遲暮。」

胡山眉瘞天木於家山同午祁過訪感贈

昔友稱君不厭頻，喜君果不負斯人。墓田馬鬣窮交冢〔一〕，寒食雞豚祔祭賓〔二〕。一事必傳成獨行〔三〕，三生重話轉傷神〔四〕。秋風野笛苕溪路〔五〕，石語荒林萬古新。

【箋　釋】

此詩作於康熙十六年丁巳秋。

按，「昔友」，夏古丹也。此爲胡山眉營葬夏古丹而發。然而古丹墓上，木已成拱，三生舊夢，可期待耶？「石語」句，即陶淵明「死去何足道，託體同山阿」之意。

胡山眉，光緒歸安縣志曰：「胡嵋，字山眉，號雪廬，歸安人。寧濂孫。讀書不事章句，期爲有用之學，世居埭溪山中。順治初，盜寇充斥，嵋以計殲其魁，遂解散，境賴以安。鎮之北有溪分流烏程、歸安二邑，故有堰，久廢，安邑絶流，鎮人病之。嵋建議築堰，程邑人欲專水利，輒壞之，嵋具陳形勢於官，治其刁悍數人，復堰故跡，仍開減水竇使均其利。西南有田數十頃，遠大溪，溝湮塞，嵋因地制宜，設閘疏淤，時其啟閉，經費皆一身任之，溉田頗廣。有流寓夏古丹者，遺民也，卒後爲卜地葬之。與先世所葬婁華陽、方洛如，稱胡氏三友墓。誡子孫歲時祔祭，世世不絶。」（卷三九）山眉於婁華陽、方洛如、夏古丹能「誡子孫歲時祔祭」，致以「世世不絶」，可謂盡友朋之道，晚村所謂「不負斯人」，即此意。

【注釋】

〔一〕馬鬣：禮記檀弓上：「昔者夫子言之曰：『吾見封之若堂者矣，見若坊者矣，見若覆夏屋者矣，見若斧者矣。』從若斧者焉，馬鬣封之謂也。」孔穎達疏：「馬鬣之上，其肉薄，封形似之。」胡繼宗書言故事：「稱墳曰馬鬣封。」

〔二〕祔祭：杜佑通典卷一三九「祔廟」條：「六品以下云祔祭。將祔，卜日如常儀。四品以下，筮日如常儀。」胡祗遹寧晉王氏本支圖記：「萬物本乎天，人本乎祖。……昭穆不亂，死則祔祭於廟，祔葬於先塋，服雖窮，親睦不衰。」

〔三〕獨行：范曄後漢書卷八一獨行列傳：「中世偏行，一介之夫能成名立方者，蓋亦衆也。……雖事非通圓，良其風軌有足懷者。而情迹殊雜，難爲條品；片辭特趣，不足區別。措之則事或有遺，載之則貫序無統。以其名體雖殊，而操行俱絶，故總爲獨行篇焉。」

〔四〕「三生」句：袁郊甘澤謡：「圓觀者，大曆末洛陽惠林寺僧。能事田園，富有粟帛，梵學之外，音律大通，時人以富僧爲名，而莫知所自也。李諫議源，公卿之子，當天寶之際，以游宴飲酒爲務。……自荆江上峽。行次南浦，維舟山下，見婦人數人，錦襠負罌而汲。圓觀望見泣下，曰：『某不欲至此，恐見其婦人也。』李公驚問曰：『自上峽來，此徒不少，何獨恐此數人？』圓觀曰：『其中孕婦姓王者，是某託身之所，逾三載尚未娩懷，以某未來之故也。今既見矣，即命有所歸，釋氏所謂循環也。』謂公曰：『請假以符咒，遣其速生，少駐行舟，葬某山下，浴兒三日，公當訪臨，若相顧一笑，即某認公也。更後十二年中秋月夜，杭州天竺寺外與公相見之期。』……是夕，圓觀亡而孕婦産矣。李公三日往觀新兒，襁褓就明，果致一笑。……後十二年秋八月，直指餘杭，赴其所約。時天竺寺山雨初晴，月色滿川，無處尋訪，忽聞葛洪川畔，有牧豎歌竹枝詞者，乘牛叩角，雙髻短衣，俄至寺前，乃觀也。李公就謁曰：『觀公健否？』卻問李公曰：『真信士。與公殊途，慎勿相近，俗緣未盡，但願勤修不墮，即遂相見。』李公以無由叙話，望之潸然。圓觀又唱竹枝……歌曰：『三生石上舊精魂，賞月吟風不要論。慚愧情人遠相訪，此身雖異性常存。』」

〔五〕苕溪：樂史太平寰宇記卷九四江南東道六：「霅溪在（烏程）縣東南一里，凡四水合爲一溪。自浮玉山曰苕溪，自銅峴山曰前溪，自天目山曰餘不溪，自德清縣前北流至州南興國寺前曰霅溪，東北流四十里，入太湖。」

至胡天木墓所哭之

生死論交宿草愁〔一〕，一杯三載到荒丘。不全詩稿諸峰在，未了心情大壑流。海畔已無孤竹待〔二〕，地中敢有夜叉收〔三〕。可憐華表歸何處，鶴唳千年匝樹頭〔四〕。

【箋　釋】

此詩作於康熙十七年戊午。

按，張力臣謂胡天木「與往來最契者，惟語溪吕氏」（葫蘆藏稿序），晚村詩曰「生死論交」，又曰「海畔已無孤竹待」，是自天木卒後，更有何人可與訂交耶？則晚村與天木情誼甚篤，蓋非泛泛可比。

嚴鴻逵釋略曰：「天木愛游山，雖大雪必登絶頂。又不畏虎狼，或昏黑即於山頂過夜。又好作詩，往往無全篇，殘章斷句，輒隨處遺棄，不收拾。」嚴氏或未見天木之詩，故曰「往往無全篇」。

【注　釋】

〔一〕生死論交：杜甫贈别何邕：「生死論交地，何由見一人。」宿草：禮記檀弓上：「朋友之墓，有宿草而不哭焉。」

〔二〕孤竹：司馬遷史記卷六一伯夷列傳：「伯夷、叔齊，孤竹君之二子也。……武王已平殷亂，天下宗周，而伯夷、叔齊恥之，義不食周粟，隱於首陽山，采薇而食之。及餓且死，作歌。……遂餓死於首陽山。」此喻遺民。

〔三〕夜叉：嚴鴻逵釋略：「夜叉收拾，出二鬼詩。」劉基二鬼：「立召五百夜叉帶金繩，將鐵網，尋蹤逐跡。莫放兩鬼走逸入嶮巇。五百夜叉個個口吐火，搜天刮地走不疲。」

〔四〕「可憐」二句：陶淵明搜神後記卷一：「丁令威，本遼東人。學道於靈虚山，後化鶴歸遼，集城門華表柱，時有少年舉弓欲射之，鶴乃飛，徘徊空中而言曰：『有鳥有鳥丁令威，去家千年今始歸。城郭如故人民非，何不學仙冢累累。』遂高上沖天。今遼東諸丁云其先世有升仙者，但不知名字耳。」虞集挽文文山丞相：「雲暗鼎湖龍去遠，月明華表鶴歸遲。何須更上新亭望，大不如前灑淚時。」匝樹頭，魏武帝短歌行：「繞樹三匝，何枝可依。」

過胡山眉 戊午① 二首

誰傳消息漏行春，一笑相迎岸幅巾。屋角梅疏深避俗，牆頭山擁亂窺人。醉餘茶味交情永，夢裏書聲習氣親。準備芒鞋隨拄杖，億千峰子億千身〔一〕。

村游佳處輒欣然，況復層巒媚眼前。便擬出門成獨往，不辭下榻試高眠。泥君造酒一千日，老我尋詩五十年。細雨緑蓑何處著，青山潭裏小篷船〔二〕。

【校記】

①戊午　原闕，據詩文集鈔本補。

【箋釋】

此詩作於康熙十七年戊午二月。

按，晚村此次游湖州，弔夏古丹墓也。即過訪胡山眉、張午祁二人，山眉爲下榻，飲以酒。

【注釋】

〔一〕億千：釋道世法苑珠林卷五四：「若化作身，若二若三，乃至百千萬億身，悉體如來。」

〔二〕青山：嵇曾筠浙江通志卷一二山川四湖州府：「弘治湖州府志：（青山）在縣南六十里。山墟名雲山，有巖竇，通洞庭，冬夏常暖，山色如黛，故名。」

題張午祁楊園竹屋次夏古丹原韻　六首

黄州舊樣變新裁〔一〕，大匠方能斲異材。蟻借千章開郡國〔二〕，蜂爭一寸起樓臺。指麾漲水茶梢出，偷放横山竹下來〔三〕。説與漁舟休浪泊，天風引去小蓬萊①〔四〕。

屋與方床看一般②，破床作屋十分寬。水痕退後魚蝦聚，雪意深來烏鵲攢。驟有花開爭座位，久無客過報平安。舍南咫尺村場鬧，掩卻疏籬對莫干〔五〕。莫干西南最高山，爲干將、莫邪鑄劍處。

初月横斜玉一弓，軒轅屈曲絡牆東〔六〕。卷簾林影三更變，倚枕溪聲四面同。風過笛凄椽眼裂③〔七〕，雷當琴吼柱心空〔八〕。儘將渭北湘南意〔九〕，收拾圓沙結構中〔一〇〕。

繡閣疏櫺記舊家〔一一〕，寬袍破帽剩中華。身營宋室藏經穴〔一二〕，手種秦人避亂花〔一三〕。秋雨移床愁若海，春風隱几夢如麻。莫嫌路斷無供給④，釜自生魚竈産蛙〔一四〕。

蕭騷晞髮任天真〔一五〕，抱甕行畦不記春〔一六〕。兩紙窗前尊北面，一茅蓬下結西鄰。梅開鳥語同妻子〔一七〕，酒熟人來忘主賓〔一八〕。怪底邇時嘗閉户，出逢狂伴輒經旬。

縛竹爲廬計未癡，卑棲原勝最高枝。危磯怒瀑妝聾耳，疊嶺斜陽熨皺眉。紅雨亂時忙紫燕，綠陰濃處老黄鸝。此中領得東坡趣〔一九〕，歲暮青燈事總宜。

【校記】

①引　張鳴珂鈔本作「吹」，校曰：「一作『引』。」

②看　張鳴珂鈔本校曰：「一作『樣』。」嚴鈔本、管庭芬鈔本作「自」。

③裂　張鳴珂鈔本作「裹」，校曰：「一作『裂』。」

④供給　張鳴珂鈔本作「消息」，校曰：「一作『供給』。」

【箋釋】

此詩作於康熙十七年戊午二月。

按，第一首，嚴鴻逵釋略曰：「楊園在埭溪，地卑下，多種茶，每水漲，必没，僅出茶梢，俯仰於亂流中，狀若指麾。横山北面，皆竹，人從竹下見山，似將山偷放低處來，此寫景之妙。子嘗言必親至其地，乃知也。」

第二首，嚴鴻逵釋略曰：「本拆一竹床，因而作竹屋。花開時親朋至，必留飲，又多因醉致爭者，每以無客過爲幸。爭座位、報平安，俱非泛用。」

第三首，嚴鴻逵釋略曰：「天官書：『軒轅，黄龍體。』按，時方二月，昏時正在東也。三、四句，楊園多竹木，埭溪環之。五、六用柯亭椽竹及夏侯太初事。午祁嘗言，雷震時，柱心應響，有若鳴琴，故借用之。」

第四首，嚴鴻逵釋略曰：「首句，疑用清河張氏喬木亭故事。午祁家，故勳舊也。第三句，謂葬夏古丹事。第四句，園多桃花，皆午祁手種，午祁性質直坦率，嘗秋雨一夕數徙床，逢人輒愁絶。及日長無事，則終日坐睡，又嘗爲水阻斷數日，絶供給。後半皆摹寫實事。」

第五首，嚴鴻逵釋略曰：「午祁善蒔蔬，種極多，皆手自灌溉。又嘗自教蒙童。竹屋之西，屋止三楹，又分其一以居鄰人。無子，好客。『狂伴』，子自謂也。」

第六首，嚴鴻逵釋略曰：「楊園逼近石埭，水聲常洶湧。妝聾耳，以危磯言；熨皺眉，以疊嶺言；皆借喻也。後半言四時景趣，無一不宜，爲數詩之總結。東坡語中有『竹屋』字，故用之恰好也。」

【注釋】

〔一〕「黄州」句：王禹偁黄州新建小竹樓記：「黄岡之地多竹，大者如椽，竹工破之，刳去其節，用代陶瓦，比屋皆然。」

〔二〕「蟻借」句：李昉太平廣記卷四七五淳于棼：「上有積土壤以爲城郭臺殿之狀，有蟻數斛，隱聚其中。中有小臺，其色若丹，二大蟻處之，素翼朱首，長可三寸，左右大蟻數十輔之，諸蟻不敢近，此其王矣，即槐安國都也。」

〔三〕横山：嵇曾筠浙江通志卷一二山川四湖州府：「衡山：左傳：楚子重伐吴，克鳩兹，至於衡山。杜預注曰：在烏程南。衡，古横字，通用。石柱記箋釋：吴興志：一名横山，在縣南一十八里，兩山夾峙，中流北駛，爲郡南形勝之地。」

〔四〕小蓬萊：嵇曾筠浙江通志卷二一山川一三處州府：「小蓬萊：仙都山志：在仙都之西，潭心有小島，上多怪石奇樹，潭之南有石壁，高可百仞，四明樓鑰大書『小蓬萊』三字，刊於壁，以亭覆之。」

〔五〕莫干：嵇曾筠浙江通志卷一二山川四湖州府：「莫干山：嘉靖浙江通志：在縣西南一百五十里，上有鑄劍池，水常清澈，旁有磨劍石，世傳吴王鑄劍於此，取莫邪、干將之義以名。」

〔六〕軒轅：司馬遷史記卷二七天官書：「權，軒轅。軒轅，黄龍體。」張守節正義：「軒轅十七星，在七星北，黄龍之體，主雷雨之神，後宫之象也。陰陽交感，激爲雷電，和爲雨，怒爲風，亂爲霧，凝爲霜，散爲露，聚爲雲氣，立爲虹蜺，離爲背璚，分爲抱珥。二十四變，皆軒轅主之。」范曄後漢書卷八三逸民列傳：「初，（逢）萌與同郡徐房、平原李子雲、王君公相友善，並曉陰陽，懷德穢行。房與子雲養徒各千人，君公遭亂獨不去，儈牛自隱。時人謂之論曰：『避世牆東王君公。』」

〔七〕「風過」句：劉義慶世説新語輕詆：「蔡伯喈睹睞笛椽，孫興公聽妓振且擺折。王右軍聞，大嗔曰：『三祖壽樂器，虺瓦弔孫家兒打折。』」劉孝標注引伏滔長笛賦叙：「余同寮桓子野有故長笛，傳之耆老，云蔡邕伯喈之所製也。初，邕避難江南，宿於柯亭之館，以竹爲椽。邕仰眄之，曰：『良竹也。』取以爲笛，音聲獨絶，歷代傳之至於今。」施宿會稽志卷一七草部：「今樂部笙，率以會稽卧龍山竹爲貴，蔡中郎得柯亭椽竹爲笛，亦會稽也。會稽之竹，其美如此。」

〔八〕「雷當」句：劉義慶世説新語雅量：「夏侯泰初嘗倚柱作書，時大雨霹靂，破所倚柱，衣服焦，然神色無變，書亦如故，賓客左右，皆跌蕩不得住。」

〔九〕渭北湘南：劉鉉夏仲昭竹爲劉中孚題：「亭亭何處出幽姿，渭北湘南未足奇。青鎖門邊深得地，玉欄干外最相宜。」

〔一〇〕圓沙：杜甫草堂即事：「雪裏江船渡，風前徑竹斜。寒魚依密藻，宿鷺起圓沙。」趙彦材注：「圓沙者，禽鳥宿於沙上，其有隱沙之跡必圓，如魚没痕圓之義。」

〔一一〕「繡閣」句：戴表元喬木亭記：「喬木亭，在清河，張君燕居之東。張君望清河，籍西秦，其先世忠烈王，嘗以功開國於循而邸於杭，子孫五世，而所居邸之坊，至今稱清河焉。余兒童游杭，見清河之張方盛，往來軒從，騶蓋塡擁。歲時會合，鳴鐘鼉笙絲磬筑相燕樂，飛樓疊榭，東西跨構，累累然無閒壤。豈惟清河，雖它貴族，蓋莫不然。如此不數十年，重來杭，睹宫室衣冠，皆非舊物，他族亦皆湮微播徙殆盡，而惟清河之張猶存。余嘗登所謂喬木亭而喜之，風煙蔽遮，林樾清湊。美乎哉，其可以庶幾古之故國喬木者乎！」

〔一二〕「身營」句：用鄭思肖心史故事。陳宗之承天寺藏書井碑陰記曰：「崇禎戊寅歲，吴中久旱，城中買水而食，爭汲者相捽於道。仲冬八日，承天寺狼山房濬眢井，鐵函重櫝，錮以堊灰。啟之，則宋鄭所南先生所藏心史也。外書『大宋鐵函經』五字，内書『大宋孤臣鄭思肖百拜封』什字。」

〔一三〕「手種」句：陶淵明桃花源記：「晉太元中，武陵人捕魚爲業，緣溪行，忘路之遠近，忽逢桃花林，夾岸數百步，中無雜樹，芳草鮮美，落英繽紛，漁人甚異之。復前行，欲窮其林，林盡水源，便得一山，山有小口，仿佛若有光，便舍船，從口入。初極狹，才通人，復行數十步，豁然開朗，土地平曠，屋舍儼然。有良田美池桑竹之屬，阡陌交通，鷄犬相聞，其中往來種作，男女衣著，悉如外人。黄髮垂髫，並怡然自樂。見漁人，乃大驚，問所從來，具答之。便要還家，設酒殺鷄作食。村中聞有此人，咸來問訊。自云先世避秦時亂，率妻子邑人來此絶境，不復出焉，遂與外人間隔。問今是何世，乃不知有漢，無論魏晉。此人一一爲具言所聞，皆歎惋。」

〔一四〕釜自生魚：范曄後漢書卷八一獨行列傳：「桓帝時以（范）冉爲萊蕪長。……所止單陋，有時糧粒盡，窮居自若，言貌無改。閭里歌之曰：『甑中生塵范史雲，釜中生魚范萊蕪。』」竈産蛙：國語魯語：「趙襄子曰：『浚民之膏澤以實之，又因而殺之，其誰與我！其晉陽乎，先主之所屬也，尹鐸之所寬也，民必和矣。』乃走晉陽。闉而灌之，沉竈産鼃，民無叛意。」莊子秋水：「子獨不聞夫埳井之鼃乎？」陸德明音義：「鼃，本又作蛙。」

〔一五〕晞髮：楚辭九歌：「與女沐兮咸池，晞女髮兮陽之阿。」王逸注：「咸池，星名，蓋天池也。晞，乾也。……言己願託司命，俱沐咸池，乾髮陽阿，齋戒潔己，冀蒙天佑也。」

〔一六〕抱甕行畦：莊子天地：「子貢南游於楚，反於晉。過漢陰，見一丈人方將爲圃畦，鑿隧而入井，抱甕而出灌，搰搰然用力甚多而見功寡。子貢曰：『有械於此，一日浸百畦，用力甚寡而見功多，夫子不欲乎？』爲圃者卬而視之，曰：『奈何？』曰：『鑿木爲機，後重前輕，挈水若抽，數如泆湯，其名爲槔。』爲圃者忿然作色而笑曰：『吾聞之吾師，有機械者必有機事，有機事者必有機心。機心存於胸中，則純白不備；純白不備，則神生不定；神生不定者，道之所不載也。吾非不知，羞而不爲也。』子貢瞞然慚，俯而不對。」

〔一七〕「梅開」句：用宋林逋故事。田汝成西湖游覽志卷二：「放鶴亭在孤山之北。嘉靖中錢塘令王釴作，其巔有歲寒巖，其下有處士橋。先是至元間儒學提舉余謙既葺處士之墓，復植梅數百本於山，構梅亭於其下。郡人陳子安以處士無家，妻梅而子鶴，不可偏舉，乃持一鶴放之孤山，構鶴亭以配之。並廢。」

〔一八〕「酒熟」句：沈約宋書卷九三陶潛傳：「顏延之爲劉柳後軍功曹，在尋陽，與潛情款。後爲始安郡，經過，日日造潛，每往必酣飲致醉。臨去，留二萬錢與潛，潛悉送酒家，稍就取酒。嘗九月九日無酒，出宅邊菊叢中坐久，值弘送酒至，即便就酌，醉而後歸。潛不解音聲，而畜素琴一張，無絃，每有酒適，輒撫弄以寄其意。貴賤造之者，有酒輒設，潛若先醉，便語客：『我醉欲眠，卿可去。』其真率如此。郡將候潛，值其酒熟，取頭上葛巾漉酒，畢，還復著之。」陳早吴節推趙楊子曹器遠趙子野攜具用韻謝之：「四豪載酒過，講德珠璧映。歌奏雲近人，舞罷鸞顧鏡。醻酢忘主賓，笑語似紛競。」

〔一九〕東坡趣：蘇軾臘日游孤山訪惠勤惠思二僧：「孤山孤絶誰肯廬，道人有道山不孤。紙窗竹屋深自暖，擁褐坐睡依團蒲。」

衡陽周令公見訪村莊 二首

四載聞聲一面遲，虚堂落珱又離思〔一〕。君山南望家猶遠〔二〕，湘水西來人未知〔三〕。鈴閣銀船浮舊史〔四〕，倡樓鐵篴按新詞。村中花木爭迎笑，也感恩私曲護持。

龍過金鼇淺更清〔五〕，宮槐鎖院舊題名。報讎非復楚三户①〔六〕，阿世何須魯兩生〔七〕。斜照西風頻刺眼，青霄殘月最關情。野航倚檻微醺後②，夢繞江湖秋水清。寓園水閣，名野航③。

【校記】

① 報讎　二字原闕，據諸本補。張鳴珂鈔本、詩文集鈔本作「亡秦」。

② 微醺　管庭芬鈔本、張鳴珂鈔本同，嚴鈔本、釋略本、萬卷樓鈔本、詩文集鈔本、舊鈔殘本作「微醺」。

③ 寓園水閣名野航　七字原闕，據嚴鈔本、釋略本、詩稿本、管庭芬鈔本、舊鈔殘本補。

【箋釋】

此詩作於康熙十七年戊午八月。

按，第一首，嚴鴻逵釋略曰：「周名士儀，永曆時登科。戊午八月過訪時，湖湘間阻亂未通，故次聯云云。周有史貫之作，故第五句稱之。有令封大樹，子家先塋樹慮不免，適周在邑令署中，因得免封，故落句云云。」舊史，即指史貫言，今本史貫列晚村爲「校」者，蓋其草稿曾經點勘也，與吴孟舉書：「承示讀周先生史貫，核而不刻，辨而不畸，有永嘉暨論之精，無眉山翻案之失，真翼經之功臣，論世之尚友也。村檠展復，不釋吟歎，劉鳳閣云：『史傳淵浩，非探賾索隱致遠鈎深者，烏足辨明哉！』弟於史學向未有知，周先生書成，得卒業而問津焉，是所願耳。……有心哉，其蘊負如此。周先生非今日之人，此書亦非今日之書也。寶鏡在懸，鬼燈失焰，藏之石渠，布之寰有，固周先生意中事耳。」所謂「此書亦非今日之書」也者，不僅爲「有永嘉豎論之精，無眉山翻案之失」也，乃有出處去就之意，故乾隆時列爲禁書，今流傳極稀，僅湖南圖書館、中國國家圖書館有藏（後者爲殘本，闕末一卷）。

第二首，所謂「舊題名」者，即周氏「永曆時登科」事也。「報讎」兩句，嚴鴻逵釋略曰：「時滇中作亂，欲購致周，周不往，故次聯云云。」所謂「欲購致周」云者，不詳所指，王船山薑園公墓誌銘亦無痕跡，惟王船山歐陽孺人墓誌銘則曰：「薑園既高蹈不求仕進，棲情山水，爲禽尚之游。自薊潞東下吳會，客於苕霅數載。而湖上兵戎，踐爲戰墟，屯阻重關，飛鳥不度。孺人勔勸以免家於難，銷珥鬻衣，募健足走間道，迎薑園以歸，人且以爲自天而集也。」是欲歸而不得歸者，及孺人募健足走間道，方得以歸，與嚴説不合。俟考。

至於周令公何時寓石門，晚村詩謂「四載聞聲」，孟舉送令公歸衡陽次留別原韻謂「三年留澤國」，自康熙十七年秋上推三年，則爲康熙十五年，上推四年則爲康熙十四年。孟舉史貫序：「予把鋤之暇，支户温經。周先生騎欵假時相過從，與燒榾柮，漉缸面。出史貫數卷，讀之，得一快意事，則浮一大白，計所得之多寡爲飲酒之節。」又許三禮序：「語陽吳子容大過署，賫晴嵐鄺邑君手翰惠及同鄉周令公孝廉史貫一書。」吳子容大即吳涵，後登康熙二十一年進士一甲第二名。晴嵐鄺邑君即鄺世培，衡州府臨武縣人，清順治貢生，據道光石門縣志卷一一職官表，鄺氏於康熙十三年至十七年任石門知縣；周令公爲衡州府酃縣人，明崇禎貢生，則周氏與鄺氏屬同鄉，且同爲貢生出身。於是可知，周令公之寓石門，當與鄺世培有關，前晚村衡陽周令公見訪村莊二首有「村中花木爭迎笑，也感恩私曲護持」句，嚴鴻逵釋略曰：「有令封大樹，子家先塋樹慮不免，適周在邑令署中，因得免封。」適可説明。而鄺世培於康熙十七年去職，周令公亦於是年離石門，情事亦皆相合。

【資料】

吴之振次用晦贈令公韻：竹深庭院月華遲，喜值君過慰我思。雲水光中撑老眼，雞豚社裏覓新知。明瓊燭跋成奇彩，紅袖花圍乞小詞。鹽豉不嫌同瓦鉢，井泉甘洌滿軍持。

誰區渭濁與涇清，馬肆牛欄混姓名。海外也知蕭夫子，人間豈識傅先生。八叉鬭韻真無敵，雙髻簪花倍有情。秋老湘江蒲十幅，野航燈火記分明。（黄葉村莊詩集卷四）

王夫之寄周令公：湘波一尺阻東西，湘草湘煙入望迷。碧海相看消鏡雪，丹經何術煉銀泥。歸舟吴越迎歌扇，潭水滄浪廢杖藜。問訊綏山桃幾熟，飛花好寄五陵溪。（薑齋七十自定稿）

王夫之藿園公墓誌銘：藿園先生以凛秋之旦，終於正寢。驚凶問之遄臨，悼餘生之寡侶。衰草獨摇，江鴻絶奇。頹齡自恤，方切含悲。公孫命圭，抱叔氏邠之命於毁瘠，百里履霜，請貞瑨之志，曰：「先子易簀之命曰：匪船山弗誌也。」以先生交游半天下，豈無華衮，而周爰四矚，託之穹幽，故雖支床餘息，不能以固陋辭。先生姓周氏，諱士儀，字令公。藿園，學者之稱之也。先世自星渚遷鄠邑，復自鄠遷衡郡之東岸。曾祖後山公道，祖考二水公希堯，考學博錫我公祉。墨香續發於芸窗，采戲嗣歡於蘭砌，志先賢者再書特書，爲湘皋最夙矣。學博公繼配孫太宜人，而先生其仲子。姿抱頎偉，顧瞻清炯，夙慧蚤成，靜光日吐。流目而千帙服膺，抽緒而五嶽搖筆。以是南諸侯之俎豆與士友之雞壇，爭相挹也。始貢於賓射之筵，繼登於笙琴之標，而公車方駕，故國旋傾，衆所凝望，以詩書之澤潤濡天下者，膏既屯矣。先生則視謝榮名如釋重負，慨然曰：「吾將以自靖矣乎！家則堂傳經於河朔，鄭雲叟嘯詠於西峰，含古人勁草之心，而怡吾生榮木之玩，敬吾業也，樂吾天也，□□以無自□矣。」於時湖上連兵不解，數郡爲墟，絃誦之聲，殆於絶響。先生則萁敗廬，拾斷簡，内飭子弟，外獎英少，昭滌而涵濡之。百里荒郊，化爲河西之石室；一庭茂草，蔚爲謝砌之瓊枝。蓋湖上先進之流風遥聯部墜者，自先生昉也。窮年講討，搜剔益宏，天化物情，千年萬里，何所不入於先生之懷抱，而品節以著爲成書。迺更瞿然自念曰：「吾靜念而得之於一室者，不回翔乎廖廓之觀，安知不爲枌榆之搶乎！」於是泛輕舠，策蹇衛，度楚塞，過夷門，上黄金之臺，弔西山之松柏。已而棲遲潞水，延望海雲。既則東循清濟，問絲竹於魯宮；南渡長淮，采蘋花於江介。探神禹之穴，訊皋亭之潮。期古人於旦暮，念天地之悠悠，以證二十餘年深山之所得，而益廣其所宏傳。以是請修邑乘者相踵，而皆奉爲彝典；簡竹具存，讀者可挹其深遠已。凡所著類葴三十一卷，史貫十一卷，明史野獲二十一卷，碎琴集、邁吟、杭游雜詠、秋感諸集又十餘卷。海内縉紳士友以許、姚、歐、虞自命爲儒宗領袖者，讀其書，接其風度，靡不傾心跂足，納交恐後，而先生亦且老矣。歸而一畝之宫，蕭然自得，與子言孝，與弟言悌，與鄉閭言和，蒸蒸油油，飲人以醇醪。得接音徽者，莫不以春風自喜，蓋先生至性天植，立仁又本。侍養學博公於兵饑之下，猝逢掠執，求以身代。狂寇感而得釋，扶掖入山，冒險以求藥餌。逮嬰大故，正值焚殺盈野，而與中翰公士儼突白刃，踏層冰，扶櫬治葬。哀御飛鴞，爰成馬鬣。既則撫育諸季，完其家室，贊其素業，咸令光炤天逵。人歎聚星之美，皆因其惻悱不自已之誠，而待緣飾。則君子樂其道，小人服其仁，非但在文采孔昭、教言不倦閒也。若其温恭之度，朗澈之襟，含貞自内，而受物以和，不爲過高難能之事，而皭然大白，不受涅緇，我不知古之行歌於栗里、孤山者何如，意者其無能逾此也矣。嗚呼！藿園之所以爲藿園者，遺命曰：「匪船山弗誌。」尚謂此乎？先生生以無疾而逝。輀車方駕，會葬者慕德不忘，千心一軌，贈私謚曰靖文先生。安貞協彭澤之風操，博雅逾河汾之著作，仿古道以即人心，禮之所許也。兹阡爲銘曰：茹其英，不炫其榮，含章以貞。駕言行游，古孰與謀。八方千載，爲我林丘。抱道以終，貽來者於無窮。有形者自返其宅，永棲息於此宫。（船山遺書第一一五册）

王夫之歐陽孺人墓誌銘：藿園先生葬其配歐陽孺人於蒸水之源，命子邠重跰垂涕，抱孺人子陳汝方之狀授余而屬之銘，以孺人與余爲中表兄妹，習其家世與行誼爲悉，寧不文也，凡無不實也。謹按歐陽氏自唐安福令諱萬者從渤海南遷，十六世至宋奉議大夫伋之子禮庭，遷於楚。其在衡者，爲建興鄉之甲族。孺人曾祖考諱和，贈奉直大夫；妣楊太宜人。祖諱炳，萬曆丙子鄉舉，官思恩府同知；妣聶孺人。考諱瑾，崇禎癸酉鄉舉第一人；母陳氏，孝廉嘉策嫡長女。孺人年十四歸於文學陳君諱某，太常正卿前督學御史翰林庶吉士宗契之冢嗣也。太常公得文學君於暮年，未幾薨。文學君又弱，家益落。孺人奉孀姑，恭勞茹荼不倦。繼而省元没，姑亦逝，文學早夭，汝方幼，田廬萊蒿，則爲豪右所攘，而租調懸虚名於籍；徵徭無藝，五木充獄，猾胥檢□迫孺子以殆於榜掠者數四，姻舊無敢過其門。孺人晝夜泣，求所以脱孺子者不得，欲與俱死，而恐隕太常公之血食。適藿園失原配胡，聞而義之，請納聘焉。孺人不獲已，爲全孺子計，遂歸於藿園。藿園爲請於當事，剔其詭射，卻其强禦，教汝方卒一經之業，乃得生而迄於□。藿園有子三。孺人鞠幼教長，畢婚娶，恩逾己出。子婦雍容，以孝友施於族黨。執喪之日，哀動鄉國，皆孺人慈仁之感，淪洽肌髓也。藿園既高蹈不求仕進，棲情山水，爲禽尚之游。自薊潞東下吴會，客於苕霅數載。而湖上兵戎，踐爲戰墟，屯阻重關，飛鳥不度。孺人劻勷以免家於難，銷珥鬻衣，募健足走間道，迎藿園以歸，人且以爲自天而集也。冢嗣豐游武陵，卒於旅，孺人復募人從鋒鏑下還其喪，命……之女許字其遺孤，以慰豐之孀室而全其節者備至。若其緣飾有無，周旋賓客，懷柔群從，忘貴介而甘藜糗，以成藿園之高致，亦餘技之經肯綮，不盡述也。蓋死與立孤，古人斟酌於難易，而恒避其難。偉丈夫難之，而孺人不避。鳲鳩之仁，七子皆其子也，且以頌淑人君子，而孺人率其自然，以忘非己出。於乎！是可志也已。繫之銘曰：嬰全趙，平安劉，臼與勃也，未足與謀。閟築室，炳卧游，無賃舂之配是以不適，兹烈光匪鬚眉之可儔。雲山擢秀，蒸水涵秋，永奠於兹丘。（同上）

【注釋】

〔一〕落琖：陳懋仁庶物異名疏：「白樂天詞『銀花不落從君勸』，又詩『銀含錯落琖』，退之聯句『酡顔傾鑿落』，三者同一酒器也。」

〔二〕君山：李吉甫元和郡縣志卷二八巴陵縣：「君山：在縣西三十里青草湖中。昔秦始皇欲入湖觀衡山，遇風浪，至此山止泊，因號焉。又云，湘君所游止，故名之也。」

〔三〕湘水：樂史太平寰宇記卷一六二嶺南道：「湘水：今名小湘江。源出臨源縣陽海山，灕水、湘水同源，分爲二水，水在全義嶺上，南流爲灕水，北流爲湘水。」

〔四〕銀船：王讜唐語林卷四豪爽：「明皇爲潞州别駕，入覲京師，尤自卑損。暮春，豪家子數輩游昆明池，方飲次，上戎服臂鷹，疾驅至前，諸人不悦。忽一少年持酒船唱曰：『今日宜以門族官品自言。』酒至，上大聲曰：『曾祖天子，祖天子，父相王，臨淄王李某。』諸少年驚走，不敢復視，上乃連飲三銀船，盡一巨餡，乘馬而去。」

〔五〕金鼇：嘉慶重修一統志台州府：「金鼇山：在臨海縣東南一百二十里。宋建炎四年，金兵至，高宗泛海泊此，四十日始還紹興。後文天祥隨少主航海，亦駐泊於此。其並峙者曰海門山，對立如闕。」

〔六〕楚三户：司馬遷史記卷七項羽本紀：「楚雖三户，亡秦必楚也。」

〔七〕魯兩生：司馬遷史記卷九九叔孫通列傳：「叔孫通使徵魯諸生三十餘人，魯有兩生不肯行，曰：『公所事者且十主，皆面諛以得親貴。今天下初定，死者未葬，傷者未起，又欲起禮樂，禮樂所由起，積德百年而後可興也。吾不忍爲公所爲，公所爲不合古，吾不行。公往矣，無污我。』叔孫通笑曰：『若真鄙儒也，不知時變。』」

衡陽周令公同孟舉過村莊小飲贈句次韻奉酬 二首

趁木犀香到郭南〔一〕，醉看花影結成龕。老拳爭健手誰毒〔二〕，苛政行觴尾亦婪①〔三〕。客舍風情歸興引〔四〕，故宮遺事夜深譚。錦囊投甕分門品〔五〕，别爲狂迂置一函。

聞呼入竹怪離群〔六〕，三食神仙性避芸〔七〕。塞徑長蒿緣客補，繞臺深草爲君耘〔八〕。且封鐵匣歸寒甃〔九〕，未放蘭亭出古墳〔一〇〕。原詩有「敢向右軍求禊帖」之句。不愛輕肥猶失腳〔一一〕，他年馬上笑吴雲〔一二〕。

【校　記】

①「老拳」二句　管庭芬鈔本作「老拳毒手誰當健，卿去吾眠亦大婪」，校曰：「一作『老拳爭健手誰毒，苛政行觴尾亦婪』。」

【箋　釋】

此詩作於康熙十七年戊午秋冬間。

按，晚村此詩用典深奥，今稍作鈎稽，差可解讀。然猶有兩處需更爲考證與辨析者，方能不誤解其意。

第一處，第一首「故宫遺事夜深譚」句，此是周氏爲編纂明紀野獲而詢問於遺民故老者，所深譚者不外乎明紀遺聞，據王船山明紀野獲序：「藋園周子摭遺文，擴稗説，廣諏諮，叙一代之典，成明紀野獲二十卷，示夫子而俾述其指。……藋園之懲此而博采，以資論定也，其情貞，其志遠，其學不倦，誠有弗獲已者，故曰洵哉可以俟來哲矣。……藋園以淵涵霞建之才，謝世榮以孤游，歷燕、趙、吴、越，訪故家之藏書，問遺民之記憶，以起二百八十餘年九京之先進相爲挹注。」（船山遺書第一五册）

第二處，第二首「不愛輕肥猶失腳」兩句，前句晚村自指，後句蓋喻周氏，所喻之事不詳，或即嚴氏所謂「欲購致周」者耶？

【資　料】

吴之振同令公過用晦：略彴緣溪到社南，笭箵襏襫恰同蓑。石床偃蹇容吾懶，瓦鼎彭亨笑汝婪。未礙白頭依緑鬓，何妨絮語雜高譚。酒徒底事轟騰甚，太白光芒隱劍函。

騏驎墮地便空群，木是琅玕草是芸（無黨諸兄弟在坐）。莫以乘時收鹵莽，還期卒歲力耕耘。錙銖積累爲尋丈，風雅源流在典墳。萬頃琉璃融水面，不應此地著纖雲。（黄葉村莊詩集卷四）

【注釋】

〔一〕木犀香：陳敬陳氏香譜卷一：「巖桂一名七里香，生匡廬諸山谷間，八九月開花如棗花，香滿巖谷，采花陰乾以合香，甚奇。其木堅韌，可作茶品，紋如犀角，故號木犀。」

〔二〕「老拳」句：房玄齡晉書卷一〇五石勒載記：「初，勒與李陽鄰居，歲常爭麻地，疊相毆擊，至是謂父老曰：『李陽，壯士也。何以不來？漚麻，是布衣之恨，孤方崇信於天下，寧讎匹夫乎？』乃使召陽，既至，勒與酣謔，引陽臂笑曰：『孤往日厭卿老拳，卿亦飽孤毒手。』因賜甲第一區，拜參軍都尉。」

〔三〕尾亦婪：即婪尾。洪邁容齋四筆卷九藍尾酒：「白樂天元日對酒詩云：『三杯藍尾酒，一楪膠牙糖。』又云：『老過占他藍尾酒，病餘收得到頭身。』『歲盞後推藍尾酒，春盤先勸膠牙糖。』荆楚歲時記云：『膠牙者，取其堅固如膠也。』而藍尾之義殊不可曉。河東記載，申屠澄與路傍茅舍中老父嫗及處女環火而坐，嫗自外挈酒壺至，曰：『以君冒寒，且進一杯。』澄因揖遜曰：『始自主人翁。』即巡，澄當婪尾，蓋以藍爲婪；當婪尾者，謂最在後飲也。葉少藴石林燕語云：『唐人言藍尾多不同，藍字多作啉，出於侯白酒律。謂酒巡匝，末坐者連飲三杯，爲藍尾。蓋末坐遠，酒行到常遲，故連飲以慰之。以啉爲貪婪之意，或謂啉爲燣，如鐵入火，貴其出色，此尤無稽，則唐人自不能曉此義。』葉之説如此。予謂不然，白公三杯之句，只爲酒之巡數耳，安有連飲者哉？侯白滑稽之語，見於啟顔録。唐藝文志，白有啟顔録十卷、雜語五卷，不聞有酒律之書也。蘇鶚演義亦引其説。」

〔四〕「客舍」句：嚴鴻逵釋略：「周有癖好，凡赴飲，雖夜深必歸寓舍。『客舍』句，微辭也。」

〔五〕錦囊：歐陽修新唐書卷二〇三李賀傳：「每旦日出，騎弱馬，從小奚奴，背古錦囊，遇所得，書投囊中。未始先立題然後爲詩，如它人牽合課程者。及暮歸，足成之。」投甕：房玄齡晉書卷四九畢卓傳：「太興末，爲吏部郎，常飲酒廢職。比舍郎釀熟，卓因醉夜至其甕間盜飲之，爲掌酒者所縛，明旦視之，乃畢吏部也，遽釋其縛。卓遂引主人宴於甕側，致醉而去。」門品：即門第。魏收魏書卷六〇韓顯宗傳：「沖曰：『若欲爲治，陛下今日何爲專崇門品，不有拔才之詔？』」

〔六〕入竹：李昉太平御覽卷九六三竹部：「永嘉郡記曰：樂成縣民張薦者，隱居頤志，不應辟命，家有苦竹數十頃，在竹中爲屋，恒居其中。王右軍聞而造之，薦逃避竹中，不與相見，一郡號爲高士。」張又新白鶴山：「白鶴山邊秋復春，文君宅畔少風塵。欲驅五馬追真隱，誰是當年入竹人。」

〔七〕三食神仙：李昉太平廣記卷四二何諷：「唐建中末，書生何諷嘗買得黄紙古書一卷，讀之，卷中得髮卷，規四寸，如環無端。諷因絶之，斷處兩頭滴水升餘，燒之作髮氣。諷嘗言於道者，道者曰：『吁！君固俗骨，遇此不能羽化，命也。據仙經曰：蠹魚三食神仙字，則化爲此物，名曰脈望。夜以規映當天中星，星使立降，可求還丹，取此水和而服之，即時換骨上升。』因取古書閲之，數處蠹漏，尋義讀之，皆神仙字，諷方歎伏。」（出原化記）

〔八〕「塞徑」二句：杜甫客至：「花徑不曾緣客掃，蓬門今始爲君開。」

〔九〕鐵匣：潘永因宋稗類鈔卷一二：「鄭所南先生當宋社既墟，無策自奮，著心史六萬餘言，鐵函重匱，外著『大宋鐵函經』五字，内題『大宋孤臣鄭思肖百拜書』十字，沉於吴門承天寺智井中。」

〔一〇〕蘭亭：朱長文墨池編卷四唐何延之蘭亭始末記：「貞觀中，太宗以聽政之暇，鋭志玩書，臨右軍真草書帖，購募備盡，唯未得蘭亭，尋討此書。……蕭翼報云：奉敕遣來取蘭亭，蘭亭今得矣。……翼便馳驛至都，奏御，太宗大悦。……貞觀二十三年，聖躬不豫，幸玉華宫含風殿，臨崩，謂高宗曰：『吾欲從汝求一物，汝誠孝也，豈能違吾心邪？汝意何如。』高宗哽咽流涕，引耳聽命。太宗曰：『所欲得蘭亭，可與我將去。』及弓劍不遺，同軌畢至，隨仙駕入玄宫矣。今趙模等所搨在者，一本尚直錢數萬也，人間本亦稀少，絶代之珍寶，難可再見。」

〔二〕輕肥：論語雍也：「子曰：赤之適齊也，乘肥馬，衣輕裘，吾聞之也，君子周急不繼富。」杜甫秋興八首其三：「同學少年多不賤，五陵衣馬自輕肥。」

〔三〕吴雲：李白臨江王節士歌：「洞庭白波木葉稀，燕雁始入吴雲飛。」强至走筆送楊正臣先輩還吴：「客衣沾魏土，歸馬望吴雲。」此處蓋用以借指吴地友朋。

送周令公① 二首

遥傳江岸柵，未放漢源槎〔一〕。世總非吾土〔二〕，君今何以家。久居移習性，隨地變生涯。姑少安無遽②〔三〕，寧愁楚道遐〔四〕。

公相人非易，吾求客亦難。誰更紅壁幟〔五〕，莫詫白衣冠〔六〕。老逼文心壯，秋消詩骨寒。瓦盆煨芋熟〔七〕，留客夜深餐。

【校記】

① 管庭芬鈔本題作「次韻送令公」。

② 姑少安 管庭芬鈔本校曰：「一作『且住歸』。」

【箋釋】

此詩作於康熙十八年己未秋。

按，周藿園歸楚時間，王船山爲藿園及歐陽孺人之墓誌皆未言，今亦難以考證。藿園之過訪晚村，殆在十七年戊午八月，又爲晚村求封樹於邑令，後復小飲，且孟舉次韻此詩之時間，依黄葉村莊詩集編次，隸於十八年己未秋，其詩有「菰蔣花如雪」、「輕棉禦薄寒」諸句，與晚村詩中「秋消詩骨寒」適相合；又據「漢源槎」意，似爲八月時事，姑將此詩繫於十八年己未秋。

先是，康熙十二年癸丑歲末，吴三桂倡亂滇中，耿精忠、孫延齡、尚之信先後豎旗，與吴三桂相呼應，戰火蔓延十餘省。湖湘，其中之一也，時在亂中，王船山歐陽孺人墓誌銘曰：「藿園既高蹈不求仕進，棲情山水，爲禽尚之游。自薊潞東下吴會，客於苕霅數載。而湖上兵戎，踐爲戰墟，屯阻重關，飛鳥不度。孺人勖勸以免家於難，銷珥鬻衣，募健足走間道，迎藿園以歸，人且以爲自天而集也。」則藿園之歸，即指此也。「久居移習性，隨地變生涯」者，知客居已久，船山言「客於苕霅數載」，此之謂也。

第二首，「公相人非易」者，即晚村所云「周先生非今日之人」（與吴孟舉書）之意。末句「瓦盆煨芋熟，留客夜深餐」，與前首末句「姑少安無遽，寧愁楚道遐」意同，然嚴鴻逵釋略曰：「結句，知滇事之必敗也。」似爲事後諸葛。

【資　料】

吴之振送令公歸衡陽次留别原韻：索郎千斛酒，餞客泛銀槎。未卜蝸牛舍，先尋蚱蜢家。三年留澤國，一笑隔天涯。菰蔣花如雪，江湖客夢遐（令公風流不減老鐵，故五六及之）。險易在翻掌，君悲行路難。正欹聽雨笠，休岸切雲冠。急唱催殘照，輕棉禦薄寒。呼童炊脱粟，挽袖勸加餐。（黄葉村莊詩集卷四）

【注　釋】

〔一〕漢源槎：張華博物志卷一〇：「舊説云：天河與海通，近世有人居海渚者，年年八月有浮槎，去來不失期。」杜甫秋興八首其二：「聽猿實下三聲淚，奉使虚隨八月槎。」漢源，指河漢之源，即指銀河。

〔二〕非吾土：王粲登樓賦：「雖信美而非吾土兮，曾何足以少留。」鮑照夢歸鄉：「此土非吾土，慷慨當告誰。」

〔三〕「姑少」句：韓愈答吕醫山人書：「聽僕之所爲，少安無躁。」

〔四〕道遐：詩周南汝墳：「既見君子，不我遐棄。」毛亨傳：「遐，遠也。」班固幽通賦：「曰乘高而遌神兮，道遐通而不迷。」王逸九思守志：「目瞥瞥兮西没，道遐迥兮阻歎。」

〔五〕紅壁：簡文帝與僧正教：「密帷不開，非仲舒之曲學；紅壁長掩，似邠卿之避讎。」

〔六〕白衣冠：司馬遷史記卷八六刺客列傳：「荆軻者，衛人也。……（燕太子）尊荆軻爲上卿……太子及賓客知其事者，皆白衣冠以送之。至易水之上，既祖，取道，高漸離擊筑，荆軻和而歌，爲變徵之聲，士皆垂淚涕泣。又前而歌曰：『風蕭蕭兮易水寒，壯士一去兮不復還。』復爲羽聲慷慨，士皆瞋目，髮盡上指冠。於是荆軻就車而去，終已不顧。」

〔七〕「瓦盆」句：周密齊東野語卷五李泌錢若水事相類：「李泌在衡嶽，有僧明瓚，號嬾殘，泌察其非凡，中夜潛往，謁之。嬾殘命坐，撥火中芋以啗之，曰：『勿多言，領取十年宰相。』」

送别令公再次元韻 二首

掃地初懸榻〔一〕，乘風忽泛槎〔二〕。因思吾戀國，敢怪客懷家。屨過草三徑〔三〕，書來天一涯。蒼梧遺恨在〔四〕，到處訪幽遐。

引滿屈卮酒，聽歌行路難〔五〕。懷疑漢將幘〔六〕，避忌楚臣冠〔七〕。兵氣經天白〔八〕，客心終夜寒。但存籬菊性，好忍落英餐〔九〕。

【箋釋】

此詩作於康熙十八年己未秋。

按，諸本晚村詩集皆不載此二首，據管庭芬鈔本補，詳見本卷孟舉索予和又成六首詩之箋釋。

晚村與周藿園之往還，曾引起學者關注，陳祖武先生於吕留良散論一文中曰：「三藩亂起，吕留良曾與衡陽人周士儀有過一段往還。……嚴鴻逵稱，周士儀爲永曆進士，『時滇中作亂，欲購致周，周不往』。其實，我們倒懷疑這個周士儀很可能就來自吴三桂軍中，而且大概也是他給吕留良帶來了吴三桂的信。因爲吕留良詩中有云：『君山南望家猶遠，湘水西來人未知。』又云：『客舍風情歸興引，故宫遺事夜深譚。』不過，看來周士儀此行並没有達到目的，反而是吕留良在規勸他不必再回亂軍中去。」陳先生如此推測，蓋本諸大義覺迷録卷四所收雍正之上諭，上諭有曰：「（吕留良）平日之謂我朝，皆任意指名，或曰『清』，或曰『北』，或曰『燕』，或曰『彼中』，至於與逆藩吴三桂連書之處，亦曰『清』，曰『往講』，若本朝於逆藩爲鄰敵者然。……吕留良於其稱兵犯順，則欣然有喜，惟恐其不成，於本朝疆宇之恢復，則悵然若失，轉形於嗟歎。」陳先生據此分析道：「清世宗羅織吕留良的罪名，與三藩亂首吴三桂的關係，就曾被列爲一條彌天大罪。據云，吕留良與吴三桂有過書札往還，信中稱清廷曰『清』，曰『往講』；在他的日記中，對三藩亂起，『欣然有喜，惟恐其不成』，對清廷平叛，則『悵然若失，形於嗟歎』。清世宗所指斥是否屬實，因吕留良日記及其有關書札遭清廷禁毁之後，今天已無從見到，所以難作定論。不過，就其幸存詩文來看，與吴三桂的書札往還抑或有過，但是『欣然有喜』、『悵然若失』云云，恐未可輕信。」

陳先生推測不確，原因有二：其一則誤解雍正上諭中「至於與逆藩吴三桂連書之處」句意，所謂「連書」之「書」，非「書信」之「書」，乃「書寫」之「書」；「連書」者，同時提及之謂也。其二則未審周藋園此時狀況，據王船山藋園公墓誌銘曰：「於時湖上連兵不解，數郡爲墟，絃誦之聲，殆於絶響。先生則茸敗廬，拾斷簡，内飭子弟，外獎英少，昭滌而涵濡之。……自念曰：『吾静念而得之於一室者，不回翔乎廖廓之觀，安知不爲枌榆之搶乎！』於是泛輕舠，策蹇衛，度楚塞，過夷門，上黄金之臺，弔西山之松柏。已而棲遲潞水，延望海雲。既則東循清濟，問絲竹於魯宫；南渡長淮，采蘋花於江介。探神禹之穴，訊皋亭之潮。期古人於旦暮，念天地之悠悠，以證二十餘年深山之所得，而益廣其所宏傳。」王船山明紀野獲序曰：「藋園周子摭遺文，攟稗説，廣諏諮，叙一代之典，成明紀野獲二十卷。……藋園以淵涵霞建之才，謝世榮以孤游，歷燕、趙、吴、越，訪故家之藏書，問遺民之記憶，以起二百八十餘年九京之先進相爲挹注。」是藋園之出游，蓋在三藩亂起之後，其目的爲「訪故家之藏書，問遺民之記憶」，「以證二十餘年深山之所得，而益廣其所宏傳」，「以起二百八十餘年九京之先進相爲挹注」。王船山歐陽孺人墓誌銘曰：「（藋園）自薊潞東下吴會，客於苕霅數載。」晚村送周令公曰：「久居移習性，隨地變生涯。」吴孟舉送令公歸衡陽次留别原韻曰：「三年留澤國，一笑隔天涯。」則藋園之客浙西，必有數年之久（説見前衡陽周令公見訪村莊之箋釋）。王船山歐陽孺人墓誌銘曰：「湖上兵戎，踐爲戰墟，屯阻重關，飛鳥不度。孺人劻勷以免家於難，銷珥鬻衣，募健足走間道，迎藿園以歸，人且以爲自天而集也。」則藿園歸時，亂猶未已，是藿園亦深受其害者也。

如此，則晚村與吴三桂有書信往還、周藿園爲吴三桂説客云云，皆未有之事。晚村送周令公數詩，顯爲挽留之辭，末言「但存籬菊性，好忍落英餐」云者，亦遺民獨善其身之意。昔曾以此意呈諸陳先生，先生以爲是焉。

【注釋】

〔一〕懸榻：謝承後漢書：「徐穉，字孺子，豫章人。家貧，常自耕稼，恭儉義讓，所居服其德。屢辟公府不起。時陳蕃爲太守，以禮請署功曹，穉不免之，既謁而退。蕃在郡不接賓客，唯穉來特設一榻，去則縣之。後舉有道，拜太原太守，皆不就。」（太平御覽卷四七四引）

〔二〕泛槎：張華博物志卷一〇：「舊説云：天河與海通，近世有人居海濱者，年年八月有浮槎去來，不失期。」徐鉉賦石奉送德林少尹員外：「扁舟載歸去，知是泛槎人。」

〔三〕三徑：趙岐三輔決録：「蔣詡，字元卿，舍中三徑，唯羊仲、求仲從之游，二仲皆推廉逃名之士。」

〔四〕蒼梧遺恨：杜甫湘夫人祠：「蒼梧恨不淺，染淚在叢筠。」張華博物志卷八：「堯之二女，舜之二妃，曰湘夫人。舜崩，二妃啼，以涕揮竹，竹盡斑。」蒼梧，邁柱湖廣通志卷一一山川志寧遠縣：「九疑山：

在縣南六十里，亦名蒼梧山。山海經：南方蒼梧之丘，蒼梧之淵，其中有九疑山，舜之所葬在長沙零陵界中。郭璞曰：山今在零陵營道縣南，其山九峰，皆相似，故云九疑，古者總名其地爲蒼梧也。」

〔五〕「引滿」二句：鮑照行路難之一：「奉君金卮之美酒，瑇瑁玉匣之雕琴。」郭茂倩樂府詩集引樂府解題：「行路難，備言世路艱難及離别悲傷之意，多以『君不見』爲首。」孟元老東京夢華録卷九：「御筵酒盞皆屈卮，如菜盌樣，而有手把子。」

〔六〕漢將幘：范曄後漢書卷一光武帝紀：「時三輔吏士東迎更始，見諸將過，皆冠幘，而服婦人衣，諸于繡镼，莫不笑之，或有畏而走者。及見司隸僚屬，皆歡喜不自勝。老吏或垂涕曰：『不圖今日復見漢官威儀！』由是識者皆屬心焉。」此處喻指三藩，故著「懷疑」二字。

〔七〕避忌：范曄後漢書卷二二馬武列傳：「武爲人嗜酒，闊達敢言，時醉在御前，面折同列，言其短長，無所避忌，帝故縱之，以爲笑樂。」楚臣冠：左傳成公九年：「晉侯觀於軍府，見鍾儀，問之曰：『南冠而縶者，誰也？』有司對曰：『鄭人所獻楚囚也。』」杜預注：「南冠，楚冠。」王褒贈周處士：「猶持漢使節，尚服楚臣冠。」

〔八〕兵氣：房玄齡晉書卷一二天文志：「凡暴兵，氣白，如瓜蔓連結，部隊相逐，須臾罷而復出。或白氣如仙人，如仙人衣千萬連結，部隊相逐，罷而復興，當有千里兵來。……占曰：『白虹，兵氣也。』」

〔九〕「但存」二句：屈原離騷：「朝飲木蘭之墜露兮，夕餐秋菊之落英。」

庚申歲暮雪後送午祁歸埭溪

積雪溪山閉，輕舟破浪容。孤危茅舍竹，特立石橋松。句煉爐灰陷，話深村酒濃。明年鬬身健〔一〕，矍鑠亂峰中。

【箋釋】

此詩作於康熙十九年庚申冬。

按，諸本晚村詩集皆不載此詩，據管庭芬鈔本補。姚虞琴曾據之校録於嚴鈔本中，下注「庚申」二字，據詩題「雪後」二字及「明年」二句，知爲是年冬作也。

【注釋】

〔一〕鬬身健：杜甫九日藍田崔氏莊：「明年此會知誰健，醉把茱萸子細看。」李處權送范才元：「故鄉無巢歸，客子鬬身健。」

辛酉仲春台州王薇苦先生過訪南陽村舍不遇題句留至季春之朔歸自妙山得晤次韻奉答

一卧山潭兩月賒〔一〕，塵封苔鎖老狂家〔二〕。籬門不掩驚何事，知爲先生掃徑花〔三〕。

【箋釋】

此詩作於康熙二十年辛酉三月。

按，諸本晚村詩集皆不載此詩，據管庭芬鈔本補。姚虞琴曾據之校録於嚴鈔本中。康熙十七年戊午晚村買得一小山，據寄董方白柯寓匏書曰：「正月入埭，買得青山潭石壁一帶。」（呂晚村先生文集卷四）復徐孔廬書：「弟比買得一小山，名曰妙山，離家百里許，有峭壁深潭，長溪修竹，將埋身其中，補輯舊聞以畢此生，不復知有世事矣。」（呂晚村先生文集卷三）與朱望子書：「吾痔瘻增劇，連年咯血，今聲嘶痰嗽不止，日就枯瘁，加以塵埃嬰逼，意益不堪，遂削髮爲僧，結茅埭溪之妙山，苟延性命。」（呂晚村先生文集卷四）自此常有暫住於彼者。

嚴鴻逵於台州王薇苦以長律見贈次韻奉酬下釋略曰：「王名超遯，字采薇，黄巖人。今寓桐廬。故游張司馬幕，蓋文山之皋羽也。」王名瑞彬，一名居敬，字勳臣，號采薇、畏齋、薇道人。晚爲僧，名超遯。從張蒼水游，蒼水募兵天台，聚舟林門，往來桃渚，采薇皆與籌畫。與蒼水同被執，當道釋而遣之。後居桐廬，授徒講學十餘年。

【資　料】

陳鍾英光緒黄巖志卷二〇人物傳：王瑞彬，一名居敬，字勳臣，號采薇，一號畏齋，又稱薇道人。晚爲僧，名超遯。明博士弟子員。從權兵部尚書張煌言游。煌言與錢肅範、熊汝霖起事於鄞，迎監國魯王尚海於天台。煌言又募兵天台，聚舟居林門，往來桃渚，瑞彬皆與籌畫。尚海卒，煌言散軍，居南田之懸奥，後被執。並執瑞彬，將坐法，當道者謂：「狂生老矣！」釋而遣之。瑞彬初與同人結息林詩社，後居嚴之桐廬，授徒講學十餘年。生平著作，脱筆輒棄去，唯桐廬集二卷、棲茶溢詠一卷，行於世。

陳鍾英光緒黄巖志卷二九書録：桐廬集二卷，國朝王瑞彬撰。瑞彬號采薇，自稱薇道人，原名居敬，號畏齋。晚爲僧，名超遯。明之遺民也。舊志云：「生平著作脱筆輒棄去，惟桐廬集二卷行於世。」今未見。〇棲茶溢詠一卷，國朝王瑞彬撰。凡五古六首，七古十二首，五律二十二首，七律十二首。蓋後人選録本也。然已足以傳畏齋矣。

【注　釋】

〔一〕賒：何遜秋夕仰贈從兄寘南：「寸心懷是夜，寂寂漏方賒。」

〔二〕苔鎖：范成大重游南嶽：「堂中尊者已先去，苔鎖巖扉何日啟。」

〔三〕「籬門」二句：杜甫客至：「花徑不曾緣客掃，蓬門今始爲君開。」

山中絶句 六首

山深白日冷，飢虎晝馱人〔一〕。拄杖雲邊出，菴僧老有神。

長篙打竹牌〔二〕，帶月弄溪回。夜雨灘聲惡，誰能逆水來。

爲僧諱喫葷，蔬筍信比鄰。偶過山菴裏，偏逢送酒人〔三〕。

朝朝潭上坐，客至嗔不知。去亦不相送，怕驚野鴨兒。

山作莊嚴相，石成迂怪風。幾時春暗度，流落小桃紅〔四〕。

借坐茶亭下，沙彌拜白椎〔五〕。賴我不曾會，會即汝爲師。

【箋釋】

此詩作於康熙二十年辛酉三月。

按，是年清廷有詔舉博學宏儒，浙省欲以晚村薦，公忠行略曰：「先君身益隱，名益高。戊午歲，時有宏博之舉，浙省屈指以先君名薦。牒下，自誓必死。不孝輩懼甚，急走謁當事，祈哀固辭，得免。」及康熙十九年庚申，清廷復有山林隱逸之舉。公忠行略曰：「庚申夏，郡守復欲以隱逸舉。先君聞之，乃於枕上翦髮，襲僧伽服，曰：『如是，庶可以舍我矣。』……或疑之曰：『先生平生言距二氏，今以儒而墨，將貽天下來世口實，其若之何？』先君亦默然不答。僧名耐可，字不昧，號何求老人。築室於吳興埭溪之妙山，顏曰風雨菴。峭壁寒潭，長溪修竹。有泉一泓，構亭其上，題以『二妙』。先君幅巾拄杖，逍遥其間。惟四方問學之士，晨夕從游，有濂溪吟風弄月之意。」然則晚村何爲而翦髮耶？其答徐方虎書有云：「有人行於途，賣餳者隨其後唱曰：『破帽换糖。』其人急除匿。已而唱曰：『破網子换糖。』復匿之。又唱曰：『亂頭髮换糖。』乃皇遽無措，回顧其人曰：『何太相逼生！』弟之薙頂，亦正怕换糖者相逼耳。」（吕晚村先生文集卷四）答潘美岩書曰：「雖圓頂衣伽，而不宗不律，不義講，不應法，自作村野酒肉和尚而已。」（吕晚村先生文集卷二）殆即逃禪之意。所謂「或疑之曰：『先生平生言距二氏，今以儒而墨，將貽天下來世口實，其若之何？』先君亦默然不答」云者，人生至此，無可奈何，夫復何言！

晚村自買得妙山，常居之，至逃禪爲「酒肉和尚」後，更築風雨菴以隱。詩之「山」即妙山，「菴僧」則自指。所謂「饑虎晝馱人」，嚴鴻逵釋略曰：「按，此詩作於辛酉三月下旬。備忘録有云：連日虎傷人甚多。又云：虎横甚，至闖入人家不避。」

【資　料】

呂留良自題僧裝像贊：僧乎不僧而不得不謂之僧，俗乎不俗亦原不可概謂之俗。不參宗門，不講義録。既科唄之茫然，亦戒律之難縛。有妻有子，喫酒喫肉。奈何衲裰領方，短髮頂秃。儒者曰是殆異端，釋者曰非吾眷屬。咦！東不到家，西不巴宿。何不袒裳以游裸鄉，無乃下喬而入幽谷。然雖如是，且看末後一幅。豎起拂子，一喝曰：「咄！嘮叨箇甚麽，都是畫蛇加足。」（呂晚村先生文集卷六）

【注　釋】

〔一〕「飢虎」句：李昉太平廣記卷四二八裴越客：「忽見猛虎負一物至，衆皆惶撓，則共闞喝之，仍大擊板屋並物。其虎徐行，尋俯於板屋側，留下所負物，遂入山間。共窺看，云是人，尚有餘喘。」同卷盧造：「韋氏親迎，方登車爲虎所執，負荷而來。」孫高亮大明忠肅于公太保演義傳第十傳：「衆僧見婦人獨行，一齊强摟進寺。三日前，説兒子被虎馱去。」

〔二〕竹牌：湯璹德安守禦録下：「拽河内船舫五七隻爲一絞，用大竹絞成竹牌，立於船頭。」姚思廉陳書卷三五陳寶應傳：「昭達深溝高壘，不與戰，但命軍士伐木爲簰。俄而水盛，乘流放之。」查慎行建溪棹歌詞：「問渡亭前齊閣櫂，竹簰撑入武溪來。」

〔三〕「偏逢」句：沈約宋書卷九三陶潛傳：「嘗九月九日無酒，出宅邊菊叢中，坐久。值弘送酒至，即便就酌，醉而後歸。」

〔四〕小桃紅：鮑山野菜博録卷二：「小桃紅：一名鳳仙花，一名夾竹桃，一名海蒳，一名染指甲草，今處處有之。苗高二尺許，葉似桃葉，窄邊有細鋸齒，開紅花，結實形類桃樣，極小，有子似蘿蔔子，取之易迸散，俗名急性子葉。」

〔五〕白椎：或作「白槌」。睦庵善卿祖庭事苑卷八：「白槌，世尊律儀，欲辨佛事，必先秉白，爲穆衆之法也。今宗門白槌，必命知法尊宿以當其任。」蘇軾重請戒長老住石塔疏：「念西湖之久别，本是偶然；爲東坡而少留，無不可者。一時作禮，重聽白椎。」

初夏同涂穉陸坐長灘①　二首

對坐空山久，籬園草跡深。枕邊春鳥句〔一〕，燈下古人心。孤負襴衫飯〔二〕，荒唐海岸琴。眼前風雨變，咫尺礙追尋。

此事疑誰質，吾生老未聞。同看千里月，祇隔一溪雲。破碎還全體，從容見細分。繇來多自得，無復記紛紜。

【校　記】

①嚴鈔本、管庭芬鈔本詩題作「初夏同涂穉陸坐長灘竹屋」，較諸本多「竹屋」二字。此二字，嚴鈔本

蓋自管庭芬鈔本迻録者。

【箋釋】

此詩作於康熙二十年辛酉四月。

按，凃穉陸，黄州人。生平不詳。公忠行略曰：「築室於吴興埭溪之妙山，顔曰風雨菴。峭壁寒潭，長溪修竹。有泉一泓，構亭其上，題以『二妙』。先君幅巾拄杖，逍遥其間。惟四方問學之士，晨夕從游，有濂溪吟風弄月之意。」穉陸，其中之一也。

【注釋】

〔一〕春鳥句：杜甫畏人：「早花隨處發，春鳥異方啼。」仇兆鼇注：「有故鄉故國之思。」

〔二〕襴衫：韋絢劉賓客嘉話録：「大司徒杜公在維揚也，嘗召賓幕閒語：『我致政之後，必買一小駟八九千者，飽食訖而跨之，着一粗布襴衫，入市看盤鈴傀儡，足矣。』」脱脱宋史卷一五三輿服志五：「中興士大夫之服，大抵因東都之舊，而其後稍變焉。一曰深衣，二曰紫衫，三曰涼衫，四曰帽衫，五曰襴衫。……襴衫，以白細布爲之，圓領大袖，下施横襴爲裳，腰間有襞積，進士及國子生、州縣生服之。」

送涂穉陸歸黄州

蜀雪消時漢水來〔一〕，江湖逆浪一帆回。三千里外何爲者，五百年前安在哉〔二〕。書不厭多須會讀〔三〕，意能見大始知裁〔四〕。故人底處遥相憶，獨上荒榛望魯臺〔五〕。望魯臺，在黄陂縣東南，明道先生所題。有二程先生祠。

【箋釋】

此詩作於康熙二十年辛酉四月。

按，此論學之詩也，蓋其時晚村倡明二程、朱子之學，天下慕名而來者不少，惜多不可考。

【注釋】

〔一〕「蜀雪」句：此句意謂蜀地雪化後流入漢水，而漢水發源於漢中與蜀地交界處，東流至武漢入長江，黄陂縣即在武漢之北，故曰「漢水來」。

〔二〕「三千里外」二句：陸游鷓鴣天：「三千里外歸初到，五百年前事總知。」又題湖邊旗亭：「八千里外狂漁父，五百年前舊酒樓。」論語憲問：「微生畝謂孔子曰：『丘何爲是栖栖者與？無乃爲佞乎？』

孔子曰：『非敢爲佞也，疾固也。』」蘇軾赤壁賦：「釃酒臨江，橫槊賦詩，固一世之雄也，而今安在哉？」

〔三〕「書不厭多」句：許顗彦周詩話：「作詩壓韻是一巧，中秋夜月，詩押『尖』字，數首之後，一婦人詩云：『蚌胎光透殼，犀角暈盈尖。』又記人作七夕詩，押『潘』、『尼』字，衆人竟和，無成詩者。僕時不曾賦，後因讀藏經，呼喜鵲爲芻尼，乃知讀書不厭多。」輔廣童子問卷首引程子曰：「今人不會讀書，如誦詩三百，授之以政，不達使於四方，不能專對，雖多亦奚以爲。須是未讀詩時，不達於政，不能專對；既讀詩後，便達於政，能專對四方，始是讀詩。」

〔四〕「意能見大」句：論語公冶長：「子使漆雕開仕，對曰：『吾斯之未能信。』子説。」朱熹集注：「漆雕開，孔子弟子，字子若。斯，指此理而言。信，謂真知其如此而無毫髮之疑也。開自言未能如此，未可以治人，故夫子説其篤志。程子曰：『漆雕開已見大意，故夫子説之。』又曰：『古人見道分明，故其言如此。』」同前：「子在陳，曰：『歸與歸與！吾黨之小子狂簡，斐然成章，不知所以裁之。』」

〔五〕望魯臺：邁柱湖廣通志卷七山川志：「魯臺山：縣東一里，二程讀書處，常登此山眺望東魯。」卷七三流寓志：「舊志云：先是珦父遹令黄陂而卒，珦不能還，後爲黄陂尉，遂家焉。時顥母侯夫人夢雙鳳投懷，遂以明道元年壬申生顥，明年生頤。今邑中程鄉坊、望魯臺，皆其生平游息處，後仍歸洛中。」卷二五祀典志：「二程先生祠：在魯臺山麓，祀明道、伊川二公。」

有感

聖處難窺敢責渠，呼兒作賊轉傷余〔一〕。陳翁大約命諂耳〔二〕，范母終當教惡歟〔三〕。神物定安砂土窟①，通人或帶馬牛裾②〔四〕。醴泉圊汁原無別〔五〕，請問鴟雛與蝍蛆〔六〕。

【校記】

① 砂　管庭芬鈔本作「沙」。

② 帶　管庭芬鈔本作「習」。

【箋釋】

此詩作於康熙二十年辛酉夏秋間。

按，諸本此詩皆次送涂穉陸歸黄州之後，唯管庭芬鈔本將之置諸荄氣集之首。兹依原本編次。此詩用典多且晦，就詩意而言，即莊子所謂「民食芻豢，麋鹿食薦，蝍蛆甘帶，鴟鴉耆鼠，四者孰知正味」云者，物性各别，則人之所欲豈可同一而論哉！范滂臨終之言，「吾欲使汝爲惡，則惡不可爲；使汝爲善，則我不爲惡」，殆即詩中「呼兒作賊轉傷余」之意。

其時兩三年間，晚村命長子公忠往南京經營書業，然决不允其爲功名而出試，是年又命公忠往福建經紀其事，晚村諭大火帖曰：「一徑南行，親知皆有惋惜之言。兒得無微動於中乎？人生榮辱重輕，目前安足論，要當遠付後賢耳。父爲隱者，子爲新貴，誰能不嗤鄙。父爲志士，子承其志，其爲榮重，又豈舉人進士之足語議也耶？兒勉矣！」（吕晚村先生家書真蹟卷二）「兒勉矣」三字，已隱後來公忠參加科舉之徵。則「醴泉」與「圊汁」之别，即「隱者」、「新貴」之異也。詩或爲此而發。

【注釋】

〔一〕呼兒作賊：房玄齡晉書卷二八五行：「王恭在京口，百姓間忽云：『黄頭小兒欲作賊，阿公在城下指縛得。』又云：『黄頭小人欲作亂，賴得金刀作藩扞。』『黄』字，上『恭』字頭也；『小人』，『恭』字下也。尋如謡言者焉。」

〔二〕「陳翁」句：班固漢書卷六六陳萬年列傳：「子咸字子康，年十八，以萬年任爲郎。有異材，抗直，數言事，刺譏近臣，書數十上，遷爲左曹。萬年嘗病，召咸教戒於牀下，語至夜半，咸睡，頭觸屏風。萬年大怒，欲杖之，曰：『乃公教戒汝，汝反睡，不聽吾言，何也？』咸叩頭謝曰：『具曉所言，大要教咸讇也。』萬年乃不復言。」顔師古注：「讇，古諂字也。」

〔三〕「范母」句：范曄後漢書卷六七黨錮列傳：「范滂，字孟博，汝南征羌人也。……滂登車攬轡，慨然有澄清天下之志。及至州境，守令自知臧汚，望風解印綬去。其所舉奏，莫不厭塞衆議。……郡中中人以下，莫不歸怨，乃指滂之所用以爲范黨。……建寧二年，遂大誅黨人，詔下，急捕滂等。督郵吴導至縣，抱詔書，閉傳舍，伏牀而泣。滂聞之曰：『必爲我也。』即自詣獄。縣令郭揖大驚，出解印綬，引與俱亡，曰：『天下大矣，子何爲在此？』滂曰：『滂死則禍塞，何敢以罪累君，又令老母流離乎！』其母就與之訣。滂白母曰：『仲博孝敬，足以供養，滂從龍舒君歸黄泉，存亡各得其所。惟大人割不可忍之恩，勿增感戚。』母曰：『汝今得與李、杜齊名，死亦何恨。既有令名，復求壽考，可兼得乎？』滂跪受教，再拜而辭，顧謂其子曰：『吾欲使汝爲惡，則惡不可爲；使汝爲善，則我不爲惡。』行路聞之，莫不流涕，時年三十三。」

〔四〕馬牛襟裾：馬牛而服襟裾之衣，譏人之不明道理、不識禮儀。韓愈符讀書城南：「人不通古今，馬牛而襟裾。」行身陷不義，況望多名譽。」謝應芳窮快活：「人生苟不識義理，馬牛襟裾真可恥。」

〔五〕醴泉：禮記禮運：「天降膏露，地出醴泉。」方愨注：「醴泉，則泉之味其甘如醴。」圊汁：劉熙釋名卷五釋衣服：「厠，或曰圊，言至穢之處，宜常修治，使潔清也。」

〔六〕鵷雛：莊子秋水：「鵷鶵發於南海，而飛於北海，非梧桐不止，非練實不食，非醴泉不飲。」蝍蛆：羅願爾雅翼卷二六釋蟲：「蛇物之慘毒者，螣蛇，又蛇之神者，而蝍蛆能制之，故曰：『螣蛇游霧，而殆於即且。』張揖廣雅云：『蝍蛆，吴公也。』莊子曰：『蝍蛆甘帶。』司馬彪曰：『帶，小蛇，蝍蛆喜食其眼。』」

新秋觀稼樓成①　四首

壁立千尋没蓋遮，玲瓏四望八窗斜。寒風旭日雞豚社，翠浪黄雲燕雀家。老去奈何癡造屋，春來猶擬醉看花。登臨怕到傷心處〔一〕，强引兒曹一笑譁。

歷歷高明雲物新，向來蒙翳總微塵〔二〕。無多敢架三層屋，不礙還容百輩人〔三〕。惡竹陰藤經鍛鍊，碧梧烏桕露精神。萬方一概聲逾晚，獨倚危欄病後身。

檻外風煙未有涯，床頭乾掛舊青鞵〔四〕。久知望遠登高樂，近覺求田問舍佳〔五〕。邀得好峰秋入座，護教殘月凍升階。平生心事消磨盡，肯爲行藏動老懷〔六〕。

賓友招攜興趣同，各家池館有門風。空中自可安康節〔七〕，地下誰當卧許公②〔八〕。雨潤犁鉏程積力，霜晴刈獲策新功。敢因竊附村名好，實愧南陽耕耒躬③〔九〕。

【校　記】

① 管庭芬鈔本題作「辛酉初秋觀稼樓成」。

② 誰當　嚴鴻逵釋略曰：「嘗於清溪見子親書稿，第四句作『地下吾將卧許公』，塗去『吾將』二字，改

作『誰堪』，今定作『誰當』，字法益靈活矣。」按，管庭芬鈔本作「吾將」。

③末　嚴鈔本作「未」。

【箋釋】

此詩作於康熙二十年辛酉七月。

按，七月初八日諭大火帖曰：「莊中東北角造觀稼樓成，須柱聯兩對，煩鄭公爲一揮灑。並前所求山菴扁額，早寄，急欲湊建侯手刻也。……柱木細，字不可大；簷低，亦不宜長。若近日有能作楷與行者，亦求寫之。擇用，庶不一式也。『寒風旭日雞豚社，翠浪黄雲燕雀家。』『畚鉏程積力，刈獲策新功。』」（吕晚村先生家訓真蹟卷二）此兩聯即詩中二句，「畚鉏」之「畚」，詩作「犁」。

第一首，嚴鴻逵釋略曰：「起二句，便寫出高明氣象。」

第二首，嚴鴻逵釋略曰：「首句，正點出高明。」

第三首，嚴鴻逵釋略曰：「時辛酉之秋，滇中雖已平，此間尚未聞，故起句云爾。好峰殘月一聯，子嘗教鴻逵云：『秋來氣清，遠望方見海上諸峰月色，至冬春之間，始漸移階上。』故下秋字、凍字，此等雖無甚關係，然亦須用得有著落方穩。」

由此第三首釋略中「子嘗教鴻逵云」一句，知爲晚村詩集作釋略者乃嚴鴻逵也。其所下之語，或多或少，於理解晚村詩旨，頗具參考價值。然亦偶有附會處，嚴鴻逵曾云：「有不敢臆斷爲必然者，則但爲疑辭，以俟後人參考。」（何求老人殘稿跋）正如第三首釋略所謂「時辛酉之秋，滇中雖已平，此間尚未聞，故起句云爾」者，未必即指滇中事言，蓋其事未必非，而其理未必是。

【資　料】

吴之振吕用晦觀稼樓韻四首：買山而隱把茆遮，又築危樓屋角斜。莫誚寒蟲猶守户，略依秋燕一歸家。晴餘急雨翻菱角，霧後涼風放稻花。羨殺南陽真富貴，蟬箏蛙鼓鬭諠譁。

闌回檻繞嶄然新，几案何曾著點塵。點勘田園饒樂事，主張風月屬閒人。陌錢斗粟輸租吏，盂酒豚蹄祝社神。拄杖丁東行藥去，江鄉安穩不資身。

收拾峰顛泊水涯，卧游不用辦青鞵。烏犍宿處看鳥没，白鷺翹邊得句佳。玉井甃寒苔上砌，石欄梧老葉侵階。臨風一吐欺村釀，鼻撼春雷倒客懷。

豐歲郊原四望同，截肪泥壁畫豳風。三層未許供殘客，十笏何堪著鉅公。計畝林泉食舊德，及時雨露有全功。青腰赤箭煩淘揀，飽飯摩圍愧此躬。（黄葉村莊詩集卷四）

胡直方觀稼樓落成自遣：編得菅茅密密遮，玲瓏四面紙窗斜。寒風旭日雞豚社，翠浪黄雲燕雀家。老去奈何癡造屋，春來猶擬醉看花。登臨喜得豐年瑞，閒引兒孫一笑譁。

檻外風煙未有涯，床頭乾掛舊青鞵。久知望遠登高樂，近覺求田問舍佳。邀得好峰秋入座，護教殘月凍升階。平生心事消磨盡，肯爲行藏動老懷。

按，阮芸臺兩浙輶軒録卷三録此胡直方觀稼樓落成自遣詩二首，實即晚村新秋觀稼樓成四首之二首，文字稍有異而已，殆誤收者。胡直方，字圓表，崇德人。歲貢生，官蘭溪教諭。父明遠，字九元，明天啟元年辛酉科舉人，入清，官仙居教諭。

又按，陳祖武先生吕留良散論曰：「康熙二十年，吕留良新築觀稼樓成，欣喜之餘，即以之爲題賦詩四首。第三首有云：『檻外風煙未有涯，床頭乾掛舊青鞵。』『平生心事消磨盡，肯爲行藏動老懷。』這就是説，三藩亂起以來，儘管連年風煙不息，但是吕留良始終青鞵高掛，世事沉浮，於他早已是心如死灰，不會再勾起波瀾了，何況是吴三桂的倡亂呢？第四首則謂：『空中自可安康節，地下誰當卧許公。』『敢因竊附村名好，實愧南陽耕耒躬。』吕留良在這裏明確表示，要效仿古代志節之士，隱居南陽，躬耕隴畝。足見，吕留良在自己的晚年，如同當時著名的明遺民王夫之、顧炎武、黄宗羲等人一樣，對三藩之亂也采取了超然不顧的態度。」

【注釋】

〔一〕「登臨」句：杜甫登樓：「花近高樓傷客心，萬方多難此登臨。」

〔二〕蒙翳：蘇軾種茶：「松間旅生茶，已與松俱瘦。茨棘尚未容，蒙翳爭交構。」

〔三〕「不礙」句：劉義慶世説新語排調：「王丞相枕周伯仁厀，指其腹曰：『卿此中何所有？』答曰：『此中空洞無物，然容卿輩數百人。』」

〔四〕青鞵：杜甫發劉郎浦：「白頭厭伴漁人宿，黄帽青鞵歸去來。」趙彦材注：「雖在江湖，而猶厭與漁人爲伴，乃欲深藏高隱矣。」

〔五〕求田問舍：陳壽三國志卷七陳登列傳：「陳登者，字元龍，在廣陵有威名。又掎角呂布有功，加伏波將軍，年三十九卒。後許汜與劉備並在荆州牧劉表坐，表與備共論天下人，汜曰：『陳元龍湖海之士，豪氣不除。』備謂表曰：『許君論是非？』表曰：『欲言非，此君爲善士，不宜虚言；欲言是，元龍名重天下。』備問汜：『君言豪，寧有事邪？』汜曰：『昔遭亂，過下邳，見元龍。元龍無客主之意，久不相與語，自上大牀卧，使客卧下牀。』備曰：『君有國士之名，今天下大亂，帝主失所，望君憂國忘家，有救世之意，而君求田問舍，言無可采，是元龍所諱也，何緣當與君語？如小人，欲卧百尺樓上，卧君於地，何但上下牀之間邪？』表大笑。備因言曰：『若元龍文武膽志，當求之於古耳，造次難得比也。』」

〔六〕行藏：論語述而：「子謂顔淵曰：用之則行，舍之則藏，唯我與爾有是夫。」徐孝穆晉陵太守王勱德政碑：「勢利無擾於胸襟，行藏不概於懷抱。」

〔七〕康節：指邵雍。宋史卷四二七邵雍傳：「爲市園宅，雍歲時耕稼，僅給衣食，名其居曰安樂窩，因自號安樂先生。旦則焚香燕坐，晡時酌酒三四甌，微醺即止，常不及醉也。……熙寧十年卒，年六十七，贈秘書省著作郎，元祐中賜謚康節。」司馬光酬邵堯夫見示安樂窩中打乖吟：「安樂窩中自在身，猶嫌名字落紅塵。醉吟終日不知老，經史滿堂誰道貧。長掩柴荆避寒暑，只將花卉記冬春。料非空處打乖客，乃是清朝避世人。」

〔八〕「地下」句：參見本詩注釋〔五〕。

〔九〕「實愧」句：用諸葛亮出師表「躬耕於南陽」事。周紫芝次韻春卿游黄蘗道場：「便當買薄田，往抱躬耕耒。」

台州王薇苦以長律見贈次韻奉酬

雪跨冰懸三十年〔一〕，蟲沙猿鶴總雲煙〔二〕。夢闌東海回潮後〔三〕，愁過西湖落照邊。靈樹蛟龍移舊穴〔四〕，荒臺香火走群賢。相逢裘敝無人識〔五〕，好耐桐江五月天〔六〕。

【箋　釋】

此詩作於康熙二十一年壬戌五月。

按，嚴鴻逵釋略曰：「王名超遯，字采薇，黄巖人。今寓桐廬。故游張司馬幕，蓋文山之皋羽也。司馬葬西湖，故有『愁過西湖』之句。『蛟龍移舊穴』，指滇事也。」「荒臺」句，則祭奠蒼水者，不絶如縷也。結句謂因著「裘敝」故可耐五月熱天，是反用其意。

【注　釋】

〔一〕雪跨冰懸：蘇洞挽周晉仙：「雪跨冰懸句盡珍，生前已自外其身。重來不見長安道，猶恐虚空遇若人。」吴泳答黄子實書：「今讀壬辰已後詩稿，冰懸雪跨，混之唐人集中，固無能辨。」

〔二〕蟲沙猿鶴：歐陽詢藝文類聚卷九〇鳥部：「抱朴子曰：周穆王南征，一軍盡化，君子爲猿爲鶴，小人爲蟲爲沙。」韓愈送區弘南歸：「穆昔南征軍不歸，蟲沙猿鶴伏以飛。」

〔三〕「夢闌」句：嵇曾筠浙江通志卷一六山川八台州府：「海：台州府志：在縣東一百八十里。潮汐自海門直至縣西三江，與天台、仙居二水相接。宋洪邁志：東海中有尾閭，與海門、馬筋相值，自高山望之，其水湍急，陷爲大渦十餘，舟楫不可近，舊傳東海泄水處，南由黄巖、太平達温州，北由寧海達寧波。」

〔四〕「靈樹」句：嵇曾筠浙江通志卷一四山川六寧波府：「蛟門山：名勝志：在縣東海中約十五里，一名嘉門山。環鎖海口，吐納潮汐，有蛟龍穴處，時興颶風、怪浪。古稱蛟門、虎蹲，天設之險。」

〔五〕裘敝：論語公冶長：「子路曰：『願車馬衣輕裘，與朋友共，敝之而無憾。』」戰國策秦策：「（蘇秦）説秦王，書十上而説不行，黑貂之裘敝，黄金百斤盡，資用乏絶，去秦而歸。」無人識：元稹智度師二首其二：「三陷思明三突圍，鐵衣抛盡納禪衣。天津橋上無人識，閒憑欄杆望落暉。」

〔六〕桐江：嵇曾筠浙江通志卷一九山川一一嚴州府：「桐江：嚴陵志：在縣南六十步。其源有三：一出徽州，一出衢州，一出金華，三水合而東北，遠注九十里，至縣郭之南曰桐江，東流歷富陽，是謂浙江，以入於海。江岸山巒峭峻，其水深渟若黛。」

讀薇苫桐江隨筆再次原韻奉題

井底書還紀漢年〔一〕，壁中經不受秦煙〔二〕。翻從佛院存吾道，且把神州算極邊。德祐以來當別論〔三〕，永和之際愧諸賢〔四〕。但看舌在斯文在〔五〕，何用茫茫問醉天〔六〕。

【箋釋】

此詩作於康熙二十一年壬戌五月。

按，上首詩讚王采薇詩文，此又盛稱其隨筆，然以「井底書」、「壁中經」喻之，似其不可爲外人道者，殆即清初遺民史料也。惜今不得見。「翻從佛院」者，嚴鴻逵釋略曰：「第三句，薇苦時爲僧，故云。」其時晚村亦爲僧，既是他喻，復是自指。「德祐以來」者，指甲申以來；「永和之際」者，指張蒼水等南明將領。「但看」兩句，晚村以斯道自任，其訪王元倬留飲同州來子固詩曰：「萬事已非吾舌在，九原可作此心同。」「舌在斯文在」者，晚村評點時文樂而不疲，蓋亦爲此，是所謂文字之功遠軼於武力之上焉。

【注釋】

〔一〕「井底」句：即心史。鄭思肖撰。思肖又名所南，字憶翁，自稱三外野人，福建連江人。元兵南下，上書救國，無果。宋亡，隱跡山川。卒後三百五十六年，心史出於承天寺眢井，故名井中心史。陳宗之承天寺藏書井碑陰記：「崇禎戊寅歲，吳中久旱，城中買水而食，爭汲者相捽於道。仲冬八日，承天寺狼山房濬眢井，鐵函重櫝，錮以堊灰。啟之，則宋鄭所南先生所藏心史也。外書『大宋鐵函經』五字，内書『大宋孤臣鄭思肖百拜封』什字。……楮墨猶新，古香觸手，當有神護。」漢年，此指漢民族之年，即不奉元朔。

〔二〕「壁中」句：魏收魏書卷九一江式傳：「時有六書：一曰古文，孔子壁中書也。……壁中書者，魯恭王壞孔子宅而得禮、尚書、春秋、論語、孝經也。」秦煙，司馬遷史記卷六秦始皇本紀：「丞相李斯曰：五帝不相復，三代不相襲，各以治，非其相反，時變異也。……今皇帝併有天下，別黑白而定一尊。私學而相與非法教，人聞令下，則各以其學議之，入則心非，出則巷議，夸主以爲名，異取以爲高，率群下以造謗。如此弗禁，則主勢降乎上，黨與成乎下。禁之便。臣請史官非秦記皆燒之。非博士官所職，天下敢有藏詩、書、百家語者，悉詣守、尉雜燒之。有敢偶語詩、書者棄市。以古非今者族。吏見知不舉者與同罪。令下三十日不燒，黥爲城旦。所不去者，醫藥、卜筮、種樹之書。若欲有學法令，以吏爲師。」

〔三〕德祐：南宋恭帝年號。

〔四〕永和：東晉穆帝年號。此喻東晉偏安東南。劉義慶世説新語言語：「過江諸人，每至美日，輒相邀新亭，藉卉飲宴。周侯中坐而歎曰：『風景不殊，正自有山河之異。』皆相視流淚。唯王丞相愀然變色曰：『當共戮力王室，克復神州，何至作楚囚相對？』」

〔五〕舌在：司馬遷史記卷七〇張儀列傳：「張儀者，魏人也。始嘗與蘇秦俱事鬼谷先生學術，蘇秦自以不及張儀。張儀已學而游説諸侯。嘗從楚相飲，已而楚相亡璧，門下意張儀，曰：『儀貧無行，必此盜相君之璧。』共執張儀，掠笞數百，不服，醳之。其妻曰：『嘻！子毋讀書游説，安得此辱乎？』張儀謂其妻曰：『視吾舌尚在不？』其妻笑曰：『舌在也。』儀曰：『足矣。』」斯文在：論語子罕：「子畏於匡，曰：『文王既没，文不在兹乎？天之將喪斯文也，後死者不得與於斯文也，天之未喪斯文也，匡人其如予何。』」

〔六〕醉天：張衡西京賦：「昔者大帝説秦繆公而覲之，饗以鈞天廣樂，帝有醉焉，乃爲金策錫用此土，而翦諸鶉首。」李商隱咸陽：「自是當時天帝醉，不關秦地有山河。」

何求老人殘稿卷六

東將詩　二十七首

康熙二十一年壬戌九月初二日，晚村偕門人馬允彭、董采、陳鏦、嚴鴻逵、查樞及長子公忠、從子至忠乘舟東游。三日，至海寧，訪陳翼，不遇；晚至玉虛道院，欲觀海棠，因園丁索錢，亦不得入。四日，游金粟，至邵彎訪何商隱，重過湖天海月樓。五日，同商隱及門人等登雲岫，尋仰天塢瀑布，采水玉蓮。六日，同商隱游澉浦，登青山石壁觀潮，晚飲吴汝典書屋。七日，訪胡令修，觀書。八日，游秦駐山，同商隱飲朱彧賓樹滋堂。九日，集飲裴健飛小齋。十日，夜泊海鹽；是日董采因兄病先歸。十一日，復至朱彧賓樹滋堂清話。十二日，坐舟中，商隱餉蟹麪。十三、十四兩日，集飲張小白涉園，鈔書。十五日，門人馬允彭、從子至忠歸。十六日，送商隱返半邏，集飲曹希文廉讓堂。十七日，集飲俞漢乘海樹堂，同席有余懷。十八日，海塘觀潮。十九日，登天寧寺塔。二十日，歸，夜抵南陽村莊。

按，關於此次出游之時間，由於何聚仁所撰何商隱先生年譜隸於二十年辛酉，兹引出學者考證。卞僧慧先生曰：「石印本吕晚村詩集東將詩注『壬戌』。卷中登天寧寺塔詩注有『弱水東指彭、臺言，鄧林指滇、黔言。時滇、黔已先一年滅，已而彭、臺至次年亦覆没』等語。以吴世璠之亡在辛酉，鄭克塽之降在癸亥計之，此注皆就是游在壬戌而言，當無可疑。惟何聚仁輯何商隱先生年譜『二十年辛酉六十四歲』條：『九月，耻齋來訪，偕入萬蒼山，遂道海鹽而歸。』並引何汝霖文集與姚攻玉書『前月耻齋父子及諸高弟東來，盤桓幾二旬，登臨嘯歌頗暢』，當即此行，而繫年早一年。何氏集未見，附志於此，待考。」（吕留良年譜長編卷一一）然則此次出游，實是康熙二十一年事。何聚仁所據商隱與姚攻玉書又云：「震澤凶問，懵怛靡寧，相繼晤幾臣父子，審知二九兄爲之主持，可謂存殁有託。」（紫雲先生遺稿）所謂「震澤凶問」，即指王寅旭之逝，王濟王曉菴先生墓誌謂「卒於康熙壬戌九月十八日」（凌淦松陵文録卷一六）。據此，則晚村出游之時可定矣。

九月二日同馬允彭餞侯董采載臣陳鏦大始嚴鴻逵賡臣查樞左旋大兒公忠從子至忠放舟東游

老病感觸多，細碎氣上逆〔一〕。知非攝生理〔二〕，微動悔已積〔三〕。諸子憫吾衰，扶攜事游歷。澤國久雨後，浦溆水充斥。村艇宛轉通，野彴高低格〔四〕。日出雲物高，露光百草滴。木葉聲肅然〔五〕，未露餖頳跡。誰抱不凋姿，霜雪行相益。舉酒共斟酌，長幼以次及。揖讓見古歡，脱略非真適〔六〕。對此意欣然，不覺夙疢釋〔七〕。洵知守舍翁，不如遠游客。

【箋釋】

此詩作於康熙二十一年壬戌九月初二日。

按，晚村素有咯血之病，公忠行略曰：「幼素有咯血疾，方亮功之亡，一嘔數升，幾絶。辛亥以後，遇意有拂鬱，輒作。至庚申夏，方對客語，而郡劄適至，噴噀滿地，坐客咸愕然，自後病益劇。」嚴鴻逵親炙録曰：「壬戌正月，見先生於驛司橋舟中。先生曰：『去歲幾登鬼録，今自分必得危證，不久於人世矣。』」於是，諸子慫恿出游，覽澉湖、雲岫之勝，詩言「諸子憫吾衰，扶攜事游歷」云者，即此也。陳梓姚蟄菴先生遺言曰：「向嘗從何、吕兩先生入澉湖山中，雲耜方巾，東莊僧帽，僕則氈冠布袍。道上人私謂：『此鄉人請一僧一道，不知念甚經也。』相與一笑。俯仰間，今已爲陳跡，可慨也。」（陳一齋先生文集卷五）蓋亦指此行。

同游諸子，馬允彭籛侯、董采載臣、陳鏦大始、嚴鴻逵賡臣、查樞左旋，皆晚村門人，吴孟舉寒夜讀書歌爲陳大始作有「用晦弟子十百人」之謂（黄葉村莊詩集卷五）。兹分述如左。

馬允彭，字籛侯，生平不詳。吴孟舉有秋晚與馬籛侯泊舟閶門談飲甚適爲畫扇頭墨竹並綴二絶，一曰：「竹亭散髪受風輕，便想孤篷掠水聲。今日舟中玩風水，蕭疏疑向竹間行。」二曰：「雲絮水紋相俯仰，菰花蔣葉互縱横。孟婆慚愧醻耆願，一日蒲颿兩日程。」又有籛侯會弔入城乘風先行再次前韻二首，一曰：「兩船相去只數丈，風急不聞歌嘯聲。篷腳忽從城曲轉，船頭招手送船行。」二曰：「弔喪問疾聊爾爾，百計驅人胸次横。白馬素車吾爽約，高桅風正且貪程。」（黄葉村

莊詩集卷五）

董采，字力民，又字載臣，號廢翁，董杲字方白之弟，雨舟之子。晚村高足，勞書升贈同里董載臣有「東莊諸弟子，董生最超特。晚村如昌黎，生殆過籍湜」（靜觀堂詩集卷二一）之譽。吴容大唐四家文序曰：「力民係予同里故交，其爲人勤勤懇懇，長於論説，而瀾翻峽倒，無非儒先義指與作家妙諦。年來講席所敷，自吴、越及於魯、衛，又次及於趙、魏之東，恒、代之北，使荒陬絶塞、後生末學，無不知有南陽之教，尊而奉之。力民之爲功於師門，亦云偉矣。」（董采評點吕選唐四家文卷首）載臣於表彰晚村之學，不遺餘力。後策劃朱三太子案，震動朝野。卞伯耕先生曰：「李恕谷先生年譜屢及董采。觀其『君拾道學之迂儒，而冀輕俠之妄動』（康熙四十年辛巳），『冒道學而負時文』（四十七年戊子），可知四十年初晤時，董采已將密謀告李塨。李塨雖曰『斥而遠之』，曰『形跡分明』，未必預其事。及其案發，亦在知情不報之列。故深以得『脱然事外』爲幸。」（吕留良年譜長編卷一三）著有始學齋遠游草四卷、後遠游草一卷、西塘偶證一卷等。

陳鑑，字大始，陳定九陳大始傳曰：「陳大始，名鑑，湖州德清人。博學，通詩古文辭，善書法。舉諸生。從吕晚村講程朱，學有所得。性耿介，疾惡甚嚴，朋友稍不合義，即大聲疾呼，辯論之。」（留溪外傳卷四）陳大始自謂：「鑑自甲寅歲受業於先生之門。」（四書講義卷首吕晚村先生四書講義序）獄案興時，未見大始蹤跡，抑或卒矣。

嚴鴻逵，字賡臣，號寒村，吴興人。生於清順治十一年甲午，其受業時間或在晚村買得妙山之後。曾爲晚村詩集作釋略一卷，藉此始可讀晚村之詩。一生服膺晚村之學，亦頗有聞名。據李衛奏摺：「嚴賡臣一犯，原名嚴鴻逵，更因竊有理學虛譽，曾爲大學士朱軾所薦。前觀風整俗使王國棟在浙時，又訪聞其人學問素優，因病未曾赴京，給匾獎勵。是以臣從前，亦據地方官禀聞，給有一匾。……據嚴賡臣供『名嚴鴻逵，歸安生員，年七十四歲。無子無孫，在家教書行醫。向日與曾靜從不相識。雍正五年八月内，有湖廣人張熙來訪其師吕晚村後人、書籍，自吕處到伊家求道，稱係曾靜門人，伊師在楚講學，有徒二十餘人，稱爲蒲潭先生。張熙以孔子擬其師，而儼然以顔子自居。與之辯論易經、性理、太極等類，見其學問平常，未免有譏貶之語。十一日張熙口稱欲往江寧尋訪廖姓之友，我因門人沈在寬現於江寧車鼎豐家教書，車家也是湖廣人。原作一字令其往見，不過使知我之門徒學問尚高於彼之意，還有兩首詩贈彼去的。張熙並不曾向我説及悖逆之事，雖稱道廖姓少年奇才，語言稍覺狂妄，我忘記名字了。但我一生迂腐守拙，實没一些本領，人人皆知。況雍正元年經大學士朱軾薦我留心理學，曾蒙皇恩著在明史館編輯。部文來時，我因病告了寬限，不能進京。且我家姪子嚴德泳、嚴民法都係進士做官的。我是垂死孤獨之人，如何還有謀逆』等語。臣隨將伊家搜出之日記檢閲，上年八月初五等日之下，果有記載張熙到家之處相符。又查雍正元年十月間，巡按衙門果有準禮部咨取嚴鴻逵及覆部告病寬限之文，與所供無異。」（轉引自卞僧慧吕留良年譜長編卷一四「雍正三年乙巳」、「雍正五年丁未」兩條）吕案定讞時，刑部等衙門議奏曰：「逆賊嚴鴻逵，梟獍性成，心懷叛逆，與吕留良黨惡共濟，誣捏妖言，實覆載所難容，爲王法所不貸。嚴鴻逵應凌遲處死，已伏冥誅，應戮屍梟示。其祖父子孫兄弟及伯叔父兄弟之子，男十六以上皆斬立決，男十五以下及嚴鴻逵之母女妻妾姊妹、子之妻妾，俱解部給功臣之家爲奴，財産入官。」旨曰：「嚴鴻逵著戮屍梟示，其孫著發寧古塔給與披甲人爲奴。」（王先謙東華録雍正十年十二月）著有朱子文語纂編十四卷，傳於世，四庫全書收入存目子部類（編修勵守謙家藏本），著録曰：「不著編纂者名氏。其書取朱子文集、語類約略以類相從，而不分門目，前後亦無序跋，蓋草創未完之本也。」今此書有傳者，前有嚴鴻逵、車鼎豐序，嚴鴻逵序稱「稿凡數易，閲十年，癸巳之秋甫就稿，楚邵車遇上自金陵來，見之便攜歸謄寫，且約將付諸梓。……因更與遇上反復商訂而出之」。蓋獄發後，人不欲毁其書，故將嚴、車二序去之以存（四庫所收書中此類情況頗多）。

查樞，阮元兩浙輶軒録卷一二：「查樞，字階六，號左旋，海寧人。著慎踰集。」並引選佛詩傳曰：「叔祖口吃而好學，不求聞達，五經、三史，皆能熟記。詩宗昌黎，當其得意，頗稱神似。」録和陶擬古詩一首曰：「户庭長不出，天地時獨游。飄然萬物表，俯視小九州。脱屣乘長風，濯纓臨清流。塵緣紛且濁，緬想歸丹丘。如何不决去，仰止孔與周。俛焉追逸駕，富貴非所求。」

大兒公忠，又名葆中，字無黨，號冰莨，康熙四十五年丙戌科一甲二名進士，次年冬卒。王蘋聞同年張陽朔爾羽卒官因感吕編修無黨朱翰林字緑同學趙河南豐原今年相繼徂謝四首之第二首曰：「更有吕編修，江東曾獨秀。讀盡朱門書，講堂待擊扣。餘事爲清吟，亦在坡谷右。科名第二人，榜下尊耆舊。胡爲謝蓬山，廣陵不復奏。廣柳出國門，白楊啼白晝。人生如風鐙，世情空雜糅。何處是山陽，腹悲燕市又。」（二十四泉草堂集卷七）劉廷璣曰：「京師爛熳衚衕亦不利於榜眼，居停而卒於其地者：戊辰榜眼查荆川嗣韓，丙戌榜眼吕無黨葆中。」（在園雜志卷一）至於無黨之死因，雍正則以爲「一念和尚謀叛之案，黨羽連及吕葆中。……而葆中遂憂懼以死」（王先謙東華録雍正七年五月乙丑），此殆亦假託之辭也。

從子至忠，又名至中，字仁左，晚村四兄瞿良字念恭之子。張考夫言行見聞録曰：「念恭没時，遺孤方一歲，比長，用晦教育夾持，同於己子。」（楊園先生全集卷三四）公忠諭家人帖跋曰：「從弟至忠，字仁左，四伯父耕道先生之子。少孤，先君子教撫之。偶惑一妓，遂至流蕩。先君子嚴加禁督，始而懟憤，終乃悔悟，末年翻更勤儉，家賴以不破焉。」（吕晚村先生家書真蹟卷四）

【注釋】

〔一〕氣上逆：史崧校正靈樞經卷七：「黄帝曰：『何以候柔弱之與剛强？』少俞答曰：『此人薄皮膚，而目堅固以深者，長衡直揚，其心剛；剛則多怒，怒則氣上逆，胸中畜積，血氣逆留，髖皮充肌，血脈不行，轉而爲熱，熱則消肌膚，故爲消癉，此言其人暴剛而肌肉弱者也。』」

〔二〕「知非」句：劉義慶世説新語任誕：「劉伶病酒，渴甚，從婦求酒。婦捐酒毁器，涕泣諫曰：『君飲太過，非攝生之道，必宜斷之。』」

〔三〕「微動」句：周易繫辭上：「亢龍有悔。子曰：『貴而無位，高而無民，賢人在下位而無輔，是以動而有悔也。』」

〔四〕野彴：蘇軾過溪亭：「身輕步穩去忘歸，四柱亭前野彴微。」彴，廣韻卷五：「之若切。彴：橫木渡水。」

〔五〕「木葉」句：屈原湘夫人：「嫋嫋兮秋風，洞庭波兮木葉下。」朱熹客舍聽雨：「遥想山齋夜，蕭蕭木葉聲。」

〔六〕脱略：江淹恨賦：「脱略公卿，跌宕文史。」李善注：「杜預左氏傳注曰：脱，易也。賈逵國語注曰：略，簡也。」張銑注：「脱略，輕易；跌宕，放逸也。」令狐德棻周書卷三八柳虯傳：「虯脱略人間，不事小節，弊衣疏食，未嘗改操。」

〔七〕疢疢：孟子盡心上：「孟子曰：『人之有德慧術知者，恒存乎疢疾，獨孤臣孽子，其操心也危，其慮患也深，故達。』」楊慎寄嚴維中：「伊予嬰疢疢，塊然慕朋歡。」疢，丁度集韻卷五：「丑刃切。疢：病也。」

三日至海寧尋陳敬之不遇　三首

停橈斷堰傍，爲問龍山友。曰既山中人〔一〕，城裏復何有。

可憐楊子雲，閉門無酒至。自投有酒家，欄圈説奇字〔二〕。

屏息刬槳兒，紛紛車馬過〔三〕。深山古钁頭，尋人或半箇〔四〕。

【箋　釋】

此詩作於康熙二十一年壬戌九月初三日。

按，陳敬之，名翼，字敬之，號敬齋，海寧人。陳乾初確子。潘衍桐兩浙輶軒續録引杭郡詩三輯曰：「敬齋至性過人，嘗侍母氏臟疾，目不交睫者三月。父乾初先生，晚年病拘攣，必抑搔拊摩少安。飲食起居，悉需人，敬齋卧床笫旁，晝夜不離。隆冬盛暑，微聞所唤，即起立問所需，十二年如一日。弟患癰，潰决，日親洗拭之，至觸穢氣，生腰疽，幾不起。弟殁，爲弟嗣從姪以慰。嫠婦，析産與之，並撫其孤女。生平爲文，由穠鬱而蒼老、而清真，古今體排律絶句約萬首，賦序論説傳記書贊雜文約千首。嘗論：『學者讀書時，不可著一毫己見，作文時，不可著一毫規橅古人之見。』非深於文者不能爲是言也。然終不以文炫世。無心進取，畢其身不赴一試，樵蘇不爨，怡然自得。」（卷一）

【資　料】

陳翼贈張元翁：先生海國獨高風，歷劫還知道未窮。老去行吟同澤畔，星明處士識江東。酒尊陶令風流遠，易象姬文夢寐中。白髮自堪頻晤對，離懷何必怨飛蓬。（兩浙輶軒續録卷一）

黄宗羲陳乾初先生墓誌銘初稿：先生諱確，字乾初。……晚得拘攣之疾，不下床笫者十五年。……子二人：長翼；次禾，殀。……翼字敬之，侍疾能盡其誠，先生可謂不死矣。（南雷文案卷八）

【注釋】

〔一〕山中人：屈原九歌河伯：「山中人兮芳杜若，飲石泉兮蔭松柏。」王逸注：「山中人，屈原自謂也。言己雖居在山中無人之處，猶取杜若以爲芬芳，飲石泉之水，蔭松柏之木，飲食居處，動以香潔自修飾。」

〔二〕「可憐」四句：班固漢書卷八七揚雄列傳：「王莽時，劉歆、甄豐皆爲上公，莽既以符命自立，即位之後欲絶其原以神前事，而豐子尋、歆子棻復獻之。莽誅豐父子，投棻四裔，辭所連及，便收不請。時雄校書天禄閣上，治獄使者來，欲收雄，雄恐不能自免，乃從閣上自投下，幾死。莽聞之曰：『雄素不與事，何故在此？』間請問其故，乃劉棻嘗從雄學作奇字，雄不知情。……雄以病免，復召爲大夫。家素貧，耆酒，人希至其門，時有好事者載酒肴從游學。而鉅鹿侯芭常從雄居，受其太玄、法言焉。」王充論衡佚文篇：「揚子雲作法言，蜀富人賫錢千萬，願載於書。子雲不聽。夫富無仁義之行，圈中之鹿、欄中之牛也，安得妄載！」

〔三〕「紛紛」句：趙振文和葉水心馬塍歌：「昔年家住長安里，春風盡日香塵起。紛紛車馬過綺陌，買花人多少人識。」

〔四〕「深山」二句：釋普濟五燈會元卷五：「德誠禪師囑（山）曰：『汝向去直須藏身處没蹤跡，没蹤跡處莫藏身。吾三十年在藥山，只明斯事，汝今已得，他後莫住城隍聚落，但向深山裏，钁頭邊，覓取一個半個接續，無令斷絶。』」

晚泊玉虛道院游名園欲觀海棠園丁索錢不得入悵然放船〔一〕

曾聞老友爭題詠，國色天香擁畫樓〔二〕。今日我來無一箇，他年此話或千秋。鮫宮深鎖妃長恨〔三〕，螘垤旋封客細愁〔四〕。吴苑洛園誰把翫〔五〕，尼菴道院儘悠游。一作：「眠底廢興碁局變，尼菴道院舊風流。」○玆地爲徐大竹故居，海棠其舊物也。外有香谷菴及玉虛道院，皆古跡，今猶存。

【箋　釋】

此詩作於康熙二十一年壬戌九月初三日。

按，友硯堂記曰：「從子壻徐大竹適至，於舊簏得亮功遺稿一帙見畀。」（吕晚村先生文集卷六）徐大竹，即徐有兼，查繼佐諸生挂扶義將軍印吕子傳：「吕宣忠，字諒功，號樵菴，嘉興崇德人也。……録其託志詩四首……此稿出徐有兼袖中，宣忠手書，尚非其獄中之作。有兼云：『其自序一篇素裁定，若預知不終者，當與諸稿並寄。』」（國壽録卷三）

【注　釋】

〔一〕玉虛道院：許三禮康熙海寧縣志卷二：「在縣東十里轉塘，元至順二年建。」

〔二〕國色天香：左傳宣公三年：「初，鄭文公有賤妾曰燕姞，夢天使與己蘭，曰：『余爲伯鯈。余，而祖也。以是爲而子，以蘭有國香，人服媚之如是。』」李鷹荼蘼洞：「無華真國色，有韻自天香。臨風難自持，爲舞白霓裳。」文休承水仙西府海棠圖并題：「誰見凌波自洛川，海棠婀娜更嫣然。山齋坐對渾成惱，國色天香共可憐。」

〔三〕「鮫宫」句：意謂道院中海棠，非錢不得觀覽，故有深鎖之歎。鮫宫，即鮫室，木華海賦：「其垠則有天琛水怪，鮫人之室。」張銑注：「鮫人，龍屬，人狀，居於水底。」本指海底仙人所居，此處代指道院；妃，指鮫人，干寶搜神記卷一二：「南海之外，有鮫人，水居如魚，不廢織績，其眼泣，則能出珠。」此處喻海棠，蘇軾海棠：「只恐夜深花睡去，故燒高燭照紅妝。」

〔四〕「蟻垤」句：蟻穴外隆起之土堆。螞蟻能感知天氣，若天陰將雨，則填塞洞穴口。焦贛易林：「蟻封穴户，大雨將集。」陸佃埤雅釋蟲：「蟻將雨則出，而擁土成峰。」：陳晦行都紀事：「俞家園在金井亭橋之南，向時未爲民所占，皆荒地，或種稻，或種茭，故因以園爲名。今則如蜂房蟻垤，蓋爲房廊屋巷陌，極難認，蓋其錯雜與棋局相類也。」（出陶宗儀説郛卷三〇上）

〔五〕吴苑：即長洲苑。李賢明一統志卷八蘇州府：「長洲苑：在太湖北岸，吴王闔閭游獵處。」范成大吴郡志卷八：「長洲苑：舊經云：在縣西南七十里。孟康曰：以江水洲爲苑。韋昭云：長洲在吴東。枚乘説吴王濞云：漢修治上林，雜以離宫，佳麗玩好，圈守禽獸，不如長洲之苑。則知劉濞時嗣葺吴苑，其盛尚如此。」洛園：即洛陽苑，又稱洛苑。王士俊河南通志卷五二古跡下：「洛陽苑：在府城内。唐唐儉從上獵於洛陽苑，即此。」

四日從龍山游金粟至邵彎訪商隱先生舟次戲述〔一〕

平山如雅人，夷然意自遠。小山如健兒，結束氣精悍。頹者老木彊，拱揖衫袖短。鋭者英妙姿，鋒芒先入眼。削如古衲臞，長如病夫嬾。性格迥不同，離立門户斷。碧水瀠其間，宛宛沿腳轉。一峰一致禮，詎敢左右袒。忽然舟尾横，已失數峰款。有時帆折旋，獨與前山善。去住本無心〔二〕，親疏自生憾。著意事周旋，往往遭簡點①。夜對南山翁，自覺俗情淺。

【校記】

① 簡點　諸本同。惟詩稿本眉批曰：「簡字避諱。」按，「簡點」即「檢點」，所謂避諱者，避明崇禎帝朱由檢之諱也，清初多此情況。

【箋釋】

此詩作於康熙二十一年壬戌九月初四日。

按，其地形狀，據海鹽縣志載：「秦駐山、獨秀聳、長牆、石帆、紫雲、金粟，參差環列，登高南望，翠屏青戟，奇峭千狀，而俯瞰雲濤，浩然東際，一碧萬里，亦大形勝也。」（嵆曾筠浙江通志卷二二引）晚村詩鋪叙入山所遇、所觀及所感，無非實情，然至「有時帆折旋」兩句，已涉世故，晚村久不與外相往還，故有「去住本無心，親疏自生憾」之歎，雖事事注意周旋，妥帖，然往往遭受指摘，人情其奈何。只有與南山之翁商隱先生相對，始無世俗之寒暄，是即商隱所謂「登臨歗歌，頗暢」之意也（紫雲先生遺稿卷二與姚攻玉）。

【注釋】

〔一〕金粟：徐碩至元嘉禾志卷四海鹽縣：「金粟山：在縣西南三十五里。高九十八丈，周回六里。考證：一名六里山，按吴地志云：有石篆書三十八字，天册元年刻碑，舊在知縣廳，後廢。山有廣惠禪院。」

〔二〕「去住」句：徐大受送輝老自赤城住聖水：「道人去住本無心，雲出空山鶴在陰。」劉麟寄文衡山：「去住本無心，隱顯不成侶。」

重過湖天海月樓

兩湖顔色已非昔，衰骨爭禁十四年。己酉冬，度歲於此。看種寒花今果矣，同游宿草幾蒼然〔一〕。

指考夫、大辛、端明。尊前江海開荒眼，杖底雲霞壓病肩。從我誰與休浪喜，東南記有大因緣〔二〕。

【箋釋】

此詩作於康熙二十一年壬戌九月初四日。

按，己酉冬閏十二月（舊曆爲康熙八年，新曆則九年正月），晚村來澉湖度歲，取其詩集名真臘凝寒。相與游者張考夫、何商隱、王寅旭、許大辛、吴汝典、巢端明等，今則考夫、大辛、端明三人已卒數年，故曰「宿草」。結句，嚴鴻逵釋略曰：「落句，昔嘗問：『大因緣何所指？』子曰：『任汝所指可也。』今按，佛經言『我佛爲一大事因緣，出在世間』，我子屢游兹土，戀戀湖山，杖履所往，無非悲天憫人之意所寄託，豈非所謂『大事因緣』耶？」其典出佛經，然其旨蓋本諸朱子語類卷一三：「問：聖人兼三才而兩之。曰：前日正與學者言，佛經云『我佛爲一大事因緣，出現於世』，聖人亦是爲一大事，出現於世，上至天，下至地，中間是人，塞於兩間者，無非此理，須是聖人出來，左提右挈，原始要終，無非欲人有以全此理而不失其本然之性。」晚村之意，蓋本乎此。

【注釋】

〔一〕宿草：禮記檀弓：「朋友之墓，有宿草而不哭焉。」鄭玄注：「宿草，謂陳根也。爲師心喪三年，於朋友期可。」孔穎達正義：「草經一年則根陳也。朋友相爲哭一期，草根陳乃不哭也。所以然者，朋友雖無親而有同道之恩，言朋友期而猶哭者，非謂在家立哭位以終期年。」張敷云：「謂於一歲之内如聞朋友之喪，或經過朋友之墓及事故須哭，如此，則哭焉；若期之外，則不哭也。」

〔二〕大因緣：釋惠洪臨濟宗旨：「汾陽昭禪師示衆曰：先聖云：一句語須具三玄，一玄中須具三要。阿那個是三玄三要底句？快會取好。各自思量，還得穩當也未？古德已前行脚，聞一個因緣，未明中間，直下飲食無味，睡卧不安，火急抉擇，豈將爲小事，所以大覺老人爲一大事因緣，出現於世，想計他從上來行脚，不爲游山玩水，看州府奢華，片衣口食，皆爲聖心未通，所以驅馳行脚，抉擇深奥，傳唱敷揚，博問先知，親近高德，蓋爲續佛心燈。」

五日同商隱諸子登雲岫

南湖南岸南山頂，萬里滄洲一釣磯。初見諸生驚絶異，重來舊友辨希微。濤聲夜撼魚龍夢，霜氣秋迎雕鶻歸〔一〕。待得陰雲不多日，雙輪並出散朝暉。看合璧〔二〕，在十月朔。

【箋釋】

此詩作於康熙二十一年壬戌九月初五日。

按，清初遺民以「南」字入詩者多矣，或有所指，未可遽論，然晚村感慨繫乎雲岫，當有所本。「魚龍夢」、「雕鶻歸」俱有深意。蓋雲岫可觀合璧，黄太沖海鹽鷹窠頂觀日月並升記曰：「鷹窠頂，濱海之山也，名雲岫。每當十月之朔，五更候之，日與月同升，相傳以爲故事。」所謂「日與月同升」者，合一「明」字。晚村登雲岫之意，或爲此。然此行不及十月之朔，即於九月二十日返家，未及見之，惜哉！

【注釋】

〔一〕雕鶻：猛禽，常以擬兵事。蘇軾觀杭州鈐轄歐育刀劍戰袍：「秃襟小袖雕鶻盤，大刀長劍龍蛇插。」陸游秋興：「百金戎衣雕鶻盤，三尺劍鋒霜雪寒。」

〔二〕合璧：班固漢書卷二一律曆志：「宦者淳于陵渠復覆太初曆，晦朔弦望皆最密，日月如合璧，五星如連珠。」相傳十月朔於雲岫山可見日月合璧之況。查慎行欲游雲岫不果戲示德尹：「吾鄉鷹窠頂，陡起東海邊。飛鳥到山止，東南水浮天。常聞十月交，登臨得奇觀。天文直角氐，日月行同躔。」

從珠花泉秋月居下山欲尋仰天塢瀑布病不能上遂循中塘東行沿湖見水玉蓮甚盛命童子采歸種山潭

鷹窠頂畔尋瀑布，病骨支笻怯危路。緣山宛轉兩湖通，一綫長堤鏡中渡。南湖屈曲北湖橫，湖底沙深百草生。野荷無主自開落，雙鷺飛邊菰葉明。霏微何物香生好，顆顆圓珠出波小。誰家妃子弄潮來，踏遍玉蓮歸鳳島。老夫亦有青山潭，潭口芙蓉護草菴。帝女散花愁濕韈〔一〕，諸天今莫采優曇〔二〕。

【箋釋】

此詩作於康熙二十一年壬戌九月初五日。

按，晚村愛蓮，故見水玉蓮便命童子采歸，種之妙山青山潭。其寄董方白柯寓匏書曰：「正月入埭，買得青山潭石壁一帶。」（呂晚村先生文集卷四）即此也。所謂「草菴」，指風雨菴。公忠行略曰：「庚申夏，郡守復欲以隱逸舉。先君聞之，乃於枕上翦髮襲僧伽服。……築室於吳興埭溪之妙山，顔曰風雨菴。」

【注釋】

〔一〕帝女散花：維摩經：「時維摩詰室有一天女，見諸天人聞所説法，便見其身，即以天花散諸菩薩、大弟子上，花至諸菩薩即皆墮落，至大弟子便著不墮。一切弟子神力去花，不能令去。」

〔二〕諸天：指護法衆天神。佛經言欲界有六天，色界之四禪有十八天，無色界之四處有四天，其餘尚有日天、月天、韋馱天等，總稱之曰諸天。長阿含經卷一：「佛告比丘，毗婆尸菩薩生時，諸天在上，於虛空中，手執白蓋寶扇，以障寒暑、風雨、塵土。」采優曇：釋道宣廣弘明集卷一一：「化胡經云：願采優曇華，願燒栴檀香。供養千佛身，稽首禮定光。」優曇，即優曇鉢。佛教以爲優曇鉢開花乃祥瑞之兆。蕭子顯南齊書卷四〇蕭子良傳：「子良啟進沙門於殿户前誦經，世祖爲感，夢見優曇鉢華。」

六日同商隱游澉浦登青山石壁觀潮示諸子

一點圓峰座位尊，枯筇東指渺無痕。能觀海者難爲水〔一〕，欲問天哉何所言〔二〕。絶壁益堅窮老骨，晚潮特鼓病衰魂。是日潮未應至而至，土人皆怪之。蓬壺寂寞神仙死，方士樓船那復論〔三〕。

【箋釋】

此詩作於康熙二十一年壬戌九月初六日。

按，晚村出游雲岫、澉浦諸作，常含不能言之語，其詩之隱晦蓋在於此。若就辭面解之，則一、二句所見，三、四句所感，五、六句所意，七、八句所論，雖病衰之身，視潮水之至猶壯我心，天道不言，四時行焉，復何求乎方士樓船耶？

【注　釋】

〔一〕「能觀」句：孟子盡心上：「孟子曰：孔子登東山而小魯，登太山而小天下，故觀於海者難爲水，游於聖人之門者難爲言。觀水有術，必觀其瀾，日月有明，容光必照焉。流水之爲物也，不盈科不行，君子之志於道也，不成章不達。」

〔二〕「欲問」句：論語陽貨：「子曰：『予欲無言。』子貢曰：『子如不言，則小子何述焉？』子曰：『天何言哉。四時行焉，百物生焉，天何言哉。』」

〔三〕「蓬壺」二句：司馬遷史記卷一二孝武本紀：「少君言於上曰：『祠竈則致物，致物而丹砂可化爲黄金，黄金成以爲飲食器則益壽，益壽而海中蓬萊僊者可見，見之以封禪則不死，黄帝是也。臣嘗游海上，見安期生，食巨棗，大如瓜。安期生僊者，通蓬萊中，合則見人，不合則隱。』於是天子始親祠竈，而遣方士入海求蓬萊安期生之屬，而事化丹砂諸藥齊爲黄金矣。居久之，李少君病死。天子以爲化去不死也，而使黄錘、史寬舒受其方，求蓬萊安期生莫能得，而海上燕、齊怪迂之方士多相效，更言神事矣。……今上封禪，其後十二歲而還，遍於五嶽、四瀆矣。而方士之候祠神人，入海求蓬萊，終無有驗。而公孫卿之候神者，猶以大人跡爲解，無其效。天子益怠厭方士之怪迂語矣，然終羈縻弗絶，冀遇其真。自此之後，方士言祠神者彌衆，然其效可睹矣。」王嘉拾遺記卷一：「三壺，則海中三山也。一曰方壺，則方丈也。二曰蓬壺，則蓬萊也。三曰瀛壺，則瀛洲也。形如壺器，此三山，上廣中狹下方，皆如工制。」

集飲吳汝典書屋

不惜麻鞋力，泥沙雨後尋。書留前輩跡，酒滿故交心。大樹小庭壯，明窗陰洞深。歸鴉隨路黑，亦記舊棲林。

【箋　釋】

此詩作於康熙二十一年壬戌九月初六日。

七日至海鹽訪胡令修尋書飲其齋

蕭疏門巷舊精廬，憶共高髯醉掃除。謂旦中。心固不盲猶瞽目〔一〕，令修今病盲。形如可毀且浮屠〔二〕。統籤好緝唐人句，梵本空刊竺國書〔三〕。和尚譚儒居士釋，旁觀顛倒一軒渠〔四〕。唐音統籤，令修祖所緝全唐詩，分甲乙十籤。令修近刻佛經，余勸其不若刻完統籤，所少不過十分之四耳。

【箋　釋】

此詩作於康熙二十一年壬戌九月初七日。

按，沈季友檇李詩繫卷二九：「申之，字令修，夏客之子，世其家學。順治辛卯中副車，尋以目廢，精岐黄術，兼能服食引氣，嚴冬單夾無寒容。性嗜書，先世存稿，刊布不遺餘力。盲坐斗室，左右前後擁書數千卷，凡賓戚子弟至，輒命抽帙，朗誦一過，闇解，應答疑義如流。舉鄉飲賓。七十八卒。有復菴心在録。」令修「精岐黄術」，旦中當年懸壺海鹽，曾相與過從。然令修今已病矣，目廢，則生參禪之舉，故晚村謂之「浮屠」。

令修祖震亨，輯唐人詩，成唐音統籤千餘卷，其時猶有十分之四未刻，令修則因病盲而奉佛，且以刊刻佛經爲事，故晚村力勸其不若刻完統籤，以竟先人之業。蓋晚村其時已薙髮、服僧衣，而言不離程朱，令修爲居士，語則釋氏、梵書，誠所謂可笑者也。

【資　料】

沈季友檇李詩繫卷一六：胡震亨，字孝轅，别號赤城山人，海鹽人。爲諸生時，黄洪憲、馮夢禎即以經濟推之，中萬曆丁酉浙副榜，名著海内。時遼、瀋徵發遍天下，慨然思以功名見，乃就固城諭，陞合肥令，鳳陽解米累民，悉改官解，大興水利，百姓賴焉。劉鋌援遼，渡淮，震亨抗手與談，老將心折，時議舉震亨邊才，監援遼兵，不果。陞德州知州，州吏持牘來迎，震亨以詩題牘尾曰：「自愛小窗吟好句，不隨五馬渡江來。」遂不赴。崇禎末，流寇擾中原，詔群臣舉用才能，侍郎朱大啟舉震亨可任知府，補定州，南北師行，供億有法，以城守功擢職方員外。時陳新甲在中樞，震亨與不協，乞歸。嘗哀輯唐人詩集，旁鈔法苑、雲笈及名山之志，而臚列之，爲唐音統籤一千卷，搜羅大備，真屬巨觀。又有秘册彙函、海鹽圖經、續文選、文獻通考纂、靖康盜鑑録。今海虞毛氏書，皆所編定者也。震亨才識奥博，家多藏書，三百年來，吾郡學者屈一指云。

嵇曾筠浙江通志卷二五二經籍十二：唐音統籤一千二十七卷。傳是樓書目：「胡震亨撰。甲籤：帝王詩七卷。乙籤：初唐詩七十九卷。丙籤：盛唐詩一百二十五卷。丁籤：中唐詩三百四十一卷。戊籤：晚唐詩二百一卷，又餘閏六十四卷。己籤：五代雜詩四十六卷。庚籤：僧詩三十八卷，道士詩六卷，宮閨詩九卷，外國詩一卷。辛籤：樂章十卷，雜曲五卷，填詞十卷，歌一卷，謠一卷，諧謔四卷，諺一卷，語一卷，酒令一卷，題語判語一卷，讖記一卷，占辭一卷，蒙求一卷，章咒一卷，偈頌二十四卷。壬籤：仙詩三卷，神詩一卷，鬼詩二卷，夢詩一卷，物怪詩一卷。癸籤：體凡、發微、評彙、樂通、詁箋、談叢、集録，凡三十六卷。」

【注　釋】

〔一〕瞽目：司馬遷史記卷一五帝本紀：「虞舜者，名曰重華，重華父曰瞽叟。」張守節正義：「孔安國云：無目曰瞽。舜父有目不能分別好惡，故時人謂之瞽，配字曰『叟』。叟，無目之稱也。」魏仲先寓興：「有國苟失賢，若洗雙瞽目。」

〔二〕浮屠：范曄後漢書卷四二光武十王列傳：「（楚王）英少時好游俠，交通賓客。晚節更喜黄老，學爲浮屠，齋戒祭祀。」李賢注引袁宏漢紀：「浮屠，佛也，西域天竺國有佛道焉。佛者，漢言覺也，將以覺悟群生也。其教以修善慈心爲主，不殺生，專務清靜，其精者爲沙門。沙門，漢言息也，蓋息意去欲而歸於無爲。」

〔三〕竺國：即天竺國，今印度。范曄後漢書卷八八西域傳：「天竺國一名身毒，在月氏之東南數千里。俗與月氏同，而卑濕暑熱。其國臨大水，乘象而戰。其人弱於月氏，修浮圖道，不殺伐，遂以成俗。……至桓帝延熹二年、四年，頻從日南徼外來獻。世傳明帝夢見金人，長大，頂有光明，以問群臣。或曰：『西方有神，名曰佛，其形長丈六尺而黄金色。』帝於是遣使天竺問佛道法，遂於中國圖畫形像焉。楚王英始信其術，中國因此頗有奉其道者。後桓帝好神，數祀浮圖、老子，百姓稍有奉者，後遂轉盛。」

〔四〕軒渠：范曄後漢書卷八二方術列傳下：「兒識父母，軒渠笑悦，欲往就之。」

八日游秦駐山又值潮至

每到東臨奇絶處，素車白馬輒先來〔一〕。相逢地斷中華盡，送别秋高落日回。萬國波揚迷禹貢〔二〕，十洲舶冷候秦灰〔三〕。茫茫四顧愁生遠，月出城陰鬵栗哀〔四〕。

【箋釋】

此詩作於康熙二十一年壬戌九月初八日。

【注釋】

〔一〕素車白馬：李昉太平廣記卷二九一伍子胥：「伍子胥累諫吴王，賜屬鏤劍而死，臨終，戒其子曰：『懸吾首於南門，以觀越兵來，以鮧魚皮裹吾屍，投於江中，吾當朝暮乘潮，以觀吴之敗。』自是自海門山潮頭洶高數百尺，越錢塘漁浦，方漸低小，朝暮再來，其聲震怒，雷奔電走百餘里，時有見子胥乘素車白馬在潮頭之中，因立廟以祠焉。」（出錢塘志）

〔二〕禹貢：尚書有禹貢篇，孔安國傳：「禹制九州貢法。」孔穎達正義：「禹制貢法，故以『禹貢』名篇。貢賦之法，其來久矣。治水之後，更復改新，言此篇貢法，是禹所制，非禹始爲貢也。」此指中國。

〔三〕十洲：東方朔有十洲記，十洲指祖洲、瀛洲、玄洲、炎洲、長洲、元洲、流洲、生洲、鳳麟洲、聚窟洲。秦灰：李白古風其三：「秦皇掃六合，虎視何雄哉。飛劍决浮雲，諸侯盡西來。……徐市載秦女，樓船幾時回。但見三泉下，金棺葬寒灰。」

〔四〕觱栗：曾慥類説卷一六樂府雜録：「觱栗，本龜兹國樂，亦曰悲栗。」吴玉搢别雅卷五：「篳篥、悲栗，觱栗也。説文：『觱，羌人所吹角。』説文繫傳曰：『今之觱栗，其聲然也。』通典曰：『篳篥，本名悲篥，後乃以笳爲首，以竹爲管也。其字亦作篳篥、悲栗。』朱子曰：『篳篥，原名悲栗。』王元美載，武夷山古記魏子騫會鄉人於幔亭，『呂荷香戛國腹，黄次姑揮悲栗』，國腹即琵琶，悲栗即篳篥，悲觱之平聲字，篳觱之上聲字，皆一聲之轉，其音相通，故隨便用之。」

秦皇廟〔一〕

在秦駐之麓。

魯連東蹈處〔二〕，秦帝閟神宫〔三〕。相見應嘲笑，于兹豈德功。碑眠樵火斷，殿架海雲空。何地君宜廟，長城紫漠中。

【箋釋】

此詩作於康熙二十一年壬戌九月初八日。

按，此詩末兩句「何地君宜廟，長城紫漠中」意有所指，蓋謂秦始皇廟應當築於長城北之沙漠中，以鎮匈奴。則魯仲連之驅秦軍，豈可謂之有功哉！

【資料】

徐碩至元嘉禾志卷二四：秦住山碑：梁天監二年八月二十三日樹，今破碎失字，不知何人作，其可考者有云：前賢灼灼，後聖茂哉。始皇乘天，越授帝命。業超上古，殲周滅鄭。七雄靡餘，六國是並。功齊太古，道深前王。將炎均昊，美冠顓黄。通靈七伐，敬構商堂。縱聖凝神，將紀百幾。菴藹餘輝，飛聲萬祀。

嵇曾筠浙江通志卷二五六碑碣二：秦駐山碑：至元嘉禾志：「梁天監二年八月二十三日，右判史敬素立石。」今破碎失字，不知何人作。海鹽縣圖經：「按王象之輿地碑記目曰：秦始皇碑在嘉興縣。意即此碑，然不知何年移至郡城耳。」

王象之輿地碑記目卷一：秦始皇碑：九州要云，始皇登秦望山望海。今始皇碑在嘉興縣。

林弼秦皇廟：往事悠悠逐海波，荒祠寂寂寄巖阿。三神山下仙舟遠，萬里城邊戰骨多。東魯尚存周禮樂，西秦空壯漢山河。早知二世能移祚，崖石書功不用磨。（林登州集卷五）

常棠秦皇廟：古廟三間矮棘叢，帝魂枉自氣凌空。早知今日容身窄，前此阿房不作宫。（海鹽澉水志卷八）

【注釋】

〔一〕秦皇廟：王彬光緒海鹽縣志卷一一壇廟：「秦始皇廟：圖經：在縣南十八里秦駐山。續澉水志：廟前有飄松一株，伐去復生，時顯戈甲光怪之異。」

〔二〕「魯連」句：司馬遷史記卷八三魯仲連列傳：「魯仲連者，齊人也。好奇偉俶儻之畫策，而不肯仕宦任職，好持高節。……適游趙，會秦圍趙，聞魏將欲令趙尊秦爲帝，乃見平原君曰：『事將奈何？』平原君曰：『勝也何敢言事！前亡四十萬之衆於外，今又内圍邯鄲而不能去。魏王使客將軍新垣衍令趙帝秦，今其人在是。勝也何敢言事！』……魯連見新垣衍而無言。新垣衍曰：『吾視居此圍城之中者，皆有求於平原君者也；今吾觀先生之玉貌，非有求於平原君者也，曷爲久居此圍城之中而不去？』魯仲連曰：『世以鮑焦爲無從頌而死者，皆非也。衆人不知，則爲一身。彼秦者，棄禮義而上首功之國也，權使其士，虜使其民。彼即肆然而爲帝，過而爲政於天下，則連有蹈東海而死耳，吾不忍爲之民也。所爲見將軍者，欲以助趙也。』……魯連逃隱於海上，曰：『吾與富貴而詘於人，寧貧賤而輕世肆志焉。』」

〔三〕秦帝：即秦始皇。神宮：指秦駐山之秦皇廟。

同商隱集飲朱彧賓樹滋堂

曾尋舊臘澈湖灘，結伴同過挂釣竿。一再會人鐙跋换，十三年事酒盃寒。彭城天狗來何爲〔一〕，秦駐雲樓見自難。庚戌正月，於存雅堂見天狗墮，時約渭津游秦駐，以雨雪不果。今夜話多休勸醉，地鑪煮茗盡君歡〔二〕。

【箋　釋】

此詩作於康熙二十一年壬戌九月初八日。

按，本卷重過湖天海月樓詩有「衰骨爭禁十四年」句，晚村自注：「己酉冬，度歲於此。」彼時所尊爲舊曆。冬，即閏十二月，是爲己酉年，距今十四年矣。次年爲庚戌年，故此處謂「十三年事酒盃寒」。一日之差，即有一年之别，曰十四年，曰十三年，算得清楚，一絲不苟。真臘凝寒集有元日存雅堂詩，謂「雪消好放十洲船」，自注：「更約入山。」又重過山樓詩「游仙秦駐慳」，自注：「出山爲游秦駐而阻雨，竟不及登。」又「不逢湖海士，幾使百峰閒」，自注：「朱回津至，始決重游之興。」謂庚戌正月見天狗墮，據王彬光緒海鹽縣志卷一三祥異載：「康熙九年正月二十八日，西方火星若車輪墜地，聲如霹靂，數刻方止。」與此均可互爲映證。

秦駐雲樓，即萬蒼山樓，晚村與更名湖天海月樓者。

朱彧賓，王彬光緒海鹽縣志卷一八人物傳：「朱稷，字彧賓，母錢，有賢行，疾既久，醫不能療，稷自刃股肉以進，竟不起。弟乘，字御六，未婚。時俗多有乘喪嫁娶者，家欲行之，日夕號慟，堅不娶，乃已。」

【注　釋】

〔一〕彭城：真臘凝寒集重過山樓詩「賜臘彭城舊」，自注：「彭城即半邏。」天狗：司馬遷史記卷二七天官書：

「天狗，狀如大奔星，有聲，其下止地，類狗。所墮及，望之如火光，炎炎衝天。其下圜如數頃田處，上兑者則有黄色，千里破軍殺將。」

〔二〕地罏煮茗：翁森四時讀書樂：「地罏茶鼎烹活火，一清足稱讀書香。」盡君歡：杜甫九日藍田崔氏莊：「老去悲秋强自寬，興來今日盡君歡。」

九日同商隱諸友飲裴翰健飛小齋

十年秦嶠尋殘約〔一〕，九日蕭齋合舊盟。島上煙雲留正氣，座中人物見平生。潮方吼際海純紫，月慚弦來樓半明。醉後圓伽容易落，黄花風急頂毛輕。

【箋釋】

此詩作於康熙二十一年壬戌九月初九日，重陽。

按，「尋殘約」事，詳見上一首。若以文字論，則「留正氣」、「純紫」、「半明」等語，皆可喻以別解。「醉後」句，翻用孟嘉落帽故事，蓋晚村時已薙髮，故曰圓伽。圓伽者，僧帽也。裴翰，字健飛，生平不詳。

【注　釋】

〔一〕秦嶠：即秦駐山。彭駿孫寄幼瑜弟：「瀫湖水緑舟容與，秦嶠雲迷路渺茫。」

十日夜泊海鹽聽雨曉至樹滋堂清話　時爲拏船所阻。

海國風雨多，氣候苦不定。秋深木落時，地潤衣裳烝〔一〕。蚔市晝闃簷〔二〕，蚓竅宵嘑徑〔三〕。海雲片席飛，現界經星暝〔四〕。城陰鼓聲死，點點孤篷聽。乍細忽淋浪，漏滴寒衾迸。披褐起危坐，擊石火光諍〔五〕。頭觸小夢回，推窗路泥濘。知親慰我憂，高堂引幽興。已聞語入微，詎患愁添病。名山與良友，平生同性命。兹游愜所懷，險阻皆佳勝。但思風日美，虚舟儘垂矴〔六〕。

【箋　釋】

此詩作於康熙二十一年壬戌九月十一日。

按，「名山與良友，平生同性命」兩句，與復姜汝高書曰：「某粗疏人也，平生以朋友爲性命。」（吕晚村先生文集卷二）意同。

【注釋】

〔一〕烝：怡古齋鈔本注：「音證，鬱熱也。」廣韻卷四：「諸應切。熱。」

〔二〕蚊市：陸佃埤雅卷一一釋蟲：「俗云：蚊有昬市。蓋蠅成市於朝，蚊成市於暮。」

〔三〕蚓竅：李昉太平廣記卷五五：「軒轅彌明者，不知何許人，在衡、湘間來往九十餘年。……有校書郎侯喜，新有詩名，擁爐夜坐，與劉（師服）説詩。彌明在其側，貌極醜，白鬚黑面，長頸而高結，喉中又作楚語，喜視之若無人。彌明忽掀衣張眉，指爐中古鼎謂喜曰：『子云能詩，與我賦此乎？』師服以衡、湘舊識，見其老貌，頗敬之，不知其有文也，聞此説大喜，即援筆而題其首兩句曰：『巧匠琢山骨，刳中事煎烹。』次傳與喜，喜踴躍而綴其下曰：『外苞乾蘚文，中有暗浪驚。』題訖吟之。彌明啞然笑曰：『子詩如是而已乎？』即袖手竦肩，倚北牆坐，謂劉曰：『吾不解世俗書，子爲吾書之。』因高吟曰：『龍頭縮菌蠢，豕腹脹彭亨。』初不似經意，詩旨有似譏。喜二子相顧慚駭，然欲以多窮之。……彌明曰：『時於蚯蚓竅，微作蒼蠅聲。』其不用意如初，所言益奇，不可附説，語皆侵二子。」（出仙傳拾遺）

〔四〕現界：楞嚴經卷八：「如是乃至十方虚空，滿足微塵，一一塵中，現十方界。現塵現界，不相留礙，名無著行。」

〔五〕諍：怡古齋鈔本注：「按，諍字有鬭爭意，此詩用諍字，蓋謂火光相鬭也。」

〔六〕矴：司馬光類篇卷二七：「矴、碇、磸：丁定切。鍾舟石也。或从定、从奠，文三。」徐兢宣和奉使高麗圖經卷三四海道：「船首兩頰柱，中有車輪，上綰藤索，其大如椽，長五百尺，下垂矴石，石兩旁夾以二木鉤，船未入洋，近山抛泊，則放矴著水底，如維纜之屬，舟乃不行，若風濤緊急，則加游矴，其用如大矴，而在其兩旁，遇行，則卷其輪而收之。」

十二日舟中坐雨商隱復攜蟹𩚍相餉遂同飲

樂短愁歎長，跬步生百忌〔一〕。人間拂逆多，病坐求適意。出門期經旬，淹冉十三四。登臨興未已，夷途化危地。世亂土風移，感憤指津吏。夜來風雨惡，亦豈關人事。掩我箬篷窗，焚香理清思。稻垂蟹黄肥，好友提籃至。持螯瀉瓦盆，情重輕一醉。留連歡竭盡，酒醒發深悸。再拜謝殷勤，自古惜斯義。日麗波浪平，歸帆引天際。事後心境殊，回思良不易。闐閤軟煩間〔二〕，何繇攬奇致。

【箋　釋】

此詩作於康熙二十一年壬戌九月十二日。

【注　釋】

〔一〕跬步：荀子勸學：「不積蹞步，無以至千里。」楊倞注：「半步曰蹞。蹞，與跬同。」

〔二〕煗：班固漢書卷一〇〇叙傳：「孔席不煗，墨突不黔。」蕭該音義：「煗，吕静曰：煗，温也。乃卵反。」許慎説文解字火部：「煗，温也。从火，耎聲。」

十三日集飲張小白涉園

城裏雲林城外山，涉園在城外，有新園在城中，小白許鈔書下榻於此。柳絲纓帶一堤盤。烏嘑夜發吹臺古，地名烏夜村〔一〕，晉何后生於此，山即其陵也。鶴夢秋回故國寒〔二〕。海屋明鐙天際想〔三〕，幅巾野艇月中看〔四〕。鐵仙舊日風流在，詞版喧傳酒未闌。

【箋　釋】

此詩作於康熙二十一年壬戌九月十三日。

按，嚴鴻逵釋略曰：「小白祖號鐵菴，亦號大白，園有鐵洲。」大白即張奇齡，字元九，許令典張奇齡傳：「年十二，補博士弟子，文譽鵲起，最爲馮夢禎所器重。萬曆癸卯舉鄉試，凡十上公車，不第，開講席於西湖、苕、霅間。巡撫劉一焜聘之，主虎林書院，學者稱大白先生。嘗訓學者曰：『與爲贋經術，不若爲真詞章；與爲贋理學，不若爲真訓詁。』聞者歎爲名言。」（引自嵇曾筠浙江通志卷一七九人物六）晚年退居海鹽南門外烏夜村，顔所居曰大白居。其子惟赤，字君常，又字桐孩，號螺浮，順治十二年乙未進士，官工科給事中，曾任户部山東司主事、山東鄉試正主考等職，後被裁，回海鹽老家，即拓展大白居爲涉園，含「既以體若考作室之心，且以示後人繼述之義」，林泉臺榭，紆繞盤桓，藏書其中，遂爲鹽邑勝景。

惟赤子皓，字雪渠，號皜亭，又號小白，康熙十一年壬子舉人，曾任内閣中書、刑部福建司主事等職。後告老歸里，手葺涉園，承祖、父之藏書，吟詠其間，讀書自娱。晚村是日訪之，小白許抄書，又飲酒其中，足增風流。

【資料】

王彬光緒海鹽縣志卷一六人物傳：張皓，字小白，號皜亭，惟赤仲子。年十七，游庠，旋拔貢，入成均。康熙壬子，登京兆賢書，甲戌就銓中翰，遷行人。自朝謁外，惟日讀書取友，發皇見聞。己卯秋，充順天武闈同考官。癸未，齎詔赴粤東，觸暑星馳，峻卻饋遺。是冬考選，授刑部福建司主事。旋以老告歸，優游林下者數年而卒。張皓性至孝，母陳恭人晚年病目，侵晨輒昧不見物，皓雞鳴而起，必親舐之，俟其復還舊觀乃已。先是，惟赤有議賦一疏，明以宦户急公爲言，而陰以止民間加賦之舉，疏中言事平即復舊額，顧久之，舉朝莫以爲言，因循未改。皓既入官，仰體父意，即懇於部轉請於朝，悉除去之，尤爲孝之大者。救災恤貧，力行厚道，遇族黨姻友，恩義備至，以至賑粥賑米，施藥施棺，除道成梁，種種義舉，未易更僕數。故其殁也，行道之人皆爲出涕。著賦閒樓詩集。崇祀鄉賢。

范承謨辛亥春行田駐節張羅浮諫議涉園賦以貽之：精衛銜石東南决，女媧煉石西北缺。神聖千古無完功，高人心與造化同。海鹽南郭鮮原上，萬畝桑麻平似掌。其間十畝有群松，怪石轟騰夔罔兩。借問此中居者誰，張公昔歲長安歸。補天隻手用不盡，聊於丘壑開崔嵬。平地千峰水百曲，隨意植梅兼蒔竹。松雲梅雪竹煙間，又綴紅桃環柳緑。亭榭離奇皆自然，小橋仄徑遍宜偏。諸峰四面各相看，曲室幽窗時見焉。中有一峰特高聳，東望海濤如雪湧。天水平吞日夜愁，星辰帀踏參差動。我自生平最好奇，一聞名勝竟居之。未問主人先看竹，不嫌汚壁狂題詩。二月春風花正好，行車東出嘉禾道。百萬蒼生爲去年，桑田變海無青草。天氣雖春民物秋，長民物者能無憂。何當大補東南缺，須知精衛難爲謀。主人又復出山去，定寫流民進朝宁。猿鶴今遺三徑空，卻使忙人等閒住。張公張公天下豪，不隱山林隱市朝。補袞望君留北闕，挂冠吾欲返東皋。（范忠貞集卷四）

【注　釋】

〔一〕烏夜村：徐碩至元嘉禾志卷一四：「晉何后宅，在縣南三里。輿地志云：『海鹽縣南三里烏夜村，晉何準寓居焉。一夕，群烏啼噪，乃生女。後選入宫，他日復夜啼，推之乃穆帝立后之日也。』」朱西村烏夜村：「玉貌曾沾帝子恩，故鄉環佩葬歸魂。千年廢寢無尋處，夜月啼烏尚有村。」（出沈季友檇李詩

繫卷一一）

〔二〕「鶴夢」句：陶淵明搜神後記卷一：「丁令威，本遼東人。學道於靈虛山，後化鶴歸遼，集城門華表柱，時有少年舉弓欲射之，鶴乃飛，徘徊空中而言曰：『有鳥有鳥丁令威，去家千年今始歸。城郭如故人民非，何不學仙冢累累。』遂高上沖天。」

〔三〕天際想：劉義慶世説新語容止：「或以方謝仁祖不乃重者。桓大司馬曰：『諸君莫輕道，仁祖企腳北窗下彈琵琶，故自有天際真人想。』」劉孝標注：「晉陽秋曰：『尚善音樂。』裴子云：『丞相嘗曰：堅石挈腳枕琵琶，有天際想。』堅石，尚小名。」

〔四〕幅巾：司馬光書儀卷二冠儀：「幅巾用黑繒，方幅，裂緝其邊。後漢名士多以幅巾爲雅。」

十五日馬生允彭從子至忠先歸

同出何先返，董生已作倡。初十日，董生采以兄病先歸。偏留老子興，獨酌次公狂〔一〕。千卷堆僧舫，單衣趁夜航。到家傳要語，善護菜根香。

【箋釋】

此詩作於康熙二十一年壬戌九月十五日。

【注　釋】

〔一〕次公狂：班固漢書卷七七蓋寬饒列傳：「蓋寬饒，字次公，魏郡人也。……平恩侯許伯入第，丞相、御史、將軍、中二千石皆賀，寬饒不行。許伯請之，乃往，從西階上，東鄉特坐。許伯自酌曰：『蓋君後至。』寬饒曰：『無多酌我，我乃酒狂。』丞相魏侯笑曰：『次公醒而狂，何必酒也。』坐者皆屬目卑下之。」

十六日送商隱歸半邏

船留游屐住，客送主人歸。后土愁乾濕〔一〕，神山耐是非。蜃雲經雨散〔二〕，鱔浪過秋微〔三〕。舉手期何日，僧窗話夕暉。

【箋　釋】

此詩作於康熙二十一年壬戌九月十六日。

按，結語「僧窗」句，乃約請商隱過妙山之意。

【注　釋】

〔一〕「后土」句：杜甫別房太尉墓：「近淚無乾土，低空有斷雲。」后土，周禮春官：「建邦國，先告后土，用牲幣。」鄭玄注：「后土，社神也。」

〔二〕蜃雲：司馬遷史記卷二七天官書：「故北夷之氣如群畜穹閭，南夷之氣類舟船幡旗。大水處，敗軍場，破國之虚，下有積錢，金寶之上，皆有氣，不可不察。海旁蜃氣象樓臺，廣野氣成宫闕然，雲氣各象其山川、人民所聚積。」沈約奉華陽王外兵：「爛漫蜃雲舒，嶔崟山海出。」

〔三〕鰌：郭璞爾雅注：「今泥鰌。」此指海鰌。羅願爾雅翼卷二九釋魚：「海中鰌乃有大者，水經曰：『海中鰌長數千里，穴居海底，入穴則海溢爲潮，出穴則潮退。出入有節，故潮水有期。』」

集飲曹希文廉讓堂

木拒霜開蜕碧梧〔一〕，高齋列坐引康瓠〔二〕。五星東井誰關繫〔三〕，兩戒南龍事有無〔四〕。白髮浮名消醉夢，青燈麗句散江湖。未除豪氣知狂在〔五〕，酒後循環看轆轤〔六〕。一作「病後登山嗔僕扶」。

【箋釋】

此詩作於康熙二十一年壬戌九月十六日。

曹希文，名三才，號而雨、日亭，家有廉讓堂，海鹽人。康熙三十四年乙亥至三十六年丁丑游京師，與查嗣瑮、查慎行、查昇、禹之鼎、王翬、徐昂發、吴暻、蔣仁錫、許汝霖、顧嗣立、姜宸英、錢名世、曹曰瑛、胡直方、王丹林、張起宗、趙吉士、沈朝初、俞兆曾、陳克旵、錢元昉、陳廷益、方辰等往還；丁丑春南旋前，「善畫者繪三圖以贈，一曰春明折柳，一曰野店聽鶯，一曰故園櫻筍」（孫致彌詩題），所謂善畫者，王石谷、禹尚基、費葛陂三人是也。曹氏「自題求和」（詩題），諸人亦皆題句惜别，有贈行倡和詩一卷，趙吉士序之。另據俞兆晟半硯冷雲集序：「吾友曹廉讓，冷人也。其至京師也數矣，風埃蓬勃，世路轗軻，未嘗少縈於懷。日與二三知己，嘯歌吟唱，不啻在深巖邃壑中睹花明草媚，泉香鳥啼，幾忘户外郎當風鐸，與車聲相敲磕也。歸而裒其自乙亥訖丁丑之作，顔曰半硯冷雲集。夫一泓墨瀋猶作冷態，則含毫落想，當復何如？噫！若廉讓者真能居冷場，作冷語矣。」可見其當時志不得伸之淒然。後舉康熙三十八年己卯科鄉試，以明經就試北闈。另有廉讓堂詩集，葉燮爲序之，惜乎未見。

【資料】

王彬光緒海鹽縣志卷一七人物傳：曹三才，字希文，海鹽籍海寧人。康熙己卯舉人，官内閣中書，改鎮海教諭。著半硯冷雲集。

曹曰瑛半硯冷雲集序：吾兄廉讓，自少司馬公銓部公至吾兄三世，皆以制舉義名家。吾大兄已登賢書，而吾兄屢蹭場屋，每榜發，人以無吾兄名，莫不扼腕歎息。吾兄爲人，眉宇軒豁，心腑呈露，意中無不可解之事，喉間無不可吐之語，以孝友爲根本，以信義爲枝葉，以山水文章爲日用飲食，自讀書外，徜徉於詩酒。雖家中落，而好客不襄。性好游，水則蘭橈桂槳，陸則氈車席帽。□□□□，皆載行笈，所至之處，賢□□□。□林宗之車，而下孺子之榻者，以爭先爲榮，故其唱酬之什，積寸至尺，得其片言單幅，莫不珍爲至寶。吾與兄磨礪以須者十年，聯床接席，未嘗不以古人相期。今者燕雲越樹，縹緲縈回，吾兄就試北闈，三年一晤，爲歡幾何？而春草池塘之句，徒亂人意耳。今年初夏，在耕雲山房看牡丹，有詩憶兄云：「輕風翦翦國香寒，永日相看露未乾。爲憶去年分韻侶，江山何處倚欄干。」與吾兄倡和，不下數十□□。□□内廷，晨入夕出，僕軟紅篋中存稿十僅一二，而吾兄哀然成集，此則余之滋愧者也。今天子右文之治，薄海傾心，苟有一長，靡不簡拔，以吾兄之長材大器，正虚席以待者。明歲大比，吾兄一鳴驚人，即以是集推而進之，簪纓珥筆於玉堂金馬之間，作爲雅頌以歌詠聖朝之功德，薦之清廟，而追商、周、魯頌之作者，吾兄之餘事矣，豈與世之詩家牢籠百物山川草木□□□□之情狀，以自寫其幽憂鬱□□□□者比哉！吾兄索序，吾不文，不能爲兄潤色光華。爲述友于之梗概，如此而質之聲山太史，並託太史以歸之。時康熙戊寅中秋後五日，秋浦同學愚弟曰瑛頓首拜撰並書。（半硯冷雲集卷首）

趙吉士贈行倡和詩序：人生之最黯然者，惟别而已矣。然或假之驂，或贈之策，或作歌詩以導其情，或爲繪圖以記其事，則睹物寫心，不啻一室晤語之樂，别而未嘗别也。余友廉讓曹子客薊門，與查太史聲山稱莫逆，寓齋容膝，掃地焚香，吟嘯自遠。其於筆床硯匣，位置楚楚，凡遇古人零落箋素及土暈塵埋等物，品鑑必極其静，摩挲不忍釋手，是亦可以忘歸矣。丁丑春，忽作南轅想，虞山王子石谷、廣陵禹子尚基、武林費子葛陂爲寫贈行三圖，一時按圖題句而送之歸者，燦若雲錦。廉讓屬予爲序幀首，予閲之約有百篇，語曹子曰：「貯此奚囊，大壯行色，且展一詩，宛對一人面目，縱諸子惜別廉讓，而廉讓於諸子何嘗須臾別哉！」余病卧月張舊址，每風月佳時，諸名彦把酒賦詩，廉讓詩必早成，且清斐可愛，今戀故園櫻筍，則吾月張倡和塹紬一家，柳暗鶯遷時，正不得不黯然也。漸峰弟趙吉士題。（贈行倡和詩卷首）

葉燮廉讓堂記：海鹽曹子希文築室於居之東偏，命其堂曰廉讓，爲弦歌誦讀之所。時偕四方之賢大夫士，問學相切劘，詠歌相倡和。希文亦既有以感人之深，四方賢大夫士踵至無虚日，飲食寢處於是堂，於是交友日以廣，德業日以盛。蓋予嘗登其堂，而歎希文之不愧乎古之君子也。希文謂予曰：「幸有以記之。」予以謂世道人心風俗之弊，其根柢之所伏，與由蘖之所萌，莫不中於利之一念，而肆其毒於貪。充其自大，則盜國盜位不極，其欲不止。細則於簞食豆羹，亦隨時隨處發見。大凡臣之欺其君，交之賣其友，苟利之所在，無不爲之。鄙夫之無所不至，正爲此也。故詩之刺榮，夸公曰：「貪人敗類。」貪在一人，類遍天下。言所敗之廣不盡，其類不止也。故凡非其所有而取之，皆貪也。而取必出乎爭，大者爭城爭地，小者攘臂於刀錐之末，皆爭也，故詩人即以秉心無競美君子。夫心既無競，何爭之有？吾夫子曰：「君子無事，惟不貪故無競，無競故不爭，斯之謂君子。」反是，則人心風俗之日趨而下，至於敗類，言非我同類，小人之爲禍至此極矣。」希文有感乎此，以爲拯舉世同類之大病，須以對病之藥正之。正貪之病則惟廉，正爭之病則惟讓，遂合廉讓二義名其堂，蓋惟廉故能讓，惟讓故能廉，世未有廉而不讓者，未有讓而不廉者。希文日與其同類朝斯夕斯，自勉以勉人者，誠吾黨砥世礪俗之急先務也。然則，貪必敗其類，興廉興讓必成其類，於以事君事親友恭交道，無不充所類而盡之矣。（己畦集卷五）

曹三才懷廉讓草堂：草堂風物四時宜，桂魄梅魂水一湄。色色花枝和月影，冷香惟有主人知。虯龍騰躍勢看松，點點桐花落砌重。矮屋數間窗列岫，何當三徑屐痕封。（半硯冷雲集卷三）

李良年希文留飲廉讓堂邀同濬嶽並觀新什即事：慧業文人樹繞廬，流傳好事十年餘。異時輞水看圖畫（廉讓堂圖，東井作），此夕荀香近客裾。一里郭門遲下鑰，半窗弦月迴臨書。酒邊搖筆今衰嬾，醉把新篇又起予。（秋錦山房集卷十）

查慎行過曹希文齋：恠底移家忽入城，小堂幽事頗關情。琴床近海潮添潤，茶榻分泉火就烹。摩詰園亭依畫稿，建安人物入詩評。也知習懶便支户，不廢階除有送迎。（敬業堂詩集卷四）

希文將南歸次淵明田居詩韻來索和章四首：故鄉去我遠，縹緲三神山。風塵一涉足，忽忽傷徂年。曹生靜者流，心若珠在淵。不使閒草木，萌芽荒寸田。如何瀟灑姿，亦復趨人間。一官比薪積，後至爭居前。坐看車馬衢，群情動如煙。秋風夜入户，曉鏡增華顛。身先候雁翔，心與浮雲閒。歸期服勇决，臨别翻欣然。

老馬悔識塗，亞身受羈鞅。時因送人處，一發田園想。田園近荒蕪，計拙迷孤往。家書昨日到，久雨蓬藋長。八口恒告饑，憂來難自廣。生涯事游惰，獲報宜鹵莽。

萬人浩如海，酒伴日以稀。曹生後我來，今復先我歸。家人占喜鵲，不寄秋來衣。因之報歸信，歲晚寧相違。

讀書三十年，如農守阡陌。出門視蒼莽，蹙蹙靡所適。君看入貲郎，朝發不待夕。時來誇際會，抵間快投隙。得官如驅羊，舊給厮養役。課奴力耘耔，課婢勤紡績。識時乃豪俊，章句工何益。（敬業堂詩集卷一九）

廉讓寓齋送春分韻得有字：小時逢春愛花柳，逐伴年年開笑口。年來年去春復春，不料侵尋成老醜。來如東門遇游女，去若河橋别良友。明知邂逅兩無端，未免依違悵分手。鏡中鬖鬖白髮長（上聲），門外袞袞紅塵走。曹生也是不羈徒，爲餞春歸召儕偶。朱櫻紫筍憶鄉味，欲致僧廚無一有。失路隨余學放顛，得錢賴爾能沽酒。有情相對且沉醉，萬事蒼茫一回首。（敬業堂詩集卷二七）

姜宸英跋曹全碑：廉讓曹子之寶愛此本，直欲使四百年後賞鑑家有所考據耳。（湛園集卷八）

【注釋】

〔一〕木拒霜：怡古齋鈔本注：「按，芙蓉一名拒霜，木拒霜即木芙蓉也。」錦繡萬花谷後集卷三八「芙蓉」：「拒霜花樹叢生，葉大而其花甚紅。九月霜降時開，故名拒霜。」

〔二〕康瓠：破瓠也。爾雅釋器：「康瓠謂之甈。」許慎説文解字瓦部：「甈，康瓠，破罌也。」司馬遷史記卷八四賈生列傳：「斡棄周鼎兮寶康瓠，騰駕罷牛兮驂蹇驢，驥垂兩耳兮服鹽車。」

〔三〕五星東井：嚴鴻逵釋略：「是年，五星聚東井。」司馬遷史記卷八九張耳陳餘列傳：「甘公曰：『漢王之入關，五星聚東井。東井者，秦分也，先至必霸。』」

〔四〕兩戒：歐陽修新唐書卷三一天文志：「一行以爲天下山河之象存乎兩戒：北戒自三危、積石，負終南地絡之陰，東及太華，逾河並雷首、底柱、王屋、太行，北抵常山之右，乃東循塞垣，至濊貊、朝鮮，是謂北紀，所以限戎狄也；南戒自岷山、嶓冢，負地絡之陽，東及太華，連商山、熊耳、外方、桐栢，自上洛南逾江、漢，攜武當、荆山，至於衡陽，乃東循嶺徼，達東甌、閩中，是謂南紀，所以限蠻夷也。故星傳謂北戒爲胡門，南戒爲越門。」南龍：姚桐壽樂郊私語：「（劉伯温）謂余曰：『中國地脉，具從崑崙來，北龍、中龍，人皆知之，惟南龍一支，從峨嵋並江而東，竟不知其結局處。頃從通州泛海至此，乃知海鹽諸山是南龍盡處。』余問：『何以知之？』劉曰：『天目雖爲浙右鎮山，然勢猶未止，蜿蜒而來，右束黟浙，左帶苕霅，直至此長牆、秦駐之間而止。……諸水率皆朝拱於此州，而後乘潮東出，前復以日本、朝鮮爲案，此南龍一最大地也。』」

〔五〕「未除」句：陳壽三國志卷七陳登傳：「陳登者，字元龍，在廣陵有威名。又掎角吕布有功，加伏波將軍，年三十九卒。後許汜與劉備並在荆州牧劉表坐，表與備共論天下人，汜曰：『陳元龍湖海之士，豪氣不除。』備謂表曰：『許君論是非？』表曰：『欲言非，此君爲善士，不宜虚言；欲言是，元龍名重天下。』備問汜：『君言豪，寧有事邪？』汜曰：『昔遭亂過下邳，見元龍。元龍無客主之意，久不相與語。自上大牀卧，使客卧下牀。』備曰：『君有國士之名，今天下大亂，帝主失所，望君憂國忘家，有救世之意，而君求田問舍，言無可采，是元龍所諱也。何緣當與君語？如小人，欲卧百尺樓上，卧君於地，何但上下牀之間邪？』」表大笑。備因言曰：『若元龍文武膽志，當求之于古耳，造次難得比也。』」陸游度浮橋至南臺：「白髮未除豪氣在，醉吹横笛坐榕陰。」

〔六〕轆轤：詩體之一種。曾慥類説卷五三談藪：「唐元稹作春深題二十篇，並用家、花、車、斜四韻，劉、白易之，亦同此四字。令狐楚和詩多次韻。凡聯句，或兩句、四句，亦有出一句對一句者，謂之轆轤體。」吴玉搢别雅卷五：「唐人以聯句爲轆轤體，亦謂其轉也。」

十七日集飲俞漢乘海樹堂

老畏詞場語鬬新，新知卻舉廿年陳〔一〕。海邊對月一桮酒，洞裏看花何代人〔二〕。跌宕野僧麤飲啖，勾留游客軟風塵。宣和檀板開元篴〔三〕，到處相逢舊國春。

【箋　釋】

此詩作於康熙二十一年壬戌九月十七日。

按，嚴鴻逵釋略曰：「時同席有白門余澹心，名懷，自言二十年前於某人幕中閲子觀風卷，奇之。」懷又字無懷，號鬘翁、鬘持老人，閩之莆田人，長於金陵。生於明萬曆四十四年丙辰，卒於清康熙三十四年乙亥，八十歲。早年與冒辟疆襄、陸麗京圻、杜于皇濬參加復社虎丘集會，並與杜濬、白夢鼐相唱和，時號「余杜白」，諧「魚肚白」。晚年隱居吳門，徵歌選曲，流連歲月，所著板橋雜記，「述曲中事甚悉，自比夢華録」（鄭王臣蘭陔詩話）。

俞漢乘，生平不詳。

【資　料】

彭孫貽重陽前二夕同漢乘青西信弦過敷文研山賞桂次漢乘韻：黄花尚未報重陽，蟾蘂猶飛泛菊觴。禁院再來金粟冷，空堂聞否木樨香。將沉弦月殘河濕，未雨松風半臂涼。招隱小山堪徙倚，登高相約共奚囊。（茗齋詩集卷一七）

【注　釋】

〔一〕「老畏」二句：阮閲詩話總龜卷一四：「鄧洵美，連山人，乾祐二年中進士第，與司空昉、少保傳同年。謁劉氏不禮，歸武陵；時周氏有其地，且辟在幕府。未幾，司空氏自禁林出使武陵，與洵美相遇，贈詩曰：『憶昔詞場共著鞭，當時鶯谷喜同遷。關河契闊三千里，音信稀疏二十年。君遇已知依玉帳，我無才藻步花磚。時情人事堪惆悵，天外相逢一泫然。』」

〔二〕「洞裏」句：化用陶淵明桃花源記故事。桃花源記：「晉太元中，武陵人捕魚爲業。緣溪行，忘路之遠近，忽逢桃花林。……林盡水源，便得一山，山有小口，彷彿若有光，便舍船，從口入。……其中往來種作，男女衣著，悉如外人，黄髮垂髫，並怡然自樂。見漁人，乃大驚，問所從來，具答之。……自云先世避秦時亂，率妻子邑人來此絶境，不復出焉，遂與外人間隔，問今是何世，乃不知有漢，無論魏、晉。此人一一爲具言所聞。」

〔三〕宣和檀板：劉子翬汴京紀事：「輦轂繁華事可傷，師師垂老過湖湘。縷衣檀板無顔色，一曲當時動帝王。」開元笛：李昉太平廣記卷二〇四李謩：「李謩，開元中吹笛爲第一部，近代無比。有故自教坊請假至越州，公私更醮，以觀其妙。時州客舉進士者十人，皆有資業，乃醵二千文同會鏡湖，欲邀李生湖上吹之。想其風韻，尤敬人神，以費多人少，遂相約各召一客。會中有一人以日晚方記得，不遑他請，其鄰居有獨孤生者，年老，久處田野，人事不知，茅屋數間，嘗呼爲獨孤丈，至是遂以應命。到會所，澄波萬頃，景物皆奇。李生拂笛，漸移舟於湖心，時輕雲蒙蘢，微風拂浪，波瀾陡起，李生捧笛，其聲始發之後，昏曀齊開，水木森然，髣髴如有鬼神之來，坐客皆更贊詠之，以爲鈞天之樂不如也。」

十八日海塘觀潮潮是日獨小　二首

馮夷駕鼓陽侯舞〔一〕，玉女雲車卷翠旂〔二〕。今日聲容何寂莫，故應知我放舟歸。

弟子誰從海岸回，刺船人上伯牙臺〔三〕。神龍欲聽元音淡〔四〕，分付寒潮密密來。伯牙琴臺，在聞琴橋北。

【箋釋】

此詩作於康熙二十一年壬戌九月十八日。

按，晚村詩多所寓意，一觀潮而潮小，則神龍頓覺元音淡矣。「元音」者，春秋之義也，其與施愚山書曰：「竊謂古今論詩者，淺之爲聲調，爲格律，深之爲氣骨、爲神理，盡之矣，以此數者論先生之詩，所謂子女玉帛，羽毛齒革。君之餘足以波及天下，而何以益之，無已，則六經之義乎？孟子曰：『王跡息而詩亡，詩亡然後春秋作。』然則詩之義，春秋之義也。」（吕晚村先生文集卷一）即此。

【注釋】

〔一〕馮夷駕鼓：屈原遠游：「使湘靈鼓瑟兮，令海若舞馮夷。」王逸注：「馮夷，水仙人。淮南言『馮夷得道，以潛於大川』也。」洪興祖補注：「馮夷，河伯也。」淮南子齊俗訓：「昔者，馮夷得道，以潛大川。」高誘注：「馮夷，河伯也。華陰潼鄉堤首里人。服八石，得求仙。」陽侯：劉安淮南子覽冥訓：「武王伐紂，渡於孟津，陽侯之波，逆流而擊，疾風晦冥，人馬不相見。」高誘注：「陽侯，陵陽國侯也。其國近水，溺死於水，其神能爲大波，有所傷害，因謂之陽侯之波。」

〔二〕玉女雲車：王逸惜誓：「建日月以爲蓋兮，載玉女於後車。」吕留良湖塘：「可憐玉女雲車遠，不管仙人鐵篴涼。」（真臘凝寒集）意同。

〔三〕伯牙臺：徐碩至元嘉禾志卷一四仙梵之海鹽縣條：「伯牙臺，在縣南二十步，臺基坡陁如在。耆老云：伯牙鼓琴於此，臺側有聞琴村、聞琴橋。」胡希仁過伯牙臺：「瑶琴久寂寞，古意向誰傳。一自鍾期没，那能整絶弦。」

〔四〕元音：李華雜詩：「黄鍾叩元音，律吕更循環。邪氣悖正聲，鄭衛生其間。」

十九日暮同諸子登天寧寺塔

海山秋綽約，海雲秋離奇。中國地既盡，海外天亦低。落日半規紫，雲山已無輝。追逐上危級，絶頂留嘻微。返顧但溟茫，神州不可知。星隕狐狸號，萬鬼乘蛟螭。昔聞弱水東〔一〕，樓船或過之。中有珠貝宫〔二〕，可接扶桑枝〔三〕。古仙既羽化〔四〕，傳法兒童癡。洞府日零落，魚龍將安依。縹緲指西極，餘光匿崦嵫〔五〕。駿馭久不返，何人會瑶池〔六〕。鄧林老作賊，渴死徒爾爲〔七〕。黑風一吹息，九野無高卑〔八〕。俯視盡樊籠，夜半聞天雞〔九〕。

【箋釋】

此詩作於康熙二十一年壬戌九月十九日。

按，晚村此詩寫得語詞離奇，詩意綽約。嚴鴻逵釋略曰：「弱水東，指彭、臺言。鄧林，指滇、黔言。時滇、黔已先一年滅，已而彭、臺至次年亦覆没。所謂『傳法兒童癡』、『魚龍將安依』，益真先見矣。」據此，則「古仙」蓋指鄭成功及其子鄭經，「兒童」則鄭經子鄭克塽也；「鄧林」，則指吴三桂也。「弱水東」四句，化用杜工部白帝城最高樓詩意，亦即「是緣憂世之心，發之以自消其壘塊」（王嗣奭評工部詩）之意。

【注釋】

〔一〕弱水東：杜甫白帝城最高樓：「城尖徑昃旌旆愁，獨立縹緲之飛樓。峽坼雲霾龍虎睡，江清日抱黿鼉游。扶桑西枝封斷石，弱水東影隨長流。杖藜歎世者誰子，泣血迸空回白頭。」

〔二〕珠貝宫：楚辭九歌河伯：「魚鱗屋兮龍堂，紫貝闕兮朱宫。」王逸注：「言河伯所居以魚鱗蓋屋堂，朱畫蛟龍之文；紫貝作闕，朱丹其宫，形容異制，甚鮮好也。」

〔三〕扶桑：山海經海外東經曰：「下有湯谷。湯谷上有扶桑，十日所浴，在黑齒北。居水中，有大木，九日居下枝，一日居上枝。」

〔四〕羽化：胡繼宗書言故事：「道士亡，曰羽化，曰仙化。」原注：「贊其生羽翼，飛升爲仙也。」房玄齡晉書卷八〇王羲之傳附許邁傳：「許邁，字叔玄，一名映，丹陽句容人也。家世士族，而邁少恬静，不慕仕進。……永和二年，移入臨安西山，登巖茹芝，眇爾自得，有終焉之志。乃改名玄，字遠游。與婦書告别，又著詩十二首，論神僊之事焉。羲之造之，未嘗不彌日忘歸，相與爲世外之交。玄遺羲之書云：『自山陰南至臨安，多有金堂玉室、仙人芝草，左元放之徒，漢末諸得道者皆在焉。』羲之自爲之傳，述靈異之跡甚多，不可詳記。玄自後莫測所終，好道者皆謂之羽化矣。」

〔五〕崦兹：即崦嵫。屈原離騷：「吾令羲和弭節兮，望崦嵫而勿迫。」王逸注：「崦嵫，日所入山也。下有蒙水，水中有虞淵。」

〔六〕「駿馭」二句：化用穆天子御八駿見西王母故事。穆天子傳卷三：「吉日甲子，天子賓於西王母，乃執白圭、玄璧以見西王母，好獻錦組百純，組三百純，西王母再拜受之。乙丑，天子觴西王母於瑶池之上，西王母爲天子謡。」卷四：「癸酉，天子命駕八駿之乘，右服驊騮，而左緑耳，右驂赤驥，而左白義，天子主車，造父爲御，□□爲右，次車之乘，右服渠黄，而左踰輪，右盜驪，而左山子，柏夭主車，參百爲御，奔戎爲右。……自群玉之山以西至於西王母之邦，三千里；自西王母之邦北至於曠原之野，飛鳥之所解其羽，千有九百里。」李商隱瑶池：「八駿日行三萬里，穆王何事不重來。」

〔七〕「鄧林」二句：山海經海外北經：「夸父與日逐，走入日，渴欲得飲，飲於河渭，河渭不足，北飲大澤，未至，道渴而死，棄其杖，化爲鄧林。」

〔八〕九野：吕氏春秋有始：「天有九野，地有九州，土有九山，山有九塞，澤有九藪，風有八等，水有六川。何謂九野？中央曰鈞天，其星角亢氐；東方曰蒼天，其星房心尾；東北曰變天，其星箕斗牽牛；北方曰玄天，其星婺女虚危營室；西北曰幽天，其星東壁奎婁；西方曰顥天，其星胃昴畢；西南曰朱天，其星觜嶲參東井；南方曰炎天，其星輿鬼柳七星；東南曰陽天，其星張翼軫。」列子湯問：「八紘九野之水，天漢之流，莫不注之，而無增無減焉。」張湛注：「九野，天之八方、中央也。世傳天河與海通。」

〔九〕天雞：高似孫緯略卷八：「玄中記曰：東南有桃都山，上有大樹，名曰桃都。枝相去三千里，上有天雞，日初出照此木，天雞即鳴，天下雞皆隨之，物類相感。志曰：大荒東極至鬼府山，臂焦山，腳巨洋海中，升載海日，蓋扶桑山有玉雞，玉雞鳴則金雞鳴，金雞鳴則石雞鳴，石雞鳴則天下之雞鳴，潮水應之。」

二十日歸舟過硤石山不及登夜抵村莊作

出門興會長，丘壑皆勇往。歸路近轉急，見山不能上。境理豈或殊，人意自分兩。孤篷繞平巒，一塔相俯仰。塔根細路縈，緣石入林莽。樵擔互隱現，笑語半山響。松身斜照黄，微露僧樓敞。溪情幾曲蟠，峰形三面賞。雖未歷幽微，已喜窺大象。寄語登臨家，莫輕見聞廣。

【箋釋】

此詩作於康熙二十一年壬戌九月二十日。

按，是日返家，途經海寧硤石，由於「人意」不同，遂不及登覽。其地水道「曲蟠」，繞山三面，雖未登眺，然大象已窺，亦無憾矣。

何求老人殘稿卷七

欬氣集 二十七首

康熙二十二年癸亥，晚村病重，嚴鴻逵釋略曰：「子時病欬已甚，故因以欬氣名集。」欬者，咳嗽也，即咯血之疾。卷首乞死詩六首，是其一生之總結。後赴親家魏方公之約，過西湖，然所遇天氣惱人，欲往西溪尋梅而不果，遂慨歎人生事每如此。於杭城逢黄晦木，次日即别去，晦木有詩曰：「依回往事千行淚，慘澹貧交四十年。今日與君皆老病，未知何物可留連。」（全祖望續甬上耆舊詩卷三九武林逢吕用晦次日别去代簡送之）四、五月間，晚村居妙山，曾語嚴鴻逵曰：「適來靜坐默念，吾行年五十有五，然計來生此世，只可二十年耳。自甲辰以後，所爲方可謂之内省不疚，無惡於志。從前三十五年，行事愧怍，不可勝悔也。」（親炙録）嚴鴻逵何求老人殘稿跋曰：「癸亥六月，子歸自妙山。病轉劇，攝養於觀稼樓西竹深荷靜處。……乃取平生所作詩，删定卷帙，命三兒無欲總録爲一册，而自書『何求老人殘稿』六大字於册端，其餘悉焚棄。」晚村於是年八月十三日卒，終年五十五歲。

祈死詩 六首

貧賤何當富貴衡，今知死定勝如生〔一〕。泰山已换鴻毛重〔二〕，鬼窟猶爭漆火明〔三〕。那得其人藏碧血〔四〕，諒無他法愈青盲〔五〕。可憐未聽童呼問，簣上安然睡五更①〔六〕。

幻骨拈花白晝昏〔七〕，自云我輩滿乾坤〔八〕。美人褰户驚羅刹〔九〕，法士登壇化老猿〔一〇〕。喜有故交盈地下，知無怪物鎖山根〔一一〕。此行未必非奇福，沽酒泉臺得快論〔一二〕。

總角狂思聖可期，即今老病復何爲。諸賢先我成千古，絶學依誰守一師。偶有商量空捫舌②〔一三〕，每聞淆亂但攢眉。請從徽國游天上〔一四〕，猶及吟風立雪時〔一五〕。

萬古江河壅澗泥，蘭苕翡翠亦醯雞〔一六〕。重陳芻狗衣文繡〔一七〕，突過牛車中采齊〔一八〕。厠鬼隊中尋太白〔一九〕，伽藍位下講昌黎〔二〇〕。老生袖有琅玕筆〔二一〕，只合攜歸碧落題〔二二〕。

五百年來鄭浦江〔二三〕，外王内聖一家藏〔二四〕。吾生不獲與三代〔二五〕，此事猶堪式萬方。安得仲謀勝犬豕〔二六〕，徒教元亮志羲皇〔二七〕。可知天未容卿爾，卿自違天取速亡。

悔來早不葬青山，浪竊浮名飽豆簞〔二八〕。作賊作僧何者是，賣文賣藥汝乎安。便令百歲徒增憾，行及重泉稍自寬。一事無成空手去，先人垂問對應歎。

【校記】

①簣　原作「簣」，據嚴鈔本、釋略本、張鳴珂鈔本、萬卷樓鈔本、詩文集鈔本、舊鈔殘本改。按，簣，盛土之竹筐；簣，竹席也。

②捫　怡古齋鈔本校曰：「捫字無仄音，此殆偶失檢耳。」

【箋釋】

此詩作於康熙二十二年癸亥正月。

按，嚴鴻逵釋略曰：「癸亥歲首作也。」歲首，正月也。

第一首，嚴鴻逵釋略曰：「歎宇宙之變更，而不願生，乃祈死之本旨也。故首反向長之言以見意，言貧賤何當與富貴衡乎？但以今觀之，則知死定勝如生耳。蓋泰山極重，已換鴻毛；則漆火微明，奚事鬼窟；雖死後，那得其人爲藏碧血；然不死，諒無他法可愈青肓，但惜乎終不得正而死，將既死而猶以爲憾耳。起二句，又統貫六首。」

第二首，嚴鴻逵釋略曰：「歎世道人心之變怪，而願從故人於地下也。有人白晝遇鬼，鬼手持一枯骨謂曰：『此骨人視之則花也，鬼視之則必笑。』隨而驗之，笑者果多，因云我輩今滿乾坤也。此概言舉世皆鬼也。美人褰户，以喻名士。法士登壇，以喻講師。三事見太平廣記及虞初志。鬼物既皆出世，則地下但有故交，而無怪物，故反不如死之爲快矣。」嚴氏釋略，以太平廣記僧瑨楚事解「幻骨拈花」，似有未確，不僅文字多有不同（詳見注釋〔七〕），意思亦非盡然。按，詩中「幻骨」即化骨，出漢武帝内傳，以喻道家，東坡安平泉詩「煉丹人化骨成仙」是也；「拈花」即「拈花微笑」，佛教用語，代指佛家。幻骨拈花，即是道、佛兩氏之代稱，晚村平生力拒外道異端，故云此二者足可使白晝成昏、顛白爲黑也。「自云我輩滿乾坤」者，蓋是批評名士之辭，「我輩」爲六朝名士常用語，此句意謂自稱名士（自以爲第一流）者到處皆是也。晚村不僅排斥佛道，亦反對名士之側身儒林者（如黄太沖以紹述蕺山，鼓動天下，楊園即稱之爲「此名士，非儒者」）。又謂「美人褰户，以喻名士。法士登壇，以喻講師」，且「事見太平廣記及虞初志」。揆諸二書，未有貼切故事者。其意或即指斥遺民之不能獨守其身，紛紛下山，甚有「失節夷齊下首陽，院門推出更淒涼。從今決意還山去，薇蕨堪嗟已喫光」現象（參見卷一東莊雜詩箋釋），醜態畢露。「喜有故交盈地下」中「盈」字，可見知交已亡者多矣。康熙十六年丁巳，吴自牧死，對晚村打擊甚大，晚村曾曰：「自牧，吾黨之第一流也。……今亡矣！吾亡以爲質矣！吾亡與言之矣！」（質亡集小序）公忠亦曰：「與吴自牧先生，始以藝術文章交，既而進以道義，晚歲甚相依傍。忽暴疾殞，先君哭之慟。……爰是有質亡集之刻。並及諸亡友之文章未見於世者，綴拾其遺事以傳焉。」（行略）至康熙二十年辛酉編定質亡集，録亡友四十九位，徐方虎序之。晚村「平生以朋友爲性命」（與姜復高書），搜集亡友遺著，刊而行之，足見質亡集實是晚村「不死其友之所爲作也」。是書目録頁刻有「地下有知音」印，亦「故交盈地下」之意，即所謂「沽酒泉臺得快論」者也，一種看破生死之豪情，壯哉！

第三首，嚴鴻逵釋略曰：「歎學問之無徒，而思從徽國於天上也。」其「猶及吟風立雪時」，蓋承上句，即前章「喜有故交盈地下」之意。

第四首，嚴鴻逵釋略曰：「慨文章之法亡也。鴻章鉅構，所稱江河萬古之文，既不可得而見矣，即如所云蘭苕翡翠，上者亦僅如醯雞而無文采之可觀焉，大都貴已陳之芻狗，賤自然之宫商，故反以彼爲突過乎此，而好醜不分矣。李赤，厠鬼也，其詩妄自擬太白，今之爲詩者皆赤之類也。昌黎，辟佛邪者也，僧家誣之爲伽藍。今之自命爲文者，皆秃丁位下人也。剽掠僭竊，背畔淫哇，無所不至已。雖有琅玕之筆，誰與講究哉？唯擕之歸碧落題而已。」

第五首，嚴鴻逵釋略曰：「歎志事之不遂，而思死也。子平生惓惓，欲法義門之遺規，至是而知其終不可爲也，故歎之。」鄭義門事，晚村壬子除夕示訓曰：「吾自讀浦江鄭義門規範，即慨然慕之。彼人也，我亦人也。彼爲法於一家，可傳於後世，我未之能逮也，願與吾子孫共存此志，期於必成。度其規制法度之全，勢不能猝備，當以漸爲之，而其根本大要不可緩者四，先與妻子諸婦立約相勉，其共聽焉：一曰敬順；……一曰無私；……一曰勤儉；……一曰去邪。」（吕晚村先生文集卷八）雖然身不處三代，猶能藉義門之規範，求其模式，而陶淵明避世以求羲皇遺風，亦徒然也。末「可知天未容卿爾，卿自違天取速亡」兩句，蓋自嘲也。

第六首，嚴鴻逵釋略曰：「總計一生，而悔其死之不早也。故歷舉平生之事，皆其所悔恨者；而其所至者，則一事而無成焉，殆死而猶有遺憾云。末二句，又總結六首。」作賊者，出試爲邑諸生事；作僧者，逃避清廷之徵逸事；賣文者，選刻時文事；賣藥者，行醫事；此四者，皆非本意，故一則曰「何者是」，再則曰「汝乎安」，感慨繫之矣。

【資　料】

徐倬質亡集序：質亡集者，晚村吕氏不死其友之所爲作也。人之自足長留於天地者，固不盡以文字也。其以文字傳者，古今多有，制藝又其末矣。制藝之傳，必士之舉於鄉、成進士，而其文乃行於世。然且有舉於鄉、成進士，而文竟不傳者。甚矣，其傳之難也！而自明經以下至於布衣，文雖造微極遠，曾不得一附卷集之末以自見。其精英老斃牖下，平生心血爲人糊壁覆瓿，雖子孫亦不甚珍惜，以爲是不祥無用之物，豈其文誠不足傳哉？黄土青磷，幽悲沉痛，亦知其無可奈何，而安之若命也。晚村氏悄然悼之，作而歎曰：「吾舌猶在，吾友可以不死。」於是盡取昔友自明經至布衣之文選而刊之，離奇光怪，無所不有。試舉近時舉於鄉、成進士之牘與較量工力，但有不敵，無或過者。因思古今來士不得志，鬱塞無聞，不遇知言論世之友，奇文妙義，與宿草同腐，不復自存於宇宙者，更不知凡幾，獨制藝然乎哉？有晚村斯義，士即不得志於生時，亦足自信其傳於後世。窮老讀書，燈寒無焰，其氣猶爲之一振，於是益歎晚村用心之至，爲不可及也。晚村之友，强半即余友。其間雨雲晦冥，風濤百變，余與身歷之。而晚村光霽如一，日斗室之中，未嘗旦夕無四方之客；詩箒詞版，流布人間。入其室者，供燕贈投，歡盡忠竭，經籍玩好，雖見攫敓而不忤；及乎離去，多以慚生怒，因忌成悁，或至擠排讕詆，加以不堪，旁觀皆疾其無良，而咎晚村之不智。然晚村退然以爲吾誠有過，不則以爲吾命合爾，終於無所言；後有來者，亦未嘗懲前而改度也。蓋性篤於交友，而心忘怨憾如此。使紛紛翻覆之子，老死而有文足傳，晚村必且諮嗟永歎，以之入是集無疑也。天下讀賓亡集，可以得晚村之與人，即爲人友者，亦可以知所愧厲矣。是書之例，凡科甲之友不與，入知言集者不與，雖同社而未面者不與，不長於制藝者不與，其餘多與。余嘗與聞其説，因並書之。苕南同學弟徐倬序，時康熙辛酉首夏書於南陔草堂。（賓亡集卷首）

【注釋】

〔一〕「貧賤」二句：范曄後漢書卷八三逸民列傳：「向長，字子平，河内朝歌人也。……潛隱於家，讀易至損、益卦，喟然歎曰：『吾已知富不如貧，貴不如賤，但未知死何如生耳！』」

〔二〕「泰山」句：司馬遷報任安書：「人固有一死，或重於泰山，或輕於鴻毛，用之所趨異也。」

〔三〕「鬼窟」句：李賀南山田中行：「石脉水流泉滴沙，鬼燈如漆點松花。」吴正子注：「説文云：『兵死之血爲鬼火。』淮南子云：『久血爲燐。』注云：『精在地久爲燐，遥望烱烱然火也。』鬼燈如漆，古墓亦有漆燈。」」

〔四〕碧血：莊子外物：「人主莫不欲其臣之忠，而忠未必信，故伍員流於江，萇弘死於蜀，藏其血三年而化爲碧。」

〔五〕青盲：范曄後漢書卷八一獨行列傳：「初，平帝時蜀郡王皓爲美陽令，王嘉爲郎。王莽篡位，並棄官西歸。及公孫述稱帝，遣使徵皓、嘉，恐不至，遂先繫其妻子。使者謂嘉曰：『速裝，妻子可全。』對曰：『犬馬猶識主，況於人乎？』王皓先自刎，以首付使者，述怒，遂誅皓家屬。王嘉聞而歎曰：『後之哉！』乃對使者伏劍而死。是時犍爲任永及業同郡馮信，並好學博古，公孫述連徵命，待以高位，皆託青盲，以避世難。」

〔六〕「可憐」二句：禮記檀弓上：「曾子寢疾，病。樂正子春坐於床下，曾元、曾申坐於足，童子隅坐而執燭。童子曰：『華而睆，大夫之簀與？』子春曰：『止。』曾子聞之，瞿然曰：『呼。』……『元，起易簀。』」

〔七〕幻骨：即化骨。班固漢武帝内傳：「王母曰：夫欲修身當營其氣，太仙真經所謂行益易之道，益者益精，易者易形，能益能易，名上仙籍。不益不易，不離死厄。行益易者，謂常思靈寶也。靈者，神也。寶者，精也。子但愛精握固，閉氣吞液，氣化爲血，血化爲精，精化爲神，神化爲液，液化爲骨，行之不倦，神精充溢，爲之一年易氣，二年易血，三年易精，四年易脈，五年易髓，六年易骨，七年易筋，八年易髮，九年易形，形易則變化，變化則成道，成道則爲仙人。」拈花：即拈花微笑。釋普濟五燈會元卷一：「世尊在靈山會上，拈花示衆。是時衆皆默然，唯迦葉尊者破顔微笑。世尊曰：『吾有正法眼藏，涅槃妙心，實相無相，微妙法門，不立文字，教外別傳，付囑摩訶迦葉。』」又，據嚴氏釋略意，李昉太平廣記卷三五五僧瑫楚：「廣陵法雲寺僧瑫楚，常與中山賈人章某者親熟。章死，瑫楚爲設齋誦經。數月，忽遇章於市中，楚未食，章即延入食店，爲置胡餅。既食，楚問：『君已死，那得在此？』章曰：

『然，吾以小罪而未得解免，今配爲揚州掠剩鬼。』復問何爲掠剩，曰：『凡吏人賈販，利息皆有數常，過數得之，即爲餘剩，吾得掠而有之。今人間如吾輩甚多。』因指路人男女曰：『某人某人，皆是也。』頃之。有一僧過於前，又曰：『此僧亦是也。』因召至，與語良久，僧亦不見楚也。頃之，相與南行，遇一婦人賣花，章曰：『此婦人亦鬼，所賣花，亦鬼用之，人間無所見也。』章則出數錢買之，以贈楚曰：『凡見此花而笑者，皆鬼也。』即告辭而去。其花紅芳可愛而甚重，楚亦昏然而歸，路人見花，頗有笑者。至寺北門，自念吾與鬼同游，復持鬼花，亦不可，即擲花溝中，濺水有聲。既歸，同院人覺其色甚異，以爲中惡，競持湯藥以救之。良久乃復，具言其故。因相與覆視其花，乃一死人手也，楚亦無恙。」（出稽神録）

〔八〕我輩：劉義慶世説新語任誕：「阮籍嫂嘗還家，籍見，與别。或譏之，籍曰：『禮豈爲我輩設也？』」劉孝標注：「曲禮：嫂叔不通問。故譏之。」又品藻：「桓大司馬下都，問真長曰：『聞會稽王語奇進，爾邪？』劉曰：『極進，然故是第二流中人耳。』桓曰：『第一流復是誰？』劉曰：『正是我輩耳。』」

〔九〕「美人」句：李昉太平廣記卷三六一泰州人：「太定年中，泰州赤水店，有鄭家莊。有一兒，年二十餘，日晏，於驛路上，見一青衣女子獨行，姿容殊麗，問之，云：『欲到鄭縣，待二婢未來，躊躇伺候。』此兒屈就莊宿，安置廳中，供給酒食，將衣被同寢。至曉，門久不開，呼之不應。於窗中窺之，惟有腦骨頭顱在，餘並食訖。家人破户入，於梁上暗處，見一大鳥，沖門飛出，或云是羅刹魅也。」（出朝野僉載）羅刹，梵名Rākṣasa，慧琳一切經音義卷二五：「羅刹，此云惡鬼也。食人血肉，或飛空，或地行，捷疾可畏。」

〔一〇〕「法士」句：李昉太平廣記卷四四五楊叟：「乾元初，會稽民有楊叟者，家以資産豐贍聞於郡中。一日，叟將死，卧而呻吟，且僅數月。叟有子曰宗素，以孝行稱於里人，迨其父病，罄其産以求醫術。後得陳生者究其原：『是翁之病心也。蓋以財産既多，其心爲利所運，故心已離去其身。非食生人心，不可以補之，而天下生人之心，焉可致耶？如是則非吾之所知也。』宗素既聞之，以爲生心故不可得也，獨修浮圖氏法，庶可以間其疾。即召僧轉經，命工圖鑄其像，已而自齎食，詣郡中佛寺飯僧。一日，因挈食去，誤入一山逕中，見山下有石龕，龕有胡僧，貌甚老而枯瘠，衣褐毛縷成袈裟，踞於磐石上。……宗素因告曰：『師真至人，能舍其身而不顧，將以飼山獸，可謂仁勇俱極矣。雖然，弟子父有疾已數月，進而不瘳，某夙夜憂迫，計無所出。有醫者云：是心之病也，非食生人之心，固不可得而愈矣。今師能棄身於豺虎，以救其餒，豈若舍命於人，以惠其生乎？願師詳之。』僧曰：『誠如是，果吾之志也。檀越爲父而求吾，吾豈有不可之意。且吾以身委於野獸，曷若惠人之生乎？然今日尚未食，願致一飯而後死也。』宗素且喜且謝，即以所挈食置於前，僧食之立盡，而又曰：『吾既食矣，當亦奉教，然俟吾禮四方之聖也。』於是整其衣，出龕而禮。禮東方已畢，忽躍而騰上一高樹。宗素以爲神通變化，殆不可測。俄召宗素，厲而問曰：『檀越向者所求何也？』宗素曰：『願得生人心，以療吾父疾。』僧曰：『檀越所願者，吾已許焉。今欲先説金剛經之奧義，且聞乎？』宗素曰：『某素尚浮圖氏，今日獲遇吾師，安敢不聽乎？』僧曰：『金剛經云：過去心不可得，現在心不可得，未來心不可得，檀越若要取吾心，亦不可得矣。』言已，忽跳躍大呼，化爲一猿而去。宗素驚異，惶駭而歸。」（出宣室志）登壇：陸倕石闕銘序：「命旅致屯雲之應，登壇有降火之祥。」李善注：「登壇，祭天也。」

〔一一〕怪物鎖山根：李昉太平廣記卷四六七李湯：「永泰中，任楚州刺史時，有漁人，夜釣於龜山之下。其釣因物所制，不復出。漁者健水，疾沉於下五十丈。見大鐵鎖，盤繞山足，尋不知極。遂告湯，湯命漁人及能水者數十，獲其鎖，力莫能制。加以牛五十餘頭，鎖乃振動，稍稍就岸。時無風濤，驚浪翻湧，觀者大駭。鎖之末，見一獸，狀有如猿，白首長鬐，雪牙金爪，闖然上岸，高五丈許。蹲踞之狀若猿猴，但兩目不能開，兀若昏昧。目鼻水流如泉，涎沫腥穢，人不可近。久乃引頸伸欠，雙目忽開，光彩若電。顧視人焉，欲發狂怒。觀者奔走。獸亦徐徐引鎖拽牛，入水去，竟不復出。時楚多知名士，與湯相顧愕悚，不知其由。爾時，乃漁者知鎖所，其獸竟不復見。」（出戎幕閒談）此怪物蓋即巫支祁，大禹治淮時，巫支祁作怪，大禹敗之，鎖於淮井之中。

〔一二〕沽酒泉臺：李白哭宣城善釀紀叟：「夜臺無曉日，沽酒與何人。」

〔一三〕捫舌：詩大雅抑：「無易由言，無曰苟矣。莫捫朕舌，言不可逝矣。」朱熹集傳：「言不可輕易其言，蓋無人爲我執持其舌者，故言語由己，易致差失常，當執持不可放去也。」

〔一四〕徽國：李幼武宋名臣言行録外集卷一二：「朱熹，字元晦，間自稱曰仲晦，世爲徽人。……嘉定元年謚曰文，三年贈寶文直學。寶慶三年贈太師，追封信國公。紹定三年改徽國公。淳祐元年上幸學，詔列從祀。」

〔一五〕吟風：程顥曰：「昔受學於茂叔，令尋仲尼、顔子樂處，所樂何事。……再見茂叔後，吟風弄月以歸，有『吾與點也』之意。」（李幼武宋名臣言行録外集卷一）又，朱熹鈔二南寄平父因題此詩：「析句分章功自少，吟風弄月興何長。」立雪：二程外書卷一二傳聞雜記：「朱公掞來見明道於汝，歸謂人曰：『光庭在春風中，坐了一個月。』游、楊初見伊川，伊川瞑目而坐，二子侍立，既覺，顧謂曰：『賢輩尚在此乎？日既晚，且休矣。』及出門，門外之雪深一尺。」（出侯仲良雅言）

〔一六〕蘭苕翡翠：杜甫戲爲六絶句其四：「或看翡翠蘭苕上，未掣鯨魚碧海中。」薛夢符注：「郭景純『翡翠戲蘭苕，容色更相鮮』，言珍禽在芳草間交相輝映，以比文章苕者華也。」醯雞：莊子田子方：「孔子出，以告顔回曰：『丘之於道也，其猶醯雞與？微夫子之發吾覆也，吾不知天地之大全也。』」郭象注：「醯雞，甕中之蠛蠓也。」

〔一七〕「重陳」句：莊子列禦寇：「或聘於莊子，莊子應其使曰：『子見夫犧牛乎？衣以文繡，食以芻菽，及其牽而入於太廟，雖欲爲孤犢，其可得乎？』」郭象注：「樂生者畏犧而辭聘，髑髏聞生而矉蹙，此死生之情異，而各自當也。」芻狗，道德經：「天地不仁，以萬物爲芻狗。」河上公章句：「天地生萬物，人最爲貴，天地視之，如芻草狗畜，不責望其報也。」

〔一八〕采齊：周禮春官樂師：「教樂儀，行以肆夏，趨以采齊，車亦如之。」鄭玄注引鄭司農曰：「肆夏、采齊，皆樂名。或曰：皆逸詩。」禮記玉藻：「趨以采齊。」鄭玄注：「齊，當爲楚薺之薺。」賈誼新書兵車之容：「行以采齊，趨以肆夏，步中規，折中矩。」

〔一九〕「厠鬼」句：蘇軾東坡志林卷二：「過姑孰堂下，讀李白十詠，疑其語淺陋不類太白，孫邈云：聞之王安國，此李赤詩。秘閣下有赤集，此詩在焉。白集中無此。赤見柳子厚集，自比李白，故名赤，卒爲厠鬼所惑而死。今觀此詩，止如此，而以比太白，則其人心疾已久，非特厠鬼之罪。」

〔二〇〕「伽藍」句：指韓愈辟佛事。歐陽修新唐書卷一七六韓愈傳：「憲宗遣使者往鳳翔迎佛骨入禁中，三日乃送佛祠……愈聞，惡之，乃上表……表入，帝大怒。」昌黎，即韓愈。劉昫舊唐書卷一六〇韓愈傳：「韓愈，字退之，昌黎人。」

〔二一〕琅玕筆：杜甫鄭駙馬宅宴洞中：「主家陰洞細煙霧，留客夏簟青琅玕。」仇兆鼇注：「青琅玕，比竹簟之蒼翠。」

〔二二〕碧落：指天。楊炯和輔先入昊天觀：「碧落三乾外，黄圖四海中。」白居易長恨歌：「上窮碧落下黄泉，兩處茫茫皆不見。」

〔二三〕鄭浦江：宋濂浦陽人物記卷上：「鄭綺，字宗文，白麟二十一世孫也。……今爲浦陽感德人。淮，綺之祖也。綺通春秋穀梁學，撰合經論數萬言。事父母孝。……有家範二卷傳於世。」黄虞稷千頃堂書目卷一一：「鄭綺鄭氏家範二卷。」

〔二四〕外王内聖：莊子天下：「内聖外王之道，闇而不明，鬱而不發，天下之人各爲其所欲焉。」

〔二五〕「吾生」句：禮記禮運：「孔子曰：『大道之行也，與三代之英，丘未之逮也，而有志焉。』」

〔二六〕仲謀：司馬光資治通鑑卷六六漢紀：「曹操進軍濡須口，號步騎四十萬，攻破孫權江西營。獲其都督公孫陽。權率衆七萬禦之，相守月餘。操見其舟船器仗軍伍整肅，歎曰：『生子當如孫仲謀；如劉景升兒子，豚犬耳。』」

〔二七〕元亮：蕭統陶淵明傳：「陶淵明，字元亮，或云潛，字淵明，潯陽柴桑人也。」陶淵明與子儼等疏：「五六月中，北窗下卧，遇涼風暫至，自謂是羲皇上人。」

〔一八〕豆羹：即簞食豆羹。孟子盡心下：「好名之人，能讓千乘之國，苟非其人，簞食豆羹見於色。」孫奭正義：「此章言廉貪相殊，名亦卓異者也。孟子言好不朽之名者，則重名輕利，故云能讓千乘之國而且不受；苟非好名之人，則重利而輕名，而簞食豆羹之小節，且見爭奪而變見於顔色。」

訂魏親家往西溪河渚看梅雨阻不果〔一〕

衝雨上孤篷，雙艫燕尾鬭。叩門罷寒暄，告赴梅花候。交親諳我癡，騎馬探芳岫。報言時正佳，暗香七分透。外舍襆衾裯，中廚潔餱豆。夢回屋瓦鳴，空床響懸漏。驚坐炷壁燈，雷火迸衣袖。徙倚不成眠，苦爲花僝僽〔二〕。蓓蕾猶可當，爛熳禁馳蹂。正如壯盛年，世難風雨驟。縱及晚景收，精華已銷覆。自嗟老逆天，舉動逢乖繆。爲阻一人游，横作千林疚。我不害梅花，梅花繇我瘦〔三〕。默然深掩關，一枝謝寒甃。牆陰鳩婦還〔四〕，窺窗笑相咒。

【箋釋】此詩作於康熙二十二年癸亥二月。

按，晚村答萬祖繩書曰：「弟病日加劇，根由鬱拂，親知勸以游戲解之。仲春過湖上，欲看西溪河渚梅花，而雨雪爲虐，竟阻勝事。悶坐魏舍親齋中，忽接尊札，惠以公是、改之二集，不禁眼爲明而膈爲爽，忘沉痾之在體與陰霾之在庭也。」（呂晚村先生文集卷二）則此次出游，與上年游海鹽者皆爲消病也；前者爲弟子之慫恿，此爲親知之邀請。

魏親家，即魏尚策。據倪復野續姚江逸詩卷七：「魏尚策，字方公，少年游俠，走四方，遍交當世知名之士，老而歸隱西湖，以詩文自娱。□□□□□與余交善，□□□□□□□壬午秋試，相與盤桓其家者月餘，見其詩集四卷。迄今辛丑，余選逸詩，相距不滿二十年，搜其遺稿，即不可得，即與余、□□唱和投贈之作，亦不一而足。今獲存者，止此而已，誰謂逸詩之刻，其容緩乎？」倪氏謂方公「遍交當世知名之士」，而其時欲搜其詩文已不可得，今欲尋其一二事跡，亦難乎其上矣，唯黄太沖學禮質疑序曰：「吾友萬充宗，爲履安先生叔子，鋭志經學，六經皆有排纂，於三禮則條其大節目。……此在當時，顧人人所知者，於今則爲絶學矣。不謂晚年見此奇特，其友魏方公爲之先刻數卷。充宗以爲質疑者，欲從余而質也。」方公與充宗爲朋友，而充宗乃祖繩六弟，祖繩又爲晚村至交，且方公又爲晚村之親家，集中有與魏方公書二文，其一即因旦中墓誌而指斥太沖者。

此詩爲雨阻不得賞梅而發，「世難風雨驟」，則天公不作美，是猶可恕者。「自嗟老逆天」，則風雨之來，蓋由我而引起，豈爲阻我一人之游，而致作「千林疚」乎？ 我本欲賞梅，卻因「逆天」之「命」，而使梅花遭受摧殘。「我不害梅花，梅花繇我瘦」二句，晚村病中感慨之意。

【資　料】

魏尚策題倪氏清暉樓卷和：先生風節在斯樓，題署清暉擬自儔。疏草千年成正氣，詩文百世頌風流。象賢孫子恢鴻業（樓毁於火，太真尊公先生善承祖志，經營重建），繩祖曾玄繼厥謀（太真昆季皆有聲庠序）。漫説登臨徒翫賞，山川鍾秀紫雲浮。（續姚江逸詩卷七）

黄宗炎簡魏方公乞清謹堂程君房墨：每憶高齋風韻腴，豹囊烏玉重璠璵。草霜恒怕迷雒眼，松液何曾潤鼠鬚。署款程家高士致，記年神廟舊人儲。分來但覺多多善，莫管群鴉費紙塗（程君房墨有士人風，至方于魯不能及也。清謹堂款識，乃奄人孫隆所造。奄人姓氏，豈可見諸詩文！其年稱萬曆辛巳，故以屬對。然式樣之奇巧，香膠之殊異，有非他工所能辨）。（續甬上耆舊詩卷三九）

【注　釋】

〔一〕西溪：嵇曾筠浙江通志卷九山川一：「萬曆杭州府志：在武林山之西北欽賢鄉。宋高宗欲都其地，後得鳳凰山，乃云：『西溪且留下。』俗稱留下云。」

〔二〕僝僽：憔悴之意。邵雍年老逢春：「東君不奈人嘲戲，僝僽花枝惡未休。」張輯如夢令：「僝僽，僝僽，比著梅花誰瘦。」

〔三〕「我不」二句：化用晉書王導「吾雖不殺伯仁，伯仁由我而死」句法。

〔四〕鳩婦：陸璣毛詩鳥獸蟲魚草木疏卷下：「語曰：『天將雨，鳩逐婦。』」歐陽修鳴鳩：「天將陰，鳴鳩逐婦鳴中林，鳩婦怒啼無好音。天雨止，鳩呼婦歸鳴且喜，婦不亟歸呼不已。」

七日同游西湖過南屏石壁下〔一〕

乍雨還晴漏日光，挼藍斷際水雲長〔二〕。兩峰依舊無顏色，片石稀微又夕陽。僧帽故人今不識，酒樓往事老難忘。低頭暗記南陵路，坐失疏花遶岸香。

【箋釋】

此詩作於康熙二十二年癸亥二月。

按，康熙三年甲辰，張蒼水遇害於西湖，晚村曾爲之營葬，張符驤呂晚村先生事狀：「甲辰，有故人死於西湖，先生爲位以哭，壞牆裂竹，擬於西臺之慟，已而葬於南屏山石壁下。」（碑傳集補卷三六）全謝山謂：「蒼水之死，隱學之出獄，莊生皆大有力焉。」（續甬上耆舊詩卷四一高隱君斗魁傳）晚村九日書感詩曰：「九日常年話一樽，今年覆罣卧支門。亭隅獨下西臺淚，島畔誰招東郭魂。無復鶴猿依正統，猶憑鮫蜑記華元。腐儒自有傷心處，不共賓僚説舊恩。」（倀倀集）張符驤又謂「他日過其墓，猶作詩曰『僧帽故人今不識，酒樓往事老難忘』」云者，蓋即指此游而言。嚴鴻逵釋略曰：「張蒼水墓在南屏九曜山下，南陵廟後，時欲買地建白衣菴，故往相視也。」

張符驤謂晚村「散萬金之家以結客」（吕晚村先生事狀），事無所本，然晚村自言「憶我乙酉避亂初，全身持向萬山棄」（看宋石門畫輞川圖依太沖韻），又謂「憶年十七，追逐亂始。余毁厥家，公妙頰齒。經營巖澤，連絡首尾」（吕晚村先生文集卷七祭董雨舟文），其詳今不可得，然就此詩中晚村於張蒼水自稱「故人」，又憶「酒樓往事」，則毁家以助抗清義軍如張蒼水部者，當或有之。

【注釋】

〔一〕南屏石壁：潛説友咸淳臨安志卷二三山川二：「南屏山：在興教寺後，怪石聳秀，中穿一洞，上有石壁，若屏障然。」

〔二〕挼藍：白居易春池上戲贈李郎中：「直似挼藍新汁色，與君南宅染羅裙。」挼，集韻：「奴禾切。」

八日承招集湖舫雨雪竟日

煙霧深深畫舫孤，舉杯點點雪跳珠〔一〕。雨初生處峰先隱，水没痕來天欲無。舊住名園埋戰骨，新過野寺鬭妖姝〔二〕。陸公祠畔停橈問〔三〕，四十年前賣酒壚。

【箋釋】

此詩作於康熙二十二年癸亥二月。

按，所謂「四十年前」者，殆指崇禎十七年甲申言，據晚村友硯堂記謂「憶甲申與從子亮功游杭」（吕晚村先生文集卷六），即謂此也。

【注釋】

〔一〕雪跳珠：周紫芝雪中睡起書北窗二首：「窗下梅花凍玉壺，夢回閒聽雪跳珠。」

〔二〕妖姝：陸游浣溪女：「插髻燦燦牽牛花，城中妖姝臉如霞。」

〔三〕陸公祠：田汝成西湖游覽志卷二：「自斷橋西，徑湖中，過望湖亭，爲孤山、四賢堂、林逋墓、放鶴亭、瑪瑙坡、尚書俞公祠、歲寒巖、唐陸宣公祠、六一泉。……陸宣公祠，乃中書舍人洪澄別墅，疏泉犖石，喬木數十章，左右暎蔚，號稱佳麗。舍人亡不數年，鞠爲荒墟，後屬陸少保炳，少保自謂系出宣公，創祠祀之，規制弘敞，吞吐湖山，臺榭之盛，爲一時冠。炳既物故，仍坐法，祠没入官，以名賢得不廢。隆慶間，侍御豫章謝公廷傑益以嚴光、林逋、趙抃、王十朋、吕祖謙、張九成、楊簡、宋濂、王琦、章懋、陳選、陶大臨並祀焉，歲久就圮，侍御江陰范公鳴謙捐贖鍰，檄郡修葺，頓還舊觀矣。」陸公，即陸贄，字敬興，嘉興人。唐代宗大曆八年癸丑登進士第，又中博學宏詞科，授鄭縣尉。德宗興元八年壬申四月拜相，十年甲戌罷爲太子賓客，次年貶忠州別駕。順宗永貞元年乙酉卒，謚宣，世稱陸宣公。

雪夜宿湖中①二首

群山盡没海天開，糅碎寒花當落梅。燈下推窗問三老〔一〕，幾人卧看雪湖來。

玉屑飛過雨腳收〔二〕，癡雲猶戀遠峰頭。夜闌忽打篷窗急，不許梅花引夢游。

【校　記】

① 管庭芬鈔本題作「夜泊舟中聽雪」。

【箋　釋】

此詩作於康熙二十二年癸亥二月。

按，晚村此次西湖游，七日是「乍雨還晴漏日光」，八日則「雨雪竟日」，至晚方「雨腳收」而「玉屑飛過」，即爲「雪西湖」景色，正所謂「西湖之勝，晴湖不如雨湖，雨湖不如月湖，月湖不如雪湖」意（汪珂玉西子湖拾翠餘談卷下）。

【注　釋】

〔一〕三老：杜甫撥悶：「長年三老遥憐汝，捩柂開頭捷有神。」又夔州歌十絶句：「長年三老長歌裏，白晝攤錢高浪中。」師尹注：「峽人以船頭把篙相水道者曰長年，正梢曰三老。」陸游入蜀記卷三：「是日，早見舟人焚香祈神云：『告紅頭須小使頭，長年三老，莫令錯呼錯唤。』問：『何謂長年三老？』云：『梢工是也。』長讀如長幼之長。」

〔二〕玉屑：白居易春雪：「大似落鵝毛，密如飄玉屑。」雨腳：賈思勰齊民要術胡麻：「種欲截雨腳。」注：「若不緣濕而不生。」杜甫茅屋爲秋風所破歌：「牀頭屋漏無乾處，雨腳如麻未斷絶。」

湖中曉起

髻轟螺濃粉澤香〔一〕，烏銅鏡裏鬭新妝①。湖心雲起煙波颭〔二〕，亂潑銀盆百和湯。

【校　記】

①「髻轟」二句　管庭芬鈔本校曰：「一作『髻轟鬟鬆聞曉妝，烏銅鏡裏簇明璫』。」

【箋釋】此詩作於康熙二十二年癸亥二月。

按，此詩化用劉禹錫望洞庭：「湖光秋月兩相和，潭面無風鏡未磨。遥望洞庭山水翠，白銀盤裏一青螺。」據此，髻指寶塔（雷峰塔或保俶塔，或兼有之），螺指青山，烏銅鏡指西湖水面。模景狀物，一絲不苟。

【注釋】

〔一〕髻螺：蘇軾寶山新開徑：「回觀佛骨青螺髻，踏遍仙人碧玉壺。」

〔二〕颭：柳宗元登柳州城樓寄漳汀封連四州：「驚風亂颭芙蓉水，密雨斜侵薜荔墻。」廣韻：「占琰切。風吹落水。」

雪中放舟

尋梅雨溜階，游山雪傾蓋。平生事每然，習慣無足怪。一艇破蒼煙，滅没孤鷗會。水遠雪勢深，流落滄洲外〔一〕。好友惜良辰，攜樽思一快。對景意不舒，憑欄發清喟。曰余無不宜，兹游正好在。阿閣按新歌〔二〕，高樓斫鮮膾。但爭軟煖歡，安知冷淡界。微茫更深入，始覺胸眼大。天意儘無端，吾興終不敗。

【箋釋】

此詩作於康熙二十二年癸亥二月。

按，以尋梅逢雨、游山遭雪喻平生所遇之事，一則曰習慣，再者曰無不宜，三者曰天意，感慨良多。

【注釋】

〔一〕滄洲：阮籍爲鄭沖勸晉王箋：「臨滄洲而謝支伯，登箕山以揖許由。」李白江上吟：「興酣落筆搖五嶽，詩成笑傲凌滄洲。」楊齊賢注：「杜陽雜編：隋大業九年，玄藏幾爲過海使判官，風飄至洲島間，洲人云：『此滄洲，去中國已數萬里。』」

〔二〕阿閣：古詩十九首之一：「交疏結綺窗，阿閣三重階。」李善注：「尚書中候曰：昔黄帝軒轅鳳皇巢阿閣。周書曰：明堂咸有四阿。然則閣有四阿，謂之阿閣。鄭玄周禮注曰：四阿，若今四注者也。」沈自南藝林彙考棟宇篇卷一引彈雅曰：「高皇帝定鼎金陵，勝國工部尚書以營造法式進，上不納。按此書圖志有天宫樓閣，瓦上作小屋數十楹。初不知何意，及讀古詩云：『西北有高樓，上與浮雲齊。交疏結綺窗，阿閣三重階。上有弦歌聲，音響一何悲。』方解前圖乃阿閣，以棲樂工者，欲令八音如天樂從空中來耳。今惟樓船之鼓棚似之。秦人建宮殿，謂之阿房；城上營衛室，謂之阿鋪，皆取名於此。」

泊舟看雪裏紅梅

短短泥牆繚水邊，漫空冰雪弄嬋娟〔一〕。縞衣朱頰窺新寡〔二〕，羽蓋丹綃倚醉仙〔三〕。小立闌干瓊珮落，半垂簾幕寶鐙懸。可憐今夜横斜影〔四〕，獨送寒香到酒船。

【箋　釋】

此詩作於康熙二十二年癸亥二月。

【注　釋】

〔一〕嬋娟：蘇軾水調歌頭：「但願人長久，千里共嬋娟。」

〔二〕縞衣：詩鄭風出其東門：「縞衣綦巾，聊樂我員。」毛亨傳：「縞衣，白色男服也。」此處代指白雪。朱頰：紅頰。此處代指紅梅。

〔三〕羽蓋：司馬相如子虛賦：「怠而後發，游於清池，浮文鷁，揚旌栧，張翠帷，建羽蓋。」郭璞注：「施之船上也。」吕向注：「帷蓋皆翠羽飾之，取其輕也。」丹綃：王嘉拾遺記卷四：「燕昭王即位二年，廣延國來獻善舞者二人。……昭王處以丹綃華幄，飲以瓀珉之膏，飴以丹泉之粟。」

〔四〕横斜影：林逋山園小梅：「疏影横斜水清淺，暗香浮動月黄昏。」

雪夜再宿湖中

二月西湖雪，誰能秉燭游〔一〕。白鋪山作骨，青破樹爲頭。海内疑無地，空中别有樓。莫愁波浪闊，萬古剩虚舟〔二〕。

【箋釋】

此詩作於康熙二十二年癸亥二月。

按，大地爲雪所覆，實爲「海内疑無地」句張本，意蓋在此。

【注釋】

〔一〕秉燭游：古詩十九首之一：「生年不滿百，常懷千歲憂。晝短苦夜長，何不秉燭游。」李白對雪醉後贈王歷陽：「君家有酒我何愁，客多樂酣秉燭游。」

〔三〕「莫愁」二句：杜甫夢李白二首：「水深波浪闊，無使蛟龍得。」黄鶴補注杜詩引蘇氏注：「宋玉海水深浩，波浪廣闊，非萬斛舟不可泛。」

湖心亭小憩〔一〕

雪後山容靜，風前柳態舒。夜泉懸磵壁，春水上階除〔二〕。尚有游人過，終於塵事疏。兹亭並剗卻〔三〕，幽意復何如。

【箋　釋】

此詩作於康熙二十二年癸亥二月。

【注　釋】

〔一〕湖心亭：田汝成西湖游覽志卷二：「湖心亭，舊爲湖心寺，鵠立湖中，三塔鼎峙。相傳湖中有三潭，深不可測，所謂三潭印月是也，故建三塔鎮之。」

〔二〕上階除：黄庭堅戲呈聞善二兄：「匏懸籬落鴉窺井，草上堦除雪衮風。」

〔三〕剗卻：李白陪侍郎叔游洞庭醉後：「剗卻君山好，平鋪湘水流。」剗，廣韻：「初限切。削也。」

從湖上晚歸戲得四絶句 四首

年來愁病苦交加，强出尋春遇鬼車〔一〕。弄雨欺風還做雪，問渠怪我怪梅花。

便不看花也自繇，何須冰霰壓船頭。明朝歸掩虚窗坐，好放晴光颺畫樓。

尋梅不得猶閒事，著屐尋山又作魔。片石高齋三兩樹，看君爭奈老僧何。

仙人大笑子何愚，雨裏寒梅雪裏湖。天上清緣茲第一，尋常美景那家無。

【箋　釋】

此詩作於康熙二十二年癸亥二月。

按，此與前幾首相照應，皆謂茲游所遭受之惡劣天氣，强出尋春，卻是雨雪交加，然則亦别有一番滋味，蓋尋常美景，何處無之，此「雨裏寒梅雪裏湖」，豈他人可得欣賞者耶？前者謂「髻矗螺濃粉澤香」、「微茫更深入，始覺胸眼大」、「白鋪山作骨，青破樹爲頭」等意境，亦非尋常所能遇見，無奈中聊作曠達之情。

【注釋】

〔一〕鬼車：周易睽卦：「見豕負塗，載鬼一車。」劉恂嶺表録異卷下：「鵂鶹，即鴟也。爲圖，可以聚諸鳥。鵂鶹晝日目無所見，夜則飛撮蚊虻。鵂鶹，乃鬼車之屬也，皆夜飛晝藏。或好食人爪甲，則知吉凶。凶者，輒鳴於屋上，其將有咎耳。故人除指甲，埋之户内，蓋忌此也。亦名夜行游女，好與嬰兒作祟，故嬰孩之衣不可置星露下，畏其祟耳。又名鬼車。」

坐雨有感

風驅雲入山，出山雲化雨。雨潤暗泉生，泉急溪流聚。群溪會大江，江宗海爲主〔一〕。天性本輕清，出門猶甘乳。洪濤一浩蕩，淡質變鹹苦。尾閭竟不還〔二〕，腥濁成終古。寄書故鄉雲，巖岫莫輕舉。一落難復收〔三〕，下流安可處〔四〕。

【箋釋】

此詩作於康熙二十二年癸亥二月。

按，詩中「下流安可處」句，即與張考夫書所謂「聖人不落第二等」（吕晚村先生文集卷一）之意。此晚村一生之自期，亦爲人之凖則也。

【注　釋】

〔一〕「群溪」二句：詩小雅沔水：「沔彼流水，朝宗于海。」

〔二〕尾閭：莊子秋水：「天下之水，莫大於海，萬川歸之，不知何時止而不盈，尾閭泄之，不知何時已而不虚。」成玄英疏：「尾閭，泄海水之所也。」嵇康養生論：「自力服藥，半年一年，勞而未驗，志以厭衰，中路復廢，或益之以畎澮，而泄之以尾閭。」李善注引司馬彪曰：「尾閭，水之從海水出者也，一名沃燋，在東大海之中。尾者，在百川之下，故稱尾。閭者，聚也，水聚族之處，故稱閭也。」

〔三〕「一落」句：范曄後漢書卷六九竇何列傳：「苗謂進曰：『始共從南陽來，俱以貧賤，依省内以致貴富。國家之事，亦何容易！覆水不可收。宜深思之，且與省内和也。』進意更狐疑。」

〔四〕「下流」句：論語子張：「子貢曰：紂之不善不如是之甚也，是以君子惡居下流，天下之惡皆歸焉。」孔安國注：「紂爲不善，以喪天下，後世憎甚之，皆以天下之惡歸之於紂。」

夜中雪又大作十三日驟積凝寒飲高齋有懷

裂竹低頭恨有聲，凍梅徹骨泣無情。湖山色向幾時改，日月光從何處生。越酒圍爐冰箸拆〔一〕，吴吟擁被紙窗明〔二〕。故園此際知相憶，呵手鈔經稿未成。

【箋釋】

此詩作於康熙二十二年癸亥二月。

按，「湖山色」、「日月光」，皆别有深意。

【注釋】

〔一〕越酒：嵇曾筠浙江通志卷一〇四物産四：「越酒，會稽縣志：越酒行天下，其品頗多，而名『老酒』者特行，名『豆酒』者佳。其法以緑豆爲麴，邑壤多秫少秔，以此。」圍爐：白居易問劉十九：「緑螘新醅酒，紅泥小火爐。晚來天欲雪，能飲一杯無。」冰箸：王仁裕開元天寶遺事：「冬至日，大雪至午，雪霽有晴色，因寒所結簷溜，皆爲冰條，妃子使侍兒敲下二條看玩。帝自晚朝視政回，問妃子曰：『所玩何物也？』妃子笑而答曰：『妾所玩者，冰筯也。』帝謂左右曰：『妃子聰惠，比象可愛也。』」此處指筷子。

〔二〕吴吟：白居易戲和賈常州醉中二絶句：「越調管吹留客曲，吴吟詩送煖寒杯。」紙窗明：白居易曉寢：「紙窗明覺曉，布被暖知春。」徐積睡：「日出紙窗明，煙霞忽失腳。」

後坐雨有感

日出海水翻，新雲魚鱗生。東風吹海急，送之中原行。高山阻風腳，巖巒得經營。中有古者雲，凝結洞府精。手握造化權，而無涉世情。新雲拜古雲，自愧氣質腥。何用脱塵坱〔一〕，終不墮環瀛〔二〕。古雲笑相對，升沉視所成。千年或不出，一出宇宙更。萬象露菁華，其體仍上騰。豈如陰濁姿，飄忽隨風聲。本無潤物力，但爭電火榮。污流易苟合，安能辭塹阬〔三〕。長跪願少留，鍛鍊還輕清〔四〕。君看時會至，膚寸天下驚〔五〕。

【箋釋】

此詩作於康熙二十二年癸亥二月。

按，此詩多諷刺語。以新雲與古雲之對話，表現兩種不同之人生追求。「魚鱗生」，則新雲多矣；「中原行」，則入仕矣；「洞府精」，古雲之逃世也久矣；「視所成」，則等待時機，今後或是千年不出，若得出，必是宇宙更替之時矣；「陰濁姿」，喻新雲輩隨風而飄矣；「長跪願少留」，洗耳之舉矣，然則一「跪」字，又是多麼無奈。末兩句，亦復豪壯。

晚村詩不苟作，而鬱勃之氣，一以貫之，需再三含咀方得個中滋味。

【注釋】

〔一〕塵坱：柳宗元法華寺石門精室三十韻：「潛軀委纆鎖，高步謝塵坱。」童宗説注：「坱，烏朗切。塵也。」

〔二〕環瀛：司馬遷史記卷七四孟子荀卿列傳：「中國名曰赤縣神州，赤縣神州内，自有九州，禹之序九州是也，不得爲州數。中國外如赤縣神州者九，乃所謂九州也，於是有裨海環之，人民禽獸莫能相通者，如一區中者，乃謂一州，如此者九，乃有大瀛海環其外，天地之際焉。」

〔三〕塹阬：釋覺範南安巖主定光生辰：「未離唇吻成窠臼，才落思惟墮塹阬。」

〔四〕輕清：張揖廣雅釋天：「輕清者上爲天，重濁者下爲地，中和爲萬物。」林栗周易經傳集解卷三三：「輕清在上，重濁在下。」

〔五〕膚寸：公羊傳僖公三十一年：「觸石而出，膚寸而合。」何休注：「側手爲膚，按指爲寸。」張協雜詩：「雖無箕畢期，膚寸自成霖。」張銑注：「但起膚寸之雲以成霖雨也。霖，三日雨也。」

妙山送陳生鏦歸兼示諸子　二首

子出孤雲外，吾還落照邊。山菴相對處，虛榻一淒然。語次神驚虎，經聲熟亂鵑。他年情境異，猶憶在寒泉〔一〕。

衰病心逾切，諸君事若何。烏頭無我力〔二〕，鈎吻誤人多〔三〕。真愛青山好，頻須赤腳過。桃花笑漁子，慣唱轉船歌。

【箋　釋】

此詩作於康熙二十二年癸亥四月。

按，四月晚村至妙山，有癸亥初夏書於風雨菴中詩，曰：「到此菴中，屏絶禮數。病不見客，隘不留卧。經過游觀，自來自去。送迎應對，一概求恕。久坐閒談，爾我兩誤。可惜工夫，各有本務。知者無言，怒亦不顧。問我何爲，木彫泥塑。」（呂晚村先生文集卷八）此時晚村病已轉劇，然猶不忘編訂書籍，公忠行略曰：「自（庚申）後，病益劇，先君自知不起，嘗歎曰：『吾今始得尺布裹頭歸矣，夫復何恨。但夙志欲補輯朱子近思録及三百年制義名知言集二書，儻不成，則辜負此生耳。』於是手批目覽，猶矻矻不休。」詩中「經聲熟亂鵑」、「猶憶在寒泉」二句，即是此意。

晚村素有背瘡及咳疾，爲鎮痛而服用烏頭、鈎吻二味，此二味皆有毒，晚村深於醫理，明知不可爲而爲之，是無奈之無奈舉也，正其答黄晦木詩所云「雖甚難爲猶下藥，直無可説已成魔」者是也。悲夫！

【注　釋】

〔一〕寒泉：即寒泉精舍。朱熹與呂祖謙曾於此編訂近思録。朱熹書近思録後：「淳熙乙未之夏，東萊呂伯恭來自東陽，過予寒泉精舍，留止旬日，相與讀周子、程子、張子之書，歎其廣大閎博，若無津涯，而懼夫初學者不知所入也。因共掇取其關於大體而切於日用者，以爲此編。」

〔二〕烏頭：堇草或附子别名，有毒，可作鎮痛劑。陳大章詩經名物集覽卷一〇：「朱傳：堇，烏頭也。爾雅：芨，堇草。郭云：即烏頭也。江東呼爲堇，音靳。晉語：驪姬置鴆於酒，置堇於肉。賈逵曰：堇，烏頭也。國策：人之飢所以不食烏喙者，以其雖偷充腹而與死同患也。……本草：烏頭與附子同根，形似烏鳥之頭，蜀人謂烏頭苗爲堇草，冬采爲附子，春采爲烏頭，味辛甘温大熱，有大毒，一名奚毒，一名即子，一名烏喙。陶隱居云：春時莖初生，有腦形似烏鳥之頭，故謂之烏頭。」

〔三〕鈎吻：陳大章詩經名物集覽卷七：「蘇恭曰：葛雖除毒，根入土五六寸，名葛脰。脰，頸也。服之令人吐，有微毒。本經：葛谷即其實也。又就葛，亦葛類，葉黄而圓，故曰黄環，實名狼跋子，治痰嗽，消腫。野葛本作冶葛，論衡云：冶，地名，在東南。廣人謂之胡蔓草，一名斷腸，岳州謂之黄藤，即鈎吻，大毒。」李時珍本草綱目卷一七下：「主治金瘡、乳痓、中惡風、欬逆上氣、水腫、殺鬼疰、蠱毒（本經），破瘕積，除腳膝痹痛、四肢拘攣、惡瘡、疥蟲，殺鳥獸，擣汁入膏中，不入湯飲（别録），主喉痹、咽塞、聲音變（吴普）。」

金陵徐子貫攜其尊人詩文過妙山見示信宿别歸感賦〔一〕

十年不喫孔廬茶，何遽星芒掩白沙。愛我驢鳴無處作〔二〕，喜君驥種又成家〔三〕。生存栝酒論猶易，身後傳文法有加。夜半妙山山月吐，一彈窗外再咨嗟。

【箋釋】

此詩作於康熙二十二年癸亥四五月間。

按，康熙十二年癸丑，晚村往南京售書，結識徐州來、周雪客、黄俞邰等，相與盤桓半載，後僅得雁足傳書，及今十年矣，今者州來已死，故曰「驢鳴無處作」。「生存」句，隱意陰陽兩隔。「身後」句，讚譽子貫也。情猶深然。

後子貫過訪孟舉，示以晚村詩，孟舉有次韻，並畫竹以贈子貫，復次韻。

【資料】

吴之振讀□□病中贈金陵徐子貫詩有感次原韻：廿年求友江南北，瞇眼黄金著黑沙。宿草迷離高士冢，殘書零落故侯家。微吟病榻詩猶壯，欹筆寒藤力轉加。秋氣無端摇木末，空山猿鶴動咨嗟。（黄葉村莊詩集卷五）

爲子貫畫竹再次前韻：清晝松寮客鬭茶，篔簹小景劃圓沙。湖州點染無多法，浙派紛拏别作家。嘯雨欹風愁俯仰，攢三聚四苦交加。起予賴有新詩句，潑墨圖成在咄嗟。（同上）

【注釋】

〔一〕信宿：詩豳風九罭：「公歸不復，於女信宿。」毛亨傳：「再宿曰信。」

〔二〕 驢鳴：劉義慶世説新語傷逝：「王仲宣好驢鳴，既葬，文帝臨其喪，顧語同游曰：『王好驢鳴，可各作一聲以送之。』赴客皆一作驢鳴。」

〔三〕 驥種：蘇軾閲世亭詩贈任仲微：「象賢真驥種，號訴甘百謫。」黄彦平王氏二子字辭：「王侯太初嗜好詩書，見其二子驥種、鳳雛。」高啟戲嬰圖：「驥種雖難匹，鵷雛已作行。」

答黄晦木

寄語南山老鷓鴣，真行不得也哥哥〔一〕。虛疑世亂人材少，只覺年衰病痛多。雖甚難爲猶下藥，直無可説已成魔。還思共吐胸中積，將子能來及早過〔二〕。

【箋　釋】

此詩作於康熙二十二年癸亥五六月間。

按，是時晚村已病入膏肓，所服者蓋亦烏頭、鈎吻之屬，即詩裏所謂「雖甚難爲猶下藥，直無可説已成魔」云者也。晚村自知不起，猶望得與晦木作最後會晤，所期者「共吐胸中積」耳。「及早過」三字，切切之心，何其殷殷。惜晦木終未有來，當爲外事所牽涉。悲夫！晚村卒後，晦木詩以哭之。

【資　料】

黄宗炎哭吕石門四首：與君季兄游，憶在壬午歲。君時甫十四，雙目炯吐鋭。氣薄層雲高，誦讀時彗彗。記此久不忘，長使魂夢綴。語陽再三過，舊交悉零替。孔道經喪亂，風俗變乖沴。吾雖十年長，依君耆宿例。杯酒接言笑，復敦兄弟契。設館授餐外，爲我謀瑣細。駏蛩短長兼，風波同舟濟。屈好烏可愛，相推亦蘭蕙。多否少許可，餘子視一切。獨服予論詩，雞群鶴霄唳。衰頽煢煢叟，彳亍靡託蔽。行歌吹篪曲，豈比騷雅麗。偏喜拾踐什，耳熱時決眥。謂我數千首，獨步堪命世。屢欲作鄭箋，選録標次第。此願雖未果，難消知己誓。有子幼失學，掖翁舟車濟。弱冠憐庶士，代爲納聘幣。趨走告外家，孤姨館亞壻。古人所難爲，君如茹甘脃。是真吾身受，他人尚聯袂。

士人重才華，天生鍾明哲。吾交三吴傑，童穉每駿軼。君獨萃靈異，耳目實迥別。文藻藝苑事，詩書舊塗轍。意到即悟入，不足吹一吷。又復多技能，處處勤洗刷。農桑詑田父，工巧嗤匠拙。相埋廢青囊，制仗考銅鐵。磽確蒔花竹，沮洳種魚鼈。金石鑑真贋，書畫差優劣。應手有神助，不用重簡閲。靈素嫌古奥，本草繁寒熱。張劉朱李輩，門徑各曲折。欲化華元化，倏與時流絶。名得謗亦隨，何樂此拗捩。晚年解盤腕，棄去真俊傑。觀古獨行人，屠釣自污衊。未免尚有情，藝成懼卑褻。憶昔贈子言，千條勸斷絶（昔予贈用晦詩「勸君截斷千條路，收拾聰明一綫尋」，非虚語也）。

賢者固不測，蒲牢待鯨叩。吾進孟浪語，非敢施砭灸。爲人所難爲，獨斷若決溜。年少攖患難，激怒繁馳驟。溢出瓌異氣，怪誕走徑竇。五音十二律，歸叶雅頌奏。鐘鼎混金鎔，圭璧璞玉鏤。亢害承乃制，堅白質無有。黼黻等麻枲，蠻觸任戰鬭。憎彼舐痔舌，難與論句讀。笑伊乾唾面，何得對俎豆。執持鐵門限，旁蹊永弗復。君才陟冠蓋，不殊探懷袖。自放草野没，恥從公卿後。猶恐名爲累，髡首辭故舊。吾當薙頂初，慘戚逝莫救。屢假逃禪途，祝髮偏袒覆。相顧習爲常，形影適且晝。重冠周羅顛，瓦盆佐飣餖。始終顛倒易，君是我紕繆。滔滔江河趨，禮樂爭踐蹂。典型悉毁滅，狂號恣童幼。廉恥殘煙消，機詐亂流湊。愈出愈顯奇，誰或腹私詬。今君倏云亡，吾舌卷不漏。

聖人惡鄉愿，修飾若自然。仁智率性行，好惡各有偏。偏處即成癖，癖久篤且堅。吾惜南陽老，偏癖無方圓。木石甘放廢，爲厭牿鼻牽。腥穢鄙陋習，帖括苦糾纏。干戈不克毁，烈燄無能燃。君胡好之至，堆積陳青氈。新故相錯雜，落葉盈庭前。飢同盤餐食，倦與衾茵連。寒夜青鐙熒，春晝鶯花妍。此非情不怡，對之歎窮年。棄擲經史業，卑哉時文箋。章句市井歲，名字蠅蟻羶。始也代耕耨，猶類糞灌田。鏤冰刻楮葉，非可長留傳。逮乎斲鼻堊，欲藉窺聖賢。插幟分源流，謗怒來喧闐。孟去三千載，異學秉炳權。何者爲正道，何者是玄禪。區區訓詁賸，輒取光殘編。老吏斷出入，道統縠獨肩。漆園論齊物，不齊安其天。見君取朋友，畫一勇陶甄。尺短寸有長，嶙峋各踵顛。往往離合頻，物議多變遷。君恤故舊情，長席接廣筵。枵腹飽菽粟，薄衣實纊綿。是真古人事，鄉里反不宜。偏癖小可指，大美豈容鐫。（全祖望續甬上耆舊詩卷三九）

【注釋】

〔一〕「真行」句：陶宗儀輟耕録卷五：「鄧光薦先生剡號中齋，廬陵人。宋亡，以義行著。其所賦鷓鴣詩曰：『行不得也哥哥，瘦妻弱子羸牸馱。天長地闊多網羅，南音漸少北語多。肉飛不起可奈何，行不得也哥哥。』其意可見矣。」剡，祥興時歷官禮部侍郎，丞相文信公客。

〔二〕將子：詩衛風氓：「將子無怒，秋以爲期。」毛亨傳：「將，願也。」鄭玄箋：「將，請也。民欲爲近期，故語之曰：『請子無怒，秋以與子爲期。』」

何求老人殘稿卷八

南前唱和詩　二十首

南前唱和詩，晚村與孟舉、自牧三人倡和之作也。晚村與孟舉相識於順治十年癸巳，後孟舉奉母命，與晚村定交，據晚村復董雨舟書：「思其母夫人識弟於流輩中，而命其子與友。及彌留時，嗚咽流涕而囑弟曰：『吾止此一子，幼失父無教，其言行未嘗一當。今吾無可託者，以屬之子，其善教之。』弟收淚而應之曰：『敬諾。』此時孟舉匍伏床下，慟不能起。」（鈔本吕晚村文集）又與沈起廷書：「其母夫人識弟於稠人之中，命之納交，如其嫡從之屬，孟舉亦竭情盡歡。」（同前）另據張考夫言行見聞録：「崇德吴氏母范臨没語其子之振字孟舉曰：『朋友中如吕□□，汝宜深交，言必聽，事必商，可無失。』因請□□於榻前諄諄焉。」（楊園先生全集卷三四）順治十三年丙申，孟舉十七歲，坐尋暢樓讀書，從晚村學詩。孟舉夏日口占四絶寄晚村兼示自牧姪：「十七從君學賦詩，東塗西抹總迷離。」（黄葉村莊詩集卷一）又祝沈揆生七十：「我方髫齡君年少，尋暢樓頭共讀書。」（黄葉村莊續集）可見晚村與孟舉實在師友之間，倡和中有「坡老不逢王定國，窮人家具輒交誰」、「曾讀韓留東野詩，四方上下不教離」句，蓋舉以爲喻者也。

其倡和内容，一則關乎作詩，一則關乎寫字。其創作時間，據喜同松生詩再用前韻第三首注：「與松生交十年，未嘗露能詩一字也。」晚村與自牧相識於順治九年壬辰，「交十年」則爲順治十八年辛丑，所作當在此前後。

南前唱和詩，以嚴鈔本校録。南前，又作南泉，洲泉村名，今併入合興村云。

奉和吴孟舉見寄次韻得八首

力行堂裏西山爽〔一〕，尋暢樓頭北斗斜。童僕也忘賓主盡，呼茶直入德公家〔二〕。

吴郎齒頰自生香，不染人間假盛唐〔三〕。二十五弦宫角應〔四〕，試將同異問蒙莊〔五〕。

木几横窗訂舊詩，書來子建説違離〔六〕。文章佳惡君須定，後世相知更有誰〔七〕。

人言用筆古今同，結字還須各用工〔八〕。我似撑篙迎急水〔九〕，逢君又遇石尤風〔一〇〕。

烏絲欄寫漿捶紙〔一一〕，戲海游天筆勢斜〔一二〕。魏晉六朝唐宋在，憑教俗目點誰家〔一三〕。

松麝靴皮皺有香〔一四〕，澄泥小研出南唐〔一五〕。與君對寫江頭石，雲壑何如北固莊〔一六〕。

江南名士總能詩，幾個真堪辨合離〔一七〕。坡老不逢王定國，窮人家具輒交誰〔一八〕。

漢魏鈔剩比户同〔一九〕，開元天寶湊來工〔二〇〕。吾曹欲學時人派，三百先删變雅風〔二一〕。

【注釋】

〔一〕西山爽：劉義慶世説新語簡傲：「王子猷作桓車騎參軍，桓謂王曰：『卿在府久，比當相料理。』初不答，直高視，以手版拄頰云：『西山朝來，致有爽氣。』」

〔二〕德公：陳壽三國志卷三七龐統傳：「龐統字士元，襄陽人也。少時樸鈍，未有識者，潁川司馬徽清雅有知人鑑，統弱冠往見徽，徽采桑於樹上，坐統在樹下，共語自晝至夜，徽甚異之，稱統當爲南州士之冠冕，由是漸顯。」裴松之注引襄陽記：「諸葛孔明爲卧龍，龐士元爲鳳雛，司馬德操爲水鏡，皆龐德公語也。德公，襄陽人，孔明每至其家，獨拜床下。」

〔三〕假盛唐：即瞎盛唐。清初學者對明代前後七子摹擬之作之批評語也。吴喬圍爐詩話卷一：「唐詩有意，而比興以雜出之，其詞婉而微，如人而衣冠。宋詩亦有意，惟賦而少比興，其詞徑以直，如人而赤體。明之瞎盛唐詩，字面焕然，無意無法，直是木偶被文繡耳。此病二高萌之，弘嘉大盛，識者斥其措詞之不倫，而不言其無意之爲病。是以弘嘉習氣，至今流注人心，隱伏不覺。……三百篇中如是者不少，唐人能不失此意。宋人作詩，欲人人知其意，故多直達。明人更欲人人見好，自必流於鏗鏘絢燦，有詞無意之途。瞎盛唐詩泛濫天下，貽禍二百餘年，學者以爲當然，唐人詩道，自此絶矣。」

〔四〕二十五弦：司馬遷史記卷一二孝武本紀：「李延年以好音見，上善之，下公卿議曰：『民間祠尚有鼓舞之樂，今郊祠而無樂，豈稱乎？』公卿曰：『古者祀天地，皆有樂，而神祇可得而禮。』或曰：『泰帝使素女鼓五十弦瑟，悲，帝禁不止，故破其瑟爲二十五弦。』於是塞南越，禱祠泰一、后土，始用樂舞，益召歌兒作二十五弦及箜篌瑟，自此起。」裴駰集解引徐廣曰：「二十五弦，瑟也。」宫角：宫、商、角、徵、羽五聲之二。

〔五〕「試將」句：莊子天下：「至大無外謂之大一，至小無内謂之小一，無厚不可積也，其大千里。天與地卑，山與澤平，日方中方睨，物方生方死。大同而與小同異，此之謂小同異；萬物畢同畢異，此之謂大同異。」郭象注：「同體異分，故曰小同異。死生禍福，寒暑晝夜，動靜變化，衆辯莫同，異之至也。衆異同於一物，同之至也。則萬物之同異一矣。若堅白無不合，無不離也；若火含陰，水含陽，火中之陰異於水，水中之陽異於火，然則水異於水，火異於水。至異，異所同；至同，同所異，故曰大同異。」

〔六〕「書來」句：陳壽三國志卷一九陳思王植傳：「陳思王植，字子建，年十歲餘，誦讀詩論及辭賦數十萬言，善屬文。」違離，離别也。盧諶贈劉琨書：「錫以咳唾之音，慰其違離之意。」曹植贈白馬王彪序：「黄初四年正月，白馬王、任城王與余俱朝京師。會節氣，到洛陽，任城王薨。至七月與白馬王還國。後有司以二王歸藩，道路宜異宿止，意毒恨之。蓋以大别在數日，是用自剖，與王辭焉。」曹植與楊德祖書：「植白：數日不見，思子爲勞，想同之也。」蒙莊，司馬遷史記卷六三莊子列傳：「莊子者，蒙人也，名周，嘗爲蒙漆園吏。」

〔七〕「文章」二句：曹植與楊德祖書：「昔丁敬禮嘗作小文，使僕潤飾之。僕自以才不過若人，辭不爲也。敬禮謂僕：『卿何所疑難，文之佳惡，吾自得之，後世誰相知定吾文者邪！』吾常歎此達言，以爲美談。」

〔八〕「人言」二句：陸友仁研北雜志卷上：「趙子昂學士論書云：書法以用筆爲上，而結字亦須用工，蓋結字因時相傳，用筆千古不易。右軍字勢，古法一變，其雄秀之氣出於天然，故古今以爲師法。齊梁間人，結字非不古，而乏雋氣，此又在乎其人，然古法終不可失也。」

〔九〕撑篙迎急水：黄庭堅跋唐道人編余草稿：「山谷在黔中時，字多隨意曲折，意到筆不到。及來僰道，舟中觀長年盪槳，群丁撥棹，乃覺少進，意之所到，輒能用筆。」長年，戴埴鼠璞卷上篙師：「海壖呼篙師爲長年。」

〔一〇〕石尤風：洪邁容齋五筆卷三「石尤風」：「石尤風，不知其義，意其爲打頭逆風也。唐人詩好用之，陳子昂入峽苦風云：『故鄉今日友，歡會坐應同。寧知巴峽路，辛苦石尤風。』戴叔倫送裴明州云：『瀟水連湘水，千波萬浪中。知君未得去，慚愧石尤風。』司空文明留盧秦卿云：『知有前期在，難分此夜中。無將故人酒，不及石尤風。』計南朝篇詠，必多用之，未暇憶也。」

〔一一〕烏絲欄：李肇唐國史補：「宋亳間有織成界道絹素，謂之烏絲欄、朱絲欄。」方以智通雅卷三二器用：「自六朝即用欄墨，後或以花爲欄。霍小玉傳：『越州姬烏絲欄素段三尺授李生，生援筆成章。』許渾有烏絲欄手書詩，見海嶽書史。」

〔一二〕戲海游天：梁武帝蕭衍古今書人優劣評：「鍾繇書如雲鶴游天，群鴻戲海，行間茂密，實亦難過耶。」

〔一三〕「憑教」句：米芾書史：「余但以平生目歷，區别無疑，集曰書史，所以指南識者，不點俗目。」

〔一四〕松麝：墨也。李賀楊生青花紫石硯歌：「紗帷晝暖墨花春，輕漚漂沫松麝薰。」靴皮：李孝美墨譜法式卷中：「形制闊厚，紋如靴皮蹙縮。」郭祥正夢錫惠墨答以蜀茶：「墨者質自黑，黑者墨之宜。所以陳玄號，聞之於退之。近世工頗拙，取巧惟見欺。摹成古鼎篆，團作革靴皮。揮毫見慘澹，色比突中煤。」

〔一五〕澄泥小研：李之彦硯譜：「虢州澄泥，唐人品硯以爲第一，今人罕用。潭州道人吕翁作澄泥硯，堅重如石，手觸輒生暈，上著『吕』字。」

〔一六〕北固：嘉慶重修一統志鎮江府：「北固山：在丹徒縣北一里。三山志：京峴山右折，結爲郡治，郡治之北特起此山。世説：荀中郎羨在京口，登北固，望海雲，雖未睹三山，便自使人有凌雲意。……梁大同十年，帝登望，久之，曰：『此嶺不足，須固守。然於京口，實乃壯觀。』乃改曰北顧。元和志：在縣北一里，下臨長江，其勢險固，因以爲名。」

〔一七〕合離：劉鑑合刻李杜分體全集序：「夫詩之合離，主興象不主體裁；篇之瑜纇，徵識力亦徵齒候。」

〔一八〕「坡老」二句：晚村此處以東坡自擬，以王定國擬孟舉，意謂晚村若未遇孟舉，則其作詩之本領，可傳授與誰歟？王鞏，字定國，爲真宗朝宰相王旦之孫，與蘇軾關係親密，蘇軾辨舉王鞏劄子：「鞏與臣世舊，幼小相知，從臣爲學。」蘇軾集中所收和詩十數首、尺牘四十餘則。王鞏遭蘇軾「烏臺詩案」牽連，「貶海上三年」（王定國詩集叙）。窮人家具，指作詩之法，歐陽修梅聖俞詩集序：「蓋愈窮則愈工，然則非詩之能窮人，殆窮者而後工也。」蘇軾與魯直二首：「有姪婿王郎，名庠，榮州人。文行皆超然，筆力有餘，出語不凡，可收爲吾黨也。自蜀遣人來惠，云：『魯直在黔，決當往見，求書爲先容。』嘉其有奇操，故爲作書。然舊聞其太夫人多病，未易遠去，謾爲一言。眉人有程遵晦者，亦奇士，文益老，王郎蓋師之。此兩人者有致窮之具，而與不肖，又欲往求黄魯，其窮殆未易瘳也。」據此可知，東坡之「窮人家具」，實欲傳與王庠，而非王定國，晚村蓋是誤記。

〔一九〕漢魏鈔剩：指明末婁東張溥所編漢魏六朝百三名家集。張廷玉明史卷二八八張溥傳：「張溥，字天如，太倉人。伯父輔之，南京工部尚書。溥幼嗜學，所讀書必手鈔，鈔已，朗誦一過，即焚之，又鈔，如是者六七始已。……與同里張采共學，齊名，號『婁東二張』。崇禎元年以選貢生入都，采方成進士，兩人名徹都下。已而采官臨川。溥歸，集郡中名士相與復古學，名其文社曰復社。……里人陸文聲者，輸貲爲監生，求入社不許，采又嘗以事抶之。文聲詣闕言：『風俗之弊，皆原於士子。溥、采爲主盟，倡復社，亂天下。』」比户：鈕琇觚賸續編樾泉近體：「何以效蘇陸者比户，談王李者塞途也？」

〔二〇〕「開元」句：指李攀龍唐詩選。張廷玉明史卷二八七李攀龍傳：「李攀龍，字于鱗，歷城人。……其持論謂文自西京，詩自天寶而下，俱無足觀，於本朝獨推李夢陽。諸子翕然和之，非是，則詆爲宋學。攀龍才思勁鷙，名最高，獨心重世貞，天下亦並稱王、李。又與李夢陽、何景明並稱何、李、王、李。其爲詩，務以聲調勝，所擬樂府，或更古數字爲己作，文則聱牙戟口，讀者至不能終篇。好之者推爲一代宗匠，亦多受世抉摘云。」王世貞吳峻伯先生集序：「是時，濟南李于鱗，性孤介，少許可，偶余幸而合，想切磋爲西京、建安、開元語。」

〔二一〕三百先删：司馬遷史記卷四七孔子世家：「古者詩三千餘篇，及至孔子去其重，取可施於禮義，上采契、后稷，中述殷、周之盛，至幽、厲之缺，始於衽席，故曰關雎之亂以爲風始，鹿鳴爲小雅始，文王爲大雅始，清廟爲頌始。三百五篇，孔子皆絃歌之，以求合韶武雅頌之音，禮樂自此可得而述，以備王道，成六藝。」變雅風：詩關雎毛序：「詩有六義焉，一曰風，二曰賦，三曰比，四曰興，五曰雅，六曰頌。……至於王道衰，禮義廢，政教失，國異政，家殊俗，而變風變雅作矣。」鄭玄詩譜序：「孔子録懿王、夷王時詩，訖於陳靈公淫亂之事，謂之變風變雅。」

再用前韻和孟舉答詩 四首

細草驚看熨眼花，蘇髯跛偃米顛斜〔一〕。兒曹不解翻身巧，雞雉難分野與家〔二〕。

參遍諸方袖底香，傾源倒峽下瞿唐〔三〕。不知當日王裴好，幾次書來輞口莊〔四〕。

曾讀韓留東野詩，四方上下不教離。從今也擬相依傍，分取雲龍合與誰〔五〕。

累牘連章興不窮，厭來强韻鬬神工〔六〕。偶然往返成佳話，便有松林隱士風。

【注釋】

〔一〕蘇髯：即蘇軾，以其多髯故。蘇軾客位假寐：「同僚不解事，愠色見髯蘇。」鄭允端東坡赤壁圖：「留得清風明月在，網魚謀酒付髯蘇。」跛偃：蘇軾次韻子由論書：「吾雖不善書，曉書莫如我。苟能通其意，常謂不學可。……吾聞古書法，守駿莫如跛。世俗筆苦驕，衆中强嵬騀。鍾張忽已遠，此語與時左。」董其昌畫禪室隨筆：「坡公書多偃筆，亦是一病。此赤壁賦庶幾所謂欲透紙背者，乃全用正鋒，是坡公之蘭亭也。」張丑清河書畫舫卷九引趙孟堅跋：「黄魯直書遒媚，米元章書俊拔，薛道祖書温潤，徐會稽之濁在跛偃，李北海之濁在欹斜，跛偃之弊流而誤吾坡公，欹斜之弊流而爲元章父子矣。」曾敏行獨醒雜志卷三：「東坡曰：『魯直近字雖清勁，而筆勢有時太瘦，幾如樹梢掛蛇。』山谷曰：『公之字固不敢輕論，然間覺褊淺，亦甚似石壓蝦蟇。』二公大笑，以爲深中其病。」米顛：宣和書譜卷一二宣召記：「文臣米芾，字元章，初居太原，後爲襄陽人，官至禮部員外郎。博聞尚古，不喜科舉學。性好潔，世號『水淫』；違世異俗，每與物迕，人又名『米顛』。善屬文，作韻語不蹈襲一字。」米芾海嶽名言：「海嶽以書學博士召對，上問本朝以書名世者凡數人，海嶽各以其人對曰：『蔡京不得筆，蔡卞得筆而乏逸韻，蔡襄勒字，沈遼排字，黄庭堅描字，蘇軾畫字。』上復問：『卿書如何？』對曰：『臣書刷字。』」張丑清河書畫舫卷九引吴寬跋米海嶽臨顔魯公坐位帖：「夫魯公平日運筆圓活清潤，能兼古人之長，米則猛厲奇偉，終墮一偏之失。」偏，斜也。

〔二〕「兒曹」二句：李昉太平御覽卷九一八引晉書：「庾征西翼書，少時與逸少齊名，右軍後進，庾猶不分。在荆州與都下人書云：『小兒輩賤家雞愛野雉，皆學逸少之書，須吾下當比之。』」

〔三〕傾源倒峽：杜甫醉歌行：「詞源倒流三峽水，筆陣獨掃萬人軍。」杜田注：「倒流三峽水，謂源源壯健，可以衡三峽之水，使之倒流也。」李漁閒情偶寄詞曲上：「凡作傳世之文者，必先有可以傳世之心，而後鬼神效靈，予以生花之筆，撰爲倒峽之詞，使人人讚美，百世流芳。」瞿唐：祝穆方輿勝覽卷五七夔州路：「瞿唐峽：在州東一里，舊名西陵峽。瞿唐乃三峽之門，兩崖對峙，中貫一江，望之如門。」

〔四〕「不知」二句：劉昫舊唐書卷一九〇下王維傳：「維弟兄俱奉佛，居常蔬食，不茹葷血，晚年長齋，不衣文綵。得宋之問藍田别墅，在輞口，輞水周於舍下，别漲竹洲花塢，與道友裴迪浮舟往來，彈琴賦詩，嘯詠終日。」

〔五〕「曾讀」四句：韓愈醉留東野：「吾願身爲雲，東野變爲龍。四方上下逐東野，雖有别離無由逢。」

〔六〕强韻：險韻，生僻韻。姚思廉梁書卷三三王筠傳：「筠又能用强韻，每公宴並作，辭必妍靡。」皮日休寒夜文宴聯句：「清言聞後醒，强韻壓來艱。」

用前韻速松生和韻　四首

搦戰不應巾幗受〔一〕，漢師枉自出褒斜〔二〕。直須破卻偏安意〔三〕，三國車書本一家〔四〕。

簾籠畫盡草花香，怪石盆池疊李唐〔五〕。寄謝東莊空悵望，松雲終日鎖西莊〔六〕。

伯玉盤中細有詩〔七〕，相如白首不相離〔八〕。香奩裁和頻催迫〔九〕，那有工夫外報誰。

雖非夔曠賞音同〔一〇〕，雅曲猶能辨國工〔一一〕。試裂竹枝吹入破，漫天惹起洞庭風〔一二〕。

【注釋】

〔一〕「搦戰」句：司馬光資治通鑑卷七二魏紀：「司馬懿與諸葛亮相守百餘日，亮數挑戰，懿不出。亮乃遺懿巾幗婦人之服；懿怒，上表請戰，帝使衛尉辛毗杖節爲軍師以制之。護軍姜維謂亮曰：『辛佐治杖節而到，賊不復出矣。』亮曰：『彼本無戰情，所以固請戰者，以示武於其衆耳。將在軍，君命有所不受，苟能制吾，豈千里而請戰邪！』」

〔二〕「漢師」句：陳壽三國志卷三五諸葛亮傳：「十二年春，亮悉大衆由斜谷出，以流馬運，據武功五丈原，與司馬宣王對於渭南。亮每患糧不繼，使己志不申，是以分兵屯田，爲久駐之基。耕者雜於渭濱居民之間，而百姓安堵，軍無私焉。相持百餘日。其年八月，亮疾病，卒於軍，時年五十四。及軍退，宣王案行其營壘處所，曰：『天下奇才也！』」褒斜，司馬遷史記卷二九河渠書：「其後，人有上書欲通褒斜道。」裴駰集解：「韋昭曰：『褒中縣也。斜，谷名，音邪。』瓚曰：『褒斜，二水名。』」同上書卷一二九貨殖列傳：「棧道千里，無所不通，唯褒斜綰轂其口。」辛氏三秦記：「褒斜，漢中谷名，南谷曰褒，北谷曰斜，首尾七百里。」

〔三〕「直須」句：蕭常續後漢書卷八：「亮聞孫權破曹休，魏兵東下，關中虛弱，上疏曰：『先帝深慮，漢賊不兩立，王業不偏安，故託臣以討賊也。』」

〔四〕車書本一家：司馬遷史記卷六秦始皇本紀：「一法度，衡石丈尺；車同軌，書同文字。」温庭筠送渤海王子歸本國：「疆理雖重海，車書本一家。」

〔五〕「怪石」句：夏文彦圖繪寶鑑卷四：「李唐，字晞古，河陽三城人。徽宗朝曾補入畫院，建炎間太尉邵淵薦之，奉旨授成忠郎、畫院待詔，賜金帶，時年近八十。善畫山水、人物，筆意不凡，尤工畫牛。」張丑清河書畫舫卷一〇：「李唐善山水，初法李思訓，其後變化愈覺清新，多喜作長圖大障，其石大斧劈皴，水不用魚鱗縠紋，有盤渦動盪之勢，觀者神驚目眩，此其妙也。」

〔六〕松雲：李白贈孟浩然：「紅顏棄軒冕，白首卧松雲。」

〔七〕「伯玉」句：徐陵玉臺新詠卷九盤中詩：「黄者金，白者玉。高者山，下者谷。姓爲蘇，字伯玉。作人才多智謀足，家居長安身在蜀。何惜馬蹏歸不數，羊肉千斤酒百斛。令君馬肥麥與粟，今時人，智不足。與其書，不能讀。當從中央周四角。」

〔八〕「相如」句：劉歆西京雜記卷三：「相如將聘茂陵人女爲妾，卓文君作白頭吟以自絶，相如乃止。」卓文君白頭吟：「皚如山上雪，皎若雲間月。聞君有兩意，故來相決絶。今日斗酒會，明旦溝水頭。躞蹀御溝上，溝水東西流。淒淒復淒淒，嫁娶不須啼。願得一心人，白頭不相離。竹竿何嫋嫋，魚尾何簁簁。男兒重意氣，何用錢刀爲。」

〔九〕香奩：歐陽修新唐書卷六〇藝文志：「韓偓詩一卷，又香奩集一卷。」阮閱詩話總龜後集卷一六：「韓偓香奩集百篇，皆艷詞也。」許顗彦周詩話：「高秀實又云，元氏艷詩麗而有骨，韓渥香奩集麗而無骨。時李端叔意喜韓渥詩，誦其序云：『咀五色之靈芝，香生九竅；咽三危之瑞露，美動七情。』秀實云：『勸不得也。勸不得也。』」

〔一〇〕夔：吕氏春秋察傳：「魯哀公問於孔子曰：『樂正夔一足，信乎？』孔子曰：『昔者，舜欲以樂傳教於天下，乃令重黎舉夔於草莽之中而進之，舜以爲樂正。夔於是正六律，和五聲，以通八風而天下大服。重黎又欲益求人，舜曰：夫樂，天地之精也，得失之節也，故唯聖人爲能和樂之本也。夔能和之，以平天下，若夔者，一而足矣，故曰夔一足，非一足也。』」曠：鄭樵通志卷一八一藝術傳：「師曠者，字子野，晉樂太師也。……初，衛靈公將如晉，次於濮水之上，聞琴聲焉甚哀，使師涓以琴寫之，謂之新聲。至晉，爲平公鼓之，師曠撫其手而止之，曰：『止！此亡國之音也。昔師延爲紂作靡靡之樂，後而自沉於濮水之上，聞此聲者必於濮水之上乎？』其後平公竟説之。師曠曰：『公室其將卑乎？』……自是，晉政在大夫，而公室遂衰焉。」

〔二〕國工：周禮考工記輪人：「故可規、可萬、可水、可縣、可量、可權也，謂之國工。」鄭玄注：「國之名工。」此指國之樂工。李肇唐國史補卷中：「韋應物爲蘇州刺史，有屬官因建中亂，得國工康昆侖琵琶。」姜夔淒涼犯詞序：「予歸行都，以此曲示國工田正德，使以啞觱栗吹之，其韻極美。」

〔三〕「試裂」二句：李昉太平廣記卷二〇四李謩：「李謩，開元中吹笛爲第一部，近代無比。……獨孤生曰：『第十二疊誤入水調，足下知之乎？』李生曰：『某頑蒙，實不覺。』獨孤生乃取吹之。李生更有一笛，拂拭以進，獨孤視之，曰：『此都不堪取，執者粗通耳。』乃換之，曰：『此至入破，必裂，得無悋惜否？』李生曰：『不敢。』遂吹，聲發入雲，四座震慄。李生蹙踖不敢動，至第十三疊，揭示謬誤之處，敬伏將拜。及入破，笛遂敗裂，不復終曲。」

喜同松生詩再用前韻① 四首

遍地繁華雙耳沸，誰陳大雅破淫斜。青天飛響鸞簫發〔一〕，知在樓南第一家。

除地還教藝妙香，纔思屬和意頽唐。耵聹忽去風雷震，慚愧猶言紹屈莊〔二〕。

十年今始讀君詩，坐把行吟手不離。此事外間殊不爾〔三〕，一彈三歎欲遺誰。與松生交十年，未嘗露能詩一字也。

會須參盡百家同，直到無人愛處工〔四〕。借看務觀詩幾日，行門已帶劍南風〔五〕。

【校記】

①同　怡古齋鈔本校曰：「『同』字疑是『得』字之誤，觀前題可知。」

【注釋】

〔一〕鸞簫：陸龜蒙問吴宫辭：「鸞之簫兮蛟之琴瑟，駢筠參差兮界絲密。」傅若金同孔學敏游仙游觀：「登臨盡日多惆悵，欲倚鸞簫和楚聲。」

〔二〕屈：屈原。莊：莊子。

〔三〕「此事」句：劉義慶世説新語品藻：「謝公問王子敬：『君書何如君家尊？』答曰：『固當不同。』公曰：『外人論殊不爾。』王曰：『外人那得知。』」劉孝標注：「宋明帝文章志曰：『獻之善隸書，變右軍法爲今體，字畫秀媚，妙絶時倫，與父俱得名。其章草疏弱，殊不及父。或訊獻之，云羲之書勝不，莫能判。有問羲之云：「世論卿書不逮獻之。」答曰：「殊不爾也。」他日見獻之，問：「尊君書何如？」獻之不答。又問：「論者云：君固當不如。」獻之笑而答曰：「人那得知之也。」』」

〔四〕「直到」句：陸游明日復理夢中意作：「客從謝事歸時散，詩到無人愛處工。」

〔五〕「借看」二句：陸游，字務觀，在川陝九年，曾入四川宣撫使王炎幕府，投身軍旅，參與抗金，爲紀念此段經歷，其詩集名劍南詩稿。

補　遺　八首

中國國家圖書館藏清鈔本何求老人詩稿七卷後附集外詩一卷，計二十一題三十二首。其中十六題二十三首爲諸本所無，可考時間者即移入各卷，餘如吴孟舉以詩報誚留者次韻、收拾郭東莊、舟次、泊吴門游上方山、自吴門返南陽里居、答周龍客六題八首，編爲補遺。

吴孟舉以詩報誚留者次韻

杜甫詩哀舊子孫〔一〕，乞奴那敢自言尊〔二〕。人間一以牛爲馬〔三〕，剥極安知復在坤〔四〕。好倩旁觀相簡點，直教良友共煩冤〔五〕。小窗夜讀南華過〔六〕，鼠臂蟲肝總不論〔七〕。

【注釋】

〔一〕「杜甫」句：杜甫有哀王孫詩，郭知達注：「天寶十五載，明皇西狩，肅宗即位，改元至德，在七月甲子。是月丁卯，禄山使人殺霍國長公主及王妃駙馬等，己巳又殺王孫及郡縣主。」（九家集注杜詩卷二）

〔二〕乞奴：杜甫哀王孫：「腰下寶玦青珊瑚，可憐王孫泣路隅。問之不肯道姓名，但道困苦乞爲奴。」

〔三〕「人間」句：吕氏春秋審分覽：「今有人於此求牛則名馬，求馬則名牛，所求必不得矣。而因用威怒，有司必誹怨矣，牛馬必擾亂矣。百官，衆有司也；萬物，群牛馬也。不正其名，不分其職，而數用刑罰，亂莫大焉。夫説以智通，而實以過悗；譽以高賢，而充以卑下；贊以潔白，而隨以汚德；任以公法，而處以貪枉；用以勇敢，而堙以罷怯，此五者皆以牛爲馬，以馬爲牛，名不正也。故名不正，則人主憂勞勤苦，而官職煩亂悖逆矣。國之亡也，名之傷也，從此生矣。」

〔四〕「剥極」句：周易剥卦：「上九，碩果不食，君子得輿，小人剥廬。象曰：君子得輿，民所載也；小人剥廬，終不可用也。」沈該易小傳卷三：「剥，落也。復，反也。剥之上，復之初也。落則反本，反本則復生矣。消極則息，剥極則爲復矣。君子居剥之極，則以厚下之德任載其民，使之安宅，以期於剥之復，是以得輿民所載也。剥道將復，則民思治而惡亂，小人終無能爲，無以自庇，是以剥廬終不可用也。」

〔五〕「好倩」二句：吕喬年麗澤論説集録卷一〇門人所記雜説：「學者之患，在於諱過而自足，使其不諱過不自足，則其進德夫豈易量。譬諸人之作室，方其作也，一柱之不良，一梁之不正，斤削斲刻之或失其道，唯恐旁觀者之不言，隨言隨改，隨改隨正，略無所憚，其心以謂吾知良吾室而已。凡所以就其良而去其不良者，無所不至，此善學而遜志之説也。若夫聚不良之木，用不良之匠，爲不良之室，專心致志，自以爲是，而以人言爲諱。及其成也，自以爲是，惟恐人言其非，如此則必至於頹敗而後覺悟，豈不哀哉！」

〔六〕「小窗」句：陸游夜坐戲作短歌：「夜讀南華篇，欣然發吾覆。」南華，即南華真經，莊子别名。王溥唐會要卷五〇尊崇道教：「天寶元年二月二十二日敕文，追贈莊子南華真人，所著書爲南華真經。」

〔七〕鼠臂蟲肝：莊子大宗師：「俄而子來有病，喘喘然將死，其妻子環而泣之。子犁往問之，曰：『叱避，無怛化。』倚其户與之語，曰：『偉哉造化，又將奚以汝爲？將奚以汝適？以汝爲鼠肝乎？以汝爲蟲臂乎？』」陸游雨中排悶：「卻慚向者力量淺，鼠肝蟲臂猶關情。」

收拾郭東莊

麥苗風起漾新晴，屋角提壺又勸耕。比户晚煙鴉雀亂，滿春落日牛羊鳴。鐵椎鉛筑那無意〔一〕，飲井耕田總不平〔二〕。寄報江南隱君子，沖冠上指爲蒼生〔三〕。

【注釋】

〔一〕鐵椎：司馬遷史記卷五五留侯世家：「留侯張良者，其先韓人也。……良年少，未宦事韓。韓破，良家僮三百人，弟死不葬，悉以家財求客刺秦王，爲韓報仇，以大父、父五世相韓故。……良嘗學禮淮陽，東見倉海君，得力士，爲鐵椎重百二十斤。秦皇帝東游，良與客狙擊秦皇帝博浪沙中，誤中副車。秦皇帝大怒，大索天下，求賊甚急，爲張良故也。」鉛筑：司馬遷史記卷八六刺客列傳：「其明年，秦併天下，立號爲皇帝。於是秦逐太子丹、荆軻之客，皆亡。高漸離變名姓爲人庸保，匿作於宋子。……而高漸離念久隱畏約無窮時，乃退，出其裝匣中筑與其善衣，更容貌而前。舉坐客皆驚，下與抗禮，以爲上客。使擊筑而歌，客無不流涕而去者。宋子傳客之，聞於秦始皇。秦始皇召見，人有識者，乃曰：『高漸離也。』秦皇帝惜其善擊筑，重赦之，乃矐其目。使擊筑，未嘗不稱善。稍益近之，高漸離乃以鉛置筑中，復進得近，舉筑朴秦皇帝，不中。於是遂誅高漸離，終身不復近諸侯之人。」

〔二〕飲井耕田：擊壤歌：「帝王世紀曰：帝堯之世，天下大和，百姓無事，有八九十老人擊壤而歌：『日出而作，日入而息。鑿井而飲，耕田而食。帝力於我何有哉！』」

〔三〕「沖冠」句：司馬遷史記卷八六刺客列傳：「太子及賓客知其事者，皆白衣冠以送之。至易水之上，既祖，取道，高漸離擊筑，荆軻和而歌，爲變徵之聲，士皆垂淚涕泣。又前而爲歌曰：『風蕭蕭兮易水寒，壯士一去兮不復還！』復爲羽聲忼慨，士皆瞋目，髮盡上指冠。」劉義慶世説新語排調：「謝公在東山，朝命屢降而不動。後出爲桓宣武司馬，將發新亭，朝士咸出瞻送。高靈時爲中丞，亦往相祖。先時，多所飲酒，因倚如醉，戲曰：『卿屢違朝旨，高卧東山，諸人每相與言：「安石不肯出，將如蒼生何！」今亦蒼生將如卿何？』謝笑而不答。」

舟次

野樹昂頭上遠天，通紅兩岸火燒田。人隨鐘磬通精舍，鳥弄魚蝦落釣船。醉裏忽忘家遠近，愁時只有水連綿。翻嫌秋色無情極，到處逢君便黯然。

泊吴門游上方山〔一〕

去年吹帽地〔二〕，此日掉舟來。柳木老陰間，山腰湖面開。妖姬歌白雪〔三〕，古佛繡蒼苔。盡醉知何處，殘雲送落暉。

【注釋】

〔一〕上方山：王鏊姑蘇志卷九山：「楞伽山，一名上方山，在吴山東北，其頂有浮圖，五通廟在其下。東南麓有丁家山，唐人丁公著父喪，負土作冢，故名。其北爲寶積山，寶積寺在焉。其北爲吴王郊臺。東北爲茶磨嶼，以其三面臨水，故云嶼，俗云磨盤山。東南麓有普陀岩，岩前石池，深峻厓絶，石梁跨其上，兩崖壁立，蘿木交映，特爲奇勝。」

〔二〕吹帽：房玄齡晉書卷九八孟嘉傳：「九月九日，温燕龍山，寮佐畢集，時佐吏並著戎服，有風至，吹嘉帽墮落，嘉不之覺。温使左右勿言，欲觀其舉止。嘉良久如廁，温令取還之，命孫盛作文嘲嘉，著嘉坐處，嘉還見，即答之，其文甚美，四坐嗟歎。」

〔三〕白雪：劉昫舊唐書卷二八音樂志：「張華博物志云：『白雪，是大帝使素女鼓五十弦瑟曲名。』又，楚大夫宋玉對襄王云：『有客於郢中歌陽春白雪，國中和者數十人。』是知白雪琴曲，本宜合歌，以其調高，人和遂寡。自宋玉以後迄今，千祀未有能歌白雪曲者。」

自吴門返南陽里居

吴歌欸乃櫓雙摇〔一〕，興盡歸來亦太豪〔二〕。紅雨落殘花事老，緑煙拂過水痕高。雞聲人跡環桑圃〔三〕，細霂斜帆近板橋。經歲不知田舍樂，方塘潑剌看銀刀〔四〕。

【注釋】

〔一〕吴歌欸乃：吴潛點絳唇：「欸乃吴歌，艇子當溪泊。」元結欸乃曲：「誰能聽欸乃，欸乃感人情。」題注：「棹舡之聲。」

〔二〕興盡歸來：劉義慶世説新語任誕：「王子猷居山陰，夜大雪，眠覺開室，命酌酒，四望皎然，因起彷徨，詠左思招隱詩。忽憶戴安道，時戴在剡，即便夜乘小船就之，經宿方至，造門不前而返，人問其故，王曰：『吾本乘興而行，興盡而返，何必見戴。』」

〔三〕雞聲人跡：温庭筠商山早行：「雞聲茅店月，人跡板橋霜。」

〔四〕潑剌：樓鑰醉題魚屏：「五千買得見屏風，白魚相逐菰蒲中。俊尾潑剌有生意，旁人未易分雌雄。」吴玉搢别雅卷五：「蚾剌，撥剌也。李白詩：『雙腮呀呷鬐鬣張，跋剌銀盤欲飛去。』注：『魚躍聲。』跋剌，即撥剌，皆形容其聲響，惟其所用不必分箭與魚也。」銀刀：蘇軾西湖秋涸東池魚窘甚因會客呼網師遷之西池爲一笑之樂夜歸被酒不能寢戲作放魚：「縱橫爭看銀刀出，瀺灂初驚玉花碎。」王十朋注：「次公：『銀刀，白魚之狀。』杜詩：『出網銀刀亂。』」

答周龍客〔一〕三首

梅花落盡柳蒼蒼，夢裏南村日影長。處士衣冠方駭俗〔二〕，諸生綿蕞未成行〔三〕。直教氣象還三代，何必雕蟲過二王〔四〕。幾日羽陵修蠹簡〔五〕，端爲學術辨毫芒〔六〕。

惟君閱罷當矇箴〔七〕，並約良朋攜杖尋。每道米鹽多理要〔八〕，可知香火自情深〔九〕。寫時甚敬無非學〔一〇〕，立地能行是有心〔一一〕。一自鐵函藏土壁〔一二〕，郵筒此外任浮沉〔一三〕。

凍筆摩挲過歲除，錦囊貯取十年餘〔一四〕。換羊每笑千人帖〔一五〕，畫虎常言戒子書〔一六〕。泉石久游心易戀，友朋相對眼纔舒。蒲帆不怕西風利〔一七〕，一看荒莊籬落疏。

【資料】

呂留良與周龍客書：弟本鄉迂，以多難失業，未嘗有所實得，率意妄言，每不爲君子之所棄，亦其遇幸耳。乃吾兄傾蓋投契，又出尋常期待之外。昨得手教，情誼殷摯，令人感愧，不自知其何以得此於吾兄也。至欲以過分相處，弟何敢！弟何敢！在吾兄則歐陽子所謂謀道之急，不擇人而問，而在弟則柳子所謂環顧其中，未見有可取者。爲衆人師不可，而況吾子者也。吾兄天姿奇儁，上承家學之源，内有昆弟風雅之助，外多良朋名士交游之益，又加以好學深思，欿然不自以爲足之心，以此進德修業，其勢如渥窪天馬，得安驅於千里之康衢，雖老驥顧之阻喪，況弟之駑駘乎哉？小題一册呈正。手瘡作惡，不能搦管，口授兒子，牋候不盡。（吕晚村先生文集卷三）

潘耒送周龍客游三山：司農厚德繫人思，公子翩翩玉樹枝。燕去烏衣無舊業，花生彩筆有新詩。薄游一棹江楓冷，爲客三冬嶺雪遲。及見郎君騎竹戲，康成老去淚如絲（謂櫟園門人黎愧曾）。明燈官閣敞華筵，送爾清溪穩如船。劍浦過尋蓬矢地（龍客生於延平），榕城到及早梅天。旁搜軼事添家傳，細録豐碑副史編。持節故人情不淺（謂臬司汪悔菴），可能葛帔不淒然。（遂初堂詩集卷一〇閩游草）

周在建寄龍客兄：難拋雞肋暫相留，無定渾同不繫舟。失計三年徒浪跡，端居廿載羨潛修。文章有用經心訂，山水多情共客游。那似河干蕭瑟甚，東風二月尚如秋。（近思堂詩）

錢陸燦天蓋樓四書語録序：天蓋樓四書語録者，晚村先生評選歷科時藝，其論辨經義，闡明章句之語也。先生没，大梁周子龍客纂次，都爲一集以行世。按宋儒及勝國薛、胡諸先生，皆有語録之刊，所以正人心、辨學術也。龍客述曰：「在延聞之吾師：人主之治天下，未有不以聖人之道治之者也。聖人之道見於經，其治天下，未有不以聖人之經治之者也。今夫六經之道，備於我夫子之一身。夫子者，覆生人之器，夫子之語言，覆六經之器也；夫子之後，曾子、子思、孟子，皆羽翼夫子治六經之書者也。考經學在西漢，立學官，議太常掌故，置博士弟子，或廢或興。余讀太史公儒林傳序，其終篇雖皆以孔子爲主，然當是時治經如董仲舒輩，不及四子，而學、庸編入禮記中，鄭、孔言人人殊。宋興，諸儒始知推崇四子以冠於諸經之上，蓋莫盛於朱夫子之書焉。章句集注二十六卷而外，或問、輯略、精義、問答、語類，凡又百餘卷，皆以發明章句之義。自朱子之書出，然後人知四子之經，冠於諸經之上，而爲聖賢語論之樞機，道德之橐籥焉。然余考宋史藝文志，當是時非亶學、庸未有是正，即論語、孟子，尚依班固例，序爲語類，而與朱子之書未合爲一，以頒於學宫，行於天下，蓋又莫盛於勝國洪武取士之制藝，與永樂刊序之大全焉。自大全之書出，夫然後學者欲治各經，先治四子之經；欲治四子之經，先發明四子之理於八股。蒙以養正，習與性成，義沾肌髓，言本心術。上以此求，下以此報，理之是非，如黑白之入明鑑也；文之輕重，如鐵炭之載權衡也。材何不周、邵，俗何不成、康，此我國家所以仍其取士之制而不廢。然而安於習俗之敝，蓋亦已百餘年矣，而於今爲甚，則何哉？一曰：大全所采諸家之説，自漢歷宋一百五十餘家，大抵以朱子爲宗，而牴牾朱子者復不少，則所當辨正者一矣。二則曰：隆、萬以後，俗師之講章出，講章出而朱子之章句被其抹殺矣。三則曰：俗學之時文出；時文出，聖賢之道理並語氣，受其詆讕割裂無餘矣。此三者，敝之綱也。雖然，略舉大全之當辨正者，如雜舉他家之説與章句合者存之，與章句謬者去之，釐正一書，匡厲學官，俾學者有所折衷，此猶易爲功焉。至俗師之講章，束大全而不觀久矣。條目中預提出一條目，如聖經四節之預重修身也；一節中忽拈一字以串之，如中庸思修身節之『思』字也；一章中忽拈一二字以貫之，如衣錦章之『闇然』字也。自張寀臼，妄生意解，箋注紛羅，顛倒曲直。諸如此類，疑誤弘多。有俗師之講章，因而有俗學之文字。隆、萬以前，先輩先體貼語氣，次發揮理學。其所引用入文之字句，非出五經，次亦取史、漢、古文也。隆、萬以後，束五經、史、漢而不觀又久矣。初掠禪，既襲子，至於今時兔園之册，腐鼠相嚇，壞爛而不收，空虛而無用。孔孟之書未嘗不在也，不於其書而求之，則無以得其言；言且不得，況其意乎！朱子之書亦未嘗不在也，不於其書而求之，則無以得其解；解且不得，況其所解之理乎！蓋所聞於其師者曰不必也，所聞於其父兄曰且亦不暇也。不必亦不暇，程效於數十日之間，考業於數十葉之内，希冀時命，苟且一得。心術如是，人材奚由正；報稱如是，風俗亦奚由醇！此二者之流敝，則非人其人，火其書不爲功矣！經論治天下之道，正辭、禁民爲非曰義，此辭之不可不正也，猶夫非之不可不禁者也，夫豈治天下之細故乎哉？於是入國朝以來，吾師起而憂之，而思所以救之。曰：其道無他，亦即以其所爲科舉之文而論次其所爲文之義。曰：文如是矣，夫子之理不如是也，夫子之理蓋如彼。文之理如是矣，夫子之語氣不如是也，夫子之語氣蓋如彼。理如是矣，語氣如是矣，而所引用入文之字句不出於經史，則必區而别之曰：此亦俗學所得於俗師之時文之字句，而非先輩所得於經史之字句也，先輩之學蓋如彼。要而論之，有先輩之學，自有先輩之文者，其勢也；有俗師之學，自有俗學之文者，亦其勢也。此流之所以承其源，敝之所以日甚也。於是專舉朱子章句之説，先辨去其俗師俗學之説，次辨去其大全某氏某氏之説，又旁舉或問、語類、他書發明章句之説，歸於衆説之一説。朱子嘗曰：一部論語，白頭亦解説不盡。於是則又反復抽繹朱子所未説之説，以補足千秋萬世所必説之説，而説止矣。三十餘年間，閱文何啻數十萬。文之去取，説之去取也。自吾師之説出，而天下之文始定；自吾師所説之文行，而後四書之説始定。蓋此數科以來，天下之學者翕然望走南陽，奉其書如拱璧。而吾師固已竭心力於文字之間，告無罪於孔孟之世。細書飲格，午夜燭暈，病息綿惙，勤勤不怠，書既成而吾師没矣！悲夫！在延親侍聿牘，謹謹薈蕞。初因文以次案其説，不見其文之多；今離文以孤行其説，不見説之少。删其繁複，節其冗長，録分百卷，積葉千餘。於乎！其心可謂勞，其功可謂勤矣，而在延之收輯無遺憾矣。」於是謀於同人：「誰可出手作序者？」曰：「有虞山錢湘靈先生在。」龍客則又述曰：「在延侍師久，平生論今古文字源流，近日所心折者，先生一人耳。先生序之，在延得藉手報吾師於異日。」余泫然曰：「於乎！予何敢序晚村哉！文章之敝且百餘年，賴晚村覺悟一世，世既宗之矣，不幸而死。倘假靈於我夫子而馮儀於有德之在位者入告：吕某書應經義，較正大全，表裏章句，請敕著功令下所司，副在朱子之書左右，準是以去取文字，掄别人材。其俗師俗學，則人其人，火其書，治勿赦。審爾經正則民興，將天下興起於聖人之學，以成三代之治。其鏡源澄流，正辭禁非之效，豈不功高於有宋、業茂於勝國哉！顧晚村命之矣。」蓋曩歲訪余常州，道相左也。已而以書來，曰「相慕如吾兩人，千載上下，固當几席遇之」云云。於乎！晚村竟先侍諸夫子矣！詎意几席千載，墜言遺札，遂爲橋公車過腹痛之約哉！因叙龍客之述冠於端，書以俟之。晚村吕氏，浙之石門人，名某，字用晦，學者不以其名，咸稱曰晚村先生。康熙二十三年歲在甲子六月朔旦，虞山同學弟錢陸燦盥手拜書於金陵之留湘館，時年七十有三。（天蓋樓四書語録卷首）

王登三天蓋樓四書語録序：聖人之學，有體有用，而天德王道之旨，仁義中正之歸，以及禮樂政刑，憂世覺民，因事立教之論，莫備於四書，故四書者，六經之指要也。秦灰值厄，至道不彰，及魯壁壞垣，論語始出，然猶未甚較著。直至有宋諸儒起，乃能破意見拘墟，探聖賢理奥，而紫陽朱夫子更統其大成，衷以己見，爲四書集注、或問、語類、精義等篇，而孔曾思孟所以闡述六經，垂訓萬世之墜緒微言，遂無不昭然沛然如揭日月而行江海。大哉！真聖人之徒歟？暨勝國、本朝因之，頒諸天下，詔諸學宫，一以昌明傳注爲主，以故博士家奉爲矩矱，凡發諸制義，莫不根柢程朱。第俗學蒙晦，多因陋就簡，父師子弟，轉復承訛，僅取敷文而止，於是朱子之書每不能卒讀，而聖學荒蕪甚矣！心竊憂之。適龍客氏出一編相示，曰：「此余數年來所編次吕先生語録，而湘靈錢君爲序以行之者也。盍讀之？」爰受歸，誦竟旬朔，研其旨趣，究其統宗，然後知龍客所編次，與錢先生所序行者，非吕先生之書，而紫陽朱夫子之書也。今時下所習講章，未嘗不曰尊傳注、體朱子矣，究之承謬習舛，得其麤而遺其精，襲其文辭，而忘其根極。若語録則致大極精，而貫之以正，固穿天心、出月脇，銖積尺量而不失夫秒黍分寸者也。其足以垂世立教也宜哉！述評爲吕先生長公無黨所著，其記載皆所以發明偶評之説，蓋得於趨庭授受之餘，聞見親切，與吕先生之説相表裏，故龍客亦編次及之。此非獨不欲遺先生之片言隻字，亦冀大闡朱子之言，不使有毫髮遺憾，庶聖人有體有用之學，燦然較著於天下後世，不爲俗學所榛蕪。噫！是固龍客所以編集，錢先生所以序行之意也夫。乃予於龍客尤有所仰止焉。龍客嗜古力學，工詩歌及古文詞，下筆立就，蔑不斐然。至爲制義，則主於發明聖賢精微，不肯泛然爲科舉之學，故於其師説如水乳針芥，雖久困菰蘆中，不以易慮也。夫不肯以四書經義，泛然爲科舉之學，斯誠聖道之所以益明，而人心之所以復古也歟？吾願天下讀是書者，皆奉此爲舉業之宗，而又不泛然視爲科舉之學，則幾矣！康熙甲子立冬日，江浦王登三漢若書於屏山精舍。

（同前）

【注釋】

〔一〕周龍客：名在延，字龍客，又字津客，周亮工三子，師事晚村。康熙十二年癸丑晚村游金陵時，曾與周氏兄弟往還，詳見卷五訪周雪客留飲箋釋。

〔二〕「處士」句：萬感集秋行：「風俗暗相易，衣冠漸見疑。」可與之互看。

〔三〕「諸生」句：司馬遷史記卷九九叔孫通列傳：「叔孫通使徵魯諸生三十餘人。魯有兩生不肯行……叔孫通笑曰：『若真鄙儒也，不知時變。』遂與所徵三十人西，及上左右爲學者與其弟子百餘人爲綿蕞。」裴駰集解：「蕞，表位標準。」司馬貞索隱：「韋昭云：引繩爲綿，立表爲蕞。」

〔四〕雕蟲：揚雄揚子法言吾子：「或問：『吾子少而好賦？』曰：『然。童子雕蟲篆刻。』俄而曰：『壯夫不爲也。』」二王：東晉書家王羲之、王獻之父子，人稱「二王」。虞龢論書表：「洎乎漢魏，鍾張擅美，晉末二王稱英。……古質而今妍，數之常；愛妍而薄質，人之情。鍾張方之二王，可謂古矣，豈得無妍質之殊？父子之間，又爲古今，子敬窮其妍妙，固其宜也，並以小王居勝。」

〔五〕羽陵蠹簡：穆天子傳卷五：「仲秋甲戌，天子東游，次於雀梁，曝蠹書於羽陵。」郭璞注：「謂暴書中蠹蟲，因云蠹書也。」徐鍇先聖廟記：「衣冠禮樂，不絶如線。聖皇禄祚，文思累洽。掃大學之煨燼，編羽陵之蠹簡。濟濟焉，煌煌焉，民德歸厚矣。」

〔六〕學術：吴曾能改齋漫録卷一八：「士大夫以嗜欲殺身，以財利殺子孫，以政事殺人，以學術殺天下後世。」毫芒：班固答賓戲：「獨攄意乎宇宙之外，鋭思於毫芒之内。」

〔七〕矇箴：吕氏春秋恃君覽：「召公曰：『是障之也，非弭之也。防民之口，甚於防川。川壅而潰，敗人必多，夫民猶是也。是故治川者決之使導，治民者宣之使言。是故天子聽政，使公卿列士正諫，好學博聞獻詩，矇箴師誦，庶人傳語，近臣盡規，親戚補察，而後王斟酌焉。是以下無遺善，上無過舉。今王塞下之口，而遂上之過，恐爲社稷憂。』王弗聽也。三年，國人流王於彘。」高誘注：「目不見曰矇師、瞽師，詩云：『矇叟奏公。』」

〔八〕米鹽：司馬遷史記卷二七天官書：「臯、唐、甘、石因時務論其書傳，故其占驗淩雜米鹽。」張守節正義：「米鹽，細碎也。」班固漢書卷九〇咸宣列傳：「宣爲左内史，其治米鹽，事小大皆關其手。」顔師古注：「米鹽，細雜也。」此處指柴米油鹽諸小事。理要：顔延之弔張茂度：「賢弟子少履貞規，長懷理要。清風素氣，得之天然。」

〔九〕香火：即瓣香，意謂師承、宗旨。陳師道觀兖文忠公家六一堂圖書：「向來一瓣香，敬爲曾南豐。」周氏尊程朱，曾師事晚村，晚村卒後一年，輯晚村時文評點文字，編爲天蓋樓四書語録行世。

〔一〇〕「寫時」句：程顥曰：「某寫字時甚敬，非是要字好，只此是學。」（二程遺書卷三）

〔一一〕立地：朱子語類卷一一三力行：「書册中説義理只説得一面，今人之所謂踐履者，只做得箇皮草，如居室中只在門户邊立地，不曾深入到後面一截。」能行：同上：「善在那裏，自家却去行它。行之久則與自家爲一，爲一則得之在我，未能行，善自善，我自我。」

〔一二〕鐵函：潘永因宋稗類鈔卷一二：「鄭所南先生當宋社既墟，無策自奮，著心史六萬餘言，鐵函重匱，外著『大宋鐵函經』五字，内題『大宋孤臣鄭思肖百拜書』十字，沉於吴門承天寺眢井中。」土壁：司馬遷史記卷一二一儒林列傳：「伏生者，濟南人也。故爲秦博士。孝文帝時，欲求能治尚書者，天下無有，乃聞伏生能治，欲召之。是時伏生年九十餘，老不能行，於是乃詔太常使掌故朝錯往受之。秦時焚書，伏生壁藏之。其後兵大起，流亡，漢定，伏生求其書，亡數十篇，獨得二十九篇，即以教於齊魯之間。學者由是頗能言尚書，諸山東大師無不涉尚書以教矣。」

〔一三〕「郵筒」句：劉義慶世説新語任誕：「殷洪喬作豫章郡，臨去，郡人因附百許函書。既至石頭，悉擲水中，因祝曰：『沉者自沉，浮者自浮，殷洪喬不能作致書郵。』」郵筒，古時封寄書信之竹筒，代指書信。歐陽修送梅龍圖公儀知杭州：「郵筒不絶如飛翼，客至還無菜甲羹。」

〔一四〕錦囊：歐陽修新唐書卷二〇三李賀傳：「每旦日出，騎弱馬，從小奚奴，背古錦囊，遇所得，書投囊中。」蘇舜欽送王楊庭著作宰巫山：「落筆多佳句，時應滿錦囊。」

〔一五〕換羊：趙令畤侯鯖録卷一：「魯直戲東坡曰：『昔王右軍字爲換鵝書，韓宗儒性饕餮，每得公一帖，於殿帥姚麟許換羊肉十數斤，可名二丈書爲「換羊書」矣。』坡大笑。」

〔一六〕「畫虎」句：馬援戒兄子嚴敦書：「龍伯高敦厚周慎，口無擇言，謙約節儉，廉公有威。吾愛之重之，願汝曹效之。杜季良豪俠好義，憂人之憂，樂人之樂，清濁無所失。父喪致客，數郡畢至。吾愛之重之，不願汝曹效也。效伯高不得，猶爲謹敕之士，所謂刻鵠不成尚類鶩者也。效季良不得，陷爲天下輕薄子，所謂畫虎不成反類狗者也。」

〔一七〕「蒲帆」句：范成大送胡公疏之金陵：「緑蒲作帆一百尺，波浪疾飛輕鳥翮。」張可久洞庭道中：「白鷺荒堤老葑，黄雲遠水長空。百尺蒲帆飽西風。酒旗花影裏，釣艇樹陰中，好山千萬重。」

附録　十二首

張考夫楊園先生全集卷一録酬友人二首，後有「附原詩」、「又附何商隱擬酬二首」；又何商隱紫雲先生遺稿録擬酬友人二絶，後有「附友人原詩」、「附楊園先生酬友人二首」。何商隱紫雲先生遺稿録詠荷九絶，後有「附原作」；王寅旭曉菴先生詩集卷一録和商隱詠荷九絶。上述諸詩之原作撰者，或指晚村。另朝鮮成海應蘭室詩話録晚村贈漂海朝鮮人一首（孫殿起販書偶記亦鈔録）。以上計三題十二首，編爲附録，用存其概。

次考夫酬友人韻 二首

三十年來兄弟好，於今能得幾人存。相逢雨雪寒城夜，白髮燈前仔細論。

傷離歎逝無須爾，喜極今能爲道存。且盡燈前杯酒意，他時同異再深論。

按，楊園先生全集卷一所録楊園詩作時序不詳，紫雲先生遺稿此詩置同曉菴晚村悟空寺觀梅次韻之前，其時晚村與張楊園、何商隱、王寅旭度歲海鹽萬蒼山。玩張、何二人詩意，該詩當是楊園首倡，何商隱與「友人」爲唱和者，「友人」或指晚村，存而待考。詩題係整理者所擬。

【資料】

張履祥酬友人二首：二十年前謀拙學，應憐頭白得其門。途長日暮將焉届，猶願知交共講論。關中大禮昭天地，雒閩遺書二曜存。無忝所生今日事，紛紛同異後人論。（楊園先生全集卷一）

何汝霖擬酬友人二絶（同張楊園先生和韻）：拙學沾沾幸得門，艱危不意此身存。大冬嚴雪今何夕，白首相知喜共論。

雒閩分明泝委源，羹墻千古此心存。後人自是多同異，我輩還期勿重論。（紫雲先生遺稿）

詠荷九絶 并序

平生喜栽荷，十年來手植閩種，朝夕玩對無言，起予良多，思有以摹寫之，未得。適沈幾臣以二律見投，酬予所餉一缶也。清真婉摯，足爲此君生色，厥美頗備，統言之有未盡，因循其名而賦焉，輒得九詠，然具剩意耳。何當遇媲美之君子，爲之本攄而節寫，俾人知所取舍，而此花爲不徒榮於時乎？

藕

淤泥何所染，素質自空瑩。有節不期見，深深只耦耕。

蔤

一莖穿水面，中含體與才。軒軒翠華舉，知是美人來。

茄

非核亦非幹，擎葉復擎花。未始作荆棘，夫誰敢紛拏。

蕸

卷卷循根撥，團團仰日華。何知菱與芡，打貼作生涯。

菡萏

舉首儼成主，垂頭顯示心。高華真氣象，只在此中尋。

芙蓉

何年丹丹國，進此香玉盤。隱蹙金叵羅，氤氳吸露寒。

蓮

黄褪流蘇細，緑苞破顆匀。羞爲不采獻，落落老江瀕。

菂

青白三褫後，嫣然出水精。專稱歸茂實，莫混的亡名。

薏

生生意不息，葆此終古胎。苦心以自固，寧問有甘回。

按，紫雲先生遺稿載何商隱詠荷九絶，分詠藕、蔤、茄、蕸、菡萏、芙蓉、蓮、菂、薏，每種兩首，計十八首。後附「原作」九首，而原作中藕、菡萏、芙蕖、蓮、菂五首及蔤後兩句，已見何商隱詠荷九絶；抑何氏原稿，每首先列「原作」耶？待考。「原作」小序曰「平生喜栽荷，十年來手植閩種」，此點與晚村切合，晚村耦耕詩有「南陽莊屋廿間多，兩個魚池一種荷」句，其南陽村東莊有齋曰竹深荷静處。後游海鹽，有從珠花泉秋月居下山欲尋仰天塢瀑布病不能上遂循中塘東行沿湖見水玉蓮甚盛命童子采歸種山潭詩,「老夫亦有青山潭,潭口芙蓉護草菴」句,可見其隱居妙山時亦曾種植芙蓉。詩題係整理者所擬。

「原作」小序所言沈幾臣,名景晳,嘉興人。據張楊園沈氏族譜序:「若吾郡西河沈氏,始遷祖遜菴公,於元時自維揚來徙嘉興,迄今十有餘世,雖分處鄉邑,未有一人散亡而莫之考。又其仕者直節,政績聞於時;處者碩德,獨行稱於里,先後不乏。崇禎間,予始與子相兄弟交,已而交於幾臣兄弟,莫不孝友温恭,篤門内之誼,慕古而尚賢,既殊異乎時俗囂競之習。」(楊園先生全集卷一六)

【資料】

王錫闡和商隱詠荷九絶藕:奇節愛深藏,昭質矢不虧。多應九洲下,已有蟄龍知。

蔤:一點清泥破,露此潛虬角。所貴賢達人,生機每先覺。

茄:誰向清江裏,移植碧琅玕。有刺不傷物,風波亦自安。

蕸:亭亭護朱英,翩翩同翠幄。惜哉葵有知,但自衛其足。

菡萏:旨哉何子言,頫仰心與主。含宏誰得似,淵磬正潛處。

芙蓉:絳衣與大冠,恍如躍在淵。遥羨瀛洲種,朱旗同雲煙。

蓮:君將蓮比德,我愛德如蓮。清流恒獨立,老去心愈堅。

菂:芡憎問轉熟,芰嫌頭角露。勿勞問苦甘,但願保貞素。

薏：天心見物心，貞元與剥復。孰知什襲中，真君已載育。（曉菴先生詩集卷二）

何汝霖詠荷九絶藕：淤泥何所染，素質自空瑩。有節不期見，深深只並耕。○不辭居下澤，黽勉事躬耕。冰雪胡然剖，佳人會手成。

蔤：穎脱漣漪上，丹青次第開。欲知端的處，君子退藏來。○消息夭喬裏，包含亦異哉。軒軒翠葆動，自是美人來。

茄：謝去諸枝蔓，循循本自生。虚中絲不斷，花葉總裁成。○一一宛中央，分持朱與碧。但教美利成，何須嗟棄擲。

蕸：亭亭勝雨露，入堂盡元珠。不惜時傾去，屢空方晏如。○當空即爲蓋，承露即爲盤。更耐幽人製，山中好禦寒。

菡萏：舉首儼然主，垂頭顯示心。高華真氣象，只在此中尋。○一點欲凌波，纖纖三五過。俯仰翠微際，無言爾奈何。

芙蓉：舒華凝曉露，含馥倚斜陽。力盡三開闔，心猶護月黄。○何年丹丹國，進此香玉盤。隱蹙金叵羅，氤氳浥露寒。

蓮：黄褪流蘇細，緑苞破顆匀。羞爲不采獻，落落老江瀕。○初進黄金杯，再傳碧玉甌。縈懷結緑珍，待時供鼎羞。

菂：青白三褫後，嫣然出水精。不須聞實義，皛爾已全呈。○先素後朱殷，初非異其飾。表此歡喜珠，令人入胸臆。

薏：拳拳一寸心，青苦自含茹。盆沼華峰頭，憑君易地處。○指數幾重襲，居然兒手么。看將朱夏色，遍向緑池標。（紫雲先生遺稿）

贈漂海朝鮮人

矮矮茅簷可隱居，乾坤城郭非吾廬。囊裏無錢可當酒，山中有客只烹蔬。天和日暖鋤春韭，夜静風恬讀古書。世事悠悠忘我老，看花隨竹數游魚。

成海應蘭室詩話：「呂晚村罹曾静獄，覆其家。詩集中如此江山圖及錢墓松歌，皆思明室而作，感慨悲惻。嘗贈漂海朝鮮人詩曰：『矮矮茅簷可隱居，乾坤城郭非吾廬。囊裏無錢可當酒，山中有客只烹蔬。天和日暖鋤春韭，夜静風恬讀古書。世事悠悠忘我老，看花隨竹數游魚。』其詩雖不甚佳，其義亦多鄭思肖畫蘭之意。」詩題據此擬。

孫殿起販書偶記卷一四「呂晚村詩集二卷文集八卷附行略一卷」條：「石門呂留良撰。高麗人舊鈔本。目録第一頁首行書名下有『崇禎紀元後乙巳天蓋樓鐫』十一字。文集卷一至四答覆各書，皆注明與某姓某名號及某年某月日所作。至書中凡他刊本屬墨釘未辨某字者，皆一一寫出。後有曾孫爲景題識，並附高麗人補詩一首云：『矮矮茅簷可隱居，乾坤城郭非吾廬。天和日暖鋤春畝，夜靜風恬讀古書。囊裹無錢可當酒，山中有客只烹蔬。世事悠悠忘我老，看花隨竹數游魚。晚村詩集不載此詩，而浙江漂海人到我境，傳誦此詩，曰此晚村詩云。故録之。』」

按，成氏、孫氏所記，三四句與五六句互倒。此詩爲七律，兩人所記，皆有失粘處。晚村深於詩學，猶諳五七律，當不致如此草率。此詩文字平淡，内容膚淺，與晚村風格迥異，成氏亦以爲此詩「不甚佳」，疑是僞作，存之待考。又，成氏書「鋤春韭」，販書偶記作「鋤春畝」。

又按，晚村之書籍、學説，於朝鮮、日本頗多仰慕與崇拜者，其人來華，亦多有查訪其書，探討其學問者，朝鮮李德懋清脾録卷二：「康熙時，既頒覺迷録，而吕留良晚村集不復傳於天下，吴月谷瓊入燕，潛求之不得。先王癸酉，俞參判漢蕭以副使入燕，求之，有一士懷晚村詩集鈔本一册，潛來館中，泣而傳之，乃持獻於先王，自是士大夫家稍稍謄録。詩皆幼安淵明之志，臯羽所南之悲，令人掩抑，涕淚横集。……若以詩品論，藻思妙絶，而味勝者也。」按，大義覺迷録實雍正朝吕氏案起後所頒刊者，此謂「康熙時，既頒覺迷録」，誤。野田笛浦得泰船筆語卷上：「笛浦：『康熙而還，奉閩洛之説者，余服陸稼書一人，李霈霖、周聘侯輩，非其倫也。吕晚村卓識，蓋出陸之上，薛敬軒之後，未見其比，然晚村明代之人，非貴朝之人也。』朱柳橋：『陸稼書先生，浙江平湖人，與僕同里，爲我朝道學第一，非餘賢可比。晚村，明代人，歸我而不臣，故書集我朝棄禁不觀。』笛浦：『晚村之不臣於貴朝者，是余之所以最信晚村。』」此書所記内容，爲日本文政九年（清道光六年丙戌，一八二六）三月初七日至四月三十日，野田笛浦與得泰船船主楊啟堂、財副朱柳橋之對話。録此二條，以備讀是書者之參考云爾。

主要參考書目

周易注疏，〔三國魏〕王弼、〔晉〕韓康伯注，〔唐〕孔穎達疏，十三經注疏本，中華書局一九八〇年影印。
周易經傳集解，〔宋〕林栗撰，文淵閣四庫全書本，臺灣商務印書館一九八六年影印。
易小傳，〔宋〕沈該撰，民國年間吴興劉氏嘉業堂刻吴興叢書本。
尚書精義，〔宋〕黄倫撰，叢書集成初編本，中華書局一九八五年影印。
尚書注疏，〔漢〕孔安國傳，〔唐〕孔穎達疏，十三經注疏本，中華書局一九八〇年影印。
毛詩正義，〔漢〕毛亨傳，〔漢〕鄭玄箋，〔唐〕孔穎達疏，十三經注疏本，中華書局一九八〇年影印。
韓詩外傳集釋，〔漢〕韓嬰撰，許維遹校釋，中華書局一九八〇年版。
詩説解頤，〔明〕季本撰，文淵閣四庫全書本，臺灣商務印書館一九八六年影印。
童子問，〔宋〕輔廣撰，清初汲古閣刻本。
詩經名物集覽，〔清〕陳大章撰，叢書集成初編本，中華書局一九八五年影印。
禮記正義，〔漢〕鄭玄注，〔唐〕孔穎達正義，十三經注疏本，中華書局一九八〇年影印。
周禮注疏，〔漢〕鄭玄注，〔唐〕賈公彦疏，十三經注疏本，中華書局一九八〇年影印。
儀禮注疏，〔漢〕鄭玄注，〔唐〕賈公彦疏，十三經注疏本，中華書局一九八〇年影印。

書儀，〔宋〕司馬光撰，叢書集成初編本，中華書局一九八五年影印。
春秋左傳正義，〔晉〕杜預注，〔唐〕孔穎達正義，十三經注疏本，中華書局一九八〇年影印。
春秋公羊傳注疏，〔漢〕何休注，〔唐〕徐彦疏，十三經注疏本，中華書局一九八〇年影印。
春秋繁露義證，〔清〕蘇輿撰，鍾哲點校，中華書局一九九二年版。
孝經注疏，〔唐〕李隆基注，〔宋〕邢昺疏，十三經注疏本，中華書局一九八〇年影印。
經典釋文彙校，〔唐〕陸德明撰，黄焯彙校，中華書局二〇〇六年版。
論語注疏，〔三國魏〕何晏注，〔宋〕邢昺疏，十三經注疏本，中華書局一九八〇年影印。
孟子注疏，〔漢〕趙岐注，〔宋〕孫奭疏，十三經注疏本，中華書局一九八〇年影印。
論語正義，〔清〕劉寶楠撰，高流水點校，中華書局一九九〇年版。
四書章句集注，〔宋〕朱熹集注，中華書局一九八三年版。
天蓋樓四書語録，〔清〕吕留良撰，〔清〕周在延編，清康熙二十三年刻本。
吕晚村先生四書講義，〔清〕吕留良撰，〔清〕陳鏦、吕葆中編，清康熙二十五年刻本。
吕子評語，〔清〕車鼎豐撰，清康熙五十五年金陵顧麟趾刻本。
爾雅義疏，〔晉〕郭璞注，〔宋〕邢昺疏，十三經注疏本，中華書局一九八〇年影印。
爾雅翼，〔宋〕羅願撰，〔明〕姚大受校補，明萬曆年間刻本。
揚雄方言校釋匯證，〔漢〕揚雄撰，華學成匯證，中華書局二〇〇六年版。

埤雅，〔宋〕陸佃撰，叢書集成初編本，中華書局一九八五年影印。
駢雅，〔明〕朱謀㙔撰，文淵閣四庫全書本，臺灣商務印書館一九八六年影印。
廣雅疏證，〔清〕王念孫撰，鍾宇訊點校，中華書局一九八五年版。
別雅，〔清〕吴玉搢撰，清光緒七年藝林山房文選樓叢書本。
説文解字，〔漢〕許慎撰，中華書局一九六三年版。
説文解字注，〔清〕段玉裁撰，上海古籍出版社一九八一年影印。
玉篇，〔梁〕顧野王撰，中華書局一九八五年影印本。
類篇，〔宋〕司馬光撰，中華書局一九八四年影印。
俗書刊誤，〔明〕焦竑撰，明萬曆年間刻本。
史記，〔漢〕司馬遷撰，中華書局一九五九年版。
漢書，〔漢〕班固撰，〔唐〕顔師古注，中華書局一九六二年版。
後漢書，〔南朝宋〕范曄，〔唐〕李賢注，中華書局一九六五年版。
三國志，〔晉〕陳壽撰，〔宋〕裴松之注，中華書局一九五九年版。
晉書，〔唐〕房玄齡撰，中華書局一九七四年版。
宋書，〔梁〕沈約撰，中華書局一九七四年版。
南齊書，〔梁〕蕭子顯撰，中華書局一九七二年版。

梁書，〔唐〕姚思廉撰，中華書局一九七三年版。
魏書，〔北齊〕魏收撰，中華書局一九七四年版。
隋書，〔唐〕長孫無忌撰，中華書局一九七三年版。
南史，〔唐〕李延壽撰，中華書局一九七五年版。
舊唐書，〔後晉〕劉昫撰，中華書局一九七五年版。
新唐書，〔宋〕歐陽修、宋祁撰，中華書局一九七五年版。
舊五代史，〔宋〕薛居正撰，中華書局一九七六年版。
新五代史，〔宋〕歐陽修撰，中華書局一九七四年版。
宋史，〔元〕脱脱撰，中華書局一九七七年版。
元史，〔明〕宋濂撰，中華書局一九七六年版。
明史，〔清〕張廷玉撰，中華書局一九七四年版。
後漢紀，〔晉〕袁宏撰，張烈點校，中華書局二〇〇二年版。
資治通鑑，〔宋〕司馬光，〔元〕胡三省音注，中華書局一九五六年版。
建炎以來繫年要録，〔宋〕李心傳撰，中華書局一九八八年版。
中興小紀，〔宋〕熊克撰，顧吉辰、郭群一點校，福建人民出版社一九八五年版。
續宋編年資治通鑑，〔宋〕劉時舉撰，叢書集成初編本，中華書局一九八五年影印。

九朝編年備要，〔宋〕陳均撰，文淵閣四庫全書本，臺灣商務印書館一九八六年影印。
宋史全文，佚名撰，文淵閣四庫全書本，臺灣商務印書館一九八六年影印。
小腆紀年附考，〔清〕徐鼒撰，王崇武點校，中華書局一九五七年版。
東華録，〔清〕蔣良騏撰，中華書局一九八〇年版。
東華録，〔清〕王先謙撰，清光緒年間刻本。
清鑑易知録，許國英撰，北京古籍出版社一九八七年影印。
建康實録，〔唐〕許嵩撰，張忱石點校，中華書局一九八六年版。
東都事略，〔宋〕王偁撰，清乾隆六十年常熟席世臣掃葉山房刻本。
續後漢書，〔宋〕蕭常撰，叢書集成初編本，中華書局一九八五年影印。
通志二十略，〔宋〕鄭樵撰，王樹民點校，中華書局一九九五年版。
古今紀要，〔宋〕黄震撰，清乾隆三十二年刻本。
續通志，〔清〕嵇璜撰，浙江古籍出版社一九八八年影印。
小腆紀傳，〔清〕徐鼒撰，中華書局一九五八年版。
南疆逸史，〔清〕温睿臨撰，中華書局一九五九年版。
罪惟録，〔清〕查繼佐撰，浙江古籍出版社一九八六年版。
南明史，錢海岳撰，中華書局二〇〇六年版。

清史列傳，王鍾翰點校，中華書局一九八七年版。
史評，〔明〕范光宙撰，清順治十五年刻本。
國語集解，〔清〕徐元誥撰，王樹民、沈長雲點校，中華書局二〇〇二年版。
戰國策校注，〔宋〕鮑彪校注，〔元〕吴師道重校，四部叢刊本，上海商務印書館據元至正刊本影印。
十國春秋，〔清〕吴任臣撰，中華書局一九八三年版。
德安守禦録，〔宋〕湯璹撰，清道光年間刻本。
魯之春秋，〔清〕李聿秋撰，浙江古籍出版社一九八四年版。
髮史，〔清〕胡蘊玉撰，滿清野史本，成都昌福公司一九二〇年版。
慟餘雜記，〔清〕史惇撰，中華書局一九五九年版。
雪交亭正氣録，〔清〕高宇泰撰，民國年間張氏四明叢書本。
自靖録考略，〔清〕高承埏撰，清咸豐年間刻本。
大義覺迷録，〔清〕雍正帝敕撰，雍正年間刻本。
法顯傳校注，〔晉〕釋法顯撰，章巽校注，中華書局二〇〇八年版。
王文成公年譜，〔明〕錢德洪、王畿撰，文淵閣四庫全書本，臺灣商務印書館一九八六年影印。
顧亭林先生年譜，〔清〕張穆編，中華書局一九八五年版。
黄宗羲年譜，〔清〕黄炳垕撰，王政堯點校，中華書局一九九三年版。

黄宗羲年譜，徐定寶主編，華東師大出版社一九九五年版。
吕留良年譜長編，卞僧慧撰，中華書局二〇〇三年版。
何商隱先生年譜，〔清〕何聚仁撰，稿本。上海圖書館藏。
柳如是别傳，陳寅恪著，三聯書店二〇〇一年版。
高士傳，〔晉〕皇甫謐撰，叢書集成初編本，中華書局一九八五年版。
唐才子傳校箋，〔元〕辛文房撰，傅璇琮主編，中華書局一九八七—一九九五年版。
宋名臣言行録，〔宋〕朱熹纂，〔宋〕李幼武續纂，清同治七年重修本。
歷代名臣奏議，〔明〕黄淮、楊士奇編，上海古籍出版社一九八九年影印。
明名臣琬琰録，〔明〕徐紘撰，清光緒年間思惠齋刻常州先哲遺書本。
浦陽人物記，〔明〕宋濂撰，叢書集成初編本，中華書局一九八五年影印。
明儒學案，〔清〕黄宗羲撰，沈芝盈點校，中華書局一九八五年版。
國壽録，〔清〕查繼佐撰，中華書局一九五九年版。
國朝耆獻類徵初編，〔清〕李桓輯，清光緒年間刻本。
國朝宋學淵源記，〔清〕江藩撰，鍾哲整理，中華書局一九八三年版。
明儒言行録，〔清〕沈佳撰，文淵閣四庫全書本，臺灣商務印書館一九八六年影印。
留溪外傳，〔清〕陳鼎撰，清康熙三十七年刻本。

麟峰黄氏家譜，〔清〕黄惠纂，清乾隆五十八年刻本。
洲泉吴氏宗譜，〔清〕吴學浚修，清光緒五年永懷堂刻本。
越絶書校釋，〔漢〕袁康、吴平撰，李步嘉校釋，中華書局二〇一三年版。
吴越春秋，〔漢〕趙曄撰，張覺校注，嶽麓書社二〇〇六年版。
華陽國志校注，〔晉〕常璩撰，劉琳校注，巴蜀書社一九八四年版。
南唐書，〔宋〕陸游撰，叢書集成初編本，中華書局一九八五年影印。
滿洲源流考，〔清〕阿桂等撰，孫文良、陸玉華點校，遼寧民族出版社一九八八年版。
元和郡縣志，〔唐〕李吉甫撰，賀次君點校，中華書局一九八三年版。
元豐九域志，〔宋〕王存撰，王文楚、魏嵩山點校，中華書局一九八四年版。
太平寰宇記，〔宋〕樂史撰，王文楚等點校，中華書局二〇〇七年版。
方輿勝覽，〔宋〕祝穆撰，〔宋〕祝洙增訂，施和金點校，中華書局二〇〇三年版。
明一統志，〔明〕李賢撰，文淵閣四庫全書本，臺灣商務印書館一九八六年影印。
康熙大清一統志，文淵閣四庫全書本，臺灣商務印書館一九八六年影印。
嘉慶重修一統志，四部叢刊本，上海商務印書館據清道光二十二年進呈寫本影印。
輿地紀勝，〔宋〕王象之撰，中華書局一九九二年影印本。
吴地記，〔唐〕陸廣微撰，江蘇古籍出版社一九九九年版。

吴郡志，〔宋〕范成大撰，叢書集成初編本，中華書局一九八五年影印。
會稽志，〔宋〕施宿撰，中國方志叢書本，臺北成文出版社一九八三年影印。
海鹽澉水志，〔宋〕常棠撰，中國方志叢書本，臺北成文出版社一九八三年影印。
景定建康志，〔宋〕周應合撰，中國方志叢書本，臺北成文出版社一九八三年影印。
咸淳臨安志，〔宋〕潛説友撰，中國方志叢書本，臺北成文出版社一九八三年影印。
至大金陵新志，〔元〕張鉉撰，文淵閣四庫全書本，臺灣商務印書館一九八六年影印。
至元嘉禾志，〔元〕徐碩撰，〔清〕管庭芬補校，中國方志叢書本，臺北成文出版社一九八三年影印。
姑蘇志，〔明〕王鏊撰，文淵閣四庫全書本，臺灣商務印書館一九八六年影印。
萬曆杭州府志，〔明〕陳善纂修，明萬曆七年刻本。
吴興備志，〔明〕董斯張撰，民國三年吴興劉氏嘉業堂刻本。
臨平記，〔清〕沈謙撰，清順治五年刻本。
浙江通志，〔清〕嵇曾筠等修，〔清〕沈翼機等纂，上海古籍出版社一九九一年影印。
江南通志，〔清〕趙宏恩監修，文淵閣四庫全書本，臺灣商務印書館一九八六年影印。
江西通志，〔清〕謝旻等修，中國方志叢書本，臺北成文出版社一九八三年影印。
福建通志，〔清〕郝玉麟等修，〔清〕謝道承、劉敬與纂，清乾隆二年刻本。
湖廣通志，〔清〕邁柱修，文淵閣四庫全書本，臺灣商務印書館一九八六年影印。

河南通志，〔清〕田文鏡修，〔清〕王士俊纂，文淵閣四庫全書本，臺灣商務印書館一九八六年影印。

廣東通志，〔清〕郝玉麟修，〔清〕魯曾煜纂，清雍正九年刻本。

康熙德清縣志，〔清〕侯元棐修，〔清〕王振孫纂，中國方志叢書本，臺北成文出版社一九八三年影印。

康熙海寧縣志，〔清〕許三禮修，中國方志叢書本，臺北成文出版社一九八三年影印。

康熙嘉興府志，〔清〕吴永芳修，〔清〕高孝本纂，清康熙六十年刻本。

乾隆烏程縣志，〔清〕羅愫撰，中國方志叢書本，臺北成文出版社一九八三年影印。

乾隆吴江縣志，〔清〕陳葽纕等修，〔清〕倪師孟等纂，中國方志叢書本，臺北成文出版社一九八三年影印。

嘉慶德清縣續志，〔清〕周紹濂修，〔清〕徐養原纂，清嘉慶十三年刻本。

新市鎮續志，〔清〕沈赤然纂輯，清嘉慶十七年序刻本。

嘉慶石門縣志，〔清〕耿維祜修，清道光元年刻本。

同治湖州府志，〔清〕宗源瀚修，周學濬纂，清同治十三年刻本。

光緒桐鄉縣志，〔清〕嚴辰纂，中國地方志集成本，上海書店一九九三年影印。

光緒海鹽縣志，〔清〕王彬修，〔清〕徐用儀纂，中國地方志集成本，上海書店一九九三年影印。

光緒餘姚縣志，〔清〕周炳麟修，〔清〕邵友濂、孫德祖纂，中國地方志集成本，上海書店一九九三年影印。

光緒石門縣志，〔清〕余麗元等纂修，中國地方志集成本，上海書店一九九三年影印。

光緒歸安縣志，〔清〕李昱等修，〔清〕陸心源纂，清光緒八年刻本。

光緒餘姚縣志，〔清〕邵友濂修，〔清〕孫德祖等纂，中國方志叢書本，臺北成文出版社一九八三年影印。

光緒黃巖志，〔清〕陳鍾英修，〔清〕王詠霓纂，中國方志叢書本，臺北成文出版社一九八三年影印。

海寧州志稿，〔清〕李圭修，〔清〕許傳沛纂，中國地方志集成本，上海書店一九九三年影印。

四續掖縣志，劉國斌修，劉錦堂纂，一九三五年鉛印本。

民國德清縣新志，吳翯皋、王任化修，程森纂，中國地方志集成本，上海書店一九九三年影印。

皖志列傳稿，金天羽撰，民國二十五年鉛印本。

南方草木狀，〔晉〕嵇含撰，叢書集成初編本，中華書局一九八五年影印。

荆楚歲時記，〔梁〕宗懔撰，姜彦稚輯校，嶽麓書社一九八六年版。

嶺表録異，〔唐〕劉恂撰，叢書集成初編本，中華書局一九八五年影印。

武林舊事，〔宋〕周密撰，清乾隆五十八年刻知不足齋叢書本。

廬山記，〔宋〕陳舜俞撰，文淵閣四庫全書本，臺灣商務印書館一九八六年影印。

西湖游覽志，〔明〕田汝成輯撰，中華書局一九五九年版。

西湖游覽志餘，〔明〕田汝成輯撰，上海古籍出版社一九八〇年版。

西子湖拾翠餘談，〔明〕汪珂玉撰，清光緒年間丁丙輯武林掌故叢編本。

武林梵志，〔明〕吳之鯨撰，魏得良點校，杭州出版社二〇〇六年版。

水經注校證，〔北魏〕酈道元撰，陳橋驛校證，中華書局二〇〇七年版。

漢官儀，〔漢〕應劭撰，叢書集成初編本，中華書局一九八五年版。
通典，〔宋〕杜佑撰，王文錦等點校，中華書局一九八八年版。
唐會要，〔宋〕王溥撰，上海古籍出版社一九九一年版。
明宫史，〔明〕吕毖撰，文淵閣四庫全書本，臺灣商務印書館一九八六年影印。
直齋書録解題，〔宋〕陳振孫撰，上海古籍出版社一九八七年版。
千頃堂書目，〔清〕黄虞稷撰，上海古籍出版社二〇〇一年版。
四庫全書總目，〔清〕永瑢、紀昀等撰，中華書局一九六五年版。
販書偶記，孫殿起撰，上海古籍出版社一九九九年版。
觀古堂書目叢刻，葉德輝撰，清末民國年間刻本。
輿地碑記目，〔宋〕王象之撰，清同治九年吴縣潘祖蔭滂喜齋刻本。
宋本金石録，〔宋〕趙明誠撰，中華書局一九九一年影印。
石刻鋪叙，〔宋〕曾宏父撰，清乾隆四十七年知不足齋叢書本。
碑傳集補，閔爾昌纂録，民國二十一年燕京大學研究所排印本。
史通箋注，〔唐〕劉知幾撰，張振佩箋注，貴州人民出版社一九八五年版。
荀子集解，〔清〕王先謙撰，沈嘯寰、王星賢點校，中華書局一九八八年版。
鹽鐵論校注，〔漢〕桓寬撰，王利器校注，中華書局一九九二年版。

新書校注，〔漢〕賈誼撰，閻振益、鍾夏校注，中華書局二〇〇〇年版。

新序校釋，〔漢〕劉向撰，石光瑛校釋，中華書局二〇〇一年版。

説苑校證，〔漢〕劉向撰，向宗魯校證，中華書局一九八七年版。

法言義疏，汪榮寶撰，陳仲夫點校，中華書局一九八七年版。

孔子家語注，〔三國魏〕王肅注，文淵閣四庫全書本，臺灣商務印書館一九八六年影印。

孔叢子校釋，傅亞庶撰，中華書局二〇一一年版。

二程遺書，〔宋〕程頤、程顥撰，〔宋〕朱熹編，中華書局一九八〇年版。

朱子文語纂編，〔清〕嚴鴻逵編，清康熙五十九年刻本。

近思録，〔宋〕朱熹編，〔清〕張伯行集解，叢書集成初編本，中華書局一九八五年影印。

麗澤論説集録，〔宋〕吕祖儉輯，北京圖書館出版社二〇〇三年影印。

困知記，〔明〕羅欽順撰，閻韜點校，中華書局一九九〇年版。

榕壇問業，〔明〕黄道周撰，文淵閣四庫全書本，臺灣商務印書館一九八六年影印。

管子校注，黎翔鳳撰，梁運華點校，中華書局二〇〇四年版。

鄧析子，〔春秋〕鄧析撰，四部備要本，上海中華書局一九三六年版。

商君書錐指，蔣禮鴻撰，中華書局一九八六年版。

王禎農書，〔元〕王禎撰，中華書局一九五六年版。

農政全書校注，〔明〕徐光啟撰，石聲漢校注，上海古籍出版社一九七九年版。
野菜博録，〔明〕鮑山撰，明天啟六年刻本。
靈樞經校釋，河北醫學院校釋，人民衛生出版社一九八二年版。
備急千金要方校釋，〔唐〕孫思邈撰，李景榮等校釋，人民衛生出版社一九九八年版。
本草綱目，〔明〕李時珍撰，劉衡如點校，人民衛生出版社二〇〇四年版。
醫貫，〔明〕趙獻可撰，吕留良評，清康熙年間刻本。
醫貫砭，〔清〕徐大椿撰，清乾隆年間刻本。
醫宗己任編，〔清〕楊乘六撰，清光緒年間刻本。
遵生八箋校注，〔明〕高濂撰，趙立勳等校注，人民衛生出版社一九九四年版。
勿庵曆算書記，〔清〕梅文鼎撰，文淵閣四庫全書本，臺灣商務印書館一九八六年影印。
大唐開元占經，〔唐〕瞿曇悉達撰，清刻本。
增補星平會海命學全書，〔明〕月金山人編著，清道光鴛湖博古堂刊本。
歷代名畫記，〔唐〕張彦遠撰，叢書集成初編本，中華書局一九八五年影印。
書譜，〔唐〕孫過庭撰，陳碩評注，浙江人民美術出版社二〇一二年版。
六帖補，〔宋〕楊伯岩撰，文淵閣四庫全書本，臺灣商務印書館一九八六年影印。
宣和書譜，〔宋〕軼名撰，顧逸點校，上海書畫出版社一九八四年版。

墨池編，〔宋〕朱長文撰，清康熙五十三年吴縣朱氏就閑堂刻本。

寶真齋法書贊，〔宋〕岳珂撰，清乾隆年間武英殿聚珍版叢書本。

圖畫見聞志，〔宋〕郭若虛撰，叢書集成初編本，中華書局一九八五年影印。

圖繪寶鑑，〔宋〕夏文彦撰，叢書集成初編本，中華書局一九八五年影印。

益州名畫録，〔宋〕黄休復撰，人民美術出版社一九六四年版。

宋朝名畫評，〔宋〕劉道醇撰，文淵閣四庫全書本，臺灣商務印書館一九八六年影印。

法書考，〔元〕盛熙明撰，清康熙四十六年揚州詩局刻本。

六書故，〔元〕戴侗撰，清乾隆四十九年刻本。

畫鑑，〔元〕湯垕撰，馬采注釋，人民美術出版社一九五八年版。

藝苑卮言，〔明〕王世貞撰，羅仲鼎校注，齊魯書社一九九二年版。

寒山帚談，〔明〕趙宧光撰，文淵閣四庫全書本，臺灣商務印書館一九八六年影印。

畫史會要，〔明〕朱謀垔撰，文淵閣四庫全書本，臺灣商務印書館一九八六年影印。

續書史會要，〔明〕朱謀垔撰，徐美潔點校，浙江人民美術出版社二〇一二年版。

清河書畫舫，〔明〕張丑撰，文淵閣四庫全書本，臺灣商務印書館一九八六年影印。

藝林滙考，〔清〕沈自南撰，中華書局一九八八年影印。

十竹齋箋譜，〔清〕胡曰從撰，榮寶齋一九五二年餖版拱花套色印本。

佩文齋書畫譜，〔清〕孫岳頒等撰，文淵閣四庫全書本，臺灣商務印書館一九八六年影印。

六藝之一録，〔清〕倪濤撰，文淵閣四庫全書本，臺灣商務印書館一九八六年影印。

硯箋，〔宋〕高似孫撰，清康熙四十五年刻本。

陳氏香譜，〔宋〕陳敬撰，文淵閣四庫全書本，臺灣商務印書館一九八六年影印。

山家清供，〔宋〕林洪撰，中國商業出版社一九八五年版。

竹譜，〔元〕李衎撰，文淵閣四庫全書本，臺灣商務印書館一九八六年影印。

天工開物譯注，〔明〕宋應星撰，潘吉星譯注，上海古籍出版社二〇〇八年版。

宣德鼎彝譜，〔明〕吕震撰，叢書集成初編本，中華書局一九八五年影印。

廣群芳譜，〔清〕汪灝等撰，文淵閣四庫全書本，臺灣商務印書館一九八六年影印。

牡丹譜，〔清〕計楠撰，清道光十三年吴江沈氏世楷堂刻本。

續茶經，〔清〕陸廷燦撰，清雍正年間刻本。

裝潢志，〔清〕周嘉胄撰，叢書集成初編本，中華書局一九八五年影印。

隨園食單，〔清〕袁枚撰，陳偉明譯注，中華書局二〇一〇年版。

墨子閒詁，〔清〕孫詒讓撰，孫啟治點校，中華書局二〇〇一年版。

吕氏春秋注疏，王利器撰，巴蜀書社二〇〇二年版。

淮南子集釋，何寧撰，中華書局一九九八年版。

古今注，〔晉〕崔豹撰，商務印書館一九五六年版。
能改齋漫録，〔宋〕吴曾撰，中華書局一九六〇年版。
容齋隨筆，〔宋〕洪邁撰，孔凡禮點校，中華書局二〇〇五年版。
緯略，〔宋〕高似孫撰，叢書集成初編本，中華書局一九八五年影印。
文昌雜録，〔宋〕龐元英撰，叢書集成初編本，中華書局一九八五年影印。
困學紀聞注，〔宋〕王應麟撰，〔清〕翁元圻輯注，清咸豐元年刻本。
猗覺寮雜記，〔宋〕朱翌撰，叢書集成初編本，中華書局一九八五年影印。
鼠璞，〔宋〕戴埴撰，叢書集成初編本，中華書局一九八五年影印。
甕牖閑評，〔宋〕袁文撰，叢書集成初編本，中華書局一九八五年影印。
丹鉛總録，〔明〕楊慎撰，明萬曆十六年刻本。
譚苑醍醐，〔明〕楊慎撰，叢書集成初編本，中華書局一九八五年影印。
四友齋叢説，〔明〕何良俊撰，中華書局一九五九年版。
通雅，〔明〕方以智撰，清康熙五年姚文燮刻本。
日知録集釋，〔清〕顧炎武撰，〔清〕黄汝成集釋，欒保群、吕宗力點校，上海古籍出版社二〇〇六年版。
留書，〔清〕黄宗羲撰，民國年間馮貞群鈔本。中華書局圖書館藏。
陔餘叢考，〔清〕趙翼撰，欒保群、吕宗力點校，河北人民出版社一九九〇年版。

論衡校釋，〔漢〕王充撰，黄暉校釋，中華書局一九九〇年版。
新輯本桓譚新論，〔漢〕桓譚撰，朱謙之校輯，中華書局二〇〇九年版。
顔氏家訓集解，〔北齊〕顔之推撰，王利器集解，中華書局一九九三年版。
封氏聞見記校注，〔唐〕封演撰，趙貞信校注，中華書局二〇〇五年版。
夢溪筆談校證，〔宋〕沈括撰，胡道静校證，上海古籍出版社一九八七年版。
老學庵筆記，〔宋〕陸游撰，李劍雄、劉德權點校，中華書局一九七九年版。
愧郯録，〔宋〕岳珂撰，叢書集成初編本，中華書局一九八五年影印。
游宦紀聞，〔宋〕張世南撰，中華書局一九八一年版。
鶴林玉露，〔宋〕羅大經撰，王瑞來點校，中華書局一九八三年版。
齊東野語，〔宋〕周密撰，張茂鵬點校，中華書局一九八三年影印。
墨莊漫録，〔宋〕張邦基撰，叢書集成初編本，中華書局一九八五年影印。
研北雜志，〔元〕陸友撰，清宣統三年國學扶輪社鉛印本。
夜航船，〔明〕張岱撰，劉耀林校注，浙江古籍出版社一九八七年版。
震澤長語，〔明〕王鏊撰，叢書集成初編本，中華書局一九八五年影印。
畫禪室隨筆校注，〔明〕董其昌撰，屠友祥校注，上海遠東出版社二〇一一年版。
春明夢餘録，〔明〕孫承澤撰，北京古籍出版社一九九二年版。

涌幢小品，〔明〕朱國禎撰，中華書局一九五九年版。
郎潛紀聞，〔清〕陳康祺撰，晉石點校，中華書局一九八四年版。
柳南續筆，〔清〕王應奎撰，王彬、嚴英俊點校，中華書局一九八三年版。
閒情偶寄，〔清〕李漁撰，浙江古籍出版社一九九一年版。
池北偶談，〔清〕王士禛撰，中華書局一九八二年版。
交翠軒筆記，〔清〕沈濤撰，上海古籍出版社一九八五年版。
廣陽雜記，〔清〕劉獻廷撰，汪北平、夏志和點校，中華書局一九五七年版。
在園雜志，〔清〕劉廷璣撰，張守謙點校，中華書局二〇〇五年版。
趨庭隨筆，江庸撰，和記印書館一九三四年鉛印本。
三魚堂日記，〔清〕陸隴其撰，叢書集成初編本，中華書局一九八五年影印。
越縵堂日記，〔清〕李慈銘撰，廣陵書社二〇〇四年影印本。
清脾録，〔朝〕李德懋撰，鄺健行點校，上海古籍出版社二〇一〇年版。
得泰船筆語，〔日〕野田笛浦撰，日本關西大學東西學術研究所一九八六年版。
清秘藏，〔明〕張應文撰，上海古籍出版社一九九三年版。
長物志，〔明〕文震亨撰，清同治十三年粤雅堂叢書本。
新增格古要論，〔明〕曹昭撰，〔明〕舒敏編，〔明〕王佐增，叢書集成初編本，中華書局一九八五年版。

類説，〔宋〕曾慥撰，文學古籍刊行社一九五五年影印。
説郛，〔元〕陶宗儀輯，清順治年間宛委山堂刻本。
玉芝堂談薈，〔明〕徐應秋撰，上海古籍出版社一九九三年影印本。
書言故事，〔宋〕胡繼宗輯，明萬曆十七年刻本。
初學記，〔唐〕徐堅撰，中華書局一九八五年版。
藝文類聚，〔唐〕歐陽詢撰，中華書局一九六五年版。
太平御覽，〔宋〕李昉撰，中華書局一九六〇年影印。
册府元龜，〔宋〕王欽若撰，中華書局一九六〇年影印。
海録碎事，〔宋〕葉廷珪撰，李之亮點校，中華書局二〇〇二年版。
古今事文類聚前集，〔宋〕祝穆撰，文淵閣四庫全書本，臺灣商務印書館一九八六年影印。
小學紺珠，〔宋〕王應麟撰，中華書局一九八七年版。
記纂淵海，〔宋〕潘自牧撰，文淵閣四庫全書本，臺灣商務印書館一九八六年影印。
山堂肆考，〔明〕彭大翼撰，明萬曆二十三年刻本。
天中記，〔明〕陳耀文撰，文淵閣四庫全書本，臺灣商務印書館一九八六年影印。
圖書編，〔明〕章潢撰，文淵閣四庫全書本，臺灣商務印書館一九八六年影印。
宋稗類鈔，〔清〕潘永因撰，劉卓英標點，書目文獻出版社一九八五年版。

元明事類鈔，〔清〕姚之駰撰，上海古籍出版社一九九三年影印本。
清稗類鈔，徐珂編撰，中華書局一九八四年版。
西京雜記，〔漢〕劉歆撰，〔晉〕葛洪集，向新陽、劉克任校注，上海古籍出版社一九九一年版。
世説新語箋疏，〔南朝宋〕劉義慶撰，〔梁〕劉孝標注，余嘉錫箋疏，中華書局一九八三年版。
劉賓客嘉話録，〔唐〕韋絢撰，叢書集成初編本，中華書局一九八五年影印。
唐國史補，〔唐〕李肇撰，上海古籍出版社一九七九年版。
因話録，〔唐〕趙璘撰，上海古籍出版社一九七九年版。
鑑誡録，〔五代〕何光遠撰，叢書集成初編本，中華書局一九八五年影印。
開元天寶遺事，〔五代〕王仁裕撰，曾貽芬點校，中華書局二〇〇六年版。
唐摭言，〔五代〕王定保撰，中華書局一九六〇年版。
北夢瑣言，〔宋〕孫光憲撰，清康熙三十五年振鷺堂刻正續稗海全書本。
唐語林校證，〔宋〕王讜撰，周勛初校證，中華書局一九八七年版。
邵氏聞見録，〔宋〕邵伯温撰，李劍雄、劉德權點校，中華書局一九八三年版。
邵氏聞見後録，〔宋〕邵博撰，劉德權、李劍雄點校，中華書局一九八三年版。
獨醒雜志，〔宋〕曾敏行撰，叢書集成初編本，中華書局一九八五年影印。
東坡志林，〔宋〕蘇軾撰，王松齡點校，中華書局一九八一年版。

鐵圍山叢談，〔宋〕蔡絛撰，馮惠民、沈錫麟點校，中華書局一九八三年版。
清異録，〔宋〕陶穀撰，孔一點校，上海古籍出版社二〇一二年版。
侯鯖録，〔宋〕趙德麟撰，孔凡禮點校，中華書局二〇〇二年版。
癸辛雜識，〔宋〕周密撰，吴企明點校，中華書局一九八八年版。
南村輟耕録，〔元〕陶宗儀撰，中華書局一九五九年版。
樂郊私語，〔元〕姚桐壽撰，李夢生點校，上海古籍出版社二〇一二年版。
剪燈新話，〔明〕瞿佑撰，上海古籍出版社一九八一年版。
五雜俎，〔明〕謝肇淛撰，中華書局一九五九年版。
風月堂雜識，〔明〕姜南撰，文明書局一九一五年版。
陶庵夢憶，〔清〕張岱撰，中華書局二〇〇七年版。
堅瓠集，〔清〕褚人獲撰，民國十五年柏香書屋鉛印本。
觚賸續編，〔清〕鈕琇撰，南炳文、傅貴久點校，上海古籍出版社一九八六年版。
板橋雜記，〔清〕余懷撰，清鈔本。中華書局圖書館藏。
山海經校注，袁珂校注，巴蜀書社一九九三年版。
搜神記，〔晉〕干寶撰，汪紹楹校注，中華書局一九七九年版。
搜神後記，〔晉〕陶淵明撰，汪紹楹校注，中華書局一九八一年版。

博物志校證，〔晉〕張華撰，范寧校證，中華書局一九八〇年版。
拾遺記，〔晉〕王嘉撰，齊治平校注，中華書局一九八一年版。
述異記，〔梁〕任昉撰，清光緒元年崇文書局刻本。
杜陽雜編，〔唐〕蘇鶚撰，中華書局一九五八年版。
酉陽雜俎，〔唐〕段成式撰，方南生點校，中華書局一九八一年版。
太平廣記，〔宋〕李昉撰，汪紹楹點校，中華書局一九六一年版。
古今譚概，〔明〕馮夢龍編著，欒保群點校，中華書局二〇〇七年版。
古今小説，〔明〕馮夢龍編，許政揚校注，人民文學出版社一九八四年版。
西游記，〔明〕吴承恩撰，黄永年、黄壽成點校，中華書局一九九三年版。
廣博物志，〔明〕董斯張撰，江蘇廣陵古籍刻印社一九九〇年據明萬曆年間高暉堂刻本影印。
西湖佳話，〔清〕古吴墨浪子撰，上海古籍出版社一九九〇年版。
風流悟，〔清〕坐花散人編，内蒙古人民出版社二〇〇三年版。
長阿含經，〔後秦〕佛陀耶舍、竺佛念譯，上海古籍出版社一九九五年版。
弘明集，〔梁〕釋僧祐撰，四部叢刊本，上海商務印書館據明汪道昆刻本影印。
大佛頂首楞嚴經會解，〔唐〕般剌蜜帝譯，〔唐〕惟則會解，上海古籍出版社二〇一一年版。
一切經音義，〔唐〕釋玄應撰，叢書集成初編本，中華書局一九八五年影印。

廣弘明集，〔唐〕釋道宣撰，四部備要本，上海中華書局一九三六年版。
法苑珠林校注，〔唐〕釋道世撰，周叔迦、蘇晉仁校注，中華書局二〇〇三年版。
景德傳燈録，〔宋〕釋道原撰，四部叢刊本，上海商務印書館據宋刻本影印。
五燈會元，〔宋〕釋普濟撰，蘇淵雷點校，中華書局一九八四年版。
宋高僧傳，〔宋〕釋贊甯撰，范祥雍點校，中華書局一九八七年版。
古尊宿語録，〔宋〕賾藏主編集，蕭萐父、吕有祥點校，中華書局一九九四年版。
禪林僧寶傳，〔宋〕釋惠洪撰，文淵閣四庫全書本，臺灣商務印書館一九八六年影印。
翻譯名義集，〔宋〕釋法雲撰，文物出版社一九八九年版。
羅湖野録，〔宋〕釋曉瑩撰，叢書集成初編本，中華書局一九八五年影印。
金剛經集注，〔明〕朱棣集注，上海古籍出版社一九八四年影印。
揀魔辨異録，〔清〕愛新覺羅·胤禛撰，中國社會科學出版社二〇〇四年版。
佛學大辭典，丁福保編，上海醫學書局一九二二年版。
莊子集釋，〔清〕郭慶藩撰，王孝魚點校，中華書局一九六一年版。
列仙傳注譯，〔漢〕劉向撰，〔晉〕葛洪撰，邱鶴亭注譯，中國社會科學出版社二〇〇四年版。
列子集釋，楊伯峻撰，中華書局一九七九年版。
抱朴子内篇校釋，〔晉〕葛洪撰，王明校釋，中華書局一九八〇年版。

抱朴子外篇校箋，〔晉〕葛洪撰，楊明照校箋，中華書局一九九一年版。
神仙傳校釋，〔晉〕葛洪撰，胡守爲校釋，中華書局二〇一〇年版。
真誥，〔梁〕陶弘景撰，趙益點校，中華書局二〇一一年版。
雲笈七籤，〔宋〕張君房撰，李永晟點校，中華書局二〇〇三年版。
楚辭補注，〔漢〕王逸注，〔宋〕洪興祖補注，白化文等點校，中華書局一九八三年版。
楚辭聽直，〔明〕黄文煥撰，明崇禎十六年原刻，清順治十四年補刻本。
曹植集校注，〔三國魏〕曹植撰，趙幼文校注，人民文學出版社一九八四年版。
嵇康集校注，〔三國魏〕嵇康撰，戴明揚校注，人民文學出版社一九六二年版。
陶詩析義，〔晉〕陶淵明撰，〔明〕黄文煥撰，明崇禎年間刻本。
陶淵明集箋注，〔晉〕陶淵明撰，袁行霈箋注，中華書局二〇〇三年版。
鮑照集校注，〔南朝宋〕鮑照撰，丁福林校注，中華書局二〇一二年版。
江文通集匯注，〔梁〕江淹撰，〔明〕胡之驥注，中華書局一九八四年版。
駱臨海集箋注，〔唐〕駱賓王撰，〔清〕陳熙晉撰，上海古籍出版社一九八五年版。
張九齡集校注，〔唐〕張九齡撰，熊飛校注，中華書局二〇〇八年版。
孟浩然集校注，〔唐〕孟浩然撰，徐鵬校注，人民文學出版社一九九八年版。
九家集注杜詩，〔唐〕杜甫撰，〔宋〕郭知達編，文淵閣四庫全書本，臺灣商務印書館一九八六年影印。

補注杜詩，〔唐〕杜甫撰，〔宋〕黄鶴補注，文淵閣四庫全書本，臺灣商務印書館一九八六年影印。

錢注杜詩，〔唐〕杜甫撰，〔清〕錢謙益箋注，上海古籍出版社一九七九年版。

杜詩詳注，〔唐〕杜甫撰，〔清〕仇兆鰲注，中華書局一九七九年版。

辟疆園杜詩注解，〔清〕顧宸撰，清康熙二年顧氏辟疆園刻本。

王維集校注，〔唐〕王維撰，陳鐵民校注，中華書局一九九七年版。

李太白全集，〔唐〕李白撰，〔清〕王琦注，中華書局一九七七年版。

元稹集，〔唐〕元稹撰，冀勤點校，中華書局一九八二年版。

白居易集，〔唐〕白居易撰，顧學頡點校，中華書局一九七九年版。

劉禹錫全集編年校注，〔唐〕劉禹錫撰，陶敏、陶紅雨校注，嶽麓書社二〇〇三年版。

五百家注昌黎文集，〔唐〕韓愈撰，〔宋〕魏仲舉集注，文淵閣四庫全書本，臺灣商務印書館一九八六年影印。

柳宗元集，〔唐〕柳宗元撰，中華書局一九七九年版。

張籍集繫年校注，〔唐〕張籍撰，余恕誠、徐禮節校注，中華書局二〇一一年版。

李義山詩集注，〔唐〕李商隱撰，〔清〕朱鶴齡注，文淵閣四庫全書本，臺灣商務印書館一九八六年影印。

李商隱詩歌集解，〔唐〕李商隱撰，劉學鍇、余恕誠集解，中華書局二〇〇四年版。

皮子文藪，〔唐〕皮日休撰，蕭滌非、鄭慶篤點校，上海古籍出版社一九八一年版。

吴中水利全書，〔明〕張國維、蔡懋德纂修，文淵閣四庫全書本，臺灣商務印書館一九八六年影印。
三輔決録，〔漢〕趙岐撰，清道光十四年刻本。
東京夢華録箋注，〔宋〕孟元老撰，伊永文箋注，中華書局二〇〇六年版。
剡録，〔宋〕高似孫撰，清道光八年刻本。
海嶽名言，〔宋〕米芾撰，叢書集成初編本，中華書局一九八五年版。
洞霄圖志，〔宋〕鄧牧編，叢書集成初編本，中華書局一九八五年影印。
夢粱録，〔宋〕吴自牧撰，浙江人民出版社一九八〇年版。
吴船録，〔宋〕范成大撰，叢書集成初編本，中華書局一九八五年影印。
入蜀記，〔宋〕陸游撰，叢書集成初編本，中華書局一九八五年影印。
中吴紀聞，〔宋〕龔明之撰，叢書集成初編本，中華書局一九八五年影印。
西清筆記，〔清〕沈初撰，叢書集成初編本，中華書局一九八五年影印。
嘉禾徵獻録，〔清〕盛楓撰，民國二十五年嘉興金氏檇李叢書本。
清嘉録桐橋倚棹録，〔清〕顧禄撰，來新夏、王稼句點校，中華書局二〇〇八年版。
東城雜記，〔清〕厲鶚撰，清光緒七年鄦傳沛署刻本。
燕京歲時記，〔清〕富察敦崇撰，北京古籍出版社一九八一年版。
宣和奉使高麗圖經，〔宋〕徐兢撰，叢書集成初編本，中華書局一九八五年影印。

周敦頤集，〔宋〕周敦頤撰，陳克明點校，中華書局一九九〇年版。
寶晉英光集，〔宋〕米芾撰，民國十二年沔陽盧氏慎始基齋刻湖北先正遺書本。
樂全集，〔宋〕張方平撰，文淵閣四庫全書本，臺灣商務印書館一九八六年影印。
歐陽修全集，〔宋〕歐陽修撰，李逸安點校，中華書局二〇〇一年版。
蘇軾詩集，〔宋〕蘇軾撰，〔清〕王文誥輯注，孔凡禮點校，中華書局一九八二年版。
蘇軾文集，〔宋〕蘇軾撰，孔凡禮點校，中華書局一九八六年版。
蘇詩補注，〔宋〕蘇軾撰，〔清〕查慎行補注，清乾隆二十六年刻本。
蘇轍集，〔宋〕蘇轍撰，陳宏天、高秀芳點校，中華書局一九九〇年版。
王安石全集，〔宋〕王安石撰，秦克、鞏軍點校，上海古籍出版社一九九九年版。
張載集，〔宋〕張載撰，章錫琛點校，中華書局一九七八年版。
後山詩注補箋，〔宋〕陳師道撰，〔宋〕任淵注，冒廣生補箋，中華書局一九九五年版。
陳與義集，〔宋〕陳與義撰，吴書蔭、金德厚點校，中華書局一九八二年版。
石門文字禪，〔宋〕釋惠洪撰，四部叢刊本，上海商務印書館據明刻本影印。
北山集，〔宋〕程俱撰，文淵閣四庫全書本，臺灣商務印書館一九八六年影印。
横塘集，〔宋〕許景衡撰，文淵閣四庫全書本，臺灣商務印書館一九八六年影印。
太倉稊米集，〔宋〕周紫芝撰，文淵閣四庫全書本，臺灣商務印書館一九八六年影印。

范石湖集，〔宋〕范成大撰，富壽蓀標校，上海古籍出版社一九八一年版。
誠齋集，〔宋〕楊萬里撰，四部叢刊本，上海商務印書館據宋鈔本影印。
劍南詩稿校注，〔宋〕陸游撰，錢仲聯校注，上海古籍出版社一九八五年版。
朱熹集，〔宋〕朱熹撰，郭齊、尹波點校，四川教育出版社一九九六年版。
陸九淵集，〔宋〕陸九淵撰，鍾哲點校，中華書局一九八〇年版。
真文忠公文集，〔宋〕真德秀撰，四部叢刊本，上海商務印書館據明正德中刊本影印。
攻媿集，〔宋〕樓鑰撰，四部叢刊本，上海商務印書館據清乾隆武英殿聚珍版影印。
葉適集，〔宋〕葉適撰，劉公純等點校，中華書局一九六一年版。
陳亮集，〔宋〕陳亮撰，鄧廣銘點校，中華書局一九八七年版。
嘉禾百詠，〔宋〕張堯同撰，清光緒二十九年長沙葉氏刻本。
竹溪鬳齋十一稾續集，〔宋〕林希逸撰，文淵閣四庫全書本，臺灣商務印書館一九八六年影印。
漫塘集，〔宋〕劉宰撰，文淵閣四庫全書本，臺灣商務印書館一九八六年影印。
鶴山集，〔宋〕魏了翁撰，文淵閣四庫全書本，臺灣商務印書館一九八六年影印。
雪坡舍人集，〔宋〕姚勉撰，民國五年豫章叢書本。
文天祥全集，〔宋〕文天祥撰，熊飛等點校，江西人民出版社一九八七年版。
疊山集，〔宋〕謝枋得撰，四部叢刊本，上海商務印書館據明刻本影印。

心史，〔宋〕鄭所南撰，明崇禎十二年刻本。
鶴林集，〔宋〕吴泳撰，文淵閣四庫全書本，臺灣商務印書館一九八六年影印。
霽山先生詩文集，〔宋〕林景熙撰，清康熙三十二年刻本。
元好問詩編年校注，〔金〕元好問撰，狄寶心校注，中華書局二〇一一年版。
元好問文編年校注，〔金〕元好問撰，狄寶心校注，中華書局二〇一二年版。
清容居士集，〔元〕袁桷撰，四部叢刊本，上海商務印書館據元刻本影印。
王惲集彙校，〔元〕王惲撰，楊亮、鍾彦飛點校，中華書局二〇一三年版。
存悔齋稿，〔元〕龔璛撰，清末民國間陳慶年輯刻横山草堂叢書本。
圭齋文集，〔元〕歐陽玄撰，文淵閣四庫全書本，臺灣商務印書館一九八六年影印。
至正集，〔元〕許有壬撰，文淵閣四庫全書本，臺灣商務印書館一九八六年影印。
黄文獻集，〔元〕黄溍撰，民國十四年補刻金華叢書本。
句曲外史集，〔元〕張雨撰，明末毛氏汲古閣刻本。
可閒老人集，〔元〕張昱撰，文淵閣四庫全書本，臺灣商務印書館一九八六年影印。
東維子集，〔元〕楊維楨撰，四部叢刊本，上海商務印書館據明刻本影印。
吴文正集，〔元〕吴澄撰，文淵閣四庫全書本，臺灣商務印書館一九八六年影印。
清江詩集，〔明〕貝瓊撰，四部叢刊本，上海商務印書館據明洪武刻本影印。

梁園寓稿，〔明〕王翰撰，文淵閣四庫全書本，臺灣商務印書館一九八六年影印。
陶宗儀集，〔明〕陶宗儀撰，徐永明、楊光輝整理，浙江人民出版社二〇〇五年版。
胡仲子集，〔明〕胡翰撰，金華叢書本，江蘇廣陵古籍刻印社一九八三年影印。
林登州集，〔明〕林弼撰，文淵閣四庫全書本，臺灣商務印書館一九八六年影印。
覆瓿集，〔明〕朱同撰，明萬曆年間刻本。
誠意伯文集，〔明〕劉基撰，四部叢刊本，上海商務印書館據明隆慶刻本影印。
遜志齋集，〔明〕方孝孺撰，徐光大點校，寧波出版社一九九六年版。
青丘高季迪先生詩集，〔明〕高啟撰，〔清〕金檀輯注，清雍正六年文瑞樓刻本。
抑庵文集，〔明〕王直撰，文淵閣四庫全書本，臺灣商務印書館一九八六年影印。
于忠肅公集，〔明〕于謙撰，清道光二十八年刻本。
陳獻章集，〔明〕陳獻章撰，中華書局一九八七年版。
文簡集，〔明〕孫承恩撰，文淵閣四庫全書本，臺灣商務印書館一九八六年影印。
懷麓堂全集，〔明〕李東陽撰，清嘉慶八年茶陵李氏刻本。
念庵羅先生文集，〔明〕羅洪先撰，清雍正元年刻本。
懷星堂集，〔明〕祝允明撰，明萬曆三十八年刻本。
文徵明甫田集，〔明〕文徵明撰，清宣統三年鉛印本。

弇州山人續稿，〔明〕王世貞撰，明刻本。
焚書，〔明〕李贄撰，中華書局一九七五年版。
震川先生文集，〔明〕歸有光撰，清康熙年間刻本。
洞麓堂集，〔明〕尹台撰，文淵閣四庫全書本，臺灣商務印書館一九八六年影印。
陳眉公全集，〔明〕陳繼儒撰，明崇禎年間刻本。
袁宏道集箋校，〔明〕袁宏道撰，錢伯城箋校，上海古籍出版社一九八一年版。
陳忠裕公全集，〔明〕陳子龍撰，〔清〕王昶輯，清嘉慶八年簳山草堂刻本。
錢謙益全集，〔清〕錢謙益撰，錢仲聯點校，上海古籍出版社二〇〇三年版。
吴梅村全集，〔清〕吴偉業撰，李學穎集評標校，上海古籍出版社一九九〇年版。
賴古堂集，〔清〕周亮工撰，上海古籍出版社一九七九年影印。
壯悔堂文集，〔清〕侯方域撰，清宣統元年中國圖書公司鉛印本。
四憶堂詩集，〔清〕侯方域撰，清宣統元年中國圖書公司鉛印本。
楊園先生全集，〔清〕張履祥撰，陳祖武點校，中華書局二〇〇二年版。
紫雲先生遺稿，〔清〕何商隱撰，清鈔本。上海圖書館藏。
顧與治詩集，〔清〕顧夢游撰，民國初年蔣氏慎修書屋排印金陵叢書本。
白耷山人詩集，〔清〕閻古古撰，清康熙年間豹韋堂刻本。

隰西草堂詩集，〔清〕萬壽祺撰，民國八年上虞羅氏鉛印本。
青溪遺稿，〔清〕程正揆撰，清康熙五十四年刻本。
愚庵小集，〔清〕朱鶴齡撰，上海古籍出版社一九七九年影印本。
顧亭林詩文集，〔清〕顧炎武撰，華忱之編，中華書局一九五八年版。
黄宗羲全集，〔清〕黄宗羲撰，沈善洪主編，浙江古籍出版社二〇〇五年版。
縮齋文集，〔清〕黄宗會撰，清鈔本。上海圖書館藏。
夏爲堂别集，〔清〕黄周星撰，清順治十三年刻本。
黄九煙先生雜文集，〔清〕黄周星撰，清康熙二十七年刻本。
九煙先生遺集，〔清〕黄周星撰，清道光二十九年周氏揚州寓館刻本。
九煙詩鈔，〔清〕黄周星撰，有正書局一九一八年鉛印本。
容庵詩集，〔清〕孫爽撰，清康熙三十一年刻本。
容庵文集，〔清〕孫爽撰，清康熙三十一年刻本。
容庵辛卯集，〔清〕孫爽撰，清康熙三十一年刻本。
天放翁集，〔清〕吕願良撰，清順治年間刻本。
船山全書，〔清〕王夫之撰，嶽麓書社一九九八年版。
曝書亭集，〔清〕朱彝尊撰，清康熙五十三年刻本。

西河集，〔清〕毛奇齡撰，文淵閣四庫全書本，臺灣商務印書館一九八六年影印。
魏叔子文集，〔清〕魏禧撰，胡守仁等點校，中華書局二〇〇三年版。
堯峰文鈔，〔清〕汪琬撰，清康熙三十一年刻本。
溉堂集，〔清〕孫枝蔚撰，清康熙年間刻本。
藏山閣詩存，〔清〕錢澄之撰，湯華泉點校，黄山書社二〇〇四年版。
茗齋集，〔清〕彭孫貽撰，四部叢刊本，上海商務印書館據海鹽張氏涉園刊本影印。
松桂堂全集，〔清〕彭孫遹撰，清乾隆八年刻本。
東江集鈔，〔清〕沈謙撰，清康熙十五年仁和沈氏刻本。
寶鑑齋録存所藏牧仲存札，〔清〕宋犖輯，清道光間郟志潮鈔本。上海圖書館藏。
道貴堂類稿，〔清〕徐倬撰，康熙年間刻本。
修吉堂文稿，〔清〕徐倬撰，清康熙年間刻本。
觀始集，〔清〕魏裔介輯，清順治十三年刻本。
施愚山集，〔清〕施閏章撰，何慶善、楊應芹點校，黄山書社一九九二年版。
湛園集，〔清〕姜宸英撰，文淵閣四庫全書本，臺灣商務印書館一九八六年影印。
居易堂集，〔清〕徐枋撰，清康熙二十三年刻本。
曉庵先生詩集，〔清〕王錫闡撰，清光緒九年刻本。

曉庵先生文集，〔清〕王錫闡撰，清光緒九年刻本。
屈大均全集，〔清〕屈大均撰，歐初、王貴忱主編，人民文學出版社一九九六年版。
辛齋遺稿，〔清〕陸嘉淑撰，清道光十三年蔣光煦刻本。
古處齋詩集，〔清〕陳祖法撰，清康熙年間刻本。
古處齋文集，〔清〕陳祖法撰，清康熙年間刻本。
吕晚村文集，〔清〕吕留良撰，清吕氏鈔本。上海圖書館藏。
吕晚村先生文集，〔清〕吕留良撰，清雍正三年吕氏南陽講習堂刻本。
鈔本吕晚村詩文集，〔清〕吕留良撰，清鈔本。清華大學圖書館藏。
吕晚村墨蹟，〔清〕吕留良撰，上海商務印書館一九一七年影印。
吕晚村先生家書真蹟，〔清〕吕留良撰，清康熙四十二年吕氏家塾刻本。
學箕初稿，〔清〕黄百家撰，清康熙年間刻本。
萬斯備詩稿，〔清〕萬斯備撰，四庫未收書輯刊本，北京出版社二〇〇〇年影印。
管村文鈔内編，〔清〕萬言撰，民國二十三年張氏約園刻四明叢書本。
陳維崧集，〔清〕陳維崧撰，陳振鵬標點，李學穎校補，上海古籍出版社二〇一〇年版。
林蕙堂全集，〔清〕吴綺撰，清乾隆年間刻本。
范忠貞公集，〔清〕范承謨撰，清康熙年間刻本。

張亟齋遺集，〔清〕張弨撰，清同治四年盱眙吴氏望三益齋刻本。

物表亭詩集，〔清〕吴曰夔撰，稿本。中國社會科學院文學研究所圖書館藏。

己畦集，〔清〕葉燮撰，清康熙二十五年二棄草堂刻本。

愧訥集，〔清〕朱用純撰，清光緒八年津河廣仁堂刻本。

笑門詩集，〔清〕戚珃撰，清康熙四十五年刻本。

秋錦山房集，〔清〕李良年撰，清乾隆二十四年續刻本。

秋錦山房外集，〔清〕李良年撰，清乾隆二十四年續刻本。

近思堂詩，〔清〕周在建撰，清康熙年間刻本。

兼山堂集，〔清〕陳錫嘏撰，清康熙年間刻本。

千之草堂編年文鈔，〔清〕萬承勳撰，民國十九年四明張氏約園刻四明叢書本。

二十四泉草堂集，〔清〕王蘋撰，清康熙五十六年刻本。

毅庵詩稿，〔清〕成永健撰，清康熙六十年觙岩書屋刻本。

後圃編年稿，〔清〕李嶟瑞撰，清康熙二十八年刻本。

冰齋文集，〔清〕懷應聘撰，清康熙年間刻本。

半硯冷雲集，〔清〕曹三才撰，清康熙三十七年刻本。

贈行倡和詩，〔清〕曹三才撰，清康熙年間刻本。

逃莽詩草，〔清〕徐豫貞撰，清康熙年間楊昆思誠堂刻本。
振雅堂稿，〔清〕柯崇樸撰，清康熙年間刻本。
始學齋遠游草，〔清〕董采撰，清康熙二十五年刻本。
思復堂文集，〔清〕邵廷采撰，祝鴻傑點校，浙江古籍出版社一九八七年版。
蓮洋詩鈔，〔清〕吴雯撰，清乾隆三十二年刻本。
學古堂詩集，〔清〕沈季友撰，清嘉慶七年刻本。
黄葉村莊詩集，〔清〕吴之振撰，清康熙三十五年刻，後印本。
稽留山人集，〔清〕陳祚明撰，清雍正年間刻本。
静觀堂詩集，〔清〕勞之辨撰，清康熙四十年石門勞氏刻本。
陳一齋先生文集，〔清〕陳梓撰，清宣統三年國學扶輪社排印本。
全祖望集匯校集注，〔清〕全祖望撰，朱鑄禹匯校集注，上海古籍出版社二〇〇〇年版。
樊榭山房集，〔清〕厲鶚撰，〔清〕董兆熊注，陳九思點校，上海古籍出版社二〇一二年版。
江蘇詩徵，〔清〕王豫輯，清道光元年焦山海西庵詩徵閣刻本。
吴興詩存四集，〔清〕陸心源撰，清光緒十六年刻本。
文選，〔梁〕蕭統編，〔唐〕李善注，中華書局一九七七年據胡克家刻本影印。
六臣注文選，〔梁〕蕭統編，〔唐〕李善、吕延濟、劉良、張銑、吕向、李周翰注，中華書局一九八七年版。

玉臺新詠箋注，〔陳〕徐陵撰，〔清〕吴兆宜注，〔清〕程琰删補，穆克宏點校，中華書局一九八五年版。
松陵集，〔唐〕皮日休、陸龜蒙撰，明末毛氏汲古閣刻本。
樂府詩集，〔宋〕郭茂倩編，中華書局一九七九年版。
古文苑，〔宋〕章樵撰，四部叢刊本，上海商務印書館據宋刻本影印。
吕選唐四家文，〔清〕吕留良編，〔清〕董采評點，清康熙四十三年困學闇刻本。
宋文鑑，〔宋〕吕祖謙撰，齊治平點校，中華書局一九九二年版。
宋詩鈔，〔清〕吴之振、吕留良、吴爾堯選，清康熙十年鑑古堂刻本。
江湖後集，〔宋〕陳起撰，文淵閣四庫全書本，臺灣商務印書館一九八六年影印。
江湖小集，〔宋〕陳起撰，文淵閣四庫全書本，臺灣商務印書館一九八六年影印。
兩宋名賢小集，〔宋〕陳思編，〔元〕陳世隆補，文淵閣四庫全書本，臺灣商務印書館一九八六年影印。
瀛奎律髓彙評，〔元〕方回撰，李慶甲集評，上海古籍出版社一九九六年版。
唐音統籤，〔明〕胡震亨撰，上海古籍出版社二〇〇三年影印。
明文衡，〔明〕程敏政輯，四部叢刊本，上海商務印書館據明刻本影印。
列朝詩集，〔清〕錢謙益撰，許逸民點校，中華書局二〇〇七年版。
明詩綜，〔清〕朱彝尊編，中華書局二〇〇六年版。
明文海，〔清〕黄宗羲編，文淵閣四庫全書本，臺灣商務印書館一九八六年影印。

明遺民詩，〔清〕卓爾堪選輯，中華書局一九六一年版。
八家詩選，〔清〕吴之振編，清康熙十一年鑑古堂刻本。
質亡集，〔清〕吕留良編，清康熙二十年刻本。
續姚江逸詩，〔清〕倪復野輯，清康熙六十年刻本。
元詩選初集，〔清〕顧嗣立撰，中華書局一九八七年版。
檇李詩繫，〔清〕沈季友撰，清康熙四十九年刻本。
全唐詩，〔清〕彭定求等編，中華書局一九六〇年版。
甬上耆舊詩，〔清〕胡文學輯選，〔清〕李鄴嗣叙傳，袁元龍點校，寧波出版社二〇一〇年版。
續甬上耆舊詩，〔清〕全祖望輯，四明文獻社一九一八年鉛印本。
續甬上耆舊詩，〔清〕全祖望輯，方祖猷、魏得良等點校，杭州出版社二〇〇三年版。
全上古三代秦漢三國六朝文，〔清〕嚴可均編，中華書局一九五八年影印。
兩浙輶軒録，〔清〕阮元撰，清光緒年間浙江書局刻本。
兩浙輶軒續録，〔清〕潘衍桐撰，清光緒年間浙江書局刻本。
松陵文録，〔清〕淩淦撰，清同治十三年刻本。
國朝杭郡詩輯，〔清〕吴顥原編，〔清〕吴振棫重編，清同治十三年刻本。
國朝金陵詩徵，〔清〕朱緒曾撰，清光緒十一年刻本。

五石脂，陳去病撰，江蘇古籍出版社一九八五年版。
先秦漢魏晉南北朝詩，逯欽立編，中華書局一九八三年版。
全宋詞，唐圭璋編，中華書局一九六五年版。
全元散曲，隋樹森編，中華書局一九六四年版。
增訂文心雕龍校注，〔梁〕劉勰撰，楊明照校注，中華書局二〇〇〇年版。
唐詩紀事校箋，〔宋〕計有功撰，王仲鏞校箋，中華書局二〇〇七年版。
石林詩話，〔宋〕葉夢得撰，逯銘昕校注，人民文學出版社二〇一一年版。
詩話總龜，〔宋〕阮閱撰，周本淳點校，人民文學出版社一九八七年版。
彦周詩話，〔宋〕許顗撰，叢書集成初編本，中華書局一九八五年影印。
詩藪，〔明〕胡應麟撰，上海古籍出版社一九七九年版。
漁洋詩話，〔清〕王士禛撰，清康熙四十八年刻本。
圍爐詩話，〔清〕吴喬撰，民國四年烏程張氏適園叢書本。
蘭陔詩話，〔清〕鄭王臣撰，清乾隆年間刻本。
靜志居詩話，〔清〕朱彝尊撰，〔清〕姚祖恩編，黄君坦點校，人民文學出版社一九九〇年版。
宋詩紀事，〔清〕厲鶚撰，上海古籍出版社一九八三年版。
清詩紀事初編，鄧之誠撰，上海古籍出版社一九八四年版。

蘭室詩話，〔朝鮮〕成海應撰，域外詩話珍本叢書本，北京圖書館出版社二〇〇六年影印。
稼軒詞編年箋注，〔宋〕辛棄疾，鄧廣銘箋注，上海古籍出版社一九七八年版。
詞苑叢談，〔清〕徐釚撰，唐圭璋點校，中華書局二〇〇八版。
琵琶記，〔元〕高明撰，錢南揚校注，上海古籍出版社一九八〇年版。
彩毫記，〔明〕屠隆撰，六十種曲本，中華書局一九五八年版。
邯鄲記，〔明〕湯顯祖撰，六十種曲本，中華書局一九五八年版。
桃花扇，〔清〕孔尚任撰，王季思、蘇寰中、楊德平注，人民文學出版社一九九八年版。
桐鄉文史資料第三輯，桐鄉市政協文史資料委員會編，一九八七年印本。
文物（一九八〇年第三期），文物編輯委員會編，文物出版社出版。